Willi Heinrich · Gottes zweite Garnitur

Willi Heinrich: Ich über mich

Daß ich hin und wieder Ferien in Holland mache, genauso gern aber auch ins Allgäu fahre, gibt, befürchte ich, für eine Selbstdarstellung nicht sehr viel her. Es widerlegt jedoch Gerüchte, die wissen wollen, daß ich meine Zeit ausschließlich mit dem Verfassen von Bestsellern verbringe. So ist es nicht; auch ich gebe mich gern dem süßen Nichtstun hin.

Mit Kriegsromanen fing es an: »Das geduldige Fleisch« (Steiner) zum Beispiel. Oder »In stolzer Trauer« und »Alte Häuser sterben nicht«. Das war damals noch kein Schnee von gestern und wird es, fürchte ich, nie sein. Dann die gesellschaftliche Achtung von Minderheiten in »Maiglöckchen oder ähnlich«. Oder das Rassenproblem in »Gottes zweite Garnitur« – da waren berufene Leute der Meinung, solche Probleme gebe es hierzulande gar nicht. Mittlerweile wissen sogar die Asylanten und die Aussiedler ein Lied davon zu singen. Oder der Neofaschismus in den »Gezeichneten«, erschienen im Jahre 1958, als wir von den Republikanern noch nichts wußten.

Trivialliteratur? Dann will ich mich heiteren Sinnes zu ihr bekennen.

Freilich: Was manchen Kritikern, besonders an meinen jüngeren Romanen, zu mißfallen scheint, ist meine persönliche Art, so todernste Dinge wie die menschliche Sexualität, Opportunismus in der Politik ebenso wie in den Massenmedien, und Machtmißbrauch am Arbeitsplatz, nicht mit dem gebotenen Ernst, sondern in eher ironisierender Form darzustellen, was weder unserem spezifisch deutschen Tiefsinn noch jenen Kriterien gerecht wird, nach denen hierzulande Literatur gewogen und gemessen wird. Aber auch damit habe ich zu leben gelernt.

Nein, ich würde, rückblickend gesehen, keines meiner Bücher anders schreiben, als ich es getan habe, weil jedes meiner inneren Überzeugung entsprach. Ob alle, die so wie ich vom Schreiben leben, das guten Gewissens von sich behaupten können? Die Antwort darauf weiß nicht einmal der Wind.

28. September 1989

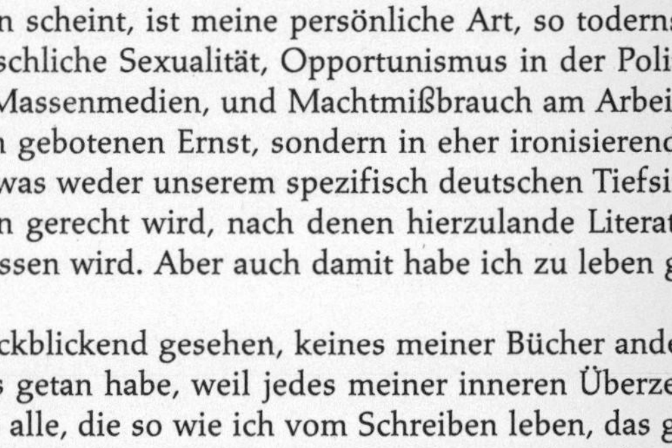

WILLI HEINRICH

GOTTES ZWEITE GARNITUR

ROMAN

C. BERTELSMANN VERLAG

Einmalige Sonderausgabe
Willi Heinrich in 20 Bänden
Alle Rechte bei
C. Bertelsmann Verlag GmbH, München
Im Vertrieb der
Schuler Verlags GmbH, Herrsching

Umschlaggestaltung: Typobild – G. Becker
Umschlagmotiv: G. P. A. - München, H. W. Hesselmann
Gesamtherstellung: Mohndruck Graphische Betriebe GmbH, Gütersloh
ISBN 3-7796-5273-0

*Daß dieses Buch geschrieben werden konnte,
verdanke ich dem verständnisvollen Entgegenkommen
der Public Information Division
Headquarters United States Army Europe in Heidelberg,
wo ich freundliche Unterstützung fand.
Das gleiche gilt auch für die
Public Information Division 7th U. S. Army
in Stuttgart
und für das Headquarters 14th
Armored Cavalry in Fulda.
Besonders danken möchte ich Mr. Hans Joachim Hoffner,
Civil Affairs Representative in Karlsruhe,
dessen persönliche und unermüdliche Hilfe
dieses Buch erst ermöglicht hat.*

W. H.

ERSTES KAPITEL

1

Sie sah ihm nach, wie er zur Tür ging, ein mittelgroßer, untersetzter Mann, breitschultrig und ohne Taille, mit kleinen Fettwülsten an den Hüften, rötlich behaarten Beinen, dicken Muskelsträngen an den gedrungenen Oberschenkeln und kurzem, starkem Nacken. Die kreisrunde Glatze an seinem Hinterkopf war in den letzten Jahren noch größer geworden, die dunkle Warze am rechten Schulterblatt ebenso. Als sie ihn zum erstenmal gesehen hatte, war sein Haar noch dicht gewesen, seine Taille schmal und die Hüften knochig. Zweimal in der Woche war er rudern gegangen. Jeden schönen Sonntag hatten sie irgendwo am Wasser verbracht, aber seit zwei Jahren redeten sie nicht mehr davon. Seine Veränderung hatte sich so allmählich vollzogen, daß sie ihr kaum aufgefallen war, und eines Tages würde sie sich daran gewöhnt haben, daß er einen Bauch, einen kahlen Schädel und schlechte Manieren hatte. Eines Tages würde sich nichts mehr in ihr dagegen aufbäumen, nichts gegen ihn und nichts gegen sich selbst, sie würde genauso selbstzufrieden und gleichgültig werden wie er, sie würde genauso aus dem Bett klettern, sich waschen und über belanglose Dinge reden, als hätte sie gerade eine Routinearbeit erledigt. Eines Tages würde sich noch mehr verändert haben als in den verflossenen fünf Jahren, aber wahrscheinlich würde sie sich dann ebenso daran gewöhnt haben, wie sie sich bisher daran gewöhnt hatte.

Ihre eigene Veränderung vollzog sich gleichfalls unmerkbar. Sie ertappte sich zwar manchmal dabei, daß sie sich weniger sorgfältig frisierte als früher, daß es sie eine Überwindung kostete, ein anderes Kleid anzuziehen, wenn sie zu ihm ging, daß sie kaum mehr in den Spiegel schaute und nur noch ganz selten das Bedürfnis verspürte, ihren Lippenstift zu wechseln. Sie puderte sich auch nicht mehr. Seit sie festgestellt hatte, daß er es ignorierte, verzichtete sie darauf. Sie war noch nicht alt genug, sich den Verzicht nicht leisten zu können, und sie wußte, daß sie auch ohne Schminke schön war. So gleichgültig sie aber ihrem Äußeren gegenüber sein konnte und sowenig sie sich darum bemühte, ihre ohnedies auffällige Erscheinung hervorzuheben, so peinlich war sie auch darauf bedacht, nichts an sich zu dulden, was sich nicht mit Hilfe einfachster Mittel wieder hätte korrigieren lassen. Sie hatte keine Ursache, mit sich unzufrieden zu sein, solange sie ihre selbstkritischen Betrachtungen auf das beschränkte, was Männer bei Frauen gerne sahen. Aber sie gab sich auch keinen Illusionen darüber hin, daß mit der ersten Nachlässigkeit die Tür geöffnet war für weitere und daß sie früher oder später resignieren würde, vor ihm, vor seinen Eltern und vor sich selbst, vor ihrer gleichgültigen, hoffnungslosen Unschlüssigkeit.

Sie verschränkte die Hände im Nacken und betrachtete zum ungezählten Male die Zimmereinrichtung: den grünen Kachelofen neben der Tür, den großen dunklen Schrank, die kitschigen, ölgemalten Landschaftsbilder in den schweren Goldrahmen, das altmodische Büfett, die ganze biedere, wurmstichige Bürgerlichkeit zwischen den verschossenen Blumentapeten, den verstaubten Stuckornamenten der Zimmerdecke und dem Parkettboden, der nun schon so oft gebohnert worden war, daß er wie gelackt aussah.

Draußen schlug eine Tür zu. Jetzt würde er ins Bad gehen, einen zufriedenen Blick in den Spiegel werfen, seinen Morgenrock anziehen und zurückkommen. Er würde das Radio einschalten, Kohlen auflegen, eine Zigarette rauchen und darauf warten, daß sie sich verabschiede. Er hatte eine feste Bettzeit. Wurde es einmal später, war er am nächsten Tag ungenießbar. Jeden Morgen stand er um sieben Uhr auf, frühstückte mit seinen Eltern, dann fuhr er mit seinem Vater ins Büro; vor fünf Jahren noch mit einem Volkswagen, dann mit einem Opel und seit vergangenem Sommer im Mercedes. *»Fehrenbach & Sohn,* Häuser- und Grundstücksmakler«; das Geschäft florierte. Sie hätten sich schon lange ein modernes und schöneres Haus leisten können, aber davon war nie die Rede. Das Haus war Familienbesitz, es hatte zwei Kriege und drei Generationen überdauert, und es war stabil genug, noch drei weiteren Generationen Heim und Dach zu sein. In diesem Haus würde sie, Claire, einmal ihre Praxis bekommen, Patienten behandeln, Kinder gebären und alt werden. In diesem Haus würde sie den Rest ihres Lebens verbringen, und sie sah keine Möglichkeit, etwas daran zu ändern. Oft hatte sie gemeint, den Gedanken nicht länger ertragen zu können, hundertmal war sie mit der Absicht hierhergekommen, Schluß zu machen mit der Unaufrichtigkeit, mit seiner Familie, mit ihm, und hundertmal hatte sie im entscheidenden Augenblick geschwiegen.

Nun ging wieder ein Jahr zu Ende, und nichts war geschehen. Nichts im vergangenen Jahr und nichts in diesem. Vielleicht würde im nächsten Jahr etwas geschehen, aber sie glaubte es nicht. Sie war unfähig, an etwas zu denken, unfähig, müde, angeekelt. Sie war fünfundzwanzig Jahre alt, und es gab Tage, da schien es ihr, als läge ihr Leben schon hinter ihr; so wie jetzt, wie immer, wenn er das Zimmer verlassen hatte und sie allein zurückblieb mit ihrem Ekel, ihrem Überdruß und dem schmerzhaften Gefühl einer Demütigung.

Sie blickte zum Fenster hinaus, draußen schneite es. Es hatte schon angefangen, als sie zu Hause weggegangen war; ein früher Winter. Sie haßte den Winter, die Kälte, die langen Abende, die dunklen trostlosen Morgen, wenn sich der Tag wie ein nasses Tier in die leeren Straßen schlich, in die Straßen mit den trüben Lichtern hinter schmalen Fenstern, den mürrischen Zeitungsfrauen, dem fahlen Grau ihrer Gesichter, den grauen leeren Gesichtern in der Straßenbahn, im Zug, unausgeschlafene bösartige Gesichter, dem scharfen Husten der Männer, dem üblen Geruch feuchter Garderobe, dem ganzen widerwärtigen Alltäglichen. Und dies war der erste Winter ohne ihre Mutter, Weihnachten ohne sie, Silvester, und dann noch das Studium, das Examen. Sie fürchtete sich vor dem Examen, nie in ihrem Leben hatte sie soviel Furcht empfunden. Sie konnte kaum mehr einschlafen, weil der Gedanke, sie könnte das Examen nicht bestehen, sie nicht zur Ruhe kommen ließ. Es schien ihr, als sei das Examen ihre letzte Chance, etwas von ihrer Selbständigkeit zu erhalten, und vielleicht war es noch mehr. Vielleicht ahnte er, daß es noch mehr war, vielleicht drängte er deshalb auf die Heirat, und nicht nur seiner Eltern und der Leute wegen. Der Leute von Thüngerstadt wegen!

Sie hörte ihn hereinkommen, spürte sein Stutzen, seinen verwunderten, vorwurfsvollen Blick, sie hörte ihn zum Radio gehen, Musik, dann seine Schritte zum Ofen, das Geräusch einer Zigarettenschachtel, das Zündholz, seine Schritte quer durchs Zimmer, und jetzt war er neben ihr, sie fühlte seinen Schatten im Gesicht, roch den Rauch seiner Zigarette, aber sie sah ihn nicht an, sie blickte angestrengt aus dem Fenster, auf die verschneiten Bäume im Garten, und sie wünschte, er würde merken, daß ihr nicht zum Reden zumute war.

Er merkte es nicht, er setzte sich neben sie auf die Couch, berührte sie mit der plumpen Vertraulichkeit eines Komplicen, und seine Stimme klang so, wie sie es erwartet hatte: ungeduldig, vorwurfsvoll und ein klein wenig beunruhigt: »Ich habe das Licht im Bad brennen lassen.«

»Und die Tür offenstehen«, sagte sie.

»Das auch«, sagte er. »Ich habe die Tür offenstehen lassen. Ich dachte, du hättest dich schon angezogen.«

»Ich habe mich noch nicht angezogen«, sagte sie.
»Das sehe ich. Ich weiß wirklich nicht, worauf du noch wartest.«
Sie stand auf, suchte ihre Kleider zusammen, und sie fühlte sich wieder gedemütigt. Während sie sich anzog, spürte sie seinen Blick auf sich ruhen. In seinem rotgestreiften Morgenrock sah er noch rundlicher aus, rundlicher und viel älter; man hätte ihn für vierzig halten können. Auch sein Gesicht war rund, ein rundes, dickes, zufriedenes Gesicht mit kleinen, etwas abstehenden Ohren, dünnbehaarten rötlichen Wimpern, einer kurzen, kräftigen Nase und sanften blauen Augen. Sie kannte ihn schon zu lange, um sich noch zu fragen, was sie einmal an ihm fasziniert hatte.
»Was ich noch sagen wollte«, begann er wieder. »Wir haben einen Amerikaner eingeladen.«
Es gehörte zu seinen wenigen bemerkenswerten Eigenschaften, im nebensächlichen Ton über Dinge zu plaudern, die sie überraschen mußten. Doch hatte sie es im Laufe der Jahre gelernt, ihre Überraschung nicht mehr zu zeigen.
»Wohin eingeladen?« fragte sie ruhig.
»Hierher natürlich, am Weihnachtsabend. Die Idee stammt von meiner Mutter, ihre Freundin lädt jedes Jahr einen ein.«
»Die Frau des Anwalts?«
»Irgendeine Freundin eben«, sagte Fred. »Sie hat ja ein halbes Dutzend, ich habe sie noch nie auseinanderhalten können. Gestern stand auch ein Artikel in der Zeitung.«
»Wirklich?«
Er reagierte nicht darauf. Sie war nie dahintergekommen, ob er ihre Ironie bewußt überhörte oder kein Gefühl dafür hatte. »Ein großer Artikel«, sagte er wichtig. »Sie schreiben, daß es Ehrenpflicht für die Bevölkerung sei, am Weihnachtsabend einen Amerikaner einzuladen. Ich finde es auch in Ordnung. Schließlich sorgen sie dafür, daß wir ruhig schlafen können.«
»Das tun sie«, sagte Claire. »Und?«
»Was und?«
»Vielleicht wolltest du noch etwas sagen.«
»Eigentlich nicht.« Er dachte ein paar Sekunden nach, dann nickte er. »Stimmt! Ich habe mich ein wenig umgehört; es ist ein Panzerregiment. Ich wußte nicht, daß wir ein Panzerregiment hier haben. Du?«
»Wenn du es nicht wußtest!«
»Dabei sind sie schon sechs Jahre hier«, sagte er verwundert. »Es soll sogar eine große Tradition haben, ehemaliges Kavallerieregiment, 1904 in Manila gegen die Filipinos eingesetzt, später gegen Banditen in Texas, 1944 in den Ardennen ...«

»Bravo!« sagte Claire. Sie hatte sich ihr Kleid übergestreift, setzte sich wieder auf die Couch und griff nach ihren Strümpfen. »Wo hast du das alles erfahren?«
»Bei der Redaktion; ich habe angerufen. Wir haben uns schon den Kopf darüber zerbrochen, was wir ihm schenken sollen.«
»Dem Regiment?«
»Dem Amerikaner natürlich. Ich war nie Soldat.«
»Wie wär's mit Wollsocken?«
»Bitte?«
»So ausgefallen ist das nicht. Ich weiß noch von meinem Bruder, daß er immer zerrissene Socken heimgebracht hat. War es dein Einfall?«
»Ihn einzuladen?«
»Ja.«
»Es paßt dir nicht?«
Sie ließ sich mit der Antwort Zeit, bis sie mit ihren Strümpfen fertig war. Dann blickte sie in sein Gesicht. »Ihr werdet Mühe haben, euch mit ihm zu verständigen.«
»Wofür haben wir dich?«
»Danke.«
Er legte ihr die Hand auf das Knie, eine kleine weiche Hand mit kurzen dicken Fingern und sehr sauberen Nägeln. »Claire!«
»Ja?«
»Ich bin wirklich froh, daß du jetzt Ferien hast«, sagte er. »War es wieder anstrengend heute?«
»Wie immer.«
Er beobachtete, wie sie ihre Schuhe anzog. »Ich vermute, er spricht Deutsch«, sagte er dann. »Das Regiment ist schon so lange hier, daß sie sicher alle Deutsch können. Ich kann die Einladung jetzt nicht mehr rückgängig machen.«
»Deine Mutter hat ihn eingeladen«, sagte Claire. Im Grunde war es ihr egal. Wenn der Amerikaner dazu beitrug, der üblichen Konversation eine neue Nuance zu geben, konnte es ihr nur recht sein.
»Ich glaube nicht, daß er Socken braucht«, sagte Fred nach einer Pause. »Bei den Amerikanern ist das nicht so wie bei uns; damals war Krieg. Ihr habt nie erfahren, wo dein Bruder liegt?«
Er hatte es sie schon ein dutzendmal gefragt. Claire schüttelte den Kopf. »Kannst du nicht das Radio abstellen?«
»Du wolltest doch ins Bad. Ich habe das Licht brennen lassen.«
»Ich weiß es. Vielleicht findest du in der Zwischenzeit einen anderen Sender.«
»Es ist Jazz. Seit wann hast du etwas gegen Jazz?«

»Seit wir das erstemal darüber gesprochen haben.« Sie stand auf. Als sie zur Tür gehen wollte, hielt er sie fest. »Du bist müde, Kleines. Soll ich dich heimfahren?«

»Ich habe mich daran gewöhnt, daß du es nicht mehr tust.«

Das Bad lag am Ende des schmalen, hohen Flurs. Dort führte auch die Treppe zum oberen Stockwerk hinauf. Es hatte vier Zimmer, in einem davon schliefen Freds Eltern. Die Parterrewohnung hatte gleichfalls vier Zimmer. Hier waren früher die Büroräume gewesen; heute standen sie leer. Das Haus lag zu sehr an der Peripherie von Thüngerstadt, den Kunden wurde der Weg zu weit, andere Makler setzten sich im Stadtzentrum fest. Freds Vater mußte sich den veränderten Verhältnissen anpassen, sein Büro befand sich jetzt in einem modernen Hochhaus beim Bahnhof. In die leeren Zimmer sollte später einmal die Praxis kommen, ein Wartezimmer, ein Konsultationszimmer und ein Zimmer für die Röntgenanlage. An alles war gedacht, auch an die Finanzierung. Eine komplette Arztpraxis kostete viel Geld, und sie sollte nicht nur komplett, sie sollte auch modern sein, supermodern, wie Fred meinte. Man würde einiges umbauen müssen, man engagierte einen Innenarchitekten, ließ Pläne anfertigen, redete sich den Kopf heiß, diskutierte, erörterte, Berechnungen wurden angestellt, man ließ nichts außer acht, alles wurde bis ins letzte ausgeklügelt, in Betracht gezogen, gegeneinander abgewogen, nur sie, Claire, wurde kein einziges Mal nach ihren Wünschen gefragt. Sie saß stumm am Tisch, wenn die Meinungen aufeinanderprallten, wenn die Details im Familienrat ausgehandelt wurden, die Polstermöbel, die Tapeten, die Böden – ein Ressort, das Freds Mutter für sich beanspruchte, derweil die Männer farbige Prospekte einer bekannten Firma für medizinische Geräte studierten –, ja sogar die Journale und Zeitungen für das Wartezimmer waren Gegenstand hitziger Auseinandersetzungen gewesen. Ihr Einwand, daß es noch viel zu früh sei, an eine Praxis zu denken, fand kein Gehör. Auch hatten die Planungen inzwischen ein Stadium erreicht, das weitere Diskussionen überflüssig machte. Man war sich einig geworden, man würde die Finanzierung tragen, die Räumlichkeiten zur Verfügung stellen und eine große Ärztin aus ihr machen. Es gab nichts mehr zu bereden, die Pläne lagen fertig im Schreibtisch; welches Mädchen konnte sich mehr wünschen!

Als sie aus dem Bad zurückkehrte, saß Fred unbeweglich auf der Couch; das Radio spielte nicht mehr. Er rührte sich auch nicht, als sie in ihren Mantel fuhr, die Handtasche vom Tisch nahm und zum Fenster trat. Es schneite unverändert, die Äste der Bäume hatten sich in unförmige Balken verwandelt, die wenigen

Laternen tauchten im Schneegestöber unter. Die Straße lag leer. Jetzt fuhren keine Bahnen mehr, keine Taxen; es lohnte sich nicht. Auch Thüngerstadt lag an einer Peripherie, an der Peripherie der freien Welt. Von hier aus führten keine Straßen weiter, keine Eisenbahnschienen, hier kreuzten sich keine internationalen Verkehrslinien, und die Richtungweiser auf dem Bahnhofsplatz zeigten alle nach Westen. Nach Mitternacht gab es keine Kinovorstellungen mehr, keine einfahrenden Züge, keine Hotelzimmer. Nach Mitternacht hörte Thüngerstadt auf, eine Stadt zu sein.

»Dann werde ich dich jetzt nach Hause bringen«, sagte Fred.

Claire drehte sich um, betrachtete sein gekränktes Gesicht, seine kleinen Hände, die weiß und schlaff zwischen seinen Beinen hingen, und sie dachte, daß sie ihm nie so weh tun könnte, wie es erforderlich wäre, wenn sie jetzt noch etwas zu ändern versuchte. Sie war ihr Leben lang von anderen Menschen abhängig gewesen, zuerst von ihren Eltern, dann von ihm, und sie war nicht der Typ, sich darüber hinwegzusetzen. »Es macht mir nichts aus, zu Fuß zu gehen«, sagte sie.

Sein Gesicht glättete sich. »Wenn du einen Schirm brauchst ...«

»Ich brauche keinen Schirm.«

»Morgen kannst du ja ausschlafen«, sagte er. »Mein Gott, wann habe ich mich das letztemal ausschlafen können! Ich gehe noch mit dir auf die Straße. Wenn wir jetzt verheiratet wären ...«

Er brach ab, seufzte und stand auf. »Es käme wirklich nicht mehr darauf an. Vier Monate noch, dann bist du fertig. Dein Vater hat lange genug Zeit gehabt, sich damit abzufinden.«

»Ich habe es ihm versprochen; nach meiner Promotion, keinen Tag früher.«

»Und dann? Es wird ihm nur noch schwerer werden. Je länger du damit wartest, desto schwerer wird es ihm. Wir hätten heiraten sollen, ehe deine Mutter gestorben ist.«

»Entschuldige bitte, daß ich nicht damit gerechnet habe.«

Diesmal merkte er es; sein Gesicht färbte sich rot. »So war es nicht gemeint.«

»Es hörte sich so an. Verheiratet, wäre ich schon beim Physikum durchgefallen. Anscheinend kannst du dir nicht vorstellen, daß es eine Umstellung für mich sein wird.«

»Du hättest hier alles, was du brauchst.«

»Ich habe es zu Hause auch.« Sie ging zu ihm hin. »Es ist nicht nötig, daß du mit auf die Straße gehst.«

»Es hätte mir nichts ausgemacht.«

»Natürlich nicht«, sagte Claire.

2

Nun warteten sie schon über fünf Minuten, aber das Licht zeigte sich nicht mehr. Der Schnee fiel so dicht, daß sie keine zehn Schritte weit schauen konnten. Er setzte sich in dicken Polstern auf ihre Schultern, in den offenen Jeep, er deckte die tiefen Radspuren zu, verwischte die Konturen der Nacht und ließ alles eins werden, Nähe und Ferne, Wald und Feld, oben und unten.
Die vier Männer froren, sie standen neben dem Jeep, hatten die Hände in die Taschen geschoben und starrten unbeweglich in die Nacht. Auch ohne etwas von der Landschaft zu sehen, wußte jeder von ihnen, wie sie beschaffen war. Sie waren schon so oft hier gewesen, daß sie jeden Quadratmeter Boden kannten. Fünfzig Meter vor ihnen fiel er steil ab, dort wurde das Gelände von einer Mulde durchpflügt. Jenseits der Mulde fing Wald an, und am Waldrand hatten sie das Licht gesehen, vielleicht eine Taschenlampe, vielleicht ein Zündholz, ein rasches Aufblitzen nur, zu kurz, um sich darüber schlüssig zu werden. Wäre es eine Meile weiter westlich geschehen, hätte sich keiner von ihnen darum gekümmert, aber der Wald lag am Zonengrenzstreifen, jenseits des Waldes standen die hölzernen Beobachtungstürme, die großen Warnschilder, jenseits des Waldes hörte die Welt auf. Hier wurde auch das scheinbar Unwesentliche bedeutungsvoll, das Geräusch des Windes konnte ebensogut das Annähern einer Patrouille sein, das Brechen eines Astes das Schnappen eines Gewehrschlosses. Hier war alles noch so wie vor vierzehn Jahren, östlich von Thüngerstadt war die Zeit stehengeblieben, die Zeit und der Krieg.
Die Männer wandten fast gleichzeitig den Kopf. Schwerfällig, die Schultern gegen den Wind gestemmt, löste sich eine Gestalt aus der Nacht, stapfte mühsam, den halbverwehten Radspuren folgend, näher, blieb stehen und richtete das Wort an den größten der vier Männer: »Sie sollen nachschauen, Sergeant!«
»Allein?«
»Sie sollen einen Mann mitnehmen, die anderen sollen beim Jeep bleiben.«
»Sonst nichts?«
»Sonst nichts, Sergeant.« Es klang mürrisch, gelangweilt und ein klein wenig aufsässig.
Der Sergeant blickte nach der anderen Seite, wo im Schneegestöber der Wald lag. »Sie können gehen«, sagte er.
Der Mann zögerte, wandte sich halb um, zuckte mit den Schultern und stapfte den Weg zurück.
Der Sergeant blickte noch immer zum Wald hinüber. Als einer

der Männer sich räusperte, drehte er ihm langsam das Gesicht zu, dann betrachtete er den Jeep, das eingebaute Maschinengewehr, dessen Lauf dem Wald zu gerichtet war. Dann wandte er den Kopf, und zwei der Männer kletterten in den Jeep, wischten den Schnee von den Sitzen und zogen ihre Handschuhe aus.

»Okay«, sagte der eine.

Der Sergeant nickte. Er wechselte das automatische Gewehr von der linken auf die rechte Schulter und setzte sich in Bewegung. Er schritt so rasch aus, daß der dritte Mann Mühe hatte, ihm zu folgen. Erst als sie in der Mulde waren und der Schnee so hoch lag, daß sie bis zu den Knien einsanken, wurde er langsamer.

Von hier aus konnten sie auch wieder den Wald sehen, sein dichtes Unterholz, das wie ein unbezwingbarer Wall den Zutritt verwehrte, die schneebeladenen Äste und knorrigen Stämme. An ihren der Mulde zugewandten Flächen hatte sich eine dicke Schneekruste festgesetzt, hingeweht vom Wind, der scharf und kalt über das Feld kam. In der Mulde war er kaum zu spüren, sie mochte zehn Meter tief, ebenso breit und über eine Meile lang sein. Sie zog sich, eine natürliche Panzerfalle, den Wald entlang, oft so steil, daß kein Fahrzeug sie bewältigen konnte. Von den hundert Meilen, die Sergeant Baako zweimal in der Woche zu patrouillieren hatte, war sie die unproblematischste. Vierzehn Jahre hatten genügt, den Wald in eine unüberwindliche Barrikade zu verwandeln. Seit drei Jahren fuhr er wöchentlich zweimal hier vorbei, rund vierhundertmal, wenn er die regelmäßigen Alarmübungen hinzurechnete, sommers wie winters, bei Tag und Nacht, bei Kälte und Regen. Eine Front ohne Granaten, ohne Schützengräben und, wenn man von den gelegentlichen »Betriebsunfällen« absah, eine Front ohne Verluste. Eine tödlich langweilige, widersinnige, eine gespenstige Front, zehn Meilen von Thüngerstadt entfernt, fünfunddreißig Meilen von Bad Kissingen, rund neunzig Meilen von Frankfurt, eine Front mit Dutzenden von Panzerdivisionen auf beiden Seiten, Hunderten von Schützendivisionen und Tausenden von Kanonen. Und der Wald war eine Meile dieser Front, eine gute Meile von Europa, und in dieser Nacht war Sergeant Baako für diese Meile verantwortlich, in dieser Nacht und in drei Tagen wieder, aber er hatte es nie so empfunden. Er war einer von vielen, und zehn Meilen hinter der Front lag die Kaserne. Sie unterschied sich in nichts von den Kasernen in Kentucky, langgestreckte Gebäude mit vielen Fenstern und Türen, ein Kasernenhof und ein Dienstplan. Ein anderer Dienstplan zwar als in Kentucky, aber doch ein Dienstplan.

John Baako liebte seinen Dienst, er machte sich wenig Gedanken

darüber, weshalb er hier war und was geschehen würde, falls einmal etwas geschah. Er würde auch dann seine Pflicht tun, genauso wie gestern und heute, ohne viele Worte, mit der Selbstverständlichkeit eines Soldaten, der seine Aufgabe kennt und sich danach richtet. Er hatte sich alles gut überlegt, bevor er Soldat geworden war, jetzt gab es nichts mehr zu überlegen, außer dem, was mit seinem Dienst zusammenhing, und während er nun, das Gewehr über die Schulter gehängt, durch den knietiefen Schnee den jenseitigen Hang hinaufstapfte, überlegte er, wer in dem Wald stecken könnte. Vielleicht wieder einmal ein Flüchtling, vielleicht eine Patrouille vom Bundesgrenzschutz oder sogar eine von der anderen Seite! Auch das hatte es schon gegeben, aber sie zogen sich immer sofort zurück, wenn sie sich entdeckt sahen.
In jedem Fall war aber kaum damit zu rechnen, daß sich die Mühe lohnte. Waren es Leute von drüben, so mußten sie die Scheinwerfer der beiden Jeeps gesehen haben. Sie waren rechtzeitig gewarnt worden, und vielleicht war es eine Dummheit gewesen, den Vorfall überhaupt zu melden. John Baako wußte zwischen einem gefährlichen Versäumnis und einem vernünftigen Verzicht zu unterscheiden, aber ein Sergeant, der mit zwei Jeeps und vier Begleitern auf Patrouille war, durfte nicht weniger pflichtbewußt sein als der pflichtbewußteste unter seinen Männern.
Sie erreichten den Waldrand an einer Stelle, die so dicht mit Unterholz bewachsen war, daß sie gar nicht erst den Versuch machten, einzudringen. Sie suchten den Boden nach Spuren ab und gingen etwa hundert Schritte nach Norden. Dort fanden sie einen Durchschlupf. Sie arbeiteten sich ein Stück weit in den Wald hinein, bis ihnen ein umgestürzter Baum den Weg versperrte. Hier war der Wind nicht mehr so scharf, der Schnee kam senkrecht vom Himmel, bedeckte knöcheltief den Boden und verbreitete eine stumpfe, phosphoreszierende Helligkeit im Wald. Es war so still, daß sie hören konnten, wie die Flocken aufsetzten.
»Es ist zwecklos«, sagte der Mann neben Sergeant Baako. »Kehren wir um?«
»In fünf Minuten. Vielleicht hören wir etwas.«
»Warum bin ich nicht zur Luftwaffe gegangen«, sagte der Mann mürrisch. »Dieses Land macht mich noch kaputt, ich vertrage dieses Land nicht, verstehst du?«
»Ich habe dich nicht hergeholt, Sam«, sagte der Sergeant und leuchtete mit der Taschenlampe auf seine Armbanduhr.
Sam blickte sich um. »Sie können nur am Waldrand gestanden haben. Hier kommt keiner durch. Wenn es tatsächlich Volkspolizisten waren, möchte ich wissen, was sie hier suchten.«

»Sie beobachten uns«, sagte John. Vielleicht gehörte es zu ihrer militärischen Ausbildung, hier hatten sie alles, was sie brauchten: eine Front, einen Gegner und ein gutes Übungsgelände, einen Sandkasten im Verhältnis eins zu eins, besser als der beste Sandkasten in ihren Offiziersschulen.
»Es war eine Taschenlampe«, sagte Sam. »Ein Streichholz hätten wir auf diese Entfernung nicht sehen können. Warum melden wir es nicht dem Grenzschutz?«
»Ist nicht unsere Sache«, sagte John kurz.
Sam lachte zornig. »Ist immer unsere Sache. Wenn es einmal losgeht, ist es auch unsere Sache; dann findest du weit und breit keinen Grenzschutz mehr.«
Sie kehrten zum Waldrand zurück und kletterten die Mulde hinab. Aus dem Schneegestöber tauchten die Umrisse des Jeeps mit den beiden Männern vor ihnen auf.
»Ich kann diese eingebildeten Burschen aus Mississippi nicht ausstehen«, murmelte Sam. »Hast du schon einmal erlebt, daß einer aus Mississippi nicht eingebildet ist?«
John lächelte. Er klopfte sich den Schnee von der Feldbluse, gab den Männern auf dem Jeep ein Zeichen und ging mit großen Schritten über den sanft ansteigenden Acker zur Straße. Dort stand mit laufendem Motor der Funkwagen, der Mann hinter dem Lenkrad reichte John das Mikrophon. »Haben Sie etwas gesehen?« fragte er.
John schüttelte den Kopf. Während er mit der Befehlsstelle sprach, behielt er das Gelände vor der Mulde im Auge, wo jetzt die Scheinwerfer des ersten Jeeps aufleuchteten. Er beobachtete, wie er auf dem Acker wendete und langsam näher rollte. Sam hockte wieder am Lenkrad, neben ihm ein Mann der Maschinengewehrbedienung, der zweite saß zusammengekauert hinter ihnen und rauchte.
Aus dem Funkgerät kam der Befehl zur Weiterfahrt, die Stimme des Sprechers hallte laut und blechern durch die Nacht. John betrachtete die Karte. Sie hatten noch einen Punkt zu kontrollieren, es war der letzte von insgesamt sieben, dann würden sie nach Thüngerstadt zurückkehren. Um acht Uhr waren sie dort weggefahren, um Mitternacht hatten sie den Verpflegungswagen getroffen, und jetzt war es zwei Uhr früh. Drei Stunden noch, eine Stunde bis zum nächsten Kontrollpunkt und zwei Stunden für die Rückfahrt. Neun Stunden insgesamt, und das Thermometer zeigte fünf Grad minus.
Er schraubte die Thermosflasche auf, füllte den Becher mit heißem Kaffee und blickte seinen Fahrer an. »Einen Schluck?«

Der Mann drehte ihm das Gesicht zu und grinste. Er hatte sich die Pelzmütze tief in die Stirn gezogen, seine Haut war fleckig in der Kälte.
»Ob du einen Schluck willst?« wiederholte John. Seine Hand mit dem Becher zitterte plötzlich. Er wartete ein paar Sekunden, dann stellte er den Becher vorsichtig neben sich auf den Wagenboden. »Du kannst wieder den Wagen übernehmen«, sagte er. Seine Stimme klang unverändert ruhig.
Der Mann grinste noch stärker. Er kletterte aus dem Wagen, holte sein Gewehr aus dem Halfter und stapfte davon. Sekunden später kam Sam. Er setzte sich hinters Lenkrad, steckte sich eine Zigarette an und fluchte ein paarmal leise und wütend vor sich hin. »Bruce und Henry sind nicht die US-Armee«, sagte er dann. »Ich begreife nicht, weshalb du dir soviel Mühe machst.«
»Ich mache mir keine Mühe«, erwiderte John. Er hatte das Meldebuch auf seinen Knien liegen und studierte, was er eingetragen hatte.
»Du machst dir keine Mühe!« Sam lachte kurz auf. »Vor acht Tagen hast du sie zu einem Drink eingeladen.«
»Dich nicht?«
»Mich auch«, sagte Sam laut. »Jawohl, mich auch. Und wer ist gekommen? Sam, sonst keiner. Und jetzt hast du dir die zweite Abfuhr geholt. Mit den Burschen ist nichts anzufangen, sag' ich dir. Oder hast du dir wirklich eingebildet, er würde dir um den Hals fallen, wenn er deinen Jeep fahren darf?«
»Ich wollte mit ihm ins Gespräch kommen.«
»Du hast acht Wochen Zeit gehabt, mit ihm ins Gespräch zu kommen. Seit sie zu uns versetzt worden sind, hast du Zeit gehabt. Weißt du, was er sich dabei gedacht hat, als du ihn deinen Jeep fahren ließest? Er hat sich gedacht, du würdest es nur tun, um ihn von Bruce wegzubringen. Bei denen beißt du auf Granit, John. Wie war das, als er gestern mit dreckigen Stiefeln zum Appell gekommen ist? Einen Anschiß? Nein. Jeder andere hätte seinen Anschiß weggekriegt, aber Henry nicht.«
»Es ist Bruce, nicht Henry«, sagte John. »Bruce hetzt ihn auf.«
»Sie taugen beide nichts«, erklärte Sam verächtlich. »Ich habe diese reichen Farmersöhnchen aus Mississippi noch nie riechen können. Sie werden dich bei der ersten Gelegenheit beim Grenzoffizier denunzieren, und mich dazu.«
»Man darf ihnen die Gelegenheit nicht geben«, sagte John und klappte das Meldebuch zu. »Fahr los!«
Er beobachtete mit zusammengepreßten Lippen, wie Sam die Kupplung durchtrat.

In den letzten Minuten hatte der Schneefall nachgelassen, die Silhouetten der Landschaft wurden deutlicher, die steil ansteigenden, von Mulden und Schluchten durchschnittenen Flächen der Felder hoben sich matt vom Himmel ab, vereinzeltes Buschwerk und verkrüppelte Bäume säumten die Straße, und auf den Hügeln standen verschneite Wälder.

Später zerriß die Wolkendecke, zwischen tiefziehenden Wolkenfetzen zog der Mond über den Horizont und hellte die Nacht auf. Im Scheinwerferlicht blitzten Schneekristalle, ein paar Häuser tauchten auf, schmale Fachwerkhäuser, die Fenster dunkel, am Straßenrand ein Kruzifix, dahinter eine große Scheune. Das Tukkern der Motoren hallte von den Häusern wider, die Schneeketten mahlten klirrend über buckliges Kopfsteinpflaster. Dann hörte die Straße auf, ein Feldweg, unter der Schneedecke kaum mehr zu erkennen, führte bergan, endlos, der blassen Sichel des Mondes entgegen, über eine kahle, langgezogene Hügelkuppe, dann ein ödes Tal durchquerend und wieder einen Berg hinauf.

»Mach das Licht aus!« sagte John. Gleichzeitig erloschen die Scheinwerfer des zweiten Jeeps. Sam schaltete in den ersten Gang zurück, das Motorengeräusch veränderte sich, die Reifen gruben sich tiefer in den Schnee, arbeiteten sich mühsam die Steigung empor, dann tauchte wieder Wald auf, ein dünner Streifen nur, durchsichtig vor dem hellen Himmel, und fünfzig Meter vor dem Wald steuerte Sam den Wagen rechts heran und ließ den zweiten Jeep vorbeifahren.

John stieg aus. Er blieb einen Augenblick stehen und beobachtete, wie die Männer im zweiten Jeep den Lauf des Maschinengewehrs auf den Wald richteten und einen Gurt einlegten. Das Geräusch wurde von den Motoren verschluckt. Dann holte er das Automatengewehr aus dem Halfter, hängte es sich über die Schulter und stieg die letzten Meter zum Wald hinauf.

Jenseits des Waldes tat sich ein breites Tal auf mit vereinzelten Lichtern in der Tiefe, den verschwommenen Konturen der gegenüberliegenden Berge und einem dunklen Turm im Vordergrund, nicht viel weiter entfernt, als ein kräftig geschleuderter Stein fliegt. Hier gab es keinen Stacheldraht und keinen Zaun, aber dicht am jenseitigen Waldrand war der Boden zehn Meter breit umgepflügt. Der Schnee hatte den Streifen zugedeckt, für zwei Tage vielleicht, vielleicht auch für länger, aber der Streifen würde immer noch dasein, wenn der Schnee nicht mehr war.

Vom Waldrand aus beobachtete John den Turm. Er kannte ihn seit drei Jahren, und er wußte, daß er acht Meter hoch und von drei Männern besetzt war, die etwas von einem Maschinengewehr verstanden. Wenn er den Feldstecher zu Hilfe nahm, konnte er sogar ihre Umrisse sehen; sie verhielten sich völlig regungslos. In seiner Uniform mußte er sich deutlich vom hellen Hintergrund abheben, sie hatten ihn jetzt im Glas, sie würden die Motoren hören, die nie abgestellt werden durften, und sie würden anschließend ihre Meldung schreiben, genauso, wie er sie schreiben würde, eine Routinesache, mehr nicht.

Während er zu ihnen hinüberschaute, fragte er sich zum ungezählten Male, was geschehen würde, wenn er den Streifen einmal überquerte. Vielleicht würden sie schießen, vielleicht würden sie ihn auch herankommen lassen, um ihn lebend zu erwischen. Seit er diesen Abschnitt kontrollierte, war es nie zu einem Zwischenfall gekommen, aber er war immer darauf vorbereitet. Ein Maschinengewehr konnte einmal losgehen, versehentlich oder absichtlich. Es würde nicht zu einem Atomkrieg kommen, wenn er, Sergeant Baako, zufällig getroffen wurde. Man würde vielleicht Noten austauschen, protestieren, den Zwischenfall jedoch geheimhalten. Keine Zeitung würde darüber schreiben, kein Reporter davon berichten; ein interner Betriebsunfall, sonst nichts.

Er blickte auf seine Armbanduhr. Es wurde Zeit für den nächsten Anruf. Er hatte Befehl, halbstündlich seinen Standort zu melden. Blieb die Meldung einmal aus, wurde eine Suchpatrouille losgeschickt. Fand die Patrouille nichts, löste die Befehlsstelle Großalarm aus; es hätte ihn seinen Dienstgrad gekostet.

Sam hatte bereits das Funkgerät eingeschaltet. Er beobachtete noch, wie John das Mikrophon in die Hand nahm, dann stieg er aus dem Jeep u: d lief, die Arme an den Körper schlagend, zweimal um den Jeep herum. Hier oben blies der Wind noch schärfer, er kam genau aus Norden und fegte Wolken feinen Schnees über das kahle Feld. Im Westen reflektierte der Himmel die Lichter von Thüngerstadt. Dort lagen sie jetzt in ihren warmen Betten; auch Sam machte sich seine Gedanken.

John kam zu ihm. Er hatte Standort, Uhrzeit und die Wettermeldung durchgegeben, seine Beobachtungen eingetragen und mit der Maschinengewehrbedienung gesprochen. Jetzt hatte er noch einen letzten Weg vor sich, vierhundert Meter über das kahle Schneefeld nach Süden, wo seit sieben Stunden zwei Männer seiner Gruppe auf ihn warteten, ein vorgeschobener Horchposten, zehn Meilen von Thüngerstadt entfernt, einer von den vieren, für die John verantwortlich war. Von den zwölf Männern seiner Gruppe waren acht auf Horchposten verteilt, in ausgebauten Stellungen. Der letzte Horchposten war mit dem Jeep nicht zu erreichen, er lag an einem Steilhang, war vorzüglich getarnt und

von der anderen Seite nicht einzusehen. Über diese Stellungen wurde nie gesprochen, sie wurden in keinem Regimentsbefehl erwähnt und waren auf keiner Karte zu finden. Sie waren so geheim, daß selbst der Casino-Sergeant nicht genau wußte, wo sie lagen, und der Casino-Sergeant wußte sonst alles.
»An eines haben sie nicht gedacht«, sagte Sam. Er hatte die Handschuhe ausgezogen, die Fäuste in die Taschen geschoben und betrachtete den rötlichen Himmel über Thüngerstadt. »Du vielleicht auch nicht«, setzte er hinzu.
John lächelte. Er war einen Kopf größer als Sam, sehr schlank, mit den weichen, katzenhaften Bewegungen seiner Rasse. Wenn er nachts über einen Acker schritt, erinnerte er Sam an ein dunkles, geschmeidiges Tier. »Woran habe ich nicht gedacht?« fragte er.
»Daß sie uns einmal irgendwo auflauern«, antwortete Sam. »Irgendwo auf einem Feldweg, zwanzig oder fünfzig Mann stark. Wer hindert sie daran, herüberzukommen?«
»Ich bin kein General«, sagte John.
Sam ereiferte sich. »Bin ich ein General? Aber denken kann ich auch. Was willst du tun, wenn sie plötzlich im Weg stehen? Die Befehlsstelle um Feuererlaubnis bitten? Bis du das Funkgerät eingeschaltet hast, bist du tot. Sie werden uns in unseren eigenen Jeeps über die Grenze schaffen, sie dort stehenlassen und sich auf eine Provokation herausreden. Wer will ihnen beweisen, daß es anders gewesen ist? Ich sage dir, diese Armee hat kein Hirn, sonst hätte sie uns nicht verboten zu schießen, wenn wir angegriffen werden.«
»Sie hat es uns nicht verboten«, erwiderte John. »Sie verlangt nur, daß wir vorher die Genehmigung einholen.«
»Die Genehmigung einholen!« Sam äffte seinen Ton nach. »Hast du in einer Schreibstube gelernt oder wo, Mann! So dumm bist du nicht, wie du mich jetzt machen willst.« Er verlor plötzlich das Interesse an dem Thema und gähnte. »Nichts los heute, was?«
»Wie immer«, sagte John.

3

Wie immer am ersten Ferientag, wachte sie früh auf. Sie würde wieder einige Tage brauchen, sich daran zu gewöhnen, daß kein Wecker schrillte, keine Straßenbahn auf sie wartete, die zu versäumen eine verlorene Vorlesung bedeutete, denn ohne diese Bahn erwischte sie ihren Zug nicht mehr, und der nächste nach Marburg ging erst drei Stunden später. Natürlich wäre es einfacher gewesen, sie hätte sich in Marburg ein Zimmer gemietet, aber in Marburg waren die Zimmer so selten wie Studenten, welche nicht darauf angewiesen waren, eines zu finden. Als sie sich vor fünfeinhalb Jahren immatrikulieren ließ, betrachtete sie die tägliche Hin- und Rückreise nur als Übergangslösung. Inzwischen hatte sie Zeit gehabt, sich daran zu gewöhnen. Vieles hatte dazu beigetragen: der Widerstand ihrer Mutter, deren Wunsch es gewesen war, daß sie daheim wohnen blieb; die Phantasiepreise vieler Marburger Zimmervermieter, die nicht zurückstehen wollten, aus der Not ein Geschäft zu machen; das demütigende Treppauf und Treppab, das widerliche Wuchern und Feilschen mit Menschen, deren bloßer Anblick genügte, ihr den Mund zu verschließen. Auch hatte sie im Laufe der Jahre ihre eigenen vier Wände in der elterlichen Wohnung so gemütlich eingerichtet, daß es ihr schwergefallen wäre, sie mit der nüchternen Umgebung eines möblierten Zimmers zu vertauschen. Seit Fred da war, gab es noch einen Grund mehr, in Thüngerstadt zu bleiben. Er hätte sich nie damit einverstanden erklärt, auf Gewohnheiten zu verzichten, deren Beibehaltung ihre Anwesenheit voraussetzte. Darüber hinaus hätte er jedoch kaum Einwände gehabt, denn um eifersüchtig zu sein, war er sich seiner Sache zu sicher. Sie war davon überzeugt, daß sein Schlaf nicht weniger tief, sein Appetit nicht weniger gut gewesen wäre, wenn er sie in Marburg gewußt hätte.

Ihr Vater war schon auf, sie hörte ihn im Bad hantieren. Er hatte sich nie an seine Pensionierung gewöhnen können, er stand noch genauso früh auf, wie er es getan hatte, als er noch jeden Morgen zur Arbeit gegangen war; pünktlich, gewissenhaft und geräuschvoll. Er hätte nichts versäumt, wenn er zwei Stunden später aufgestanden wäre, er hätte auch dann noch seinen Morgenspaziergang machen können, ein Stück den Fluß entlang, zur Landesbibliothek – und seit einem halben Jahr auch zum Friedhof, jeden Tag und bei jedem Wetter.

Sie hatte ihn nie so geliebt, wie andere Mädchen ihren Vater lieben, sie hatte nie den Wunsch verspürt, von ihm gestreichelt zu werden oder eine andere Geste der Zuneigung zu erhalten. Was er an Empfindungen aufzubringen vermochte, hatte er immer nur an zwei Menschen verteilt: an seine Frau und an seinen Sohn. Für sie, Claire, war nichts übriggeblieben, und es hatte ihr nie weh getan. Sie war zwölf Jahre jünger gewesen als ihr Bruder, unwillkommen für einen Mann nach vierzehnjähriger Ehe, ein schwarzhaariges, aufdringliches kleines Malheur, das alle Regeln und Gewohnheiten des Familienlebens umstieß, ein ungebetener Eindringling in die bereits festgefügte, in sich abgeschlossene Ge-

meinschaft dreier Menschen, deren pekuniäre Verhältnisse es nicht zuließen, sich zu vergrößern, ohne dadurch ihren liebgewordenen Lebensstil einschränken zu müssen. Ihre Mutter hatte es sie nie fühlen lassen, vielleicht, weil es für eine Frau nicht dasselbe war wie für einen Mann, vielleicht auch, weil sie gespürt hatte, daß bei soviel Übereinstimmung zwischen Vater und Sohn ihre eigene Rolle unbefriedigend blieb. Solange sie dagewesen war, hatte für Claire nie der Eindruck entstehen können, überflüssig zu sein. Sicher, im Laufe der Jahre hatte sich auch ihr Vater mit ihrer Anwesenheit abgefunden, aber keinen Augenblick lang hatte sie den Platz ihres Bruders schmälern können. Nie, solange sie lebte, würde sie den Tag vergessen, als der Postbote die Nachricht von seinem Tod brachte; nie, solange sie sich an diesen Tag erinnern konnte!
Aber auch dieses Ereignis hatte ihr Verhältnis zu ihrem Vater nicht herzlicher gestalten können. Zwar ließ er sie den Weg gehen, der für ihren Bruder bestimmt gewesen war: sie »durfte« auf die Universität, eigentlich gegen ihren Willen. Sie hatte nie den Wunsch verspürt zu studieren, es war wie ein Vermächtnis auf sie zugekommen, und sie war nicht stark genug gewesen, dagegen zu opponieren. Sie hatte nie opponiert, sie hatte immer nur getan, was von ihr verlangt worden war, stumm, gleichgültig und von der Sinnlosigkeit eines Widerstandes überzeugt. Ihr Vater hätte ihn auch nicht gelten lassen. Für ihn war ihr Studium die Einlösung eines Wechsels, um den ihn das Schicksal betrogen hatte. Er zog sich noch mehr in sich zurück, schloß sich noch enger an seine Frau an. Ihr Tod verwandelte ihn vollends in einen eigenbrötlerischen, wortkargen Menschen. Oft schien es ihr, als wäre seine Seele schon dort, wohin ihm Frau und Sohn vorangegangen waren.
Eine Zeitlang hatte sie nach dem Tode ihrer Mutter gehofft, daß er sich nun ändern würde, aber das Gegenteil war der Fall. Als ob er dem Schicksal damit zu verstehen geben wollte, daß es ihm von allen Menschen, die ihm lieb gewesen waren, nur jenen gelassen hatte, der ihm am wenigsten bedeutete, verschloß er sich mehr und mehr vor ihr. Nein, er brauchte sie nicht, er hatte sie nie gebraucht, sie hätte unbesorgt heiraten können. Wenn sie ihn trotzdem zum Vorwand nahm, die Heirat hinauszuschieben, so nur, um Zeit zu gewinnen, vor sich selbst und vor dem, was auf sie wartete, wenn sie Freds Frau war. Die fünf Jahre mit ihm hatten ausgereicht, ihr zu zeigen, wie ihr Leben einmal sein würde: illusionslos, sachlich und entsetzlich vorgezeichnet. Es würde alles so kommen, wie Fred und seine Eltern es bestimmt hatten.

Sie erinnerte sich, daß Sonntag war und daß sie in die Küche mußte. Vor einem halben Jahr, als ihre Mutter plötzlich nicht mehr aufstehen konnte, hatte sie ein Mädchen ins Haus genommen. Sie hieß Ruth, war neunzehn Jahre alt und etwas schwierig zu behandeln, aber sie hatte keine andere Wahl gehabt; Hausgehilfinnen waren genauso selten wie billige Zimmer in Marburg, und Claire war froh, sie wenigstens wochentags im Hause zu wissen. Über das Wochenende fuhr sie zu ihren Eltern, dann lag es an Claire, für ihren Vater zu sorgen. Es gab nicht so viel Arbeit, daß sich eine Hausgehilfin gelohnt hätte, die Wäsche gaben sie aus dem Haus, und seit die Mutter nicht mehr lebte, ging er zum Essen ins Restaurant. Claire hatte es ihm nicht ausreden können. Nur das Frühstück nahmen sie zusammen ein. Aber es war beruhigend, daran zu denken, daß er nicht allein war, wenn sie aus dem Hause ging.

Sie wartete noch, bis er aus dem Bad kam, dann stand sie auf. Vom Fenster aus blickte sie über die Landschaft. Es hatte aufgehört zu schneien, aber der Himmel war schwarz, die Wolken hingen so tief herab, daß sie die Berge zudeckten. Sie liebte das Zimmer nicht nur, weil es ihr gehörte und weil sie seit fünfzehn Jahren darin wohnte. Früher hatte es ihrem Bruder gehört, der Schreibtisch war noch von ihm, ebenso das große Bücherregal, ein Geschenk des Vaters zu seinem zwanzigsten Geburtstag am zwölften Mai 1942, mitten im Krieg und vier Monate, bevor sie Kurt zur Wehrmacht holten, Schwarzarbeit eines Angestellten der Landesbibliothek, wo nun ein anderer Mann den Platz des Direktors einnahm, seit eine unaufhaltsame Arteriosklerose die Pensionierung ihres Vaters vorzeitig herbeiführte. Was sonst noch im Zimmer stand, hatte sie von ihrem ersparten Taschengeld gekauft: die Bettcouch, eine Stehlampe, den runden Tisch, die beiden mit hellblauem Velours überzogenen Sessel, das Radio und den roten Schafwollteppich. Das Zimmer lag auf der Südseite des dreistöckigen Mietshauses, hatte einen kleinen Balkon und einen weiten Blick über den Fluß und auf die verschneiten Berge der Rhön. Wenn sie einmal bei Fred wohnte, würde sie nicht mehr über den Fluß schauen können, vielleicht würde sie auch keine Zeit mehr haben, am Fenster zu stehen, vielleicht auch kein Bedürfnis mehr. Fred schaute nie aus dem Fenster; er war viel zu sehr mit sich selbst beschäftigt.

Ihr Vater saß schon am Tisch, als sie zu ihm kam. Er blickte nicht von der Zeitung auf; es war das gewohnte Bild. Seit er nicht mehr darauf reagierte, wenn sie ihn anredete, setzte sie sich wortlos zu ihm, füllte seine Tasse, stellte ihm den Teller mit den gestrichenen Brötchen daneben und widmete sich ihrem eigenen Frühstück. Meistens las er noch die Zeitung zu Ende, faltete sie dann sorgfältig zusammen, steckte sie in die Rocktasche und beugte den Kopf tief über die Tasse. Er aß langsam, kaute jeden Bissen mit der Gründlichkeit alter Leute, putzte sich den Mund oft mit der Serviette ab, und manchmal starrte er minutenlang ins Leere. Sein glattrasiertes, welkes Gesicht mit den tiefen Falten, der randlosen Brille und den dünnen Lippen trug dann einen horchenden Ausdruck, als hätte eine ferne Stimme sein Ohr erreicht. Vielleicht durchforschte er auch nur sein Gedächtnis nach einer Sache, die ihn beim Lesen beschäftigt hatte, vielleicht war ihm auch eine Erinnerung an die Vergangenheit gekommen, vielleicht. Sie hatte es schon lange aufgegeben, darüber nachzusinnen, was in ihm vorging. Seine Welt war nicht mehr ihre Welt, sie lebten schon so weit voneinander entfernt, als läge ein Ozean zwischen ihnen, und sie wußte, daß es mehr als nur ein Ozean war. Über der Tür hing sein Hochzeitsbild, ein großer stattlicher Mann, die Weste straff gespannt über dem Bauch, die Frau an seiner Seite um Haupteslänge überragend. Heute war er nur noch ein Schemen seines Selbst. Wenn er mit hängendem Kopf und schlurfenden Schritten durch die Wohnung ging, erinnerte er sie manchmal an die Figuren Kafkas.

Es war warm im Zimmer, das Haus hatte Zentralheizung. Hier waren die Erinnerungen älter als fünfzehn Jahre, in jener Ecke hatte neununddreißig Jahre lang am Weihnachtsabend der Baum gestanden, fünfundzwanzigmal auch für sie. In diesem Jahr würde keiner dort stehen, sie würde den Abend bei Fred verbringen, ihr Vater hatte eine Einladung bekommen, sie wußte nicht, von wem. Sie war froh darüber. Es wäre ihr entsetzlich gewesen, neben ihm zu sitzen mit nichts als mit einer großen Leere im Herzen. Sie war nicht sentimental, aber es fiel ihr schwer, sich die Welt anders vorzustellen, als sie fünfundzwanzig Jahre lang ausgesehen hatte, und diese Zimmerecke war ein wesentlicher Teil ihrer Welt gewesen, hier endeten alle Erinnerungen, die guten wie die schlechten, hier, wo alles einmal angefangen hatte, zwischen diesen Möbeln, die immer dagewesen waren, soweit sie zurückdenken konnte. Es waren noch drei andere Zimmer hier, das Schlafzimmer ihres Vaters, sein Arbeitszimmer und jenes, das ihr gehört hatte, als ihr Bruder noch lebte. Heute wohnte das Mädchen darin, es war das kleinste Zimmer, und sein Fenster führte auf den Hof.

Es schneite schon wieder, sie sah es, als sie das Geschirr wegräumte. In einer Stunde würde Fred kommen, sie würden zusammen essen gehen, dann zu seinen Eltern fahren, dort den Abend

verbringen, sich den neuesten Klatsch anhören und vielleicht wieder »Mensch ärgere dich nicht« spielen. Es würde sein wie immer: langweilig, ermüdend und sehr familiär.
Im Flur half sie ihrem Vater in den Mantel, bürstete ihm die Haarschuppen vom Mantelkragen, holte seinen Stock aus dem Garderobenständer und ging mit ihm zur Tür. Sein Haar war noch genauso dicht wie früher, es quoll wie eine Perücke unter seinem Hut hervor, weiß, unbändig und von gelben Strähnen durchzogen. Er gehörte zu den Menschen, die von ihrem Beruf gezeichnet waren, vielleicht trugen sie seinen Stempel auch schon auf sich, ehe sie ihn als ihre Berufung erkannten. Es fiel ihr jedenfalls schwer, sich einen Bibliothekar anders vorzustellen. An der Tür erinnerte sie sich, daß sie mit Fred weg wollte.
»Ich bin nicht hier, wenn du zurückkommst«, sagte sie. »Hast du deine Schlüssel?«
Er nickte nur. Sie sah ihm nach, wie er vorsichtig die steile Treppe hinunterstieg, ein müder alter Mann. Es gehörte für sie zu den sinnlosen Grausamkeiten des Lebens, Menschen auseinanderzureißen, die im Laufe vieler Jahrzehnte eins geworden waren und ohne den anderen nicht mehr existieren konnten. Sicher würde er jetzt wieder zum Friedhof fahren, eine halbe Stunde am Grab stehenbleiben, dann seinen gewohnten Spaziergang machen, sich mit einem alten Freund treffen und schließlich, wenn es Zeit zum Essen war, in ein Restaurant gehen. Dort blieb er meistens sitzen, bis die Bibliothek aufmachte. Er konnte ganze Tage damit verbringen, sich über Neuerwerbungen zu unterrichten, nach einem bestimmten Buch zu suchen oder seinem Nachfolger, dem jetzigen Direktor, Ratschläge zu erteilen. Sie bezweifelte allerdings, daß dieser sehr erbaut davon war.
Fred kam früher als sonst. Sie war noch dabei, ihr Zimmer aufzuräumen, als die Türglocke ging. Wie immer küßte er sie flüchtig auf die Backe, lief im Flur umher, schüttelte sich den Schnee vom Mantel und warf einen Blick ins Wohnzimmer.
»Ist er schon weg?«
»Er ist weg«, antwortete Claire. »Du hättest wenigstens die Schuhe abputzen können.«
»Das hast du noch von deiner Mutter«, sagte er. »So attraktiv sind eure Teppiche nicht mehr. Können wir gehen?«
Im Wagen überraschte er sie mit einer Neuigkeit. »Wir fahren über die Feiertage weg, du und ich, vier Tage. Ich habe mich wieder für Oberstdorf entschlossen.«
»Hast du?«
»Weißt du etwas Besseres?«

»Nein.«
»Also! Oberstdorf war doch ganz nett.«
»Natürlich.«
»Und diesmal sind wir allein«, sagte er befriedigt. »Ich habe ihnen erklärt, daß es besser sei, wenn wir ohne sie fahren. Wenn wir einmal verheiratet sind, können wir sie schlecht daheim lassen.«
»Bei anderen soll es genau umgekehrt sein.«
»Was? Ach so!« Er lachte. »Sie waren nie zimperlich. Ich hatte sowieso das Gefühl, als hätten sie diesmal keine Lust mitzufahren.«
»Und der Amerikaner?«
»Der kommt doch bereits am Weihnachtsabend. Wir fahren am nächsten Morgen. Donnerstag, Freitag, Samstag, Sonntag, einen Tag hin, einen Tag zurück, zwei Tage dort.«
»Ich weiß nicht, was du um diese Jahreszeit in Oberstdorf willst«, sagte Claire.
Fred ließ den Motor an. »Ich brauche wieder einmal andere Tapeten um mich herum. So ganz für uns, compris?«
Sie verstand. Im Sommer waren sie zusammen in Garmisch gewesen. Garmisch klang immer gut, wenn man Ansichtskarten verschickte. Zwei Einzelzimmer und ein Doppelzimmer, das Doppelzimmer für seine Eltern, die Einzelzimmer mit einer Verbindungstür. Sie hatte jedesmal das Gefühl gehabt, seine Eltern hörten ihnen zu. Nein, sie waren nicht zimperlich, sie waren es nie gewesen, schon am ersten Abend nicht, damals, vor fünf Jahren an seinem Geburtstag nach all dem vielen Champagner, den vielen Likören; sie hatte sich kaum mehr auf den Beinen halten können. Dabei hatte sie nur einer Laune nachgegeben, als sie sich von ihm einladen ließ, ihre Reaktion auf eine Auseinandersetzung mit ihrem Vater. Und dann, nachdem seine Eltern schlafen gegangen waren, hatte er ihr noch sein Zimmer gezeigt. Sie hatte sich von ihm überrumpeln lassen wie eine aus Hümpferhausen. Seltsam, daran zu denken, wenn sie ihn heute betrachtete.
Er war kein guter Fahrer, sie hatte es lieber, wenn sein Vater am Steuer saß. Er gehörte zu jenen Männern, die mit hoher Geschwindigkeit auf eine Kreuzung zufuhren und erst im letzten Augenblick auf die Bremse traten. Sein Repertoire an Schimpfwörtern war schier unerschöpflich. Er wiederholte sich selten, er tippte sich auch nie an die Stirn, wenn er einem anderen Verkehrsteilnehmer seine Verachtung ausdrücken wollte, er schimpfte nur, leise und ausdauernd. Sie hatte immer wieder Gelegenheit, sich über seine zoologischen Kenntnisse zu wundern, und manch-

mal erkundigte sie sich, um welche Tiergattung es sich hierbei handle. Sie mußte ihm zugute halten, daß er ihr die Antwort nie schuldig blieb.

Heute fuhr er vorsichtig, er hatte vor nichts soviel Respekt wie vor glatten Straßen. In der Stadt ging es, der Verkehr war mäßig, der Schnee schreckte selbst die passionierten Sonntagsfahrer zurück. Dafür waren viele Fußgänger unterwegs, Kirchgänger und junge Leute mit Schiern, Kinder, Schlitten hinter sich herziehend, Schneepflüge und Streukommandos. Die Straßenbahnen fuhren langsamer als sonst, die Glocken vom Dom dröhnten ohne Unterlaß, die weihnachtlich illuminierten Straßen wirkten festlich, alles sah schön und unbeschwert aus.

»Einen Baum muß ich noch kaufen«, sagte Fred. »Diesmal muß er groß sein; wir dürfen uns vor dem Ami nicht lumpen lassen. Meine Mutter findet übrigens deinen Vorschlag gar nicht so übel, aber sie meint auch, daß Socken allein nicht genügen. Ich könnte mir vorstellen, daß er gegen einen guten Wintermantel nichts einzuwenden hätte. Nur, was tun, wenn ihm der Mantel nicht paßt?«

»Schenkt ihm einen Gutschein.«

»Einen Gutschein!« Er dachte nach, dann schüttelte er den Kopf. »Das wirkt nicht, das wäre für ihn ein Stück Papier. Ich möchte sein Gesicht sehen, wenn wir ihm den Mantel schenken.«

»Kürzer kann er ihn sich immer machen lassen.«

»Du bist ein kluges Kind, wir werden ihn also lang kaufen. Bist du gestern gut nach Hause gekommen? Ich habe mir nachher doch noch Vorwürfe gemacht, daß ich dich bei dem Wetter nicht heimgefahren habe.«

»Das tut mir aber leid«, sagte Claire.

Das Restaurant lag etwas außerhalb von Thüngerstadt an einem Berg. Die Straße war schon geräumt, der schwere Wagen schaffte es, ohne zu rutschen. Hinter dem Restaurant fing verschneiter Wald an.

Der Wirt kannte sie, er nahm ihnen den Mantel ab und führte sie zum Tisch.

»Nicht viel los heute«, sagte Fred händereibend. »Das Wetter, was?«

»Wir spüren es sofort«, bestätigte der Wirt. Er war klein, unscheinbar und sehr höflich. »Das wird wieder ein langer Winter«, sagte er. »Wie vor sieben Jahren. Damals starb meine Frau.«

»Schlimm für Sie«, sagte Fred und griff zur Speisekarte.

Nach dem Essen zog er ein Notizbuch aus der Tasche, starrte mit gerunzelter Stirn hinein, klappte es geräuschvoll zu und sagte:

»Viel zu tun morgen. Wenn du Lust hast, kannst du mit mir nach Kissingen fahren. Ich muß mir dort ein Grundstück anschauen.«
»Ich habe keine Lust«, antwortete Claire. Durch die hohen Fenster konnte sie den nahen Wald sehen, Tannenwald. Weiter oben standen Fichten. Ihre säulenartigen roten Stämme leuchteten im Schnee. Sie beobachtete eine Gruppe Halbwüchsiger, die mit ihrem Schlitten über den steilen Hang zum Waldrand emporkletterten. Ihre Stimmen waren bis ins Restaurant zu hören.
»Hast du früher auch so gebrüllt?« fragte sie.
Fred lachte. »Vielleicht. Meine Mutter behauptet zwar, ich wäre ein stiller Junge gewesen.«
»Wie man sich verändern kann!« sagte Claire. Sie beobachtete wieder die Halbwüchsigen. »Es müssen jetzt fünfzehn Jahre her sein, seit ich das letztemal in Giffaumont war«, sagte sie nachdenklich. »Solange meine Tante noch lebte, sind wir jedes Jahr zu Weihnachten hingefahren. Immer, wenn ich Kinder mit Schlitten sehe, fällt es mir ein. Die Landschaft war ungefähr so wie hier, hügelig, die Berge nicht so hoch, aber viel Wald.«
»Und da bist du mit deinem Cousin Schlitten gefahren«, sagte Fred. »Der Karte nach muß es eine gottverlassene Gegend und ein gottverlassenes Nest sein. Wenn du dort gelebt hättest, würde ich dich verstehen.«
»Meine Mutter hat dort gelebt«, sagte Claire, mit dem Blick zu den Halbwüchsigen. »In diesem gottverlassenen Nest hat sie meinen Vater kennengelernt. Das sagt dir aber wahrscheinlich nichts.«
Fred nickte. »Mir nicht. Aber ich habe dir gesagt, daß wir einmal hinfahren.«
»Seit fünf Jahren.«
»Wir fahren hin, verlaß dich drauf! Mir ist nur noch nicht klargeworden, was du dir davon versprichst. Dein Cousin lebt heute in Reims, und deine Tante ist tot. Eine völlig witzlose Sache. Entschuldige bitte, aber es ist so.«
»Natürlich«, sagte Claire, noch immer zum Fenster hinausschauend. »Fahren wir also nach Oberstdorf.«
Fred starrte sie verwundert an. »Was hat das mit Oberstdorf ...« Er brach ab und lachte ärgerlich. »Das ist wieder typisch für dich. Als ich dich vorhin gefragt habe, ob du etwas Besseres wüßtest, hast du nein gesagt.«
»Was wäre gewesen, wenn ich ja gesagt hätte?«
»Nichts!« sagte er heftig. »Ich bin nicht verrückt, meine freien Tage in so einem Nest zu verbringen.«
»Eben«, sagte Claire und sah ihn zum erstenmal an. »Ich werde einmal hinfahren, ohne dich.«

»Sooft du willst!« Er versank in gekränktes Schweigen. Claire ließ ihn, in spätestens fünf Minuten würde er wieder einlenken. Es dauerte nur drei Minuten, bis sie seine Hand am Arm fühlte.
»Eingeschnappt?«
Sie schüttelte den Kopf.
»Ich fahre dich bestimmt einmal hin«, sagte Fred. »Aber doch nicht gerade zu Weihnachten. Im Sommer, bestimmt!«
»Bestimmt«, sagte Claire.
Als sie wieder im Wagen saßen, lachte er unvermittelt auf. »Ich weiß nicht, woran es liegt, aber ich muß ständig an den Amerikaner denken.«
»Merkwürdig«, murmelte Claire, »ich auch.«

4

Als er aus dem Waschraum zurückkam, saß Chumley im Zimmer. Jedesmal, wenn er ihn sah, erinnerte ihn sein Gesicht an einen Totenschädel. Es war ein ungemein langes und ein ungemein mageres Gesicht, ein Gesicht mit hervorstehenden Knochen, deren Konturen sich blaß unter der dünnen pergamentfarbenen Haut abzeichneten, ein Gesicht mit den Spuren der Malaria, des Gelbfiebers und mit der häßlichen Narbe eines schlecht behandelten Tropengeschwürs an der rechten Backe. Die Malaria hatte er sich auf den Philippinen geholt, das Tropengeschwür auf den Fidschi-Inseln und das Gelbfieber auf Neuguinea. Er war seit achtundzwanzig Jahren bei der Armee und seit zehn Jahren Spieß. In zwei Jahren würde er nach Texas zurückkehren, von seiner Pension und einer kleinen Gemüsefarm leben, wenn er es nicht vorzog, sich auf Grapefruits zu verlegen; er konnte stundenlang über Grapefruits reden. Nur eines würde er nie tun: er würde nie heiraten. Wenn er seine großen gelben Zähne fletschte, liefen die Mädchen kreischend davon.
Er beobachtete neugierig, wie John das feuchte Handtuch über den Heizkörper hängte, sein Rasierzeug im Spind verstaute und zu ihm an den Tisch kam. Das Grinsen gehörte zu seinem normalen Gesichtsausdruck; wenn es einmal verschwand, gingen ihm die Männer aus dem Weg.
»Klargeworden?« fragte er.
John blieb vor ihm stehen. »Ich glaube. Such dir einen anderen.«
»Ich hab' keinen anderen«, erwiderte Chumley schleppend. Er nahm ein Buch vom Tisch, schlug es auf und studierte die Titelseite. »Faulkner!« murmelte er. »Heiliger Präsident!« Er legte

das Buch vorsichtig auf den Tisch zurück, als hätte er es mit einer entsicherten Pistole zu tun.
»Seit wann bist du unter die Snobs gegangen?«
»Du hast es nur noch nicht gemerkt«, sagte John. Er setzte sich ihm gegenüber und blickte in sein häßliches Gesicht. »Wieso hast du keinen anderen?«
»Weil ich es mit dem Alten nicht verderben will, verstehst du?«
»Nein.«
Chumley seufzte übertrieben. »In diesem Laden bleibt alles an mir hängen. Die Hälfte hat ihre Familie hier oder ist sonstwie engagiert; sie scheiden von vornherein aus. Von denen, die keine Familie hier haben und nicht engagiert sind, haben die meisten am vierundzwanzigsten Dezember Dienst.«
»Bleiben immer noch genug übrig.«
»Wo hast du nur das Rechnen gelernt?« fragte Chumley grinsend. »Was glaubst du, was der Alte mir erzählt, wenn es Reklamationen gibt! Sie haben mir für die Kompanie zwanzig Einladungen gegeben; im letzten Jahr waren es zehn. Zwanzig Einladungen!« Er lachte wütend. »Wie soll ich in dieser Kompanie zwanzig Männer finden, die mit Messer und Gabel umgehen können, beim Essen nicht rülpsen, keine Flecken auf das Tischtuch machen und wissen, wieviel sie beim Trinken vertragen! Hier!« Er holte eine Handvoll Zettel aus der Rocktasche. »Zwölf hab' ich jetzt, mit dir wären es dreizehn, fehlen immer noch sieben. Du kannst mich jetzt nicht im Stich lassen, du bist der einzige in der Kompanie, der ein anständiges Deutsch spricht. Wenn du zum Bürgermeister ...«
»Zum Bürgermeister?« fragte John schnell.
Chumley seufzte wieder. »Dann eben nicht, geh, zu wem du willst, meinetwegen zum Bischof, aber geh. Ich bin jetzt fünfzehn Jahre in diesem Land, aber so was hab' ich noch nie erlebt. In Kaiserslautern und Heidelberg wäre ich froh über jede Einladung gewesen. Wenn mal eine kam, dann von 'ner Familie mit übriggebliebener Tochter. Ist es vielleicht das?« fragte er grinsend.
»Du weißt, was es ist«, antwortete John.
»Quatsch!« Chumley legte ihm über den Tisch hinweg die Hand auf die Schulter. »Wir sind hier nicht in Little Rock, hier kümmert sich kein Mensch darum, welche Hautfarbe du hast. Vom Bürgermeister weiß ich, daß er ...«
»Laß den Bürgermeister aus dem Spiel«, sagte John.
Chumley nahm seine Hand zurück. »Hätte nicht gedacht, daß du 'nen alten Freund so im Stich läßt!«
»Darüber haben wir nie gesprochen«, sagte John lächelnd. Er hatte ein unangenehmes Gefühl bei der Sache.

Chumley grinste verstärkt. »Ist nicht üblich unter Freunden. Du kennst mich, ich bin immer für dich da.«
»Wenn du mich brauchst«, sagte John. »Warum gibst du die Einladungen nicht zurück? Vielleicht werden sie woanders gebraucht.«
»Ich bin der Spieß«, sagte Chumley. »Wenn ich dem Alten erzähle, daß ich in 'ner Kompanie von fast zweihundert Männern keine zwanzig finde, die sich wie Zivilisten benehmen können, versetzt er mich in die Küche. Also, wie ist es?«
John betrachtete den graugestrichenen Spind in der Ecke. Er war schon zu weit gegangen; Chumley hätte es ihm nie verziehen, wenn er jetzt absagte.
»Unter zwei Bedingungen.«
»Okay.« Chumley blickte ihn erwartungsvoll an.
»Nicht zum Bürgermeister.«
»Ich werde Fogh hinschicken«, sagte Chumley. »Er wollte früher mal ins Parlament. Und die zweite?«
»Du fragst vorher bei ihnen an, ob es ihnen paßt.«
Chumley stand auf. Er war so groß, daß er mit dem Kopf gegen die Lampe stieß. »Verlaß dich drauf«, sagte er erleichtert. »Du kannst dir die Adresse selber heraussuchen.«
»Die Adresse überlasse ich dir«, erwiderte John. »Muß ich vorher eine Instruktionsstunde mitmachen?«
»Du nicht«, sagte Chumley und gab ihm die Hand. Hinterher wischte er sie rasch und unauffällig an seiner Hose ab. »Werde ich dir nie vergessen, John«, versicherte er grinsend. »Ich gebe dir morgen Bescheid.«
»Morgen hast du noch keine Antwort von ihnen.«
»Von wem?«
»Von den Leuten. Ob es ihnen paßt.«
»Ach so!« Chumley ging zur Tür. »Dann übermorgen.«
Vom Fenster aus sah ihn John über den Hof gehen, ein großer schmaler Schatten unter den Bogenlaternen, achtundvierzig Jahre alt. Er hatte nie einen Freund gehabt.
Etwas später kam Sam herein, er streckte die Nase in die Luft und schnupperte. »Chumley hiergewesen?«
»Warum, wenn du ihn gesehen hast, fragst du?«
Sam machte ein beleidigtes Gesicht. »Ich habe ihn nicht gesehen, ich rieche ihn. Ich kann Männer, die sich parfümieren, nicht ausstehen.«
»Wen kannst du ausstehen?« fragte John. Er stand vor dem Spiegel und prüfte den Sitz seiner Krawatte.
»War er eingeschnappt?«

»Warum?«
»Du wolltest ihm doch absagen!«
»Weiß der Himmel, warum ich es nicht getan habe!« sagte John. »Jedesmal, wenn ich ihn sehe, tut er mir leid. Ich kann ihm nichts abschlagen.«
»Du hast ihm zugesagt?« fragte Sam ungläubig.
»Ja.«
Sam ließ sich auf einen Stuhl fallen, sein rundes, sommersprossiges Gesicht sah klein aus vor Enttäuschung. »Ich weiß schon«, murmelte er. »Es ist Marys wegen.«
»Es ist nicht Marys wegen«, widersprach John. Er blickte noch immer in den Spiegel. »Ich möchte es mit Chumley nicht verderben.«
»Du redest es dir bestimmt ein«, murmelte Sam unglücklich. »Mary hat nichts gegen dich.«
Natürlich hat sie etwas gegen mich, dachte John. Sie kommt aus Shreveport. »Ich war letztes Jahr bei euch«, sagte er laut. »Es hat mich schon lange interessiert, wie es Weihnachten in einer deutschen Familie zugeht.«
»Mir brauchst du nichts zu erzählen«, murmelte Sam. »Mary ist nicht so, glaub mir.«
»Ihr wohnt in der Siedlung. In der Siedlung kann man nicht immer tun, was man möchte. Hast du schon gegessen?«
»Ich esse mir dir. Wir können anschließend in die Stadt fahren.«
»Weiß Mary, daß du bei mir bist?«
»Sie soll sich um die Kinder kümmern«, knurrte Sam. »Verdammt noch mal, was geht's sie an, mit wem ich mein Bier trinke. Aber das sage ich dir, nächstes Jahr bist du wieder bei uns! Ich lasse mir nicht vorschreiben, wen ich mit nach Hause bringe!«
John schwieg. Jedesmal, wenn er mit Sam über Mary sprach, entstand eine prekäre Situation. Sie hatten einen Jungen von drei und ein Mädchen von zwei Jahren. Sam verstand sich gut mit ihr. Als sie geheiratet hatten, war sie etwas schwierig gewesen. Er hatte ihr manches abgewöhnen müssen, bis es zwischen ihnen harmonierte. Drei Eigenschaften hatte sie sich allerdings nicht abgewöhnen lassen: ihre Abneigung gegen Whisky, ihre Vorliebe für Pudding – den Sam nicht ausstehen konnte! – und ihren Widerwillen gegen Farbige. Sie war in Shreveport aufgewachsen, Sam in New York. Sam wollte, daß sie sich mit John anfreundete, sie wollte es nicht. Zwischen diesem verschiedenartigen Wollen lag eine Kluft, so breit wie der Atlantik, eine hoffnungslose, unüberbrückbare Kluft, und manchmal schien es John, als stehe er

genau in der Mitte dieser Kluft, von beiden Seiten gleich weit entfernt, von Sam ebenso weit wie von seiner Frau, und er würde ihnen nie näherkommen.
Zum Essen mußten sie in die Kantine. Der große, saalartige Raum war heute nicht so stark besetzt wie in der Woche, sonntags gingen viele zum Essen in die Stadt. Eine Zwischenwand trennte die Unteroffiziere von den Mannschaften, letztere bekamen ihr Essen vom Küchen-Sergeanten auf das Tablett, die Unteroffiziere bedienten sich selbst. In einer Ecke befanden sich fünf große Behälter auf einer Warmhalteplatte, dahinter, an die Wand gelümmelt, stand der Küchenhelfer. Sein Gesicht sah aus, als hätte er seit vierzehn Tagen nicht mehr geschlafen.
Sam betrachtete ihn grinsend. »Irgendwo muß es hier doch einen Puff geben«, sagte er zu John. »Davon bringt mich keiner ab.«
»Warum interessiert's dich, wenn du verheiratet bist?« fragte John. Er lud sich sein Tablett mit gebackener Leber, gemischtem Salat und heißen Würstchen voll. Der Küchenhelfer gab ihm die Schüssel mit Suppe.
»Leber!« sagte Sam zu dem Küchenhelfer. »Hat es gestern nicht auch Leber gegeben?«
»Warst du gestern nicht beim Bischof eingeladen?« brummte der Küchenhelfer.
Sam schüttelte sich vor Lachen. »Wenn ich Kommandeur wäre«, sagte er zu John, »würde ich ihn zum Regimentsclown befördern. Setzen wir uns separat?«
Es war überflüssig, daß er es fragte; sie saßen immer separat. Die übrigen saßen auch separat, die Farbigen für sich und die Weißen für sich. Es gab kein Reglement dafür, und keiner hätte Anstoß daran genommen, wenn es anders gewesen wäre. In der Armee gab es kein Rassenproblem. Es war wie in allen Kasernen der Welt: man suchte sich seine Freunde nach gemeinsamen Interessen, nach gemeinsamen Problemen und nach gemeinsamer Herkunft aus. Man respektierte den anderen, aber man setzte sich nicht mit ihm an einen Tisch, die Weißen ebensowenig wie die Farbigen. Auch innerhalb dieser beiden Gruppen gab es wieder Differenzierungen. Sam hätte sich nie mit einem Mann aus Mississippi unterhalten, und ein Farbiger aus New York wäre nie auf den Gedanken gekommen, sich mit John anzufreunden. So betrachtet, schien alles seine harmlose Erklärung zu haben, aber John wußte, daß Sam sich von weniger problematischen Ressentiments leiten ließ als die Farbigen aus New York. Es war seine schmerzlichste Erfahrung gewesen.
Sie waren spät dran, der Saal leerte sich. Sam aß hastig. Er ließ

sich nie Zeit beim Essen, als stünde ihm dauernd eine dringende Verabredung vor Augen. Für John war es jedesmal rätselhaft, wie er es fertigbrachte, dabei noch ununterbrochen zu reden. Sein Lieblingsthema waren Autos. Vor ein paar Monaten hatte er sich für vierhundert Dollar einen gebrauchten Buick gekauft, den dritten in vier Jahren. Sam war einer jener Korporale, die es nie weiterbrachten, und ohne das Geld seiner Frau hätte er sich diesen Luxus nicht leisten können. Ihre Eltern hatten ein großes Geschäft und schickten regelmäßig Geld herüber. Man merkte das auch an Sams Wohnung. Sie gehörte zu den besteingerichteten in der Siedlung und zog immer viele Besucher an, meistens Freundinnen von Mary. Für Sam war es stets eine willkommene Gelegenheit, mit John auszugehen.
Nach dem Essen rauchten sie eine Zigarette, tranken Kaffee dazu und unterhielten sich über den morgigen Dienstplan. »Schon wieder drei Unterrichtsstunden«, sagte Sam abfällig. »Das ist keine Kaserne mehr, das ist eine Hilfsschule für geistig Unterentwickelte. Vielleicht melde ich mich krank.«
»Das verfängt bei dir nicht mehr«, sagte John. »Du hast es schon zu oft probiert. Wie lange bist du jetzt Soldat?«
»Zehn Jahre«, antwortete Sam düster. »Noch zwei, dann hat mich die Armee gesehen. Weißt du, was ich dann mache?«
John wußte es, er bekam es mindestens einmal in der Woche zu hören. Sam würde in das Geschäft seiner Schwiegereltern einsteigen, sich den neuesten Cadillac kaufen und jedes Jahr nach Thüngerstadt kommen, um seinen ehemaligen Vorgesetzten zu zeigen, wie weit ein Mann, der in der Armee nur bis zum Korporal avanciert war, es im Zivilleben bringen konnte. Er hatte das Pech gehabt, seine Frau kennenzulernen, als er sich gerade für sechs weitere Jahre verpflichtet hatte. Andererseits erzählte sie allen Leuten, daß Sam ohne Uniform niemals Eindruck auf sie gemacht hätte, und John sah keinen Grund, daran zu zweifeln. Manchmal tat er ihm leid, aber wenn er der Armee Gerechtigkeit widerfahren lassen wollte, mußte er einräumen, daß Sam als Korporal jenen Dienstgrad erreicht hatte, den seine Vorgesetzten eben noch verantworten konnten. Seine Differenzen mit dem Spieß, dem Grenzoffizier und dem Kompanieführer gehörten bereits zu den alltäglichen Begebenheiten des Kasernenlebens. Das Kuriose daran war, daß Sam diese Differenzen gar nicht wünschte, sie kamen auf ihn zu wie ein Verhängnis und immer dann, wenn er den Mund aufmachte. Er besaß einen geradezu krankhaften Widerspruchsgeist, fühlte sich stets benachteiligt und aus irgendeinem Grunde verletzt. Ein schiefer Blick konnte ihn schon in Rage bringen, eine

Ungerechtigkeit fast zur Desertion treiben. Er hätte nie Soldat werden dürfen, aber Männer wie Sam standen überall falsch, ganz gleich, wo sie auch standen. Vielleicht war er deshalb der einzige in der Kompanie, der sich mit John angefreundet hatte.
Später, als sie im Wagen saßen, schnitt Sam ein neues Thema an: »Ich verstehe nicht, weshalb du dir nicht einen Wagen kaufst«, meinte er. »Du trinkst kaum, rauchst wenig, hast keine Weibergeschichten. Was machst du bloß mit deinem Geld?«
»Ich sammle es«, antwortete John und winkte dem grüßenden Posten am Kasernentor zu, »wie andere Briefmarken sammeln.«
»Dann hast du einen Tick«, erklärte Sam überzeugt. »Als Sergeant mit deinen Ansprüchen kann man monatlich hundert Dollar auf die Seite legen. Ich wette, du hast mindestens zweitausend auf der Kante.«
»Ungefähr«, sagte John. Es waren fast viertausend, er hatte schon in Kentucky damit angefangen. In dreizehn Monaten, wenn er seine Zeit herum hatte, würde er sie brauchen.
»Also!« sagte Sam. »Schau dir diese Kiste an, vierhundert Dollar, glatt geschenkt. Für dreihundert kannst du sie haben, unter Freunden. Ich finde schon wieder eine andere.«
John beobachtete, wie er den Wagen die steile Straße hinuntersteuerte. Die Kaserne lag an der Westseite des Talkessels, hoch über der Stadt an einem Wald. Wenn Schnee lag, mußte man mit dem Wagen aufpassen.
»Das verhält sich wie mit Whisky«, sagte John, »wenn man's einmal anfängt, kann man's nicht mehr sein lassen. Wo fährst du hin?«
»Egal«, antwortete Sam. »Ich habe Appetit auf Bier. Du nicht?«
»Wenn es sein muß«, sagte John.
Sie landeten in einem Gasthaus der Innenstadt. Als Sam die Tür aufstieß, blieb er wie angefroren stehen und fluchte. »Dieses Drecksnest«, sagte er zu John, »ist so klein, daß du überall den gleichen Drecksgesichtern begegnest. Ich schlage vor, wir gehen weiter.«
John blickte über seinen Kopf hinweg. An einem Tisch entdeckte er das grinsende Gesicht Chumleys, neben ihm, mit den Rücken zur Tür, Bruce und Henry. Außer den beiden saß noch ein Korporal am Tisch, er war seit einem halben Jahr bei der Kompanie und ging manchmal mit Chumley aus. Sie kamen beide aus Austin.
»Wenn das ein Zufall ist«, sagte Sam, »schenke ich dir meinen Buick. Worauf warten wir noch?«
»Chumley hat uns schon gesehen«, sagte John.

»Na und? Hast du mit ihm ein Rendezvous?«
»Mit ihm nicht«, sagte John. Es war eine Gelegenheit, auf die er seit acht Wochen gewartet hatte. Er ging an Sam vorbei, der unschlüssig stehenblieb, geradewegs auf Chumley zu. Im Gasthaus saßen noch mehr Leute herum, meist Männer aus dem Regiment, teils in Zivil, teils in Uniform. Einige hatten Mädchen bei sich. Ein Musikautomat spielte die neuesten Schlager ab.
»Hallo, John!« Chumley stellte sich überrascht, winkte lustig mit der Hand, zog mit der anderen einen leeren Stuhl zwischen sich und den Unteroffizier und winkte wieder. »Stell dir vor«, sagte er, »wir haben gerade von dir gesprochen.«
»Man sieht es euch an«, sagte John. Er blickte über den Tisch hinweg Bruce und Henry an. Sie waren beide in Zivil, in ihren blauen Anzügen wirkten sie wie Konfirmanden. »Ihr kennt euch ja schon gut aus«, sagte John zu ihnen. Und zu Chumley: »Haben wir noch Platz für Sam?«
»Er verdirbt mir zwar den Abend«, sagte Chumley, »aber ich bin kein City-Slicker. Setz dich her, Sam, hast du deinen Anzug beim Bügeln?«
Sam kam mürrisch näher. »Warum trägst du nie Zivil?«
»In Zivil würden sie mich von der Stelle weg verhaften«, antwortete Chumley. Er richtete das Wort an den Korporal aus Austin: »Er gefällt seiner Frau nur in Uniform. Kennst du Mary schon?«
Der Korporal starrte Sam aufdringlich an.
»Lohnt sich's?«
»Für dich nicht«, sagte Sam mürrisch. »Was ist das eigentlich hier? Ein Poker-Klub oder was?«
»Vielleicht ein Beichtstuhl!« Chumley kicherte. »Bruce und Henry haben mir ihr Herz ausgeschüttet. Sie wollen in eine andere Gruppe versetzt werden.«
»Du kannst sie haben«, sagte Sam. »Zum Selbstkostenpreis.« Er bestellte für sich und John ein Bier und blickte der Bedienung nach. Sie war jung, keine Schönheit, aber gut proportioniert.
John lehnte sich im Stuhl zurück und betrachtete Bruce und Henry, die feixend zuhörten. Sie waren ungefähr gleich groß, beide schmal, beide jung, Bruce im Gesicht etwas breiter und dunkelhaarig, Henry blond und mit kurzgeschnittener Bürstenfrisur. Er hielt Johns Blick nicht stand, während Bruce aufsässig hinüberstarrte.
»Haben sie dir auch verraten, warum sie sich versetzen lassen wollen?« fragte John ruhig.
»Eben nicht.« Chumley spielte den Harmlosen. »Das ist ja das

Merkwürdige daran. ›Boys‹, hab' ich ihnen gesagt, ›ihr findet im ganzen Regiment keinen besseren Gruppenführer als Sergeant Baako, aber wenn ihr unbedingt darauf besteht, werde ich bei Denson ein Wort für euch einlegen.‹«
Sam blickte von der Seite angewidert in sein Gesicht. »Wenn sie versetzt werden wollen, müssen sie es begründen, und wenn sie es damit begründen, sind sie bei Denson erledigt. Das weißt du so gut wie ich, Spieß.«
»Ich weiß gar nichts«, erwiderte Chumley gelassen. »Ich weiß nicht einmal, wovon du faselst. Haben sie dir gesagt, warum sie versetzt werden wollen?«
»Vielleicht sagen sie es mir jetzt«, versetzte Sam. »Jetzt und hier, wenn sie nicht die Scheißkerle sind, die ich hinter ihnen vermute.«
Er hatte sehr laut gesprochen, von den anderen Tischen blickte man her. Der Wirt, ein großer starker Mann mit roter Glatze, stand hinter der Theke, einen Schritt vom Telefon entfernt.
John erfaßte alles mit einem Blick. Er trank sein Glas aus, stand auf und legte ein Markstück auf den Tisch. »Wir sprechen ein andermal darüber«, sagte er zu Chumley. »Du kannst Denson bestellen, daß ich keinen Wert auf die beiden lege.«
»Ist mir auch lieber«, sagte Chumley, und eine Sekunde lang war das Grinsen aus seinem Gesicht weg. »Ich möchte nur Ruhe in der Kompanie haben, John.«
John sah an ihm vorbei. »Ich auch.«
Draußen auf der Straße wurde er von Sam eingeholt. »Du hättest nicht kneifen dürfen«, sagte er wütend. »Warum bist du davongelaufen? Jetzt grinsen sie über dich.«
»Sie grinsten schon vorher«, sagte John. Er hatte ein dumpfes Gefühl in der Brust, seine Beine waren merkwürdig schwer, als hätte er statt des einen Glases Bier zehn getrunken. »Damit hatte ich nicht gerechnet«, sagte er.
»Daß sie sich versetzen lassen wollen?«
»Damit auch nicht.«
Sam faßte nach seinem Arm. »Du hast mich heute abend gefragt, wie lange ich in der Armee bin, John. Jetzt frage ich dich.«
»Bruce und Henry sind nicht die Armee.«
»Das habe ich gesagt, stimmt. Aber man weiß schon am ersten Tag, woran man mit einem Mann ist. Du hast es bei Bruce und Henry nicht wissen wollen.«
»Ich bin Sergeant«, sagte John. »Alles andere ist zweitrangig. Fährst du mich zurück?«
»Wir könnten noch in ein anderes ...«
»Heute nicht mehr«, unterbrach ihn John.

Während sie zum Wagen gingen, ließ Sam den Kopf hängen. »Verdammt«, murmelte er unglücklich. »Ich kann nichts dafür, John, glaub mir.«
John nickte. »Wir können alle nichts dafür.«

5

Der Baum stand in der Mitte des großen quadratischen Zimmers. Er reichte vom Boden bis zur Decke, hatte dichte Äste, eine gleichmäßig gewachsene Spitze, und seine Nadeln waren mit künstlichem Schnee gepudert. Es war ein Prachtexemplar von einem Baum, ein Baum auf Bestellung, hätte man meinen können, und er war über und über mit Schmuck beladen. Da gab es weiße Tannenzapfen, Weihnachtssterne aus roter Pappe und Silberpapier, schönes langes Engelshaar, Lametta, Girlanden, Kerzen, Glöckchen und Dutzende bunter Christbaumkugeln. Die Spitze krönte ein prächtiger Rauschgoldengel, sein sanftes Puppengesicht lächelte ungemein einfältig auf all die vielen farbigen, blitzenden, schimmernden Produkte eines ebenso geschäftstüchtigen wie hemmungslosen Industriezweiges herab. Selbst der Kitsch hatte seine Nuancen, und diese hier schien Claire seine schrecklichste zu sein. Sicher, es wäre ihr schwergefallen, sich Weihnachten ohne Baum vorzustellen, aber ihre Mutter hatte ihren eigenen Stil gehabt, ihn herzurichten, ohne Engelshaar und Lametta und Weihnachtssterne: ein paar Kerzen, ein paar Kugeln, mehr nicht. Der Baum allein hatte Atmosphäre verbreitet, hier erstickte sie unter Plunder.
Auf einem Tisch lagen die Geschenke, ein Dutzend Pakete, weihnachtlich verschnürt und vielversprechend voluminös. Ihre eigenen Päckchen nahmen sich daneben sehr unscheinbar aus. Die Bescherung erfolgte immer nach einem festen Zeremoniell und wurde von Freds Mutter eröffnet. Auch daran würde sich in Zukunft nichts ändern, in diesem Haus hatte alles seine bestimmte Reihenfolge, selbst das Intimste.
Fred war im dunklen Anzug, feierlich und ungeduldig. Für ihn schien es noch dasselbe zu sein wie vor dreißig Jahren. Manchmal beneidete sie ihn darum, er konnte so unnachahmbar kindisch sein. Wie immer am Weihnachtsabend hatte er das Radio laut aufgedreht, »musikalische Stimmungsinjektion«, wie er sich ausdrückte. Sie wußte, daß er es nicht so meinte, er brauchte Zynismus, um seine Rührung zu verbergen. Kurz vor der Bescherung kriegte er jedesmal feuchte Augen, seine Mutter auch. Im Augen-

blick hatte sie noch in der Küche zu tun, das Klappern des Geschirrs war bis ins Zimmer zu hören. Ihr Mann hatte sie nie dazu bewegen können, ein Mädchen ins Haus zu nehmen, sie hätte es als Einschränkung ihrer Zuständigkeit betrachtet. Sie war eine jener Frauen, die man selten ohne Staubtuch, noch seltener ohne Arbeitsschürze antraf. Das Haus hätte doppelt so groß sein können, sie wäre auch dann damit fertig geworden.

»Jetzt müßte er schon hier sein«, sagte Fred. Er stand am Fenster, die Hände in den Taschen, rundlich, aufgeregt und erwartungsvoll. »Hoffentlich ist ihm nichts dazwischengekommen!«

»Es wäre entsetzlich«, sagte Claire.

Er blickte nur rasch zu ihr hin. »Bitte?«

»Ich meine nur des Mantels wegen«, sagte Claire. »Was willst du damit anfangen, wenn er nicht kommt?«

»Wer sagt dir, daß er nicht kommt?«

»Ich weiß wirklich nicht, wer mich darauf gebracht hat«, antwortete sie und lächelte.

Fred starrte sie mit gerunzelter Stirn an, dann lächelte er auch. »Du kommst zuviel mit Intellektuellen zusammen. Wird Zeit, daß das aufhört.« Er setzte sich neben sie auf die Sessellehne. »Morgen abend sind wir in Oberstdorf. Freust du dich?«

»Sehr.«

»Ich habe dem Hotel geschrieben, daß ich dasselbe Zimmer möchte wie im vergangenen Jahr.«

»Wir!«

»Was wir?«

»Daß ›wir‹ dasselbe Zimmer möchten.«

»Wenn ich ›ich‹ sage, meine ich ›wir‹.« Er beugte sich zu ihr hinunter und küßte sie auf den Nacken. »Warst du beim Friseur?«

»Nein.«

»Ich dachte. Die Frisur kommt mir neu vor.«

»Sie ist es auch«, sagte Claire, »acht Wochen neu.«

»Sie steht dir.«

»Danke.«

»Mein Ernst! Du solltest dabei bleiben.«

»Ich werde es mir überlegen. Warum kommt dein Vater nicht?«

»Er stellt noch seinen Jahresumsatz zusammen«, sagte Fred. »Wenn er am Weihnachtsabend nicht weiß, wieviel er verdient hat, macht ihm die Bescherung keinen Spaß. Diesmal ist es besonders kompliziert, es sind da ein paar Sachen, von denen das Finanzamt nichts zu wissen braucht!«

»Davon verstehe ich nichts.«

Fred lachte. »Kommt noch, später, wenn du die Praxis hast. Überlaß das nur ihm. Er hätte genausogut Steuerberater werden können, von jener Sorte, die nicht im Telefonbuch steht.«
»Ich will nichts davon wissen«, erklärte Claire bestimmt. »Ich habe es dir schon einmal gesagt.«
»Du gehörst zur Familie. Wenn er nichts davon verstünde, könnte er dir nicht die Praxis einrichten.«
»Es war sein Wunsch.« – »Na und?«
Claire schwieg. Irgendwann hatte es angefangen, vielleicht vor drei Jahren, als sie zum erstenmal merkte, daß er ihr nicht folgen konnte, daß er ihr zuhörte, wie man einem Ausländer zuhört, dessen Sprache man nicht versteht. Der Gedanke, daß ihr die Abhängigkeit von seinen Eltern unangenehm sein könnte, überschritt sein Vorstellungsvermögen. Ebensogut hätte sie versuchen können, ihm eine utopische Geschichte glaubhaft zu machen. Er konnte zwei fünfstellige Zahlen innerhalb kürzester Zeit im Kopf multiplizieren – wozu sie nie fähig gewesen wäre –, den Kilometerverbrauch seines Wagens auf den Zehntelliter ausrechnen und ein fünfstöckiges Wohnhaus präzis auf seinen Minimalwert taxieren. Nur eines konnte er nicht: Er konnte sich nicht vorstellen, daß ein normaler Mensch anders denken könnte als er.
Sein Vater kam, als Claire ein erstes Gähnen unterdrückte. Er setzte sich zu ihnen an den Tisch, erkundigte sich nach diesem und jenem, ließ sich fünf Minuten lang über einen politischen Zeitungsartikel aus und wollte schließlich wissen, wie weit sie, Claire, mit ihrer Dissertation gekommen sei.
»Du hättest dir ein leichteres Thema aussuchen sollen«, meinte er. »Eines, worüber man Bescheid weiß. Rheuma, zum Beispiel. Über Rheuma könnte ich selber eine Doktorarbeit schreiben.«
Das Du hatte er sich angewöhnt, seit seine Frau es für schicklich gefunden hatte, und das war schon nach dem ersten Jahr der Fall gewesen.
»Wenn du es mir noch hundertmal erzähltest«, warf Fred ein, »ich behalte es einfach nicht im Kopf. Ursachen der Zunahme des ... was?«
»... des Bronchialkrebses«, antwortete Claire geduldig.
»Daß es etwas mit Krebs war, wußte ich noch«, sagte Fred. Wenn sein Vater dabei war, sprach er anders als sonst, akzentuierter und mit der wohlmeinenden Miene eines Pädagogen. »Sie hat ja noch ein halbes Jahr Zeit«, gab er zu bedenken.
Fehrenbach machte eine ungeduldige Bewegung. »In einem halben Jahr ist ihr Examen fällig. Sie muß den Kopf frei haben für das Examen. Wo, zum Kuckuck, bleibt nur der Amerikaner?«

»Ich verstehe es auch nicht«, sagte Fred und ging wieder zum Fenster. Fehrenbach griff nach der Zeitung. Jedesmal, wenn Claire ihm gegenübersaß, kostete es sie Überwindung, nicht daran zu denken, daß Fred in zehn oder fünfzehn Jahren genauso aussehen würde wie er. Die Ähnlichkeit war jetzt schon frappant, auch wenn sein Vater bedeutend rundlicher, bedeutend kahler und bedeutend ruhiger war. Nur seine Augen waren anders. Manchmal ertappte sie ihn dabei, wie er sie musterte: kalt, abschätzend und mit der Zufriedenheit eines Mannes, der sein Geld auf ein todsicheres Pferd gesetzt hat. Soweit war Fred noch nicht, er wußte noch auseinanderzuhalten, ob er ein Grundstück, ein Haus oder ob er sie, Claire, betrachtete. Seine Augen konnten wütend, traurig, lustig und auch spöttisch sein, aber niemals kalt. Für seinen Vater war die akademisch gebildete Schwiegertochter mehr als nur eine geschäftliche Investition. Eine junge hübsche Ärztin würde ihre Patienten finden, solche und solche, sie würde ihrer Familie auch in Notzeiten ein Existenzminimum sichern, ein wachsames Auge auf ihr gesundheitliches Wohlergehen haben, ihr gesellschaftliches Renommee heben, ihren Kredit verdoppeln, neue Verbindungen herstellen und im Haus selbst eine Atmosphäre des Vertrauens schaffen. Eine Ärztin in der Familie ersparte das lästige Herumsitzen in Wartezimmern, die kostspieligen Krankenversicherungen und manches andere mehr. Auch darüber war gesprochen worden, ausführlich, unverblümt und mit der für ihren künftigen Schwiegervater charakteristischen Direktheit. Er war ein kühler Rechner, unsentimental und, wenn es sein mußte, auch rigoros. Aber nie hatte sie erlebt, daß er sich in ihrer Gegenwart einmal gehenließ, auch darin unterschied er sich von Fred. Er war fast pedantisch korrekt, als fühlte er sich verpflichtet, seine nicht immer korrekten Geschäfte durch ein um so korrekteres Auftreten wieder wettzumachen. Sie hatte ihn nie fluchen hören, nie in Hosenträgern oder Hausschuhen gesehen, er hätte zu jeder Tageszeit Besuch empfangen können. Etwas kleiner als Fred und trotz seiner Körperfülle ungeheuer beweglich, wirkte er eher bieder als berechnend. Man hätte ihn sich als pflichtbewußten Beamten vorstellen können, rechtschaffen, fromm und unscheinbar.

Etwas später kam auch seine Frau ins Zimmer. Ihre blau-weiß gestreifte Küchenschürze war so alt wie Claires Bekanntschaft mit ihr. Sie war noch unscheinbarer als ihr Mann. Wenn sie im Wagen saß, konnte man sie übersehen.

»Kann man das Radio nicht leiser stellen?« fragte sie.

»Ich habe es deinetwegen laut gestellt«, antwortete Fred, »damit du es in der Küche hörst.«

»Ich bin fertig.« Sie band sich ihre Schürze ab und betrachtete den Baum. »Wenn der Amerikaner hier wäre, könnten wir jetzt bescheren. Er ist schön geworden. Gefällt er dir?« fragte sie Claire. Sie hatte es schon einmal gefragt, und Claire nickte. Sie beobachtete Fred, der vom Fenster zum Radio ging.
Fehrenbach blickte von der Zeitung auf. »Was?«
»Ich habe Fred gesagt, er soll das Radio leiser stellen«, erklärte seine Frau. »Claire sieht blaß aus.« Sie hatte eine ähnlich unangenehme Art, einen anzuschauen, wie ihr Mann. Claire hatte jedesmal das Gefühl, als ob sie über alle ihre Gedanken Bescheid wisse.
Klein gewachsen, weißhaarig und sehr zierlich, ihren Mann an Lebhaftigkeit und Intelligenz noch übertreffend, war sie unbestritten das eigentliche Familienoberhaupt. Sie war in bürgerlichen Verhältnissen aufgewachsen und hatte es früh gelernt, wirtschaftlich zu denken. Zweimal im Monat ging sie nach einem unantastbaren Zyklus zum Friseur, einmal ins Theater und zweimal ins Kino. Darüber hinaus stellte sie, wenn man von den regelmäßigen Urlaubsreisen und sonntäglichen Ausfahrten absah, keine Ansprüche. Sie begnügte sich mit einem einfachen Waschbärmantel, las gerne gute Unterhaltungsromane und war unermüdlich damit beschäftigt, Staub zu wischen, Parkettböden zu bohnern und für das Essen zu sorgen.
»Wieso?« fragte Fred. »Ich finde nicht, daß sie blaß aussieht.«
Sein Vater legte endgültig die Zeitung weg. »Claire?«
»Ja.«
»Sie sieht aus wie immer«, sagte Fehrenbach. »Ein bißchen überarbeitet, aber das ist kein Wunder. Die Luft in Oberstdorf wird ihr guttun. Wann wollt ihr fahren?«
Fred kam vom Radio zurück. »So früh wie möglich. Wir brauchen mindestens acht Stunden.«
»Ihr solltet besser mit der Bahn fahren«, sagte seine Mutter. »Die Straßen sind so glatt.«
»Nicht glatter als die ganze Woche schon«, widersprach Fred. »Ich bin kein Anfänger mehr.«
»Trotzdem wäre ich beruhigter.«
Fehrenbach gähnte. »Wenn sie mit dem Wagen fahren wollen, dann eben mit dem Wagen. Bis Ulm sind sie auf der Autobahn. Schneeketten haben sie auch dabei. Wir werden uns hier zwei ruhige Tage machen.«
»Übermorgen sind wir bei Irmgard eingeladen«, sagte seine Frau. »Ich habe ihr gesagt, daß du mitkommst.«
»Also nur einen ruhigen Tag«, sagte Fehrenbach trocken. »Ich

hätte mit nach Oberstdorf fahren sollen. Sind die anderen auch eingeladen?«
»Mit ihren Männern. Zweimal im Jahr ist wirklich nicht zuviel.«
»Ich habe nicht gesagt, daß es mir zuviel ist«, sagte Fehrenbach. Seine Frau schwieg. Ihr ovales, farbloses Gesicht mit den schmalen Lippen und scharfen Linien wirkte tödlich gekränkt. Von ihren langjährigen Freundinnen war eine mit einem Politiker, die zweite mit einem Anwalt und die dritte mit einem Speditionsunternehmer verheiratet. Sie trafen sich allwöchentlich zu einer Kaffeerunde; zweimal im Jahr brachten sie ihre Männer mit.
Claire kannte sie alle. Vor einem Jahr hatte Freds Mutter es an der Zeit gefunden, ihre künftige Schwiegertochter vorzustellen. Es war für Claire ein schrecklicher Nachmittag gewesen, ein gesellschaftliches Vorexamen mit allen Peinlichkeiten einer hochnotpeinlichen Musterung. Der Tod ihrer Mutter und das näher rückende Examen hatten sie zwar vor einer Wiederholung bewahrt, aber eines Tages würde sie keine Ausflüchte mehr haben, sie würde von Kaffeekränzchen zu Kaffeekränzchen geschleppt werden, sie würde außer den dreien noch andere Freundinnen ihrer Schwiegermutter kennenlernen, ihre gesamte Verwandtschaft und die Verwandtschaft ihres Schwiegervaters, und sie würde es sich gefallen lassen müssen, daß über sie geredet wurde, wie über alle geredet wurde, die aus diesem oder jenem Grund an diesem oder jenem Tag zufällig verhindert waren, mitzureden. Sie würde genauso werden wie die anderen: klatschsüchtig, verlogen und entsetzlich selbstzufrieden – die Frau eines tüchtigen Mannes.
Fred räusperte sich. »Wenn ihr lieber mitfahren wollt...«
»Wir wollen nicht mitfahren«, erwiderte seine Mutter. »Ich habe Irmgard fest zugesagt.«
Wenn sie aufgebracht war, wurde ihre Stimme leise und undeutlich, ihre Haltung steif, und ihre Backen bekamen rote Flecken. Obwohl sie fünf Jahre jünger war als ihr Mann, sah sie bedeutend älter aus, ein müdes, verbrauchtes Gesicht mit den Spuren zweier Kriege, einer Inflation, einer Währungsreform, eines Kindbetts und eines Achtzimmerhaushaltes. Nur manchmal, wenn sie lachte oder von der Vergangenheit erzählte, konnte ihr Gesicht überraschend jung aussehen.
»Für wann hast du den Amerikaner eingeladen?« fragte sie.
Fred hob ungeduldig die Schultern. »Wie wir es besprochen haben: für sieben Uhr.«
»Dann müßte er schon seit zehn Minuten hier sein«, sagte Fehrenbach. »Vielleicht hast du die Uhrzeit im Brief vergessen.«

»Ich habe sie nicht vergessen«, sagte Fred. »Ich habe ausdrücklich darum gebeten, daß er Punkt sieben Uhr hier sein soll. Wenn ich wüßte, wen sie uns schicken, würde ich in der Kaserne anrufen.«
Fehrenbach widersprach energisch. »Wir haben es nicht nötig, ihm nachzulaufen. Das fehlte mir noch!«
»Weil du froh bist, wenn er nicht kommt«, sagte seine Frau.
Fred schüttelte angewidert den Kopf. »Mein Gott, fängt das schon wieder an!« Und zu Claire gewandt: »Seit vier Tagen streiten sie sich darüber, ob es richtig gewesen war, ihn einzuladen. Du warst doch auch dafür?«
»Du hast mir gesagt, daß ihr ihn eingeladen habt«, erwiderte Claire. Sie sah keinen Anlaß, in einer Angelegenheit Stellung zu nehmen, die sie nicht berührte. Freds Mutter konnte sehr nachtragend sein.
»Jedenfalls wird es mir eine Lehre sein«, sagte diese. »Nächstes Jahr laden wir niemanden ein, wir gehen auch nicht zu Irmgard, wir werden alle zusammen über die Feiertage wegfahren.«
Sie stand auf und verließ das Zimmer.
Fehrenbach verschränkte seufzend die Hände vor dem Bauch. »Schön, jetzt wißt ihr Bescheid, was im nächsten Jahr sein wird. Stellt euch darauf ein.«
»Nächstes Jahr Weihnachten sind wir verheiratet«, sagte Fred. »Claire befürchtet, daß sie dann nicht mehr verreisen kann.«
»So pressiert es nun auch wieder nicht«, sagte Fehrenbach lächelnd.
Fred blickte ihn überrascht an. »Wieso auf einmal?«
Wenn er etwas nicht verstanden hatte, sah er schrecklich hilflos aus. »Fred denkt an meine Medizinalassistentenzeit«, warf Claire ein. »Wenn ich in einem Krankenhaus arbeite, werde ich über die Feiertage sicher Dienst haben.«
Fehrenbach wurde ernst. »Daran habe ich nicht gedacht. Vielleicht machen sie bei einer verheirateten Assistentin eine Ausnahme.«
»Wieso sagst du, daß es nicht pressiert?« fragte Fred, noch immer außer Fassung.
»Von mir hast du diese Begriffsstutzigkeit nicht«, sagte Fehrenbach. Er musterte Claire auf seine unangenehme Weise und lächelte wieder. »Besser wäre es natürlich, sie bringt es hinter sich, solange sie arbeiten muß. Wenn die Praxis einmal fertig ist, hat sie keine Zeit mehr dazu. Wieviel wollt ihr haben?«
Claire spürte, wie sie rot wurde. Es lag nicht an seiner Direktheit; daran hatte sie sich gewöhnt. Aber seine Art, sie anzuschauen, weckte das fatale Gefühl in ihr, er beschäftigte sich mit der Vorstellung, wie sie mit Fred ein Kind zeuge. Seine Augen konnten

nicht nur kalt, sie konnten auch sehr nackt sein. »Ihr habt euch sicher schon darüber geeinigt«, sagte sie.
Fehrenbach lächelte weiter. Dann griff er nach seinen Zigarren, und als er eine zwischen die Lippen steckte, ging die Türglocke.
»Der Amerikaner!« sagte Fred. An der Tür traf er mit seiner Mutter zusammen. »Es hat geläutet«, sagte sie. »Das wird er sein!«
Sie kam aufgeregt ins Zimmer und blickte Claire an. »Hoffentlich trinkt er Weißwein! Ich habe vergessen, mich zu erkundigen, was meine Freundin ihrem Amerikaner zu trinken hingestellt hat.«
»Warum soll er keinen Weißwein trinken?« fragte Fehrenbach verwundert.
In der Tür tauchte wieder Fred auf. Mit seinem Gesicht stimmte etwas nicht, Claire sah es auf den ersten Blick.
»War er es nicht?« fragte seine Mutter enttäuscht.
Fred nickte. »Er wartet unten in der Diele.«
»In der Diele?«
»Ja.«
»Das ist doch ...« Anna Fehrenbach verstummte. Sie blickte ratlos ihren Mann, dann Claire und am Schluß wieder Fred an. »Warum führst du ihn nicht herauf?« fragte sie schließlich.
»Sie haben uns einen Schwarzen geschickt«, antwortete Fred. Er setzte sich steif auf einen Stuhl und grinste über den Tisch hinweg in das verständnislose Gesicht seiner Mutter. »Einen Schwarzen!« wiederholte er laut.
Nie, seit sie ihn kannte, hatte Claire ihn so fassungslos gesehen. Während sie ihn anschaute, spürte sie ein unwiderstehliches Lachen im Hals hochkommen. Sie vernahm die ungläubige Stimme seiner Mutter: »Einen Neger?«
Fred nickte, zu mehr reichte es ihm diesmal nicht.
Jetzt, nachdem sie es zweimal hinuntergewürgt hatte, konnte Claire das Lachen nicht länger zurückhalten. Sie preßte beide Hände gegen den Mund und lachte. Sie lachte noch, als Fehrenbach aufstand und zur Tür ging. Dann vernahm sie wieder die Stimme seiner Frau: »Du benimmst dich sehr merkwürdig, Claire.«
Es hörte sich an, als rieben zwei Stahlschienen aufeinander. Ihr Gesicht war blaß vor Wut.

6

Die Diele glich einem Abstellraum für Antiquitäten. Neben einer uralten Standuhr machte sich ein ebenso alter Schrank mit handgeschnitzten Verzierungen breit, ihm zur Seite eine dunkle, eisenbeschlagene Truhe. Über der Truhe hingen ein verblaßtes Öl-

gemälde und zwei Gobelins, auf der anderen Seite ein ausgestopfter Elchkopf, zwei Hirschgeweihe und ein Tierfell, dessen Gattung sich nicht mehr feststellen ließ. Außerdem stand und lag noch ein Dutzend anderer Kuriositäten herum: bronzene Schalen, silberne Tabletts, ein gußeiserner Schirmständer, japanische Vasen und zwei Gegenstände, über deren Verwendungszweck John sich nicht schlüssig werden konnte. Vielleicht wäre es ihm leichter gefallen, wenn er sich die Mühe genommen hätte, sie in Ruhe zu betrachten, aber seit der junge Mann am Ende der Diele die Treppe hinaufgestiegen war, beschäftigte ihn eine wichtigere Sache.
Chumley hatte ihn angelogen. Irgendwie schmerzte es mehr als sonst. Er war es gewöhnt, angelogen zu werden, und er hatte einen sicheren Instinkt für Ausflüchte und Halbwahrheiten, aber Chumley hätte er nie einer Lüge fähig gehalten. Chumley konnte nach Laune hinterhältig und aufrichtig sein, brutal und rücksichtsvoll, er war unberechenbar wie ein Puma, unstet und voller Widersprüche, aber bei einer Lüge hatte ihn noch keiner erwischt.
Diesmal aber hatte er gelogen, der Gesichtsausdruck des jungen Mannes, als er die Tür geöffnet hatte, ließ keinen Zweifel daran aufkommen. John kannte diesen Ausdruck, er war ihm schon in den weißen Bungalows von Masava begegnet, in den kühlen Traumschlössern, die auf windumspielten Hügeln von Salisbury, Lusaka und Bulawayo thronten. Er hatte ihn ein Leben lang wie eine Vision vor sich gehabt, in den harten Gesichtern der weißen Farmer, in den kühlen, glatten Gesichtern der englischen Konzernangestellten und in den schönen gepflegten Gesichtern der Frauen von Lansing und Campbellsville, eine merkwürdige Mischung von Betroffenheit, Empörung und Abneigung, wie sie einen mitunter überfällt, wenn sich der Mann vor der Haustür statt des erwarteten lieben Gastes nur als simpler Vertreter einer Waschmaschinenfabrik herausstellt. Unzählige Male hatte er es schon erlebt, und doch empfand er es immer wieder mit derselben intensiven Peinlichkeit und dem blitzartigen Aufbegehren, das wie ein hartes Geschwür auf sein Herz drückte, ihm den Atem stocken ließ und dumpfe Trauer in ihm auslöste.
Irgendwo im Haus waren undeutlich Stimmen zu hören; zur Tür waren es nur fünf Schritte. Eine Gelegenheit? John wies den Gedanken sofort zurück, er war nie davongelaufen. Der Garderobenspiegel zeigte ihm sein Bild, ein großgewachsener, schlanker Mann in der Uniform der US-Armee, mit dunklem schmalem Kopf, das Gesicht mehr braun als schwarz, von dem unnatürlichen Braun chemischer Präparate, wie viele Europäer sie benutzten, um sich einen exaltierten Anstrich zu verleihen, äußeres Merkmal

der arabisch-negroiden Abstammung – die altägyptischen Herrenvölker und die Sudanneger –, ein wenig europäisches Blut dazwischen, auch Blut der Berber, Aschanti, Hamiten und Tuareg, aber es gab keine Abstufungen, keine Kompromisse, es gab nur Weiße und Farbige, und in fünfundzwanzig Jahren würden fünfundachtzig Prozent Farbige fünfzehn Prozent Weißen gegenüberstehen.
Eine Genugtuung? Wofür? Er grinste sein Spiegelbild an. Dafür, daß er sein Studium abgebrochen, nie mit einer weißen Frau geschlafen, nie unbefangen ein Theater, ein Kino oder ein Warenhaus betreten hatte? – weil es zu viele Warenhäuser, Kinos und Theater gab, die zu betreten ihm verboten waren –, daß sie in den Staaten eine ganze Industrie aufgezogen hatten, die Mittel zum Bleichen der Haut und zum Glätten der gekräuselten Haare herstellte, und daß diese Mittel in Millionen Päckchen und Dosen verkauft wurden – der Massen-Minderwertigkeitskomplex, in Dosen und Schachteln verpackt!?
Er stand noch grinsend vor dem Spiegel, als Fehrenbach die Treppe herunterkam, einen Augenblick verhielt, ihn scharf musterte, dann auf ihn zutrat und willkommen hieß. Eine Sekunde lang fühlte John den Druck einer feuchten kleinen Hand, dann half ihm Fehrenbach aus dem Mantel.
Auch sein Typ war John nicht neu. Das pausbäckige Gesicht strahlte glatte Zufriedenheit aus, alles an ihm wirkte gepflegt, selbstsicher, standesgemäß. Er hätte ihm genausogut in Kapstadt oder New York begegnen können, aber dort brauchten sie nicht so viele Worte, mit ihrer Verlegenheit fertig zu werden.
Fehrenbach redete ununterbrochen, er erkundigte sich, ob er den Weg gut hergefunden habe, ob er schon lange in Deutschland sei und wie es ihm gefalle, aber er schoß seine Fragen so schnell hintereinander ab, daß John keine Zeit fand, sie zu beantworten. Erst als sie zusammen die Treppe hinaufstiegen, blieb Fehrenbach unvermittelt stehen und schlug sich mit der flachen Hand klatschend an die Stirn. »Ich rede und rede und weiß nicht einmal, ob Sie mich verstehen können. Sprechen Sie Deutsch?«
»Wir können es versuchen«, antwortete John lächelnd.
Fehrenbach starrte ihn überrascht an. »Ohne Akzent! Wo haben Sie es gelernt?«
»Ich habe Kurse mitgemacht.«
»In Deutschland?«
»Auch in Deutschland«, antwortete John.
Fehrenbach war beeindruckt. »Das muß ich sofort meiner Frau erzählen.«

Sie war nicht da, als sie ins Zimmer kamen. Fehrenbach machte John mit Fred und Claire bekannt. »Sie haben ihn ja schon gesehen«, sagte er, auf Fred schauend. »Und das ist Claire, sie gehört zur Familie. Ich habe leider Ihren Namen nicht verstanden.«
»Baako«, sagte John.
»Klingt fast amerikanisch«, meinte Fehrenbach und blickte ungeduldig in den Flur zurück. »Wo steckt sie denn schon wieder?«
»Sie hat den Mantel weggebracht«, sagte Fred bedeutungsvoll. Sein Vater merkte nichts. »Welchen Mantel?«
»Den wir vorgestern gekauft haben.«
»Den Mantel für Herrn Baako«, sagte Claire.
Fred zuckte zusammen, als hätte sie ihm einen schmerzhaften Schlag versetzt. Er blickte fassungslos in ihr blasses Gesicht. Ehe sein Vater eine weitere Frage stellen konnte, war er bei ihm und zog ihn auf den Flur hinaus. Sein Gesicht war jetzt genauso blaß wie das von Claire.
John stand noch immer dort, wo er Fred die Hand gegeben hatte, etwa vier Schritte von Claire entfernt und völlig regungslos. Als die Tür hinter den beiden zufiel, kam Bewegung in ihn, er drehte sich um, so daß er Claire voll anschauen konnte.
Ihr Gesicht war unverändert blaß, und während er sie betrachtete, fühlte er das Blut in den Schläfen pochen. Sie hatte ein enganliegendes dunkles Kostüm an, Schuhe mit hohen, dünnen Absätzen, das dichte, in die Stirn fallende schwarze Haar trug sie kurz geschnitten; es machte ihr Gesicht noch schöner. John erinnerte sich nicht, jemals einem Mädchen begegnet zu sein, das sich mit ihr vergleichen ließ. In diesem Augenblick, in diesen wenigen Sekunden, während er ihr gegenüberstand und mit einem Gefühl atemloser Bewunderung auf sie hinabsah, schien es ihm, als könnte er ihr Gesicht nie mehr vergessen, als müßte er nun ewig und für alle Zeiten daran denken, als gäbe es hinterher nichts mehr, wofür zu leben sich noch lohnte, nichts mehr, was anzuschauen noch wert war, und nichts mehr, was ihm helfen würde, es in seiner Erinnerung auszulöschen. In dieser Sekunde wußte er, daß alles, was jetzt noch kommen würde, nicht mehr dasselbe sein konnte wie bisher, und nie hatte er eine Sache sicherer gewußt. Hinter ihm räusperte sich jemand, er bewegte ein wenig den Kopf und sah Fred an der Tür stehen.
Claire hatte ihn schon früher entdeckt. Seit er mit seinem Vater das Zimmer verlassen hatte, war nicht mehr als eine halbe Minute vergangen, zu kurz, um einen klaren Entschluß zu fassen. Sie fühlte sich seltsam gelöst von ihrer Umgebung, geradeso, als ginge sie nun, nachdem es geschehen war, alles nichts mehr an. Sie hatte

auch keine Erklärung dafür, und wenn sie darüber nachdachte, geriet sie in einen merkwürdigen Zwiespalt von tiefer Genugtuung und schmerzhafter Furcht. Von dem Augenblick an, als Freds Mutter mit dem Mantel aus dem Zimmer gelaufen war, schien alles wie in einen roten Nebel getaucht. Nur noch undeutlich erinnerte sie sich, daß sie mit vor Empörung heiserer Stimme Fred aufgefordert hatte, es zu verhindern, und Fred hatte mit den Schultern gezuckt. In dieser Sekunde mußte es geschehen sein, lange bevor sein Vater mit dem Amerikaner hereingekommen war. Vielleicht eine besondere Art von Bewußtseinsspaltung, vielleicht auch nur eine simple Selbstentladung. Fünf Jahre lang hatte sie alles in sich hineingefressen. Oft hatte sie gemeint, daran erstikken zu müssen, und nun war es wie eine Eruption gewesen, nicht einmal für einen Psychiater interessant genug, eine durchaus natürliche Reaktion ihres Ichs, von dem sie nicht mehr gewußt hatte, daß es noch existierte.

Sie hörte Fred etwas sagen, und sie schüttelte den Kopf, ohne es zu merken, während sie mit einer gleichgültigen Neugierde sein Gesicht betrachtete, wo Wut und Fassungslosigkeit sich wechselseitig ablösten.

»Mach keine Geschichten!« sagte er laut. »Sie warten auf dich.«

»Wo?«

»In seinem Arbeitszimmer. Sie haben mit dir zu reden.«

Es fiel ihr erst jetzt auf, daß er mit ihr sprach, als wären sie allein im Zimmer. Und vielleicht wäre alles noch anders gekommen, wenn er einen anderen Ton angeschlagen hätte. Sie spürte förmlich, wie sich etwas in ihr umdrehte und Stacheln ausstreckte. »Wenn sie mit mir zu reden haben«, erwiderte sie kalt, »sollen sie hereinkommen.«

Fred stierte sie ungläubig an. In dieser Sekunde wirkte er mehr hilflos als wütend. »Ist das dein Ernst?«

»Ja.«

Es klang so, daß nicht die Spur eines Zweifels daran aufkommen konnte. Er blieb eine Weile wie benommen stehen, dann ging er hinaus und schlug die Tür hinter sich zu.

Mit geschlossenen Augen hörte sie ihn über den Flur gehen, dann erinnerte sie sich, daß sie nicht allein war. Sie öffnete schnell wieder die Augen und sagte so ruhig wie sie konnte: »Jetzt habe ich Ihnen den Abend verdorben.«

»Das wäre nicht so schlimm«, sagte John und blickte die Tür an. »Sie sind mit ihm verwandt?«

»Mit Verwandten schläft man nicht«, antwortete Claire.

Noch ehe sie es ausgesprochen hatte, spürte sie, daß es nicht mehr dasselbe war wie vorhin. Es kam zwar aus der gleichen oppositionellen Grundstimmung heraus, und ein paar Herzschläge lang erfüllte es sie sogar mit einer fast perversen Genugtuung, als wären ihre zynischen Worte ein Akt der Selbstentlarvung, der sie künftig davor bewahren könnte, in den alten Zustand verlorener Sittsamkeit, ohnmächtiger Resignation und spießbürgerlicher Geborgenheit zurückzufallen, aber wie ein saures Aufstoßen hinterließ es nur einen üblen Geschmack im Mund und das peinliche Gefühl einer ebenso überflüssigen wie taktlosen Vertraulichkeit einem wildfremden Menschen gegenüber. Dann erinnerte sie sich, daß er fast fehlerloses Deutsch gesprochen hatte, und sie blickte zum erstenmal voll in sein Gesicht. Es war völlig unbewegt, und während sie ihn anschaute, spürte sie, wie ihr das Blut in den Kopf schoß. »Sie haben alles verstanden?«

»Nicht alles«, antwortete John. »Man wollte mir einen Mantel schenken?« – Claire nickte.

»Und als ich kam, hat man sich's anders überlegt?«

Claire nickte wieder. Sie hätte es ihm und sich selbst gerne erspart, aber nun war es zu spät dafür. »Ich hätte es nicht verraten dürfen«, murmelte sie. Seit sie sich darüber klargeworden war, fühlte sie sich elend und schuldbewußt. »Es war eine persönliche Genugtuung für mich, aber auf Ihre Kosten.«

John lächelte. »Sie haben es nicht nur Ihretwegen getan, und was mich betrifft, so bin ich seit achtundzwanzig Jahren so.«

Sie verstand ihn nicht und blickte ihn fragend an.

»So, wie ich bin«, erklärte John. »Wohnen Sie hier?«

»Nein.«

»Dann werden Sie jetzt wohl nach Hause gehen?«

»Ich glaube, es ist am besten«, sagte Claire und stand auf. Im selben Moment kam Fehrenbach herein.

Als er sie nebeneinander stehen sah, verhielt er den Schritt, dann setzte er ein breites Lächeln auf und richtete das Wort an John: »Eine kleine Unpäßlichkeit meiner Frau, entschuldigen Sie bitte. Wir werden gleich essen. Warum nehmen Sie nicht Platz?«

Seiner Stimme war nichts anzumerken. Man konnte ihm manches nachsagen, aber nie, daß er sich leicht in Verlegenheit bringen ließe. Er erinnerte Claire mitunter an ein Stehaufmännchen, wendig, geistesgegenwärtig und immer souverän. Sogar sein Gesicht war unverändert, es sah glatt und zufrieden aus wie immer. Jetzt wandte er sich an sie, und obwohl sein Gesicht den verbindlichen Ausdruck beibehielt, spürte sie ein unangenehmes Ziehen im Kreuz. Vielleicht lag es an seinen Augen, sie hatte sie nie so kalt gesehen wie in dieser Sekunde.

»Ich hoffe, du hast unseren Gast gut unterhalten«, sagte er.
»Das hoffe ich auch«, antwortete Claire, aber es klang nicht so unbefangen, wie sie es sich gewünscht hatte. Die Eruption war vorbei, ihre Empörung verklungen. Sie fühlte sich plötzlich sehr erschöpft und unsicher, als hätte sie einen steilen und gefährlichen Weg hinter sich gebracht und dabei die Richtung verloren. Vor einer halben Minute war sie noch entschlossen gewesen, aufzubrechen, jetzt fürchtete sie sich vor den Folgen. Es war wie der Versuch gewesen, über ihren eigenen Schatten zu springen, ebenso tollkühn wie sinnlos. Von ihrer ganzen Courage war nur noch ein bißchen Herzklopfen übriggeblieben. Zuwenig, um einem Mann wie Fehrenbach die Stirn zu bieten.
Er ignorierte, daß sie noch immer unschlüssig herumstand, erkundigte sich bei John, wie lange er schon in Deutschland sei, und fing an, von sich und seinem Maklerbüro zu erzählen. Es blieb ihr nichts anderes übrig, als sich wieder auf ihren Stuhl zu setzen, während sie mit einem Ohr zuhörte und mit dem anderen auf die Geräusche außerhalb des Zimmers achtete. Seine Frau mußte wieder in der Küche sein; Geschirr klapperte, und einmal vernahm sie Freds Stimme. Es war typisch für ihn, daß er nicht hereinkam. Er schmollte, aber das würde sich wieder einrenken. Sie glaubte nicht einmal, daß es noch zu einer Szene mit seinen Eltern kommen würde. Seine Mutter war impulsiv. Wenn sie wütend war, verlor sie rasch die Beherrschung. Seit dem Vorfall war jedoch genug Zeit vergangen, sie würde sich jetzt wieder gefaßt haben. Wozu etwas riskieren, wenn man es später ohne Risiko nachholen konnte! Claire war davon überzeugt, daß sie es nicht vergessen würde. Und wenn sie einmal bei ihr im Haus wohnte, würde sie keine Möglichkeit mehr haben davonzulaufen, sie würde alles zurückbezahlt bekommen, auf Heller und Pfennig.
Sie ertappte sich dabei, wie sie den Amerikaner betrachtete: sein schmales dunkles Gesicht, sein gekräuseltes Haar, seine großen schlanken Hände, die beim elektrischen Licht den Eindruck erweckten, als hätte er sie wochenlang nicht mehr gewaschen. Ihre Innenflächen waren heller als die Handrücken, die Nägel sorgfältig geschnitten. Er trug ein einwandfrei gebügeltes Hemd und sah sympathisch aus. Aus einem ihr unerklärlichen Grund verspürte sie den Wunsch, sich nach seiner Heimat zu erkundigen. Wäre seine Haut hell gewesen, hätte es sie keine Überwindung gekostet, sich mit ihm ein intimes Verhältnis vorzustellen. Der Gedanke hatte nichts Abwegiges für sie. Wie viele Frauen testete sie ihr Empfinden für einen Mann auch nach dieser Möglichkeit, aber

ohne jedes Wunschdenken und mit einer fast psychoanalytischen Sachlichkeit. Sie konnte sich auf das Ergebnis mehr verlassen als auf ihre Menschenkenntnis, und ihre Erfahrung hatte sie gelehrt, daß ihr die Vorstellung nur bei solchen Männern keinen Widerwillen bereitete, mit denen sie auch eine gemeinsame geistige Basis hatte. Darüber hinaus war es noch eine Art Selbstschutz. Indem sie ihre eigene Schwäche für diesen oder jenen Mann rechtzeitig erkannte, war sie vor unliebsamen Überraschungen sicher. Obwohl sie nicht prüde war, hatte sie doch festumrissene Begriffe von Erlaubtem und Unerlaubtem, von harmlosen Flirts und zweideutigen Verhältnissen, und eigentlich passierte es ihr heute zum ersten Male, daß ihre bewährte Methode, einen Mann abzuschätzen, zu einem widersprüchlichen Ergebnis führte.
Sie beobachtete, wie er sich mit Fehrenbach unterhielt, und wieder wunderte sie sich über seine mühelosen Formulierungen. Nur die Artikel bereiteten ihm etwas Schwierigkeiten. Er überlegte jedesmal einige Sekunden, ehe er weitersprach. Seine Rede beschränkte sich auch meist auf höfliche Zwischenfragen, aber sonst machte er mehr den Eindruck eines Mannes, der sich tödlich langweilt.
»Sehen Sie«, sagte Fehrenbach gerade, »in meinem Beruf kommt man mit allen möglichen Menschen zusammen, und mir persönlich ist einer so lieb wie der andere. Für mich gibt es keine Unterschiede, verstehen Sie?«
»Ich weiß nicht, von welchen Unterschieden Sie reden«, sagte John.
Es schien Fehrenbach aus dem Konzept zu bringen, Claire stellte es mit Genugtuung fest. Sie hatte schon die ganze Zeit darauf gewartet, daß er auf irgendeine Weise versuchen würde, den peinlichen Zwischenfall vergessen zu machen, indem er sich wieder die Rolle eines Biedermannes aneignete, für den solche Probleme nicht existierten.
»Man liest in den letzten Wochen soviel in den Zeitungen«, sagte er mit seiner gewohnten Direktheit. »Rassenprobleme und so weiter. Für einen liberal denkenden Menschen gibt es so etwas nicht. Afrika ist auf dem besten Weg, gleichberechtigt zu werden.«
»Seit man uns lieber schwarz als rot sieht«, sagte John. »Meinen Sie das?«
Fehrenbach nahm sein Zigarettenetui in die Hand und betrachtete es. »Das meine ich nicht«, sagte er. Dann legte er das Etui wieder weg und lächelte. »Man darf nicht alle Schuld nur bei einer Seite suchen. Sehen Sie Südwestafrika an! Die Leute würden uns heute noch mit offenen Armen empfangen, wenn wir zurück-

kämen. Wir haben Südwestafrika um fünfhundert Jahre weitergebracht. Ich kenne mich da zufällig sehr gut aus.«
»Waren Sie einmal dort?«
»Ich selbst nicht, aber ich habe einen Geschäftsfreund, dessen Vater ...«
Er brach ab, weil seine Frau hereinkam. »Da ist sie ja!« sagte er überschwenglich und stand auf. »Herr Baako – meine Frau. Ist das Essen fertig?«
»Es ist fertig«, antwortete sie und streckte John die Fingerspitzen hin. Dann wandte sie sich sofort an Claire: »Du kannst mir den Tisch decken helfen.«
Im Flur begegneten sie Fred. Er schloß sich ihnen an und machte die Küchentür hinter ihnen zu. »Sie möchte wissen, ob du ihm etwas gesagt hast«, murmelte er.
»Ob ich ihm etwas gesagt habe?« erkundigte sich Claire. Sie stand genau in der Mitte, links von ihr Fred, mit dem Rücken an die Tür gelehnt, auf der anderen Seite, steif und entschlossen, seine Mutter. Es war eine Falle gewesen, und diesmal hatte sie sich überrumpeln lassen. Sie stellte es ohne Gefühlsregung fest. Anscheinend hielt man es doch nicht mehr für nötig, noch zuviel Rücksicht zu nehmen. In der Küche roch es nach dem gebratenen Puter und Rotkraut, das gewohnte Weihnachtsessen.
»Daß wir ihm den Mantel nicht geben wollten«, antwortete Fred. »Ob du ihm das gesagt hast?«
Claire zögerte. Etwas hinderte sie daran, ihnen die Wahrheit zu sagen. Vielleicht, weil sie keinen Mut mehr hatte, vielleicht auch, weil sie fühlte, daß dies ein bedeutsamer Augenblick ihres Lebens war. Und sie haßte es, unvorbereitet Entscheidungen zu treffen, die endgültig waren.
Ich hätte mich nicht darauf einlassen dürfen, dachte sie. Ich hätte meiner ersten Regung nachgeben und davonlaufen sollen. Ich bin inkonsequent, erbärmlich und ... »Ich habe es ihm nicht gesagt«, hörte sie ihre Stimme antworten. Sie hätte sich sofort die Zunge dafür abbeißen können. Nie in ihrem Leben hatte sie so dreist gelogen, es war genauso, als hätte sie sich zu einer kriminellen Handlung verleiten lassen. Sie beobachtete mit blutleerem Gesicht, wie Fred erleichtert grinste.
»Dann ist ja alles in Ordnung!« sagte er. Er stieß sich mit dem Rücken von der Tür ab und wandte sich an seine Mutter: »Ich habe es dir gleich gesagt!«
»Ich glaube ihr nicht«, antwortete diese. »Sie lügt, ich sehe es ihr an.«
»Dann kennst du sie besser als ich«, sagte Fred. Er wurde plötz-

lich heftig. »Ich habe dieses Theater jetzt satt, verstehst du! Sie hat gesagt, daß sie es nicht verraten hat, und damit Schluß! Oder hast du mich doch angelogen?« sagte er zu Claire.
Claire nickte. Auch diesmal hatte sie keinen Einfluß darauf. Es war, als hätte sich ihr Unterbewußtsein selbständig gemacht. Sie ging zur Tür und über den Flur ins Zimmer. Ohne sich um die beiden Männer zu kümmern, nahm sie ihre Handtasche vom Tisch, kehrte auf den Flur zurück und stieg die Treppe hinunter. Als sie an der Garderobe ihren Mantel anzog, stand wieder Fred neben ihr.
»Was soll der Blödsinn?« sagte er laut. »Du darfst jetzt nicht fortgehen, hörst du!«
»Solange wir nicht verheiratet sind«, erwiderte Claire, »darf ich alles.«
Er lief neben ihr her zur Haustür, seine Stimme überschlug sich. »Wenn du jetzt fortgehst, ist es aus zwischen uns, endgültig, verstehst du?«
»Ich werde darüber nachdenken«, sagte Claire. »Gute Nacht!«
Dann stand sie auf der Straße. Die ersten zwanzig Schritte wartete sie noch darauf, daß er ihr nachkommen werde. Aber hinter ihr blieb alles still, und sie ging auf der dunklen menschenleeren Straße weiter, spürte ihr Herz klopfen, die Kälte im Gesicht, das Knirschen des Schnees unter ihren dünnen Schuhsohlen. Nie hatte sie sich so verlassen gefühlt.
Später kam ihr jemand nachgerannt. Ihr erstes Empfinden war Erleichterung. Sie ging etwas langsamer, und jetzt waren die Schritte neben ihr, und sie hörte die atemlose Stimme eines Mannes: »Fast hätte ich Sie nicht mehr gesehen.«
Sie hatte sich zu sehr auf Fred eingestellt, um nicht enttäuscht zu sein. Es klang auch aus ihrem Ton: »Sie sind es! Warum sind Sie nicht dort geblieben?«
»Warum hätte ich dort bleiben sollen?« fragte John zurück.
Claire nahm sich zusammen. »Sie sind auch dort geblieben, als ich Ihnen die Sache mit dem Mantel erzählt habe.«
»Weil ich Sie nicht kompromittieren wollte. Gehen Sie nach Hause?«
Sie war sich noch nicht darüber schlüssig geworden, aber wenn sie an die leere Wohnung dachte, erfüllte sie die Vorstellung mit Widerwillen. »Vielleicht«, antwortete sie und blieb stehen. »Hat man Sie denn so ohne weiteres gehen lassen?«
John zuckte mit den Schultern. »Es war niemand mehr da, der mich hätte zurückhalten können. Nachdem Sie hinausgelaufen waren, ließ mich Herr Fehrenbach allein.«

»Und Fre . . ., ich meine, sein Sohn?«
»Ich habe ihn nicht mehr gesehen«, sagte John. »Ist es sehr schlimm für Sie?«
»Das muß sich erst noch zeigen.« Ihre Unschlüssigkeit war jetzt so groß, daß sie zu keinem klaren Gedanken fähig war.
John beobachtete sie abwartend. Nach einer Pause sagte er: »Ich möchte Sie nicht aufhalten. Ich wollte mich nur noch von Ihnen verabschieden.«
Warum fragt er mich nicht, ob er mich nach Hause bringen darf, dachte Claire. Laut sagte sie: »Was werden Sie jetzt tun?«
»Ich?« John blickte die dunkle Straße entlang. Sie war auf beiden Seiten mit Bäumen bepflanzt, hatte wenige trübe Laternen, die Häuser standen etwas zurückversetzt, aus ihren Fenstern fiel Licht in die verschneiten Gärten. »Vielleicht gehe ich in den Unteroffiziersclub.«
»In der Kaserne?« – »Ja.«
Claire sah nachdenklich in sein Gesicht. Ein paar Sekunden lang kämpfte sie mit sich. Der Einfall war ihr so plötzlich gekommen, daß ihre Vernunft noch keine Zeit gefunden hatte, Bedenken hervorzubringen. In einer normalen Verfassung hätte sie ihn nicht ernst genommen, aber nun erschien er ihr völlig natürlich und folgerichtig. »Wir könnten noch zusammen etwas trinken«, sagte sie.
»Im Club?«
»Ginge das?«
»In den Club kann jeder mitbringen, wen er will.«
Claire dachte nach, dann schüttelte sie den Kopf. »Nein. Wir werden es bei mir daheim tun. Wenn es Ihnen recht ist«, setzte sie rasch hinzu.
John schwieg. Als es ihr zu lange dauerte, machte sie eine ungeduldige Bewegung. »Wollen Sie nicht?«
»Es ist nicht meinetwegen«, sagte John. »Sie sollen nicht denken, Sie hätten an mir etwas gutzumachen.«
»Ich denke gar nichts«, erwiderte sie. »Ich möchte jetzt nicht allein sein, das ist alles. Haben Sie das nie?«
»Doch«, sagte John. »Sehr oft.«
Er hatte das Gesicht weggedreht, den Dächern der rechten Häuserreihe zu, wo irgendwo im Dunkeln Kirchenglocken einsetzten. Es klang, als finge die Nacht selbst zu dröhnen an. »Schön«, sagte John.
Claire nickte. Zum zweitenmal an diesem Abend schien es ihr, als habe ihr jemand mit einer feinen Nadel einen Stich in die Brust versetzt.

7

Nach dem zweiten Glas Wein entschloß sie sich, ihn mit John anzureden. »Es fällt mir leichter als Herr Baako«, sagte sie. »Wenn Sie damit einverstanden sind?«

»Einverstanden«, sagte John. Er saß ihr gegenüber in einem Sessel. Auf dem Tisch brannte eine Kerze, es war warm im Zimmer und sehr still.

»Und ich heiße Claire«, sagte sie. »Fräulein Heggelbacher klingt entsetzlich, finden Sie nicht auch?«

»Schwierig«, bestätigte John. »Aber Claire ist ein französischer Name?«

»Meine Mutter war Französin«, sagte Claire. »Sie war neunzehn Jahre alt, als sie meinen Vater kennenlernte. Er war als Kriegsgefangener auf dem Hof ihrer Eltern beschäftigt, 1919 in Giffaumont. Als sie heirateten, verstand sie kaum ein Wort Deutsch. An den Namen meines Vaters hat sie sich auch nie gewöhnen können.«

Sie stand auf und holte ein Bild aus einer Schublade. »Das war sie.«

»Sie lebt nicht mehr?« fragte John.

»Nein.«

»Und Ihr Vater?«

»Er ist bei Freunden. Vor elf Uhr kommt er nicht zurück. Gefällt sie Ihnen?«

»Sie sind ihr wie aus dem Kopf geschnitten.«

Claire lächelte. »Wie aus dem Gesicht, John. Erzählen Sie etwas von sich. Wo haben Sie so gut Deutsch gelernt?«

»Ich hatte in Bulawayo einen deutschen Missionslehrer«, antwortete John. »Wir lernten Englisch und Französisch bei ihm, wer wollte, konnte auch Deutsch lernen. Er hat mir so viel von Deutschland erzählt, daß ich es wollte.«

»Bulawayo, wo liegt das?«

»In Süd-Rhodesien.«

»Merkwürdig.« Claire blickte dem Rauch ihrer Zigarette nach. »Ich hatte gleich das Gefühl, daß Sie nicht immer in Amerika gelebt haben. Wann kamen Sie hinüber?«

»Vor neun Jahren. Mein Vater schickte mich auf die Lansing-State-Universität, ich sollte Jura studieren.«

»Mein Gott!« Claire vergaß, an ihrer Zigarette zu ziehen. »Sie haben studiert?«

»Ich brachte vom College ein gutes Abschlußexamen mit«, sagte John gleichgültig. »Es gab einmal zwischen meinem Vater und

einer englischen Gesellschaft einen Rechtsstreit, mein Vater verlor ihn. Damals setzte er es sich in den Kopf, einen Juristen in die Familie zu bekommen. Er machte seinen Anwalt dafür verantwortlich, daß er den Prozeß verloren hat, aber er hätte ihn auch mit einem erstklassigen Anwalt verloren.«
»Und deshalb hat er Sie studieren lassen?« vergewisserte sich Claire verwundert.
John schüttelte lächelnd den Kopf. »Nicht nur deshalb. Mein Vater ist vermögend, er hat eine große Baumwollfarm. Wer vermögend ist, schickt aus Repräsentationsgründen mindestens einen Sohn auf die Universität.«
»Das ist fast wie bei uns«, sagte Claire. Sie versuchte, Klarheit in ihrem Kopf zu schaffen. »Aber wenn Sie studiert haben...«
»Ich habe nur drei Semester studiert«, warf John ein, »dann meldete ich mich zur Armee. Ich wollte die amerikanische Staatsbürgerschaft haben. In der Armee bekommt man sie zwei Jahre früher.«
»Sie wollten nicht mehr nach Rhodesien zurück?«
»Nein.«
Claire betrachtete ihn prüfend. »Wenn Ihnen das Thema unangenehm ist...«
»Sie dürfen es ruhig erfahren«, sagte John. »Mein Vater wollte mich verheiraten, und ich wollte es nicht. Ich wurde mir erst in Lansing darüber klar. Vielleicht hätte ich sie geheiratet, wenn ich nicht nach Amerika gekommen wäre, aber so...«
Er verstummte und nahm einen Schluck aus seinem Glas. »Sie war fünf Jahre älter als ich«, sagte er dann, »die Tochter eines Bantus. Ich bin kein Bantu, mein Vater auch nicht. Er holte sich seine Frau von der Goldküste, der Heimat meines Großvaters, der mit seiner Frau nach Rhodesien auswanderte, nachdem er sich irgendwie Gold verschafft hatte und nicht länger bleiben konnte.«
»Er hat es gestohlen?« fragte Claire belustigt.
John blieb ernst. »Er betrachtete es als sein Eigentum, weil es auf seinem Grund und Boden gefunden wurde; die Engländer waren anderer Meinung. Mit dem Gold kaufte er sich bei Bulawayo ein Stück Land, mein Vater übernahm es und erwarb neues Land dazu, zum Teil von dem Bantu, dessen Tochter ich heiraten sollte.«
»Jetzt verstehe ich«, sagte Claire. »Es muß schrecklich für Sie gewesen sein. Ist sie häßlich?« Es war ihr herausgerutscht, und sie wurde rot. »Das hätte ich nicht fragen dürfen«, murmelte sie.
John verzog keine Miene. »Sie ist nicht häßlich, sie ist fett. Wissen Sie, wie eine fette Bantu-Frau aussieht?«

»Nein. Erzählen Sie es mir lieber nicht. Aber das war doch kein Grund, Ihr Studium aufzugeben?«
»Wenn ich es ihr nicht geschrieben hätte«, sagte John. »Ich wollte nicht, daß sie auf mich wartet. Nach diesem Brief forderte mich mein Vater auf, heimzukommen, und als ich nicht kam, sperrte er mir das Geld. Meine Quartiersleute rieten mir, zur Armee zu gehen und die amerikanische Staatsbürgerschaft zu erwerben. Sie übernahmen auch die Bürgschaft für mich. In einem Jahr habe ich meine Zeit herum und so viel Geld, daß ich das Studium weitermachen könnte.«
»Warum könnte? Wollen Sie es nicht mehr?«
»Vielleicht. Ich bin fünf Jahre älter geworden, seit ich von der Universität weg bin. Zudem ...« Er verstummte wieder und betrachtete seine Hände. »Es gefällt mir in der Armee«, fuhr er dann fort. »In der Armee wiegt es nicht so schwer, welche Hautfarbe man hat. Ich möchte auch nicht mehr nach Lansing zurück, vielleicht studiere ich in Deutschland zu Ende; das muß ich mir alles noch überlegen. Ich mache seit drei Jahren regelmäßig einen deutschen und einen englischen Sprachkursus mit, aber ich weiß noch nicht, was ich tun werde.«
»Dann geht es Ihnen wie mir, ich weiß es auch noch nicht.«
John blickte rasch in ihr Gesicht. »Sie erzählten mir doch, daß Sie im zwölften Semester sind!«
»Ich ekle mich vor Krankenhäusern«, sagte Claire. »Ich habe mich nie getraut, es einem Menschen zu erzählen. Fred hätte kein Verständnis dafür gehabt, und auf der Universität kann man so etwas nicht sagen, ohne ausgelacht zu werden.«
»Sie haben doch sicher noch mehr Bekannte außer Fred«, sagte John vorsichtig.
Claire sah zu, wie die Kerze herunterbrannte. »Keine, mit denen ich mich über solche Dinge unterhalte. Freds Vater will mir eine Praxis einrichten, ich müßte dann nur zwei Jahre in einem Krankenhaus arbeiten. Ohne Praxis käme ich nie aus einem Krankenhaus heraus.«
»Kann Ihr Vater ...«
Claire winkte ab. »Zuerst kam die Währungsreform, und dann wurde er pensioniert. Wissen Sie, was eine Praxis kostet?«
»Nein«, sagte John. Seine Stimme klang anders als vorher, und als Claire ihn ansah, stellte sie fest, daß auch sein Gesicht anders war.
»Jetzt tun Sie mir unrecht, John«, sagte sie ruhig. »Ich war neunzehn Jahre alt, als wir uns kennenlernten. Es imponierte mir, daß er einen Wagen hatte und sehr selbstbewußt war. Das mit der

Praxis kam erst viel später hinzu. Ich bin etwas altmodisch, müssen Sie wissen.«

»Wenn Sie altmodisch wären, hätten Sie mich nicht in Ihre Wohnung eingeladen.«

»Ich habe heute abend viel getan, was ich sonst nie tue«, sagte sie im gleichen ruhigen Ton. »Ich habe Ihnen sogar erzählt, daß ich mit ihm schlafe; so etwas habe ich noch keinem gesagt. In diesem Punkt bin ich auch altmodisch. Für mich ist das genauso, wie wenn ich mit ihm verheiratet wäre. Ich weiß nicht, ob Sie das verstehen können.«

»Ich akzeptiere es«, sagte John.

»Danke.« Sie lächelte ihn an. »Ich zerbreche mir schon die ganze Zeit den Kopf, warum ich Ihnen gegenüber keine Hemmungen habe. Haben wir uns wirklich erst heute abend kennengelernt?«

»Es muß heute abend gewesen sein«, sagte John. »Aber Sie hätten sicher auch keine Hemmungen, wenn Sie sich mit einem Blinden unterhielten.«

Sie verstand sofort, wie er es meinte. »Sie glauben, daß es dasselbe ist?«

»Ungefähr.«

»Ich glaube es nicht«, sagte Claire, »und ich möchte fast schwören, daß Sie es besser wissen. Als ›verheiratete‹ Frau kann ich Ihnen das ja sagen, oder nicht?«

Sie lächelte noch immer, und während er sie anschaute, erinnerte er sich der Mädchen, die sich vor der Kaserne anboten. Wenn man diese hinzurechnete, hatte sie vielleicht recht, aber deren Typ hätte er schon in Lansing und Kentucky haben können. Ein Kommilitone aus Nord-Rhodesien hatte ihm dringend davon abgeraten. »Ich brauche mein Geld für später«, sagte er.

Claire hörte auf zu lächeln. »Davon habe ich nicht gesprochen.«

»Sie können es nicht tun, ohne davon zu sprechen«, sagte John. »Sie leben doch in der gleichen Welt wie ich.«

»Meine Mutter war Französin. Vielleicht bin ich deshalb weniger voreingenommen. Ich kenne viele Männer, die Ihnen nicht das Wasser reichen könnten, obwohl sie die gleiche Hautfarbe haben wie ich. Glauben Sie mir das?«

»Das ist es nicht.«

»Was sonst?«

»Sie sind weniger voreingenommen, aber heiraten würden Sie mich nicht?«

Jetzt bereute sie es doch, sich auf das Thema eingelassen zu haben. »Ich hoffe, das ist keine persönliche Frage«, sagte sie nach einer Pause.

»Nur eine grundsätzliche.«
»Aber eine sehr direkte. Was erwarten Sie, daß ich Ihnen darauf antworte?«
»Vielleicht die Wahrheit«, sagte John lächelnd. »Sie können es sich als ›verheiratete‹ Frau doch leisten.«
»Gut.« Sie richtete sich unwillkürlich etwas in ihrem Sessel auf. »Ich glaube, es wäre nicht richtig. Sind Sie jetzt von mir enttäuscht?«
»Nein.«
»Warum nicht?«
Die Kerze war am Erlöschen. John blies sie aus. Jetzt brannte nur noch das abgedeckte Licht der Stehlampe. »Weil ich allmählich selbst daran glaube. Wann, sagten Sie, kommt Ihr Vater zurück?«
»Sicher nicht vor der nächsten Stunde. Warum fragen Sie?«
»Vielleicht wäre es Ihnen unangenehm«, sagte John.
Claire runzelte die Stirn. »Es hätte mir höchstens unangenehm sein können, zusammen mit Ihnen auf der Straße oder im Treppenhaus gesehen zu werden. Mein Vater kommt nie in mein Zimmer. Wenn er uns hört, wird er annehmen, daß Fred bei mir sei. Darf ich Sie einen Augenblick allein lassen?«
John nickte. Er hörte sie hinausgehen, eine Tür zuschlagen, dann wurde es still. An der Wand hing ein Foto von ihr. Er stand auf, um es besser sehen zu können. Es zeigte sie in einem grauen Rock und weißem Pullover mit Rollkragen, und sie sah genauso schön aus wie in Wirklichkeit. Während er es anschaute, spürte er, wie sein Mund trocken wurde. Er holte sein Glas vom Tisch, blieb wieder vor dem Bild stehen und trank das Glas aus, ohne das Bild aus den Augen zu lassen.
Es ist nur, weil sie weiß ist, dachte er.
Er stand noch vor dem Bild, als Claire zurückkam. »Es ist vor der Universität aufgenommen«, sagte sie. »Gefällt es Ihnen?«
»Es ist ein gutes Bild«, sagte John, »von diesem Jahr?«
Claire trat neben ihn. »Vom letzten. Sie haben ja nichts mehr zu trinken!«
Während sie ihm am Tisch das Glas füllte, sagte sie: »Es war dumm, daß wir darüber gesprochen haben. Ich hätte nicht davon anfangen dürfen.«
»Ich habe davon angefangen. Vergessen wir es.«
»Trotzdem möchte ich noch eines wissen«, sagte Claire. Sie setzte sich wieder hin und blickte in sein Gesicht. »Was haben Sie sich gedacht, als ich Ihnen gesagt habe, daß es nicht richtig sei?«
»Ich habe an den Streifen gedacht.«

Diesmal verstand sie ihn nicht. »An welchen Streifen?«
»An den Zonenstreifen. Kennen Sie ihn?«
Claire schwieg. Sie blieb eine Weile mit gesenktem Kopf sitzen, dann ging irgendwo eine Glocke.
»Ihr Vater?« fragte John, und sein Gesicht sah ein wenig grau aus. Claire stand auf. »Er hat einen Schlüssel; es kann nur Fred sein.«
Ihre Stimme klang so ruhig, als hätte sie ihn erwartet.
»Sie wollen ihm aufmachen?«
»Er kann von der Straße aus sehen, daß Licht brennt. Haben Sie Angst vor ihm?«
John grinste.
»Ich rede heute abend lauter dummes Zeug«, sagte Claire befriedigt.
Fred war in Hut und Mantel, er behielt den Hut auf und schob sich an ihr vorbei in die Diele. »Ich habe mit dir zu reden.«
»Das habe ich mir gedacht«, sagte Claire. Sie machte die Tür hinter sich zu, während sie darauf wartete, daß ihr Herz zu klopfen anfinge, aber es war nur eine große gelassene Heiterkeit in ihr. »Ich habe allerdings Besuch«, sagte sie.
Fred blickte sie ungläubig an. »Besuch! Von wem?« Er wartete keine Antwort ab, wandte sich rasch ihrer Tür zu, stieß sie auf und blieb regungslos stehen. Als Claire ihm nachkam, drehte er ihr langsam das Gesicht zu und sagte undeutlich: »Ach, so ist das! Das hast du dir geschickt ausgedacht.«
»Klar«, sagte Claire. »Seit vier Wochen. Willst du nicht ablegen?«
Er wandte sich zum zweitenmal um, packte sie beim Arm und zog sie in die Diele zurück. Sein Gesicht war so weiß wie sein Hemd. »Schick ihn fort!«
»Warum?«
»Du sollst ihn fortschicken, auf der Stelle.«
Sie befreite sich mit einer raschen Drehung aus seinem harten Griff und trat einen Schritt zurück. »Ich werde ihn nicht fortschicken«, sagte sie kühl. »Du kannst mit uns ein Glas Wein trinken, aber ich werde ihn nicht fortschicken. Ihr habt ihn wie einen Hund behandelt.«
»Sie werden dich wie einen Hund behandeln«, sagte Fred, »wenn es herauskommt.«
»Wenn was herauskommt? Daß ich ihn eingeladen habe, mit mir ein Glas Wein zu trinken? Habt ihr ihn nicht eingeladen?«
»Das ist doch lächerlich!« Er war vor Erregung kaum mehr imstande, seine Worte verständlich zu formulieren. »Was du da an-

richtest, so naiv bist du nicht, daß du das nicht weißt. Claire!« Er faßte wieder nach ihrem Arm, seine Stimme schlug plötzlich um. »Schick ihn fort. Ich verrate nichts, aber schick ihn fort, bitte!«
Er sah so hilflos aus, daß er ihr fast leid tat. »Ich kann es nicht. Es genügt, daß ihr ihn fortgeschickt habt.«
»Niemand hat ihn fortgeschickt, er ist von allein davongelaufen.«
»Ich wäre an seiner Stelle auch davongelaufen. Willst du jetzt hereinkommen oder nicht?«
»Nicht, ehe er weg ist.«
»Dann mußt du wieder gehen«, sagte Claire.
Fred ließ ihren Arm los, er fing unvermittelt zu schreien an: »Denkst du! Eher werfe ich ihn hinaus, wenn es ...«
Er brach ab und blickte an ihr vorbei zu ihrem Zimmer hin. Als sie sich umdrehte, sah sie John in der Tür stehen. Jetzt kam er langsam näher. Er nahm seinen Mantel von der Garderobe, legte ihn sich über die Schulter und lächelte Fred an. »Das möchte ich Ihnen nicht zumuten«, sagte er. Und zu Claire: »Kennen Sie Langston Hughes?«
»Nein«, sagte Claire. Sie hatte das Gefühl, als hätte sie sich gerade erbrochen. »Ich möchte, daß Sie noch hierbleiben«, murmelte sie.
»Ich habe morgen früh wieder Dienst«, sagte John. »Sie müßten einmal Hughes lesen.« Er gab ihr die Hand, dann ging er rasch zur Tür.
Sie blieb unbeweglich stehen. Als die Tür hinter ihm zugefallen war, kehrte sie in ihr Zimmer zurück und blickte vom Fenster auf die Straße hinab, aber sie konnte ihn nicht mehr sehen. – Ich habe ihm nicht einmal etwas zu essen angeboten, dachte sie.
Hinter ihr wurden Schritte laut, sie drehte sich langsam um und beobachtete, wie Fred seinen Mantel auszog und ihn über einen Sessel warf.
»Das hättest du nicht tun dürfen«, sagte sie leise.
Fred lachte. »Hauptsache, er ist fort. Du wirst mir noch einmal dankbar dafür sein. Die Sache daheim habe ich auch wieder in Ordnung gebracht; sie warten auf dich.«
»Sie werden umsonst warten«, sagte Claire.
»Das habe ich ihnen auch gesagt«, erklärte Fred. Er nahm die Flasche in die Hand und hielt sie gegen die Stehlampe. »Es ist ganz gut, daß wir morgen früh wegfahren. Bis wir wieder zurückkommen, hat sich der Sturm gelegt. Sie hat nun mal was gegen Schwarze; daran wirst auch du nichts ändern. Hast du noch ein Glas?«
»Ich möchte, daß du jetzt gehst«, sagte Claire.

Er lachte. »Später, wenn du mit mir ein Glas getrunken hast. Eher wirst du mich nicht los.«
Er ging zur Tür, drehte den Schlüssel herum und zog ihn ab. »Damit du nicht wieder davonläufst«, sagte er.
Die Gläser standen in einer kleinen Vitrine neben dem Radio. Er holte eines heraus, goß es voll und trank im Stehen. »Das war der verrückteste Einfall, den du je gehabt hast«, sagte er dann. »Wenn ich nicht wüßte, daß du es nur gemacht hast, um mich zu ärgern, wäre die Geschichte noch nicht abgeschlossen für mich. Du kannst froh sein, wenn ich es niemandem erzähle. Oder was, glaubst du, würde geschehen, wenn dein Vater es erführe?«
»Es sähe dir ähnlich«, murmelte Claire.
Vielleicht hätte sie noch versuchen können, den Schlüssel zu bekommen, aber vom Augenblick an, als John das Haus verlassen hatte, fühlte sie sich hilflos, müde und angewidert. Sie setzte sich an den Tisch, nahm ihr Glas und trank es mit geschlossenen Augen leer.
»Jetzt bist du wieder normal«, sagte Fred befriedigt. »Ich bin gar nicht so, ich kann es nur nicht leiden, wenn man etwas hinter meinem Rücken macht. So, wie du dich heute aufgeführt hast, benimmt man sich nicht. Darüber bist du dir doch hoffentlich im klaren?«
»Natürlich!« sagte Claire. Sie nahm ihm die Flasche aus der Hand und trank noch ein Glas leer. Da sie den ganzen Abend nichts gegessen hatte, spürte sie, wie ihr der Wein sofort zu Kopf stieg.
»Noch eines?« fragte Fred. Er kam zu ihr, sein Gesicht wirkte rot und gedunsen. Er setzte sich neben sie auf die Sessellehne und knöpfte ihre Kostümjacke auf. »Du Biest«, murmelte er und ließ den Kopf auf ihre Brust fallen. »Du kleines haariges Biest!« Sie machte noch einen schwachen Versuch, ihn von sich zu stoßen, aber es war wie immer.

ZWEITES KAPITEL

1

Das Hotel stand etwas außerhalb des Ortes auf einer Anhöhe. Es war kein großes Hotel, aber modern eingerichtet. Es hatte schöne Balkonzimmer mit einem ungehinderten Blick über die verschneiten Berge. Die Hotelgäste waren fast ausnahmslos zum Schifahren hier, sie trugen auch beim Essen ihre modischen Kombinationen, paprikarote, königsblaue und tannengrüne. Ihre schweren Schistiefel hinterließen häßliche Abdrücke auf den glänzenden Linoleumböden. Von den Essenszeiten abgesehen, war es ruhig im Hotel. Die Gäste tummelten sich dann auf den Schihängen, wenn sie es nicht vorzogen, mit der Seilbahn auf das Nebelhorn, die Kanzelwand oder auf einen der vielen anderen Berggipfel zu fahren. Eine bessere Möglichkeit zum Zeitvertreib gab es nicht.

Es war alles so, wie Claire es befürchtet hatte, und während sie vom Fenster aus auf den fast ununterbrochenen Strom von Autos, Reisegesellschaften und Schitouristen hinunterschaute, der sich wie eine buntscheckige Schlange die Straße heraufbewegte und hinter der Kuppe des nächsten Hügels verschwand, kam sie sich überflüssig und deplaciert vor. Sie hatte jedesmal Hemmungen, in den Speisesaal zu gehen. In ihrem dunklen Wollkleid stach sie dort ebenso ab wie ein Sperling unter Spechtmeisen. Dabei wurde sie nie das lästige Gefühl los, als müßte es in ihrem Gesicht geschrieben stehen, weshalb sie im Hotel wohnte und daß sie aus keinem anderen Grund hierhergekommen war. Fred teilte solche Empfindungen nicht. Er konnte sich mit dem Hotelbesitzer – einem kleinen lebhaften Österreicher, der ständig damit beschäftigt war, irgend jemandem die Hand zu schütteln oder zu küssen – genauso unbefangen unterhalten wie mit dem Zimmermädchen. Es machte ihm auch nichts aus, sich das Frühstück aufs Zimmer bringen zu lassen, wenn er noch im Bett lag, während Claire es vorzog, sich solange im Bad zu verstecken.

Vor genau achtzehn Stunden waren sie hier angekommen. Sie hatten für die Fahrt drei Stunden länger gebraucht, als Fred einkalkuliert hatte. Streckenweise hatten sie nur im Schrittempo fahren können, woran der starke Verkehr ebenso schuld gewesen war wie die verschneiten Straßen. Sie hatten zu Abend gegessen, sich schlafen gelegt, spät gefrühstückt, waren spät aufgestanden und zum Bahnhof gefahren, um sich ein paar Illustrierte und Ansichtskarten zu besorgen. Dann hatten sie die Ansichtskarten geschrieben, eine an seine Eltern, eine an einen guten Freund von ihm und zwei an seine Verwandtschaft. Sie hatten die Karten anschließend zur Post gebracht, waren zum Mittagessen in den Speisesaal gegangen, und nun stand sie am Fenster des Zimmers und beobachtete den Verkehr auf der Straße.

Seit zwei Stunden schneite es wieder. Die Berge waren kaum mehr zu erkennen, ihre Konturen verwischten hinter dem dichten Gestöber, durch das sich, wie glühende Meteore, die Scheinwerfer der Autos bohrten. Unten, wo die Häuser lagen, blinzelten frühe Lichter auf. Verwehtes Läuten einer Kirchenglocke wanderte durch das Tal und verlor sich unter dem grauen Himmel.

Fred war im Bad, sie hörte das Geräusch fließenden Wassers, sein Husten; es hatte sie die halbe Nacht nicht schlafen lassen. Er war anfällig für Erkältungen. Jedes Jahr um diese Zeit bekam er regelmäßig einen leichten Bronchialkatarrh, aber er gehörte zu den Menschen, die glaubten, ohne Medikamente damit fertig werden zu müssen. Zudem konnte er sich nie dazu entschließen, das Rauchen wenigstens vorübergehend einzuschränken. Sie hatte es schon lange aufgegeben, ihm gut zuzureden.

»Früh dunkel!« sagte er, als er hereinkam. »Warum legst du dich nicht hin?«

»Weil ich keine Lust habe.«

»Gestern abend hattest du auch keine Lust. Deine Rußlaune steckt mich an. Den Hotelier hast du heute mittag auch abgefertigt, daß es mir direkt peinlich war. Gefällt dir sein Gesicht nicht?«

»Mir gefällt seine Art nicht«, antwortete Claire.

Fred zog seine Jacke aus und hängte sie über einen Stuhl. »Das redest du dir ein. Und wenn! Soll er doch denken, was er will. Ich möchte nicht wissen, wie viele von denen, die hier ein Doppelzimmer haben, tatsächlich verheiratet sind. Im vergangenen Jahr hat es dich nicht gestört.«

»Du hast es vorausgesetzt.«

»Mich stört es jedenfalls nicht«, sagte Fred. »Das Zimmer ist gut, das Essen auch. Was willst du noch mehr?«

Er ließ sich aufs Bett fallen und verschränkte die Hände im Nakken. »Das sollten jetzt vier Wochen sein und nicht bloß zwei Tage. In dieser Gegend habe ich mir einmal gewünscht, ein eigenes Haus zu haben.«

»Warum wünschst du es dir heute nicht mehr?«

»Weil ich es mir beruflich nicht leisten kann, in Thüngerstadt weiß ich, was ich habe. Wenn mein Vater mal aussteigt, ziehe ich das Geschäft noch größer auf.«
»Bis dahin bist du genauso alt wie er.«
»Abwarten! Ich habe schon meine Pläne, verlaß dich drauf. Er ist noch einer von der alten Schule, der nicht begreifen kann, daß ein Makler nicht nur dazu da ist, einen Abschluß zu vermitteln. Andere stoßen sich mit Bodenspekulationen gesund. Das Grundstück in Kissingen ist in fünf Jahren das Zehnfache wert, aber ihm waren die fünfundzwanzig Mark pro Quadratmeter zuviel. Wenn ich das Geld gehabt hätte, wäre es mir nicht darauf angekommen; ich hätte auf eigene Faust abgeschlossen.«
Er streckte die Arme von sich und gähnte. »Das Bier hier macht mich müde, außerdem schmeckt es mir nicht. Heute abend trinken wir zusammen eine Flasche Wein, zur Feier des Tages.«
Claire drehte ihm das Gesicht zu. »Welches Tages?«
»Dieses«, antwortete Fred. »Weißt du, daß ich noch genauso in dich verknallt bin wie am ersten Tag?«
Es war eine seiner üblichen Einleitungen, und sie versuchte, ihn davon abzubringen. »Was hast du heute mittag vor?«
»Nichts. Ich werde zwei Tage lang im Bett liegenbleiben. So etwas kann ich mir daheim doch nie leisten.«
»Auch nicht, wenn wir verheiratet sind?«
»Du weißt doch, wie sie sind.«
»Allerdings!« Claire kam zu ihm und setzte sich neben ihn auf das Bett. »Und wie stellst du dir das für später vor?«
Ihr Ton gefiel ihm nicht, er richtete den Oberkörper etwas auf. »Was?«
»Wenn wir mit ihnen zusammen wohnen«, sagte Claire, »werden wir sie immer bei uns haben. Wir werden jedesmal nach Oberstdorf oder sonstwohin fahren müssen, wenn wir ein paar Tage für uns sein wollen.«
»Das spielt sich schon noch ein«, erwiderte Fred. »Wenn wir verheiratet sind, macht es mir nichts mehr aus, wenn sie mal hereinkommt.«
»Sie weiß es doch!«
Fred wurde heftig. »Natürlich weiß sie es. Aber wäre es dir angenehm, wenn sie einmal hinzukäme?«
»Es wird mir, wenn wir verheiratet sind, genausowenig angenehm sein.«
»Dann schließen wir eben die Tür ab.«
Claire nickte. »So habe ich es mir vorgestellt.«
»Das spielt sich schon noch ein«, wiederholte Fred etwas ruhiger.

»Ich werde es ihr abgewöhnen, ständig hereinzukommen, verlaß dich drauf! Sie denkt sich eben nichts dabei.«
»Um so schlimmer. Aber das ist nicht alles. Wir werden auch in Zukunft zusammen mit ihnen aufstehen, zusammen mit ihnen frühstücken, zu Mittag und zu Abend essen müssen, wir werden uns den Tag nie so einteilen können, wie es uns paßt. Ich sehe ein, daß sich das mit der Praxis nicht mehr ändern läßt, aber ich sehe nicht ein, weshalb wir bei ihnen wohnen müssen. Wenn wir in der Nähe eine Wohnung fänden ...«
»Ach, daher weht der Wind!« Er setzte sich aufrecht hin. »Du weißt genau, daß sie nie damit einverstanden wären. Das kannst du dir von vornherein aus dem Kopf schlagen. Wie kommst du gerade heute darauf?«
»Nur so«, murmelte Claire. Sie hätte schon vor drei Jahren mit ihm darüber sprechen müssen, damals, als zum erstenmal davon gesprochen wurde, daß sie eine Wohnung im Haus bekämen, aber sie hatte nie den Mut dazu gehabt. Sie hatte es immer nur vor sich hergeschoben. Der Gedanke, daß es noch Jahre dauern werde, bis sie heirateten, war ihr ein willkommener Vorwand gewesen, der Entscheidung auszuweichen, aber aus den Jahren waren nur noch wenige Monate geworden, und nun fühlte sie sich wie ein Mensch, der sich plötzlich in einem Fahrzeug sieht, das mit überhöhter Geschwindigkeit einer Kurve zurast. Vorgestern nacht, als er fortgegangen war und sie nicht einschlafen konnte, hatte sie den Entschluß gefaßt, mit ihm zu reden. Sie wunderte sich jetzt, daß sie nur einen Augenblick lang ernsthaft damit gerechnet hatte, er würde auf ihren Vorschlag eingehen. Trotzdem machte sie einen letzten Versuch.
»Zwei Zimmer würden uns genügen«, sagte sie. »Ich kann mir nicht vorstellen, daß sie nicht einsehen ...«
Fred unterbrach sie wieder: »Du nicht, aber ich. So etwas kann ich ihnen nicht antun, sie wären ihr Leben lang eingeschnappt. Sich von ihnen die Praxis einrichten zu lassen, sind sie gut genug, aber nicht, mit ihnen unter einem Dach zu wohnen. So sieht es doch aus, oder nicht?«
»Ich habe nicht von ihnen verlangt, daß sie mir die Praxis einrichten«, sagte Claire scharf. »Ich denke nur an uns zwei.«
»Ich denke auch an uns zwei«, sagte Fred. »Wahrscheinlich kann ich aber ein wenig besser rechnen als du.« Er stand auf und lief erregt zum Fenster. »Ich weiß schon, woran es liegt«, sagte er heftig. »Seit diese Geschichte mit dem Schwarzen war ...«
»Fred!«
Er drehte sich rasch um. »Stimmt es vielleicht nicht? Ich möchte

nicht annehmen, daß es das ist, was ein anderer an meiner Stelle vermuten würde, aber du machst es einem nicht leicht.«
Claire fühlte, wie ihr das Blut aus dem Gesicht wich. »Was willst du damit sagen?«
»Nichts«, sagte Fred.
Sie blieb mit blutleerem Gesicht sitzen und blickte ihn unverwandt an.
»Warum reden wir überhaupt darüber«, sagte er unsicher. »Ich bin nicht hierhergefahren, um mich mit dir zu streiten. Ich weiß etwas Besseres.«
»Rühr mich nicht an«, sagte sie leise. »Rühr mich jetzt nicht an!«
Fred grinste. »Ich kenne dich doch!«
Er war so schnell bei ihr, daß sie nicht mehr aufstehen konnte. Sie fühlte das Gewicht seines Körpers auf sich, seine Hände an ihrer Wäsche, und sie schlug ihm mit beiden Fäusten ins Gesicht. Er gab einen überraschten Laut von sich, seine Hände ließen sie einen Moment los, aber im nächsten Augenblick griff er wieder zu, diesmal noch rücksichtsloser. Sie stöhnte, versuchte ihn mit den Knien von sich zu stoßen, und als es ihr nichts half, rollte sie sich zur Seite, erwischte mit einer Hand den Klingelknopf am Nachttisch und drückte ihn hinunter.
»Ich habe geläutet«, sagte sie keuchend.
Fred hielt jäh inne. Er blickte auf ihre Hand, die noch immer auf dem Klingelknopf lag, dann grinste er wieder. »Zu so etwas fehlt dir der Mut.«
Er riß ihren Arm von der Klingel weg und ließ sich auf sie fallen. Sie setzte sich nicht mehr zur Wehr, sie lag mit geschlossenen Augen da und wartete, aber es dauerte lange, und als jemand von außen gegen die Tür klopfte, war alles vorüber. Fred richtete sich ungläubig in die Höhe.
»Du hast tatsächlich geläutet?«
Da sie keine Antwort gab, packte er sie bei den Schultern und schüttelte sie. »Ob du geläutet hast?«
»Ich habe es dir gesagt«, antwortete Claire, und sie kannte ihre eigene Stimme nicht.
»Das ist doch . . .« Er verstummte und sprang rasch auf die Beine. Sie sah zu, wie er seine Kleider in Ordnung brachte und zur Tür lief. Sie hörte seine Stimme und die Stimme des Mädchens, aber sie verstand nicht, was sie sagten. Als er zurückkam, stand sie angezogen vor dem Spiegel und machte ihr Gesicht zurecht. Dann holte sie ihre Reisetasche aus dem Schrank, warf ihre Sachen hinein und griff mit halbblinden Augen nach ihrem Mantel.
Fred beobachtete sie von der Tür aus, sein Gesicht war kaum mehr

zu erkennen. »Du kommst hier nicht heraus«, sagte er heiser. »Bilde dir ja nicht ein, daß ich dich fortlasse.«

Nie hatte sie ihn so unbeherrscht gesehen. Sie nahm die Reisetasche und ging wieder zum Nachttisch. Ehe er sie daran hindern konnte, hatte sie zum zweitenmal auf die Klingel gedrückt. Ihre Handtasche lag auf dem Frisiertisch, aber diesmal war er schneller als sie. Er machte sie auf und nahm ihre Geldbörse heraus.

»Gute Reise!« sagte er. »Wenn du es dir anders überlegt hast, weißt du, wo ich zu finden bin.«

»Gib es her!« sagte sie leise.

Er lachte wütend. »Hol es dir! Du kannst dem Mädchen ja sagen, daß dein Mann dir dein Geld weggenommen hat, um dich an der Abreise zu hindern. Vielleicht ruft sie dann den Hotelbesitzer.«

Claire blickte ihn stumm an. Als das Mädchen an die Tür klopfte, öffnete sie ihm. Es war jung, häßlich, und sein Gesicht wirkte verärgert. »Mein Mann hat Ihnen geläutet«, sagte Claire.

Auf dem Weg zur Treppe begegnete ihr kein Mensch, auch im Vestibül nicht. Hier gab es keinen goldbetreßten Portier. Wenn man auf den Klingelknopf neben dem Eingang drückte, erschien der Besitzer persönlich.

Der Schnee auf der Straße lag so hoch, daß sie bis zu den Knöcheln einsank, aber sie merkte es nicht. Sie ging mit gesenktem Kopf die Straße hinunter, fühlte den Wind im Gesicht und die Kälte, und sie ging so schnell, als hätte sie ein festes Ziel vor Augen. Erst als das Gefälle aufhörte und die Straße etwa dreihundert Meter weit schnurgerade auf die ersten Häuser zuführte, blieb sie einmal stehen, setzte die schwere Reisetasche ab und band sich ihren Schal um den Kopf. Wenn sie mit dem Wagen verreiste, nahm sie nie einen Hut mit.

Ein paarmal wurde sie aus vorbeifahrenden Autos angerufen. Männer mit Schiern auf den Schultern drehten sich grinsend nach ihr um, aber sie kümmerte sich nicht darum. Sie hielt den Blick starr geradeaus gerichtet.

Als die Häuser anfingen, lag der Schnee nicht mehr so hoch. Ihre Schuhe waren durchnäßt. Sie spürte, wie der Schnee zwischen den Zehen schmolz. Ihre Arme taten ihr weh, immer öfter wechselte sie die Tasche von einer Hand in die andere.

In den Geschäften auf beiden Seiten der Straße brannten elektrische Kerzen an Christbäumen, Weihnachtsengel baumelten an dünnen Perlonschnüren, aus einem Restaurant kam der Geruch gebratenen Wilds, dann tauchte im Schneegestöber der Bahnhof auf. Sie setzte sich in dem geheizten Warteraum auf eine Bank, stellte ihre Tasche neben sich und klopfte den Schnee aus ihren

Schuhen. Außer ihr und der Verkäuferin im Zeitungskiosk war kein Mensch da. Sie schloß daraus, daß vorerst kein Zug abfahren und keiner eintreffen würde. Und selbst wenn ein Zug führe, hatte sie kein Geld, ein Billett zu kaufen. Es war sinnlos gewesen, davonzulaufen.
Sie öffnete ihre Handtasche. In einem kleinen Nebenfach steckte ein Markstück. Sie nahm es zwischen die Finger und betrachtete es, während ihre Augen sich mit Wasser füllten. Bis zu diesem Moment hatte sie es zurückhalten können. Außer ihrem Vater gab es kaum einen Menschen, der ihr Geld schicken würde, und ihr Vater saß jetzt noch in einem Restaurant. Auch wenn es ihr gelänge, irgendwo das Geld für ein Telegramm aufzutreiben, wäre ihr damit nicht geholfen. Er würde wahrscheinlich mit Freds Eltern telefonieren, und diese würden bei Fred anrufen; es war aussichtslos. Natürlich gab es noch andere Möglichkeiten, zwei Kommilitoninnen, mit denen sie sich gut verstand, aber sie waren über die Feiertage weggefahren, und eine Schulfreundin aus Thüngerstadt, die sie seit zwei Jahren nicht mehr gesehen hatte. Seit sie mit Fred zusammen war, hatte sie den Kontakt zu den Menschen, die ihr einmal etwas bedeuteten, verloren. Eher hätte sie versucht, einen wildfremden Menschen anzupumpen, als sich an sie zu wenden.
Ein paar Sekunden lang überlegte sie sich, ob sie versuchen solle, einen Wagen zu erwischen, aber sie hatte so etwas noch nie getan, und die Vorstellung entsetzte sie. Nach Thüngerstadt waren es siebenhundert Kilometer; Fred hatte gewußt, weshalb er sich seiner Sache so sicher war.
Ihr Blick fiel auf ihre Armbanduhr, aber sie war ein Geschenk ihrer Mutter, und sie hätte es nie fertiggebracht, sich von ihr zu trennen. Sie würde zu Fred zurückkehren müssen, nichts konnte sie davor bewahren.
Nachdem sie sich darüber klargeworden und von all dem, was sie aus dem Hotel getrieben hatte, kaum mehr etwas übriggeblieben war als eine große, gleichgültige Leere, entschloß sie sich zum Handeln. Gerade in diesem Augenblick fiel ihr wieder John ein.
Es kam nicht von ungefähr. Seit er vorgestern abend davongelaufen war, stand ihr Entschluß, ihn noch einmal zu sehen, fest, auch wenn sie ihn vorübergehend aus ihrem Bewußtsein verdrängt hatte. Sie hatte noch keine Zeit gefunden, sich darüber klarzuwerden, womit sie ihren Wunsch nach einem Wiedersehen sich selbst und ihm gegenüber motivieren solle, aber sie glaubte es sich schuldig zu sein, und sie wußte auch, was sie ihm sagen würde. Wenn sie sich das Geld von ihm schicken ließe, hätte sie ein

Motiv. Die Assoziation erschien ihr in dieser Sekunde so logisch, daß sie unwillkürlich aufstand. Ihre Bedenken meldeten sich erst, als sie schon im Freien war.

Es ist unmöglich, dachte sie, ich kann mir von ihm kein Geld schicken lassen. Sie verhielt den Schritt und blickte über die vielen parkenden Autos hinweg zur anderen Seite des Bahnhofsplatzes, wo das Postamt lag. Selten war ihr eine Entscheidung so schwergefallen, aber dann erinnerte sie sich wieder an Fred. Sie rief sich sein Gesicht ins Gedächtnis, den spöttischen, selbstsicheren Ton seiner Stimme, und plötzlich schien es ihr, als sei dies hier ihre letzte Chance, zu verhindern, daß alles, was in den letzten achtundvierzig Stunden geschehen war, ohne Einfluß auf die Zukunft blieb. Sie hätte es nicht in Worten präzisieren können. Es verhielt sich damit wie mit den guten Vorsätzen am Silvesterabend, die kaum länger dauern als der Augenblick, in dem sie gefaßt werden, und die eines Tages, wenn man Ursache hat, sich auf sie zu besinnen, unvermittelt und einem Schatten gleich über das Bewußtsein fallen.

Als sie wenig später auf das Postamt zuging, stand es für sie fest, daß es sich jetzt nicht mehr darum handelte, welche Möglichkeiten sie hatte, daß sie vielmehr genau das tun mußte, wozu sie entschlossen war, und sie hätte es auch getan, wenn sie noch einen anderen Weg gesehen hätte, der ihr leichter gefallen wäre. Schon im Postamt drinnen fiel ihr noch ein, daß er Sergeant war.

»Ich möchte telefonieren«, sagte sie, »mit Thüngerstadt, aber ich weiß die Nummer nicht.«

Der junge Mann hinter dem Schalter blickte sie lächelnd an. »Können wir feststellen. Wie ist der Name?«

»Es ist noch etwas anderes«, sagte Claire. »Ich habe meinen Geldbeutel verloren. Ich möchte mir telegrafisch Geld schicken lassen, hierher zu Ihnen. Geht das?«

»Geht alles, Fräulein«, sagte der freundliche junge Mann. »Wenn Sie soviel Zeit haben ...«

Claire lächelte zurück. »Es bleibt mir nichts anderes übrig. Dann könnte ich Ihnen auch das Gespräch bezahlen, es geht an die Smiley Barracks in Thüngerstadt.«

Der junge Mann hörte auf zu lächeln. »Was ist das? Eine amerikanische Kaserne?«

»Ja.«

Er spitzte etwas die Lippen und wurde plötzlich dienstlich. »Das kostet Sie mehr, weil ich vorher bei der Auskunft in Thüngerstadt anrufen muß. Wir haben die amerikanischen Nummern nicht in unseren Büchern.«

»Es ist mir egal, was es kostet.«
»Bitte!« Der junge Mann nahm den Telefonhörer ab. »Wen wollen Sie dort sprechen?« fragte er.
»John Baako«, antwortete Claire, und ihre Handflächen waren feucht vor Aufregung. »Sergeant John Baako.«

2

Das Zimmer von Captain Denson war ein kahler, nüchterner Raum. Hinter dem Schreibtisch hing ein Bild Eisenhowers. Die gegenüberliegende Wandseite war von einer großen Landkarte bedeckt. Sie zeigte den Verlauf der Zonengrenze im Regimentsabschnitt, eine schwarze, vielfach gekrümmte Zickzacklinie, einen Zentimeter breit und wie ein dunkler Riß die Karte in zwei Hälften teilend. Jedesmal, wenn John sie anschaute, fielen ihm die hölzernen Wachttürme ein.
»Sie haben mich rufen lassen, Sir«, sagte er.
Captain Denson blickte von seiner Arbeit auf. »Setzen Sie sich hin, Sergeant! Tut mir leid, daß Sie heute schon wieder Dienst haben.« Seine Stimme klang wie immer, höflich und ein klein wenig kollegial. »Zigarette?«
So etwas tat er nur, wenn er Zeit gewinnen wollte; John kannte ihn besser als jeden anderen Offizier im Regiment.
»Wenn Sie erlauben, Sir«, antwortete er, »rauche ich jetzt nicht.«
»Es war kein Befehl«, sagte Denson freundlich. »Es ging nicht anders. Wir haben acht Revierkranke, zwölf haben Weihnachtsurlaub ...«
»Ich bin nicht verheiratet, Sir«, warf John ein. »Es macht mir nichts aus.«
Denson nickte. »Ich habe mit Leutnant Horne gesprochen; wir regeln das später.«
Er nahm ein Blatt Papier in die Hand und sah mit gerunzelter Stirn darauf nieder. Wenn man ihm gegenübersaß, hätte man ihn höchstens auf fünfunddreißig Jahre geschätzt, aber John wußte, daß er zehn Jahre älter war, man merkte es nur an seinen grauen Schläfen. Er war der dritte Berufssoldat in seiner Familie. Sein Vater war Lehrer an einer Militärakademie gewesen, sein Großvater Kommandeur eines Kavallerieregiments. Wenn man nach einem Thema suchte, welches Captain Densons Interesse sicher sein durfte, mußte man sich mit ihm über Pferde unterhalten. In seiner Wohnung hing ein Dutzend Bilder an den Wänden, ölgemalte, radierte, fotografierte und skizzierte, aber in

einem waren sie sich alle gleich: sie zeigten nur Pferde, und über jedes einzelne hätte Captain Denson eine abendfüllende Geschichte erzählen können.
In vier Wochen würde er in die Staaten zurückkehren, zum Major befördert und wie sein Vater Lehrer auf der Militärakademie werden. Sein Gastspiel im Regiment als Kompanieführer mochte keinem anderen Zweck dienen, als eine jener Vorbedingungen zu erfüllen, die heute an einen Lehrer der Militärakademie gestellt wurden, denn wo, außer hier, hätte er praktischere Erfahrungen für seine künftige Aufgabe sammeln können!
Jetzt legte er das Blatt Papier auf den Schreibtisch zurück und blickte John in die Augen. »Sie wurden auf einer Panzerschule in Kentucky ausgebildet. Wie lange sind Sie schon im Regiment?«
»In acht Tagen sind es drei Jahre«, antwortete John. Seit er im Zimmer saß, war seine Unruhe weg. Er wußte zwar noch immer nicht, weshalb Denson ihn zu sich befohlen hatte, er hätte es ihm aber sofort angesehen, wenn es etwas Unangenehmes gewesen wäre.
»Eine lange Zeit«, sagte Denson schließlich. »Ich lese gerade, daß Sie nie Urlaub genommen haben. Wenn Ihnen die Reise nach Rhodesien zu weit ist...«
»Damit hat es nichts zu tun«, sagte John rasch.
Denson schlug die Beine übereinander. »Es muß ja nicht Rhodesien sein«, sagte er lächelnd. »Sie könnten fahren, wohin Sie wollen, Italien, Frankreich, Skandinavien. Haben Sie noch nie daran gedacht?«
»Ich habe daran gedacht, Sir«, sagte John.
»Und warum fahren Sie nicht?«
»Es ist mir zu teuer. Ich habe Pläne für später.«
»Wenn Sie aus der Armee entlassen werden?«
»Jawohl, Sir.«
Denson betrachtete ihn wohlwollend. »Die Armee braucht Männer wie Sie, Sergeant. Vielleicht überlegen Sie sich's noch.«
»Vielleicht, Sir«, sagte John. Er konnte nicht glauben, daß dies der einzige Grund gewesen war, weshalb der Captain ihn hatte rufen lassen. Denson traf auch keine Anstalten, das Gespräch zu beenden. Er nahm wieder das Blatt Papier in die Hand, sein Gesicht wirkte plötzlich angestrengt. In dieser Sekunde sah er genauso alt aus, wie er war. »Sie waren vorgestern bei einer deutschen Familie eingeladen«, sagte er langsam. »Ich möchte von Ihnen nicht hören, was vorgefallen ist, ich kann es mir denken.«
»Danke, Sir«, sagte John. Er wußte jetzt Bescheid, aber es löste keine Reaktion in ihm aus. »Hat man sich beschwert?«

»Man hat angerufen«, antwortete Denson mit demselben angestrengten Gesicht. »Es lohnt sich nicht, ein Wort darüber zu verlieren. Und noch etwas ...«
Er stand auf und ging, die Hände auf dem Rücken verschränkt, zum Fenster, ein mittelgroßer, schlanker Mann in der gutsitzenden Uniform eines amerikanischen Offiziers. »Ich wollte es ursprünglich erst nach den Feiertagen erledigen«, fuhr er fort, »aber ich verreise heute abend mit meiner Familie für eine Woche. Meine Tochter hat ein paar Tage Ferien.«
Nie hatte er sich mit einem Mann der Kompanie über seine Familie unterhalten, John kannte sie. Wenn seine Frau über den Kasernenhof ging, zog sie alle Blicke auf sich. Er hatte noch einen zwölfjährigen Sohn und eine neunzehnjährige Tochter. Die Tochter studierte in München Kunstgeschichte. Im Kasino war sie oft Gegenstand laut geäußerter Wunschgedanken, aber ebensogut hätten sich die Männer wünschen können, von der englischen Königin zum Lunch eingeladen zu werden. Die Densons hörten daheim nur Beethoven, Bach und Schumann. Ihr Schallplattenarsenal jagte auch den Snobs unter den jungen Offizieren ein Frösteln über den Rücken, doch hätte man Denson unrecht getan, es mit Snobismus zu motivieren; wahrscheinlich brauchte er Beethoven und Schumann ebenso wie ein General seinen Stab.
Jetzt drehte er sich plötzlich um, und seine Frage kam so schnell wie ein Artilleriegeschoß: »Sie haben Schwierigkeiten in Ihrer Gruppe?«
John hielt ein paar Herzschläge lang die Luft an. Er hatte in den letzten Tagen kein einziges Mal an das Gespräch mit Chumley, Bruce und Henry gedacht. »Ich wüßte nicht, Sir«, murmelte er überrumpelt.
»Und trotzdem halten Sie es für besser, wenn ich zwei Ihrer Männer in eine andere Gruppe versetze?«
»Wenn Sergeant Chumley ...«
Denson unterbrach ihn schroff: »Ich habe Sie gefragt.«
»Ich möchte nichts darüber sagen, Sir«, murmelte John.
Denson kehrte an seinen Schreibtisch zurück. »Schicken Sie Bruce und Henry zu mir!«
So, wie er jetzt aussah – das Kinn vorgeschoben, die Augen voll kalter Wut –, hatte er ausgesehen, als vor einiger Zeit einem Soldaten seiner Kompanie von einem Kameraden fünfzig Dollar gestohlen worden waren.
»Wenn Sie mir erlauben, Sir ...«, begann John wieder, aber Denson schnitt ihm scharf das Wort ab: »Das ist ein Befehl, Sergeant.«

Vor dem Stabsgebäude blieb John kurz stehen. – Sie haben es so gewollt, dachte er.
Um diese Zeit lag die Kaserne wie verlassen. Für ein Regiment, das sich in ständiger Alarmbereitschaft befand, unterschieden sich die Feiertage von den gewöhnlichen Tagen nur dadurch, daß ein Teil der Männer dienstfrei hatte. Die übrigen waren jetzt im Kraftfahrzeugpark, bei einer Instruktionsstunde oder unterwegs an der Zonengrenze. Letztere mußten in zwei Stunden abgelöst werden; John hatte nicht mehr viel Zeit.
Er wandte seine Schritte dem Kraftfahrzeugpark zu. Der Kasernenkomplex dehnte sich über einen Raum von einer Quadratmeile aus. Er war von einem hohen Zaun umgeben, der scharf bewacht wurde. Im östlichen Teil lagen die Wohnungen der Offiziere, Ein- und Mehrfamilienhäuser. Sie glichen den modernen Privathäusern am Rande von Thüngerstadt. Die Unteroffiziere, soweit sie ihre Familien hier hatten, wohnten in der Siedlung, eine halbe Meile von der Kaserne entfernt. Außer den Mannschaftsgebäuden gab es noch drei Clubs in der Kaserne, ein Kino, eine Kegelbahn, eine Turnhalle und ein Schwimmbad. Der Kraftfahrzeugpark befand sich im westlichen Teil der Kaserne. Hier standen auf engstem Raum einige hundert schwere Tanks, Schützenpanzerwagen, Granatwerfer und Haubitzen auf Selbstfahrlafetten, Sturmgeschütze und Jeeps beisammen. Da sie ständig der Witterung ausgesetzt waren, gehörte ihre technische Überprüfung zum täglichen Dienstplan. Hinter dem Kraftfahrzeugpark erstreckte sich bis zum Waldrand der Flugplatz für die Hubschrauber und ferngesteuerten Luftaufklärer. Tagsüber flogen sie die Zonengrenze ab und hielten Funkverbindung mit den Bodenpatrouillen. Das Regiment hatte alles, was eine modern ausgerüstete Truppe braucht. Jedesmal, wenn John hier vorüberkam, empfand er ein Gefühl der Genugtuung und des Stolzes. Am südlichen Rand des Kraftfahrzeugparks lagen die Hallen für die Reparaturwerkstätten. Eine war als Waschraum für die Fahrzeuge eingerichtet, ein halbes Dutzend Jeeps stand herum, Männer in olivgrünen Arbeitsuniformen schrubbten die rote Lehmerde von den Reifen, kontrollierten die Motoren und Maschinengewehre, schmierten die Fahrzeuge ab oder probierten die Funkgeräte aus. Kein Wagen verließ die Halle, ehe er nicht vom Patrouillenführer überprüft worden war. Fiel ein Jeep während einer Patrouille aus, hatte es peinliche Untersuchungen zur Folge; John wußte ein Lied davon zu singen.
Er traf Bruce und Henry im hinteren Teil der Halle zusammen mit vier anderen Männern seiner Gruppe. Als ob sein Eintreffen

ihre Bewegungen gelähmt hätte, verfuhren sie plötzlich mit großer Umständlichkeit, ließen sich provozierend Zeit und verfielen in mürrisches Schweigen.
Während er sie beobachtete, dachte er, daß etwas geschehen müsse, wollte er verhindern, daß die beiden die ganze Gruppe gegen ihn aufbrachten. Es hatte schon früher Widerstände und Reibereien gegeben, aber sie waren nie organisiert gewesen. Seit Bruce und Henry da waren, hatten die Aufsässigkeiten ein System bekommen; er spürte es von Tag zu Tag deutlicher. In diesem Punkt unterschied sich die Armee von keiner zivilen Organisation. Die Mehrheit war gleichgültig, unvoreingenommen, bis dann irgendwann einige auftauchten, die ihre eigenen Ressentiments ernst nahmen. Am Anfang zuckte man über sie die Schultern, dann entschloß man sich, sie wenigstens einmal anzuhören, und eines Tages identifizierte man sich mit ihnen, die einen bewußt, die anderen unbewußt; im Endeffekt und für denjenigen, den es betraf, machte es keinen Unterschied aus.
Es gab zwei Möglichkeiten, dagegen vorzugehen; die erste hatte sich als unwirksam erwiesen. John brauchte Captain Denson nicht, aber es bereitete ihm jetzt keine Gewissensbisse mehr, daß Bruce und Henry eine unangenehme Viertelstunde vor sich hatten.
»Hört mal her«, sagte er ruhig, »falls es sich noch nicht herumgesprochen haben sollte: wir fahren in anderthalb Stunden los.«
»Warum immer wir?« fragte einer der Männer. Er hieß Byrne und hatte ein Gesicht wie eine Maus. »Gestern von vier Uhr früh bis zwölf Uhr mittags, heute von vier Uhr mittags bis zwölf Uhr nachts. Das hat es noch nie gegeben.«
»Vielleicht will jemand befördert werden«, knurrte ein anderer. »Ich kenne Leute, die nicht genug kriegen können, wenn sie sich deshalb beliebt machen. Kennst du auch welche?«
Sie grinsten, auch Bruce und Henry grinsten, dann merkten sie, daß John mitgrinste, und sie hörten auf.
»Vielleicht werden wir morgen abend wieder Patrouille fahren«, sagte John, »und übermorgen auch, vielleicht vierzehn Tage hintereinander, wenn's euch Spaß macht. Liegt nur an euch; mir macht's nichts aus.«
Er richtete das Wort direkt an Bruce: »Captain Denson wartet auf Sie; nehmen Sie Henry mit.«
»Auf mich?« Bruce wechselte die Gesichtsfarbe. »Wieso auf mich?«
»Veilleicht wollten Sie etwas von ihm«, antwortete John.
»Wir wollten gar nichts«, meldete sich Henry zu Wort. Sein schmales Jungengesicht sah grün aus. »Haben Sie uns gemeldet?«

»Ich nicht.«
Bruce blickte ihn haßerfüllt an. »Das glauben wir Ihnen aufs Wort, Sergeant!« Er kletterte vom Jeep herunter, rieb sich die Hände an einem Wollappen ab und setzte sich in Bewegung. Henry blieb noch ein paar Augenblicke unschlüssig stehen, dann schritt er mit hängendem Kopf hinter ihm her.
Während John ihnen nachschaute, hatte er das sichere Gefühl, daß etwas an der Geschichte nicht stimmte. Er wandte sich schroff an die anderen: »In einer halben Stunde nehme ich die Jeeps ab.«
Chumley war nicht in der Schreibstube, er hatte auch nichts hinterlassen. John suchte ihn mit demselben Ergebnis in der Bekleidungskammer. Am Schluß wandte er sich den Mannschaftsgebäuden zu. Die B-Kompanie war im dritten Stock untergebracht.
Sam hatte die restlichen Männer der Gruppe in einer Stube um sich versammelt und betrachtete ihre Gewehrläufe. Es war so gut wie ausgeschlossen, einen Gewehrlauf so zu reinigen, daß Sam nichts daran auszusetzen hatte.
»Schau dir das an!« sagte er zu John und hielt ihm einen Gewehrlauf vors Gesicht. »So etwas nennt der Mann sauber. Ist das ein Kamin oder nicht?«
»Ich suche Chumley«, sagte John und brachte sein Gesicht vor dem Gewehrlauf in Sicherheit. »Hast du ihn gesehen?«
»Einer hat mir was erzählt.« Sam dachte mit gerunzelter Stirn nach. »Richtig! Ich schickte Green ins Casino, meine Zigaretten waren alle. Wie war das, Green?«
Der Mann, der Green hieß, trat zu ihnen. »Der Spieß hatte was mit dem Casino-Sergeant. Ich hörte, daß sie miteinander herumbrüllten.«
»Das tun sie oft«, sagte Sam feixend. Dann wurde er ernst. »Was passiert, John?«
John schüttelte den Kopf. »Ich suche ihn seit gestern früh.«
»Und ich suche seit gestern früh von dir zu erfahren, wie es auf deiner Weihnachtsparty gewesen ist.«
»Okay«, sagte John und lief davon.
Es war jetzt zu spät, um noch ins Casino zu gehen, er kehrte zu den Männern in die Werkstatthalle zurück. Bruce und Henry waren wieder da, sie sahen aus, als wären sie gerade mit knapper Not einem Hurrikan entronnen.
»Wir sollen uns bei Ihnen melden, Sergeant«, murmelte Bruce mit zu Boden gerichtetem Blick. »Wir sollen Ihnen melden, daß wir beim nächsten Zwischenfall bestraft werden.«
Es war mehr, als John befürchtet hatte. Von diesem Augenblick an hatte er in Bruce einen unversöhnlichen Feind.

Obwohl das Gespräch mit Chumley jetzt noch dringender wurde, kontrollierte er die beiden Jeeps mit gewohnter Sorgfalt. An einem entdeckte er am Rücklicht ein blankgescheuertes Kabel. Er umwickelte es mit Isolierband, dann schickte er die Männer, bis auf Bruce, weg.
»Denson hat es nicht von mir«, sagte er zu ihm. »Wenn ihr ihm nichts gesagt habt, muß es Chumley getan haben.«
»Chumley war es nicht«, erwiderte Bruce. Seine Halsschlagader wirkte geschwollen, er vermied es auch diesmal, John anzusehen.
»Woher wissen Sie das?«
»Es war nur ein Jux«, murmelte Bruce. »Chumley hat es gewußt.«
»Es war Ihr Jux«, sagte John. »Ich habe nie einem Mann weh getan, Bruce, aber nach dem nächsten Jux landen Sie mir genau im Visier. Gehen Sie jetzt!«
Er ließ ihn stehen und wusch sich die Hände in einem mit Seifenwasser gefüllten Eimer. – Sie hat mich schon längst vergessen, dachte er. Es sind jetzt vierzig Stunden und fünfundzwanzig Minuten vergangen.
Im Casino war Chumley nicht mehr, Unteroffizier Perkins von der Schreibstube gestikulierte mit den Händen. »Er sucht dich wie 'ne Stecknadel; es war ein Anruf für dich da.«
»Für mich?«
John erschrak über seine eigene Stimme.
»Er ist im ganzen Regiment 'rumgegangen«, erzählte Perkins, »weil derjenige, der angerufen hat, deine Kompanie nicht wußte, oder besser diejenige«, sagte er feixend. »Ferngespräch aus Oberstdorf. Erzähl mir jetzt bloß nicht, daß du eine Tante dort hast.«
John spürte, wie seine Brust hohl wurde vor Enttäuschung. »Muß 'ne Verwechslung sein; ich war nie in Oberstdorf.«
»John Baako«, sagte Perkins. »Den Namen gibt's nur einmal im Regiment, und wenn er dazu noch Sergeant sein soll, gibt es erst recht keine Verwechslung. Frag Chumley, er hat das Gespräch angenommen. Oberstdorf!«
Perkins konnte sich nicht beruhigen. »Muß 'ne Millionärstochter sein. Gratuliere!«
»Ich kenne keine Millionärstochter in Oberstdorf«, sagte John. »Wo steckt Chumley?«
»Keine Ahnung. Ich sagte dir doch, er sucht dich wie 'ne Stecknadel.«
John blickte auf seine Armbanduhr. »In einer Viertelstunde muß ich in den Keller. Er soll sehen, daß er mich erwischt.«
»Das versucht er schon 'ne halbe Stunde. Der Anruf kam gleich,

nachdem du das erstemal hier warst. Soviel ich gehört habe, sollst du zurückrufen.«

»Nach Oberstdorf?«

»Ja.«

»Jemand liegt hier quer«, murmelte John.

Wieder im Freien, hielt er nach Chumley Ausschau, konnte ihn jedoch nirgends entdecken. Ein halbes Hundert Soldaten war damit beschäftigt, den Schnee, der in hohen Haufen beiderseits der Straße aufgetürmt lag, auf Lastwagen zu verladen. Der Himmel hing wie ein grauer Sack über den verschneiten Dächern der Kaserne.

Es muß trotz allem eine Verwechslung sein, dachte John.

In seiner Stube zog er die pelzgefütterte Winterkombination über seine Uniform, hängte sich das Kartenbrett um und stieg zum Keller hinunter. Er war spät dran, Leutnant Horne hatte bereits seinen Platz hinter dem Stehpult eingenommen, die Männer hockten ringsum am Boden, in einer Ecke Sam, Bruce, Henry und Byrne. Als John sich zu ihnen setzte, brachen sie ihr Gespräch ab.

Der Raum war etwa zwanzig Quadratmeter groß, hatte eine gewölbte Decke, geweißte Wände und ein kleines vergittertes Fenster. Unter dem Fenster zogen sich dicke Heizungs- und Wasserrohre hin, neben dem Pult hing eine Unterrichtstafel für russische Rangabzeichen und Uniformen; sonst waren die Wände kahl.

Die Befehlsausgabe dauerte in der Regel eine halbe Stunde. Wenn Leutnant Horne Grenzoffizier vom Dienst war, dauerte sie nur zwanzig Minuten. Er sprach so schnell, daß ihm die Männer kaum folgen konnten. Sein junges Gesicht unter dem kurzgeschnittenen Haar wirkte immer ein wenig abwesend, in Zivilkleidern hätte man ihn für einen Theologiestudenten halten können. Er war kurzsichtig, seine blauen Augen wurden durch die Brillengläser stark vergrößert. Aus der Nähe erinnerten sie John an klare Bergseen.

Nachdem die Fahrrouten eingeteilt waren, wurden die Parole und die Frequenzen für den Funkverkehr mit der Befehlsstelle und den Aufklärungsflugzeugen ausgegeben. Alles vollzog sich mit der sachlichen Routine langjähriger Übung.

Von den fünfundzwanzig Männern im Raum waren zwanzig Berufssoldaten. John kannte jeden einzelnen beim Namen. Ihm gegenüber in der anderen Ecke saß Sergeant Shovaleka aus Alabama, ein Schrank von einem Mann, mit einem Gesicht so dunkel wie Basalt. Er war seit siebzehn Jahren bei der Armee, seine Großeltern kamen aus einem Buschdorf im Amboland, aber Sergeant Shovaleka war in Montgomery als amerikanischer Staatsbürger

auf die Welt gekommen; er unterhielt sich nie mit John. Außer ihm waren noch zwei Farbige hier, ein Indianer aus Mexiko und ein Mulatte, der über seine Heimat genauso selten ein Wort verlor wie Sergeant Shovaleka über die Heimat seiner Großeltern. Sie waren Amerikaner, und sie wollten an nichts anderes erinnert werden.
Die übrigen Männer, keiner älter als dreißig Jahre, setzten sich aus Nord- und Südstaatlern zusammen. Ihre Gesichter waren sich unter den Pelzmützen alle gleich. Jedesmal, wenn John sie betrachtete, fiel ihm die Begegnung mit einer Horde entschlossener Männer ein, die an einem kalten Winterabend in Kentucky vor die Kaserne marschiert kamen und die Auslieferung eines Soldaten verlangten. Er hatte sich an einem vierzehnjährigen Mädchen vergangen.
Nach der Befehlsausgabe unterhielt sich John mit Sam. »Bring die Jeeps vors Stabsgebäude, ich muß noch mal nach Chumley schauen.« – »Würde mich nur interessieren, was du von ihm willst«, knurrte Sam, während sie die Kellertreppe hinaufstiegen. »Warst doch früher nie scharf auf ihn.«
»Er ist mir noch eine Erklärung schuldig«, sagte John.
Diesmal hatte er Glück, Chumley kam ihm vor der Tür zum Stabsgebäude entgegen, einen Fetzen Papier wie eine Parlamentärsflagge schwenkend.
»Wenn du einen Mann suchst«, sagte er grinsend, »findest du ihn nicht, und wenn er dir noch so unsympathisch ist. Ist dir schon aufgefallen, daß dir unsympathische Leute sonst immer auf den Füßen herumtrampeln?«
»Mir ist aufgefallen«, antwortete John, »daß du mir seit zwei Tagen keine Gelegenheit gibst, dir auf den Füßen herumzutrampeln.«
Chumley grinste noch stärker. »War nicht disponiert. Ich möchte – zum Teufel – wissen, warum die Kerls immer zu saufen anfangen, wenn sie 'nen Tannenbaum sehen! Was bleibt einem anderes übrig, als mitzusaufen!«
»Dein Privatleben interessiert mich nicht«, sagte John. »Du hast mit Denson gesprochen?«
»Hab' ich.« Chumley schob den Papierfetzen in die Tasche. »Auf deinen Wunsch hin.«
»Ich habe eingewilligt, weil Bruce und Henry es angeblich wollten. Vorhin erzählten sie mir, daß sie es nicht wollten.«
»Wollten oder nicht, sie haben davon angefangen. War ein Denkzettel für sie. In meiner Kompanie gibt's so was nicht.«
»Das hast du ihnen nicht gesagt.«

»Sonst wäre es kein Denkzettel gewesen«, sagte Chumley.
Ich werde nie hinter seine Gedanken kommen, dachte John. Er blickte die Straße entlang, wo eben die beiden Jeeps auftauchten. »Fair war es nicht.«
»Ist meine Sache«, erwiderte Chumley und blickte gleichfalls den Jeeps entgegen.
»Jemand hat angerufen?« fragte John.
Chumleys Grinsen gefror. »Tut mir leid, John. Sie verlangten den Kommandeur.«
»Wer?«
»Diese Leute. Tut mir wirklich leid, John«, versicherte er wieder. »Vielleicht wäre es doch besser gewesen, ich hätte mich selbst darum gekümmert.«
John sah mit schmalen Augen in sein Gesicht. »Ich rede nicht von diesem Anruf«, sagte er, »aber wenn wir schon dabei sind: Du hast mir am Tag vorher gesagt, du hättest sie verständigt.«
»Ich hatte Perkins damit beauftragt; der Idiot hat es vergessen. Kannst ihn fragen.« Es war sinnlos.
Perkins hing viel zu sehr an seinem Schreibstubenposten, als daß er für Chumley nicht kaltblütig jeden Meineid auf sich genommen hätte.
Die beiden Jeeps standen jetzt vor dem Stabsgebäude, Sam beugte sich ungeduldig heraus: »Was ist los?«
»Ich komme«, antwortete John. Zu Chumley sagte er: »Und der Anruf von heute mittag?«
»Ach ja!« Chumley fuhr mit der Hand in die Tasche und zog den Zettel heraus. »Jemand will dich sprechen, eine Hesselsbacher oder Heckelsbacher. Hab' den Namen nicht genau verstanden.«
»Heggelbacher«, murmelte John.
»Hier ist die Telefonnummer«, sagte Chumley und gab ihm den Zettel. »Wer ist sie?«
John ging an ihm vorbei die Treppe hinauf.
»Was wird hier eigentlich gespielt?« fragte Sam.
Chumley, im Begriff, John zu folgen, blieb wieder stehen. Er wartete auf Sam, der jetzt aus dem Jeep stieg und zu ihm kam. »Hast du gewußt, daß er sich wieder ein Mädchen zugelegt hat?«
»John?« Sam runzelte die Stirn. »Soll das ein Witz sein?«
»Damals war es auch kein Witz«, antwortete Chumley. »Er hat 'nen Anruf aus Oberstdorf.«
»Von 'nem Mädchen?«
»Ja.«
Sam dachte nach, dann schüttelte er energisch den Kopf. »Das ist 'ne leere Tüte, Spieß, davon müßte ich etwas wissen.«

»Hab' ich mir auch gesagt«, knurrte Chumley. »Und du weißt nichts?«
Die Art, wie er ihn dabei anschaute, brachte Sam in Rage. »Wenn ich sag', ich weiß nichts, dann weiß ich nichts, verdammt! Warum fragst du mich, wenn du mir nicht glaubst?«
»Bist doch sein Freund«, sagte Chumley. »Warum war er vorgestern abend nicht bei euch?«
»Du weißt genau, weshalb er nicht zu uns gekommen ist«, sagte Sam noch erregter. »Du mit deinen Einladungen!«
Chumley betrachtete ihn nachdenklich. »Ich hatte das Gefühl, er wäre froh gewesen, wenn er mir hätte sagen können, daß er schon vergeben ist. Wie hieß die damals, Heggelbacher?«
»Wer?«
»Das Mädchen von ihm.«
»Quatsch!« Sam hatte sich schon wieder beruhigt. »Als ob du nicht wüßtest, daß sie nicht Heggelbacher geheißen hat.«
»Diesmal heißt sie aber Heggelbacher«, sagte Chumley. Er blickte auf seine Armbanduhr. »Wenn Horne aufkreuzt, gibt es Stunk. Ihr müßtet schon zehn Minuten unterwegs sein.«
»Da kommt er!« sagte Sam und drehte sich nach John um, der im selben Augenblick aus der Tür trat.
»Ich brauche hundert Mark«, sagte er.
Sam starrte ihn verdutzt an. »Wozu?«
»Ich erkläre es dir später«, antwortete John, sein Gesicht sah fleckig aus. »Hast du sie, oder hast du sie nicht?«
»Hier nicht«, sagte Sam.
John blicke Chumley an. »Du auch nicht?«
»Für dich immer«, sagte Chumley grinsend. »Sogar aus der Kompaniekasse, wenn's sein muß.«
John gab ihm ein Stück Papier. »Das ist die Adresse, Postamt Oberstdorf. Schick es telegrafisch, es muß in einer Stunde dort sein. Du kriegst es zurück, sobald ich es von der Bank habe.«
»Okay«, sagte Chumley. Er blieb vor der Tür stehen und sah zu, wie John und Sam in den Jeep kletterten. »Kann man sie mal kennenlernen?« fragte er.
In seinem Gesicht war ein Ausdruck, der John nicht gefiel. »Fahr los!« sagte er zu Sam.
Sie redeten nichts, bis sie aus der Kaserne heraus waren, dann konnte Sam seine Enttäuschung nicht länger zurückhalten.
»Hätte ich nicht von dir gedacht«, sagte er. »Warum hast du mir nie ein Wort von ihr erzählt?«
»Es gibt nichts zu erzählen«, antwortete John rauh. Die Flecken in seinem Gesicht waren jetzt weg, aber er sah immer noch aus,

als wäre er einen steilen Berg hinaufgeklettert. »Ich habe sie vorgestern bei der deutschen Familie kennengelernt. Sie hat die Feiertage in Oberstdorf verbracht und dort ihren Geldbeutel verloren.«

»Und da ruft sie ausgerechnet dich an?« fragte Sam ungläubig.

»Warum nicht?«

Sam zog die Oberlippe von den Zähnen. »Meinetwegen. Wenn es so ist, hätte ich mir an deiner Stelle heute nacht vierundzwanzig Stunden Urlaub genommen, meinen Buick ausgeliehen und wäre hingefahren. Sie hätte ja solange im Hotel bleiben können.«

Es war ungefähr dasselbe, was John gedacht hatte, als er mit Claire telefonierte. Er beobachtete im Rückspiegel den zweiten Jeep, Henry saß am Steuer. Als sie die steile Straße hinunterfuhren, kam ihnen die verschneite Stadt wie eine große weiße Moschee entgegen.

»Ich habe seit vierundfünfzig Stunden kaum geschlafen«, sagte John.

3

Nach einer Stunde hielt er das Herumsitzen nicht mehr aus. Er zog sich an, holte den Wagen aus der Hotelgarage und fuhr ins Dorf. Der Verkehr war fast völlig zum Erliegen gekommen, das pausenlose Schneegestöber verwandelte die Straße in eine gefährliche Rutschbahn. Es wurde erst besser, als er die ersten Häuser erreichte. Er steuerte den Wagen eine Zeitlang ziellos durch die Straßen. Obwohl es früher Nachmittag war, wurde es schon dunkel, in den Häusern gingen Lichter an. Vor der Kirche stand ein großer Tannenbaum mit elektrischen Kerzen, ihre Hitze hatte Löcher in die dicke Schneedecke gefressen. Der Kurgarten hinter der Kirche sah aus, als hätte ihn eine Lawine unter sich begraben. Trotzdem waren viele Menschen auf der Straße, meist Schitouristen, aber auch Einwohner in bunten Trachten, pferdebespannte Schlitten zwischen den breithüftigen Häusern, deren tief herabreichende verschneite Dächer wie Pelzmützen aussahen.

Nachdem er eine Viertelstunde vergeblich damit verbracht hatte, Claire zu finden, fuhr er zum Bahnhof. Er ließ den Wagen auf dem Parkplatz stehen und ging, die Hände in den Manteltaschen vergraben, in das Gebäude hinein. Im Warteraum saßen ein paar Leute, er musterte sie einzeln, warf einen Blick auf den menschenleeren Bahnsteig und erkundigte sich dann am Schalter nach der nächsten Zugverbindung nach Thüngerstadt. Die Auskunft erleichterte ihn ebensosehr, wie sie seiner Furcht neue Nahrung gab. Wieder auf der Straße, verhielt er unschlüssig den Schritt.

Er erinnerte sich, wie er Claire vom Hotelfenster aus nachgeschaut hatte, bis sie hinter der Straßenkrümmung seinem Blick verlorenging. Zweimal hatte er seinen Mantel angezogen, und zweimal hatte er ihn wieder in den Schrank gehängt. Hätte sie ihm nicht ins Gesicht geschlagen, wäre sein Trotz weniger zäh gewesen; es hatte ihn mehr verletzt als die Ursache ihrer Auseinandersetzung. Aber mit den ersten Selbstvorwürfen, mit seiner immer stärker einsetzenden Ernüchterung und dem gleichzeitig aufkommenden Gefühl, sich häßlich benommen zu haben, erschöpfte sich auch sein Trotz. Er fühlte sich hilflos, unglücklich und ungerecht behandelt, aber auch dieses Empfinden war nicht stark genug gewesen, sich gegen seine Furcht zu behaupten. Er zitterte bei der Vorstellung, sie könnte sich auf die Straße gestellt und einen fremden Wagen angehalten haben.
Vor ein paar Stunden wäre ihm dieser Gedanke noch utopisch erschienen, er hätte es ihr einfach nicht zugetraut. Sie hatte immer so reagiert, wie er es von ihr erwartet hatte. Vielleicht war es eine profane Angelegenheit, die gelegentlichen Differenzen im Bett aus der Welt zu schaffen, doch hatte er im Laufe der Jahre die Überzeugung gewonnen, sie wolle es so haben. Wie zahllose Männer, war er viel zu sehr von seiner Unwiderstehlichkeit überzeugt, als daß er in ihrem Nachgeben nicht eine Selbstbestätigung gesehen hätte. Er hatte es nie ausgesprochen, aber er glaubte fest daran, daß sie abhängig von ihm war. Um so mehr fühlte er sich durch ihr heutiges Verhalten überrumpelt, es erging ihm wie einem Mann, der nach dreißigjähriger Ehe feststellen muß, daß seine Frau Charaktereigenschaften besitzt, von denen er nichts gewußt hatte. Und während er jetzt, die Hände in den Taschen und mit hochgeschlagenem Mantelkragen, vor dem Bahnhofsgebäude stand und mit leerem Blick in die beginnende Dämmerung starrte, überlegte er sich zum erstenmal, wie sein Leben ohne Claire sein würde. Die Vorstellung erschreckte ihn so, als hätte er einen Blick in einen schwarzen Abgrund getan. Er versuchte auch nicht, sich über die Konsequenzen dieser Möglichkeit schlüssig zu werden, weil sein Hirn sich gegen den bloßen Gedanken sofort sträubte wie ein kranker Magen gegen eine fette Speise. Von allen Katastrophen, die ihm für sein persönliches Dasein denkbar schienen, war jene, Claire zu verlieren, die schrecklichste.
Auf dem Weg zum Wagen fiel ihm ein, daß sie vielleicht in der Zwischenzeit ins Hotel zurückgekehrt sein könnte. Obgleich nichts dafür sprach, klammerte er sich in seiner Verzweiflung an dem Gedanken fest. Gleichzeitig jedoch kamen ihm Bedenken. Er durfte

nicht riskieren, daß sie zum Bahnhof kam, während er zum Hotel fuhr. Er hielt es nicht für ausgeschlossen, daß sie noch Reisegeld bei sich hatte. Sein Blick fiel auf das gegenüberliegende Postamt, und er entschloß sich, von dort aus das Hotel anzurufen.

Als er die Tür aufstieß, sah er Claire an einem Fenster stehen. Sie mußte ihn schon bemerkt haben, als er zwischen den parkenden Wagen hindurch zum Eingang schritt, aber sie veränderte ihre Haltung nicht. Beim Licht der Neonröhren wirkte ihr Gesicht wie weiß geschminkt.

Sein erstes Empfinden war Erleichterung. Sie breitete sich wie eine warme, belebende Flüssigkeit in seinem ganzen Körper aus. Er ging mit steifen Beinen zu ihr hin und murmelte ihren Namen. Und erst jetzt drehte sie ihm das Gesicht zu, und ihre Augen waren so hart wie Glas.

Es waren noch zwei andere Leute im Raum. Ein älterer Herr saß an einem Schreibpult und las einen Brief. Er lächelte dabei, wie alle älteren Herren lächeln, wenn sie einen postlagernden Brief bekommen. Die Frau am Schalter war jünger und trug einen Persianer; sie unterhielt sich mit dem Beamten über ein Ferngespräch.

»Ich habe dich überall gesucht«, sagte Fred. »Ich wußte schon nicht mehr, was ich tun sollte.«

Seine Augen waren feucht. Da er mit dem Gesicht gegen das Fenster sprach, konnte Claire es sehen. Er hatte, seit sie ihn kannte, ihretwegen nur einmal feuchte Augen gekriegt, damals, als er sie zum erstenmal bekam. Sie war so gerührt gewesen, daß sie ihn dafür geküßt hatte, jetzt widerte es sie an. »Du hättest es dir ersparen können«, sagte sie kalt. »Ich fahre mit dem Zug.«

Fred schüttelte den Kopf. »Wenn du mit dem Zug fährst«, sagte er sanft, »kommst du vor morgen mittag nicht nach Thüngerstadt. Es gibt nur eine direkte Verbindung, und für die ist es heute schon zu spät.«

Daran hatte sie noch nicht gedacht, sie war so mit sich selbst beschäftigt gewesen, daß sie völlig vergessen hatte, sich nach einem Zug zu erkundigen.

Als ob er ihre Unsicherheit fühlte, sprach Fred rasch weiter: »Wenn du nicht mehr ins Hotel zurück willst, gehen wir in ein anderes; ich mache, was dir paßt.«

Claire blickte wieder zum Fenster hinaus. Von hier aus konnte sie einen Teil der Bahnsteighalle sehen, den Schnee, der vom Wind über die Geleise geweht wurde. Noch ehe sie sich recht schlüssig geworden war, merkte sie, daß ihr der Gedanke, vierundzwanzig Stunden im Zug und in schlecht geheizten Wartesälen verbringen zu müssen, mehr Selbstverleugnung abverlangte, als sie nun, da

Fred wieder neben ihr stand, noch aufzubringen gewillt war. An dieser Stelle fing es in den Filmen und Romanen an, interessant zu werden, und die Menschen auf der Leinwand und in den Romanen verwandelten sich in Übermenschen, und der Film und die Romane wurden dafür ausgezeichnet. Aber sie war kein Übermensch, und wo es in den Filmen und Romanen anfing, interessant zu werden, hörte es bei ihr auf. Sie war wie ein Fesselballon, der an seinem Seil zerrte und doch nie loskam, und sie würde nie höher fliegen können, als das Seil reichte, und nie länger, als bis jemand an der Winde drehte und sie wieder herunterholte. Der Wind, den sie entfacht hatte, war nicht kräftig genug gewesen, den Ballon loszureißen, und einen Sturm zu entfachen, fehlten ihr der Atem und der große ehrliche Zorn. Sie war wie alle anderen, die sich treiben ließen, unwillig zwar, hin und her gestoßen und voll blauer Flecke, aber nie bereit, auszubrechen, weil schon der Wunsch von Zweifeln erstickt wurde. Es gab keinen Ersatz für das bißchen Sicherheit einer bürgerlichen Existenz, keinen Ersatz für das, was Fred meinte, wenn er von der Zukunft sprach, und keinen Ersatz für das schäbige Gefühl, wenigstens das Schlimmste verhütet zu haben.

Hier schloß sich immer der Kreis, und hierher würde sie immer wieder zurückkommen, aber sie würde es ihm diesmal nicht leicht machen, und wenn dieser Tag keine anderen Spuren zurückließ als nur eine häßliche Erinnerung, so sollte sie wenigstens nachhaltig genug sein, ihn vierundzwanzig Stunden lang zu beschäftigen; zu mehr würde es, wie sie ihn kannte, nicht reichen.

Sie drehte ihm abermals das Gesicht zu. Der ältere Mann mit dem postlagernden Brief war aufgestanden. Er steckte ihn sorgfältig in seine Tasche, lächelte geistesabwesend ins Leere und trug sein Lächeln mit hinaus in den frühen Winterabend. Die Dame im Persianer hatte ihr Gespräch bekommen, ihre Stimme drang aus der geschlossenen Telefonzelle wie aus einem Taucheranzug. Der junge Mann hinter dem Schalter schickte neugierige Blicke herüber.

»Ich werde in kein anderes Hotel mehr gehen«, sagte Claire. »Ich möchte nach Hause.«

Fred schluckte eine heftige Entgegnung hinunter, die Feuchtigkeit in seinen Augen war schon wieder weg. Er langte in seine Manteltasche und brachte ihre Geldbörse hervor.

»Ich hätte es nicht tun dürfen«, murmelte er. »Wenn du willst, fahren wir morgen früh.«

»Ich habe nicht von morgen früh gesprochen. Wir fahren gleich, oder ich fahre allein.«

Vor zwei Stunden hätte er noch darüber gelächelt, jetzt vergaß er es.
»Ich weiß nicht, wie du dir das denkst«, sagte er mit unterdrückter Wut. »Was soll ich daheim erzählen, wenn wir mitten in der Nacht nach Hause kommen?«
Claire blickte ihn kalt an. »Erzähl ihnen, ich hätte meine Tage bekommen, das wird ihnen als Motiv mehr einleuchten als eine handfeste Lungenentzündung.«
Sie fühlte förmlich, wie es ihn traf. Er hatte eine Stelle neben der rechten Augenbraue, die jedesmal zu zucken anfing, wenn ihn etwas tief verletzt hatte.
»Das haben sie nicht verdient«, sagte er heiser. »Sie haben immer nur dein Bestes gewollt.«
»Dein Bestes«, korrigierte ihn Claire. »Deine Mutter hat mir oft genug zu verstehen gegeben, daß ein fünfunddreißigjähriger Mann mehr braucht, als seine Eltern noch für ihn tun können.«
»Wovon redest du eigentlich?« fragte Fred, aber sie sah ihm an, daß er sie genau verstanden hatte. Da gerade wieder eine Frau hereinkam, zuckte sie nur mit den Schultern.
Fred beobachtete mit zusammengepreßten Lippen, wie die Frau zum Schalter ging. »Was tust du überhaupt hier?« fragte er nach einer Pause. »Hast du telefoniert?«
Sie hatte schon lange darauf gewartet, aber sie war sich noch nicht schlüssig geworden, was sie ihm sagen sollte. Es war ähnlich gewesen wie vorgestern abend, als sie John aufgefordert hatte, mit ihr nach Hause zu gehen. Beides war aus einer Situation heraus geschehen, die kein langes Zögern duldete. Sie bereute nichts, aber nachdem sie nun ihr Geld wiederhatte, überlegte sie sich, ob es sinnvoll sei, es auf eine neue Auseinandersetzung ankommen zu lassen. Wahrscheinlich nicht, und wahrscheinlich würde er noch schärfer reagieren als vorgestern abend. Es mußte für ihn das Schlimmste sein, was sie ihm antun konnte. Daran hatte sie vor eineinhalb Stunden noch nicht gedacht, vor eineinhalb Stunden war sie noch entschlossen gewesen, ohne ihn nach Hause zu fahren, und sie hatte keinen anderen Gedanken gehabt als diesen.
Während sie noch nach einer glaubwürdigen Erklärung suchte, merkte sie, daß sie schon zu lange mit der Antwort gezögert hatte. Sie sah es an seinem Gesicht, an dem jäh aufflackernden Mißtrauen in seinen Augen.
»Du hast telefoniert«, sagte er. »Mit wem?«
»Vielleicht mit meinem Vater«, sagte Claire.
Fred umklammerte ihren Arm. »Dein Vater ist nicht daheim, Ruth auch nicht.«

»Laß meinen Arm los!« sagte sie kühl. »Willst du hier eine Szene haben?«
Er gehorchte, aber seine Stimme klang jetzt unnachgiebig. »Ich frage den Beamten. Ist dir das lieber?«
Claire wandte sich dem Schalter zu. Sie mußte noch einen Augenblick warten, bis die Frau vor ihr fertig war, dann sagte sie laut: »Ich möchte mein Gespräch bezahlen.«
»Hat sich Ihr Geldbeutel wieder gefunden?« fragte der junge Mann hinter dem Schalter.
Claire nickte. Während der ganzen Zeit spürte sie, daß Fred in der Nähe stand und sie scharf beobachtete.
»Da haben Sie ja Glück gehabt«, sagte der junge Mann lächelnd. Er wechselte ihr einen Zwanzigmarkschein und schob den Rest über den Schaltertisch.
»Jetzt brauchen Sie die hundert Mark gar nicht mehr?«
»Können Sie sie an den Absender zurückschicken?« fragte Claire.
»An die Smiley Barracks?«
Die Frage war völlig überflüssig, vielleicht hatte er nur zeigen wollen, daß er den Namen richtig aussprechen konnte. Claire resignierte. Sie hatte es wenigstens versucht, mehr war nicht zu machen. Ohne Fred anzuschauen, wußte sie genau, wie er in dieser Sekunde aussah.
»Ich habe es mir anders überlegt«, sagte sie, »ich warte.«
»Wie Sie wollen«, sagte der junge Mann.
Es wurde plötzlich so still im Schalterraum, daß Claire jedes Wort aus der Telefonzelle verstehen konnte; es war noch immer die Dame im Persianer.
Dann hörte sie Freds Stimme hinter sich, eine vor Wut und Enttäuschung entstellte Stimme: »Du hast den Neger angerufen?«
Es hätte ihr nichts ausgemacht, wenn der junge Mann hinter dem Schalter nicht gewesen wäre. Sie ging auf die Straße hinaus, vor der Tür blieb sie stehen.
Fred kam ihr sofort nach. »Du läßt dir von dem Neger Geld schicken!« sagte er mit derselben entstellten Stimme. »Bist du übergeschnappt?« Sie standen sich auf einer Distanz von einem halben Meter gegenüber, beide zum Äußersten entschlossen, aber dann fiel Claire ein, daß sie nicht allein auf der Straße waren. Ein paar Leute schauten zu ihnen her, Passanten und Taxifahrer, die auf dem Bahnhofsplatz ihre Wagen stehen hatten. Sie haßte es, fremden Menschen ein Schauspiel zu geben.
»Wenn du nicht augenblicklich zu schreien aufhörst«, sagte sie leise, »gehe ich in ein Hotel und warte dort, bis der nächste Zug nach Thüngerstadt fährt.«

»Das wirst du nicht tun«, sagte Fred, und seine Stimme schlug gleichfalls um. »Es könnte sonst der Fall eintreten, daß dein Vater die ganze Geschichte erfährt.«
Es war genau das, was sie am meisten davor zurückschrecken ließ, den Bogen zu überspannen. Sie hatte noch nicht darüber nachgedacht, was geschehen würde, wenn ihr Vater es erführe, aber schon der bloße Gedanke daran reichte aus, ihre Entschlossenheit in Unsicherheit zu verwandeln. Das Gefühl, sich mit allem, was sie gegen Fred unternahm, nur noch mehr an ihn auszuliefern, trieb ihr fast wieder Tränen in die Augen.
Ich werde einmal etwas tun, dachte sie, und wenn alles kaputtgeht. Aber sie war gleichzeitig davon überzeugt, daß sie es nie tun würde.
»Ihr Geld ist gekommen«, sagte jemand.
Sie drehte sich um und sah den jungen Schalterbeamten an der Tür stehen.
»Sie müssen noch quittieren«, sagte er.
»Wir brauchen es nicht mehr«, warf Fred ein. »Schicken Sie es zurück.«
Der junge Mann grinste Claire an. »Wenn Sie es bezahlen ...«
Es war das erste Mal, daß er grinste und nicht lächelte. Nie hatte sie einem Mann so deutlich angesehen, was er von ihr dachte; es gab den Ausschlag.
Sie ging an ihm vorbei in die Schalterhalle zurück. Dort stand jetzt noch ein anderer Beamter, und er hatte dasselbe Grinsen im Gesicht.
»Wo muß ich unterschreiben?« fragte Claire.
Der junge Mann war ihr nachgekommen, er schob ihr das Formular hin, legte zwei Geldscheine daneben und beobachtete, wie sie ihren Namen unter das Formular setzte. Der zweite Beamte war älter und trug einen Ehering; daheim würde er die Geschichte seiner Frau erzählen.
Sie traf Fred wieder an der Tür, nachdem sie das Geld in die Manteltasche geschoben und ihre Reisetasche in die Hand genommen hatte, und sie stellte auf den ersten Blick fest, daß eine Veränderung mit ihm vorgegangen war.
»Es ist mir egal, was du tust«, sagte sie. »Du mußt selbst wissen, was du am leichtesten verlierst. Fahren wir jetzt nach Hause?«
»Ich muß mein Gepäck noch holen«, murmelte Fred. »Claire!«
Er versuchte, nach ihrer Hand zu greifen. »Warum hast du das Geld nicht zurückgeschickt?«
Sie war sich selbst noch nicht darüber klargeworden, aber sie wußte seit ein paar Minuten, daß auch für sie die Skala der De-

mütigungen nicht endlos war, daß es eine Grenze gab, über die hinweg ihr Unterbewußtsein der Resignation nicht mehr folgte und wo ihre Selbstachtung stärker war als ihre Furcht.
»Du hast einen Fehler gemacht«, antwortete sie ruhig. »Können wir gehen?«
Fred nahm ihr die schwere Reisetasche ab. Zum zweitenmal an diesem Tag hatte sie anders reagiert, als er erwartet hatte. Er war tief beunruhigt, enttäuscht und entsetzt zugleich. Nie hätte er sie für fähig gehalten, etwas zu tun, was seinen eigenen Moralbegriffen widersprach, aber er machte nicht denselben Fehler wie im Hotel. Er brauchte länger als sein Vater, sich mit unangenehmen Erfahrungen abzufinden, jedoch in einem Punkt war er ihm völlig gleich: Er würde nie freiwillig auf etwas verzichten, von dem er überzeugt war, daß es ihm gehörte, und er betrachtete Claire als sein Eigentum genauso wie seine Schallplattensammlung.
Während er neben ihr über den dunklen Bahnhofsplatz zu seinem Wagen schritt, nahm er sich vor, mit John zu sprechen.

4

Es geschah, als sie einen steinigen Hohlweg passierten. Der Wagen brach plötzlich nach links aus, rollte zwei Meter die steile Böschung hinauf, rutschte wieder zurück und prallte mit dem Heck gegen den Kühler des zweiten Jeeps. Es gab einen kurzen, harten Schlag, dem das Geräusch splitternden Glases folgte, dann wurde es still.
John blieb ein paar Sekunden auf seinem Platz sitzen, ehe er die Tür öffnete und nach hinten lief. Er sah den eingedrückten Kühler des zweiten Jeeps, die leeren Löcher, wo die Scheinwerfer gewesen waren, und es wurde ihm fast schlecht. Bruce, Byrne und Henry schienen unverletzt. Sie kamen langsam aus dem Jeep und starrten John an und dann Sam, der mit gelbem Gesicht am Steuer saß und sich nicht rührte.
»Ist einer verletzt?« fragte John undeutlich.
Sie schüttelten den Kopf und blickten noch immer Sam an. Als John zu ihm trat, kam Bewegung in ihn. »Es war nicht meine Schuld«, murmelte er. »Das Lenkrad!«
»Was ist mit dem Lenkrad?« fragte John.
»Schau dir das an!« murmelte Sam und drehte am Steuer. »Die Räder gehen nicht mehr mit.«
John legte sich auf den Boden und leuchtete mit der Taschenlampe

unter das Fahrgestell. Als er wieder auf die Beine kam, hielt er den Kopf so tief gesenkt, daß sie von seinem Gesicht nichts sehen konnten. Er klopfte sich den Schnee von der Uniform und gab Sam die Taschenlampe.
»Was ist es?« fragte Sam.
»Betrachte es dir selbst.« Er beobachtete noch, wie Sam unter den Jeep kroch, dann schaltete er das Funkgerät ein und rief die Befehlsstelle. Während der ganzen Zeit behielt er Bruce im Auge, der etwas im Hintergrund stand und einen Kaugummi im Mund hatte.
»So etwas hat es noch nie gegeben!« sagte Sam und schob sich auf dem Rücken unter dem Jeep hervor.
»Was ist los?« fragte Byrne.
»Das Ding war doch völlig festgerostet«, sagte Sam zu John.
»Ich konnte nichts dafür«, murmelte Henry, »es ging zu schnell.«
»Heute mittag war sie noch festgerostet«, sagte John. Seine Stimme hörte sich an, als hätte er einen harten Schlag in den Rükken bekommen.
»Henry trifft jedenfalls keine Schuld«, sagte Byrne. »Ich habe es genau beobachtet.«
»Was hast du beobachtet?« fragte Sam.
Byrne trat unwillkürlich einen Schritt zurück. »Wie ihr abgerutscht seid. Er hat nicht mehr halten können.«
»Und sonst hast du nichts beobachtet?« fragte Sam.
»Nein.«
»Du auch nicht?« sagte Sam zu Bruce.
Bruce wandte ihm träge das Gesicht zu. »Was?«
»Ich möchte wissen«, sagte Sam heiser, »wer den Lenkstockhebel kontrolliert hat. Einer von euch?«
»Das war Ingram«, sagte Byrne rasch, »aber der Sergeant war als letzter unter dem Wagen. Wir haben es alle gesehen.« Er blickte Bruce und Henry an. »Nicht wahr?«
»Klar«, sagte Bruce. »Er hat den Wagen wie immer abgenommen.«
»Und er war wie immer in Ordnung«, sagte Sam. »Und jetzt fehlt die Befestigungsmutter.«
»Welche Befestigungsmutter?« fragte Henry.
Sam starrte mit halbgeschlossenen Augen in sein blasses Gesicht, dann ging er zu John. Er blieb neben ihm stehen, bis von der Befehlsstelle Antwort kam.
»In einer Stunde können sie hier sein«, sagte John.
»Mit Horne?«
»Ich vermute es«, sagte John.

Das Sprechen bereitete ihm noch Mühe, er rief Bruce zu sich und ließ ihn eine volle Minute warten, während er über seinen Kopf hinweg den Sternenhimmel betrachtete.
»Soll ich etwas tun?« fragte Bruce.
Er hatte den Kopf schräg gelegt, seine Haltung war lässig, von einer genau berechneten Lässigkeit, zu offensichtlich, um sie zu übersehen, aber nicht offensichtlich genug, um ihm gefährlich zu werden. Während John ihn anschaute, wurde er sich bewußt, daß er ihn mehr haßte, als er sich eingestehen wollte.
Aber das ist eine andere Sache, dachte er, und sie hat mit dieser hier nichts zu tun, nicht, solange ich Sergeant bin, und nicht, solange ich versuche, es auseinanderzuhalten. Wenn es mir einmal nicht mehr gelingt, bin ich genauso wie er und Henry und alle anderen. »Sie wissen nichts davon?« fragte er ruhig.
Bruce spuckte den Kaugummi aus. »Wovon?«
»Natürlich können Sie nichts davon wissen«, sagte John. »Sie waren ja während der ganzen Zeit auf Ihrer Stube. Oder waren Sie nicht auf Ihrer Stube?«
»Bis zur Befehlsausgabe«, sagte Bruce.
John blickte an ihm vorbei zu Byrne und Henry hin, die gespannt zuhörten. »Die anderen haben gesehen, daß Sie bis zur Befehlsausgabe auf Ihrer Stube waren?«
»Natürlich!« sagte Bruce.
»Sie waren bis zur Befehlsausgabe ununterbrochen auf Ihrer Stube«, sagte John, während er Byrne und Henry anschaute. »Ununterbrochen, Bruce?«
Bruce grinste. »Vielleicht war ich mal draußen. So genau hab' ich das nicht mehr in Erinnerung.«
»Vielleicht haben es die anderen noch in Erinnerung«, sagte John. »Man könnte sie einmal fragen.«
»Das kann man«, bestätigte Bruce und richtete das Wort an Henry: »War ich mal draußen?«
»Wie draußen?« fragte Henry. »Nicht in der Stube?«
»Ja.«
»Ich denke, du warst die ganze Zeit bei uns in der Stube!«
»Denke ich auch«, sagte Bruce. »Aber es könnte ja sein, daß ich mal auf einen Sprung hinausgegangen bin.«
»Ach so!« Henry nickte. »Das ist gut möglich. Wir waren alle mal auf einen Sprung draußen.«
»Im Waschraum«, sagte Byrne. »Stimmt, ich war im Waschraum. Du nicht?« sagte er zu Henry.
»Doch, im Waschraum war ich.«
»Im Waschraum war ich auch«, sagte Bruce, »dann noch auf der

Latrine, anschließend im Casino, Zigaretten holen. Höchstens eine Viertelstunde, Sergeant«, sagte er. »Auf keinen Fall länger.«
Sie grinsten jetzt alle, Bruce und Byrne offen, Henry hinter seiner Hand.
John schob die Fäuste in die Taschen. Die zurückgehaltene Wut schlug wie ein heißes Tuch in sein Gesicht. Er atmete ein paarmal tief und schnell durch, dann wandte er sich an Sam.
»Bring mir die Karte!«
»Wofür brauchst du sie?« fragte Sam.
»Bring mir die Karte!« wiederholte John.
Sam öffnete den Mund, schloß ihn wieder und ging um den Jeep herum. Als er die Karte brachte, sah sein Gesicht grau aus. »Du machst einen Fehler«, sagte er leise.
John achtete nicht darauf. Er studierte die Karte beim Licht seiner Taschenlampe, faltete sie dann sorgfältig zusammen und blickte Bruce an. »Sie nehmen Byrne mit und suchen nach der Schraubenmutter. Vergessen Sie Ihre Taschenlampe nicht.«
Bruce hörte auf zu grinsen. »Das ist eine Schikane, Sergeant. Sie wissen so gut wie ich, daß wir die Mutter bei Nacht und im Schnee nicht finden können. Wir sind vierzig Meilen gefahren.«
»So weit brauchen Sie nicht zu laufen«, sagte John. »Es ist jetzt halb zehn, bis ein Uhr können sie in Rasdorf sein; dort warten Sie auf uns. Wenn wir mit der Patrouille fertig sind, kommen wir den gleichen Weg zurück.«
»Das sind fünfzehn Meilen«, sagte Bruce gepreßt.
»Dreizehn«, sagte John. »Wenn Sie die Schraubenmutter vorher finden, brauchen Sie nicht nach Rasdorf; nach Thaiden ist es nur eine Meile.«
»Es ist eine Schikane!« sagte Bruce wieder. »Ich werde mich beim I. G. beschweren.«
»Vergessen Sie Ihren Kongreßmann nicht. Jetzt machen Sie, was ich Ihnen befohlen habe.«
Bruce blieb noch einen Augenblick stehen, dann holte er seine Taschenlampe und sein Gewehr aus dem Jeep. »Das kann er gar nicht!« sagte er laut. »Er kann die Patrouille nicht mit zwei Männern weiterfahren.«
»Genausogut können wir die Mutter schon in Thüngerstadt verloren haben!« sagte Byrne aufsässig. »Warum schickt er uns nicht gleich nach Thüngerstadt?«
»Das können Sie auch haben«, sagte John ruhig, »wenn Sie in einer Minute noch hier sind.«
Bruce packte Byrne beim Arm. »Komm! Ich mache alles, was mir befohlen wird. Was ich hinterher mache, ist meine Sache.«

»Meine auch!« sagte Byrne. »Verdammt noch mal, da kannst du dich drauf verlassen. Es ist in der Armee nicht so, daß jeder Sergeant seinen Dreck anderen in die Schuhe schieben kann.«
Er war so aufgeregt, daß er stotterte. Nach zehn Schritten blieb er wieder stehen und schrie: »Ich weiß warum, aber das macht Sie auch nicht anders!«
John ging auf ihn zu. Er merkte es erst etwas später, als er wieder zur Besinnung kam und Sam sich mit seinem ganzen Gewicht an ihn hängte. Dann sah er wieder Byrne hinter Bruce den Hohlweg hinunterlaufen, und nie hatte er einen Mann so laufen sehen. Er verfolgte sie mit dem Blick, bis sie aus dem Scheinwerferlicht waren.
»Es ist schon vorbei«, sagte er ruhig.
Sam ließ ihn los; er brachte vor Schreck keinen Ton hervor. »Es passiert mir selten«, murmelte John.
Auf dem Weg zum Jeep trat er auf die Karte. Er hob sie auf und sah sich nach der Taschenlampe um. Sie lag noch dort, wo er gestanden hatte, bevor er auf Byrne losgegangen war. Aus den Augenwinkeln bemerkte er Henry, der ihn regungslos anstarrte. Er ging an ihm vorbei und machte die Scheinwerfer aus. Nun, da keiner mehr sein Gesicht sehen konnte, brauchte er nicht länger auf seine Augen aufzupassen.
Die Böschung auf der rechten Seite war niedriger und oben mit dürrem Gesträuch bewachsen, dahinter standen ein paar verkrüppelte Obstbäume. John stieg hinauf und blickte sich um. Die verschneiten Äcker hoben sich scharf vom Himmel ab, weiter hinten eine bewaldete Bergkuppe, und am westlichen Horizont zuckten die Lichtbalken rotierender Scheinwerfer über den Himmel.
Er beobachtete sie eine Weile, dann merkte er, daß Sam wieder neben ihm stand, klein, mager und immer da. Er war der einzige Mensch, den er hatte.
»Byrne hat keine eigene Meinung«, sagte er. »Bruce hält ihn im Casino aus.«
»Ich weiß«, sagte John.
»Er hält alle aus«, sagte Sam. »Wenn einer von der Gruppe Geld braucht, geht er zu Bruce. Er verlangt es nie zurück, wenn's einer mal vergißt.«
»Ich weiß es«, sagte John.
»Sie behaupten, er sei der beste Kamerad im Regiment«, sagte Sam. »Ingram hat mir erzählt, daß er sich einen Wagen kaufen und die Männer einladen will, sonntags mit ihm fortzufahren.«
John schwieg. Es wäre nicht so schlimm gewesen, wenn er sich nicht schon selbst dabei ertappt hätte, daß er Bruce beneidete.

Er hatte vier Semester Architektur studiert. Wenn er seine Militärzeit herum hatte, würde er fertigstudieren, mit dem Geld seines Vaters ein Büro aufmachen und ein erfolgreicher Architekt werden. Er war ein gutaussehender junger Mann mit einem reichen Vater, und er würde Mädchen haben können, so viele er wollte, schöne, hochmütige Mädchen, mit langen, braungebrannten Beinen, schneeweißen Brüsten und gepflegten feinknochigen Händen. Sie waren nicht schöner als die schmalhüftigen, hochgewachsenen Herero- und Wanyakusa-Frauen, nicht anmutiger als die Venda-Mädchen und nicht stolzer als die Frauen von Salisbury und Umtali, aber sie würden eher den primitivsten Hafenarbeiter aus New York heiraten als einen farbigen Anwalt aus Salisbury. Sie würden ihn, John, nie so anschauen, wie sie einen weißen Mann anschauten, nie so, wie sie Bruce anschauten, der sich bei jeder Gelegenheit damit brüstete, mindestens einmal in der Woche ein anderes Mädchen im Wagen gehabt zu haben, mindestens einmal in der Woche ein anderes dieser braungebrannten Mädchen, die so kolossal hochmütig sein konnten, wenn ein Farbiger ihren Weg kreuzte, und so unsagbar billig, wenn ein Mann wie Bruce ein Auge auf sie hatte, so erschreckend primitiv in dem, was sie ihm auf die Rückseite ihrer Fotografien geschrieben hatten, und so völlig hemmungslos, wenn sie sich von ihm fotografieren ließen, im Bikini, im halboffenen Pyjama oder mit nackten Schultern unter einer Bettdecke, obgleich sie wissen mußten, daß er die Bilder herumzeigen würde. Ein Mädchen wie Claire würde sich nie im halboffenen Pyjama fotografieren lassen, aber es machte es nur noch hoffnungsloser. Vielleicht hätte er sich nie gewünscht, ein weißes Mädchen zu haben, wenn es für ihn genauso einfach wäre wie für Bruce. Es gab Augenblicke, wo er wie von Sinnen war, und es war gut, in solchen Augenblicken allein zu sein. Vor elf Jahren hatte es angefangen, als er halbtot nach Hause gebracht worden war, weil er ein weißes Mädchen angelächelt hatte. Er hatte sich nichts dabei gedacht, aber das weiße Mädchen hatte ihm mitten ins Gesicht gespuckt, und dann waren ihre Begleiter über ihn hergefallen, junge, stämmige Männer, und während er am Boden gelegen hatte und sie auf ihn einschlugen und auf ihm herumtrampelten, hatte er immer nur das weiße hochmütige Gesicht des jungen Mädchens gesehen, und er hatte es sein Leben lang nicht mehr vergessen.

Neben sich vernahm er wieder Sams Stimme: »Hörst du mir überhaupt noch zu?«

Er hatte ihm nicht mehr zugehört, aber er wollte ihn nicht kränken, und nickte.

»Es sind nur die Alten«, fuhr Sam fort, »sie haben ihn so erzogen. Für die Farmer in Mississippi sind die Farbigen heute noch das, was sie schon vor hundert Jahren für sie waren. Sie werden sich nie damit abfinden, daß sie sie nicht mehr als Sklaven behandeln können. Ich wette meinen Buick, daß Bruce zum erstenmal in seinem Leben von einem Farbigen Befehle entgegennehmen muß.«
»Es ist eine Zumutung«, sagte John und sah sich nach Henry um. Er stand noch auf derselben Stelle im Hohlweg und blickte zu ihnen herauf. »Sie können die Jeeps einweisen!« sagte John zu ihm. »Gehen Sie hinunter auf die Straße und warten Sie dort, bis sie kommen.«
Henry setzte sich stumm in Bewegung.
»Warum hast du Byrne mitgeschickt und nicht ihn?« fragte Sam.
»Warum ihn, wenn es Bruce so lieber gewesen wäre?«
Sam seufzte. »Es war ein Fehler, John«, sagte er. »Horne ist bestimmt nicht Denson.«
»Kennst du Horne?«
»Kennst du Chumley?«
»Horne ist nicht Chumley«, antwortete John gleichgültig. Er wußte so gut wie Sam, daß ihm eine harte Auseinandersetzung bevorstand, aber es machte ihm nichts mehr aus.
»Beweisen kannst du es ihnen nicht«, murmelte Sam, »darüber mußt du dir im klaren sein. So etwas läßt sich nicht beweisen. Ich hätte an deiner Stelle darauf bestanden, daß sie versetzt werden.«
»Mit welcher Begründung?«
»Wenn Sie wenigstens Rückgrat hätten«, murmelte Sam. »Sie werden nie zugeben, daß es das ist. Schau dir Calhoun an. Er hat es nach fünfzehn Jahren zum Major gebracht. Wenn er eine weiße Haut hätte, wäre er schon lange General. Er ist einer der intelligentesten Offiziere, die ich kenne.
»Und?«
»Nur so«, murmelte Sam. Er schob die Hände in die Taschen und blickte unglücklich in die Nacht. »Die Armee ist nicht schlecht, John, aber es ist hier genauso wie daheim; man muß den richtigen Platz erwischen, und in der Armee wird dir dein Platz zugewiesen. Ich würde an deiner Stelle nicht in der Armee bleiben. Du mußt hier immer nehmen, was du kriegst.«
»Du mußt überall nehmen, was du kriegst«, erwiderte John. »In der Armee habe ich wenigstens die Möglichkeit, mich zu wehren.«
»Wenn du es so siehst ...«
»Ich habe keine andere Wahl, als es so zu sehen. Als Sergeant

weiß ich, wer ich bin, als Zivilist bin ich, wozu man mich macht. Warum, denkst du, habe ich mich angestrengt, Sergeant zu werden? Die Armee ist humaner als die habilitierten Humanisten auf der Lansing-State-Universität. Seit ich diese Uniform anhabe, juckt mich meine Haut lange nicht mehr so oft wie früher.«

»Trotzdem!« sagte Sam. Manchmal sah er es so klar vor sich wie eine Landschaft, aber immer, wenn er versuchte, es John begreiflich zu machen, stolperte er über die Unzulänglichkeit seiner Ausdrucksmittel. »Wenn du mich fragst«, meinte er, »mir wäre es in der Armee auf die Dauer zu eng. Du kannst deine Ellbogen nie weiter auseinandernehmen als bis zu deinem Nebenmann.«

John lächelte. »In der Armee habe ich wenigstens einen Nebenmann; in Lansing nicht. Wir beide hätten uns ohne die Armee nie kennengelernt.«

»Quatsch!« sagte Sam und wurde rot wie ein Mädchen; John sah es in der Dunkelheit.

Sie standen noch immer oberhalb der Böschung, und sie waren von daheim weg, aber sie wußten, daß sie sich aufeinander verlassen konnten.

»Wenn du einmal meinen Wagen brauchst«, sagte Sam. »Ich meine, wenn sie dir das Geld zurückbringt.«

»Das glaube ich nicht. Sie wird es mit der Post schicken.«

»Ist sie hübsch?«

»Nicht besonders«, antwortete John. Dann sah er die Scheinwerfer. Es waren zwei Fahrzeuge, die sich rasch der Stelle näherten, wo der Hohlweg von der Straße abzweigte. Unten blieben sie plötzlich stehen. »Sie haben Henry getroffen«, sagte Sam.

Sie warteten, aber es dauerte lange. Nach fünf Minuten war John davon überzeugt, daß ihr Aufenthalt nicht allein mit Henry zusammenhängen konnte.

»Ich verstehe das nicht«, murmelte Sam nervös. »Was haben sie so lange zu quatschen?«

John stieg die Böschung hinunter und schaltete die Scheinwerfer seines Jeeps ein. Obwohl er fror, waren seine Handteller feucht, er wischte sie an der Hose ab. – Denson müßte hier sein, dachte er.

»Hast du eine Erklärung dafür?« fragte Sam nervös.

»Eine Vermutung. Vielleicht haben sie Henry nicht allein getroffen.«

»Du meinst ...«

»Eine Vermutung«, wiederholte John ruhig.

Sam kam zu ihm herunter. »Es ist ausgeschlossen, John. Die Jeeps kamen von der anderen Seite. Sie können Bruce und Byrne nicht begegnet sein.«

»Vorausgesetzt, Bruce und Byrne haben auf der Straße nicht auf sie gewartet.«
»Das wäre ein glatter Fall von Insubordination«, sagte Sam. »Sie sind vor einer Dreiviertelstunde wegmarschiert; zur Straße sind es nicht mehr als fünf Minuten.«
»Höchstens«, sagte John. »Ich glaube, da sind sie!«
Er blickte den Hohlweg hinab. Zuerst sahen sie nur das Licht der Scheinwerfer, dann kamen sie langsam um die nächste Krümmung. Noch ehe sie da waren, vernahm John die befehlende Stimme von Leutnant Horne. Er stand aufrecht neben dem Fahrer. Als John zu ihm trat, nickte er flüchtig, kletterte aus dem Jeep und lief an die Unfallstelle.
John wartete noch, bis auch der zweite Jeep herangekommen war und Bruce, Henry und Byrne herausstiegen. Er blickte in ihre grinsenden Gesichter, dann folgte er Leutnant Horne, der die Rutschspuren auf der linken Böschung betrachtete und ein Notizbuch in der Hand hielt. »Wer saß am Steuer?« fragte er.
»Ich, Sir!« Sam kam mürrisch näher. »Es wäre jedem an meiner Stelle passiert.«
»Danach habe ich Sie nicht gefragt«, sagte Leutnant Horne. Obgleich erst siebenundzwanzig Jahre alt, war er nach Denson der dienstälteste Offizier in der Kompanie. Sein Vater saß im Kongreß. Wenn Denson in die Staaten zurückkehrte, würde Horne erster Leutnant und Kompanieführer werden. Sein Weg war so klar vorgezeichnet wie das Dienstreglement in der Armee. Seine Männer schätzten ihn als fair, unbestechlich und konziliant. Da er den zweiten Zug führte, hatte John nur dann mit ihm zu tun, wenn er Grenzoffizier vom Dienst war.
Er ging um die beiden Jeeps herum, leuchtete mit der Taschenlampe den eingedrückten Kühler ab und blickte Sam an. »Wie erklären Sie sich den Vorfall?«
Sam zuckte mürrisch mit den Schultern; Hornes Art lag ihm nicht. »Der Lenkstockhebel hat sich aus dem Konus gelöst; wir haben die Mutter verloren.«
»Sie war noch dran, als Sie aus der Kaserne wegfuhren?«
»Jawohl, Sir.«
»Sie haben sich davon überzeugt?«
»Ich nicht. Sergeant Baako ...«
»Danke«, sagte Leutnant Horne knapp.
Er winkte den Fahrer seines Jeeps zu sich heran. »Bringen Sie die Sache in Ordnung, Dean! Haben Sie die Ersatzmutter?«
»In der Tasche, Sir«, antwortete Dean. Er gehörte zum Werkstattzug.

John beobachtete, wie er zu seinem Jeep ging und mit einem Schraubenschlüssel zurückkehrte. Als er unter den Wagen kroch, wandte sich John an Leutnant Horne: »Sie sollten es sich vorher anschauen, Sir«, sagte er ruhig.
»Was?«
»Die Schraube vom Lenkstockhebel. Wenn Sie die Ersatzmutter aufschrauben lassen, läßt sich hinterher nichts mehr feststellen.«
Horne blickte über die Schulter hinweg in sein Gesicht. »Feststellen? Was?«
»Daß die Befestigungsmutter gewaltsam entfernt worden ist«, sagte John. »Sie sehen es am Gewinde; die Mutter war festgerostet.«
Horne kam von der anderen Seite des Jeeps zu ihm herüber. »Ich habe schon so etwas gehört. Wie kommen Sie dazu, zwei Ihrer Männer nach Rasdorf zu schicken?«
»Ich hatte meine Gründe, Sir. Wenn Sie erlauben ...«
Horne unterbrach ihn kühl: »Wir sprechen morgen darüber. Sie scheinen sich über Ihre Aufgabe als Patrouillenführer ein völlig falsches Bild zu machen!«
»Das glaube ich nicht, Sir«, sagte John mit erzwungener Ruhe. »Ich hätte den Wagen selbst gefahren. Ich glaube auch nicht, daß es Captain Denson gleichgültig ist, wenn er erfährt, daß zwei meiner Männer sich weigerten, einen dienstlichen Befehl auszuführen.«
»Ihr Befehl wurde von mir aufgehoben«, erwiderte Horne kühl. »Ich stelle es Ihnen anheim, sich darüber bei Captain Denson zu beschweren. Im Augenblick haben Sie jedenfalls Wichtigeres zu tun. Sind Sie fertig?«
Seine letzten Worte galten Dean, der jetzt unter dem Jeep hervorkam.
»Erledigt, Sir«, sagte er. »Diesmal sitzt sie fest.« Er grinste John an. »Sie sind der erste, dem so etwas passiert, Sergeant! Ein Achsenbruch kann jedem passieren.«
Er ging mit Leutnant Horne zum hinteren Jeep und betrachtete ihn. »Da ist nichts zu machen, Sir. Wir müssen ihn abschleppen.«
»Worauf warten Sie noch, Sergeant?« fragte Horne.
John hob den Kopf. Wie durch einen weißen Nebel sah er die zufriedenen Gesichter von Bruce, Henry und Byrne. Dann fühlte er wieder Sams Hand an seinem Arm und die Wärme, die von ihr ausging. Er fühlte sie so deutlich, als hätte er die Hand auf seinem bloßen Arm liegen, und er lächelte darüber.

5

Seine Eltern hatten ihn in der Nacht nicht heimkommen hören. Obwohl er nur ein paar Stunden geschlafen hatte, wachte er früh auf. Er blieb noch eine Weile im Bett liegen und wartete, bis oben die Schlafzimmertür ging. Seine Mutter stand immer als erste auf. Sie würde jetzt ins Bad gehen, dann zurück ins Schlafzimmer und schließlich in die Küche. Sobald sie das Kaffeewasser aufgesetzt hatte, weckte sie ihren Mann. Fred ließ sich in der Regel längere Zeit, er war schneller fertig als sein Vater, weil er sich elektrisch rasierte.

Heute waren sie später dran als sonst. Zwischen den Feiertagen gab es wenig zu tun. Sein Vater würde erst gegen Mittag nach der Post schauen und dann wieder zurückkommen. Der Tag war wie geschaffen, ein ernstes Wort mit ihnen zu reden, und Fred war fest entschlossen, es zu tun.

Er begegnete seiner Mutter, als er die Treppe hinaufstieg. Sie kam im Morgenrock aus der Küche und hätte vor Schreck fast das Tablett mit dem Frühstück fallen lassen; ihr Gesicht färbte sich zitronengelb.

Irgendwie hat sie es mit der Galle, dachte Fred. Er lächelte sie beruhigend an. »Kein Grund zur Aufregung. Wir sind heute nacht zurückgekommen, ich wollte euch nicht stören.«

»Es ist etwas passiert«, flüsterte sie.

Fred küßte sie auf die Wange. »Es ist nichts passiert, Mama. Wir hatten eine kleine Auseinandersetzung, ich erzähle es euch beim Frühstück. Ist er im Bad?«

»Nein.« Sie hatte sich von ihrem Schreck noch nicht erholt. »Es ist wirklich nichts passiert?«

»Wirklich nicht«, sagte Fred beruhigend. Er hatte seine Eltern sehr gern. Der Gedanke, sie einmal verlieren zu müssen, erschien ihm heute noch genauso unfaßbar wie vor vielen Jahren, als er sich zum erstenmal mit ihm beschäftigt hatte. »Ich komme sofort«, sagte er, »wenn ich mich rasiert habe.«

Während er wieder die Treppe hinunterstieg, fühlte er ihren Blick im Rücken. Es schmerzte ihn, daß er ihr diese Aufregung bereiten mußte. Alles wegen eines Niggers, dachte er bitter.

Er behielt auch nach dem Rasieren den Morgenrock an, während sein Vater wie immer korrekt angezogen am Tisch saß, im dunklen Einreiher und Weste.

»Du hättest uns wecken sollen«, sagte er vorwurfsvoll. »Deine Mutter hätte fast einen Herzschlag bekommen.«

»Wo ist sie?« fragte Fred besorgt.

»In der Küche. Warum hast du uns nicht geweckt?«
»Wenn ich euch geweckt hätte«, erwiderte Fred, »wäret ihr noch mehr erschrocken. Ich habe noch daran gedacht, euch anzurufen oder ein Telegramm zu schicken, aber mit Andeutungen hätte ich es wahrscheinlich schlimmer gemacht, als es ist. Es war eine Laune von Claire, sonst nichts.«
»Sie ist mir in letzter Zeit zu unausgeglichen«, brummte Fehrenbach. »Irgendwas geht in dem Mädchen vor. Ihr habt euch gestritten?«
Fred wartete mit der Antwort, weil seine Mutter hereinkam. Sie stellte das Geschirr auf den Tisch und wischte sich eine Haarsträhne aus dem Gesicht.
»Teils, teils. Ich wollte es euch ursprünglich nicht sagen, aber ...«
»Was wolltest du uns nicht sagen?« fragte Fehrenbach ungeduldig. »Ist etwas vorgefallen?«
»Am Weihnachtsabend, als ich zu ihr nach Hause kam. Sie hatte Besuch bei sich.«
»Claire?«
»Sie hat den Neger mit nach Hause genommen«, sagte Fred.
Es breitete sich wie eine giftige Blase im Zimmer aus. Noch ehe er es ganz ausgesprochen hatte, kamen ihm Zweifel, ob es richtig gewesen war. Er blickte in das versteinerte Gesicht seiner Mutter, in das von ungesunder Röte gefärbte Gesicht seines Vaters, und er beeilte sich, dem Inhalt seiner Worte wenigstens ihren schrecklichen Verdacht zu nehmen.
»Natürlich ist nichts passiert«, sagte er hastig. »Ich vermute, er hat es verstanden, ihr Mitleid zu wecken; sie hat ihn zu einem Glas Wein eingeladen.«
Fehrenbach faßte sich zuerst. Die Röte in seinem Gesicht verwandelte sich in ein stumpfes Grau. Er stand auf, als ob es ihm im Sitzen zu eng geworden wäre, machte ein paar unsichere Schritte durchs Zimmer und kehrte an den Tisch zurück. »Wurden sie von jemandem gesehen?«
Fred schüttelte den Kopf. Er hatte sich die Wirkung seiner Worte nicht so explosiv vorgestellt und verlor jetzt die Lust, ihnen auch von der Geldüberweisung zu erzählen.
»Wir könnten das Büro zumachen«, sagte Fehrenbach. Er setzte sich wieder an den Tisch und starrte geistesabwesend vor sich hin. »Ich hätte es ihr nicht zugetraut«, murmelte er.
»Du nicht!« sagte seine Frau. Ihre Stimme klang wie das Zischen ausströmender Luft. »Ich habe immer gewußt, daß sie zu allem fähig ist. Sie ist ein undankbares, unberechenbares Geschöpf. Ich werde mit ihrem Vater reden.«

»Das wirst du nicht tun«, entgegnete Fred. Sein Verhältnis zu seinen Eltern war immer gut gewesen. Er war von ihnen verwöhnt worden, und sie hatten für seine Zukunft gesorgt, aber jetzt ging es um mehr.

»Außer uns weiß kein Mensch davon«, sagte er ruhig. »Ich werde dafür sorgen, daß sie sich nicht mehr mit ihm trifft. Notfalls kann man noch mehr tun, ich glaube aber nicht, daß es nötig sein wird. Überhaupt wäre es mir lieb, du würdest dich in Zukunft nicht mehr soviel mit ihr befassen. Sie hat bereits angedeutet, daß sie später eine eigene Wohnung haben möchte. Solange du bei jeder unpassenden Gelegenheit zu uns ins Zimmer kommst, kann ich es ihr schlecht ausreden.«

»Wenn es ihr nicht paßt, soll sie gehen. Du findest zehn andere für sie.«

»Ich möchte keine zehn andere, ich werde Claire heiraten, und wenn es sich herausstellen sollte, daß es unter einem Dach nicht guttut, müssen wir uns in Gottes Namen eine eigene Wohnung suchen. Ich ziehe mich jetzt an.« Er verließ so rasch das Zimmer, daß sie keine Zeit zu einer weiteren Entgegnung fand.

»So hat es kommen müssen«, murmelte Fehrenbach. Er schob angewidert seine Tasse von sich. »Ich glaube ja auch nicht, daß sie etwas mit diesem Kerl gehabt hat. Das Mädchen ist eben eigensinnig.«

»Sie ist nicht eigensinnig, sie ist hemmungslos«, sagte seine Frau. Sie suchte in ihrem Morgenrock nach einem Taschentuch und preßte es gegen die Augen. Seelische Erschütterungen endeten bei ihr regelmäßig in Tränenausbrüchen. Sie hatten die Wirkung eines Ventils, schufen ihr Erleichterung und beschleunigten die Wiederherstellung ihrer inneren Ordnung.

Fehrenbach seufzte. »Sie kennen sich schon zu lange. Vielleicht haben wir ihnen zuviel Gelegenheit gegeben.«

»Sie hätten sie auch ohne uns gefunden«, erwiderte seine Frau schroff. »Wie war es bei uns? Mir ist es jedenfalls lieber, sie sind hier im Haus als sonstwo. Fred ist alt genug, er hätte schon vor zehn Jahren heiraten können.«

»Eine Studentin kann nicht heiraten«, murmelte Fehrenbach. »Das leuchtet mir ein. Er hätte sich ein anderes Mädchen suchen müssen. Damals warst du von ihr genauso angetan wie er.«

»Ich wußte zuwenig von ihr«, sagte seine Frau und stand auf. Sie schob das Taschentuch in den Morgenrock zurück, ihrem Gesicht war nichts mehr anzumerken. »Ich rede noch einmal mit ihm. Er hat uns noch nicht erzählt, warum sie sich in Oberstdorf gestritten haben.«

Fred war noch beim Anziehen. »Wieder beruhigt?« fragte er lächelnd. Sie half ihm in die Jacke, hob seinen Pyjama vom Boden auf und legte ihn auf die Bettcouch. »Du fährst zu ihr?« fragte sie dann.

Fred betrachtete sich im Spiegel. Der graue längsgestreifte Anzug ließ ihn schlanker erscheinen, als er war. Er fand, daß er gut aussah. »Ich habe es vor«, sagte er. »Wahrscheinlich ist sie jetzt wieder zur Vernunft gekommen.«

»Warum habt ihr euch gestritten?«

Sie wirkte jetzt so ruhig, daß er sich ernsthaft überlegte, ob er ihr nicht doch von der Geldüberweisung erzählen solle, aber dann entschied er sich dagegen.

»Ich habe das Gespräch nochmals auf den Schwarzen gebracht«, sagte er gleichgültig. »Sie bekam so etwas wie einen Koller. Ich bringe das schon wieder in Ordnung, verlaß dich drauf.«

Sie betrachtete ihn voll mütterlichen Stolzes. Er war ein guter Junge, und sie liebte ihn über alles. In manchen Nächten konnte sie nicht einschlafen, weil die Vorstellung, ein neuer Krieg könnte ihn ihr wegnehmen, sie bis zur Atemlosigkeit entsetzte.

»Es klappt doch zwischen euch?«

Fred blickte vom Spiegel zu ihr hin. »Warum nicht?«

»Wenn ein Mädchen einem Schwarzen nachläuft, ist sie entweder pervers oder unausgeglichen. Ich glaube nicht, daß Claire eine perverse Veranlagung hat.«

»Man kann es sich schwer vorstellen«, sagte Fred. »Unausgeglichen war sie schon immer.«

Seine Mutter wandte sich der Bettcouch zu, klappte sie auf und fing an, das Bettzeug in den Kasten zu legen. »Vielleicht liegt es an dir.«

»Wieso an mir?«

»Vielleicht gibst du dir zuwenig Mühe mit ihr.«

Fred wurde ein wenig rot. So offen hatte sie noch nie mit ihm gesprochen. »Das glaube ich nicht«, sagte er verlegen.

Wenn er ehrlich zu sich war, mußte er eingestehen, daß es in sexueller Hinsicht zwischen Claire und ihm nur noch ganz selten zu einer Übereinstimmung kam. Er führte es auf ihre durch das näher rückende Examen bedingte Nervosität und Unkonzentriertheit zurück.

Seine Mutter war jetzt fertig geworden. Sie klappte die Bettcouch zu und strich ihm zärtlich über die Wange. »Du genierst dich doch nicht, mit mir darüber zu reden?«

»Aber woher denn!« sagte er verlegen. Er hätte ihr sagen können, daß er zwei dicke Bücher im Schrank stehen hatte, die sich

ausführlich mit diesen Problemen beschäftigten, aber eine winzige Barrikade von Schamgefühl hinderte ihn daran. Obgleich ihm das Thema unangenehm war, empfand er es nicht als unschicklich, daß seine Mutter davon sprach. Er hatte nie Geheimnisse vor ihr gehabt, und vielleicht war dies auch der Grund, weshalb sein Verhältnis zu ihr fast noch genauso war wie vor fünfundzwanzig Jahren.
Sie nickte befriedigt. »Als Frau kann ich Claire besser beurteilen. Sie gehört nicht zu jenen, die Ansprüche stellen.«
»Vielleicht«, sagte Fred, aber er war anderer Meinung. Claire war nicht der Typ für das, sie wurde rasch ungeduldig und hinterher apathisch. Er holte seinen Mantel aus dem Schrank.
»Wenn sie ihr Examen hat, wird alles anders. Sie ist jetzt nervös. Wo habe ich nur meine Handschuhe?«
»Ich habe sie an der Garderobe liegen sehen«, sagte seine Mutter. Sie ging mit ihm hinaus und sah zu, wie er die Handschuhe anzog und seinen Hut aufsetzte.
»Was ich noch fragen wollte«, sagte er in nebensächlichem Ton, »Irmgards Mann kennt doch den Bürgermeister?«
»Sie sind Parteifreunde. Warum fragst du?«
»Es war nur so ein Einfall.« Er küßte sie auf die Wange. »Ich beeile mich, vielleicht will er mit dem Wagen ins Büro.«
»Er kann heute mit der Straßenbahn fahren. Willst du ihr die Weihnachtsgeschenke mitnehmen?«
Er hatte sie schon nach Oberstdorf mitnehmen wollen, aber seine Mutter hatte darauf bestanden, daß Claire sie selbst abholte.
»Vielleicht kann ich sie dazu bewegen, heute abend herzukommen«, sagte er.
Auf dem Weg zur Garage und während der ganzen Fahrt zu Claire lächelte er über seine Mutter. Sie ist eine großartige Frau, dachte er.
Ruth machte ihm die Tür auf. Ihre Art, ihn mit ihren graugrünen Augen anzusehen, hatte schon des öfteren den Wunsch in ihm wach werden lassen, sie zu verführen, aber er wußte, was er sich selbst und seiner Familie schuldig war. Ein Mann von Stellung und Charakter ließ sich nicht mit einem Dienstmädchen ein, auch wenn es so aussah wie Ruth.
Es fiel ihm plötzlich auf, daß Ruth Claires Frisur imitierte. Sie trug die blonden Haare kurzgeschnitten und in die Stirn gekämmt. Ihr ovales Gesicht mit dem großen scharfbegrenzten Mund wirkte trotz ihrer neunzehn Jahre noch unfertig und wie von einer dünnen Fettschicht überzogen, aber dieser Eindruck war oberflächlich und wurde durch ihre Figur widerlegt. Fred hatte sie nie

anders als in enganliegendem Pullover und ebenso enganliegenden Hosen gesehen. Die Schürze, die sie trug, war so bunt wie ein Gemälde von Matisse.

»Fräulein Heggelbacher ist im Bad«, sagte sie. »Sie ist eben erst aufgestanden.«

Ruth hatte eine tiefe, fast männliche Stimme, die Fred jedesmal in Staunen versetzte. Zweifellos war sie ein ausgefallener Typ.

Er ließ sich von ihr aus dem Mantel helfen, hängte seinen Hut sorgfältig an die Garderobe und prüfte den Sitz seiner Krawatte. Im Spiegel konnte er sehen, daß Ruth ihn beobachtete.

»Es war spät heute nacht«, sagte er.

Ruth lächelte. »Ich habe Fräulein Heggelbacher kommen hören.«

»Hat sie Sie aufgeweckt?«

»Ich höre sie immer heimkommen.«

Es wäre eine Möglichkeit, dachte Fred, für alle Fälle. Man müßte wissen, ob sie dichthält.

»Sie sind doch ein vernünftiges Mädchen, Ruth«, sagte er, in den Spiegel schauend. »Wollen Sie mir einen Gefallen tun?«

»Gern, Herr Fehrenbach«, sagte sie lächelnd.

Fred blickte zum anderen Ende des Flurs, wo das Bad lag. »Ist sie schon lange im Bad?«

»Höchstens fünf Minuten.«

»Kommen Sie mit!« sagte Fred.

In Claires Zimmer sah er sich rasch um. Ihr Bett war noch nicht gemacht, ihr Nachthemd lag über einem Sessel, das Fenster stand weit offen. Er machte es zu und betrachtete einen Augenblick lang die verschneiten Berge jenseits des Flusses und den grauen Winterhimmel. Es war ihm nicht ganz wohl bei der Sache, und er fühlte sich wie ein Mann, der eine unsichere Eisdecke betritt. Andererseits beruhigte er sich damit, daß nun, wo Claire ohnedies bald das Haus verlassen würde, für Ruth kein Grund mehr vorlag, ihr besonders gefällig zu sein.

»Sie wissen sicher, daß Fräulein Heggelbacher und ich bald heiraten werden«, sagte er. »Oder hat sie es Ihnen noch nicht erzählt?«

Als er keine Antwort bekam, drehte er sich um. Sie stand an der Tür, einen merkwürdigen Ausdruck im Gesicht.

»Hat sie es Ihnen nicht erzählt?« fragte er wieder.

Sie machte eine unbestimmte Bewegung.

Fred lächelte. »Ich glaube, es fällt Ihnen schwer, sich von ihr zu trennen?«

»Ich habe mich an sie gewöhnt.«

Er blickte sie nachdenklich an. »Wenn Sie bei ihr bleiben möch-

ten: es kann gut sein, daß wir später selbst ein Mädchen brauchen. Bis dahin können Sie ja noch Herrn Heggelbacher den Haushalt führen, oder wollen Sie nicht mehr so lange arbeiten?«
»Das weiß ich noch nicht.«
Es lief nicht so, wie er es erwartet hatte. Wenn er eine Sache nicht auf Anhieb schaffte, verließ ihn regelmäßig der Mut. Er ging zum Tisch und schlug eine Zeitung auf. »Jedenfalls wissen Sie jetzt, daß die Möglichkeit besteht«, sagte er kurz.
Es klang nach einer Verabschiedung, aber sie blieb auf ihrem Platz an der Tür stehen.
»Ist noch etwas?« fragte Fred, in die Zeitung blickend.
»Sie wollten mich doch um einen Gefallen bitten«, antwortete sie. »Betrifft es Fräulein Heggelbacher?«
»Vielleicht.« Fred legte die Zeitung weg. »Ich weiß nicht, ob Sie etwas für sich behalten können.«
»Oh, das kann ich!« sagte sie lebhaft. »Ich verrate nichts.«
Ihr Gesicht hatte wieder denselben Ausdruck wie vorhin. Er gefiel ihm nicht, und er hatte plötzlich das todsichere Gefühl, einen verhängnisvollen Fehler zu machen.
»Ich werde es mir überlegen«, sagte er. »Vielleicht komme ich noch einmal darauf zurück.«
Der Ausdruck in ihrem Gesicht wich unverhüllter Enttäuschung. Sie verschwand, ohne noch ein Wort zu sagen, durch die Tür. Bis Claire eintrat, zerbrach sich Fred den Kopf nach einer glaubwürdigen Erklärung, falls das Mädchen ihr von dem Gespräch erzählte.
Claire war im Bademantel. Er hatte sie kurz vorher auf dem Flur mit Ruth sprechen hören. Ihr Gesicht verriet keine Überraschung, als sie ihn sitzen sah.
»Früher konntest du nicht kommen?« fragte sie, aber es klang nicht unfreundlich, und er glaubte sogar die Andeutung eines Lächelns in ihren Augen wahrzunehmen. Sie sah frisch und ausgeruht aus. Jedesmal, wenn er sie mit Ruth verglich, verlor er das Bild des Mädchens aus seinem Gedächtnis.
»Ich habe schauderhaft geschlafen«, sagte er.
Sie ließ sich von ihm küssen, und es schien ihm, als ob ihr Mund weicher sei als sonst. »Du riechst gut«, sagte er. »Was ist das? Hautöl?«
»Vielleicht mein Puder«, antwortete Claire. »Bist du mit dem Wagen hier?«
»Ja, ich war so ungeduldig.«
Claire lächelte. »Wir haben uns schrecklich lange nicht mehr gesehen.«

»Mir ist es schrecklich lange vorgekommen«, sagte er ernsthaft. »Hast du gut geschlafen?«
»Ausgezeichnet!« sagte sie.
Es verletzte ihn, aber er hatte sich entschlossen, vernünftig mit ihr zu sprechen. Obwohl er sich Mühe gab, gelang es ihm nicht ganz, Unbefangenheit in seinen Ton zu legen. Als hätte sich die Erinnerung an den gestrigen Tag in ein feinmaschiges Netz verwandelt, fühlte er sich gehemmt, hilflos und wie von einer durchsichtigen Druckkabine umgeben. Es änderte sich auch nicht, als er Claire bei der Hand faßte und sie zum Sessel zog. Sie sträubte sich nicht, und ihre Augen waren wie immer, ein wenig neugierig und ein wenig gleichgültig. Er hatte oft versucht, hinter ihre Farbe zu kommen, aber sie änderte sich mit der Beleuchtung wie die Farbe eines Chamäleons. Ebensowenig hätte er zu sagen vermocht, was ihr Gesicht unter Hunderten hervorhob, vielleicht lag es an der Harmonie seiner Proportionen. Es gab nichts Unregelmäßiges an ihrem Gesicht und nichts, was man sich hätte anders vorstellen können, als es war.
Es hatte einmal eine Zeit gegeben, wo der bloße Gedanke, ein anderer Mann könnte ihm dazwischenkommen, ihm den Schweiß auf die Stirn getrieben hatte. Ihretwegen hatte er ein halbes Jahr schlecht geschlafen, seine Arbeit vernachlässigt und fünf Pfund Gewicht verloren. Er hatte alles durchgemacht, was ein Mann einer Frau wegen durchmachen kann, und jetzt saß sie auf seinem Schoß, und er spürte ihren Körper durch den Bademantel, die kühle glatte Haut ihrer Arme unter seinen Händen, und er wußte nicht, wie er beginnen sollte.
Obwohl sie es ihm leichter machte, als er erwartet hatte, war es nicht dasselbe wie sonst, und die winzige Bewegung, die es ihn gekostet hätte, ihren Gürtel zu öffnen, verlangte in dieser Sekunde größere Überwindung von ihm als eine Selbstdemütigung. Er fühlte sich noch immer im Recht, und er wartete darauf, daß sie etwas sagte, was ihm helfen würde, aus der Sackgasse seines Stolzes herauszukommen. Aber sie sagte nichts, und ihre Augen waren unverändert auf ihn gerichtet, etwas neugierig und etwas gleichgültig, geradeso, als ob sie die Handlung eines Theaterstückes verfolgte, das zu anspruchslos war, um ihren ungeteilten Beifall zu finden.
»Deine Weihnachtsgeschenke liegen noch bei uns«, sagte er schließlich, als das Schweigen peinlich wurde. »Willst du sie heute abend abholen?«
»Warum hast du sie nicht mitgebracht?«
»Es ist besser, du holst sie ab. Es wäre eine Gelegenheit, meine ich.«

»Wofür?«
Es verdroß ihn, daß sie sich so begriffsstutzig stellte. »Immerhin warst du seit dem Weihnachtsabend nicht mehr bei uns. Du mußt dich wieder einmal sehen lassen; sie hat das Kostüm selbst geschneidert.«
»Woher hatte sie die Maße?«
Fred grinste. »Von mir. Erinnerst du dich nicht?«
Sie erinnerte sich, er machte es öfter. Jedesmal, wenn in einer Zeitung oder Illustrierten die Taille- und Brustweite eines Filmstars publiziert wurde, verglich er sie mit ihren eigenen Maßen, um befriedigt festzustellen, daß weder Esther Williams noch Martine Carol mit ihr konkurrieren konnten.
»Eigentlich wollte ich heute abend arbeiten«, sagte Claire.
Fred runzelte die Stirn. »Wenn wir in Oberstdorf geblieben wären, hättest du heute abend auch nicht arbeiten können. Je länger wir damit warten, desto unangenehmer wird es. Es war dumm von uns, daß wir uns gestritten haben; findest du nicht auch?«
Claire nickte. Sie tat es gegen ihre Überzeugung, aber sie hatte sich, genau wie er, vorgenommen, vernünftig zu sein.
»Wir waren beide überreizt«, fuhr Fred fort. »Am besten ist es, wir reden nicht mehr davon. Hast du mich überhaupt noch gern?«
Es war eine schwierige Frage. Gestern hatte sie ihn gehaßt, an anderen Tagen war er ihr gleichgültig. Sie war sich nie ganz darüber schlüssig geworden, ob das, was sie mit ihm verband, nur noch Gewohnheit war. Früher war es mehr gewesen. Sie hatte es oft nicht abwarten können, ihn zu sehen.
»Das mußt du doch merken«, antwortete sie ausweichend.
»Ich weiß nicht. Manches Mal, ja. Aber gestern zum Beispiel ...«
»Du wolltest nicht mehr davon reden«, sagte Claire. Sie beobachtete, wie seine Hand mit der Schlaufe ihres Gürtels spielte. – Warum macht er ihn nicht endlich auf? dachte sie. Es war noch ein Widerstand in ihr, mit dem sie allein nicht fertig wurde.
Erst wenn ich mit ihr gesprochen habe, dachte Fred. Es ist besser, ich warte so lange. Er berührte mit dem Mund ihr Ohr, und sie nahm ihm die Zigarette aus der Hand und rauchte sie weiter.
»Das Geld schickst du ihm zurück«, sagte Fred, so gleichgültig, wie er konnte.
Er sah, wie die Bewegung, mit der sie die Zigarette gerade zum Mund führen wollte, plötzlich aufhörte, dann ließ sie den Arm sinken.
»Nein.«
»Warum nicht?«

»Es wäre unhöflich«, sagte Claire. »Ich werde es ihm bringen und mich bedanken.«
»Das kommt nicht in Frage!« sagte Fred.
Claire machte sich von ihm los; die Gelegenheit war endgültig verpaßt. Sie gab ihm die Zigarette und sah sich im Zimmer um, als ob sie etwas suchte.
»Hast du verstanden?« fragte Fred.
»Ich kann dir eines versprechen«, sagte sie, ohne ihn anzuschauen, »ich werde ihm das Geld bringen und ihn dann nie mehr treffen.«
Wenn sie sich jetzt wieder mit ihm trifft, dachte er, kommt sie nicht mehr von ihm los.
Er stand gleichfalls auf. »Wenn du zu ihm gehst, werden wir dafür sorgen, daß er von hier wegkommt.«
Sie blickte schnell in sein Gesicht. »Wer? Deine Eltern?«
»Ich und meine Eltern«, antwortete Fred. Er war so von ihr enttäuscht, daß er kaum reden konnte.
»Du hast es ihnen erzählt?«
»Noch nicht.« Er wäre beim Sprechen fast über seine Lüge gestolpert und wurde ein wenig rot. »Aber ich werde es ihnen erzählen, wenn du zu ihm gehst, sie haben Beziehungen zum Bürgermeister.«
»Und weiter?« fragte Claire.
Sie stand kerzengerade da, und er versuchte, in einem jähen Besinnen, sich noch einmal an seine guten Vorsätze zu klammern, aber die Strömung seiner Erregung war stärker. Er verlor ganz plötzlich die Beherrschung und trat dicht vor sie hin. »Das Weitere wirst du dann sehen«, sagte er laut. »Die Amerikaner hier legen Wert auf ein gutes Verhältnis zu der Bevölkerung. Wenn der Bürgermeister dem Regimentskommandeur einen Wink gibt, schicken sie deinen John nach Amerika zurück.«
»Das habt ihr euch fein ausgedacht«, sagte Claire unverändert ruhig. »Hoffentlich macht der Regimentskommandeur mit. Ich möchte mich jetzt anziehen.«
Fred drehte sich um und lief zur Tür. Dort blieb er noch einmal stehen. »Du kannst dir den Weg sparen«, sagte er, vor Wut zitternd. »Ich fahre jetzt hin und bringe ihm das Geld persönlich.«
»Untersteh dich nicht!« sagte Claire. »Wenn du das tust, brauchst du dich hier nicht mehr sehen zu lassen.«
»Darüber kannst du dich mit deinem Vater unterhalten«, erwiderte Fred, »wenn ich mit ihm gesprochen habe.«
Er schlug die Tür hinter sich zu und holte, halb blind vor Wut,

seine Sachen von der Garderobe. Als er in seinen Mantel fuhr, hörte er Ruths Stimme hinter sich: »Wollen Sie schon wieder gehen?«
Sie lächelte verwundert und reichte ihm seinen Hut. »Ich dachte, Sie wollten Fräulein Heggelbacher abholen?«
»Kommen Sie mit vor die Tür!« sagte Fred rauh.
Diesmal hatte er keine Hemmungen mehr. Das Warnsignal in seinem Hirn ging im Aufruhr seiner Empfindungen unter. Er holte seine Brieftasche heraus und drückte dem Mädchen einen Geldschein in die Hand. »Das ist für Sie. Sie bekommen noch mehr, wenn Sie mir künftig sagen, mit wem Fräulein Heggelbacher telefoniert und wohin sie geht, wenn sie das Haus verläßt. Wenn Sie es verraten, waren Sie die längste Zeit hier. Haben Sie verstanden?«
Sie wurde um die Nase herum ein wenig weiß und nickte.
»Ich erfahre es!« sagte Fred drohend. »Ich erfahre auch, wenn Sie mir etwas unterschlagen. Sie können viel Geld verdienen, wenn Sie den Mund halten.«
Er ließ sie stehen und rannte die Treppe hinunter. Hätte er noch einmal zurückgeschaut, wäre ihm der Blick aufgefallen, den sie ihm nachschickte. Sie wartete, bis unten die Haustür zuschlug, dann kehrte sie rasch auf den Flur zurück. Sie bewegte sich leise zu Claires Zimmer, drückte vorsichtig die Klinke hinunter und öffnete die Tür einen Spalt weit.
»Wie oft habe ich Ihnen schon erklärt, Sie sollen anklopfen!« sagte Claire scharf.
Das Mädchen schwieg. Es starrte Claire neugierig an und trat vollends ins Zimmer.
»Haben Sie nicht gehört?« fragte Claire.
»Ich muß Ihnen was sagen«, murmelte das Mädchen.
Claire warf den Bademantel, den sie gerade ausgezogen hatte, wieder über und kam zu ihr. Wenn es nicht so schwierig gewesen wäre, ein Mädchen für den Haushalt zu kriegen, hätte sie sich schon lange nach einem anderen umgesehen. Ruth war ihr zu neugierig. Sie steckte überall ihre Nase hinein, und ihre Vertraulichkeiten stießen sie ab. Manchmal hatte sie sie im Verdacht einer lesbischen Veranlagung, aber ebensogut konnte es auch Dummheit bei ihr sein.
»Das nächste Mal klopfen Sie an«, sagte sie kurz. »Was wollen Sie?«
»Es ist wegen Herrn Fehrenbach«, antwortete Ruth. »Er wollte etwas von mir.«
»Von Ihnen?«

»Ja.«
Claire blickte sie aufmerksam an, dann entdeckte sie den Geldschein in ihrer Hand. »Von wem haben Sie das?«
»Von Herrn Fehrenbach.«
»Von Fred?« fragte Claire ungläubig.
Ruth nickte.
»Wofür?«
»Das darf ich Ihnen nicht verraten.«
Claire blieb eine Weile regungslos stehen, dann packte sie das Mädchen bei den Schultern. »Jetzt hören Sie mir einmal gut zu«, sagte sie mit blutleeren Lippen. »Entweder Sie sagen mir jetzt, wofür Ihnen Herr Fehrenbach das Geld gegeben hat, oder Sie packen Ihre Sachen und verschwinden. Also?«
»Ich soll ihm alles sagen«, antwortete das Mädchen eingeschüchtert.
»Was sollen Sie ihm sagen?«
»Mit wem Sie telefonieren und wohin Sie ausgehen. Ich hätte es Ihnen auch so erzählt, ich will das Geld nicht.«
Claire schloß einen Moment die Augen, dann ging sie in das Arbeitszimmer ihres Vaters, wo das Telefon stand. Während sie die Nummer wählte, fiel ihr Blick zur Tür, und sie sah wieder das neugierige Gesicht des Mädchens auf sich gerichtet.
»Räumen Sie das Bad auf!« sagte Claire, aber es war nicht mehr ihre Stimme.

6

Sam war noch da. Er hatte die Beine auf den Tisch gelegt, seine Arme hingen hinter der Stuhllehne, als gehörten sie nicht zu ihm. Bei Johns Eintreten blickte er besorgt auf. »Horne?«
»Das auch«, sagte John. Er trat ans Fenster und preßte die heiße Stirn gegen die Scheiben. Auf dem Kasernenhof herrschte Vormittagsbetrieb: viele Soldaten in Arbeitsuniformen, Lastwagen und zwei schwere Panzer, die klirrend über das Kopfsteinpflaster rollten.
»Von wem hast du es?« fragte Sam.
»Von Chumley.« Vom Fenster aus konnte John das Stabsgebäude sehen, und er behielt den Eingang im Auge.
»Wenn Horne Kompanieführer wird«, sagte Sam, »versetzt er mich in einen anderen Zug. Sie geben mir wieder eine Gruppe, ob ich will oder nicht.«
John wußte es. Er verdankte es nur Captain Denson, daß Sam noch in seiner Gruppe war. Als er zum Korporal befördert wurde,

hatte er noch eine eigene Gruppe geführt. Dann gab es einen Zwischenfall mit dem Grenzoffizier, und er kam in den Werkstattzug, vom Werkstattzug auf die Schreibstube, wo er sich eines Tages mit Chumley anlegte. Seit einem Jahr war er stellvertretender Gruppenführer, ein Posten, der selbst dem Ehrgeiz eines Obergefreiten nicht genügte, aber Sam hatte keinen Ehrgeiz mehr. – »Gestern nacht soll es wieder einen Unfall gegeben haben«, sprach Sam weiter, »irgendeiner von der C-Kompanie. Hat Chumley nichts erzählt?«
»Mir nicht«, antwortete John. Er hörte kaum zu. Seit Claire ihn angerufen hatte, dröhnte ihm das Blut in den Ohren, und seine Gedanken zuckten wie elektrische Funken über die Projektionsfläche seines Bewußtseins.
»Der vierte in einem halben Jahr«, sagte Sam. »Die Armee will uns für dumm verkaufen. Oder glaubst du an einen Unfall?«
»Ich war nicht dabei.«
Sam grinste. »Wenn etwas passiert ist, will keiner dabeigewesen sein. Einen Tag, bevor sie mich entlassen, säge ich mit einer MP-Garbe einen Holzturm um und melde dem Grenzoffizier einen Betriebsunfall auf der anderen Seite.«
Es fiel ihm auf, daß John einen geistesabwesenden Eindruck machte, und er nahm seine Füße vom Tisch. »Viel kann er dir nicht anhaben«, sagte er tröstend. »Er wird dir einen Anpfiff geben und 'ne Meldung schreiben. Bevor sie weitergeht, kriegt Denson sie in die Hand. Ich möchte nicht in Bruces Haut stecken, wenn er zurückkommt.«
»Wer?«
Sam stand endgültig auf. »Du könntest wenigstens die Ohren aufmachen, wenn ein Kumpel dir gute Ratschläge gibt. Was hast du eigentlich mit dem Fenster?«
»Ich erwarte Besuch.«
Sam spitzte überrascht die Lippen. »Das Mädchen?«
Wieder brachte John es nicht fertig, ihm zu erzählen, daß er sich für den Abend mit Claire verabredet hatte. Es schien ihm selbst noch so unglaubhaft, daß er mit wachsendem Abstand fast daran zu zweifeln begann. Aber dann erinnerte er sich wieder an das grinsende Gesicht von Chumley und an Perkins, der ihn vor zehn Minuten ans Telefon geholt hatte. Er würde sie wiedersehen in acht Stunden, und hinterher würde alles nur noch hoffnungsloser sein. Aber er hätte sich eher die Hand abhacken lassen, als darauf zu verzichten.
»Ihr Verlobter«, sagte er.
Sam mußte sich wieder hinsetzen. Er betrachtete seine Beine, als

hätten sie ihm einen bösen Streich gespielt. Dann zog er die Oberlippe von den Zähnen. »Wenn du einen Sekundanten brauchst ...«
»Ich brauche einen Mann, der ihn am Tor abholt.«
»Wo willst du mit ihm reden?«
»Im Club. Wir haben Samstag; er ist sicher schon geöffnet.«
»Und wenn er noch nicht geöffnet ist?«
»Dann gehst du mit ihm ins Casino.«
»Okay«, sagte Sam. Sein Gesicht verwandelte sich in ein Labyrinth sorgenvoller Falten. »Hoffentlich hast du dir das gut überlegt! Wenn du es nicht willst, kommt er nicht herein.«
»Er bringt mir das Geld zurück.«
»Das du ihr geschickt hast?«
»Ja.«
»Warum bringt sie es nicht selbst?«
Diesmal war es Perkins, der John eine Antwort ersparte. Er kam aus dem Stabsgebäude und blickte herauf.
»Er ist da!« sagte John. »Ich habe mit Perkins verabredet, daß er mir ein Zeichen gibt. Geh mit ihm in den Club und leiste ihm solange Gesellschaft. Von dem Mädchen weißt du nichts.«
»Ich verstehe kein Wort Deutsch«, sagte Sam und verschwand.
John blieb noch eine Weile am Fenster stehen, dann wechselte er sein Hemd, band sich eine Krawatte um und beschäftigte sich mit seinen Fingernägeln. Seine Hände zitterten ein wenig, er ballte sie zur Faust und wartete, bis sie ruhig wurden.
Der Raum für den Unteroffiziersclub war die Visitenkarte des Regiments; ein großer, rechteckiger Saal mit freitragender Dachkonstruktion und einfallendem Oberlicht. Die riesigen Glasplatten der Zwischendecke waren blau angestrichen und mit gelben Bilderbuchsternen bemalt, die Wände mit orientalischen Motiven, halbbekleidete, schöngewachsene Mädchen schleppten schwere Wasserkrüge auf dem Kopf, eine Kamelkarawane zog durch ödes Wüstenland, ein dickbäuchiger Sultan hockte im Türkensitz zwischen vielen Frauen und lächelte satt. An den hohen Fenstern hingen bunte Vorhänge. Glasschalen mit künstlichen Blumen entpuppten sich bei näherem Hinsehen als diskrete Wandbeleuchtung, moderne Stahlrohrsessel und Tische mit verchromten Beinen schufen eine behagliche Atmosphäre. An der Fensterseite waren sie in kleinen, von kunstvollen Bambusgittern abgeteilten Nischen gruppiert. Gegenüber stand das Podium für die Musikkapelle. Alles sah sehr bunt, sehr gemütlich und ein klein wenig kitschig aus, eine seltsame Mischung von kultiviertem Geschmack und Nachtbarmilieu. Die Bar war in einem kleinen Nebenraum untergebracht. Dort standen nur wenige Tische, dafür um so

mehr Spielautomaten amerikanischer Herkunft; sie nahmen eine ganze Wandseite ein.
John entdeckte die beiden in einer Fensternische. Um diese Zeit war der Saal fast leer. Außer ihnen saßen noch zwei MP mit übernächtigten Gesichtern an einem Tisch. Sie hatten die Ellbogen aufgestützt, das Kinn auf die Fäuste gelegt und dösten vor sich hin. John konnte sie nicht ausstehen, sie waren ihm zu arrogant. Als er an den Tisch kam, stand Fred auf.
Es war ein weiter Weg gewesen von Claire bis hierher. Die wütende Entschlossenheit, die ihn wie eine Sturmflut aus ihrer Wohnung gespült hatte, war unterwegs zu einer harmlosen Pfütze zusammengeschrumpft. Es hatte alles viel zu lange gedauert: die Fahrt zur Kaserne, die komplizierte Unterhaltung mit dem Militärposten am Kasernentor, sein fast viertelstündiges Telefongespräch mit irgendeiner anonymen Stelle, während er, Fred, auf der kalten Straße warten mußte, Zeit genug, um auch einen bis zur Besinnungslosigkeit gereizten Mann so weit zu ernüchtern, daß er wieder fähig war, die kühle Wertung seiner Vernunft an seine Handlungsweise zu legen. Hinzu kamen noch die ungewohnte Umgebung, die fremde Atmosphäre, die betriebsame Sachlichkeit kasernierten Alltags, die ihn auf dem Weg zum Clubgebäude wie der Atem einer unbekannten Welt berührte, und nicht zuletzt das geradezu steinerne Gesicht des Mannes, der ihn abgeholt, mit steinernem Gesicht hierhergeführt und mit steinernem Gesicht neben ihm Platz genommen hatte. Er war ihm vom ersten Blick an unsympathisch gewesen. Er hatte diesen, wie er dachte, stupiden Typ noch nie für voll genommen, und er betrachtete es unter seiner Würde, sich über ihn aufzuregen. Aber all das hatte ihn doch in einen Zustand nervöser Unsicherheit versetzt, und er war daher fast froh, als John auftauchte.
Einen Augenblick lang wartete er darauf, daß dieser ihm die Hand gäbe, aber John setzte sich sofort hin und winkte mit dem Kopf zu Sam hinüber. »Er versteht uns nicht. Sie können unbesorgt sprechen.«
Es war nicht das, was Fred erwartet hatte, keine Spur von Überraschung und kein schuldbewußtes Grinsen. Sein erstes Empfinden war Ärger, aber dann sagte er sich, daß es vielleicht die beste Art sei, die Angelegenheit aus der Welt zu schaffen. Er griff in die Tasche und legte zwei Fünfzigmarkscheine auf den Tisch.
»Ich soll Ihnen das zurückbringen. Meine Verlobte hat mir aufgetragen, mich in ihrem Namen bei Ihnen zu bedanken.«
»Ihre Verlobte?« fragte John. »Ich wußte nicht, daß Sie mit ihr verlobt sind.«

»Dann wissen Sie es jetzt«, sagte Fred. Claire hatte sich einer offiziellen Verlobung widersetzt. Sie fand es altmodisch und lächerlich, jahrelang verlobt zu sein. Überraschenderweise war ihr Standpunkt von seinem Vater gebilligt worden.
John betrachtete die beiden Geldscheine. »Ich muß Sie enttäuschen«, sagte er nach einer Pause. »Fräulein Heggelbacher hat mir vor einer Viertelstunde am Telefon erklärt, daß sie mir das Geld persönlich bringen möchte. Sie bat mich, Sie davon zu unterrichten.«
Es war genauso, als hätte er ihm einen Kübel eiskalten Wassers ins Gesicht geschüttet. Fred stierte ihn mit hervorquellenden Augen an. Nie hätte er damit gerechnet, daß sie ihm so etwas antun könnte. Ein paar Herzschläge lang war er unfähig, etwas zu erwidern, er stand einfach da, den Mund halb offen, während er zuerst weiß, dann rot, dann wieder weiß wurde, bis ihm einfiel, daß er sich durch sein Schweigen bloßstellte. Er setzte zweimal zum Sprechen an, aber seine Stimme gehorchte ihm erst wieder, als John gleichfalls aufstand.
»Das war, bevor ich mit ihr gesprochen habe«, sagte er leise. »Wann wollte sie es Ihnen bringen?«
»Hat sie es Ihnen nicht gesagt?« fragte John dagegen.
Fred sah sein Gesicht wie durch eine unklare Mattscheibe. Während er ihn anschaute, ertappte er sich bei der Vorstellung, Claire könnte ihn schon geküßt haben. Der Gedanke durchzuckte ihn wie ein physischer Schmerz.
»Jedenfalls haben Sie jetzt Ihr Geld wieder«, sagte er undeutlich. »Es war ein Mißverständnis.«
»Das tut mir leid«, sagte John. »Trotzdem kann ich es nicht behalten. Als ich mit Fräulein Heggelbacher telefoniert habe, waren Sie bereits auf dem Weg hierher.«
Fred schwieg. Er hatte sich eine zweite Blöße gegeben, aber er war nun davon überzeugt, daß seine schlimmsten Befürchtungen zutrafen. Es erübrigte sich, daß er sich noch länger der Demütigung dieser Unterhaltung aussetzte; sie widerte ihn an. Er würde jetzt wieder zu Claire fahren. Die Entscheidung über das, was dann noch zu tun blieb, lag bei ihr.
Er drehte sich abrupt um. Nach ein paar Schritten hörte er wieder Johns Stimme neben sich: »Sie haben Ihr Geld vergessen.«
»Es ist Ihr Geld«, erwiderte Fred und ging weiter.
John vertrat ihm den Weg. Er wußte, daß die beiden MP aufmerksam geworden waren und herschauten; viel Zeit blieb ihm nicht mehr. »Ich möchte Sie noch etwas fragen«, sagte er ruhig.
Fred sah an ihm vorbei. »Machen Sie Platz!«

»Sie kommen ohne den Korporal nicht durch die Pforte«, sagte John. »Als Besucher müssen Sie sich an die Vorschriften halten. Er hat Sie abgeholt, und er muß Sie wieder hinbringen.«
»Niemand hindert ihn daran.«
»Er wird es nicht tun, ehe ich ihn nicht damit beauftrage.«
Fred betrachtete die beiden MP. Sie waren groß, schlank, hatten junge, harte Gesichter und starrten mit schmalen Augen zu ihm herüber.
»Was wollen Sie wissen?« fragte er.
»Ob Fräulein Heggelbacher allein in Oberstdorf war.«
»Ich habe sie hingefahren und wieder nach Hause gebracht. Sie hat Ihr Geld nicht gebraucht. Genügt Ihnen das?«
John nickte. Er gab Sam, der am Tisch sitzengeblieben war, einen Wink. »Du kannst ihn hinausbringen.«
»Und das Geld?« fragte Sam. Wenn er wollte, konnte er jedes Wort verstehen.
»Ich behalte es«, sagte John. Sein Gesicht sah plötzlich ungesund aus. Er ließ sie stehen und ging schnell zur Tür. Im Freien wandte er sich dem Stabsgebäude zu.
Unteroffizier Perkins war beim Aufräumen, er grinste vertraulich. »War's schön?«
»Was?«
»Ich weiß nicht«, sagte Perkins. »Hätte ja sein können!«
John legte einen der beiden Fünfzigmarkscheine auf den Schreibtisch. »Das ist für dich, wenn du für mich einen Anruf erledigst.«
»Warum meldest du dich nicht krank?« fragte Perkins. Sein blasses Schreibstubengesicht war steif vor Überraschung.
»Du mußt im Telefonbuch nachsehen«, sagte John. »Ich weiß die Nummer nicht. Hier ist die Adresse!« Er kritzelte sie auf ein Blatt Papier. »Sag ihr, daß ich heute abend keine Zeit habe.«
»Für fünfzig Mark sage ich alles«, murmelte Perkins. Er griff mit spitzen Fingern nach dem Geldschein und hielt ihn gegen das Fenster. »Sogar echt«, murmelte er. »Soll ich dir den Krankenschein gleich ausstellen?«
»Du sollst den Anruf für mich erledigen«, sagte John mit erhobener Stimme.
Perkins ließ den Geldschein mit akrobatischer Geschicklichkeit in einer Tasche verschwinden. »Bevor es dir wieder leid tut!« sagte er grinsend. »Spricht sie Englisch?«
»So gut wie du Deutsch«, antwortete John und kehrte auf die Straße zurück. Dort traf er Sam, der verdrossen des Weges kam.

»Er fährt einen Mercedes«, knurrte er. »Hat ordentlich darauf geachtet, ob ich ihn einsteigen sehe. Wenn du mich fragst...«
John fiel ihm dazwischen: »Was hättest du an seiner Stelle gemacht?«
»Ich bin nicht er. Wer fragt nach dir?«
»Ich kann es nicht leiden«, murmelte John, »wenn eine Frau einen Mann hinhält. Sie spielt mit ihm, und ich bin ihr Statist.«
Er erinnerte sich, daß er noch zu Horne mußte, und grinste mit leerem Gesicht.
»Wie es so kommt!« sagte er laut.
Sam blickte ihn besorgt an. »Was?«
»Es gibt solche Tage«, erklärte John. »Solche und solche.«
Dann entdeckte er Perkins. Er stand unter der Tür wie ein Feldherr nach verlorener Schlacht.
»Nichts zu wollen!« sagte er unglücklich. »Sie ist nicht da.« John hatte es halb befürchtet. »Versuch es heute mittag noch einmal.«
»Sie ist auch heute mittag nicht da. Hat sie eine Schwester?«
»Wieso?«
»War ein Mädchen am Telefon«, erzählte Perkins. »Sie sagte, sie sei fortgegangen und würde erst am späten Abend wieder heimkommen.«
Pech! dachte John. Er wußte sich keinen Rat mehr.
»Etwas klappt nicht«, meldete sich Sam zu Wort, »aber was?«
»Ich sollte ihr sagen, daß er heute abend keine Zeit für sie hat«, erklärte Perkins unglücklich. »Jetzt ist sie nicht da.«
»Heute abend?« Sam runzelte die Stirn, dann hatte er verstanden. »Geheimnisse!« sagte er höhnisch. »Meinetwegen.«
Er schob die Hände in die Taschen, setzte sich in Bewegung und fing an, laut zu pfeifen. Dann kam er wieder zurück. »Dagegen bist du so klein!« sagte er und zeigte es mit den Fingern. »So klein, mein Guter!«
»Die fünfzig Mark!« sagte Perkins unglücklich.
John schüttelte den Kopf. »Ich war ein Idiot«, sagte er und ging zu Leutnant Horne.
Er mußte zehn Minuten vor seiner Tür warten, der lange gewachste Korridor war feucht aufgewischt worden und glänzte. In einer Nische stand ein vergessener Wassereimer. Irgendwo in der Kaserne wurde ein Lied geübt, John hatte es noch nie gehört. Durch die Fenster auf der rechten Seite sah er den grauen Winterhimmel. Er hatte den nördlichen Winter zum erstenmal in Lansing kennengelernt. Heute fror er nicht mehr so sehr wie damals, aber an den grauen Himmel würde er sich nie gewöhnen. An manchen Tagen war das Heimweh so stark in ihm, daß er es

kaum mehr ertrug. Wenn sein Heimweh nicht gewesen wäre, hätte er sich über die Zukunft nicht den Kopf zu zerbrechen brauchen; er konnte es ebensowenig ändern wie seine Hautfarbe.
Horne empfing ihn in Hemdsärmeln. Wenn er nicht im Dienst war, gab er sich betont lässig, und daß er auch heute keine Ausnahme machte, betrachtete John als ein gutes Zeichen.
»Ich hatte Sie erst auf elf Uhr bestellt«, sagte Horne. »Sie sind pünktlich, Sergeant. Setzen Sie sich!«
Sein Zimmer war nicht so nüchtern wie das von Captain Denson. An den Wänden hingen ein paar Landschaftsbilder aus seiner Heimat Kalifornien, auf dem Schreibtisch hatte er eine Vase mit Tannenzweigen stehen, daneben die Fotografie eines schönen Mädchens. Niemand in der Kompanie wußte, wer sie war.
»Ich habe Sie nicht auf die Schreibstube bestellt«, fuhr Horne fort, »weil ich aus dieser Geschichte keine Affäre machen möchte. Sie sind sich aber hoffentlich darüber im klaren, daß ich eine Meldung schreiben muß.«
»Jawohl, Sir«, sagte John.
Horne lächelte freundlich. »Fein! Natürlich werde ich sie so abfassen, daß Ihnen keine Unannehmlichkeiten entstehen. Ich werde schreiben, daß die Befestigungsmutter, obwohl Sie sie vor der Patrouille kontrolliert haben, verlorengegangen ist.«
»Das wird uns das Bataillon nicht glauben, Sir«, sagte John. »Sie müssen erwähnen, daß es nach meiner Auffassung keine einleuchtende Erklärung dafür gibt.«
»Das kann ich nicht«, erwiderte Horne. Er setzte sich John gegenüber an den Tisch und blickte ihn durch seine starken Brillengläser hindurch humorvoll an. »Es käme sofort zu einer Rückfrage«, sagte er freundlich. »Ich kann mir nicht denken, daß Ihnen daran gelegen ist, die Angelegenheit zu komplizieren. Sie haben an Ihrem Jeep eine Mutter verloren, ein durchaus banaler Vorfall. Was finden Sie daran mysteriös?«
»Die Mutter konnte nicht verlorengehen«, antwortete John. »Sie war festgeschraubt und festgerostet; sie ist gewaltsam entfernt worden.«
»Das ist eine Hypothese«, sagte Leutnant Horne.
Seine Augen waren jetzt etwas weniger humorvoll, er stand auf, wickelte seine Hemdsärmel herunter und knöpfte die Manschetten zu. »Eine sehr leichtfertige Hypothese sogar«, sagte er immer noch freundlich. »In diesem Regiment hat es noch keinen Fall von Sabotage gegeben. Sie wissen doch, was ein nachweisbarer Fall von Sabotage zur Folge hätte?«
»Ich weiß es, Sir«, sagte John ruhig. »Vielleicht warten Sie mit

der Meldung, bis Captain Denson zurückkommt. Ich möchte ihm den Fall selbst vortragen.«

»Captain Denson bekommt den Fall durch mich vorgetragen«, erwiderte Horne. »Ich glaube nicht, daß er drei Wochen vor seiner Rückkehr in die Staaten an einem Sabotageakt in seiner Kompanie interessiert ist.«

Er holte seinen Uniformrock aus dem Schrank, zog ihn an und setzte sich wieder an den Tisch. »Sie deuteten in der vergangenen Nacht an, daß Sie Gründe für Ihren Verdacht hätten, Sergeant. Was sind das für Gründe?«

»Zwei Männer wünschen meine Ablösung, Sir.«

»Haben sie Ihnen das gesagt?«

»Sie wissen, Sir, daß das nicht üblich ist.«

Horne lächelte nachsichtig. »Dann werden Sie es ihnen schlecht beweisen können. Ich vermute, Sie reden von Bruce und Henry. Mir ist nichts Nachteiliges über sie zu Ohren gekommen. Ich habe mit Chumley gesprochen, er meint, Sie seien etwas empfindlich, Sergeant. Vielleicht sollten Sie doch einmal ein paar Wochen Urlaub nehmen.« – John blickte rasch auf. »Sonst hat Sergeant Chumley nichts gesagt?«

»Nun, er stellt Bruce und Henry ein tadelloses Zeugnis aus, von irgendwelchen Ressentiments gegen Sie ist ihm nichts bekannt.«

»Das sieht ihm ähnlich«, murmelte John.

»Bitte?«

John grinste. »Sergeant Chumley ist ein Spaßvogel, Sir. Sie hätten ihn in meinem Beisein fragen müssen.«

»Dazu lag für mich kein Grund vor«, sagte Leutnant Horne, und zum erstenmal klang seine Stimme kühl. »Aber wenn Sie schon davon überzeugt sind, daß Bruce und Henry eine Abneigung gegen Sie hegen, können Sie mir sicher auch erklären, worauf sie zurückzuführen ist.«

Es war eine Falle; John war nicht mehr unerfahren genug, hineinzustolpern. Hätte er ihm wahrheitsgemäß geantwortet, wäre es für Horne Anlaß zu einer in väterlichem Ton gehaltenen Belehrung darüber gewesen, daß es in der Armee keine Rassenprobleme gäbe und daß er, John, sich das alles nur eingeredet hätte, und er hätte seine Belehrung wahrscheinlich mit einem pathetischen Hinweis auf die Verfassung der Vereinigten Staaten abgeschlossen. Es wäre ungefähr die gleiche Floskel gewesen, die John bei ähnlichen Gelegenheiten bereits dreimal zu hören bekommen hatte, und er war nicht gewillt, sie sich ein viertes Mal anzuhören. Es ging ihm in Wirklichkeit auch gar nicht darum, den komplizierten Apparat eines Militärgerichtsverfahrens in Bewegung zu setzen, aber er war jetzt endgültig entschlossen, den Zwischenfall zum Anlaß zu nehmen, Bruce und Henry loszuwerden, ehe sie noch mehr Unheil anrichteten. Seine Möglichkeiten, künftige Wiederholungen solcher Vorfälle zu verhindern, waren begrenzt.

»Wenn Sie erlauben, Sir«, antwortete er, »möchte ich nicht darüber reden. Ich bitte darum, daß Bruce und Henry in eine andere Gruppe versetzt werden. In diesem Fall würde ich auf den Zusatz in der Meldung verzichten.«

Hornes Gesicht verlor sein nachsichtiges Lächeln. »Sie vergessen, Sergeant, daß nicht Sie, sondern ich die Meldung schreibe, und ich schreibe sie so, wie ich es auf Grund der Ergebnisse meiner Untersuchung für richtig finde. Ihr Ansinnen könnte auch den Verdacht einer anderen Hypothese nahelegen.« – »Ich verstehe Sie nicht, Sir.«

»Ich möchte es Ihnen nicht unterstellen«, sagte Horne. »Ich werde die Meldung so abfassen, wie ich es Ihnen gesagt habe. Sind Sie damit einverstanden?«

»Wenn Bruce und Henry versetzt werden, Sir.«

Horne nahm einen Bleistift in die Hand, befühlte mit dem Zeigefinger die Spitze und legte ihn dann wieder auf den Tisch zurück.

»Sie können sich das noch einmal überlegen«, sagte er kühl. »Damit Sie genügend Zeit haben, wünsche ich, daß Sie bis morgen früh in der Kaserne bleiben. Ich erwarte Sie um elf Uhr auf der Schreibstube.«

John stand auf. – Wenn Denson fort ist, dachte er, lasse ich mich in eine andere Kompanie versetzen.

Vor der Tür fiel ihm ein, daß er sich am Abend mit Claire treffen wollte. Er blieb eine Weile unbeweglich stehen, während er mit sich kämpfte, ob er zu Horne zurückkehren solle. Es hätte ihn nur ein paar Worte gekostet, aber der Widerstand in ihm war stärker. Jetzt konnte nur noch Sam helfen.

Er traf ihn eine halbe Stunde später beim Essen. Sein gekränktes Gesicht zeigte ihm, daß er die Episode mit Perkins noch nicht vergessen hatte.

»Ich hätte es dir erzählt«, sagte John. »Ich wußte selbst noch nicht, ob ich hinfahren soll.«

»Und jetzt weißt du es?« fragte Sam mürrisch.

»Ich kann nicht, ich habe heute Ausgehverbot.«

Sam vergaß das Essen und sein gekränktes Gesicht. »Nein!« sagte er. John grinste. »Man lernt nie aus.«

Er erzählte Sam, was er mit Leutnant Horne gesprochen hatte,

und hinterher war Sam eine volle Minute still, dann schüttelte er den Kopf.
»Etwas stimmt hier nicht. Er muß sich seiner Sache sehr sicher sein, sonst hätte er das in Densons Abwesenheit nicht gewagt. Weißt du, was du bist?«
John nickte. »Ich kann es nicht ändern. Sie wollte mich vor dem Schloßgarten treffen. Vielleicht kannst du sie dazu überreden, mit in den Club zu kommen.«
»Und trotzdem bist du ein Idiot!« sagte Sam überzeugt. Das Essen schmeckte ihm nicht mehr, er schob es angewidert von sich. »Und wenn sie nicht mitkommt?«
»Dann hat es so sein sollen«, sagte John.
Sam äffte wütend seinen Ton nach: »Hat es so sein sollen! Was bist du eigentlich, ein Mann oder was?«
»Heute mittag habe ich es versucht«, antwortete John und zerbröckelte ein Stück Brot zwischen den Fingern. »So hat es damals auch angefangen.«
»Damals ist vorbei«, erwiderte Sam, »aus und vorbei! Wenn ich immer daran denken wollte, was früher war, könnte ich mich selbst nicht mehr ausstehen. Warum gehst du nicht zu Peck? Peck ist unser Zugführer, nicht Horne.«
John zuckte gleichmütig mit den Schultern. »Peck ist zweiter Leutnant und ein Mann ohne Gesicht. Seit er weiß, daß Horne Kompanieführer wird, redet er ihm nach dem Mund. Ich hätte warten sollen, bis Denson zurückkommt.«
»Denkst du!« sagte Sam.
Etwas in seinem Ton erregte Johns Aufmerksamkeit, er blickte ihn fragend an.
»Denson hätte Bruce und Henry nie versetzt«, erklärte Sam verächtlich, »nicht einmal, wenn sie es von ihm verlangt hätten. Er wird sie auch nicht versetzen, wenn du es verlangst; jetzt, wo er wegkommt, erst recht nicht. Solange du nicht beweisen kannst, daß sie die Mutter abgeschraubt haben, hat er keine Handhabe gegen sie. Warum, denkst du, hat sich Horne auf nichts eingelassen?«
»Er hält zu Bruce«, murmelte John.
Sam grinste wütend. »Er hält nicht zu Bruce, er hält zu den Statuten, und in den Statuten heißt es, daß nicht sein kann, was nicht sein darf. Nach der Verfassung gibt es keine Rassenunterschiede, und in der Armee zweimal nicht. Wenn du als Sergeant nicht selbst damit fertig wirst, schicken sie dich unter irgendeinem Vorwand in die Staaten zurück. Du mit deiner humanen Armee!« – Er ging wütend fort und holte zwei Becher mit heißem Kaffee.

John sah zu, wie er sie auf den Tisch stellte und seine Hände betrachtete, als hätte er jetzt erst entdeckt, wozu sie nützlich sein konnten.
»Er hätte mich nicht zu fragen brauchen«, murmelte John.
»Damit du hinterher Stunk machst!« Sam lachte gekünstelt. »Horne geht kein Risiko ein, er ist ein eiskalter Rechner. Du wirst ihm morgen sagen, daß du mit der Meldung einverstanden bist, und die Geschichte ist erledigt.«
»Vielleicht.«
»Wieso vielleicht? Du hast gar keine andere Möglichkeit.«
»Vielleicht doch.«
Sam starrte ihn mißtrauisch an. »Du willst doch nicht...«
»Ein einziges Mal!« sagte John. »Ich will es ein einziges Mal von einem amerikanischen Offizier hören – und dann nie mehr!«
»Du bist ein Nigger!« sagte Sam. »Und du bist minderwertig! Langt dir das?«
John blickte lächelnd in sein zornrotes Gesicht. »Du bist kein Offizier.«
Sam rannte davon.

7

Der amerikanische Wagen kam von der anderen Seite, überquerte den verschneiten Platz und blieb vor dem Eingang zum Schloßgarten stehen. Der Mann am Steuer war Claire fremd. Er blickte unschlüssig zu ihr hin, dann kletterte er aus dem Wagen und näherte sich zögernd. Er war klein, hatte ein rundes, sommersprossiges Gesicht mit abstehenden Ohren und grinste verlegen.
»Warten Sie auf Sergeant Baako?« fragte er auf englisch.
Claire nickte, sie war für einen Moment so enttäuscht, daß ihre Stimme streikte.
»Ich soll Sie zu ihm bringen«, sagte Sam. Im Scheinwerferlicht des Wagens konnte er ihr Gesicht sehen; es verschlug ihm fast den Atem.
»Wenn Sie wollen«, murmelte er und fing an zu stottern. »Er kann leider nicht, sie lassen ihn nicht heraus. Er wartet im Club auf Sie.«
»In welchem Club?« fragte Claire, die kein Wort begriff.
Sam nahm sich zusammen. »Im Unteroffiziersclub. Er hat Ausgangssperre.«
Es war nicht das, was sie im ersten Augenblick befürchtet hatte, aber sie wurde jetzt mißtrauisch. »Davon hat er mir am Telefon nichts gesagt.«

»Es ist später passiert«, erklärte Sam. »Er hatte eine kleine Differenz mit einem Offizier; so etwas kommt jeden Tag vor.«
Obwohl er ein sauberes Englisch sprach, kostete es Claire Mühe, jedes seiner Worte zu verstehen. Seit ihrem Abitur waren sieben Jahre vergangen. Das Sprechen bereitete ihr noch größere Schwierigkeiten.
Sam merkte es und kam ihr zu Hilfe. »Sie können ruhig deutsch sprechen«, sagte er grinsend. »Verstehen tue ich alles.«
Er war ihr nicht unsympathisch, und sie sagte sich, daß sie keinen Grund habe, mißtrauisch zu sein. Wenn John ihn geschickt hatte, woran zu zweifeln nicht der geringste Anlaß vorlag, konnte sie ruhig mit ihm fahren.
Sie wunderte sich sofort über den Gedanken und über seine Vereinfachung. Als ob es die natürlichste Sache der Welt sei, sich von einem wildfremden Amerikaner in den Unteroffiziersclub einer amerikanischen Kaserne fahren zu lassen, um sich dort mit einem schwarzhäutigen Mann zu treffen, der Ursache ihres größten Konfliktes mit sich selbst und ihrer Umgebung war, obwohl sie ihn nur einmal in ihrem Leben gesehen hatte! Es wäre heute nicht dasselbe wie am Weihnachtsabend. Wenn sie zu ihm in die Kaserne ging, würde sie zusammen mit ihm gesehen werden, seine Kameraden würden sie anstarren und denken, daß sie etwas mit ihm habe. Sie, Claire Heggelbacher, die Tochter eines angesehenen und ehrbaren Bürgers von Thüngerstadt, würde verdächtigt werden, mit einem Neger zu schlafen. Sie wußte nicht, wie der Unteroffiziersclub aussah, aber auf jeden Fall anders als der Rahmen, den sie sich für diese Begegnung vorgenommen hatte und der es ihr ermöglicht hätte, ihr Gesicht im Dunkeln zu lassen. Ein paar Herzschläge lang war sie geneigt abzulehnen, aber sie war den ganzen Mittag durch die Stadt gelaufen, hatte sich eine Stunde in ein Kino gesetzt, war mitten in der Vorstellung aufgestanden, in ein Café gegangen und schließlich hierhergekommen. Und nun war sie müde, durchgefroren und verzweifelt. Sie brauchte einen Menschen, mit dem sie sich aussprechen konnte, und sie hatte keinen anderen als John. »Ich fahre mit Ihnen«, sagte sie entschlossen.
Sams Grinsen erlosch. Er drehte sich wortlos um, öffnete ihr wortlos die Wagentür und setzte sich wortlos hinters Lenkrad. Seine Veränderung war so auffällig, daß Claire eine Bemerkung über den Wagen unterdrückte. Sie war noch nie in einem amerikanischen Wagen gefahren. Er war sehr geräumig, gut geheizt und für ihre Begriffe unglaublich leise; der Motor war kaum zu hören.

»Sie sind Johns Freund?« fragte sie.
Sam bewegte zustimmend den Kopf. Seit er wußte, wie sie aussah, hatte er Angst um John. Es wäre ihm lieber gewesen, wenn sie sich's anders überlegt hätte.
»Wir kennen uns seit drei Jahren«, sagte er. »Es gibt keinen in der Kaserne, der es mehr verdient hätte als er.«
Claire verstand ihn nicht. »Daß er Ihr Freund ist?«
»Daß man ihn endlich in Ruhe läßt«, erwiderte Sam. »An seiner Stelle würde ich wieder nach Rhodesien gehen. Sein Vater schreibt ihm jede Woche einen Brief.«
»Davon hat er mir nichts erzählt«, murmelte Claire.
»Er hat Angst, jemand könnte ihm zureden, aber ich verbrenne mir den Mund schon lange nicht mehr. Einem Mann wie ihm ist nicht zu helfen.«
Claire nahm den Blick von seinem Gesicht und beobachtete durch die Windschutzscheibe die Straße. »Wissen Sie, warum er nicht mehr zurück will?«
»Er hat zu lange als Kuli arbeiten müssen.«
»Als Kuli?«
»Bevor er zur Armee ging«, sagte Sam. »Er war eineinhalb Jahre auf der Universität und zwei Jahre lang Mädchen für alles. Wahrscheinlich wissen Sie nicht, was das für einen Mann aus Rhodesien in Michigan bedeutet.«
»Nein«, murmelte Claire.
»Man hat ihn moralisch fertiggemacht«, sagte Sam, »und als er ganz fertig war, ging er zur Armee, und in der Armee wird man ihn eines Tages auch fertigmachen. Haben Sie schon einmal erlebt, daß ein fertiggemachter Mann gern in seine Heimat zurückkehrt?«
Claire schwieg.
»Er hat Angst, sie deuten mit dem Finger auf ihn«, fuhr Sam fort. »Ich wette meinen Kopf, daß in Bulawayo kein Mensch mit dem Finger auf ihn deuten würde, aber machen Sie ihm das einmal plausibel! Hat er Ihnen erzählt, warum er die Universität verlassen hat?« – Etwas zwang Claire, den Kopf zu schütteln. Sam grinste verbissen. »Ich dachte. Es gab einige Leute dort, denen es nicht einleuchten wollte, weshalb ein Eingeborener aus Rhodesien Jura studieren muß. Sie haben ihn hinausgeekelt. Er ist der Typ, bei dem man es kann; bei anderen kann man es nicht. Sicher hat er Ihnen auch nicht erzählt, daß die Eltern Ihres Verlobten in der Kaserne angerufen und sich über ihn beschwert haben?«
Claire blickte schnell in sein Gesicht. »Meines Verlobten?«
»Der junge Mann heute vormittag hat sich jedenfalls als Ihr Ver-

lobter vorgestellt«, sagte Sam rücksichtslos. »Ich nehme an, daß dies der Grund war, weshalb John die hundert Mark von ihm angenommen hat. Er hat schon einmal einem Mädchen Geld geborgt. Damals waren es allerdings tausend Mark, und sie hat sie ihm nicht zurückgegeben. Sie hat ihn nach allen Regeln abgekocht, und es hat sie nicht einmal ihre Unschuld gekostet. Bevor es nämlich dazu kam, war sie verschwunden. Wollen Sie aussteigen?«
»Ich glaube, es ist besser«, murmelte Claire. Ihr Gesicht brannte, als hätte sie es in kochendes Wasser getaucht.
Sam trat sofort auf die Bremse. »Tut mir leid«, sagte er, »aber er ist mein Freund. Heute mittag wollte er Sie anrufen und Ihnen ausrichten lassen, daß Sie nicht kommen sollen. Anscheinend waren Sie nicht daheim?«
»Nein«, sagte Claire, »ich war nicht daheim.«
Sie öffnete die Tür und kletterte aus dem Wagen. Im Rückspiegel konnte Sam beobachten, wie sie die Straße überquerte. Er schwitzte am ganzen Körper, und seine Hände zitterten so heftig, daß er sein Feuerzeug nicht zünden konnte. Er steckte es in die Tasche zurück und drückte auf den elektrischen Zigarettenanzünder am Armaturenbrett. – Er wird mich umbringen, wenn er es erfährt, dachte er.
Dann sah er, daß sie stehengeblieben war, vielleicht fünfzig Meter entfernt und genau unter einer Straßenlaterne. Sie blickte zu ihm herüber, und während er sie im Spiegel beobachtete, fühlte er sein Herz klopfen. Jetzt kam sie zurück, zuerst langsam, dann immer schneller. Ihre Gestalt verschwand aus dem Spiegel, die Wagentür wurde geöffnet, und er hörte wieder ihre Stimme neben sich: »Warum wollte er, daß ich nicht komme?«
»Weil Sie verlobt sind«, antwortete Sam heiser.
Sie setzte sich neben ihn und schlug hart die Tür zu. »Ich bin nicht verlobt«, sagte sie. »Bringen Sie mich zu ihm!«
»Okay«, sagte Sam. Es war ihm nach einem Gebet zumute, aber er wußte keines.
Auf der ganzen Fahrt sprachen sie nichts miteinander. Claire saß in ihre Ecke gedrückt und blickte starr geradeaus. Immer, wenn sie an einer Laterne vorbeifuhren und das Licht ihr Gesicht traf, schloß sie kurz die Augen. Sie wußte genau, was sie tat, und sie hatte es auch gewußt, als sie aus dem Wagen gestiegen war, aber dazwischen lag eine Lücke, und jedesmal, wenn sie eine Erklärung dafür suchte, schob es sich wie eine Nebelbank vor ihr Bewußtsein, und ihre Gedanken wurden unklar. Nur über eines war sie sich jetzt völlig im klaren: sie hatte sich innerlich schon so

weit von Fred entfernt, daß ihr die Vorstellung, zusammen mit John in einen amerikanischen Unteroffiziersclub zu gehen, weniger Selbstüberwindung abverlangte als ein weiteres Nachgeben Fred gegenüber. Sie war noch nicht bereit, über irgendwelche Konsequenzen nachzudenken, aber sie fühlte, daß eine Veränderung mit ihr vorging, die sie ebensosehr beunruhigte wie mit Genugtuung erfüllte. Es wird alles noch ganz schrecklich enden, dachte sie.
Sie näherten sich jetzt dem Stadtrand. Die Straße, die sie den Berg hinauftrug, wurde breiter, die Laternen, die sie begleiteten, seltener. Das Geräusch des Motors veränderte sich, die Reifen rollten saugend über die festgefahrene Schneedecke.
Claire sah zu, wie die Stadt in die Tiefe glitt. Sie sah ihre farbigen Lichter heraufwinken, die von Scheinwerfern angestrahlte Kuppel und Türme des Doms, die schlanken Zwillingstürme der Basilika, die Türme von Sankt Michael und der Stadtpfarrkirche. Sie kannte die Stadt seit fünfundzwanzig Jahren, ihre Straßen und Gäßchen, ihre alten, efeuumrankten Mauern und ihre geheimsten Gedanken. Aber nie hatte sie sie geliebt. Sie war ihr fremd geblieben wie ihre Menschen, fremd und gleichgültig.
Unvermittelt tauchte die Kaserne auf, die langen Lichterketten ihrer Fenster, das hellbeleuchtete Tor mit dem grüßenden Posten; es zwang ihr ein Lächeln ab.
Sam, der es aus den Augenwinkeln bemerkte, grinste. »Das tat er nur, weil er Sie für eine Offiziersfrau gehalten hat.«
»Werden Offiziersfrauen gegrüßt?« fragte Claire.
»Wenn sie hübsch sind.«
»Danke«, sagte Claire. Und nach einer kleinen Pause: »Sind viele Männer dort?«
»Im Club?«
»Ja.«
»Kaum«, antwortete Sam. »Samstags gehen die meisten aus. Sie brauchen keine Angst zu haben.«
»Ich habe keine Angst.«
»Das habe ich schon gemerkt. Ich heiße Insogna, Sie können aber auch Sam zu mir sagen.«
»Danke, Sam«, murmelte Claire.
Es fiel ihr überraschend leicht, und sie erklärte es sich mit ihrer Furcht. Nie hatte sie der Gegenwart eines Menschen mehr bedurft als jetzt, und keinen Augenblick lang, seit sie sich in den Wagen gesetzt hatte, war sie so unsicher und von Zweifeln geplagt gewesen. Je länger sie sich in ihrer Vorstellung mit den Ereignissen der kommenden Minuten beschäftigte, desto überdimensionaler wurden ihre Konturen. Der Club verwandelte sich

in den feierlichen Spiegelsaal eines Schlosses mit endlosen weißgedeckten Tafeln, an denen unzählige Männer saßen, deren Gesichter sich bei ihrem Eintritt der Tür zuwandten, und sie ging durch das Spalier ihrer sich kreuzenden Blicke, als wäre sie nackt. Ich würde es nicht ertragen können, dachte sie.
Der Gedanke beherrschte sie noch, als der Wagen auf einem dunklen Parkplatz vor einem langgestreckten Gebäude mit hohen Fenstern hielt. »Wir sind da!« sagte Sam.
Ihre Knie zitterten beim Aussteigen. Sie hielt sich eine Sekunde lang am Wagen fest, ehe sie neben Sam auf eine Tür zuschritt, und dann kam alles ganz anders. Es gab keinen feierlichen Spiegelsaal, keine langen weißgedeckten Tafeln, keine Männer, die sie anstarrten, und sie war auch nicht die einzige Frau. Sie blieb einen Augenblick an der Tür stehen und versuchte, mit ihrer Überraschung fertig zu werden.
Der Raum war so groß, daß die zwei Dutzend Männer und Frauen, die zwanglos an den Tischen saßen, fast in ihm verschwanden. Die meisten Männer trugen dunkle Zivilanzüge. Die Frauen, unschwer als Amerikanerinnen zu erkennen, waren gleichfalls gut angezogen, nicht zu auffallend, aber auch nicht so, wie man sich anzieht, wenn man in ein Restaurant geht. Sie hatten Gläser vor sich stehen und beobachteten eine kleine Musikkapelle, die amerikanische Schlager spielte. Sie setzte sich aus vier Männern in roten Jacketts zusammen. Hinter ihnen, auf einem Stuhl, saß ein junges Mädchen in ärmellosem Kleid mit weitem Rock, Silberschuhen und goldener Halskette. Das schwarze Haar trug sie zu einem Knoten aufgesteckt, der zu groß war, um echt zu sein. Sie hatte ein schmales, starkgeschminktes Gesicht und bewegte den Fuß im Takt der Musik. Ganz hinten, an einer Tür, standen drei junge gutaussehende Mädchen mit weißen Schürzen und blickten gelangweilt in die Runde. Nur John war nirgends zu entdecken.
»Vielleicht sitzt er in der Bar«, sagte Sam. »Wie gefällt Ihnen unser Club?«
»Besser, als ich erwartet habe«, antwortete Claire lächelnd.
Dann sah sie John. Er trat aus der Tür, wo die drei Mädchen standen, verhielt kurz den Schritt und kam dann schnell durch den Saal.
»Was ich gesagt habe«, meinte Sam grinsend. »Er hat sich an der Bar Mut angetrunken!«
»Wozu?« fragte Claire, während sie John entgegenschaute. Plötzlich hatte sie wieder Herzklopfen. Sie stellte mit Genugtuung fest, daß die Frauen an den Tischen ihn mit dem Blick verfolgten,

dann war er bei ihr, und seine Hand war so groß, daß sie ihre eigene nicht mehr spürte. Er sagte nichts, er hielt nur ihre Hand fest und lächelte sie an, und vielleicht hätte es noch lange gedauert, wenn Sam nicht gewesen wäre.
»Ich komme später noch einmal vorbei«, sagte er. »Mary wartet auf mich.«
Er war so schnell draußen, daß Claire keine Zeit mehr fand, sich nach ihm umzuschauen.
»Wer ist Mary?« fragte sie.
»Seine Frau«, antwortete John. Er ging mit ihr an einen Tisch in einer Fensternische und half ihr aus dem Mantel. Jetzt merkte sie, daß sie angestarrt wurde, sie bewegte ein wenig den Kopf und begegnete den Blicken einiger Männer und Frauen, die rasch wieder wegsahen. Ihr erstes Empfinden war Ärger, der sich aber sofort in Trotz verwandelte. – Sie haben nicht einmal Courage, mir zu zeigen, was sie von mir denken, dachte sie verächtlich.
Unter den Männern waren auch einige Dunkelhäutige. Zum erstenmal fiel ihr auf, daß sie von den Weißen getrennt saßen. Vielleicht war es ein Zufall, aber sie stieß sich daran.
Die Sessel waren bequem. Sie schlug die Beine übereinander und betrachtete die von oben beleuchtete Decke mit ihren gelben Bilderbuchsternen, die etwas kitschigen Wandgemälde und zum Schluß John. Etwas an seinem Gesicht war anders, als sie es in Erinnerung behalten hatte, sie konnte sich aber nicht schlüssig werden, was es war.
»Ich hätte mir nicht träumen lassen, daß wir uns so bald wiedersehen würden«, sagte er.
Claire lächelte. »Man träumt immer das Falsche, John. Ich hätte mir nicht träumen lassen, daß Sie sogar eine Band in Ihrem Club haben. Sind es Amerikaner?«
»Holländer«, antwortete John. Er hatte eine schlimme halbe Stunde hinter sich. Die Furcht, sie könnte nicht kommen, hatte ihn zweimal vor die Tür getrieben. »Sie bleiben immer vier Wochen hier, dann kommt eine andere Kapelle. Was wollen Sie trinken?«
»Was trinken Sie?«
»Whisky on the rocks.«
»Kenne ich nicht«, sagte Claire. »Ich kann ihn einmal probieren.«
Sie hatte nie in ihrem Leben Whisky getrunken, und sie wunderte sich über sich selbst. Seit sie neben John saß, wurde sie ein Gefühl der Unwirklichkeit nicht los. Es war genauso, als erlebte sie ihren eigenen Auftritt aus einer anonymen Geborgenheit her-

aus. Die ungewohnte Umgebung schien ihr seltsam vertraut, geradeso, als wäre sie vor langer Zeit schon einmal hier gewesen, und sie wußte, daß es nur von ihrer Erleichterung kam. So wie jetzt würde es ihr vielleicht einmal zumute sein, wenn sie ihr Examen hinter sich hatte, etwas erschöpft, etwas neugierig auf das Kommende und sehr mit sich zufrieden.

Ein Mädchen trat an den Tisch. Es mochte etwa in ihrem Alter sein und unterhielt sich mit John wie mit einem guten Bekannten.

»Eine Deutsche?« fragte Claire, als sie weg war.

John nickte. »Sie ist hier angestellt.«

»Wer bezahlt sie?«

»Der Club-Sergeant. Er kassiert von jedem Clubmitglied monatlich einen Dollar.« Er lehnte sich in seinem Sessel zurück. »Ich glaubte nicht daran, daß Sie kommen.«

Claire lächelte verwundert. »Wir waren doch verabredet.«

»Vor dem Schloßgarten.«

»Und Sie waren nicht da. Warum haben Sie Ausgangssperre?«

»Jemand hat etwas gegen mein Gesicht.«

»Nur gegen Ihr Gesicht?«

»Es ist ihm zu dunkel.«

»Das tut mir leid, John.«

Jedesmal, wenn sie John sagte, tat sein Herz ein paar harte Schläge. Sie trug wieder ihr dunkles Kostüm vom Weihnachtsabend.

»Es macht mir nichts mehr aus«, sagte er.

»Trotzdem tut es mir leid«, sagte Claire. »Es ist lächerlich ...« Sie brach ab, weil das Mädchen die Gläser brachte, und wartete, bis es wieder weg war. »Ich verstehe die Leute nicht«, sagte sie dann. »Sam hat mir erzählt, daß Freds Eltern in der Kaserne angerufen und sich über Sie beschwert haben; ich wußte es nicht.«

»Er ist ein Schwätzer«, sagte John, »er hätte es Ihnen nicht sagen dürfen.«

»Warum nicht?«

»Ich möchte nicht, daß Sie sich diesen Abend verderben lassen. Hat er Ihnen noch mehr erzählt?«

»Daß Sie mich heute mittag anrufen lassen wollten, um mir zu sagen, daß ich nicht kommen soll; daß Sie in Wirklichkeit von der Universität geekelt wurden; daß Sie zwei Jahre lang Gelegenheitsarbeiter waren und ein Mädchen Ihnen tausend Mark abgenommen hat.«

»Er ist ein Schwätzer!« sagte John wieder, und diesmal klang seine Stimme gepreßt.

Claire legte ihm über den Tisch hinweg die Hand auf den Arm. »Wenn er es mir nicht erzählt hätte, könnte ich vielleicht nicht so mit Ihnen reden. Was hat Fred zu Ihnen gesagt, als er hier war?«
John betrachtete ihre Hand. Sie hatte lange, sehr schmale und etwas knochige Finger. »Daß Sie mit ihm verlobt sind.«
»Und deshalb wollten Sie, daß ich nicht komme?«
»Nicht nur deshalb. Er tat mir leid.«
Claire nahm ihre Hand von seinem Arm und griff nach ihrem Glas. Sie trank einen kleinen Schluck und schloß einen Moment die Augen.
»Schmeckt er Ihnen?« fragte John.
»Besser als Ihre Komplimente. Warum tat er Ihnen leid?«
»Jetzt habe ich Sie verärgert.«
»Nicht sehr; ich hätte es mir denken müssen.«
Sie blickte zu der Kapelle hinüber, wo das Mädchen jetzt aufgestanden war und an das Mikrophon trat. Es sang ein amerikanisches Lied, seine Stimme klang überraschend gut.
»Was hätten Sie sich denken müssen?« fragte John.
»Daß es nicht einfach ist. Ich hätte nicht dulden dürfen, daß Sie am Weihnachtsabend davongelaufen sind.«
John zuckte mit den Schultern. »Ich dachte, es sei Ihnen lieber so.«
»Wenn es mir lieber gewesen wäre, hätte ich Sie gar nicht erst mit nach Hause genommen. Vielleicht bin ich vor meinem eigenen Mut erschrocken. Man glaubt oft, man sei fertig damit, und dann entdeckt man doch noch etwas, was einen festhält.«
»An ihm?«
»Auch an ihm«, antwortete Claire.
Sie trank gedankenlos ihr Glas leer, beobachtete gedankenlos, wie er ein zweites für sie bestellte, dann blickte sie voll in sein Gesicht. »Es war zwischen Fred und mir nicht immer so wie in den letzten zwei Jahren. Als ich mit meinem Studium angefangen habe, war ich neunzehn Jahre alt, als ich Fred kennenlernte, zwanzig. Er war zehn Jahre älter als ich und der erste ernst zu nehmende Mann in meinem Leben. Es verhielt sich wie mit meinem Studium: Wenn man erst einmal sechs Semester hinter sich hat, kehrt man nicht mehr um.«
»Noch dazu mit einer Praxis vor Augen!« sagte John.
Claire nickte. »Noch dazu mit einer Praxis vor Augen. Ich habe das Rechnen genauso lernen müssen wie Sie, ich habe vor fünfzehn Jahren mit einem Taschengeld angefangen, und ich lebe heute praktisch immer noch von einem Taschengeld.«
»Ich wollte Sie nicht kränken«, murmelte John.

»Sie tun es, seit ich hier bin. Warum eigentlich?«
»Ich möchte Sie heiraten«, sagte John.
»Dann sind Sie wenigstens originell«, sagte Claire und verschluckte sich. »Habe ich dieses Glas schon wieder ausgetrunken?« – »Ich war es nicht«, sagte John.
Claire blickte prüfend in sein Gesicht. Sie war weder schockiert noch verlegen. Außer Fred hatte ihr noch kein Mann einen Heiratsantrag gemacht. Sie ließ ihnen keine Gelegenheit dazu. Von ihren Kommilitonen in Marburg waren viele scharf auf sie, aber sie waren ihr zu jung, zu versnobt und zu albern.
»Wir haben schon einmal darüber gesprochen«, sagte sie ruhig. »Am Weihnachtsabend.«
»Ich weiß es«, sagte John.
Claire schwieg. Sie spürte, daß sie wieder beobachtet wurde. Ihr Blick fiel auf einen Tisch in der Nähe, wo jetzt drei Farbige saßen, die sie unverwandt anstarrten. »Sind das Freunde von Ihnen?«
John sah kurz hin. »Nein.«
»Ich dachte, weil es Landsleute von Ihnen sind.«
»Sie sind in Amerika geboren.«
»Und?«
»Sie schauen auf mich herunter.«
»Das verstehe ich nicht«, sagte Claire. »Warum tun sie es?«
»Sie werden nicht gern daran erinnert, daß sie keine Weißen sind.«
»Und Sie erinnern Sie daran?«
»Jeder, der in Afrika geboren ist, erinnert sie daran. Klassenbarrieren sind bei ihnen ausgeprägter als bei den Weißen.«
»Ökonomische?«
John grinste. »Das auch, aber mehr noch der Grad der Helligkeitstönung ihrer Haut. Man hat ihnen so lange eingeredet, daß sie als Schwarze minderwertig sind, bis sie es nicht mehr ertrugen, Schwarze zu sein. – Sie würden mich also nie heiraten?«
»Nie!« sagte Claire lächelnd.
John lächelte auch. »Wollen Sie noch ein Glas?«
Er will mich betrunken machen, dachte Claire, aber sie hatte schon zuviel getrunken und nahm das, was er sagte, nicht mehr ernst. »Nein«, sagte sie.
»Ein Glas noch!« sagte John und winkte dem Mädchen.
Sie hätte jetzt aufstehen müssen, wenn ihre Beine nicht so müde gewesen wären, aber es war eine angenehme Müdigkeit. Sie saß bequem in dem tiefen Sessel, lächelte über die kitschigen Bilderbuchsterne an dem künstlichen Himmel, über die kitschigen Wandmalereien und über sich selbst.

»Ich werde nicht mehr in diesen Club kommen«, sagte sie, »er animiert zum Trinken. Ich habe es bis heute nicht gelernt.«
»Hier lernt es jeder«, sagte John. »Im Club ersäufen sie ihr Heimweh und was es sonst noch gibt.«
»Was gibt es sonst noch?«
»Viel!« sagte John. »Da kommt Sam!«
Claire hatte ihn auch schon gesehen, er kam von der Tür direkt auf sie zu.
»Ich kann leider nicht hierbleiben«, sagte er, noch ehe er recht bei ihnen war. »Wir haben Besuch.«
»Wie schade!« sagte John.
Sam nickte. »Tut mir wirklich leid«, sagte er und blickte beharrlich in die Luft. »Kam ganz unerwartet, ich wollte dir nur rasch den Autoschlüssel bringen, falls du ...«
Er brach ab, nahm die Nase zwischen Daumen und Zeigefinger und rieb sie. »Horne ist unterwegs«, sagte er, »ich habe mich erkundigt. Vor morgen früh zwei Uhr kommt er nicht zurück. Du brauchst ja nicht die ganze Nacht wegzubleiben.«
»Ich gehe zu Fuß nach Hause«, sagte Claire, »es wird mir guttun. Ich möchte nicht, daß John, wenn er Ausgangssperre hat, und meinetwegen noch ...«
Sie verhaspelte sich und lachte. »Das kommt davon!«
»Wovon?« fragte Sam.
Er schaute so betroffen drein, daß sie noch mehr lachen mußte.
John beobachtete sie grinsend. »Gib her!« sagte er und streckte Sam die Hand hin.
»Wieviel Gläser hast du?« fragte Sam.
»Zwei.«
»Das ist nicht wahr!« protestierte Claire. »Es waren mindestens vier oder fünf.«
»Sechs«, sagte John ernsthaft und mit ausgestrecktem Arm.
»Gib endlich her!«
Sam zögerte. »Sechs?« vergewisserte er sich.
»Gib her!« sagte John.
Sam legte den Schlüssel auf den Tisch. »Du mußt wissen, was du tust. Wenn sie dich erwischen ...«
»Ich gehe zu Fuß!« sagte Claire.
»Laß ihn auf dem Parkplatz stehen«, sagte Sam. »Ich brauche ihn vor morgen früh nicht.« Er blickte Claire an. »Haben Sie auch sechs Gläser?«
»Vier«, antwortete Claire heiter. – »Vier Gläser Whisky?«
»Ja.«
»Dann alles Gute!« sagte Sam und ging.

John trank sein Glas leer. »Wann kommen Sie wieder?«
»Das weiß ich nicht.«
»Sie kommen nicht mehr«, sagte er, »ich weiß es.«
»Das weiß man nie, John.«
»Ich weiß es!« wiederholte er störrisch.
»Habe ich es gesagt?«
»Sie werden es noch tun.«
»Ich habe zuviel getrunken«, sagte sie nach einer Pause. »Wenn ich zuviel getrunken habe, dürfen Sie mir keine Fragen stellen, die ich nicht einmal in nüchternem Zustand beantworten kann. Ich bin ein Augenblicksmensch, ich disponiere nie.«
»Vielleicht am Silvesterabend«, sagte John, »oder gehen Sie wieder zu ihm?«
»Vielleicht«, sagte Claire. Schon die Vorstellung entsetzte sie. Sie würde den ganzen Abend mit ihnen zusammensitzen, Bowle trinken und sich um Mitternacht von ihnen abküssen lassen müssen: von Fred, seiner Mutter, seinem Vater ...
»Ich könnte wieder den Wagen kriegen«, sagte John. »Wir könnten irgendwohin fahren.«
»Nach Giffaumont«, sagte Claire lächelnd.
»Wohin?«
»Sie kennen es nicht«, sagte Claire. »Nicht einmal Fred kennt es. Ich möchte auch nicht, daß er es kennenlernt; er würde es mir verderben, er ist zu zynisch.«
»Es bedeutet Ihnen viel?« fragte John.
»Vielleicht, aber wahrscheinlich rede ich es mir nur ein. Und jetzt wird es Zeit für mich.«
Er machte keinen Versuch, sie umzustimmen, und winkte dem Mädchen. Nachdem er bezahlt hatte, holte er ihren Mantel.
»Warum tragen Sie immer Uniform?« fragte Claire. »Ein grauer Anzug würde Ihnen stehen.«
»Ich habe keinen«, sagte John.
Er brachte sie zum Wagen, öffnete die Tür und wartete, bis sie saß. »Ich mache in letzter Zeit nur Dummheiten«, sagte sie. »Ich glaube, ich wäre imstande, mit Ihnen nach Giffaumont zu fahren.«
»Morgen früh haben Sie es wieder vergessen«, sagte John und ließ den Motor an. Er fuhr rasch, und als sie aus der Kaserne waren, fiel Claire in einer Kurve mit dem Kopf gegen seine Schulter.
»Verzeihung!« sagte sie und wollte sich wieder aufrichten, aber er hielt sie mit einer Hand fest.
»Bleiben Sie bitte so!« sagte er.

Sie blickte von unten in sein Gesicht. »Wissen Sie überhaupt noch, wo ich wohne?« – »Nein.«
»Dann fahren Sie mich hin!« sagte sie lächelnd.
Er hatte die Gegend nicht mehr genau im Kopf und verfuhr sich.
»Wir sind völlig verkehrt«, sagte Claire. »Fahren Sie da vorne nach rechts.«
Sie sagte ihm noch zweimal, wie er fahren müsse, dann waren sie in einer dunklen Straße, und sie erklärte, daß sie wieder falsch seien. Er fuhr die Straße zurück auf eine andere, die immer schlechter wurde, und schließlich hörten die Häuser auf, und die Straße mündete in einen Feldweg.
»Das kann auch nicht stimmen«, sagte Claire. »Fahren Sie zurück!«
John schwieg. Er fuhr noch einige hundert Meter weiter, dann hielt er an, schaltete das Licht aus und legte den Arm um ihre Schulter.
Claire richtete sich schnell auf; sie war plötzlich stocknüchtern. »Das dürfen Sie nicht tun!« sagte sie.
»Warum nicht?«
»Lassen Sie mich los!« sagte sie scharf.
Er lächelte von der Seite in ihr Gesicht. »Wenn Sie mich heiraten.«
»Ich warne Sie, John!«
Vielleicht lag es an ihrem Ton, vielleicht auch daran, daß sie jetzt so nahe bei ihm war, daß ihm der Gedanke, sie vielleicht nie mehr zu sehen, unvorstellbar erschien. Als er nach ihrer Brust griff, fiel ihm wieder das hochmütige Gesicht des weißen Mädchens ein, während die jungen Männer auf ihm herumgetrampelt waren, und dann erinnerte er sich an nichts mehr. Wie durch eine gepolsterte Tür hörte er ihre bettelnde Stimme, aber der Geruch ihrer Haut war stärker, und er preßte den Mund auf ihren Nakken, fühlte seidigen Stoff unter seinen Fingern, und dann keinen Stoff mehr, und er hatte vergessen gehabt, wie es war.
»Nicht!« sagte sie, »bitte nicht, John!«
Er achtete nicht darauf, und als sie zu schreien anfing, preßte er ihr die Hand auf den Mund. Sie grub ihre Zähne hinein, bis sie Blut schmeckte und vor Atemnot nicht mehr konnte. Dann ließ er sie plötzlich los. Sie öffnete die Augen und sah, daß er die Arme auf das Lenkrad und das Gesicht auf die Arme gelegt hatte. Eine kurze Weile blieb sie unschlüssig sitzen, aber er rührte sich auch nicht, als sie die Tür öffnete und aus dem Wagen kletterte.
Draußen brachte sie ihre Kleider in Ordnung. Es war kalt, ein schneidender Wind kam über die weißen Felder. Weiter hinten,

wo die Häuser anfingen, brannte eine Straßenlaterne, irgendwo schlug eine Kirchenuhr; es hörte sich ganz nahe an. Sie drehte sich um und entdeckte die Silhouette des Turms, die sich schmal und scharf vom Sternenhimmel abhob.
Es muß Sankt Michael sein, dachte sie. Sie wußte nun ungefähr, wo sie war, und es gab keine Entschuldigung dafür. Thüngerstadt war zu klein, um sich ernsthaft zu verfahren. Jeder andere Mann an seiner Stelle hätte das gleiche vermutet.
Sie stellte es ohne Beschönigung fest, und sie dachte nicht daran, zu Fuß zu gehen. Sie hätte eine Dreiviertelstunde dafür gebraucht; mit dem Wagen waren es zehn Minuten. Der Aufwand an Mühe lohnte sich nicht. Vielleicht hätte es sich gelohnt, wenn ihre Empörung echt gewesen wäre, aber nicht einmal dessen war sie sicher. Sie wußte nicht mehr, woran sie mit sich war.
Ihr Blick fiel wieder auf John, der unverändert hinter dem Lenkrad saß. Auch dafür fand sie keine Erklärung. Sie konnte sich nicht einmal schlüssig darüber werden, ob sie sich noch länger gesträubt hätte. Man brauchte in solchen Situationen ebensoviel Distanz wie Selbstbeherrschung, ebensoviel Glück wie Charakter, und wo die Gelegenheiten anfingen, energisch zu werden, hörte die Tugend meistens auf, stark zu bleiben.
Sie lächelte über sich selbst, dann kehrte sie in den Wagen zurück und berührte Johns Schulter.
»Bringen Sie mich nach Hause«, sagte sie ruhig. »Es ist spät geworden.«
»Ich war betrunken«, murmelte er.
»Wir waren beide betrunken; es wird uns nicht mehr passieren. Wo ist der Lichtschalter?«
Er richtete sich auf. Als es hell wurde, sah sie das blutverschmierte Lenkrad, es wurde ihr fast schlecht. Sie faßte behutsam nach seiner Hand und betrachtete sie. Im Ballen entdeckte sie die blutunterlaufenen Eindrücke ihrer Zähne, zwei waren durch die Haut hindurchgegangen.
»Ich bin ein Biest«, sagte sie. »Nehmen Sie mein Taschentuch!« Sie wickelte es um seine Hand, knüpfte einen Knoten und hielt seine Hand ein paar Augenblicke fest. »Das war die Sache nicht wert, John«, sagte sie.
»Für Sie nicht«, sagte er.
Claire lächelte. Sie betrachtete sein schmales, regelmäßiges Gesicht, sein kräftiges Kinn und die hohe Stirn. »Wenn ich eine Bantu-Frau wäre, würde ich Sie auf der Stelle heiraten, aber ich bin keine Bantu-Frau. Tut es noch weh?«
»Nein.«

Schuldbewußt sieht er gerade nicht aus, dachte sie, aber warum auch? Außer Fred hat es noch keiner fertiggebracht. Sie ertappte sich dabei, wie sie seine schönen schlanken Finger betrachtete, und sie ließ rasch seine Hand los.
»Fahren wir jetzt?« fragte sie.
»Nein.«
Er machte wieder das Licht aus und griff nach ihren Schultern. Damit hatte sie nicht gerechnet, aber sie versuchte diesmal nicht, sich zu wehren; sie wußte jetzt, wie stark er war.
»Wenn Sie mich nicht loslassen, John«, sagte sie, »haben wir uns heute das letzte Mal gesehen.«
»Das steht für Sie schon fest. Ich habe Sie angelogen.«
»Wann?«
»Vorhin. Ich war nicht betrunken.«
»Ich auch nicht«, sagte Claire, »dann sind wir quitt.«
»Ich habe gemerkt, daß Sie nicht mehr betrunken waren«, sagte John und legte ihr die Arme um den Rücken. Es war genauso, als wäre sie in einen Schraubstock eingespannt. Ein paar Herzschläge lang tat es ihr leid, daß sie nicht doch davongelaufen war, aber dann sagte sie sich, daß es nicht mehr zu ändern und sein Verhalten zu absurd sei, um es voraussehen zu können.
»Ich hätte Sie für vernünftiger gehalten«, sagte sie. »Warum haben Sie mich vorhin losgelassen?«
»Ich weiß es nicht.«
Sie hatte einen Verdacht, aber sie unterdrückte eine Bemerkung darüber und sagte statt dessen: »Ich gebe Ihnen noch eine Chance, John. Wenn Sie mich loslassen, fahre ich vielleicht zu Silvester mit Ihnen weg.«
»›Vielleicht‹ ist mir zuwenig.«
»Dann eben nicht.«
Seine Fingerspitzen streichelten ihren Hals, ihr Haar, dann beugte er sich zu ihr hinunter und küßte sie behutsam auf die geschlossenen Lider. Es erinnerte sie an ihre Mutter, sie lächelte verwundert. »Was ist los mit Ihnen, John?«
»Nichts«, murmelte er und gab sie frei. »Sie müssen mir jetzt nur noch sagen, wie ich fahren muß. Ich kenne mich in dieser Gegend nicht aus.«
»Zurück«, sagte Claire.
Sie beobachtete, wie er das Licht einschaltete und den Wagen rückwärts zu den Häusern fuhr, und sie wußte nicht mehr, was sie von ihm denken sollte.
Es war schon weit nach Mitternacht, die Straßen lagen leer und dunkel. Auf beiden Seiten waren große Schneehaufen aufge-

türmt, dann kam ein halbrunder Platz und dahinter eine Kirche. Vor ihrem Portal stand ein großer Tannenbaum mit elektrischen Kerzen.
»Sankt Michael«, sagte Claire. »Sie müssen jetzt immer geradeaus fahren. Hat Ihnen schon einmal jemand gesagt, daß Sie ein merkwürdiger Mensch sind?«
»Mein Vater«, antwortete John lächelnd.
Claire lächelte auch. »Das wundert mich nicht. Lebt Ihre Mutter nicht mehr?«
»Schon lange nicht mehr, ich war drei Jahre alt, als sie starb.«
Sie brauchten keine zehn Minuten bis zu ihrer Wohnung. Hundert Meter vor dem Haus ließ sie ihn anhalten. »Ich steige hier aus. Das Taschentuch können Sie behalten.«
»Ich werde es aufheben«, sagte John. »Sie rufen mich wieder an?«
Sie wußte es nicht, und sie wollte ihn nicht anlügen. »Vielleicht.«
»Ich werde trotzdem auf Sie warten«, sagte er und betrachtete seine verbundene Hand.
Als sie schon einen Fuß auf der Straße hatte, wandte sie ihm noch einmal das Gesicht zu. Er saß wie versteinert auf seinem Platz, und nie hatte ihr ein Mann so leid getan, aber sie sah keinen Ausweg. Sie sah auch kein Ende, wenn nicht dieses hier das Ende war. Vielleicht würde sie sich jetzt von Fred trennen. Nach diesem Abend schien es ihr möglich. Aber wenn sie es nur tat, um ein noch komplizierteres und aussichtsloseres Verhältnis einzugehen, war es sinnlos. Sie durfte nicht aus den Augen verlieren, weshalb sie sich mit John getroffen hatte: um sich an Fred zu revanchieren, um an John ein Versäumnis gutzumachen und um ihrer selbst willen, um wenigstens in ihrem Leben einmal etwas zu tun, wozu ihr jedesmal der Mut gefehlt hatte. Aber nun war etwas Neues hinzugekommen, und sie wußte noch nicht, wie sie morgen darüber denken würde, wenn auch der letzte Rest Whisky aus ihrem Kopf war. Sie brauchte jetzt Zeit, Schlaf und Distanz. Sie konnte ihm nicht mehr versprechen, als sie morgen früh, wenn sie ausgeschlafen hatte, versprechen würde. Vielleicht war es unfair gewesen, ihn mit einem Hinweis auf Silvester abzuspeisen, doch hatte sie keine andere Wahl gehabt, und sie betrachtete es als einen Akt der Notwehr. Sie konnte ihm nicht helfen, es war eine Entscheidung, die ihr niemand abnehmen würde. »Auf Wiedersehen, John«, sagte sie.
Er nickte nur.
Sie wartete noch eine Sekunde, dann ging sie rasch davon.

John blickte ihr nach, bis sie in einem Haus verschwand. Die Straße war einseitig bebaut, die Häuser standen hinter kleinen Gärten. Auf der linken Straßenseite war eine niedrige Böschung mit Sitzbänken. Vor drei Tagen hatte er keine Zeit gefunden, auf die Gegend zu achten. Er kletterte aus dem Wagen. Als er die Böschung hinaufstieg, sah er den Fluß. Er war halb zugefroren, drüben hoben sich die verschneiten Berge der Rhön vom Himmel ab. Es war eine schöne Wohngegend, auch die Häuser waren schön, keine Mietskasernen, die Stockwerke mit Balkons, Erkern und kleinen Vorbauten. Er kehrte zum Wagen zurück und fuhr langsam weiter. Vor ihrem Haus hielt er kurz an und blickte zu ihrem Fenster hinauf, wo jetzt Licht brannte. Er war unfähig, etwas zu denken.

DRITTES KAPITEL

1

Er sah den Wagen schon, als er in die Straße einbog. Es war ein großer Buick, zweifarbig, mit riesigen Panoramascheiben und Weißwandreifen. Er stand etwa zwanzig Schritte von ihrer Haustür entfernt auf der anderen Straßenseite und trug ein amerikanisches Nummernschild. Zwei Kinder drückten sich an seinen Scheiben die Nasen platt.

Obwohl er auf eine unangenehme Überraschung gefaßt gewesen war, nahm es ihm die Luft weg. Er ließ seinen Wagen langsam ausrollen, kletterte mit steifen Beinen heraus und blickte zu ihrem Fenster hinauf. Der Rolladen war oben, der Vorhang zurückgezogen. Viermal hatte er heute morgen vergeblich versucht, sie anzurufen; jetzt wußte er, weshalb sie sich nicht gemeldet hatte.

Er blieb eine Weile auf der Straße stehen, während seine Gedanken wie lahmgeschossene Vögel durch sein Bewußtsein flatterten. Nun, da er nur noch die Treppe hinaufzusteigen brauchte, um sich auch die letzte Gewißheit zu verschaffen, fürchtete er sich davor. Er war bereit gewesen, alles zu entschuldigen. Er war in der festen Absicht hierhergekommen, ihr keine Vorwürfe zu machen, mit einer versöhnlichen Geste auszulöschen, was geschehen war, obwohl er gestern den ganzen Nachmittag nach ihr gefragt, bis Mitternacht vor ihrem Haus gewartet und die schlimmste Nacht seines Lebens hinter sich hatte.

Und nun stand der amerikanische Wagen vor der Tür. Ihr Vater war sicher schon weggegangen, Ruth über das Wochenende nach Hause gefahren, sie würde ganz allein mit ihm sein, vielleicht noch im Nachthemd, vielleicht im Bett, im Bett mit ihm ...

Es drehte seinen Körper herum. Als er eine halbe Minute später atemlos vor ihrer Tür stand, war er nicht mehr zurechnungsfähig. Er ließ die Hand auf dem Klingelknopf liegen, trommelte mit der Faust gegen die Tür, und dann blickte er in das empörte Gesicht ihres Vaters. Es brachte ihn schneller zur Vernunft, als ein Erdbeben es vermocht hätte. Er glotzte ihn fassungslos an, unfähig, etwas zu sagen, unfähig, nach einer Entschuldigung zu suchen, er stand einfach da, die Arme schlaff herunterhängend und mit einem Gefühl grenzenloser Verblüffung. Dann ent-

deckte er auch Claire. Sie kam langsam aus ihrem Zimmer, fertig angezogen und mit rotem Kopf.
»Bist du übergeschnappt?« fragte sie.
Es ist unmöglich, dachte er, es ist unmöglich, daß ihr Vater mit ihr unter einer Decke steckt. Sie hätte sich nie getraut, den Schwarzen heraufzulassen, solange er im Haus ist.
Er wandte sich mit verzerrtem Lächeln an ihn. »Ich dachte, Sie seien schon weg.«
»Soll das heißen, daß Sie sich immer so aufführen, wenn ich nicht im Haus bin?« fragte Heggelbacher kühl.
»Natürlich nicht«, murmelte Fred. »Entschuldigen Sie, bitte!«
Er hatte ihn nie gemocht, er war ihm zu intellektuell, zu hochnäsig, einer von jenen, die einen Mann nur dann ernst nahmen, wenn er mindestens das Abitur hatte. Er, Fred, hatte das Abitur nicht, aber er war der Sohn eines stadtbekannten Mannes, und eines Tages würde er mehr Geld verdienen, als der Direktor einer Landesbibliothek jemals gesehen hatte. Seit er ihn kannte, hatte er selten mehr als ein Dutzend Worte auf einmal mit ihm gesprochen. Er vermied es auch, wenn es sich irgendwie einrichten ließ, ihm zu begegnen. Am Anfang hatte er ihn im Verdacht gehabt, eifersüchtig zu sein, aber so, wie die Dinge zwischen ihm und Claire lagen, war der Gedanke absurd.
Er merkte plötzlich, daß Claire verschwunden war. Während er noch nach einer glaubwürdigen Erklärung für sein Verhalten suchte, drehte sich Heggelbacher schroff um, ging in sein Zimmer und schlug die Tür hinter sich zu.
Altes Ekel! dachte Fred.
Claire saß an ihrer Reiseschreibmaschine, hatte ein paar Bücher auf dem Tisch liegen und rauchte. Sie trug eine enge blaue Hose, einen gelben Pullover mit Rollkragen, und ihr Gesicht war wie immer. Er hatte fast vergessen, wie schön sie war. Als er hereinkam, ließ sie sich mit dem Rücken gegen die Stuhllehne fallen und blickte ihn an.
»Es ist mir entsetzlich peinlich«, sagte er und legte seinen Hut ab. »Ich habe nicht damit gerechnet, daß er noch hier ist. Um diese Zeit habe ich ihn noch nie angetroffen.«
»Er ist erkältet«, sagte Claire.
»Das konnte ich nicht riechen«, sagte Fred. »Ich habe in letzter Zeit Pech.«
»Ich würde sagen: schlechte Manieren, aber die hattest du schon immer. Was willst du?«
»Euer Telefon geht nicht.«
»Ich habe den Stecker herausgezogen.«

»Warum?«
»Damit du nicht anrufst«, sagte sie.
Fred nickte. »Ich habe es mir gedacht. Ich wollte dich abholen, aber wenn er erkältet ist ... Er bleibt zum Essen hier?«
»Ja.«
»Pech!« sagte Fred wieder. Er ging zum Fenster, schob die Gardine etwas auf die Seite und betrachtete den amerikanischen Wagen.
»Willst du mir nicht endlich erklären, weshalb du dich so aufgeführt hast?« fragte Claire.
Ihr Ton war neu. Er kannte die ganze Skala ihrer Stimme, und wenn sie mit ihm sprach, wußte er sofort, woran er mit ihr war. Heute wußte er es nicht. Ihre Stimme klang weder gereizt noch unfreundlich, aber auch nicht eine Spur versöhnlich. In diesem Ton unterhielten sich Chefsekretärinnen mit unangemeldeten Besuchern.
»Ich dachte, du schliefest noch«, sagte Fred.
»Ich habe dir keinen Anlaß gegeben, so zu denken«, erwiderte sie. »Du weißt, daß ich sonntags spätestens um zehn Uhr aufstehe.«
»Du kommst auch nicht jeden Samstagabend nach zwölf Uhr nach Hause«, sagte Fred, den Wagen betrachtend. »Ich habe unten auf dich gewartet.«
Sie hatte halb damit gerechnet. »Es war dein Privatvergnügen«, sagte sie.
Fred drehte sich um. »Gestern mittag warst du auch nicht zu Hause.«
»Das ist möglich«, sagte Claire.
»Du warst bei ihm?«
»Ich habe es dir gesagt.«
»Wie lange?«
»Wenn du gestern abend eine halbe Stunde länger gewartet hättest, wüßtest du es genau.«
Er merkte, wie es ihm immer schwerer fiel, an seine guten Vorsätze zu denken. »Du findest das ganz natürlich?« sagte er mühsam.
Claire lächelte. »Es war sehr lustig, wir haben Whisky getrunken, Musik gehört, und anschließend sind wir noch etwas spazierengefahren.«
»Mit einem Buick?«
Sie stutzte. »Wieso?«
»Mit einem zweifarbigen Buick?« fragte Fred.
Jetzt war sie sich ihrer Sache sicher, er mußte sie also doch gesehen haben. Sie zuckte gleichgültig mit den Schultern.

»Ich habe es mir gedacht«, sagte Fred. »Vor eurem Haus steht einer.«
Sie starrte verblüfft in sein Gesicht. »Vor unsrem Haus?«
Es klang so echt, daß er unsicher wurde. »Du weißt es nicht?«
Sie stand langsam auf, drückte ihre Zigarette aus und kam zu ihm ans Fenster. Als sie den Wagen sah, wurde sie blaß.
»Ist er das?« hörte sie Fred fragen.
Er war es, sie hatte sich sogar die Nummer gemerkt, und sie wußte jetzt, weshalb Fred sich so aufgeführt hatte. Ein paar Herzschläge lang war sie vor Ärger unfähig, etwas zu sagen. Sie öffnete das Fenster und blickte auf die Straße hinab.
Ich muß ihn sofort anrufen, dachte sie, und es war ihr erster klarer Gedanke.
»Er gehört ihm?« sagte Fred wieder, und diesmal klang es mehr nach einer Feststellung.
Sie machte das Fenster zu, kehrte an den Tisch zurück und steckte sich eine frische Zigarette an. Vielleicht war ihm das Benzin ausgegangen? Aber ausgerechnet vor ihrer Haustür? So viel Zufall gab es nicht.
»Ich habe dich etwas gefragt«, sagte Fred.
Die zuckende Stelle in seinem Gesicht verriet ihr, daß seine äußere Ruhe gekünstelt war. Sie setzte sich auf ihren Platz und blies den Rauch zur Decke. »Vielleicht hat er ihn vergessen.«
Fred glaubte sich verhört zu haben. »Vergessen?«
Jetzt brachte sie es sogar fertig, zu lächeln. »Er war etwas zerstreut. Verliebte Männer sind immer zerstreut.«
»Du gibst also zu ...«
Sie unterbrach ihn kühl: »Ich habe von ihm gesprochen, nicht von mir. Er hat mir erzählt, daß deine Eltern in der Kaserne angerufen haben.«
Fred wußte es, seine Mutter hatte am Weihnachtsabend gesagt, daß sie sich beschweren wolle, aber er hatte nicht mehr daran gedacht.
»Mein Einfall war es nicht«, sagte er. »Wenn sie es getan hat, dann nur deinetwegen.«
»Meinetwegen?«
»Natürlich!« sagte Fred. »Sie hätte auch nicht den Mantel hinausgetragen, wenn sie sich nicht über dich geärgert hätte. Es war schlimm genug, daß sie ausgerechnet ihr einen Schwarzen geschickt haben. Sie getraut sich nicht, es ihren Bekannten zu erzählen, und statt ihr darüber hinwegzuhelfen, lachst du sie noch aus.«
»Ich habe sie nicht ausgelacht.«

»Es hörte sich jedenfalls so an. Du hast gewußt, wie empfindlich sie ist. Ich habe ihm gestern das Geld zurückgegeben. Du hast jetzt keinen Grund mehr, dich noch einmal mit ihm zu treffen.«
Claire schwieg.
»Oder hast du doch noch einen Grund?« fragte er lauernd.
»Ich möchte weiterarbeiten«, sagte Claire.
Fred hatte noch seinen Mantel an und knöpfte ihn langsam auf. »Wenn das geschieht«, sagte er, »geschieht etwas anderes.«
Bis dahin war sie sich noch nicht schlüssig gewesen, wie dieses Gespräch enden würde. Als sie heute früh aufgewacht war, hatte sie zuerst drei Tabletten geschluckt, um ihre Kopfschmerzen loszuwerden, dann hatte sie lange gebadet und hinterher mit ihrem Vater gefrühstückt. Aber im gleichen Maße, wie ihre Kopfschmerzen nachließen und die Erinnerung an den gestrigen Abend verblaßte, war auch ihr Selbstbewußtsein zurückgekehrt. Es war ein Mißverständnis gewesen; und es würde nur noch darauf ankommen, eine Wiederholung zu vermeiden, wozu sie fest entschlossen war. Allerdings belastete sie dieses Problem im Augenblick nicht so sehr wie Freds Anwesenheit. Sie fühlte, daß sie noch nicht unsentimental genug war, mit einem Wort hinwegzuwischen, was fünf Jahre lang zu ihrem Alltag gehört hatte. Und vielleicht war sie im Grunde genauso berechnend wie alle anderen, die es einer gesicherten Zukunft wegen mit sich machen ließen, auch wenn es ihnen dabei den Magen herumdrehte. War sie es wirklich?
Die Antwort kam von ihren Beinen, die sie ohne ihr Zutun in die Höhe und zur Tür trugen. Sie machte die Tür weit auf.
»Ich weiß zwar nicht, was geschehen soll«, sagte sie, »aber solange dies hier mein Zimmer ist, geschieht hier, was ich will, und jetzt will ich wieder arbeiten.«
»Du bist verrückt!« sagte Fred mehr verwundert als empört.
Claire lächelte. »Das habe ich mir gestern auch gesagt. Soll ich meinen Vater rufen?«
Er starrte sie eine Weile an, dann ging er langsam auf sie zu und nahm die Hände aus den Taschen. »Wo hast du dich mit ihm getroffen?«
»In einem Stundenhotel«, sagte Claire. »Wir haben zusammen zehn Gläser Whisky getrunken und sind dann ins Bett gegangen. Wenn du noch mehr wissen willst, mußt du ihn selbst fragen. Vergiß deine hundert Mark nicht, sie liegen auf dem Tisch.«
Jedes ihrer Worte war gezielter Hohn, und jedes traf ihn genau dort, wo er am empfindsamsten war. Er blieb hilflos vor ihr stehen. Seltsamerweise erschien es ihm nun, da sie es ausgesprochen

hatte, unwahrscheinlicher als vorher, und er hatte plötzlich das Gefühl, daß ihr der Neger nur zum Vorwand diente, ihn loszuwerden. Aber wenn sie es vorhatte, wenn sie wirklich beabsichtigte, sich von ihm zu trennen, mußte es andere Gründe haben. In dieser Sekunde seiner größten Demütigung schien es ihm ausgeschlossen, daß sie ihn eines Negers wegen aufgab, ihn, Alfred Fehrenbach, die Praxis und alles, was er ihr für die Zukunft zu bieten hatte. Vielleicht steckte schon lange ein anderer Mann dahinter, ein Kommilitone in Marburg, ein Dozent, einer, den sie im Zug, auf der Straße oder sonstwo kennengelernt hatte, hundert Möglichkeiten, und nie war ihm auch nur der Gedanke gekommen. Vielleicht ging das schon Monate so, vielleicht Jahre, vielleicht ...

»Wer steckt dahinter?« fragte er mit zusammengebissenen Zähnen.

Claire runzelte die Stirn. »Wo dahinter?«

»Langsam geht mir ein Licht auf«, sagte Fred. »Es ist gar nicht dieser Neger, du bist viel zu anspruchsvoll, dich mit so etwas einzulassen.«

»So?«

»Natürlich!« sagte Fred. »Du würdest eher kotzen. Da muß schon ein anderer kommen, wahrscheinlich einer von der Universität, der dir das Wasser reichen kann, so ein Hochgeistiger wie dein Vater, was?«

Claire trat einen Schritt von ihm zurück. »Du weißt nicht mehr, was du redest!«

Er lachte wütend. »Es hat lange gedauert, ich war blödsinnig genug, auf dein Theater hereinzufallen, Stundenhotel und so weiter! Ich gehe nicht von hier weg, ehe ich nicht weiß, wer es ist.«

»Du hast den Buick übersehen«, sagte sie kalt.

Fred stutzte. Er hatte sich dermaßen in seine neue Version hineingesteigert, daß er den amerikanischen Wagen völlig übersehen hatte. Wenn er wirklich dem Sergeant gehörte, war die neue Version haltlos, aber er glaubte es nicht, jetzt nicht mehr. Wahrscheinlich war es ein Zufall, daß er vor der Tür stand, eigentlich stand er nicht genau vor ihrer Tür, eher zwischen ihrem Haus und dem nächsten. Er erinnerte sich, wie sie gelächelt hatte, als sie sagte, daß er den Wagen vergessen habe. Vielleicht hatte sie die Gelegenheit nur benutzt, ihn an der Nase herumzuführen, ein neuer Trick von ihr, ein wenig Angabe, um ihn glauben zu machen, sie sei gestern mit einem Buick fortgewesen, den ganzen Mittag und den ganzen Abend! Möglicherweise hatte sie sich ein paar Minuten mit ihm getroffen, um sich ein Alibi zu verschaf-

fen und den Rest des Tages mit dem anderen zu verbringen! Nein, sie war nicht so einfältig, zuzulassen, daß ein Neger seinen Wagen vor ihrem Haus stehenließ, damit jeder ihn sehen konnte. Und wenn er wirklich ihm gehörte, hätte er es sich nicht entgehen lassen, schon am Weihnachtsabend damit zu glänzen.
Je länger er darüber nachdachte und sich alle Argumente und Gegenargumente durch den Kopf gehen ließ, desto lächerlicher erschien es ihm. Er war davon überzeugt, daß sie jede Beziehung zwischen dem Wagen und John abgeleugnet hätte, wenn eine vorhanden gewesen wäre. Daß sie es nicht getan hatte, bestätigte nur seine Theorie.
»Ich habe noch keinen Halbwilden in einem Buick herumfahren sehen«, sagte er verächtlich. »Ich bin zwar nicht so intelligent wie du, aber rechnen kann ich auch. Als Sergeant kann er sich keinen Buick leisten.«
»Er ist kein Halbwilder«, sagte Claire mit erhobener Stimme. »Er ist zufällig schwarz, wie du zufällig weiß bist.«
Fred grinste. »Man ist nie zufällig das, was man ist. Vielleicht willst du mir noch einreden, daß du dich entschlossen hättest, ihn zu heiraten! Wie ich dich kenne, würdest du dich nur noch mit einem Schleier auf die Straße trauen. Warum hast du so genau gewußt, daß euch am Weihnachtsabend niemand gesehen hat? Wenn du nicht darauf geachtet hättest, ob euch jemand sieht, hättest du es nicht sagen können.«
Es war ein neues Argument, das ihm erst jetzt eingefallen war, und ihr Schweigen schien ihm recht zu geben. Er fühlte, wie er wieder festen Boden gewann, und wurde laut: »Ich will jetzt wissen, wer es ist!«
Claire schwieg. Irgendwo war eine Barriere, über die ihr Verstand nicht hinwegkam, und sie fühlte sich versucht, ihm ins Gesicht zu lachen. Vielleicht hätte sie es auch getan, wenn er nicht zu viel gegen John gesagt hätte, eine Kleinigkeit zu viel, die sie unwillkürlich in Opposition gegen sich selbst brachte, gegen ihre eigenen Bedenken, gegen ihre eigene Vernunft und auch gegen das, was gegen John sprach. Jetzt, in diesem Augenblick merkte sie, daß sie nichts vergessen hatte und daß alles, was ihm zugestoßen war, ihren leidenschaftlichen Widerspruch hervorrief. Der gleiche Zorn, der über sie gekommen war, als Freds Mutter den Mantel hinausgetragen hatte, erfaßte sie auch jetzt wieder, und er kam so plötzlich, daß sie sich von ihm überrumpeln ließ.
»Du willst ihn kennenlernen?« fragte sie undeutlich.
»Ich werde ihn kennenlernen«, erwiderte Fred, »ob es dir paßt oder nicht.«

Sie ging an ihm vorbei auf die Diele und von dort zur Glastür. Sie machte sie auf und blieb stehen, bis Fred ihr nachkam.
»Das wird dir noch leid tun«, sagte er mit rotem Kopf.
»Das glaube ich nicht. Ich treffe ihn am Mittwochabend Punkt acht Uhr vor den Smiley Barracks.«
»Das ist nicht wahr!« sagte Fred.
»So wahr ich lebe«, sagte Claire und kehrte in ihr Zimmer zurück. Sie schloß die Tür hinter sich ab, ließ sich in einen Sessel fallen und blieb sitzen, bis draußen die Glastür zuschlug. Dann trat sie ans Fenster und blickte hinter der Gardine auf die Straße hinab. Etwas später sah sie Fred aus dem Haus kommen. Er ging schnell und mit gesenktem Kopf zu seinem Wagen, schloß die Tür auf und fuhr davon. Jetzt stand nur noch der Buick unten. Während Claire ihn betrachtete, wurde ihr der Hals eng. Diese blödsinnigen Männer! dachte sie.

2

Chumley empfing ihn grinsend. »Du solltest dir ein Privattelefon zulegen«, sagte er, »mit Anschluß auf deine Bude. Sie ist an der Strippe.«
Er beobachtete, wie John den Hörer in die Hand nahm. »Ich muß sie unbedingt kennenlernen«, sagte er.
»Ich habe sowieso mit dir zu sprechen«, erwiderte John, dann vernahm er Claires Stimme: »Sind Sie es, John?«
»Ich bin es«, sagte er. »Der Wagen wird heute abend abgeholt.«
Ihre Stimme blieb ein paar Sekunden weg, dann hörte er sie fragen: »Hatten Sie eine Panne?« – »Nein.«
Wieder blieb es eine Weile still. »Tun Sie so etwas nicht mehr, John«, sagte sie schließlich. »Ich muß Sie noch einmal sprechen.«
Er hatte mit allem gerechnet, nur nicht damit. »Heute abend?« fragte er schnell.
»Nein, am Mittwochabend. Erwarten Sie mich um acht Uhr vor der Kaserne.« Er vernahm noch das Geräusch, mit dem sie den Hörer auflegte, dann war es still.
Von irgendwoher kam Chumleys Stimme: »Schon fertig?«
John bewegte ein wenig den Kopf und sah ihn am Schreibtisch sitzen. »Diesmal hat es dich erwischt«, sagte Chumley. »Ich gäbe einen Monatslohn, wenn ich wüßte, wie sie aussieht.«
»Weißt du es nicht?« fragte John.
Chumley fletschte die gelben Zähne. »Vom Hörensagen. In der Siedlung ist sie Thema Nummer eins. Buck behauptet, sie sei

wie ein Titelbild vom ›Vogue‹. Ich könnte mich grün ärgern, daß ich gestern abend nicht im Club war.«
»Du bist auch sonst nicht im Club.«
»Um ein Bier zu trinken, brauche ich ihn nicht. Siehst du sie wieder?«
John schob die Hände in die Taschen und blickte von oben in sein Gesicht. »Horne hat mir etwas erzählt.«
»Er will dir noch mehr erzählen«, sagte Chumley. »Irgendein Schweinehund hat dich verpfiffen.«
»Verpfiffen?«
»Du hattest gestern abend Ausgangssperre«, sagte Chumley. »Jemand hat dich in Sams Wagen gesehen.«
Es war eine Möglichkeit, mit der John gerechnet hatte. Er verzog keine Miene. »Du warst es natürlich nicht?«
Chumley legte die Stirn in Falten. »So etwas solltest du nicht einmal auf der Latrine denken. Es ist deine Sache, wenn du dich unbeliebt machst.«
»Bei Horne hast du nichts davon gewußt.«
»Horne hat eine eigene Zunge«, sagte Chumley schleppend. »Ich weiß nicht, was er dir erzählt hat, aber wenn du ihm mehr glaubst als mir ...«
»Dir glaube ich kein Wort mehr«, sagte John.
»Schade!« murmelte Chumley und betrachtete melancholisch seine rechte Fußspitze, die mitten auf dem Schreibtisch lag. Dann stand er auf. »Du weißt Bescheid«, sagte er dienstlich. »In einer Stunde.«
»Okay«, sagte John.
Sam erwartete ihn auf seiner Stube.
»War sie es?«
»Sie war es«, bestätigte John und warf seine Mütze auf das Feldbett. »Sie will mich am Silvesterabend treffen.«
»Komisch!« sagte Sam. Er sah aus wie ein Mann, der einen todsicheren Tip gemacht hat und sich trotzdem darüber wundert. »Hätte ich nicht gedacht.«
»Heute früh hast du es gedacht«, erwiderte John.
Sam bohrte in seiner Nase und betrachtete etwas in der Luft. »Ich weiß natürlich nicht, wie weit du mit ihr gekommen bist«, meinte er nach einer Pause.
»Das stimmt«, sagte John.
Sein Ton erregte Sams Aufmerksamkeit. »War etwas?«
»Es war wie ein Dammbruch«, sagte John, »es ging mit mir durch.«
»Du hast sie ...«

»Im Wagen?«
»Neu wäre es nicht«, sagte Sam verwundert. »Ich bin kein Seelenarchitekt, aber wenn ich Dammbruch höre . . .«
Er drehte sich nach John um, der sich aufs Bett gelegt und die Hände im Nacken verschränkt hatte. »Mary weiß auch schon davon.«
»Es geht herum wie eine Hühnerseuche«, sagte John. »Ich habe ihr gesagt, daß der Wagen heute abend abgeholt wird.«
Sam nickte. »Er hat seine Schuldigkeit getan; sie mußte anrufen, sie hatte gar keine andere Möglichkeit.«
»Ich weiß nicht.«
»War sie wütend?«
»Nein.«
»Dann ist alles okay«, sagte Sam zufrieden. »Es war jedenfalls besser, als wenn du sie angerufen oder ihr einen Brief geschrieben hättest. Einen Brief kann man ungelesen wegwerfen, einen Telefonhörer auflegen. Wenn es wieder mal nicht klappt, weißt du, was du zu tun hast. Bei Mary war es ähnlich. Damals hatte ich noch keinen eigenen Wagen. Ich mietete mir einen und ließ ihn so lange vor ihrer Haustür stehen, bis ihre Eltern sich darüber aufregten. Am nächsten Tag rief sie mich an.«
»Es ist Erpressung«, sagte John.
Sam begriff ihn nicht. »Jetzt hör mal her!« sagte er aufgebracht. »Ich habe den Wagen hingefahren, und sie hat angerufen. Was willst du noch mehr?«
John wußte es selbst nicht. Vielleicht lag es daran, daß ihre Stimme am Telefon so sachlich geklungen hatte. Er war darauf gefaßt gewesen, daß sie verärgert sein würde, und er wäre damit fertig geworden, aber ihre Sachlichkeit beunruhigte ihn. So sprach man, wenn man eine unangenehme Angelegenheit zu Ende bringen möchte. Sicher hätte sie ohne den Wagen nicht angerufen, und ebenso sicher wollte sie vermeiden, daß er es noch einmal tat. Sie würde ihm erklären, daß sie ihn nicht heiraten könne, daß es bei dem bleiben müsse, was geschehen war, und daß man sich in aller Freundschaft und wie zwei vernünftige Menschen trennen wolle. Er hatte das alles schon einmal gehört, es war nicht mehr neu für ihn, aber diesmal würde er es nicht ertragen.
Die ganze Siedlung weiß es schon, dachte er, ich hätte sie nicht in den Club bringen dürfen, überallhin, nur nicht in den Club!
»Vielleicht will sie sich verabschieden«, sagte er laut.
»Vor der Kaserne?« Sam schüttelte den Kopf. »Du verstehst nichts von Frauen. Wenn sie sich verabschieden wollte, hätte sie es am Telefon getan. Du weißt, daß ich skeptisch war, aber wenn

an dieser Sache nicht etwas dran ist, schenke ich dir meinen Buick.«
»Ich kaufe ihn.«
Sam stand auf, als wäre ihm ein Trompetensignal in die Knochen gefahren.
»Du kaufst ihn?«
»Für dreihundert Dollar«, sagte John, »wenn du einverstanden bist.«
»Ich muß mich wieder setzen!« sagte Sam und tat es.
John grinste mit leerem Gesicht. »Ich würde den letzten Dollar für sie hergeben.«
»Damals waren es nur zweihundertfünfzig«, sagte Sam, der es noch nicht gefaßt hatte. »Du warst genauso verrückt wie heute, und hinterher warst du noch verrückter. Ich wäre nicht dein Freund, wenn ich es nicht riskierte, mir möglicherweise das Maul zu verbrennen. Du kannst sagen: Das ist bestimmt eine Frau, die einen Mann abkocht, und jene ist eine, die ihn bestimmt nicht abkocht, und du kannst dich in beiden Fällen täuschen.«
»Nur über dich selbst kannst du dich nicht täuschen«, sagte John.
Sam erhob sich zum zweitenmal, sein Gesicht sah plötzlich fiebrig aus. »Wenn Mary nicht wäre«, sagte er rauh, »und mir käme so ein Weib über den Weg, ich würde mich den Teufel was darum kümmern, was sie mich kostet und was mir hinterher bleibt. Das ist genauso, als hättest du die Möglichkeit, ein einziges Mal auf der Milchstraße spazierenzugehen, auch wenn du genau weißt, daß du nicht mehr zurückkommst. Leg sie um, John, und wenn sie dir dann davonläuft, kann sie es dir nicht mehr wegnehmen.«
Nie hatte John ihn so erlebt, es war eine neue Seite an ihm, und sie kannten sich seit drei Jahren.
Gestern abend hätte ich es tun können, dachte er, sie war so weich wie Meerschaum.
Er schwitzte wieder und stand auf. »Ich will nicht, daß sie mir davonläuft, ich will sie heiraten.«
Er trat zum Fenster, riß es auf und drückte die schweren Schultern zurück, daß seine Brust hervortrat. Er atmete ein paarmal tief durch, fühlte die eisige Luft in sich hineinströmen, fühlte die Kraft, die in ihm steckte, die unbändige, unverbrauchte Kraft eines achtundzwanzigjährigen Mannes, und er dachte, daß er es schaffen müsse. Ein paar Verse von Hughes fielen ihm ein, er versuchte, sie in die richtige Reihenfolge zu bringen: Ich kannte Ströme, uralt wie die Welt und älter als das Blut in Menschenadern – meine Seele ward tief wie die Ströme – ich badete im

Euphrat in der Dämmerung der Zeiten und baute meine Hütte am Ufer des Kongo – ich blickte auf den Nil, baute über ihm die Pyramiden – ich hörte den Mississippi singen, als Abraham Lincoln nach New Orleans zog – ich kannte Ströme, uralte schwarze Ströme – meine Seele ward tief wie die Ströme ...

Seine Augen waren geblendet von der Sonne, die weiß und grell über dem flachen Dach des Stabsgebäudes stand, und er erinnerte sich, wie sie daheim aussah, über den endlosen weißen Baumwollfeldern, die sich bis zu dem von Wolken gekrönten violetten Vorgebirge des Injangani ausdehnten, am Morgen, wenn das perlgraue Licht das dunkle, hügelige Land streifte, wenn der Geruch der Nacht sich mit dem Geruch des Tages vermengte, die abgekühlte Erde zu dampfen anfing und purpurne Nebel aufstiegen, wenn an den Spinnweben der Bäume der Tau blitzte und die Lehmhütten gelb und rötlich wie Bienenkörbe auf den Savannen standen. Er erinnerte sich auch der Abende, wenn der orangefarbene Himmel voll war vom Rauch der Kochfeuer, an das Zikadenkonzert auf den Hügeln, an den Duft der Yacaranda-Bäume, deren violette Blüten wie ein Teppich den Boden bedeckten, an den Schrei wilder Vögel, ehe die Nacht wie schwarzer Samt herniederfiel. Und er erinnerte sich der kakaofarbenen Frauen, die in dünnwandigen Binsenhäusern schliefen, an das Stöhnen der Liebespaare, an den säuerlich riechenden, schweißbedeckten Körper eines jungen Mädchens, ihrer feuchten Bereitschaft, der hungrigen Umarmung ihrer Schenkel, die sich wie Schlingpflanzen an ihn geklammert hatten und ihn doch nicht halten konnten. Vielleicht hatte sie in jener Nacht gefühlt, daß er nicht zurückkehren würde und daß es das letzte Mal gewesen war.

Sie war keine fette Bantu-Frau, dachte er, vielleicht ist sie es heute, aber damals ...

Eine Hand kroch über seine Schulter, er erinnerte sich wieder, wo er war.

»Ich würde mich nicht darauf versteifen«, sagte Sams Stimme, »ich würde sie nehmen, aber ich würde mich nicht aufs Heiraten versteifen. Selbst wenn sie damit einverstanden wäre, könnte sie es nicht.«

»Warum nicht?« fragte John zum Fenster hinaus.

»Warum kommt der liebe Gott nicht in die Smiley Barracks?«

»Das genügt mir nicht«, sagte John.

»Es genügt dir nicht?« – »Nein.«

»Schön«, sagte Sam. »Man würde sie wie eine Hure behandeln.«

»Und?«

»Wie eine Unreine«, sagte Sam. »Sie müßte von hier verschwinden, sie könnte sich nirgends mehr blicken lassen. Wenn die Leute hier ein Mädchen mit einem Schwarzen sehen, ist es moralisch erledigt. Sie würde dir eines Tages davonlaufen, weil sie nicht mehr anders kann.«

»Und?« fragte John.

Sam nahm die Hand von seiner Schulter. Er war ein wenig blaß, aber sehr ruhig. »Es war nicht fair unter Kameraden, aber du hast es hören wollen.«

»Es war gut«, sagte John und drehte sich um. »Genau das würde passieren. Wo, vermutest du, liegt Giffaumont?«

»Giffaumont?«

»Ja.«

»Kenne ich nicht«, sagte Sam.

John nickte. »Ich habe es die halbe Nacht auf einer Karte gesucht und nicht gefunden. Ihre Mutter war Französin.«

»Nein!« Sam behielt den Mund offen, dann merkte er es und sprach durch die Zähne weiter. »In meiner Familie gab es auch eine Französin, ich glaube, meine Urgroßmutter. Ich wollte immer mal nach Paris.«

Er ging vom Fenster weg zur Tür und betrachtete die Füllung. »Wie ein anderer Rahmen ein Bild verändern kann!« sagte er. »Es ist nur dieses Land hier, kompensiert mit dem, was wir herübergebracht haben, plus Klischeedenken, plus Chumley, Horne, Bruce, Müller und Mayer – fertig ist der Salat. Es steckt an, ob man es will oder nicht. Wie kommst du auf Giffaumont? Hat sie es gesagt?«

»Ja.«

»In welchem Zusammenhang?«

»Sie will vielleicht einmal mit mir hinfahren.«

»Das ist mehr, als ich gedacht habe«, murmelte Sam. »Viel mehr, aber warum nicht? Bevor ich zur Armee ging, kannte ich einen ähnlichen Typ, nur aus der Entfernung, verstehst du? An so etwas kommt unsereiner doch nicht 'ran. Ich weiß nicht, was ich alles getan hätte, um sie zu kriegen. Du kennst mich, und du kennst Mary. Sie ist nicht übel, aber sie hat mich auch nicht weitergebracht. Ein Mann braucht eine Frau, die ihn weiterbringt. Hätte ich die andere bekommen, wer weiß!«

Er verstummte und setzte sich wieder an den Tisch. »Für sie hätte ich Generaldirektor werden können«, fuhr er fort, »und dann wurde es nichts mit ihr, und ich landete bei der Armee. Zwölf Jahre, Mann, da bleibt nicht viel von dir übrig! Und dann siehst du plötzlich wieder eine vor dir stehen, die dir die Augen öffnet für das, was aus dir hätte werden können und was in

Wirklichkeit aus dir geworden ist. Um wieviel Uhr will sie kommen?«
»Um acht Uhr.«
»Zeit genug, aber geh nicht wieder in den Club, Chumley wartet nur darauf.«
»Ich würde ihn umbringen«, sagte John und schloß das Fenster. Er holte sein Koppel aus dem Spind und betrachtete es. »Jemand hat Horne erzählt, daß ich gestern abend noch weggefahren bin.«
»Mach keine Geschichten!«
»Ich habe es von Chumley«, sagte John, während er sich das Koppel umschnallte. »Aber ich bin jetzt nicht mehr in der Stimmung, etwas einzustecken. Ich werde Horne ein Geschäft vorschlagen.«
»Horne ist kein Geschäftsmann«, murmelte Sam. »Er wird eines Tages für die Fahne der Vereinigten Staaten ein Loch in den Kopf oder in den Bauch bekommen, aber er wird nie Geschäfte machen. Wer hat dich gesehen?«
»Keine Ahnung.«
»Ich bekomme es heraus«, sagte Sam, und sein Gesicht war rot vor Wut.
John grinste. »Ich auch.«
Das Grinsen war noch um seinen Mund, als er wieder in die Schreibstube kam.
Chumley tat beschäftigt. Er hockte hinter seiner Schreibmaschine und füllte ein Formular aus. »Dauert noch ein paar Minuten«, sagte er.
»Wo ist Perkins?« fragte John. Seit er von ihm ans Telefon geholt worden war, hatte er ihn nicht mehr gesehen.
»Perkins!« Chumley blickte auf, als hätte er jetzt erst entdeckt, daß Perkins nicht da war. »Erledigt etwas«, sagte er dann und tippte mit zwei Fingern auf der Maschine weiter.
Von einem Stuhl aus sah John ihm zu. Mit seinen langen Armen und Beinen erinnerte er ihn manchmal an eine Spinne, die Schreibstube war sein Netz, wo sich alles fing und nichts verlorenging, nichts an Gerüchten, die im Regiment umherschwirrten, und nichts, was die privatesten Dinge eines Soldaten betraf. Chumley wußte über jeden einzelnen Bescheid, über sein Familienleben ebenso gut wie über sein dienstliches Betragen. Entweder hatte er ein phänomenales Gedächtnis, oder er machte sich, wie böse Zungen behaupteten, private Notizen, eine Art Buchführung über Intimitäten, die er sammelte wie andere Leute Briefmarken oder Souvenirs. Er hatte seine Vertrauensleute un-

ter den Männern, von einigen war es bekannt, von anderen nicht. Sie waren nie in der Schreibstube anzutreffen. Die Aufgabe des Zuträgers übernahm Perkins. Er war das verlängerte Ohr Chumleys, und er verfuhr dabei ebenso geschickt wie gründlich. Sam behauptete von ihm, seine Nase sei überall, sogar in den Schlafzimmern der Offiziersfrauen. Aber Sam war voreingenommen, seit Perkins ihn auf der Schreibstube abgelöst hatte.
Originellerweise war Chumley trotzdem beliebt, er war kein Schleifer und Paragraphenreiter. Kein Betriebsratsvorsitzender hätte die Interessen einer Belegschaft gewissenhafter vertreten können, als er es tat. Mit den Kriegsauszeichnungen, die er auf der Brust trug, konnte er es sich leisten, objektiv zu sein.
»Eine Meldung?« fragte John, als ihm das Schweigen zu lange dauerte. Chumley nickte, ohne seine Arbeit zu unterbrechen. Es passierte selten, daß er sonntags arbeitete, und wenn er es tat, mußte er wichtige Gründe haben.
»Im Auftrag von Horne«, sagte er. »Dieser Papierkram kostet mich mehr Nerven als zwei Jahre Dschungel. Es betrifft dich.«
»Wie interessant!« sagte John.
Chumley hörte auf zu schreiben. »Neugierig bist du nicht.«
»Selten«, sagte John.
»Es ist für Denson bestimmt«, sagte Chumley. »Vor Freitag kommt er nicht zurück. Wenn's schlimm wird, kostet es dich einen Streifen.«
»Soviel ist mir die Sache wert. Wer hat mich verpfiffen?«
»Es ist eine Frage der Individualität«, sagte Chumley. »Du hast mit ihnen die gleiche Uniform, das gleiche Fressen und die gleichen Probleme. Du kannst dich hundertmal vor einen Spiegel stellen und dich damit trösten, daß du nicht die gleiche Visage hast wie sie; es nützt dir nichts, solange du nicht auch einen anderen Charakter hast. Ich verpfeife nie.«
Es war eine rhetorische Leistung, und John wußte sie zu schätzen.
»Man weiß nicht viel von deinem Charakter«, sagte er.
Chumley gähnte. »Es ist bei einem Mann schwieriger als bei einer Frau. Bei einer Frau weiß man es, sobald man sie anfaßt. Bist du schon gut mit ihr bekannt?«
»Mit wem?«
»Damals hieß sie Gudrun«, sagte Chumley versonnen. »Claire gefällt mir eigentlich besser, man kann es auf der Zunge zergehen lassen wie Eiscreme. Akademikertochter! War ihr Vater nicht Direktor der Landesbibliothek?«
John wußte es nicht. Es fiel ihm erst jetzt auf, daß er sich noch

keinen Augenblick lang Gedanken über ihre Familie gemacht hatte. Daß ihre Mutter nicht mehr lebte, hatte sie ihm erzählt. Ihr Vater war am Weihnachtsabend nicht daheim gewesen. Geschwister schien sie keine zu haben. Ihr Eindruck auf ihn war so stark, daß in seinem Kopf für nichts anderes mehr Platz war.
Er blickte mit schmalen Augen in das grinsende Gesicht Chumleys. »Du bist gut orientiert.«
»Es steht im Adreßbuch«, sagte Chumley, »Landesbibliotheksdirektor a. D.; eine erstklassige Familie. Hat sie einen Beruf?«
»Vielleicht weißt du das auch schon.«
»Die Zeit war zu kurz«, sagte Chumley entschuldigend. »Wenn ich sonst nichts zu tun hätte ... Vielleicht nehme ich mir nächstens ein paar Tage Urlaub; wäre übrigens auch ein Rezept für dich.«
»Wofür?«
»Urlaub ist immer gut«, sagte Chumley. »Du machst dir kein Bild, was so ein Urlaub im Kopf eines Mannes nicht alles wieder zurechtbiegen kann. Wenn du von deinem alten Spieß einen brauchbaren Tip hören willst ...«
»Schmeiß den Knochen endlich auf den Tisch!« sagte John grob dazwischen. »Du verlierst zuviel Zeit mit der Verpackung.«
Chumley nahm das Formular aus der Schreibmaschine und seufzte. »Dieser verdammte Perkins«, sagte er, »steckt sicher wieder in einem Schlafzimmer. Ich habe mir schon überlegt, ob ich nicht Sam auf die Schreibstube zurückholen soll, aber das will ich dir nicht antun. ›Lassen Sie die beiden beisammen‹, habe ich zu Horne gesagt, ›Insogna ist nur zu gebrauchen, wenn Sergeant Baako ihm die Milch gibt.‹ Hoffentlich nützt es was! Er ist plötzlich versessen darauf, Sam in eine andere Gruppe zu stecken. Natürlich liegt in deiner Gruppe ein glatter Fall von Dualismus vor, aber ich habe zu Horne gesagt, solange Peck es ablehnt, Insogna zum Sergeant zu machen, und solange wir mehr Sergeants haben, als wir brauchen, könne er ihm keine Gruppe geben, und solange das so ist, spielt es keine Rolle, zu welcher Gruppe Sam gehört. Er war vom ersten Tag an als Korporal überflüssig, und er wird es bis zum letzten Tag bleiben, es sei denn, Horne versetzt ihn nach Korea.«
John stand rasch auf. »Das hast du gesagt?«
»Das habe ich nur gedacht«, antwortete Chumley. »Ich habe noch keinem Hund ohne Grund die Nase auf eine brauchbare Fährte gesetzt. ›Wenn Sie alle Doppelbesetzungen im Regiment korrigieren wollen‹, habe ich ihm erklärt, ›werden uns die Kommunisten im ersten Anlauf überrennen.‹ Ich an deiner Stelle

würde seinen Bericht über den Zwischenfall auf eurer Patrouille akzeptieren. Du hast an der anderen Sache noch genug zu kauen. Horne besteht auf einer Meldung an Denson: Weigerung, den Befehl eines Vorgesetzten auszuführen.«

Er verstummte und schüttelte bekümmert den hageren Kopf. »Diese jungen Offiziere machen auf jeder Pißlache 'ne Atlantiküberquerung, aber wie ich Denson kenne, wird die Suppe in seinem Schreibtisch genug Zeit haben, abzukühlen.«

»So billig mache ich es Horne nicht«, sagte John.

Chumley blickte ihn träge an. »Du hast einen dicken großen Schädel, John Baako«, sagte er gelangweilt, »aber er ist nicht so groß und nicht so dick, daß Horne ihn nicht mit dem kleinen Finger auf den Boden stupsen könnte. Mir scheint, du hast kein Wort von dem, was ich dir seit 'ner halben Stunde begreiflich zu machen suche, verstanden. Ich würde mich nicht so sehr auf Denson verlassen, ein Teil seines Gepäcks schwimmt bereits auf dem Wasser. Ich gebe dir für keine fünf Cents ...«

Er brach ab und sah zur Tür, die im gleichen Augenblick aufgestoßen wurde und Leutnant Horne hereinließ. Er war in Ausgehuniform, und John erinnerte sich, daß ab heute ein anderer Leutnant Grenzoffizier vom Dienst war. Es ließ, gegen seinen Willen, ein Gefühl der Erleichterung in ihm aufkommen. Er war schon mürber, als er sich eingestehen wollte.

Horne streifte ihn mit einem flüchtigen Blick, trat zu Chumley, der lässig aufgestanden war, und griff nach dem Formular. »Ist es das?«

»Jawohl, Sir«, sagte Chumley träge.

»Legen Sie es mir morgen früh vor«, sagte Horne und wandte sich an John: »Sie haben gestern abend die Kaserne verlassen.«

»Für eineinhalb Stunden, Sir«, sagte John.

»Obwohl ich es Ihnen verboten hatte.«

John öffnete den Mund, dann fiel sein Blick auf Chumley, der ihn grinsend anstarrte, und er schluckte das, was er antworten wollte, wieder hinunter.

»Ich betrachtete mich an das Verbot nicht mehr gebunden«, sagte er nach einer kleinen Pause.

»Was soll das heißen?« fragte Horne rasch.

John zögerte. Es war ein Augenblickseinfall, der sofort ein Gefühl inneren Widerspruchs in ihm wachrief, aber nun konnte er nicht mehr zurück. »Ich habe Ihr Verbot so verstanden, daß ich die Kaserne nur dann nicht verlassen darf, wenn ich auf meinem Standpunkt beharre.«

»Lächerlich!« sagte Horne. »Ich habe Ihnen befohlen, bis heute

vormittag in der Kaserne zu bleiben, und ich habe diesen Befehl mit keinerlei Einschränkungen verknüpft.«
»Dann habe ich Sie mißverstanden«, sagte John, »aber ich muß darauf bestehen, daß ich nur deshalb die Kaserne verlassen habe.«
Hornes Gesicht gefror zu einer Maske. Er warf das Formular auf den Tisch und näherte sich John mit auf dem Rücken verschränkten Händen. Einen Schritt von ihm entfernt blieb er stehen. »Sie geben also zu, daß Sie den Jeep nicht sorgfältig genug kontrolliert haben?«
»Das gebe ich nicht zu, Sir«, sagte John. »Meine Männer können Ihnen bestätigen ...«
»Ihre Männer können mir nichts bestätigen«, unterbrach ihn Horne. »Sie erinnern sich nicht, Sie unter dem Jeep gesehen zu haben.«
»Dann lügen sie«, sagte John, und zum erstenmal klang seine Stimme aufsässig.
Horne blickte ihn kalt an. »Das werden Sie beweisen müssen.«
»Wenn Sie ihnen mehr Glauben schenken als mir ...«
»Warum soll ich Ihnen mehr Glauben schenken?«
»Vielleicht gefällt Ihnen meine Hautfarbe nicht«, sagte John.
Es hatte ungefähr die Wirkung einer plötzlich auftauchenden Klapperschlange; Horne und Chumley erstarrten zu Säulen granitener Unbeweglichkeit.
Etwas Schlimmeres hätte ich nicht sagen können, dachte John, aber er empfand kein Bedauern, er empfand nicht einmal Furcht. Es war aus ihm herausgebrochen wie eine verdorbene Speise, und nun war alles in ihm leer und gleichgültig.
Horne rührte sich zuerst. Er bewegte ein wenig den Kopf, als ob ihn der Hals juckte, dann trat er geistesabwesend zum Schreibtisch, griff geistesabwesend nach dem Formular und riß es in der Mitte durch.
»Wir werden die Meldung anders abfassen«, sagte er leise. »Ich möchte, daß Captain Denson sie unterschreibt.«
»Jawohl, Sir«, sagte Chumley.
Horne nickte geistesabwesend. »Das wäre es für heute«, sagte er und ging hinaus.
Chumley begleitete ihn vor die Tür und blieb stehen, bis er am Ende des Korridors verschwand. Dann kehrte er in die Schreibstube zurück, nahm die auseinandergerissenen Teile des Formulars in die Hände und betrachtete sie bekümmert.
»So sauber habe ich noch nie eine Meldung getippt«, sagte er, »eine volle Stunde habe ich an diesen Dreck gehängt.«
»Ich habe es nicht gewollt«, sagte John.

»Eine volle Stunde am Sonntagmorgen«, sagte Chumley. »Du hättest ihm sagen können, daß er ein Scheißgesicht hat, daß er ein kleiner Wichtigtuer ist und daß er dich am Arsch lecken kann, aber du hättest nicht sagen dürfen, daß ihm deine Hautfarbe nicht gefällt.«

»Ich weiß es«, sagte John.

»Natürlich weißt du es«, sagte Chumley, noch immer das zerrissene Formular betrachtend, »natürlich weißt du, daß du dich wie ein hoffnungsloser Idiot benommen hast. Und wahrscheinlich kommst du dir jetzt noch sehr großartig und sehr männlich vor, aber lange bevor Leute wie du angefangen haben, die Armee in einen Saustall zu verwandeln, gab es einen Washington und einen Lincoln, und lange bevor du die Uniform angezogen hast, gab es einen Unabhängigkeitskrieg, einen Sezessionskrieg und zwei Weltkriege. Vielleicht hast du zufällig davon gehört!«

»Zufällig«, sagte John.

Chumley wandte ihm das Gesicht zu. »Ganz zufällig!« sagte er. »Ganz zufällig hast du davon gehört! Und warum, zum Teufel, hast du dein verdammtes Maul nicht gehalten?«

»Ich wollte es nicht sagen«, murmelte John.

»Aber du hast es gesagt, verdammt!« brüllte Chumley los. »Es wäre deine nationale Pflicht gewesen, es hinunterzuschlucken und daran zu denken, daß die Armee wichtigere Aufgaben hat, als mit einem Problem fertig zu werden, mit dem nicht einmal unsere Verfassung fertig geworden ist, weil mindestens fünfzig Millionen Amerikaner in diesem Punkt mindestens einmal am Tag mit der Verfassung in Konflikt kommen. Weißt du, was es bedeutet, wenn er darauf besteht, daß Denson die Meldung unterschreibt?«

»Es ist mir egal«, sagte John. »Ich werde Denson beweisen, daß ich den Jeep sorgfältig kontrolliert habe.«

»Ach!« Chumley wurde plötzlich ruhig. »Das willst du ihm beweisen! Und wie, wenn man fragen darf?«

»Wie man so etwas beweist«, sagte John und verließ die Schreibstube.

3

Das Haus stand am westlichen Rand von Thüngerstadt in einem neuen Stadtteil. Es war zweistöckig, hatte große Fenster, große Balkons und zwei Garagen. Es war an den Berg gebaut, zum Eingang führte eine steile Treppe hinauf. Jedesmal, wenn Fehrenbach es sah, empfand er ein leises Gefühl von Neid. Seit er das Büro in der Stadt hatte, wußte er die Vorzüge moderner Wohnräume zu schätzen. Vielleicht hätte er sich schon lange dazu aufgerafft, ein neues Haus zu bauen – es fehlte nicht an Kaufinteressenten für das alte –, aber es gab viele Gründe, welche dagegen sprachen, und der triftigste war seine Frau. Abgesehen davon, daß sie sich von den ererbten Möbeln ihrer Eltern nicht trennen wollte und diese in einer modernen Wohnung kaum am richtigen Platz gewesen wären, vertrug sie helle Räume nicht; sie hatte es seit einigen Jahren mit den Augen.

Ehe sie in den Wagen stiegen, blickte er noch einmal zurück. Irmgard Neininger und ihr Mann standen vor der Haustür und winkten. Man hätte sich ein ungleicheres Paar schlecht vorstellen können: sie eine große, hagere Frau mit harten Gesichtszügen, er klein und rundlich, ungefähr von seiner, Fehrenbachs, Statur. Zweimal in seinem Leben hatte er mit seiner politischen Weltanschauung Schiffbruch erlitten, aber er gehörte zu jenen, die immer wieder auf die Beine fielen. Seit sechs Jahren war er Abgeordneter des Landkreises Thüngerstadt, und wie die Dinge lagen, hatte er gute Aussichten, auch bei der nächsten Wahl durchzukommen. Die kleine Glühlampenfabrik, die sein Vater ihm hinterlassen hatte, garantierte ihm ein Einkommen, das seine politischen Ambitionen auch wirtschaftlich absicherte. Die Freistil-Arena politischen Ehrgeizes sagte ihm mehr zu als sein Fabrikbüro. Leute, die ihm nicht gut wollten, motivierten es mit einem krankhaften Geltungsbedürfnis.

»Ich möchte nicht hören«, knurrte Fehrenbach, »was sie jetzt über uns sprechen.«

»Sie sollen vor ihrer eigenen Tür kehren«, erwiderte Fred. »Ich kann mir denken, weshalb er so oft ins Ausland verreist.«

»Es geht uns nichts an.«

»Dienstreisen!« sagte Fred angewidert.

Er öffnete seiner Mutter die Wagentür. Sie hatte während des ganzen Besuches kaum ein Wort gesprochen. Es beunruhigte ihn, aber er hatte es ihr nicht ersparen können. Nach dem letzten Gespräch mit Claire war er auf dem direkten Weg nach Hause gefahren und hatte seinen Eltern klaren Wein eingeschenkt. Es war zu einer harten Auseinandersetzung mit ihnen gekommen. Sie fürchteten sich vor einem Skandal und verlangten, daß er sein Verhältnis mit ihr auflöste. Aber wieder war es ihm gelungen, sie davon zu überzeugen, daß die einzige Möglichkeit, einen Skandal zu verhindern, darin bestünde, den Schwarzen fortzuschaffen. Sein Argument, daß er sich nirgendwo mehr sehen lassen könne, wenn sich erst einmal herumspräche, daß er sich von einem primitiven Schwarzen das Mädchen habe ausspannen las-

sen, und seine Drohung, sich notfalls auf eigene Faust mit Neininger in Verbindung zu setzen, waren nicht ohne Wirkung geblieben. Er kannte die Gründe, die seiner Mutter den Weg zu Irmgard so schwerfallen ließen. Seit fünf Jahren versäumte sie keine Gelegenheit, im Kreis ihrer Freundinnen Claires Vorzüge zu loben. Für Irmgard Neininger, die keine Kinder hatte, war die attraktive zukünftige Schwiegertochter ihrer Freundin immer ein Anlaß mißgünstiger Meditationen über Erziehungsprobleme gewesen. Man hatte ihr angesehen, wie schwer es ihr gefallen war, ihre Genugtuung zu unterdrücken.
»Jedenfalls will er etwas unternehmen«, sagte Fehrenbach, als sie im Wagen saßen. »Wenn der Bürgermeister mit dem Regimentskommandeur befreundet ist, kann er viel erreichen. Ich bin froh, daß wir es hinter uns haben.«
Er drehte sich nach seiner Frau um, die steif im Fond saß und die Hände im Schoß verschränkt hatte.
»Es war halb so schlimm«, sagte er. »Ich habe es mir schlimmer vorgestellt.«
Seine Frau bewegte ein wenig den Kopf. »Morgen weiß es die ganze Stadt.«
»Das glaube ich nicht«, erwiderte Fehrenbach, während er mit einem Auge beobachtete, wie Fred den Wagen durch den sonntäglichen Straßenverkehr steuerte. »So viele Leute kennt Irmgard nun auch wieder nicht. Ihren Bekannten wird sie es natürlich erzählen; soll sie es. Das wird alles aufhören, sobald der Kerl fort ist. Was hätten wir sonst tun können?«
»Ich habe es euch gesagt«, sagte seine Frau hart. »Sie kommt nicht mehr in mein Haus.«
»Claire?«
»Ja.«
»Dann hätten wir daheim bleiben können«, sagte Fehrenbach. Im Gegensatz zu seiner Frau wirkte er gelassen. Zwar war er durch Freds Beichte genauso schockiert gewesen wie sie, aber er hatte sich rasch wieder davon erholt.
»Wir werden jetzt zu ihr fahren«, sagte er. »Ich kann mir nicht vorstellen, daß sie nicht vernünftig mit sich reden läßt.«
»Ihr könnt zu ihr«, sagte seine Frau, »aber ohne mich.«
»Du willst nicht mit?«
»Nein.«
»Wir haben ausgemacht, daß du mitgehst«, warf Fred ein. »Und wenn sie nicht mehr in dein Haus darf, habt ihr mich auch gesehen; damit das endlich einmal klar ist!«
Anna Fehrenbach schwieg. Von allen unangenehmen Stunden

ihres Lebens war diese die schrecklichste gewesen. Sie würde Irmgard Neininger nie mehr in die Augen schauen können, sie fühlte sich innerlich beschmutzt, lächerlich gemacht und gedemütigt. Sie hatte es schon gewußt, ehe sie zu ihr gekommen war, als sie Freds Drängen nachgegeben hatte. Sie liebte ihn noch mehr als ihren Stolz, und während sie jetzt, den Blick starr geradeaus gerichtet, darüber nachdachte, spürte sie, wie ihre Augen vor Haß zu brennen anfingen. Sie hatte lange Zeit eine hohe Meinung von Claire gehabt, auch wenn ihr eine andere Schwiegertochter lieber gewesen wäre, eine, die weniger selbständig war als Claire, die sie nach ihrem Geschmack erziehen konnte und die für Fred nicht viel mehr gewesen wäre als die Mutter seiner Kinder. Sie war eifersüchtig auf Claire, und sie wußte es, aber sie hatte es unterdrückt, weil sie Fred nicht verlieren wollte und weil der Gedanke, eine Akademikerin in die Familie zu bekommen, ihrer Eitelkeit geschmeichelt hatte. In Wirklichkeit war Claire ihr immer fremd geblieben. Sie war nie hinter ihr Wesen gekommen, und wenn sie sich mit ihr unterhalten hatte, war sie nie das Gefühl losgeworden, Claire nähme sie nicht ernst. Bis heute früh hatte sie gehofft, einen Ausweg zu finden, der ihr die Demütigung vor ihrer Bekanntschaft erspart hätte, aber nun, nachdem Irmgard Neininger alles wußte, würden es auch die anderen erfahren: die Frau des Anwalts, die Frau des Spediteurs und ihre sonstigen Freundinnen. Vielleicht würde es sich auch noch weiter in der Stadt herumsprechen; für sie spielte es jetzt keine Rolle mehr. Der Skandal, vor dem sie sich gefürchtet hatte, war nun bereits im Gange, und nichts, was jetzt noch geschehen würde, konnte sie mehr verletzen als das, was bereits geschehen war. In ihren Augen gab es nur noch eine Lösung: Fred mußte sich von Claire trennen. In dieser Stunde ihrer größten Demütigung hatte sie keinen anderen Wunsch mehr.

Der amerikanische Wagen stand noch da, zwanzig Schritte von der Haustür entfernt. Auf der Straße herrschte reger Betrieb, sonntäglich gekleidete Spaziergänger – ganze Familien, junge Pärchen und Kinder mit Schlittschuhen – promenierten auf der Uferböschung. Die Berge jenseits des Flusses standen weiß vor dem blassen Himmel, ihre verschneiten Hänge blitzten in der Sonne. – Fred hatte kein Auge dafür. Er brachte den Wagen zum Stehen und winkte mit dem Kinn nach vorn. »Das ist er!«

»Merkwürdig«, sagte Fehrenbach und betrachtete den amerikanischen Wagen. »Wieso steht er immer noch hier?«

»Das möchte ich auch wissen«, sagte Fred und schaute sich nach seiner Mutter um. »Wie ist es jetzt? Gehst du mit – oder nicht?«

Sie war sich noch nicht ganz schlüssig geworden, aber dann kam ihr ein Einfall; sie öffnete die Wagentür.
»Na also!« sagte Fehrenbach erleichtert.
Fred half seiner Mutter beim Aussteigen. Als er einmal zu Claires Fenster hinaufschaute, war es ihm, als ob sich die Gardine bewege.
»Es bleibt, wie wir es besprochen haben«, sagte er. »Kein Wort zu ihrem Vater. Wir tun so, als wären wir zufällig vorbeigekommen.«
»Ich halte sie nicht für so dumm, daß sie es glaubt«, sagte Fehrenbach skeptisch.
Claire erwartete sie bereits an der Glastür. Sie trug noch ihre enge blaue Hose und den gelben Pullover. Sie hatte nicht zufällig am Fenster gestanden. Obwohl John am Telefon gesagt hatte, daß der Wagen erst am Abend abgeholt werde, hatte sie ihm nicht ganz getraut. Sie hatte nicht versäumen wollen, zu sehen, ob er selbst kam. Da sie ohnedies mit ihrer Arbeit nicht recht weitergekommen war, hatte sie die meiste Zeit am Fenster verbracht.
Mit Fred und seinen Eltern hatte sie allerdings nicht gerechnet, nicht heute. Sie war zwar darauf vorbereitet gewesen, daß diese Auseinandersetzung früher oder später auf sie zukommen werde – und sie hatte sich davor gefürchtet, weil es kein sachliches Argument gab, womit sie ihr Verhalten der letzten achtundvierzig Stunden hätte rechtfertigen können –, aber sie hatte nicht geglaubt, daß sie so früh kämen; sie hatte gehofft, noch etwas Zeit zu gewinnen. Auch ihr letztes Gespräch mit Fred war nichts anderes als ein Versuch gewesen, Zeit zu gewinnen. Vielleicht hätte sie sich nun, nachdem ihre Erregung abgeklungen war, vernünftig mit ihm unterhalten können, aber dann hätte er ohne seine Eltern kommen müssen. Es war typisch für ihn, immer dann, wenn er nicht weiterwußte, seine Eltern einzuschalten. Er würde nie ohne sie auskommen. Und wenn sie, Claire, ihn heiratete, würden ihre ehelichen Differenzen jedesmal vor der ganzen Familie ausgetragen werden. Sie würde immer eine geschlossene Front gegen sich haben und am Ende nachgeben müssen. Während sie beobachtete, wie er hinter seinen Eltern die Treppe hinaufstieg, empfand sie nur noch Verachtung für ihn.
Fehrenbach entdeckte sie zuerst, er hatte sie noch nie in Hosen gesehen und starrte sie verwundert an.
»Fast hätte ich dich nicht erkannt«, sagte er grinsend. »Du siehst aus wie eine jüngere Schwester von dir. Wie geht es?«
»Ich bin zufrieden«, antwortete sie.

Ihre Stimme klang kühl und unpersönlich. Fehrenbach runzelte etwas die Stirn. Er wartete darauf, daß sie auch Fred und seine Frau begrüßen würde, aber sie blickte sie nur an, und ihre Augen waren so kühl wie ihre Stimme.
»Wir sind zufällig vorbeigefahren«, sagte Fehrenbach, als das Schweigen peinlich wurde. »Hoffentlich stören wir nicht.«
»Nicht sehr«, antwortete Claire. »Wenn ihr ablegen wollt...«
Sie ließ sie auf der Diele stehen und räumte die Schreibmaschine vom Tisch.
»Ich muß noch einen Stuhl holen«, sagte sie, als sie hereinkamen. »Setzt euch schon hin!«
Fehrenbach blickte sich im Zimmer um. »Nur keine Umstände! Ich setze mich auf die Couch.«
»Es ist meine Schlafcouch«, sagte Claire und verließ das Zimmer. Als sie draußen war, wandte sich Fehrenbach an seine Frau. »Du hättest etwas sagen sollen, Anna. Auf diese Weise erreichen wir nichts.«
Es geschah selten, daß er sie beim Vornamen anredete, normalerweise hatte er einen Kosenamen für sie, aber wenn er verstimmt war, verzichtete er darauf.
»Sie hat mir nicht einmal die Hand gegeben!« erwiderte seine Frau scharf.
»Weil du sie nicht angeschaut hast«, sagte Fred. »Wenn du mir diese Sache jetzt verdirbst, bleibe ich gleich hier.«
Vor einer Woche hätte sie es noch ernst genommen, jetzt zuckte sie nur abfällig mit den Schultern.
»Sie wird dich hinauswerfen, wie sie dich heute morgen hinausgeworfen hat.«
»Sie hat mich nicht hinausgeworfen.«
»Dann hast du uns angelogen. Mir reicht das, was ich gesehen habe: sie behandelt dich wie Luft.« Sie setzte sich mit entschlossenem Gesicht in einen Sessel und legte ihre Handtasche auf den Tisch.
Fred blickte sie wütend an. »Ohne dich wäre es gar nicht so weit gekommen. Wenn du den Mantel...«
»Ich habe ihn mit meinem Geld gekauft und nicht mit ihrem«, unterbrach ihn seine Mutter schroff. »Was bildet sich diese Göre eigentlich ein!«
»Geschmack hat sie jedenfalls«, sagte Fehrenbach und betrachtete das Zimmer.
Die ständigen Auseinandersetzungen waren ihm zuwider. Er hatte bei Irmgard Neininger drei Tassen Kaffee getrunken, hinterher zwei Kirschwasser, und der Kuchen war auch nicht schlecht

gewesen. Jetzt fühlte er sich gesättigt und nicht zum Streiten aufgelegt. Weder wollte er es mit seiner Frau verderben noch Fred vor den Kopf stoßen. Er war immer ein Mann des Ausgleichs gewesen, und nichts belastete ihn so sehr wie familiäre Szenen. Zudem hatte Claire in ihrer engen Hose und dem gelben Pullover wieder einen starken Eindruck auf ihn gemacht. Er war noch nicht alt genug, darüber hinwegzuschauen, und nachdem er sie vier Tage lang nicht gesehen hatte, mußte er erneut feststellen, daß sie ein außergewöhnlich hübsches Mädchen war und daß es ein Jammer wäre, wenn es zwischen Fred und ihr nicht zur Heirat käme, von dem Skandal ganz zu schweigen. Seit drei Jahren trug er ständig ein Bild von ihr in der Brieftasche, und es gab keinen unter seinen Geschäftsfreunden, der es nicht schon gesehen hätte. Er wagte nicht daran zu denken, was geschehen würde, wenn sie die Geschichte mit dem Schwarzen erführen.

Er stand auf, ging zum Fenster, warf einen Blick auf den Balkon und auf die Straße, beobachtete ein paar Sekunden den Betrieb auf der Uferböschung und kehrte wieder an den Tisch zurück.

»So kommen wir jedenfalls nicht weiter«, sagte er. »Wo bleibt sie nur so lange?«

»Es ist eine Taktlosigkeit«, sagte seine Frau. »Schon als sie uns auf der Diele hat stehenlassen! Wenn sie in einer Minute noch nicht hier ist, gehe ich.«

»Wir wären vielleicht besser nicht heraufgekommen«, sagte Fehrenbach. »Wenn ich sie angerufen hätte ...«

»Du hättest so wenig erreicht wie ich«, sagte Fred mürrisch. Seit er hier war, bereute er es, seine Eltern mitgebracht zu haben. Als sie es zu Hause besprochen hatten, war es ihm noch ganz natürlich erschienen.

Der Vorschlag, Claire die Rückkehr zu erleichtern, indem man zu ihr fuhr und sie zum Abendessen einlud, war von seinem Vater ausgegangen. Er hatte eingewilligt, weil er keine andere Möglichkeit gesehen hatte, sie wieder mit seinen Eltern zusammenzubringen.

»Ich hätte allein zu ihr gehen müssen«, sagte er.

Fehrenbach widersprach: »Du warst dreimal allein hier und hast nichts ausgerichtet. Ich werde diese Sache in die Hand ...«

Er verstummte und blickte Claire an, die mit einem Stuhl zur Tür hereinkam.

»Es dauerte etwas länger«, sagte sie, »ich mußte mich noch um meinen Vater kümmern; er läßt sich entschuldigen.«

»Fred hat uns schon erzählt, daß er sich nicht wohlfühlt«, sagte Fehrenbach. »Liegt er im Bett?«

»Ich habe ihm gesagt, er soll sich hinlegen.« Sie stellte den Stuhl an den Tisch und setzte sich hin. »Leider kann ich Ihnen nichts anbieten.«
»Wir wollten uns sowieso nicht lange aufhalten«, sagte Fehrenbach, durch ihren förmlichen Ton verstimmt. »Wir haben uns gerade über dein Zimmer unterhalten.«
»So?«
»Es ist sehr gemütlich; geschmackvoll eingerichtet. Was macht die Arbeit?«
»Gut«, antwortete Claire.
»Bist du schon fertig?«
»Nein.«
»Du kriegst das schon noch hin«, sagte Fehrenbach und nahm seine Brille ab; er trug sie nur ganz selten und immer dann, wenn er sich nichts entgehen lassen wollte. »Eine Doktorarbeit braucht eben ihre Zeit.« Er wußte nicht mehr weiter und schaute sich wieder im Zimmer um. »Wirklich gemütlich!«
»Danke«, sagte Claire.
»Tja«, sagte Fehrenbach und besah seine Brille, »dann wollen wir dich nicht länger aufhalten. Wir haben uns gedacht, daß du heute abend zu uns zum Essen kommst.«
»Das geht nicht«, sagte Claire, »ich kann meinen Vater nicht allein lassen.«
»Natürlich!« sagte Fehrenbach. »Wenn er krank ist ...« Er setzte seine Brille wieder auf. »Dann vielleicht morgen abend?«
»Das geht auch nicht«, sagte Claire.
Fehrenbach lächelte überrascht. »Warum nicht?«
»Ich habe zu arbeiten.«
»So!« sagte Fehrenbach, und das Lächeln in seinem Gesicht erlosch wie die Flamme einer Kerze.
»Zu Silvester auch?« fragte seine Frau.
Claire sah auf ihre Hände nieder. »Nein.«
»Dann kommst du zu Silvester«, sagte Anna Fehrenbach und stand auf.
Es wäre für Claire der Moment gewesen, ihr zu sagen, daß sie auch Silvester nicht kommen werde, aber diesmal fehlte ihr der Mut dazu. Sie würde ihnen telefonisch absagen. Fred hatte sicher erzählt, daß sie mit John verabredet war.
»Vorausgesetzt, du hast nicht schon etwas Besseres vor«, sagte Freds Mutter kalt.
»Warum soll sie etwas Besseres vorhaben?« sagte Fehrenbach.
Er schickte ihr einen beschwörenden Blick zu und wandte sich an Claire: »Wir machen uns wieder einen gemütlichen Abend.«

Fred sagte nichts. Er saß unbeweglich im Sessel, den Blick starr auf seine Mutter geheftet.
»Dann bleibt es also dabei«, sagte Fehrenbach und stand auf. »Wir sehen uns zu Silvester.«
»Ich weiß nicht, ob ich kommen werde«, sagte Claire langsam.
»Natürlich kommt sie nicht«, sagte Anna Fehrenbach. »Ich habe es ihr gleich angesehen, sie hat doch eine andere Verabredung.«
»Sei still!« sagte Fred laut.
Sie drehte ihm rasch das Gesicht zu. »Ist es nicht so? Ich denke, sie hat sich mit dem Schwarzen verabredet!«
Fehrenbach ging zur Tür. Dort blieb er stehen und blickte seine Frau an: »Komm, Anna!«
»Ich komme, wenn ich hier fertig bin«, sagte sie kalt. »Wenn sie mir sonst keine Gelegenheit gibt, ihr zu sagen, was ich von ihr denke, muß ich es hier tun.«
Claire schloß einen Moment die Augen. Sie hatte es nicht gewollt, aber nun war sie fast froh darüber.
»Meine Frau ist etwas mit den Nerven herunter«, sagte Fehrenbach mühsam. »Sie meint es nicht so.«
»Ich weiß schon, wie sie es meint«, sagte Claire. »Ich habe nichts dagegen, wenn wir's zum Abschluß bringen.« Sie richtete sich langsam auf und blickte in das fleckige Gesicht Anna Fehrenbachs. »Was wollen Sie mir sagen?«
»Nichts.« Anna Fehrenbach griff nach ihrer Handtasche. »Was du dir geleistet hast, spricht für sich. Wenn ich deine Mutter wäre, würde ich mich zu Tode schämen.«
»Es wäre mir auch nicht angenehm. Ist das alles?«
»Du kannst noch mehr hören. Für ein Mädchen, das sich so weit gehenläßt, ist mir mein Sohn zu schade.«
»Das leuchtet mit ein. Sie können ihn wiederhaben.«
»Claire!« rief Fehrenbach fassungslos.
Sie lächelte zu ihm hin. »Ich verstehe Ihre Frau vollkommen. Sie hat sich schrecklich viel Mühe gegeben, eine gute Schwiegertochter aus mir zu machen.«
»Mehr Mühe als du!« sagte Anna Fehrenbach atemlos vor Zorn. »Welche Mühe hast du dir gegeben?«
»Ich hatte nicht so viele Möglichkeiten wie Sie«, sagte Claire. »Ich habe getan, was ich konnte.«
»Was jedes Straßenmädchen kann.«
Es tat nicht weh. Claire horchte ein paar Sekunden in sich hinein, aber es war wie das Nachhallen einer fernen Detonation, die sie nicht mehr berührte. Sie streifte mit dem Blick das kalkige Gesicht Freds, das verstörte Gesicht seines Vaters, dann sagte sie

mit ihrer gewohnten Stimme: »Genau. Mehr haben Sie auch nicht gewollt.«
Anna Fehrenbach richtete das Wort an Fred: »Du kommst mit.«
Er rührte sich nicht.
»Hast du gehört?« fragte seine Mutter scharf.
»Ich bleibe hier«, murmelte Fred.
»Sie wird mit dir schimpfen«, sagte Claire. »Sei ein braver Junge!«
Fred stierte sie mit hervorquellenden Augen an, aber er tat ihr nicht mehr leid. Sie hatte jetzt alles hinter sich, und sie brauchte nur noch an sich selbst zu denken.
»Sie findet sicher wieder eine Frau für dich«, fuhr sie fort, »und sie wird auch in Zukunft am Schlüsselloch stehen und aufpassen, ob sie eine gute Schwiegertochter ist.«
Anna Fehrenbach drehte sich so schnell herum, daß ihr der Hut verrutschte. »Du hast allen Grund!« sagte sie mit unkenntlicher Stimme. »Wenn du immer getan hättest, was du konntest, hättest du keinen Neger gebraucht.«
»In dreißig Jahren brauche ich keinen mehr«, sagte Claire, »nicht einmal durchs Schlüsselloch. Sie sollen mit fünf Frauen gleichzeitig schlafen und hinterher noch auf eine Kokospalme klettern können; ich stelle mir das sehr aufregend vor, Sie nicht auch?«
Nichts hätte Anna Fehrenbach tiefer verletzen können. Sie blieb wie versteinert stehen, dann drehte sie sich um und rannte an ihrem Mann vorbei auf die Diele.
»Das hättest du nicht sagen dürfen«, murmelte Fehrenbach, und sein Gesicht sah vor Entsetzen zehn Jahre älter aus. »Das hätte ich dir nicht zugetraut.«
»Das nicht«, sagte Claire, »aber daß ich mit einem anderen ins Bett gehe, habt ihr mir sofort zugetraut. Ihr habt es nicht anders gewollt.«
Fehrenbach schwieg. Als er seiner Frau nachging, ließ er den Kopf hängen.
Jetzt war nur noch Fred im Zimmer. »Worauf wartest du noch?« fragte Claire. Dann stellte sie fest, daß er nasse Augen hatte.
»Ich hätte es dir schon heute morgen sagen sollen«, meinte sie ruhig. »Es ist besser so; wir hätten nie zusammengepaßt.«
»Wir werden uns eine eigene Wohnung suchen«, murmelte er.
Claire schüttelte den Kopf. »Dafür ist es zu spät. Du wirst aus den Socken und Pulswärmern, die sie dir gestrickt hat, niemals herauswachsen.«
Sie ging rasch auf die Diele hinaus. Seine Eltern waren schon

weg. An der Garderobe blieb sie stehen und wartete, bis Fred aus ihrem Zimmer kam.
Er fuhr wortlos in seinen Mantel, hängte sich den Schal um den Hals und griff zum Hut. Morgen in acht Tagen, wenn sie wieder in Marburg war, würde er mit ihrem Vater reden; sein Entschluß stand fest. Er hatte jetzt keine nassen Augen mehr, und seine Stimme klang eisig: »Du wirst dir natürlich nicht einbilden, daß ich es dabei bewenden lasse.«
»Sicher nicht«, antwortete Claire. »Wie ich dich kenne, wirst du morgen mit deiner übrigen Verwandtschaft kommen.«
»Morgen nicht«, sagte Fred, »und wenn du es des Schwarzen wegen getan hast, war es umsonst; er war die längste Zeit hier.«
Er ließ sie stehen und schlug die Glastür hinter sich zu. Claire hörte ihn die Treppe hinuntersteigen. Wären seine letzten Worte nicht gewesen, hätte sie nun aufgeatmet. Es bestand keine Ursache für sie, mit sich unzufrieden zu sein. Sie hatte etwas fertiggebracht, woran sie nie geglaubt hatte. Sie hätte stolz auf sich sein können, wenn sie durch Fred nicht daran erinnert worden wäre, daß sie gestern abend, als sie bei John gewesen war, das Wichtigste vergessen hatte.
Als sie in ihr Zimmer zurückkehrte, hatte sie Herzklopfen. Sie beobachtete vom Fenster aus, wie Fred und seine Eltern in den Wagen stiegen und davonfuhren, und dann bemerkte sie, daß auch der amerikanische Wagen verschwunden war.
Sie machte schnell das Fenster auf. Auf der Straße wurde es bereits dunkel, die Uferböschung lag verlassen, ein kalter Wind kam über den Fluß. Dort, wo der Wagen gestanden hatte, stand jetzt ein kleiner Kabinenroller; Claire kannte ihn, er gehörte ins Haus nebenan. Sie schloß das Fenster und kämpfte eine Weile mit sich, ob sie John anrufen solle. Schließlich ging sie zu ihrem Vater.
Er saß hinter seinem Schreibtisch, hatte einige Bücher vor sich liegen und trug ihre Titel in ein Verzeichnis ein. Sein Zimmer war das größte in der Wohnung und voll mit Büchern, die sorgfältig numeriert in drei riesigen Wandregalen standen. An der vierten Wandseite stand ein breiter Glasschrank. Er war gleichfalls mit Büchern gefüllt und enthielt die wertvollsten Exemplare seiner Sammlung.
Es enttäuschte Claire, daß er noch auf war. »Warum hast du dich nicht hingelegt?«
»Ich fühle mich nicht zum Hinlegen«, antwortete Heggelbacher, ohne seine Arbeit zu unterbrechen. »Sind sie weg?«
»Ja.«
»Ich habe es nicht gern, wenn sie zu oft ins Haus kommen«, sagte

er. Claire blickte das Telefon an. In der Diele war noch ein Anschluß, aber es wäre zu auffällig gewesen, wenn sie den Apparat mit hinausgenommen hätte.

»Es war das erste Mal, daß er seine Eltern mitgebracht hat«, sagte sie, »ich habe sie noch nie eingeladen.«

»Ich dachte, sie seien schon öfter hier gewesen«, brummte Heggelbacher. Er betrachtete einen Buchrücken, bewegte die Lippen und trug den Titel in das Verzeichnis ein.

Während Claire ihn beobachtete, kam ihr ein Gedanke. Es war eine Gelegenheit und würde die Sache noch endgültiger machen.

»Ich habe ihnen gesagt, daß ich Fred nicht heiraten werde.«

Heggelbacher blickte eine Sekunde auf und fuhr dann mit seiner Beschäftigung fort.

»Wir haben uns getrennt«, sagte Claire, die sich nicht sicher war, ob er sie verstanden hatte. »Ich weiß, daß du ihn nicht gemocht hast.«

»Er ist ein Banause«, sagte Heggelbacher. »Ich habe dich nicht auf die Universität geschickt, damit du einen Banausen heiratest. Heirate einen Arzt; es laufen genug herum. Du brauchst einen Mann aus unseren Kreisen.«

Sowenig Claire für ihn empfand und sowenig er sich um sie kümmerte, so sehr mußte sie auch erkennen, daß er nie versucht hatte, sie zu Freds Ungunsten zu beeinflussen. Als sie ihn zum erstenmal ins Haus gebracht hatte, war ihr Vater zuerst nicht unfreundlich zu ihm gewesen. Er hatte sich nach seinem Beruf erkundigt und ihm dann, während sie bei ihrer Mutter in der Küche gewesen war, seine Bibliothek gezeigt. Dabei mußte es geschehen sein. Fred verstand nichts von Literatur, er rührte auch nie ein Buch an, und das schlimmste war, daß er es ihrem Vater noch erzählt hatte. Als sie sie zum Kaffeetrinken holen wollte, lehnte Heggelbacher unter einem Vorwand ab. Seitdem war zwischen ihr, Claire, und ihrem Vater kaum mehr über Fred gesprochen worden.

Sie erinnerte sich wieder, daß sie John anrufen wollte, aber dann sagte sie sich, daß es auf die beiden Tage nicht mehr ankomme. Vielleicht würde sie am Telefon schlecht mit ihm darüber reden können, und vielleicht hatte Fred auch nur geblufft.

»Wenn du mich brauchst«, sagte sie zu ihrem Vater, »ich bin in meinem Zimmer.«

Er nickte nur. Daran merkte sie, daß das Thema für ihn abgeschlossen war. An der Tür blickte sie noch einmal zurück. Er lächelte zufrieden vor sich hin, und sie schaute ihn aufmerksam an, bis sie sicher war, daß es nicht ihr galt. Er hatte ein anderes

Buch in die Hand genommen und streichelte mit den Fingerspitzen den Deckel.
»Chateaubriand«, murmelte er. »Du großer Gott!«
Claire ging leise hinaus. Auf der Diele fingen ihre Beine an zu zittern. Wie immer erfolgte ihre Reaktion auf außergewöhnliche Nervenbelastungen erst viel später. Sie ließ sich mit dem Rücken gegen die Wand fallen und schnitt eine Grimasse. Es sah aus, als ob sie gleichzeitig weinte und lachte, und genauso war ihr auch zumute.

4

Es war dunkel im Zimmer, aber sie sahen seinen großen Körper wie einen Schattenriß im helleren Rechteck des Fensters stehen. Als sie ins Zimmer traten, kam er ihnen entgegen, schloß die Tür und drehte den Schlüssel herum. Dann erst schaltete er das Licht ein.
»Einer muß sich aufs Bett setzen«, sagte er. »Wie geht's, Dawkins?«
Dawkins blickte die verschlossene Tür, dann Ingram und Turner und am Schluß John an. »Warum haben Sie abgeschlossen?«
»Damit uns keiner stört«, antwortete John. »Setzt euch hin!«
Er lehnte sich mit dem Rücken gegen die Tür und betrachtete sie der Reihe nach. Dawkins war der älteste und seit vier Jahren Soldat. Er wartete schon lange darauf, zum Korporal befördert zu werden, aber er hatte nicht das Zeug dazu. Er war nachlässig, undiszipliniert und begriffsstutzig. Bevor er sich freiwillig zur Armee gemeldet hatte, war er Berufsboxer gewesen. Er hatte ein breitflächiges, häßliches Gesicht mit flacher Nase, niedriger Stirn und dicken Muskelsträngen. Neben ihm wirkte Ingram wie ein Knabe. Seine Veilchenaugen konnten jedes Mädchen ansprechen, und er wußte es. Er war klein, sehr schlank und parfümierte sich. Wenn er seine Dienstzeit herum hatte, würde er wieder in den Damensalon seines Vaters in Oklahoma zurückkehren und die Kundinnen zum Erröten bringen. Auch Turner war kein Berufssoldat. Er war fast so groß wie John, aber nur halb so schwer. In der Bekleidungskammer gab es keine passende Uniform für ihn, sie waren ihm entweder zu weit oder zu kurz. Im Zivilleben war er Büroangestellter. Seinen Hauptwunsch, auf eine Schreibstube zu kommen, hatte ihm die Armee nicht erfüllt.
»Ich habe eine Verabredung«, sagte Dawkins. »Außerdem habe ich mich noch nicht gewaschen.«
John wußte es. Sie waren vor zehn Minuten von der Patrouille

zurückgekommen und trugen noch ihre Felduniformen. »Du wäschst dich nie«, sagte er. »Habt ihr etwas vor?«
Sie starrten ihn empört an. Es war lächerlich zu fragen, ob sie am Silvesterabend etwas vorhatten.
»Ich habe nichts vor«, sagte John, »ich habe Zeit bis morgen früh. Setzt euch endlich hin, sonst brauchen wir noch länger.«
»Wir haben jetzt dienstfrei«, sagte Turner aufsässig. »Wir waren seit acht Uhr heute früh unterwegs.«
»Ich auch. Wenn wir uns einig werden, sind wir in fünf Minuten fertig. Ihr braucht nur diesen Wisch zu unterschreiben, eine kleine Formalität, das ist alles.«
»Welchen Wisch?« fragte Dawkins.
»Er liegt auf dem Tisch«, antwortete John.
Sie blickten wie auf ein Kommando zum Tisch hin, wo ein Blatt Papier lag.
»Was ist das?« fragte Dawkins.
John lächelte. »Sie dürfen es lesen.«
Er beobachtete, wie sie an den Tisch traten, sich über das Papier beugten und die Köpfe zusammensteckten. Ihre Gesichter veränderten sich beim Lesen wie eine Landschaft im wechselnden Spiel von Licht und Schatten.
»Das sollen wir unterschreiben?« fragte Dawkins.
John nickte.
»Und wenn wir es nicht unterschreiben?«
»Ihr habt Ausgang bis zum Wecken«, sagte John, »so lange kann ich euch hierbehalten.«
»Das können Sie nicht!« sagte Dawkins. »Sie haben nicht das Recht dazu, uns hierzubehalten; wir sind jetzt nicht im Dienst.«
»Ein Soldat ist immer im Dienst«, erwiderte John. »Das Regiment befindet sich in ständiger Alarmbereitschaft; oder wissen Sie das nicht?«
»Das ist mir egal«, sagte Dawkins. »Schließen Sie die Tür auf!«
John steckte die Hände in die Taschen. »Ich begreife nicht, warum ihr euch so anstellt. Ihr braucht mir lediglich zu bestätigen, daß ich den Jeep vorschriftsmäßig abgenommen habe.«
»Warum lassen Sie sich's nicht von Bruce bestätigen?« fragte Turner.
»Ihr habt es genauso gesehen wie Bruce.«
Turner wechselte einen raschen Blick mit Dawkins. »Ich habe nichts gesehen.«
»Ich auch nicht«, sagte Ingram.
»Und Dawkins auch nicht«, sagte John. »Ein hübsches kleines Komplott. Was hat Bruce euch dafür bezahlt?«

»Fragen Sie ihn doch!« sagte Dawkins grinsend.
John grinste auch. »Okay, wir werden die Zeit herumbringen. Macht's euch bequem.«
Jetzt erst waren sie davon überzeugt, daß er es ernst meinte. Dawkins schob das kantige Schlägerkinn vor. »Probieren Sie das lieber nicht. Mich hat noch keiner in einem Zimmer eingesperrt.«
»Zeit, es nachzuholen«, sagte John. »Es gab schon mal Schwierigkeiten mit einer Gruppe, Denson hat sie völlig umbesetzt. Wenn er's bei euch genauso macht, werdet ihr auf die ganze Kompanie verteilt, und jeder Gruppenführer wird wissen, woran er mit euch ist. Schlechte Aussichten für eine Beförderung, Dawkins.«
»Denson wird nicht mehr viel umbesetzen«, sagte Dawkins. »Was Horne macht, ist 'ne andere Sache. Ich habe zufällig was läuten hören.«
»So!«
»Zufällig«, sagte Dawkins. »Man erzählt sich so einiges; ich kann's abwarten.«
»Ich auch«, sagte John. »Vor allen Dingen habe ich heute abend nichts vor.«
Dawkins hob seine Armbanduhr vor die Augen. Vor einer Viertelstunde waren er, Ingram und Turner von Sam aus ihrer Stube geholt worden. Er war mit ihnen auf den Korridor gegangen, und dort erst hatte er ihnen befohlen, sich bei Sergeant Baako zu melden. Bruce und die anderen wußten nicht, wo sie jetzt steckten, aber sie waren um acht Uhr mit ihnen in einem Restaurant verabredet. Bruce hatte einen Tisch bestellt; er wollte sie heute abend freihalten. Vor einigen Tagen hatte er ihnen vertraulich erzählt, daß sein Vater zu zwei Monaten Gefängnis verurteilt worden war, weil er einen aufsässigen schwarzen Farmarbeiter bestraft hatte. Dawkins hatte nichts gegen die Schwarzen, aber Sergeant Baako hatte Bruce und Henry bei Denson angeschwärzt, und Bruce und Henry waren patente Kerle. Sie waren großzügig im Bezahlen und hatten beide studiert. Es schmeichelte Dawkins, daß sie ihn als ihresgleichen behandelten. Er kam aus einer Arbeiterfamilie. Männer wie Bruce und Henry waren ihm sein Leben lang nur in großen Autos begegnet, aber sie machten keinen Unterschied zwischen ihm und Ingram, der schon mit siebzehn Jahren einen eigenen Wagen gehabt hatte. Er fand es fair von ihnen, und er war entschlossen, sich dafür zu revanchieren. Der Sergeant hatte ihm noch nie einen Drink bezahlt, zudem hatte er ihn im Verdacht, dafür verantwortlich zu sein, daß er noch nicht befördert worden war. Diese Schwarzen ließen keinen Weißen hochkommen, wenn sie erst einmal oben saßen. Überhaupt

war es eine Ungerechtigkeit, einen Schwarzen früher zu befördern als einen Weißen. Er hatte nicht die geringste Ursache, einen Finger für ihn krumm zu machen, erst recht nicht, wo er ihn, Dawkins, jetzt daran hindern wollte, sich mit Bruce und den anderen zu treffen. Aber das kam nicht in Frage, er würde sich nicht daran hindern lassen, von einem Nigger schon gar nicht. Auf Turner und Ingram brauchte er nicht zu rechnen, sie machten nur mit, weil er gedroht hatte, jedem in der Gruppe die Knochen entzweizuhauen, der Bruce verpetzte. Sie hatten Angst, vor ihm noch mehr als vor dem Sergeant.

Er wartete noch, bis der Sekundenzeiger seiner Uhr oben stand, dann ließ er den Arm sinken. »Ich muß jetzt gehen«, sagte er. »Wenn Sie die Tür nicht aufschließen, mache ich sie selbst auf.«

»Etwas mühsam«, erwiderte John, »ich habe den Schlüssel in der Tasche.«

»Das kann sich ändern«, sagte Dawkins. Er wußte, wieviel er riskieren konnte. Bruce hatte gestern mittag mit Leutnant Horne gesprochen, und seitdem war Sergeant Baako für Dawkins ein erledigter Mann.

Er öffnete den Lederriemen seiner Armbanduhr und steckte sie in die Hosentasche. »Ich kenne mich in den Dienstvorschriften zufällig etwas aus«, sagte er. »Offiziell kommen Sie damit nicht durch.«

»Offiziell nicht«, bestätigte John, »das spielt hinterher auch keine Rolle mehr. Ich möchte das unter uns erledigen.«

»Außerdienstlich sozusagen?«

John nickte. »Ganz außerdienstlich, Dawkins.«

»Dann verzichte ich auf eine Meldung wegen Freiheitsberaubung«, sagte Dawkins. »Man möchte nur wissen, woran man ist.«

»Wir sind uns einig«, sagte John lächelnd.

Es irritierte Dawkins. Er hatte zwar nicht erwartet, daß der Sergeant furchtsam sei. Wenn er furchtsam wäre, hätte er nicht ausgerechnet ihn mit auf seine Stube bestellt. Er war kein leichter Gegner. Dawkins machte sich nie etwas vor, wenn er sich auf einen Kampf einließ. Der Sergeant hatte die längere Reichweite, er war einen halben Kopf größer und breitschultrig, aber Dawkins hatte schon stärkere Männer zu Boden geschickt.

Als er auf John zuging, nahm dieser die Hände aus den Taschen. »Bis auf zwei Schritte«, sagte er, »dann wird es gefährlich, Dawkins.«

Dawkins grinste. Er bewegte sich so langsam, daß es wie eine

Zeitlupenaufnahme aussah, seine Augen waren jetzt flach und weit offen. Über seinen Kopf hinweg sah John einen Moment lang die fahlen Gesichter von Turner und Ingram, dann trat er ihm in den Magen.

Da er die Tür im Rücken hatte, konnte er seine ganze Kraft in den Stoß legen, und er hatte die Wirkung einer Mine. Dawkins knickte in der Mitte ein, hob sich etwas in die Luft, schlitterte quer durch die Stube, vorbei an Turner und Ingram, die entsetzt zur Seite sprangen, riß einen Stuhl um und landete mit häßlichem Geräusch am Boden. Er drehte sich einmal um seine eigene Achse und blieb, mit dem Gesicht nach unten und die Knie an die Brust gezogen, unbeweglich liegen. Dann wurde von außen gegen die Tür geklopft.

Es kam im unglücklichsten Zeitpunkt, und John hielt unwillkürlich die Luft an. Er spürte, wie sich die Klinke in seinem Rücken bewegte. Das Klopfen wiederholte sich, diesmal hart und ungeduldig. Jemand rief seinen Namen, und als er die Stimme erkannte, schloß er die Tür auf.

»Du hättest noch fünf Minuten warten können«, sagte er.

»Ich warte schon seit zehn Minuten«, erwiderte Chumley und schob sich träge ins Zimmer. Als er Dawkins liegen sah, wurden seine Augen schmal. »Kleiner Unfall?«

»Er wollte boxen«, antwortete John, »ich verstehe nicht viel davon.«

Chumley starrte ihn mit schmalen Augen an, dann ging er zu Dawkins, drehte ihn herum und betrachtete sein Gesicht. Es war schmerzhaft verzerrt, gelb und schweißbedeckt. Als er auf dem Rücken lag, fing er an zu stöhnen und preßte die Hände gegen den Magen.

»Tiefschlag?« fragte Chumley.

Turner trat neben ihn. »Er hat ihm in den Bauch getreten«, sagte er heiser, »ich habe es genau gesehen.«

»Wer hat angefangen?«

»Der Sergeant hat die Tür ...«

»Wer angefangen hat?« brüllte Chumley.

Turner erschrak. »Dawkins, aber der Sergeant hat die Tür abgeschlossen. Er wollte uns nicht hinauslassen, bevor wir nicht das Papier unterschrieben haben.«

»Welches Papier?«

»Das da!« sagte Turner und wies auf den Tisch.

Chumley drehte sich auf den Fußspitzen um. Er las das Geschriebene sorgfältig durch, dann schaute er John an. »Deshalb hast du dir die Schreibmaschine bei mir ausgeborgt?«

»Stimmt«, sagte John.
Er beobachtete, wie Dawkins den Oberkörper aufrichtete. Mit seinen glasigen Augen, dem halboffenen Mund, aus dem Speichel über sein Kinn lief, bot er einen widerlichen Anblick. »Und ich dachte, es gäbe einen Liebesbrief«, sagte Chumley. Sein Blick fiel auf Ingram, dessen Veilchenaugen vor Schreck weit aufgerissen waren. »Was stehen Sie herum?« fuhr er ihn an. »Helfen Sie ihm auf die Beine! Und Sie auch«, sagte er zu Turner, »aber dalli!«
»Er ist zu schwer für uns«, sagte Turner. »Warum lassen Sie ihn nicht liegen, bis er sich erholt hat?«
»Er soll sich auf dem Scheißhaus erholen«, sagte Chumley brutal. »In meiner Kompanie gibt es keine Schlägereien. Wenn ihr eine Beschwerde vorzubringen habt, wendet ihr euch an mich.«
»Der Sergeant wollte uns ...«
Chumley unterbrach ihn: »Maul halten! Ich brauche heute abend noch ein paar Leute für den Innendienst. Wenn ihr in zwei Minuten noch hier seid, nehme ich euch.«
Es wirkte belebender auf sie als eine entsicherte Pistole. Sie wandten sich fast gleichzeitig zu Dawkins hin, zerrten ihn in die Höhe und legten seine Arme um ihre Schultern. Da Turner einen Kopf größer war als Ingram, verlor Dawkins den Halt und rutschte auf den Boden zurück.
Chumley grinste verächtlich. »Nicht einmal das habt ihr gelernt. Ich werde euch vier Wochen zur Sanitätskompanie stecken. Ingram!«
»Jawohl«, sagte Ingram blaß.
»Sie waren doch dabei, als Sergeant Baako den Jeep abgenommen hat?«
»Jawohl«, sagte Ingram.
Chumley trat dicht vor ihn hin und schaute von oben in sein Gesicht. »Und Sie haben gesehen, daß er den Lenkstockhebel kontrolliert hat?«
»Jawohl, das heißt ...«
»Sie haben es gesehen!« brüllte Chumley. Sein Gesicht sah so furchterweckend aus, daß Ingram einen Schritt zurückprallte. »Jawohl, Hauptfeldwebel«, sagte er überrumpelt.
Chumley starrte ihn noch ein paar Sekunden an, dann nickte er befriedigt. »Ich werde es zu Protokoll nehmen. Und jetzt verschwinden Sie!«
Ingram warf einen hilfesuchenden Blick zu Turner hin, aber der beschäftigte sich mit Dawkins. Er hatte ihm die Hände unter die Arme geschoben und half ihm in die Höhe.

»Wenn du wieder umfällst«, sagte er gereizt, »lass' ich dich liegen.«
»Ich habe jetzt auch die Schnauze voll«, sagte Ingram.
Chumley beobachtete, wie sie Dawkins durchs Zimmer schleppten. John öffnete ihnen die Tür; sie gingen an ihm vorbei, als wäre er Luft.
Als sie draußen waren, setzte sich Chumley auf den Tisch, zündete sich eine Zigarette und dann, mit demselben Streichholz, das Blatt Papier an. Er hielt es mit einer Hand in die Luft und ließ es erst fallen, als die Flammen seine Finger erreichten.
»Stilistisch war es gut«, sagte er, »aber sonst ein himmelgroßer Dreck. Hast du dir im Ernst etwas davon versprochen?«
»Vielleicht«, antwortete John. »Natürlich hätten sie es am nächsten Tag widerrufen.«
»Ach nee!« Chumley drehte ihm verblüfft das Gesicht zu. »Daran hast du gedacht?«
»Manchmal habe ich einen guten Tag. Wer hat dir gesagt, daß sie hier sind?«
»Eine Maus. Ich stand zehn Minuten vor der Tür. Hast du gewußt, daß man draußen jedes Wort verstehen kann?«
»Nein.«
»Ich auch nicht. Ich werde mir für die Schreibstube eine Polstertür anfertigen lassen. Ist sonst nicht meine Sache, mir die Ohren flachzudrücken.«
»Du hast mehr erreicht als ich«, sagte John. »Ingram kann jetzt nicht mehr zurück.«
»Mit mir macht er das nicht«, sagte Chumley.
John nickte. »Mit dir nicht.« Er setzte sich neben ihn auf den Tisch. »Du hättest es schon vor drei Tagen tun können.«
»Hätte ich«, sagte Chumley.
»Ein Wort von dir, und die Geschichte mit Horne wäre nicht so weit gekommen.«
»Kann sein. Ich bin schon mit größeren Idioten fertig geworden, aber ich renne keinem nach.«
John nickte wieder. »Ich habe es mir überlegt; wenn ich dir am Samstagabend gesagt hätte, daß ich eine Verabredung habe, hätte Horne nichts davon erfahren.«
»Kann sein«, wiederholte Chumley und zog an seiner Zigarette.
John nickte zum drittenmal. »Heute habe ich dich auch nicht gerufen.«
»Der Fall lag anders«, sagte Chumley. »Wenn ich es bei dir zulasse, macht es Schule. Horne wird sich immer zuerst für einen Weißen einsetzen, bevor er es für einen Farbigen tut, und ich

werde mich immer zuerst für einen Unteroffizier einsetzen; wir hocken alle auf dem gleichen Ast.«
»Das ist dir spät eingefallen.«
»Ich wollte sehen, wie weit du es treibst. Dawkins ist ein Totschläger; er wurde als Boxer disqualifiziert.«
»Das wußte ich nicht.«
»Ich dränge mein Wissen keinem auf. Was hättest du getan, wenn sie unterschrieben hätten?«
»Denson hätte es genügt.«
»Möglich«, sagte Chumley, »solange er noch hier ist. Ich fürchte nur, es wird dir nicht mehr viel nützen. Ich wollte es dir schon gestern abend sagen: Das Regiment interessiert sich für dich. Sie haben deine Personalakten angefordert, Führungsnote und so weiter. Horne hat sich auf zwei Schreibmaschinenseiten ausgetobt. Dein Pech, daß Denson nicht hier ist.«
John schwieg. Während er darüber nachdachte, spürte er, wie das Blut aus seinen Fingerspitzen wich. Er bewegte sie ein wenig und blickte zum Fenster hin, wo ein Stück des Sternenhimmels eingefangen war.
»Horne?« fragte er nach einer Weile.
Chumley schüttelte den Kopf. »Ich habe es zuerst auch vermutet, aber er war genauso überrascht wie ich. Natürlich war es ihm ein willkommenes Fressen.«
»Sie müssen doch einen Grund haben«, sagte John.
»Sicher.« Chumley drückte seine Zigarette am Tischbein aus und stand auf. »Ohne Grund passiert nichts in der Armee. Hab' ich dir einmal erzählt, daß ich in ein Mädchen verknallt war?« Er weiß genau, daß er es mir noch nicht erzählt hat, dachte John.
»Auf Honolulu«, sagte Chumley und betrachtete seine Fingernägel. »Tochter eines Bankdirektors. Ich weiß heute noch nicht, was ihr an mir gefallen hat.«
»Eine schöne Geschichte«, sagte John, und sein Mund war ganz trocken.
Chumley nickte melancholisch. »Ist noch nicht alles. Eines Tages stand ich an der Reling eines Promenadendecks, und irgendeine Dreckskapelle spielte ›Aloha Oe‹. Seitdem kann ich das Lied nicht mehr hören.«
»Das verstehe ich«, sagte John mit trockenem Mund. »Du hast eine Vermutung?«
»War 'ne Sauzeit auf Neuguinea«, sagte Chumley. »Damals habe ich Lovell kennengelernt.«
»Wer ist das?«
»Er ist heute Regimentsspieß«, sagte Chumley. »So vorsichtig

habe ich ihn noch nie erlebt; er wollte nicht damit herausrükken.«

»Ich verstehe«, sagte John.

Chumley kniff ein wenig die Augen zusammen und blickte von seinen Fingernägeln auf. »Es hätte nicht so weit zu kommen brauchen. Wenn sie es von Hornes Beurteilung abhängig machen ... es verstößt gegen meine Prinzipien, einem Mann nachzulaufen.«

»Ich weiß es«, sagte John, »er muß dir in den Hintern kriechen, wenn er etwas von dir will. Er muß dir am Tag mindestens einmal sagen, was für ein verdammt feiner Spieß du bist, wieviel Geld er auf der Bank hat, mit welchem Mädchen er herumzieht, wie oft er mit ihr ins Bett geht. Ich habe dir nie etwas erzählt.«

»Wie man von seinen besten Freunden verkannt wird!« murmelte Chumley betroffen.

John lächelte dünn. »Bei dir habe ich lange gebraucht. Es hat dir schon nicht gepaßt, als sie mich zum Sergeant gemacht haben. Es hat dir nicht gepaßt, daß Denson soviel Interesse für mich gezeigt hat. Es hat dir nicht gepaßt, daß ich nie eine Runde für dich ausgegeben habe. Und nun paßt es dir nicht, daß die Tochter eines Direktors mit mir spazierenfährt.«

»Ich kann nichts dafür«, murmelte Chumley. »Es ist nicht das, was du meinst, mich kotzt einfach dein Typ an.«

»Nicht einmal jetzt kriegst du es fertig«, sagte John verächtlich. »Du würdest dir eher die Zunge abbeißen.«

Chumley richtete seine blassen, wäßrigen Augen auf ihn; sie hatten den Ausdruck eines weidwund getroffenen Tieres. »So spricht man nicht mit seinem Spieß, John Baako«, sagte er seufzend, »und wenn du zehnmal recht hast. Mir ist egal, ob du gelb oder schwarz oder weiß bist, aber du bist nicht nur schwarz, du bist auch noch eingebildet, und das ist mir zuviel. Vielleicht hätte ich noch etwas für dich tun können, unter Freunden, aber jetzt sollen sie dich meinetwegen auf den Mond schicken.«

»Sie wollen mich versetzen?«

Chumley wandte sich der Tür zu. »Ich weiß nichts, und wenn sie es tun, dann wegen Insubordination, Anarchismus und Dummheit. Grund genug, einen Mann aus einem Eliteregiment zu entfernen.«

Er ging hinaus und schlug die Tür hinter sich zu.

John blieb eine Weile neben dem Tisch stehen, dann bewegte er sich mit steifen Beinen zum Spind, öffnete ihn und holte einen taubengrauen Anzug heraus. Er hatte ihn gestern erst gekauft, und er betrachtete ihn, wie man einen Brillantring betrachtet.

5

Hinter Thüngerstadt wurde die Straße schmal. Wald nahm sie auf, dickverschneite Kiefern und Tannen auf beiden Seiten, eine kleine Brücke, im Scheinwerferlicht ein schmaler, halb zugefrorener Bach zwischen graurindigem Weidengesträuch, Bergkuppen mit kreisrunden Baum-Oasen über steilen Kahlflächen, dazwischen wieder Tannenschonungen, verlassene Feldwege zum Sternenhimmel, ferne Lichter am Horizont und wieder ein Tal, schmal und beidseitig vom Wald gesäumt.
Claire beobachtete entspannt, sie fuhr gern bei Nacht, wenn sich die Landschaft nur in Konturen zeigte, die entfernteren Dinge im ungewissen blieben und Rätsel aufgaben. Es war warm im Wagen, das Radio brachte Tanzmusik, amerikanische Schlager zum Jahresausklang.
Sonst war sie um diese Zeit von Fred abgeholt worden. Noch vor acht Tagen hatte nichts darauf hingedeutet, daß dieser Silvesterabend anders verlaufen werde als die früheren. Es war seltsam, daran zu denken, seltsam und ein wenig unwirklich, daß Fred jetzt wieder bei seinen Eltern sitzen würde, während sie mit einem Mann, von dessen Existenz sie vor vierzehn Tagen noch nichts gewußt hatte, durch die Nacht fuhr, mit einem Neger in einem amerikanischen Wagen über eine verschneite Straße, die sich wie eine Hängebrücke von Hügel zu Hügel spannte, von Horizont zu Horizont, wie auf eine unsichtbare Schwelle zu, wo sich das alte und das neue Jahr berührten und wo alles neu anfangen und nichts von dem, was gewesen war, noch einmal wiederkehren würde.
Sie lächelte bei dem Gedanken, und sie sah zu, wie die grellen Scheinwerferkegel die weißgestrichenen Begrenzungspfähle der Straße aus der Dunkelheit holten, sie sekundenlang festhielten und im Vorübergleiten wieder in die Nacht zurückwarfen.
Ein Symbol, dachte sie, ein Symbol vergeudeter Zeit, vergeudeten Lebens, Pfähle wie Tage, Striche im Kalender, Jahre im Zeitraffer. Noch einmal fünfundzwanzig, und ich werde sein wie die meisten Frauen über Fünfzig, verbraucht, erledigt und auf das Schlüsselloch angewiesen, ein Leben lang bemüht gewesen, nicht unangenehm aufzufallen, nicht aus der Reihe zu tanzen, ein Leben lang Durchschnittsware!
Seit der Auseinandersetzung mit Freds Mutter waren drei Tage vergangen, Zeit genug, sich darüber schlüssig zu werden, ob sie sie bereute. Aber sie bereute nichts, sie war nicht einmal sentimental. Sie hatte mit Fred fünf Jahre verloren, und sie konnte es

sich nicht leisten, seinetwegen auch nur noch einen Tag zu verlieren. Dieser Bruch war nicht zu verhindern gewesen, er hatte kommen müssen, wie ein reifer Apfel vom Baum fällt, unabdingbar und schmerzlos. Sie hatte ihn sich nicht leicht gemacht, sie hatte die Entscheidung bis zum letzten Augenblick hinausgezögert, und vielleicht hätte es noch länger gedauert, wenn seine Mutter nicht gewesen wäre; fast empfand sie ein Gefühl der Dankbarkeit gegen sie.

In der Ferne tauchten wieder ein paar Lichter auf, die Konturen einer kleinen Ortschaft zwischen bewaldeten Bergen, und etwas davor, rechts der Straße am Berg, die hellerleuchtete Fassade eines Restaurants mit einer großen, mit bunten Lampions geschmückten Gartenterrasse.

»Das muß es sein!« sagte Claire.

John nahm den Fuß vom Gaspedal. »Waren Sie noch nie hier?«

»Nein. Ein Bekannter hat mir davon erzählt; es wurde vor einem halben Jahr eröffnet.«

»Scheint gut besucht zu sein«, sagte John und wies nach vorn, wo im Scheinwerferlicht ein großer Parkplatz mit vielen Wagen auftauchte.

»Haben Sie Angst?«

»Wovor?«

»Ich dachte«, sagte Claire und beobachtete, wie er den Wagen in eine Parklücke steuerte.

Seit Sonntag hatte sie in einem merkwürdigen Zwiespalt von Unbehagen und Ungeduld an diese Begegnung gedacht. Mehr als einmal hatte sie sich, von jähen Zweifeln überfallen, versucht gefühlt, ihm abzutelefonieren, und noch vor zwei Stunden, als sie die steile Straße zur Kaserne hinaufgestiegen war, hatte sie nicht gewußt, ob sie es bis zum Schluß durchhalten würde. Er hatte schon auf sie gewartet, und als sie ihn in dem knielangen Trenchcoat und dem taubengrauen Anzug auf sich zukommen sah, war sie so gerührt gewesen, daß sie ihre Zweifel vergessen hatte.

»Wir werden es uns einmal ansehen«, meinte sie. »Wenn es uns nicht zusagt, fahren wir weiter.«

Sie kamen in einen großen Saal mit holzgetäfelter Decke, holzgetäfelten Wänden und ledergepolsterten Bänken, die in offenem Viereck um die Tische standen. Ihre Lehnen waren gleichfalls ledergepolstert, über den Tischen hingen schmiedeeiserne Laternen. Ein breiter Durchbruch führte auf die vollbesetzte Terrasse. Im Hintergrund wurde getanzt, die Kapelle spielte einen Tango.

Claire erfaßte alles mit einem Blick: den Saal, das halbe Dutzend schwarzbefrackter Kellner, die Terrasse und die vielen Menschen.

Die Herren trugen zum größten Teil dunkle Anzüge, die Damen Cocktailkleider mit tiefen Dekolletés, eine exklusive Auslese, mit angeborenem Snobismus an den Champagnergläsern nippend, viele Familien darunter, auch einige jüngere Pärchen, die mit sich selbst beschäftigt waren.
»In der Mitte ist noch ein Tisch frei«, sagte John.
Claire hatte ihn schon gesehen. Es waren etwa dreißig Schritte dorthin, und sie hatten die Hälfte hinter sich gebracht, als Claire stehenblieb. Irgendwo auf der rechten Seite hatte es angefangen, einige Männer, die fast gleichzeitig zu ihr heraufschauten. Die Bewegung pflanzte sich wie ein Reflex bis auf die Tanzfläche fort und verwandelte den Saal in einen Wald von Gesichtern. Sie hörte, wie sie zu tuscheln anfingen, sah sie die Köpfe zusammenstecken, spürte die klebrigen Blicke der Männer, die aufdringlichen Blicke der Frauen, und dann drehte sie sich wieder um und ging, ohne auf John zu achten, den gleichen Weg zurück. Der Kellner kam ihr nachgelaufen, sagte etwas, aber sie verstand ihn nicht und blieb erst wieder stehen, als sie im Freien und die Treppe hinuntergegangen war. Dort wartete sie auf John.
Es dauerte lange. Als er aus der Tür kam, verhielt er am oberen Ende der Treppe den Schritt und blickte zu ihr hinunter. Sie konnte nicht viel von seinem Gesicht sehen, und sie hätte es auch nicht fertiggebracht, ihm jetzt in die Augen zu schauen. Nichts von dem, was sie in den letzten Minuten getan hatte, war aus ihrem Bewußtsein gekommen. Sie war einfach davongelaufen, wie man davonläuft, wenn man auf ein ekelhaftes Reptil stößt, ohne etwas zu denken und ohne etwas anderes zu empfinden als einen grenzenlosen Abscheu.
Sie drehte sich um und ging zum Wagen; etwas später kam John. Er schloß die Tür auf, setzte sich hinters Steuer und steckte sich eine Zigarette an. Beim Aufflammen des Zündholzes konnte sie sein Gesicht sehen; es wirkte grau und enttäuscht.
Sie blickte ihn unverwandt an, dann nahm sie ihm die Zigarette aus der Hand und machte einen tiefen Zug. »Fahren Sie weiter!« sagte sie.
»Wohin?«
»Wohin Sie wollen. Wenn es Ihnen Spaß macht, wieder auf einen Feldweg.«
Er empfand es wie eine Ohrfeige. »Ich werde Sie nach Hause fahren«, sagte er heiser.
Claire nickte. »Sie sind heute ohnedies nicht sehr unterhaltsam. Wissen Sie, daß Sie während der ganzen Fahrt kaum ein Wort mit mir gesprochen haben?«

Er wußte es, aber das Gespräch mit Chumley lag ihm wie ein Stein auf der Brust. Er war deprimiert, unschlüssig und verzweifelt.
»Sie hätten mich festhalten sollen«, murmelte Claire. »Hier haben Sie Ihre Zigarette wieder!«
»Sie können sie behalten.«
Sein feindseliger Ton zeigte ihr, wie tief es ihn verletzt hatte. Sie rauchte mit geschlossenen Augen, unfähig, sich zu einem versöhnlichen Wort aufzuraffen. Obwohl sie wußte, daß sie sich unmöglich benommen hatte und daß die Schuld allein bei ihr lag, brachte sie es nicht fertig, etwas zu sagen.
Wenn er anders wäre, dachte sie resigniert, aber er ist wie ein Panzerschrank. Ich kann einen Panzerschrank nicht um Entschuldigung bitten.
Sie fuhren jetzt wieder in Richtung Thüngerstadt, und Claire sagte laut: »Ich möchte spazierengehen.«
Sie merkte, daß er sie verwundert anschaute, und lächelte. »Ich war schon immer ein wenig verrückt, falls Sie es noch nicht bemerkt haben sollten.«
»Ich finde es nicht verrückt«, erwiderte John. »Wo wollen Sie spazierengehen?«
»Auf einem verschneiten Waldweg bei Sternenschein. Haben Sie mir einen zu bieten?«
John betrachtete die Landschaft. Die Straße führte durch ein schmales Tal mit kahlen Feldern auf beiden Seiten. Rechts floß ein kleiner Bach, dahinter stieg das Gelände etwa vierhundert Meter zu einem lichten Kiefernwald hinauf.
»Vielleicht dort oben!« sagte Claire. »Wenn wir eine Brücke finden.« Sie fanden eine, nachdem sie noch ein Stück weitergefahren waren. Auf der anderen Seite kletterte ein Feldweg den Berg empor; er war im Schnee kaum zu erkennen.
John steuerte den Wagen mit den Vorderrädern auf die Brücke. Sie war schmal, für Fuhrwerke bestimmt, und sah aus, als müßte sie jeden Augenblick zusammenfallen.
»Ich habe etwas gegen Familienlokale«, sagte Claire, »wir hätten uns ein anderes suchen sollen.«
John stellte den Motor ab. »Sie brauchen sich nicht zu entschuldigen; es macht mir nichts mehr aus.«
»Dann wären Sie nicht eingeschnappt?«
»Ich bin nicht eingeschnappt.«
»Man hört es. Erzählen Sie der guten Tante Claire keine Geschichten. Es ist Ihr Recht, eingeschnappt zu sein. Ich habe vor, es wieder wettzumachen.«

»Sie brauchen an mir nichts wettzumachen«, sagte John, aber es waren nicht seine Gedanken. Sie hatte ihn mehr enttäuscht, als er wahrhaben wollte. Als er neben ihr das Restaurant betreten hatte, waren seine Empfindungen die einer Frau gewesen, die zum erstenmal ihr neues Brillantkollier austrägt.
Claire berührte seinen Arm. »Vielleicht werde ich eines Tages mit Ihnen im Schloßhotel in Thüngerstadt ein Glas Wein trinken. Sie müssen mir noch etwas Zeit lassen; ich war noch nie begierig darauf, angestarrt zu werden.«
Sie hatte Schuhe mit flachen Absätzen und einen dunkelblauen Popelinemantel an, und John sagte: »Sie werden sich nasse Füße holen.«
»Dann dürfen Sie sie mir trockenreiben. In Giffaumont bin ich immer quer durch den Schnee gelaufen, am liebsten, wenn es schneite.«
Sie stieg aus und klemmte sich ihre Tasche unter den Arm. »Das wollte ich schon seit fünfzehn Jahren tun«, sagte sie, »an einem Silvesterabend einen Berg hinaufklettern. Warum tut man eigentlich nie das, was man möchte?«
»Vielleicht, weil man es nicht gern allein tut«, sagte John und dachte an Fred.
Etwas hinderte ihn daran, sie zu fragen, weshalb sie heute abend nicht bei ihm sei.
Claire hakte sich bei ihm unter. »Fred hätte für so etwas kein Verständnis gehabt«, sagte sie, »er hätte mich für verrückt erklärt.«
Nun, da sie selbst davon anfing, riskierte er es doch: »Sicher werden Sie ihm heute abend fehlen.«
»Er weiß, daß ich bei Ihnen bin.«
»Sie haben es ihm gesagt?«
»Ja.«
Es klang so, daß er keine Frage mehr stellte. Als sie über die Brücke gingen und dann, dem verschneiten Feldweg folgend, den Berg hinaufstiegen, hielt er ihre Hand fest.
»Eigentlich müßte ich Ihnen noch die Leviten lesen«, sagte Claire. »Warum haben Sie mir den Wagen vor die Tür gestellt?«
»Damit Sie mich nicht vergessen.«
»Nur deshalb?«
»Ja.«
»Sie sind zu groß«, sagte Claire, »man kann Sie nicht vergessen.«
Der Schnee wurde, je weiter sie den Berg hinaufkamen, immer tiefer. Er war naß und pappig. Tagsüber hatte die Sonne ge-

schienen, und auch die Nacht war ungewöhnlich mild. An manchen Stellen sanken sie bis zu den Knöcheln ein. Claire begann daran zu zweifeln, daß sie es bis zum Wald schaffte. Als sie die Hälfte des Weges hinter sich hatten, blieb sie stehen und knöpfte ihren Mantel auf. »Ich bin schon älter, als ich dachte«, sagte sie. »Ihnen macht das Klettern nichts aus?«

»Nicht viel«, sagte John.

Sie blickten den Weg zurück. Tief unter sich sahen sie das Tal liegen. Auf der anderen Seite waren die Berge nicht so hoch. Ihre weißen Flächen schimmerten im Sternenlicht.

»Es erinnert mich an Schneewittchen«, sagte Claire.

»Wer ist das?«

Sie lächelte. »Wenn Sie brav sind, erzähle ich es Ihnen einmal. Haben Sie in Ihren Sprachkursen nichts davon gehört?«

»Von Schneewittchen nicht«, sagte John.

»Waren Sie auf einer Privatschule?«

»Nein.«

Er hätte ihr erzählen können, daß die Kurse in der Kaserne abgehalten wurden, daß er sie seit drei Jahren zweimal in der Woche besuchte, aber er fühlte sich nicht zum Reden aufgelegt.

Claire blickte ihn aufmerksam an. »Ich glaube, Sie sind immer noch eingeschnappt. Wären Sie lieber in ein Restaurant gegangen?«

Er schüttelte den Kopf.

»Am Weihnachtsabend waren Sie viel netter«, sagte Claire. »Haben Sie wieder etwas mit mir vor?«

Ihre direkte Frage trieb ihm das Blut in den Kopf. »Vielleicht«, sagte er rauh.

Claire faßte nach seiner Hand. »Sie sind viel stärker als ich, John. Ich hätte heute abend nicht zu kommen brauchen.«

»Aber Sie sind gekommen«, sagte er.

Es war jedesmal, als ob sie gegen eine Mauer stieße. – Warum sage ich ihm nicht endlich, warum ich ihn sehen wollte, dachte sie. Weil es mich selbst nicht überzeugt? Weil ich ihm auch sagen müßte, daß ich nicht gekommen wäre, wenn Fred mich nicht dazu provoziert hätte! Aber das ist es gar nicht, dachte sie. In Wirklichkeit hätte ich ihm das, was zu sagen wäre, ebensogut am Telefon sagen können, und in Wirklichkeit war Freds Provokation nur ein willkommener Vorwand für mich, ihn heute abend zu treffen. Warum eigentlich? Aus Mitleid? Weil es mich empört, wie sie ihm mitgespielt haben, weil es mich interessiert, was für ein Mensch er ist, weil ich endlich wissen will, wie der Panzerschrank von innen aussieht, oder weil sein unberechenbares Ver-

halten so etwas wie eine sexuelle Neugierde in mir geweckt hat, weil ich das Bild, wie ich ihm am Samstagabend ausgeliefert gewesen war, keinen Augenblick lang aus meinem Kopf verdrängen konnte, weil ich sogar nachts davon geträumt habe?
Obwohl sie sich sagte, daß es nur ein Teil war und daß ihre Empfindungen für ihn schon tiefer wurzelten, als sie sich eingestehen wollte, daß nichts von dem, was sie mit ihm erlebt, von ihm gehört und aus seinen gelegentlichen Andeutungen herausgehört hatte, ohne Einfluß auf ihr Handeln geblieben war, versuchte sie auch nicht, das andere zu verharmlosen. Vielleicht wäre sie mit ihm über Neujahr weggefahren, wenn sie mehr von ihm gewußt hätte. Sie hatte ganz gewöhnliche Furcht, von ihm ein Kind zu kriegen, und sie hatte Furcht vor sich selbst.
Und trotzdem hatte sie ihn heute abend wieder getroffen, obwohl sie Furcht hatte und obwohl sie wissen mußte, daß es nicht bei dem bleiben würde, was am Samstagabend geschehen war, daß man nicht auf halbem Weg stehenbleiben konnte, wenn man schon nicht mehr den Willen zur Umkehr hatte. Sie wußte nicht mehr, was mit ihr los war.
Sie blickte wieder zum Waldrand hinauf und überlegte, ob sie umkehren solle. Aber sie wollte an diesem Abend nicht ein zweites Mal davonlaufen, nicht vor ihm und nicht vor sich selbst, und sie würde im Wagen vor ihm und vor sich selbst nicht sicherer sein. Sie hatte es angefangen, und sie würde es irgendwie zu Ende bringen müssen, aber sie wußte noch nicht, wie.
John hatte sie geduldig beobachtet. Als sie den Berg hinaufschaute, lächelte er.
»Wollen Sie wieder zurück?«
»Ich weiß es noch nicht«, antwortete Claire und drehte ihm langsam das Gesicht zu. »Vielleicht bin ich schon zu alt dafür.«
»Ich werde Sie tragen.«
Sie hatte es anders gemeint, aber sie ging auf seinen Ton ein. »Ich wiege zweiundfünfzig Kilo.«
»Das ist noch weniger, als ich dachte«, sagte John und nahm sie auf die Arme. »Sie dürfen sich an meinem Hals festhalten.«
»Sie sind ein Bär«, sagte Claire.
Er trug sie, ohne ein einziges Mal stehenzubleiben, zum Wald hinauf, und nie war er müheloser einen Berg emporgestiegen. Oben sah er sich um. Der Weg führte am Waldrand entlang. Zwischen den Bäumen lag der Schnee nicht so hoch, an einigen Stellen kam dunkles Moos durch. Er trug sie ein Stück in den Wald hinein, legte sie auf den Boden und kniete neben ihr nieder.
Der Panzerschrank! dachte Claire, aber sie sagte nichts. Sie

schaute ihn nur an, und als er sie küßte, bekam sie eine Gänsehaut. Er küßte anders als Fred. Seine Lippen berührten ihren Mund, als hätte er Angst, ihr weh zu tun, und dann streichelte er ihr Gesicht und ihren Hals, und sie spürte, wie sie am ganzen Körper zitterte.

»Tun Sie es nicht, John«, sagte sie, »nicht hier.«

»Sie haben mir zuviel Furcht«, sagte er. »Bei uns daheim haben die Mädchen keine Furcht.«

Er half ihr auf die Beine, machte ein paar Schritte und betrachtete die hochangesetzten Kronen der Kiefern. Als er sich wieder nach Claire umschaute, hatte sie sich mit dem Rücken gegen einen Baum gelehnt und blickte ihn unverwandt an.

»Was haben Sie?« fragte er.

»Ich denke über Ihre Seele nach.«

John lachte. »Ich bin ein Heide, ich habe keine Seele.«

»Sind Sie nicht getauft?«

»Doch, aber ich halte nicht viel von euren Kirchen.«

»Warum nicht?«

»Ich glaube nicht an die Erbsünde«, sagte John. »Es ist Unsinn, daß der Akt zweier Ahnen in grauer Vorzeit wie ein Unheil über der ganzen Menschheit hängen soll. Unsere Religionen kennen keine Erbsünde und keine Hölle. Sie könnten ruhig mit mir schlafen.«

Sie mußte gegen ihren Willen lachen. »Sie sind ein Sophist, John. Wann haben Sie Ihre letzte Frau gehabt?«

»Vor sieben Jahren in Lansing.«

»Eine Studentin?«

»Ja.«

»Eine Weiße?«

»Sie kam aus Äthiopien und hatte Heimweh.«

»Und früher?«

»Früher auch«, sagte John, »mit dem Mädchen, das ich heiraten sollte. Ich weiß, daß man aufpassen muß.«

Es war eine Lektion, und sie war froh, daß er in der Dunkelheit ihr Erröten nicht sehen konnte, aber sie versuchte keine Ausflüchte. »Es ist bei uns nicht unwichtig, John.«

»Es ist nirgendwo unwichtig«, sagte er ruhig. »In Rhodesien ebensowenig wie hier. Ich bin nicht im Busch aufgewachsen.«

Ich hätte es nicht sagen dürfen, dachte Claire. Es war eine Taktlosigkeit, die zweite, die ich mir heute abend leiste. Wahrscheinlich bin ich auf der Universität verdorben worden. Es verhält sich dabei wie mit dem Führerschein: Sobald man ihn hat, setzt man sich nicht mehr unbefangen neben einen anderen Fahrer.

»Ich habe nicht behauptet, daß Sie im Busch aufgewachsen sind«, sagte sie ruhig. »Es erginge mir bei jedem anderen Mann ebenso. Ich habe mich heute abend auch nicht mit Ihnen getroffen, um Sie zu verletzen. Fred hat gedroht, dafür zu sorgen, daß Sie versetzt werden. Er will über einen Bekannten seiner Mutter den Bürgermeister einschalten. Halten Sie es für möglich, daß er etwas damit erreicht?«
John nickte geistesabwesend. Obwohl er es seit dem Gespräch mit Chumley befürchtet hatte, setzte sein Herz ein paar Schläge aus. Er schob die Hände in die Manteltaschen und fragte undeutlich: »Wann hat er Ihnen das gesagt?«
»Vor acht Tagen schon. Er behauptete, der Bürgermeister würde sich mit Ihrem Regimentskommandeur in Verbindung setzen. Haben Sie schon etwas gehört?«
Als er keine Antwort gab, ging sie zu ihm hin und blickte von unten in sein Gesicht. »War etwas, John?«
»Das Regiment hat meine Personalakten angefordert.«
»Wann?«
»Vor einigen Tagen.«
Sie blieben über eine Minute still, dann steckte Claire ihre Hände in seine Manteltaschen und legte sie auf seine Hände. »Wohin würde man Sie versetzen?« fragte sie ruhig.
»Ich weiß es nicht.«
»Nach Amerika?«
»Vielleicht.«
»Und Sie könnten nichts dagegen tun?«
»Es gibt zu viele Leute, die mich loswerden wollen.«
»Weil Sie nicht weiß sind?«
»Vielleicht«, sagte John.
Claire legte den Kopf an seine Brust. Sie standen sich jetzt so nahe, daß kein Raum mehr zwischen ihnen war. »Sie können Sie nicht versetzen«, sagte sie. »Ich werde zu Ihrem Regimentskommandeur gehen und ihn fragen, ob er mich nicht für alt genug hält, zu tun, was ich für richtig finde.«
»Damit erreichen Sie nichts. Sie werden mich versetzen, weil ich mich mit einem Offizier angelegt habe. Wenn sie es darauf abgesehen haben, mich loszuwerden, finden sie genügend andere Gründe. Wie ich sie kenne, werden sie über diese Sache kein Wort verlieren.«
»Warum haben Sie sich mit dem Offizier gestritten?«
John grinste. »Er gefällt mir nicht.«
»Das ist schlimm«, sagte Claire, mit dem Kopf an seiner Brust. Sie ertappte sich dabei, wie sie seine Hände streichelte, und sie

sagte: »Sie wollten doch später in Deutschland weiterstudieren. Kämen Sie wieder herüber, wenn man Sie versetzt?«

»Ich weiß nicht, ob Sie in einem Jahr noch hier sein werden.«

»Das weiß ich selbst nicht, ich möchte aus Thüngerstadt weg.«

»Warum?«

»Ich habe es satt«, antwortete Claire. »Seit die Grenze da ist, komme ich mir wie in einem Käfig vor. Haben Sie noch nie bemerkt, daß die Leute hier Angst haben?«

»Vor den Russen?«

»Ich vermute es. Wenn man es vierzehn Jahre lang mitgemacht hat, kann es zu einem Alptraum werden. Wie groß ist Rhodesien?«

John zögerte. Seit sie sich an ihn gelehnt hatte und seine Hände streichelte, fiel es ihm schwer, sich zu konzentrieren. Ihre Berührungen waren wie kleine Stromstöße, die seinen Körper mit Elektrizität aufluden und seine Nerven vibrieren ließen. Er rückte eine Kleinigkeit von ihr ab und zuckte mit den Schultern. »Ich weiß es nicht mehr auswendig. Wenn Sie mit der Bahn durchfahren wollen, brauchen Sie vier Tage.«

»In vier Tagen kann ich durch ganz Europa fahren«, sagte Claire. »Ist es sehr heiß?«

»Nur in den Flußtälern. Auf dem Hochplateau kommen Sie im Winter ohne warme Sachen nicht aus. Wollen Sie einmal hinfahren?«

Sie nahm den Kopf von seiner Brust und blickte von unten in sein Gesicht. »Heute bestimmt nicht mehr. Ich habe in den letzten Tagen viel über Rhodesien gelesen, ich war sogar in der Bibliothek und habe mir zwei Bücher geholt.«

Wenn sie ihm nicht so nahe gestanden hätte, wäre ihm eingefallen, sie zu fragen, weshalb sie es getan habe. »Sie sollten doch einmal hinfahren«, sagte er rauh.

»Mit Ihnen?«

»Ja.«

Sie hatte plötzlich Herzklopfen, und als er sie küßte, schloß sie wieder die Augen. Sie hätte ihm jetzt sagen müssen, daß sie es nicht wollte, daß dies nicht der Augenblick dafür sei, aber es war, als ob sie keine Stimme mehr hätte, und ihre Beine schienen sich in Holzpfähle verwandelt zu haben, die tief im Waldboden eingefroren waren. Sie rührte sich auch nicht, als er sie unvermittelt losließ, seinen Mantel auszog, ihn hinter ihr auf den Schnee ausbreitete und zu ihr zurückkehrte. Er blieb, etwa einen halben Schritt von ihr entfernt, mit hängenden Armen stehen und blickte sie stumm an.

Während sie in sein Gesicht schaute und in einem Zustand peinvoller Unschlüssigkeit mit sich kämpfte, weil sie sich ebensosehr zu ihm hingezogen wie von ihrem Stolz daran gehindert fühlte, erlebte sie, wie der Widerstand in ihr zusammenschrumpfte, und sie rührte sich nicht vom Fleck, bis nichts mehr von ihm da war. Dann machte sie einen kleinen Schritt vorwärts, lehnte sich mit ihrem ganzen Körper an ihn und atmete laut.

Diesmal wich er nicht vor ihr zurück. Sie standen lange Zeit unbeweglich beieinander, ohne etwas zu tun und nur durch ihre Nähe zusammengehalten. Seine Erregung war jetzt so deutlich, daß sie sie wie eine Berührung empfand, und als sie ihm mit ihrem Körper antwortete, beugte er sich zu ihr hinunter, schlang die Arme um ihren Rücken und preßte sie an sich.

In gleichem Maße, wie seine Hände von ihr Besitz nahmen, verlor sie das Bewußtsein für ihre Umgebung. Sie streichelte sein Gesicht, erwiderte seine Küsse, und ein paar Sekunden lang war sie wie betäubt. Die große Zärtlichkeit, die immer dagewesen war, versteckt und zurückgehalten, die große aufgestaute Zärtlichkeit, die sie nie aus sich herausgelassen, deren sie sich immer geschämt und die sie nie gebraucht hatte, riß sie fort. Es war, als ob etwas in ihr aufbräche. Sie verlor unvermittelt die Kontrolle über sich, drängte sich an ihn, fühlte seine Hände, ihre Blöße, fühlte mit geschlossenen Augen, wie er ihre Brüste umfaßte, sie mit Küssen bedeckte, und sie hatte nicht gewußt, wie es sein konnte.

Der Druck seines Körpers wurde schmerzhaft, sie erwiderte ihn mit ihren Hüften, verschränkte die Hände hinter seinem Nacken und ließ den Kopf zurückfallen. Einen Augenblick lang sah sie die schirmförmigen Kronen der hohen Kiefern vor dem Sternenhimmel, dann schob sich wieder sein Gesicht dazwischen, und sie spürte noch, wie ihr Rücken hohl wurde, ehe ihre Schultern die Erde berührten und sein schwerer Körper wie ein Baum auf sie fiel, sie zudeckte und ihre Fußspitzen nach außen drehte. Ihre Berührung ließ ihn aufstöhnen. Es steigerte ihre Erregung ins Unerträgliche, und als er, vor ihr kniend, seinen Oberkörper aufrichtete, sie an sich zog, und sie, seine Absicht erkennend, ihm entgegenkam, fühlte sie sich auf eine seltsam endgültige Weise mit ihm verbunden. Das Empfinden war so stark in ihr, daß ihr eine Steigerung nicht mehr möglich schien, und vielleicht hätte sie es in diesem Augenblick sogar fertiggebracht, darauf zu verzichten. Aber sie hatte weder den Wunsch noch den Willen dazu, und da nichts mehr zwischen ihnen war, was sie noch daran hindern konnte, und die rasche Bewegung, die es herbeiführte, von

ihnen gleichzeitig ausging, von ihr ebenso wie von ihm, geschah es von selbst.
Sie vernahm ihre eigene Stimme in einem halberstickten Aufschrei, hörte sich zusammenhanglose Worte stammeln. Und dann fühlte sie, wie sich alles Blut und alles Empfinden in ihr zu einem harten Klumpen zusammenzog, ihre Hüften dehnte und sie auseinandersprengte.
Es traf sie wie ein Blitzstrahl, und für ein paar Sekunden schien es ihr, als stürzte sie aus großer Höhe durch das rötliche Licht eines Sonnenuntergangs und das sprühende Licht eines Sommermorgens.
Als sie wieder die Augen aufschlug, war der Himmel über ihr in gelbes Licht getaucht. Sie drehte etwas den Kopf und blickte zwischen den Bäumen hindurch über das Tal hinweg, wo der Horizont zu leuchten begann. Das Geräusch ferner Detonationen vermengte sich mit dem Klang von Kirchenglocken. Es hörte sich an, als finge die Nacht selbst zu dröhnen an. »Das neue Jahr!« sagte Claire. Sie legte John die Hände um den Nacken und zog ihn zu sich herunter. »Jetzt haben wir es mit einer Sünde angefangen«, sagte sie.
»Mit einer Erbsünde«, sagte John und küßte sie.
Nun, da es geschehen war, bereute sie es nicht, und nichts von dem, was sie befürchtet hatte, war eingetreten. Während sie seine Küsse erwiderte und mit einem nie erlebten Gefühl zärtlicher Genugtuung seine Erschöpfung wahrnahm, überlegte sie sich, wie es sein würde, wenn sie mit ihm verreiste. Von da an ließ sie der Gedanke nicht mehr los.
»Ich kann ohne dich nicht mehr leben«, sagte John.
Darin unterschied er sich von keinem anderen Mann, und sie lächelte über ihn.
»Du wirst noch lange leben«, sagte sie. »Ich kann tote Männer nicht ausstehen, und wenn du oft genug mit mir geschlafen hast, wirst du meinetwegen auch nicht mehr sterben wollen. Wir müssen jetzt gehen, sonst werden wir beide sterben, und zwar an einer Lungenentzündung. Wo hast du meine Sachen hingeworfen?«
Er suchte sie in der Dunkelheit. Sie waren vom Schnee so feucht geworden, daß Claire es vorzog, sie in die Tasche zu stopfen. – Meinen Mantel muß ich reinigen lassen, dachte sie, und mich am besten mit dazu.
Sie sprachen jetzt nichts mehr. Den Berg hinunter trug er sie wieder. Einmal wäre er beinahe mit ihr hingestürzt, aber er war wie eine Katze und erwischte immer wieder festen Halt unter den Füßen.

»Eines Tages wirst du es satt kriegen«, sagte Claire. John schüttelte nur den Kopf.
Im Wagen legte sie ihren Mantel ab, zog ihre nassen Schuhe und Strümpfe aus und massierte ihre kalten Füße.
»Laß mich das tun«, sagte John.
Später lag sie, die Knie an die Brust gezogen, mit dem Kopf auf seinem Schoß. Der Motor lief, es wurde rasch warm im Wagen. Sie achteten nicht mehr darauf, wie spät es war, und sie kümmerten sich auch nicht darum, daß die Scheinwerfer vorüberfahrender Autos gelegentlich das Wageninnere aufhellten. Die meiste Zeit küßten sie sich, und als ihre Erregung zurückkehrte, fuhren sie einige Kilometer weiter, bis die Straße aus dem Tal heraus über einen bewaldeten Bergrücken hinwegführte. Dort fanden sie einen befahrbaren Waldweg. Sie folgten ihm bis hinter eine Krümmung, dann schaltete John die Scheinwerfer aus, klappte die Sitze zurück und nahm Claire in die Arme. Als er sie auf seinen Schoß zog, hatte sie nichts mehr an. Diesmal erlebten sie es wie in einem Zustand hochgradigen Fiebers. Sie waren beide wie von Sinnen, und hinterher lagen sie erschöpft ineinander verschlungen, aber es war nur eine physische Erschöpfung, während ihre Erregung, wie Kohlen unter einem Haufen Asche, weitergloste und jeden Augenblick neu aufflammen konnte. Bevor es jedoch dazu kam, machte sich Claire von ihm los, richtete sich rasch auf und lehnte die heiße Stirn gegen die Windschutzscheibe. Sie war in der Wärme angelaufen. Draußen lag die Nacht wie ein schwarzes Tuch über dem verschneiten Wald, und während Claire hinausschaute und die Benommenheit in ihrem Kopf allmählich einer kühlen Überlegung Platz machte, fand sie wieder zu sich selbst zurück.
»Ich muß nach Hause, John«, sagte sie ruhig. »Wenn mein Vater mich in diesem Zustand sieht, wird er mich fragen, wo ich die Nacht über gesteckt habe.«
»Hast du Angst vor ihm?«
Sie schüttelte ungeduldig den Kopf. »Vorerst lebe ich noch mit ihm zusammen. Ich kann nicht tun, was ich will.«
John schwieg. Obwohl er sich Mühe gab, sie zu verstehen, fiel es ihm schwer. Er befand sich jetzt in einem Stadium, wo schon der bloße Gedanke, sich – wenn auch nur vorübergehend – von ihr trennen zu müssen, seinen Widerspruch hervorrief.
»Du warst sicher schon öfter die Nacht über weg«, sagte er.
»Dann wußte er, daß ich bei Fred war.«
»Soll er es glauben.«
Claire schaltete die Innenbeleuchtung des Wagens ein. »Er wird

es mir nicht glauben«, sagte sie. »Er weiß, daß ich mich von Fred getrennt habe.«
Es fuhr ihm wie ein elektrischer Schlag durch die Glieder, und er blieb ein paar Sekunden regungslos sitzen. Dann griff er nach ihren Schultern und fragte rauh: »Wann?«
»Am Sonntag«, antwortete Claire. Sie knöpfte ihm das Hemd zu und küßte ihn auf den Mund. »Schau nicht so dumm«, sagte sie. »Wenn ich mich nicht von ihm getrennt hätte, wäre ich heute abend nicht zu dir gekommen. Mehr als einen Mann verkrafte ich nicht, schon gar nicht, wenn er so ist wie du.«
Er konnte ihr nicht antworten, weil ihm die Überraschung die Sprache nahm und weil er sie zum ersten Male bei Licht sah. Sie erinnerte ihn an die Mädchen der Massai, die ihrer zartgliedrigen Schlankheit wegen berühmt waren. Als er in einer plötzlichen Gefühlsaufwallung den Kopf gegen ihren Schoß preßte und ihre Lenden streichelte, hätte sie ihm beinahe ein drittes Mal nachgegeben, aber der Gedanke an ihren Vater hatte sich wie ein Stachel in ihrem Bewußtsein festgesetzt. Sie schob ihre Hände dazwischen und lächelte. »Kannst du dir ein paar Tage Urlaub nehmen?«
Er kam, wie ein Taucher, der zu lange unter Wasser gewesen war, ruckartig in die Höhe und starrte sie an. »Du willst mit mir wegfahren?«
»Es bleibt mir nichts anderes übrig, sonst habe ich keine ruhigen fünf Minuten mehr.«
»Und dein Vater?«
»Ich werde schon mit ihm einig werden«, sagte Claire und griff nach ihren Kleidern. »Von mir hängt es nicht so sehr ab wie von dir. Wenn sie dich versetzen ...«
»Meinen Urlaub müßten sie mir auf alle Fälle geben«, sagte John dazwischen. Die Vorstellung, sie eine Weile ganz für sich zu haben, berauschte ihn. Er nahm sie wieder in die Arme und deckte ihr Gesicht mit Küssen zu. »Wohin willst du fahren?« fragte er dann. »Nach Giffaumont?«
»In Giffaumont gibt es nur einen einzigen Gasthof«, erwiderte Claire. »Außerdem kenne ich zu viele Leute dort. Wieviel Urlaub würdest du bekommen?«
»Mindestens vier Wochen. Ich habe mir, seit ich bei der Armee bin, noch keinen genommen.«
Claire lachte. »Warum nicht gleich ein halbes Jahr? Länger als vierzehn Tage kann ich auf keinen Fall weg. Wird Sam dir den Wagen geben?«
»Ich habe ihn gekauft.«

Sie hielt in der Bewegung, mit der sie gerade ihr Kleid anzog, inne und blickte rasch in sein Gesicht. »Warum hast du ihn gekauft?«
»Ich wollte schon lange einen«, log John. »Es war eine Gelegenheit; Sam hatte einen anderen im Auge.«
Es klang nicht so, daß es sie überzeugte, aber sie unterdrückte eine Bemerkung und klappte die Sonnenblende mit dem großen Make-up-Spiegel herunter. Sie fand, daß sie überraschend frisch aussah, und wunderte sich darüber.
»Ich werde dich nächste Woche anrufen«, sagte sie. »Bis dahin weiß ich, wann wir fahren können, drei Bedingungen vorausgesetzt: Du läßt mir so lange Zeit, damit ich noch etwas vorarbeiten kann, und du bist damit einverstanden, daß ich meine Doktorarbeit mitnehme und mich jeden Tag mindestens zwei Stunden damit beschäftige.«
»Ich werde dir dabei helfen«, sagte John lächelnd. »Und die dritte Bedingung?«
Claire wartete, bis sie mit ihrem Lippenstift fertig war, dann schraubte sie ihn zusammen, legte ihn in ihre Handtasche zurück und erwiderte Johns Blick. »Ich beteilige mich an den Kosten.«
»Das kommt nicht in Frage!« sagte John. »Ich habe genug Geld.«
»Für dein Studium. Wenn du ein braver Junge bist, werden wir eines Tages einen großen Anwalt aus dir machen, und dann kannst du mir alles wieder zurückgeben. Wir werden uns irgendwo in Frankreich ein kleines, billiges Hotel suchen ...«
»Und heiraten«, sagte John.
Sie hatte gehofft, er würde heute nicht mehr davon anfangen. Von allen Problemen, die jetzt auf sie zukommen würden, war es das größte, und sie machte sich keine Illusionen darüber. Sie machte sich auch keine Illusionen mehr über das, was sie für ihn empfand. Wie immer, wenn sie sich über eine Sache schlüssig geworden war, versuchte sie nicht länger, sie vor sich selbst zu beschönigen. Sie liebte ihn mehr, als sie sich vor einigen Stunden noch hatte eingestehen wollen, und er hatte Empfindungen in ihr wachgerufen, deren sie sich bisher nie bewußt geworden war. Die flüchtigen und ichbezogenen Umarmungen Freds hatten in den letzten Jahren kaum noch ein Echo in ihr geweckt. Aber dies war nur die eine Seite. Unabhängig davon, daß er eine andere Hautfarbe hatte als sie, erschien ihr der Gedanke an eine Heirat auch nicht dringlich genug, sich jetzt schon ernsthaft damit zu beschäftigen. Und wenn die Vorstellung an seine mögliche Versetzung zwar ein stechendes Schmerzgefühl in ihr aufkommen ließ,

war es doch noch nicht so intensiv, wie es ihr auf Grund ihres intimen Verhältnisses angemessen erschien. Irgendwo gab es ein kleines schmerzstillendes Pflästerchen, das ihr die Vorstellung erträglich werden ließ, und es bestand in der kühlen Einsicht tief in einem versteckten Winkel ihres Hirns, daß seine Versetzung ihr Gelegenheit verschaffen würde, über ein Jahr lang darüber nachzudenken, ob ihre Empfindungen für ihn stark genug waren, alle sich aus einer Heirat ergebenden Konsequenzen bedingungslos auf sich zu nehmen.

Diese plötzliche Entdeckung brachte sie unvermittelt in Opposition gegen ihre eigenen Vorbehalte, und vielleicht hätte sie sich doch noch dazu aufgerafft, ernsthaft mit ihm darüber zu reden, wenn er nicht, durch ihr langes Schweigen ungeduldig geworden, im gleichen Augenblick die Scheinwerfer eingeschaltet und den Wagen auf die Straße zurückgefahren hätte. Er ging auch nicht mehr auf das Thema ein, sondern kam wieder auf den Urlaub zu sprechen.

»Ich werde mir für alle Fälle vier Wochen nehmen«, sagte er. »Vielleicht überlegst du es dir noch.«

»Was?«

»Das mit den vierzehn Tagen.«

»Das ist völlig unwahrscheinlich«, sagte Claire lächelnd.

John lächelte auch. Wenn sie erst einmal mit ihm in einem Hotel wohnte, würde sie vielleicht anders denken. Dieser vergangene Abend hatte ihm mehr beschert, als er von ihm erhofft hatte, und die Vorstellung, mindestens vierzehn Tage mit ihr zu verreisen, versetzte ihn in einen Zustand ungeduldiger Erwartung. Zum erstenmal seit neun Jahren sah er wieder einen klaren Weg vor sich: Er würde Claire heiraten, sie mit nach Rhodesien nehmen, sein Studium beenden und eine Anwaltspraxis aufmachen. Die Gründe, die ihn bisher an einer Heimkehr gehindert hatten, fielen jetzt weg. Weder wurde er von einem Bantu-Mädchen erwartet, noch würde er mit leeren Händen zurückkommen. Mit einer weißen Ärztin als Frau standen ihm alle Türen offen, und niemand in Bulawayo würde Ursache haben, sich über ihn lustig zu machen.

Im Augenblick gab es nur einen Punkt, der ihm ernsthafte Sorgen bereitete. Wenn es tatsächlich zu einer Versetzung käme, würde er sich über ein Jahr lang von Claire trennen müssen, ein Gedanke, der ihm nach diesem Abend unvorstellbar erschien. Zudem würde er ständig in der Furcht leben müssen, daß sie sich wieder mit Fred versöhnte oder zuviel Gelegenheit hatte, über die Heirat mit einem Neger nachzudenken. Das Risiko, sie zu ver-

lieren, erschien ihm so groß, daß er mehr davor zurückschreckte als vor allen Konsequenzen, die sich für ihn daraus ergaben.
Als in der Ferne die ersten Lichter von Thüngerstadt am dunklen Horizont auftauchten, fiel ihm wieder Denson ein. Er war der einzige, der jetzt noch helfen konnte.

6

Captain Finch war ein großer, breitschultriger Mann und seit drei Jahren Bataillonskommandeur. Jedesmal, wenn Captain Denson mit ihm zusammenkam, fiel ihm ein, daß er trotz ihrer langen Zusammenarbeit so gut wie nichts von ihm wußte. Vielleicht lag es an dem Umstand, daß Finch Junggeselle war, einen untadeligen Lebenswandel führte und auch den professionellen Gerüchteverbreitern im Regiment keine Angriffsfläche bot. Abgesehen davon, daß er ein leidenschaftlicher Pfeifenraucher war und die Pfeife auch zwischen den Zähnen behielt, wenn er nicht rauchte, schien er keinerlei Hobbies oder außerdienstliche Ambitionen zu haben. Er gehörte zu jenen Offizieren, von denen im Falle ihres Todes in irgendeinem Regimentstagebuch verzeichnet stand, daß sie durch und durch Soldat und auch Mensch waren. Dabei war er trotz allem nicht der Typ des ungeschlachten Haudegens mit den sattsam bekannten Nilpferdmanieren. Er konnte ungemein sensibel sein, erteilte seine Befehle meist im Seelsorgerton und brachte es fertig, sich einen ganzen Nachmittag lang über die Frage auszulassen, ob es mit der Verfassung in Einklang zu bringen sei, einem Soldaten vorzuschreiben, wie oft er sich die Haare schneiden lassen müsse. Aber solche lautgeführten Meditationen waren meist theoretischer Natur und hatten wenig Einfluß auf seine fast pedantische Dienstauffassung.
Er empfing Denson zwischen zwei Telefongesprächen, erkundigte sich lebhaft nach seiner Familie, seinem persönlichen Wohlergehen und erinnerte sich noch rechtzeitig daran, daß er einige Tage verreist gewesen war und es daher schicklich sei, auch darüber einige Worte zu verlieren, und das alles mit der Pfeife zwischen den Zähnen. Nachdem Denson sämtliche Fragen ausführlich beantwortet hatte, kam Finch ohne weitere Umstände wieder auf das Thema zu sprechen, das er bereits am Telefon angeschnitten und das sich als so schwierig erwiesen hatte, daß sie keine Verständigung erzielen konnten.
»Natürlich ist es eine unangenehme Geschichte«, sagte er ernst. »Ich möchte unter allen Umständen vermeiden, Leutnant Horne

noch stärker zu desavouieren. Haben Sie schon mit ihm gesprochen?«
Denson betrachtete seine auf Hochglanz polierten Schuhe. Er wußte, daß Finchs Rücksichtnahme auf Horne nicht zuletzt dem Umstand zuzuschreiben war, daß dessen Vater einen Sitz im Parlament hatte.
»Flüchtig. Ich muß nach wie vor auf meinen Bedenken gegen ein summarisches Militärgerichtsverfahren bestehen. Wie ich den Fall überschaue, würden über ein Dutzend Männer meiner Kompanie in die Angelegenheit verwickelt werden. Horne hätte sich in seinem Bericht zurückhalten müssen. Vor allen Dingen war es völlig überflüssig, zu erwähnen, daß er bei mir ein Militärgerichtsverfahren gegen den Sergeant beantragen wolle. Er hat damit seine Kompetenzen weit überschritten. Kennen Sie die Gründe, die das Regiment bewogen haben, ein Führungszeugnis über Baako anzufordern?«
Finch schüttelte den schweren Kopf. »Es ist zwar eine ungewöhnliche Maßnahme, jedoch nicht meine Sache, mir darüber Gedanken zu machen. Ich habe nach dem Gespräch mit Ihnen noch einmal das Regiment angerufen und gesagt, daß Sie den Bericht Leutnant Hornes in seiner jetzigen Form nicht billigen könnten. Man war ausgesprochen enttäuscht darüber; Colonel Horton erklärte mir ...«
»Sie haben mit dem Kommandeur selbst gesprochen?« fragte Denson überrascht.
Finch nahm einen Moment die Pfeife aus dem Mund und grinste. »Ich wurde mit ihm verbunden. Er meinte, daß es nach dem Vorgefallenen für Horne unzumutbar sei, den Sergeant noch länger in der Kompanie zu behalten. Er verlangt, daß Baako sofort seinen fälligen Jahresurlaub antritt. Bis zu seiner Rückkehr wird das Regiment über seine weitere Verwendung entscheiden; mehr war nicht zu erfahren.«
»Das ist alles sehr merkwürdig«, murmelte Denson gedankenvoll. »Haben Sie Colonel Horton meine Bedenken gegen ein Disziplinarverfahren angedeutet?«
»Angedeutet. Sie wissen, daß man in solchen Dingen ungeheuer vorsichtig sein muß. Colonel Horton scheint mich aber richtig verstanden zu haben. Er kam jedenfalls nicht mehr auf das Verfahren zurück. Ich war, offen gestanden, ebenso überrascht wie er. Haben Sie schon früher solche Beobachtungen gemacht?«
»Öfter, als mir lieb war.«
Finch stand seufzend auf und machte ein paar Schritte durchs Zimmer.

»Mir wäre angenehm, Sie würden sich einmal mit Horne darüber unterhalten. Da Sie in vierzehn Tagen doch in die Staaten zurückkehren, fällt es Ihnen vielleicht leichter als mir. Die Armee hat für Weltanschauungen keinen Platz.«
Er trat wieder an den Schreibtisch und griff zum Telefon. »Ich werde dem Kommandeur Bescheid sagen. Sorgen Sie dafür, daß Sergeant Baako so schnell wie möglich in Urlaub fährt. Sehen wir uns am Samstagabend im Club?«
»Ich habe es vor«, sagte Denson und verabschiedete sich. Er kehrte in den Kompaniegefechtsstand zurück und befahl Leutnant Horne und Sergeant Chumley zu sich. Obwohl er Horne als pflichtbewußten und zuverlässigen Offizier schätzte, war es nie zu einem persönlichen Kontakt zwischen ihnen gekommen. Horne verkörperte einen Menschentyp, der Denson nicht lag. Auch wenn er dabei berücksichtigte, daß seine Empfindungen für ihn zum Teil aus der natürlichen Abneigung gespeist wurden, die jeder Mann auf verantwortlichem Posten seinem späteren Nachfolger entgegenbringt, blieben noch genug handfestere Argumente für seine reservierte Haltung. Horne war ihm eine Kleinigkeit zu ehrgeizig und zu sehr von seiner soldatischen Berufung überzeugt. Zudem war es ausgeschlossen, mit ihm ein vernünftiges Gespräch über Dinge zu führen, die nicht unmittelbar mit seiner Uniform zu tun hatten. Weder interessierte er sich für Literatur noch für Musik noch für Politik. Er war, für Densons Ansprüche, absolut ungebildet, und sein Wissen beschränkte sich auf rein militärische Belange, die er zugegebenermaßen mit vorbildlicher Perfektion beherrschte. Darüber hinaus wußte Denson aus vielen Beobachtungen, daß Horne eine Aversion gegen alle schwarzhäutigen Soldaten hatte, auch wenn es nie zu Zwischenfällen gekommen war, die es ihm ermöglicht hätten, ihn deshalb zur Rede zu stellen. Horne war zu geschickt dafür, ein kluger Taktiker, der sich immer im Rahmen des Erlaubten bewegte und es nie versäumte, seinen wahren Motiven einen brauchbaren Vorwand zu liefern. Diesmal hatte Denson allerdings das Gefühl, als wäre Horne einen Schritt zu weit gegangen.
Wenn er trotzdem keine große Lust verspürte, aus der Angelegenheit eine Affäre zu machen, so nur deshalb, weil er seiner persönlichen Einstellung zu diesem Problem damit keinen Dienst mehr erwiesen hätte. In vierzehn Tagen würde Horne Kompaniechef sein, und schon deshalb kam Denson das Gespräch mit Finch nicht einmal so ungelegen. Nach allem, was vorgellen war, wäre ein längeres Verbleiben des Sergeants kaum denkbar gewesen; er hätte bei Leutnant Horne keine ruhige Minute mehr gehabt.

Es hätte jedoch nicht den Gegebenheiten entsprochen, hinter Densons wohlwollender Einstellung dem Sergeant gegenüber persönliche Gründe zu vermuten. Er hätte sich für jeden anderen dunkelhäutigen Soldaten in ähnlicher Situation mit der gleichen Objektivität eingesetzt, auch wenn bei Sergeant Baako noch hinzukam, daß seine etwas undurchsichtige Vergangenheit und die Widersprüche, die sich aus seinen Papieren ergaben, so etwas wie ein neugieriges Interesse in Denson geweckt hatten. Ausschlaggebend für seine Einstellung war jedoch die Tatsache, daß er zu jenen Amerikanern gehörte, die sich in ihrer Weltanschauung an den Buchstaben ihrer Verfassung hielten und vorausschauend genug waren, sich von überholten Vorurteilen zu lösen. Er empfand Hornes Aversion als rückständig, primitiv und eines Bürgers der Vereinigten Staaten unwürdig. Männer wie er schadeten dem Ansehen ihres Landes mehr, als sie durch ihren persönlichen Einsatz in der Armee wieder wettzumachen vermochten, und Densons Empfindungen für sie glichen denen eines aufgeschlossenen Europäers, der sich mit nationalistischen Voreingenommenheiten konfrontiert sieht; sie waren ihm genauso zuwider wie die Kommunisten. – Als Leutnant Horne das Zimmer betrat, saß er mit verdrossenem Gesicht hinter seinem Schreibtisch und blätterte in einigen Papieren.
»Ich habe es mir noch einmal überlegt«, sagte er, ohne von den Papieren aufzusehen. »Mir paßt diese Geschichte nicht, Leutnant. Würde es Ihnen genügen, wenn ich Sergeant Baako selbst bestrafe?«
»Es scheint mir dem Tatbestand nicht angemessen zu sein«, antwortete Leutnant Horne zurückhaltend.
Denson nickte, als hätte er nichts anderes erwartet. »Trotzdem kann ich Ihren Wunsch nicht berücksichtigen«, sagte er, in den Anblick der Papiere versunken. »Ich weiß nicht, ob Ihr Bericht unter den gegebenen Umständen sehr klug war, Leutnant. Ich sah mich jedenfalls außerstande, ihn zu billigen. Und was Ihre Differenzen mit Sergeant Baako betrifft, so basieren sie auf Ihrer irrtümlichen Annahme, er habe sich eine grobe Nachlässigkeit zuschulden kommen lassen. Ohne diesen Irrtum wären die Differenzen zu vermeiden gewesen.«
Horne verfärbte sich ein wenig. »Nach den Aussagen ...«
»Die Aussagen widersprechen sich«, fiel ihm Denson kühl dazwischen. »Ich habe Captain Finch gesagt, daß ein Disziplinarverfahren gegen Sergeant Baako eine ganze Reihe unmittelbar beteiligter Männer hineinziehen würde, woran mir sowenig gelegen sein kann wie Ihnen. Im übrigen wird Sergeant Baako

schon morgen einen längeren Urlaub antreten und nach seiner Rückkehr eine andere Verwendung finden. Und noch etwas, Leutnant!« Er sah unvermittelt auf. »Es hat sich nicht vermeiden lassen, daß ich Captain Finch gewisse Beobachtungen mitteilen mußte, die ich während der Zeit unserer Zusammenarbeit gemacht habe. Und natürlich war es ebenso unvermeidlich, daß Colonel Horton davon erfuhr. Ich könnte mir vorstellen, daß eine Reihe von Beschwerden aus Mannschafts- und Unteroffizierskreisen einen bestimmten Verdachtsmoment erhärten und sich nachteilig auf Ihre Karriere auswirken würden. Ich möchte jetzt Sergeant Chumley sprechen.«
»Jawohl, Sir«, sagte Horne. Als er hinausging, hatte er keine Farbe mehr im Gesicht.
Chumley hatte vor der Tür gewartet. Er baute sich in lässiger Haltung vor dem Schreibtisch auf und grinste.
»Machen Sie die Urlaubspapiere für Sergeant Baako fertig«, sagte Denson dienstlich. »Er fährt morgen früh. Nach seiner Rückkehr wird ihm das Regiment einen anderen Platz zuweisen. Sie wissen nicht, weshalb man sich dort für ihn interessiert?«
»Ausnahmsweise nicht«, antwortete Chumley grinsend.
Denson betrachtete ihn abwägend. Er war der beste Spieß, den er jemals gehabt hatte, intelligenter als zwei Offiziere vom Schlage Hornes zusammengenommen und mit einem sechsten Sinn für alle Ereignisse im Regiment ausgestattet.
»Das wundert mich«, sagte Denson. »Schicken Sie Sergeant Baako zu mir. Ich vermute, daß er seinen Urlaub in Rhodesien verbringen will. Wieviel Wochen stehen ihm zu?«
»Wir könnten ihm sechs Wochen geben«, antwortete Chumley, »mehr ist nicht zulässig.«
Denson nickte. »Einverstanden. Ich unterschreibe die Papiere heute mittag. Die Gruppe übernimmt Korporal Insogna. Danke, Sergeant.«
Vor der Tür fing Chumley zu pfeifen an. Es war vormittags zehn Uhr, die B-Kompanie hatte Exerzierdienst. Sie marschierte, in Gruppen aufgeteilt, auf dem Kasernenhof umher. Es sah mehr nach einer Gymnastikübung aus. Die Unteroffiziere schonten ihre Stimmen und schauten grinsend zu.
In der hintersten Ecke entdeckte Chumley Sergeant Baako. Er stand mit Sam zusammen und beobachtete, wie die Gruppe Kehrtwendungen übte. Als Chumley zu ihnen kam, vergaß Sam das nächste Kommando.
»Urlaubswetter!« sagte Chumley und blinzelte in den wolkenlosen Himmel. »Was gibt's Neues, Kameraden?«

»Dasselbe wollte ich dich fragen«, antwortete John. »Jemand hat mir erzählt, Denson sei zurückgekommen.«
»Gestern abend; er erwartet dich.«
»Wann?«
»Sofort. Wenn du dich beeilst, kann ich bis zum Mittagessen deine Urlaubspapiere fertigmachen.«
John kniff die Augen zusammen. »Er hat ihn genehmigt?«
»Sechs Wochen«, sagte Chumley. »Warum passiert mir so etwas nicht? Für sechs Wochen Urlaub würde ich meine Schreibstube hergeben. Du fährst morgen früh.«
»Da steckt doch etwas dahinter«, sagte Sam und blickte in das ausdruckslose Gesicht Johns. »Wieso ging das so schnell? Du hast ihn doch erst beantragt!«
Chumley grinste verstärkt. »Es hat sich inzwischen bis zum Regiment herumgesprochen, daß er etwas für seine Nerven tun muß.«
»Sonst nichts?« fragte John.
»Eine Kleinigkeit.« Chumley beobachtete die Männer der Gruppe. Sie standen unschlüssig herum und warteten auf ein neues Kommando. »Vielleicht wird es ihnen noch leid tun«, sagte Chumley.
John wechselte einen raschen Blick mit Sam. »Was?«
»Eine Chance für Sam, Sergeant zu werden«, sagte Chumley, die Männer betrachtend. »Mal sehen, was sich tun läßt, solange Denson noch hier ist. Horne würde die Gruppe eher einem Zivilisten geben.«
»Ich soll versetzt werden?« fragte John. Er hatte in den letzten vier Tagen so oft daran gedacht, daß es nun, wo er die Bestätigung dafür bekam, kein Empfinden mehr in ihm auslöste.
Chumley nickte.
»Wohin?«
»Noch nicht spruchreif.«
»In die Staaten?«
»Keine Ahnung«, sagte Chumley.
»Natürlich in die Staaten«, sagte Sam mit zerquetschter Stimme. Obwohl er von John darauf vorbereitet worden war, empfand er es wie einen Tiefschlag. »Wenn die Armee einen loswerden will, findet sie in den Staaten immer einen Platz.« Er hatte Tränen der Wut in den Augen und wandte sich an John: »Du mußt mit Denson reden. Wenn Denson will ...«
Chumley unterbrach ihn verächtlich: »Denson will seine Ruhe haben. Wohin soll ich den Urlaubsschein ausstellen?«
»Lancaster«, sagte John.

»Wo liegt das?«
»Sechzig Meilen östlich von Bulawayo«, antwortete John und machte sich auf den Weg zu Captain Denson.
Heute bekam er keinen Stuhl und keine Zigarette angeboten. Denson empfing ihn mit einem Gesicht eisiger Zurückhaltung. »Ich habe Sie rufen lassen«, sagte er, »weil verschiedene Beschwerden gegen Sie vorliegen. Auch wenn ich zu Ihrer Entlastung gewisse unglückliche Umstände berücksichtige, reichen sie nicht aus, Ihr ungebührliches Betragen Leutnant Horne gegenüber zu rechtfertigen. Ich hoffe, Sie sind sich darüber im klaren.«
»Jawohl, Sir«, sagte John. »Ich muß aber ...«
Denson schnitt ihm kühl das Wort ab: »Ich habe Sie nicht gefragt, was Sie müssen. Da Leutnant Horne den Vorfall bereits dem Regiment gemeldet hat, sind mir die Hände gebunden. Sie treten morgen Ihren Urlaub an. Über Ihre weitere Verwendung in der Armee werden Sie rechtzeitig unterrichtet werden.«
Es ist zwecklos, dachte John, er wird mich nicht einmal anhören. Trotzdem unternahm er einen letzten Versuch: »Ich möchte nicht aus Thüngerstadt weg, Sir.«
»Darauf habe ich keinen Einfluß mehr«, erwiderte Denson. »Das Regiment hat auf Grund der ihm vorliegenden Beschwerde von Leutnant Horne seine Entscheidung bereits getroffen. Es blieb damit weit unter dessen Antrag auf ein summarisches Militärgerichtsverfahren. Sie haben sich die Suppe selbst eingebrockt, Sergeant. Ich möchte noch Bruce, Ingram und Dawkins sprechen. Veranlassen Sie, daß sie in einer Viertelstunde zu mir kommen.«
John zögerte einen Augenblick, aber der Captain beschäftigte sich bereits wieder mit den Papieren auf seinem Schreibtisch. Es war das kürzeste Gespräch gewesen, das er je mit ihm geführt hatte.
Während er zu seinen Männern zurückkehrte, versuchte er, sich mit dem Gedanken abzufinden, daß seine Versetzung nicht mehr zu verhindern war. Es war töricht gewesen, auf Denson zu hoffen. Denson hatte mehr für ihn getan, als jeder andere Offizier an seiner Stelle getan hätte. Er hatte ihm den Urlaub genehmigt, sogar zwei Wochen länger, als er gehofft hatte, und sicher war es nur seinem Einfluß zuzuschreiben, daß es zu keinem Verfahren gekommen war. Damit wurde zwar das größte Problem nicht aus der Welt geschafft, aber er hatte immerhin sechs Wochen Zeit gewonnen und ein festes Ziel vor Augen. Seit Silvester waren vier Tage vergangen, viermal vierundzwanzig Stunden. Er hatte Claire versprochen, auf ihren Anruf zu warten und sich mit dem

nächsten Wiedersehen so lange zu gedulden, aber er hatte nicht gewußt, wie schwer es ihm fallen würde. Jetzt würde er nicht länger warten können. Er mußte sie im Laufe des Nachmittags anrufen und mit ihr reden. Der kurzfristig angesetzte Urlaubstermin warf seine sämtlichen Dispositionen um.
Chumley unterhielt sich noch mit Sam. Die Männer standen in einer Runde beisammen und rauchten, während der Kasernenhof noch immer voll war von marschierenden und exerzierenden Soldaten.
»Schon erledigt?« fragte Chumley. »Ich habe Sam gerade gesagt, daß er sich bei Leutnant Peck als neuer Gruppenführer melden muß.«
»So!« sagte John. Leutnant Peck war diese Woche Grenzoffizier vom Dienst. »Ich muß mich noch von ihm verabschieden.«
»Wird schlecht gehen«, erwiderte Chumley. »Vor morgen mittag kommt er nicht zurück. Bist du mit dem Alten einig geworden?«
John steckte sich eine Zigarette an. Es gelang ihm, so gleichgültig zu antworten, wie er es sich vorgenommen hatte: »War nicht schwer.«
»Sie stecken alle unter einer Decke«, murmelte Sam. Sein Gesicht wirkte flach vor Enttäuschung. »Heute abend kommst du zu mir.«
»Warum zu dir?« fragte Chumley. »Ich schlage vor, wir feiern seinen Abschied im Club.«
Es war die Regel, wenn ein Unteroffizier in Urlaub fuhr, aber John dachte nicht daran. Außer Sam gab es keinen Mann im Regiment, von dem ihm der Abschied schwerfiel.
»Bin nicht scharf auf deine Gesellschaft«, sagte er und betrachtete den sonnenbeschienenen Kasernenhof, auf dem sich der Schnee in schmutzige Pfützen verwandelte. Auf der anderen Seite marschierte der dritte Zug in geschlossener Formation um den Platz herum.
»Was machst du mit dem Wagen?« fragte Sam.
John zuckte mit den Schultern. »Solange ich nicht weiß, wohin sie mich versetzen, behalte ich ihn.«
»Hat Denson dir nichts verraten?« fragte Chumley.
»Nein.«
»Scheint dir nicht viel auszumachen.«
»Daß sie mich versetzen?«
»Ja.«
»Jetzt nicht mehr«, sagte John.
Chumley nahm die Unterlippe zwischen die gelben Zähne. »Ich bin heute abend auf jeden Fall im Club«, sagte er dann. »Viel-

leicht reicht es dir auf einen Sprung. Ich nehme an, du gehst noch in die Stadt.«
»Wozu?«
»Hätte ja sein können«, sagte Chumley. »Du kommst also nicht in den Club?«
»Nein.«
»Okay.« Chumley drehte sich schroff um. Nach ein paar Schritten kam er noch einmal zurück. »Glaube nicht, daß du den Wagen noch brauchst«, sagte er. »Privater Tip von mir.«
John nickte. »Danke.«
»Keine Ursache!« Chumley grinste schon wieder.
Als er fort war, warf John die halb aufgerauchte Zigarette auf den Boden und zertrat sie unter dem Absatz. »Das wär's«, sagte er. »Ich weiß noch nicht, ob ich heute abend Zeit habe.«
»Ich habe es mir gedacht«, murmelte Sam. »Was willst du ihr sagen?«
»Daß ich irgendwo auf sie warte. Vielleicht ziehe ich in ein Hotel, bis sie mit ihrem Vater einig geworden ist.«
Sam starrte ihn verständnislos an. »Du willst trotzdem mit ihr fortfahren?«
»Was hast du gedacht?«
»Du hast dir doch den Urlaubsschein ...«
»Ich habe es mir genau überlegt«, fiel ihm John dazwischen. »Wenn er auf Lancaster ausgestellt ist, kann ich jederzeit in Frankreich bleiben. Hätte ich ihn mir auf eine französische Stadt ausstellen lassen, würde ich mit ihm schlecht nach Lancaster kommen.«
»Das ist mir zu hoch«, sagte Sam.
John grinste dünn. »Ich werde sie heute mittag anrufen. Sobald sie kann, fahren wir zusammen nach Frankreich. Ich habe mir ausgerechnet, daß meine Chancen, sie dazu zu überreden, mit mir nach Lancaster zu fliegen, in Frankreich zehnmal so groß sind wie hier.«
»Ach so!« sagte Sam. Er dachte mit gerunzelter Stirn nach. »Ich weiß nicht, was du dir davon versprichst«, sagte er nach einer Pause. »Vielleicht gefällt ihr Rhodesien nicht.«
John nickte. Es war im Risiko enthalten, und es war nicht größer als jenes, sich über ein Jahr von ihr trennen zu müssen. »Vielleicht«, sagte er, »vielleicht auch nicht. Ich kenne Europäer, die es nicht länger als acht Wochen aushalten.«
»In Rhodesien?«
»In Europa«, antwortete John und ging zu den Männern. Sie hörten auf zu reden und blickten ihn erwartungsvoll an. Einige

von ihnen waren schon seit zwei Jahren in seiner Gruppe; Ferrell und Capps, die beide aus Colorado kamen und von denen er nie erwartet hätte, daß sie sich auf die Seite von Bruce schlagen würden, ferner Ward, Cottle und Love. Love war immer schwierig gewesen, ein hagerer, dünnlippiger Texaner mit stechendem Blick.

Während John sie betrachtete, spürte er, wie ihm die Kehle eng wurde. Er sagte mit belegter Stimme: »Hört mal her! Ab sofort übernimmt Korporal Insogna die Gruppe. Bruce, Ingram und Dawkins melden sich in fünf Minuten bei Captain Denson. Putzt euch vorher den Dreck von den Schuhen!«

Er machte eine Pause und blickte der Reihe nach in ihre Gesichter. Sie sahen alle gleich aus: überrascht, betreten und eine Kleinigkeit mürrisch. »Ich möchte es jetzt erledigen«, fuhr John fort, »für den Fall, daß ich keine Zeit mehr dazu finde. Hat noch einer eine Frage?«

Ward räusperte sich. Er war der dickste unter den Männern, breithüftig wie eine Marktfrau und mit rundem Apfelgesicht.

»Werden Sie versetzt, Sergeant?« fragte er.

»Ich habe mir einen ruhigeren Job gesucht«, antwortete John und wandte sich an Sam: »Ich gehe schon packen. Wir sehen uns in der Kantine.«

»Okay«, sagte Sam.

Er wartete, bis John außer Hörweite war, dann bewegte er sich langsam auf Bruce zu und blieb, die Hände auf dem Rücken verschränkt, dicht vor ihm stehen. »Du wirst ihn dir noch zurückwünschen, so wahr ich Insogna heiße«, sagte er gepreßt. »Verschwinde!«

Bruce gehorchte mürrisch. Als er über den Kasernenhof schritt, rannten ihm Ingram und Dawkins nach.

»Ich habe gleich ein dummes Gefühl gehabt«, sagte Dawkins und spuckte vor sich auf den Boden. »Das war das letzte Mal, daß ich mich in so 'ne Geschichte hineinziehen ließ.«

»Für mich auch«, sagte Ingram verdrossen.

Bruce fuhr ihn gereizt an: »Wenn du dichtgehalten hättest, wäre es nicht so weit gekommen.«

»Chumley hätte es auf jeden Fall herausgekriegt«, widersprach Dawkins. »Dieses fette Schwein von Ward hätte sein Maul bestimmt nicht gehalten, und Cottle war von Anfang an dagegen. So etwas kannst du nur machen, wenn du zuverlässige Männer hast. Wenn es sich herumspricht, daß er sich freiwillig versetzen ließ, stehen wir bei sämtlichen Unteroffizieren auf der Abschußliste.«

»Wer sagt dir, daß er freiwillig geht?«
Dawkins winkte verächtlich ab. »Ich bin lange genug bei der Armee, Mann. Bis jetzt hat er noch sämtliche Streifen am Arm, und solange Denson da ist, passiert ihm nichts. Horne hat angegeben, sag' ich euch.«
»Baako war mir jedenfalls lieber als dieser verdammte Korporal«, murmelte Ingram. »Insogna ist ein Schleifer. Du hättest den anderen nichts erzählen dürfen, Bruce.«
Er sprach damit aus, was sie alle drei dachten. Bruce hatte es schon längst bereut. Von den Männern, die gesehen hatten, wie der Sergeant die Jeeps kontrollierte, hätte er nicht viel zu befürchten gehabt. Anders war es bei den übrigen. An jenem Abend, als er aus einer redseligen Laune heraus die Geschichte erzählte, waren sie genauso betrunken gewesen wie er, und keiner von ihnen hatte Anstoß daran genommen. Der Ärger hatte erst am nächsten Morgen angefangen, und seitdem hatte er einige hundert Dollar springen lassen müssen, um sie bei der Stange zu halten, was ihm um so schwerer gefallen war, als er die meisten von ihnen nicht ausstehen konnte. Sie waren ihm zu primitiv, und ihre Vertraulichkeiten widerten ihn an. Nachdem er sie jedoch zu seinen Komplicen gemacht hatte, blieb ihm keine andere Wahl. In Wirklichkeit war seine persönliche Abneigung gegen den Sergeant gar nicht so groß, wie er nach außen hin glauben machen wollte. Er hatte sich bei den Männern ein wenig produzieren und den Sergeant auf den Arm nehmen wollen; das war alles. Es traf auch nicht zu, daß sein Vater eines Schwarzen wegen zu Gefängnis verurteilt worden war. Auf diesen Einfall war er erst gekommen, als Ward und Ferrell Gewissensbisse kriegten. Zwar hatte es einmal zwischen seinem Vater und einem schwarzen Angestellten eine Auseinandersetzung gegeben. Der Angestellte war zu seiner Gewerkschaft gegangen, worauf sein Vater die Kündigung zurücknehmen mußte. Aber auch das war für einen Mann, der sein Leben lang seine schwarzen Bediensteten als minderwertiges »Material« betrachtet hatte, schon schlimm genug gewesen, und es kam nicht von ungefähr, daß Bruce einen weißen Sergeant lieber gesehen hätte als einen schwarzen. Er war in einem Haus aufgewachsen, wo Rassenvorurteile seit Generationen zur regelmäßigen Konversation gehörten. Trotzdem hätte er sich – weil er einen Neger viel zu gering einschätzte, als daß er bereit gewesen wäre, sich seinetwegen in Unannehmlichkeiten zu stürzen – in dieser Sache kaum so weit engagiert, daß er es sogar auf sich nahm, einen Mann wie Dawkins, der in seinen Augen zum untersten Proletariat zählte, zu seinem Verbündeten zu

machen, wäre nicht aus dem ursprünglichen Spiel unvermittelt bitterer Ernst geworden. Er war nach wie vor davon überzeugt, daß es nicht Chumley, sondern Baako gewesen war, der ihn bei Captain Denson denunziert hatte. Es war für ihn mit ein Grund gewesen, ihm den Streich mit der Schraubenmutter zu spielen. Damals hatte er allerdings noch nicht absehen können, was sich alles daraus entwickeln würde. Als Leutnant Horne ihn vor einigen Tagen zu sich befohlen und den Vorfall noch einmal vertraulich mit ihm durchgesprochen hatte, wobei er einfließen ließ, daß er die Verdächtigungen des Sergeants als reine Hirngespinste betrachte und ihn seines undisziplinierten Verhaltens wegen zur Rechenschaft ziehen wolle, hatte er gehofft, daß die Angelegenheit endgültig erledigt sei. Seine plötzliche Versetzung beunruhigte ihn fast ebensosehr wie das bevorstehende Verhör durch Captain Denson. Als er Minuten später, zusammen mit Ingram und Dawkins, das Stabsgebäude betrat, stand ihm Schweiß auf der Stirn. Captain Denson ließ sie eine Viertelstunde vor seiner Tür stehen, ehe er sie hereinrief. Er verlor auch bei ihnen keine Zeit mit einer gesuchten Einleitung, sondern kam sofort auf die Sache zu sprechen, wobei er sich zuerst an Ingram wandte, der am nervösesten wirkte und ständig die Hände bewegte. »Sie haben beobachtet, daß Sergeant Baako den Jeep kontrolliert hat«, sagte er in dienstlichem Ton. »Das stimmt doch?«
»Jawohl, Sir«, sagte Ingram gepreßt. »Ich habe es beobachtet.«
»Und Sie haben es nicht beobachtet?« sagte Denson zu Bruce. »Wie erklären Sie sich das?«
»Das habe ich nicht behauptet, Sir«, sagte Bruce.
»Was haben Sie nicht behauptet?«
»Daß Sergeant Baako den Jeep nicht kontrolliert hätte. Ich habe lediglich gesagt, daß ich nicht gesehen habe, wie er unter den Jeep schaute.«
»Ingram hat es gesehen.«
»So genau habe ich nicht hingeschaut, Sir«, sagte Bruce.
Denson nickte. »Diese Sache wäre also klar. Nicht geklärt ist die Frage, wie die Mutter verlorengehen konnte, obgleich sich Sergeant Baako vor der Abfahrt davon überzeugt hat, daß sie festsaß. Dafür haben Sie natürlich keine Erklärung?«
»Nein, Sir«, sagte Bruce.
»Und Sie, Ingram?«
»Ich auch nicht, Sir.«
»Dawkins auch nicht?«
»Nein, Sir.«
Denson stand auf, ging zum Fenster und blickte eine Weile hin-

aus. Als er weitersprach, klang seine Stimme unnachgiebig: »Ich teile den Standpunkt von Sergeant Baako, daß es nicht mit rechten Dingen zugegangen ist, und ich möchte Ihnen Gelegenheit geben, darüber nachzudenken. Bis auf weiteres verläßt keiner von Ihnen die Kaserne; das gilt für die ganze Gruppe. Sie können gehen; Dawkins bleibt noch hier.«
Er wartete, bis Ingram und Bruce draußen waren. Dann erst drehte er sich um und blickte Dawkins an, der in strammer Haltung im Zimmer stand und die Schultern zurückdrückte.
»Sie haben in letzter Zeit viel Pech gehabt, Dawkins«, sagte er mit veränderter Stimme. »Wie lange sind Sie Soldat?«
»Vier Jahre, Sir«, antwortete Dawkins erwartungsvoll.
Denson blickte über seinen Kopf hinweg. »Ja, ich erinnere mich, daß man sich zweimal gegen Ihre Beförderung ausgesprochen hat, und wie es einmal sein wird, wenn Sie einen anderen Kompanieführer haben, kann ich schlecht beurteilen.«
»Jawohl, Sir«, sagte Dawkins und hielt den Atem an, aber Denson ließ es dabei bewenden.
Er kehrte an seinen Schreibtisch zurück, nahm ein Blatt Papier in die Hand und sagte beiläufig: »Sie können den Männern Ihrer Gruppe noch sagen, daß ich jede Mitteilung in der vorhin besprochenen Angelegenheit selbstverständlich vertraulich behandeln werde. Vergessen Sie es nicht!«
»Nein, Sir«, sagte Dawkins.
Denson lächelte. »Schön. Sonst habe ich im Moment nichts mehr für Sie.«
»Jawohl, Sir«, sagte Dawkins.
Als er auf den Korridor trat, zitterten ihm vor Aufregung die Knie. Bruce und Ingram erwarteten ihn vor dem Stabsgebäude. Sie sahen beide blaß aus und starrten ihn beunruhigt an.
»Was wollte er von dir?« fragte Bruce sofort. »War es meinetwegen?«
»Wieso deinetwegen?« fragte Dawkins.
»Könnte ja sein«, sagte Bruce. »Warum hat er mich hinausgeschickt?«
Dawkins spuckte auf den Boden. »Er hat Ingram auch hinausgeschickt. Ich habe mit dieser Geschichte mehr Ärger als du.«
»War es wegen Silvester?« fragte Ingram.
»Wegen was?«
»Ich meine wegen der Sache auf Baakos Zimmer.«
Dawkins blickte mit schmalen Augen in sein Gesicht. »Möchte nur wissen, wer's ihm erzählt hat«, sagte er nach einer kleinen Pause. »Der Sergeant bestimmt nicht.«

»Es kann nur Chumley gewesen sein«, sagte Ingram verdrossen. »Hat er von mir nichts gesagt?«
»Denson?«
»Ja.«
»Nein.«
Bruce hatte nervös zugehört, jetzt fragte er ungeduldig: »Was hat er gesagt?«
»Was soll er schon gesagt haben!« Dawkins setzte ein mürrisches Gesicht auf. »Zusammengeschissen hat er mich. Wenn ich Pech habe, kostet mich die Sache meine Beförderung.«
»Er hat etwas von deiner Beförderung gesagt?«
»Daß er mich vorgesehen hätte. Anscheinend wollte er noch ein gutes Werk tun, bevor er abhaut. Wie's natürlich jetzt wird ...«
Er brach ab. Sie waren, während sie miteinander redeten, langsam den Weg zurückgegangen, um das langgestreckte Mannschaftsgebäude herum zu seiner Rückseite, wo der Kasernenhof lag, und sie kamen nun in Sichtweite der exerzierenden Kompanien.
»Seit zwei Jahren warte ich auf die Beförderung«, fuhr Dawkins fort. »Wenn Denson mich nicht befördert, Horne befördert mich nie!«
»Das ist nicht gesagt«, widersprach Bruce nervös. »Horne ist mir zehnmal lieber als Denson.«
»Denson war nicht schlecht.«
»Befördert hat er dich jedenfalls nicht.«
»Baako ist nicht mehr da«, sagte Ingram.
Sie blieben stehen und blickten über den Kasernenhof hinweg zur anderen Seite, wo Sam die Gruppe kommandierte.
»Der verdammte Schleifer!« sagte Ingram erbittert. »Ich sage euch, es gibt nichts Schlimmeres als einen Korporal, der Sergeant werden will. Glaubt ihr, daß die anderen jetzt noch dichthalten?«
»Warum nicht?« fragte Bruce nervös.
Ingram kratzte sich hinterm Ohr. »Es ist eine Gemeinheit. Er kann doch nicht der ganzen Gruppe den Ausgang sperren!«
»Denson kann alles«, sagte Dawkins. »Wenn sie hören, daß sie nicht mehr aus dem Bau heraus dürfen, lege ich für keinen die Hand ins Feuer. Ferrell hat ein Mädchen in der Stadt.«
»Es ist ja nur, bis Denson fortkommt«, sagte Bruce. »Die acht Tage ...«
»Vierzehn«, sagte Ingram.
»Ich werde euch solange jeden Abend im Club freihalten«, sagte Bruce beschwörend. »Ihr dürft mich jetzt nicht im Stich lassen.«
»Von uns ist keine Rede«, erwiderte Dawkins. »Ich kann für

einen Kameraden auch mal vierzehn Tage im Bau bleiben, aber Ward! Erzähl einmal Ward, daß er vierzehn Tage lang nicht mehr aus dem Bau heraus darf. Und Cottle erst! Cottle geht sonst jeden Abend in die Stadt.«

»Es ist eine Gemeinheit!« sagte Ingram wieder. »Die ganze Gruppe...«

Bruce unterbrach ihn gereizt: »Hör endlich auf damit! Die anderen stecken genauso drin wie wir!«

»Möchte ich nicht sagen.« Dawkins betrachtete den wolkenlosen Winterhimmel. »Hat keiner gesagt, daß du die Mutter herausschrauben sollst.«

»Es hätte ja auch mehr passieren können«, sagte Ingram nachdenklich. »Stellt euch vor, der Jeep wäre gegen einen Baum gefahren!«

»Er ist nicht gegen einen Baum gefahren!« sagte Bruce laut.

Ingram zuckte mit den Schultern. »Ich meine nur.«

»War schon ein tolles Stück«, knurrte Dawkins.

Bruce schwieg; er hatte entsetzliche Furcht.

VIERTES KAPITEL

1

Anna Fehrenbach hatte eine schlimme Woche hinter sich. Seit ihrer Auseinandersetzung mit Claire war es zwischen ihr und Fred zu keinem Gespräch mehr gekommen. Ihre Versuche, eine Aussprache herbeizuführen, wurden von Fred ignoriert. Die gemeinsamen Mahlzeiten entwickelten sich mehr und mehr zu einer Nervenbelastung für die ganze Familie. Während der übrigen Zeit schloß sich Fred in sein Zimmer ein oder trieb sich irgendwo in der Stadt herum. Nachdem er auch den Silvesterabend außerhalb des Hauses verbracht hatte, war es zwischen seinem Vater und ihm zu einem heftigen Wortwechsel gekommen, worauf Fred davongelaufen und erst am nächsten Morgen wieder zum Frühstück erschienen war. Seitdem verzichtete Fehrenbach darauf, ihm Vorhaltungen zu machen, zeigte eine verdrossene Miene und legte sich jeden Abend früh schlafen. Dennoch war das gespannte Verhältnis für ihn nicht ganz so unerträglich wie für seine Frau, da er wenigstens im Büro Gelegenheit hatte, sich in gewohnter Weise mit Fred zu unterhalten. In einem stillschweigenden Übereinkommen waren sie beide darum bemüht, sich vor den Angestellten ihre Differenzen nicht anmerken zu lassen, und manchmal geschah es sogar, daß sie, wenn sie nebeneinander im Wagen saßen, in gleichgültigem Ton ein paar Worte über nebensächliche Dinge wechselten.

Für Anna Fehrenbach entfielen solche Gespräche, und sie litt mehr darunter, als sie nach außen hin zeigte. Sie empfand den ungewohnten Zustand um so schmerzlicher, als sich auch ihr Mann – nachdem es immer wieder zu gegenseitigen Vorwürfen zwischen ihnen gekommen war – von ihr abkapselte und seine Gespräche gleichfalls auf das Notwendigste beschränkte. Der innere Widerstreit zwischen ihrem Stolz und ihrem Bedürfnis, sich mit Fred auszusöhnen, hatte sie in den vergangenen acht Tagen nicht zur Ruhe kommen lassen, und je länger dieser Zustand andauerte, desto mehr fühlte sie sich geneigt, ihn auf irgendeine Weise zu beenden. Ihre Einstellung zu Claire blieb davon unberührt. Sie war nach wie vor fest entschlossen, Fred zur Vernunft zu bringen, nur würde sie diesmal geschickter vorgehen, und die Gelegenheit dazu ergab sich rascher, als sie gehofft hatte.

Der Tag fing wie jeder Montag an. Nachdem Fred und sein Vater ins Büro gefahren waren, erledigte Anna Fehrenbach die üblichen Haushaltspflichten, räumte die Zimmer auf, spülte das Frühstücksgeschirr und besorgte die Einkäufe. Da sie einen weiten Weg zu den verschiedenen Geschäften hatte, ließ sie sich das meiste ins Haus bringen und nahm nur mit, was sie zum Mittagessen brauchte. Wieder daheim, holte sie die Post aus dem Briefkasten, sah sie sorgfältig durch und legte sie ihrem Mann auf den Schreibtisch. Als sie damit fertig war, läutete das Telefon. Irmgard Neininger war am Apparat. Sie hatten schon vor vier Tagen miteinander telefoniert, als Anna Fehrenbach nicht zu dem wöchentlichen Kaffeekränzchen gekommen war und sich mit einem Unwohlsein entschuldigt hatte, was Irmgard Neininger jetzt dazu benutzte, sich eingehend nach ihrem Befinden zu erkundigen und zu versichern, daß man sie vermißt habe und bestimmt damit rechne, sie am nächsten Mittwoch wieder zu sehen. Dann erst kam sie auf ihr eigentliches Anliegen zu sprechen, drückte einleitend ihr Bedauern darüber aus, daß es ihrem Mann nicht möglich gewesen war, etwas zu erreichen, empörte sich über die Unzulänglichkeit des amerikanischen Regimentskommandeurs, der sich als ein den Interessen der Bevölkerung von Thüngerstadt verständnislos gegenüberstehender Offizier erwiesen habe, und erzählte schließlich lang und breit, was ihr Mann erfahren hatte. Es deckte sich mit den geheimen Hoffnungen von Anna Fehrenbach, und sie vermochte nur mühsam ihre Genugtuung zu unterdrücken.
»Ich habe mir ohnedies nicht viel davon versprochen«, sagte sie in den Apparat hinein, als Irmgard Neininger einmal Luft holte. »Vielleicht ist es am besten so.«
Sie unterhielt sich noch ein paar Minuten mit ihr und blieb hinterher eine halbe Stunde neben dem Telefon sitzen. Als sie schließlich in die Küche ging, war sie sehr zufrieden.
Beim Mittagessen behielt sie ihre Neuigkeit für sich, bis ihr Mann mit der Suppe fertig war. Er brauchte immer etwas länger, weil er die Angewohnheit hatte, sich ständig mit der Serviette den Mund abzutupfen. Heute war die Atmosphäre nicht so gespannt wie in den letzten Tagen. Fehrenbach hatte am Vormittag ein gutes Geschäft abschließen können und unterhielt sich mit Fred darüber. Es verschaffte Anna Fehrenbach Gelegenheit, sich einzuschalten, wodurch Fred gezwungen war, von ihrer Anwesenheit Notiz zu nehmen.
Es fiel ihm nicht einmal so schwer, denn eigentlich war es nur noch sein Trotz, der ihn daran hinderte, sich mit ihr zu versöh-

nen. Er empfand den jetzigen Zustand ebenso unerträglich wie sie und wünschte sein Ende herbei, auch wenn er ihr den Auftritt bei Claire noch nicht verziehen hatte. Aber seit jenem Tag war über eine Woche vergangen, und wenn er sich auch gelegentlich aus einem Impuls heraus zu einem unbedachten Schritt hinreißen lassen konnte, war er doch ein viel zu praktisch veranlagter Mann, als daß er sich den Einsichten seiner Vernunft auf die Dauer widersetzt hätte, und diese Einsichten sagten ihm, daß seine Abhängigkeit von seinen Eltern es nicht erlaubte, ein ernsthaftes Zerwürfnis zu riskieren. Er hatte sich nie Gedanken um seine Zukunft zu machen brauchen, und die Vorstellung, bei einer anderen Firma als Angestellter arbeiten zu müssen, war so indiskutabel für ihn, daß er sich gar nicht erst die Mühe nahm, darüber nachzudenken. Zudem hing er viel zu sehr an seinen Eltern. Er hätte es niemals fertiggebracht, sich von ihnen zu trennen. Darüber hinaus gab es einen weiteren Grund, seine Differenzen mit ihnen nicht auf die Spitze zu treiben. Wie bei vielen jungen Männern aus vermögenden Familien hatte sich sein Selbstvertrauen in gleichem Maße entwickelt, wie ihm die Bedeutung eines ansehnlichen Bankkontos aufgegangen war, und er betrachtete seine ökonomische Situation immer noch als seine stärkste Waffe, Claire wieder für sich zu gewinnen. Sie würde früher oder später zur Einsicht kommen, daß das, was sie im Augenblick zu dem Schwarzen hinzog, gegenüber dem, was er ihr zu bieten hatte, in keinem Verhältnis stand. Seine Empfindungen für sie waren unverändert. Davon abgesehen, daß ihm der Gedanke, sie an einen Neger zu verlieren, von Tag zu Tag unerträglicher wurde und sein Stolz es nie zugelassen hätte, sich damit abzufinden, entdeckte er, je länger er von ihr getrennt war, immer neue Eigenschaften und Vorzüge an ihr, die zwar schon von Anfang an dagewesen waren, deren Existenz er jedoch nie beachtet hatte.
So war es völlig natürlich, daß ihn die Mitteilung seiner Mutter, Irmgard Neininger habe am Vormittag angerufen, in einer inneren Verfassung überraschte, wie sie für Anna Fehrenbachs Absichten nicht gelegener kommen konnte. Seit acht Tagen hatte er auf diesen Moment gewartet, unzählige Male hatte es ihm auf der Zunge gelegen, danach zu fragen, und ebensooft hatte er es wieder hinuntergeschluckt. Trotzdem brachte er es jetzt fertig, seine Erregung nicht zu verraten. Er lud sich den Teller mit Kartoffeln und Spinat voll und fragte so gleichgültig, wie er konnte:
»Was wollte sie?«
»Der Bürgermeister hat mit dem Regimentskommandeur ge-

sprochen«, antwortete Anna Fehrenbach. »Angeblich läßt sich nichts machen.«
»Warum nicht?«
»Das hat sie nicht erfahren können.«
»Deshalb hat es auch so lange gedauert«, sagte Freds Vater. »Ich habe mir gleich gedacht, daß Neininger nichts erreicht. Wir hätten uns dieses ganze Theater ersparen können.«
»Ich war nie dafür«, sagte Anna Fehrenbach.
Fred schwieg. Die Enttäuschung legte sich wie eine Schlinge um seinen Hals. Als er den Kopf hob, begegnete er dem Blick seiner Mutter, die ihn aufmerksam beobachtete.
»Du solltest endlich mit ihrem Vater sprechen«, sagte sie.
Es kam so unerwartet, daß Fred nicht gleich antworten konnte.
»Ich denke, du bist nicht mehr daran interessiert?«
»Ich bin nicht daran interessiert, daß du dich von ihr noch länger zum Narren machen läßt. Auf uns hört sie nicht mehr; das hat sich erwiesen.«
»Sie wird auf ihren Vater genausowenig hören«, brummte Fehrenbach. Wie immer auch er die Angelegenheit betrachtete, blieb eine Versöhnung mit Claire das kleinere Übel. Bis jetzt hatten seine Geschäftsfreunde noch nichts erfahren, und vielleicht war es noch nicht zu spät, das Schlimmste zu verhüten. Es kam noch hinzu, daß er Claire vermißte. Er hatte immer eine Schwäche für sie gehabt, und wäre seine Furcht vor einem Skandal nicht gewesen, hätte er die ganze Geschichte als eine dumme Laune von ihr abgetan.
»Ich verspreche mir nicht viel davon«, fuhr er fort. »Sie stehen ohnedies nicht gut miteinander.«
»Das hat sie uns erzählt«, sagte seine Frau.
»Du glaubst es nicht?«
»Ich glaube nur, was ich selbst gesehen habe. Er hat jedenfalls mehr Einfluß auf sie als wir, sie wohnt bei ihm und lebt von seinem Geld. Ohne ihn könnte sie ihr Studium nicht beenden. – Will noch jemand Spinat?«
»Mir ist der Appetit vergangen«, knurrte Fehrenbach. »Wieso glaubst du, daß sie uns mit ihrem Vater etwas vorgemacht hat?«
»Es könnte ihr jetzt nur gelegen kommen«, antwortete seine Frau. »Sie wollte sich für alle Fälle ein Hintertürchen offenhalten. Wenn er schlecht auf uns zu sprechen ist, muß er seine Gründe haben. Warum hat sie uns nie mit ihm zusammengebracht?«
»Weil sie nicht gut mit ihm steht.«
»Das ist nur die eine Möglichkeit. Die andere wäre, daß sie keinen

Wert darauf legte, es zu einem guten Einvernehmen zwischen uns kommen zu lassen.«

»Aber warum denn nicht?« fragte Fehrenbach ungeduldig. »Sie mußte doch selbst das größte Interesse daran haben!«

Seine Frau schickte einen raschen Blick zu Fred hinüber, der mit gespanntem Gesicht zuhörte. »Wenn sie ein Interesse daran gehabt hätte, wäre es ihr ein leichtes gewesen, ihn umzustimmen. Sie hätte ihm nur zu erzählen brauchen, daß wir ihr eine Praxis einrichten wollen.«

»Ich dachte, er weiß es!«

»Eben nicht.«

»Sie wollte es ihm erst nach der Hochzeit sagen«, murmelte Fred. Seine Mutter lächelte mitleidig. »Für den Fall, daß ihr bis dahin etwas Besseres über den Weg läuft.«

»Ein Neger?« fragte Fehrenbach. »Das ist doch lächerlich!« Er schob angewidert seinen Teller zurück. »Ich glaube es einfach nicht. Wir kennen sie seit fünf Jahren. Etwas verstehe ich auch von Menschen.«

»Man kann sich täuschen«, erwiderte seine Frau gelassen. »Sie hat immerhin erreicht, was sie erreichen wollte. Es wird ihrem Vater nicht einmal auffallen, wenn Fred nicht mehr zu ihnen kommt. Dafür kann sie sich jetzt jeden Abend mit dem Neger treffen. Über das Wochenende, wenn das Mädchen weg ist, wären sie völlig ungestört.«

Fehrenbach schaute verständnislos auf. »Du glaubst doch nicht im Ernst, daß sie ihn mit auf ihr Zimmer nimmt?«

»Ich glaube gar nichts. Am Weihnachtsabend hat sie ihn jedenfalls bei sich gehabt. Fred hat uns ja erzählt, daß ihr Vater nie in ihr Zimmer kommt. Solange man ihm nicht die Augen öffnet, kann sie tun und lassen, was sie will.«

»So dumm ist sie nicht«, sagte Fehrenbach, der den Gedankengängen seiner Frau nicht folgen wollte. »Sie muß damit rechnen, daß Fred mit ihm spricht.«

»Muß sie das?«

»Natürlich.«

»Wahrscheinlich verläßt sie sich darauf, daß er viel zuviel Respekt vor ihm hat.«

Jedes ihrer Worte war gezielt, und sie trafen Fred genau dort, wo er am empfindlichsten war. Er stand mit blassem Gesicht auf. »Vielleicht treffe ich ihn in der Bibliothek.«

»Du willst zu ihm?« vergewisserte sich sein Vater.

»Ich nehme den Wagen. In einer Stunde bin ich zurück.«

»Vielleicht ist er noch krank.«

»Ich habe ein gutes Rezept für ihn«, sagte Fred und ging hinaus.
Fehrenbach seufzte. »Es gefällt mir nicht. Wenn sie erfährt, daß er mit ihm gesprochen hat, ist erst recht der Teufel los.«
»Wennschon!« sagte seine Frau. Sie trug das Geschirr in die Küche. Dann stieg sie die Treppe hinunter und beschäftigte sich in der Diele mit Staubwischen, bis Fred aus seinem Zimmer kam. Er war fertig angezogen, und als sie sein blasses Gesicht sah, tat er ihr wieder leid. Sie hätte ihm diesen Weg gerne erspart, aber von allen Möglichkeiten, Claire endgültig loszuwerden, war es die sicherste.
»Du hast kaum etwas gegessen«, sagte sie zu ihm. »Willst du nicht eine Tasse Kaffee vorher trinken?«
Er schüttelte den Kopf. »Ich möchte ihn nicht verpassen; die Bibliothek öffnet um zwei Uhr.«
»Daheim würdest du ihn doch nicht allein antreffen«, sagte Anna Fehrenbach. Sie ging mit ihm zur Tür. »Du mußt ihm alles erzählen.«
»Ich weiß schon, was ich ihm erzählen werde«, sagte Fred durch die Zähne.
Die Landesbibliothek lag im nördlichen Teil von Thüngerstadt, ein großes, repräsentatives Gebäude mit hohen Fenstern, mächtigen Säulen und einem Kuppeldach. Neben dem Dom, dem kurfürstlichen Schloß und den alten Patrizierhäusern gehörte es zu den bedeutendsten Sehenswürdigkeiten der Stadt. Vor fünfzehn Jahren hatte es noch an einem schönen Park gelegen, der heute, bis auf eine kleine Grünanlage, verschwunden war. Wohnhäuser waren für Thüngerstadt lebenswichtiger als schöne Parks, die Einwohnerzahl hatte sich in den letzten Jahrzehnten fast verdoppelt, aber der Talkessel, der allen Ausdehnungsmöglichkeiten eine Grenze setzte, war nicht größer geworden; für eine Stadtverwaltung ein unlösbares Problem.
Fred hatte Glück. Es dauerte keine zehn Minuten, bis er Heggelbacher am anderen Straßenende auftauchen sah. Er hätte ihn auch auf die doppelte Entfernung hin sofort erkannt. Wie immer trug er seinen schwarzen Mantel, einen dunklen Hut mit breiter Krempe, das dichte weiße Haar reichte ihm bis auf die Schultern. Montags tauschte er regelmäßig die Bücher um, die er über das Wochenende mit nach Hause genommen hatte. Auch heute schleppte er eine dicke Aktentasche, während er sich mit der anderen Hand schwer auf seinen Stock stützte. Bei seiner langsamen Gehweise brauchte er eine gute Stunde für den Weg, aber er verzichtete auch bei schlechtem Wetter nicht darauf.

Fred wartete, bis er auf ein paar Dutzend Schritte herangekommen war, dann kletterte er aus dem Wagen und ging ihm rasch entgegen. Seit seinem ersten Zusammentreffen mit ihm verzichtete er bei der Anrede auf seinen Doktortitel. In Anbetracht seiner halb familiären Beziehungen zu ihm hatte er es als überflüssige Formalität empfunden und von vornherein klare, den Gegebenheiten angemessene Verhältnisse schaffen wollen. Er hatte auch nie den Eindruck gehabt, daß Heggelbacher Anstoß daran nahm. Heute hatte es jedoch den Anschein, als könnte sich Heggelbacher an ihre familiären Beziehungen nicht mehr erinnern. Er übersah Freds dargebotene Hand und setzte seinen Weg unbeirrt fort.

Es kam so unerwartet für Fred, daß er einen Augenblick lang verblüfft stehenblieb. Er hatte diese Begegnung nicht gewollt, er hatte sich dazu entschlossen, wie man sich zu einer Operation entschließt, deren Ergebnis völlig ungewiß ist. Bei jedem anderen Mann hätte sie ihn in der gleichen Situation weniger Überwindung gekostet. Seine Empfindungen für Heggelbacher – eine eigenartige Mischung von unterdrückten Ressentiments, psychischer Abneigung und Komplexen – waren zu kompliziert, als daß es ihm möglich gewesen wäre, ihm unbefangen zu begegnen. Er hatte ihn vom ersten Tag an nicht gemocht, und immer hatte er auf eine Gelegenheit gewartet, ihm die zahllosen Demütigungen heimzuzahlen. Jetzt sah er sie gekommen.

Als er ihn mit ein paar schnellen Schritten wieder einholte, blieb Heggelbacher stehen und blickte abweisend in sein Gesicht. Aus der Nähe sah er noch älter aus, seine Haut war welk, der Mund ohne Lippen. Genauso hatte seine Frau ausgesehen, als sie im offenen Sarg gelegen hatte; Fred würde den Anblick nicht vergessen. Sie war ihm lieber gewesen als ihr Mann. Mit ihr hatte er sich gelegentlich unterhalten, wenn er Claire abholte oder zurückbrachte. Allerdings war er auch bei ihr nie ganz das Gefühl losgeworden, als wäre sie über Claires Wahl nicht sehr glücklich gewesen. Im Grunde hatte ihm ihr Tod nichts ausgemacht. »Ich habe auf Sie gewartet«, sagte er schroff. »Ich muß mit Ihnen reden.«

Heggelbacher musterte ihn kühl. »Sie können mich höchstens darum bitten. Worum handelt es sich?«

»Um Claire. Wenn es Ihnen recht ist, setzen wir uns solange in meinen Wagen.«

»Ich vermute, es ist der Wagen Ihres Vaters«, erwiderte Heggelbacher. »Meine Tochter ist alt genug, für sich selbst zu sprechen. Ich kümmere mich nicht um ihre Bekanntschaften.«

Fred nickte wütend. »Das hat sich gezeigt. Hat sie Ihnen erzählt, daß wir eine Auseinandersetzung hatten?«

»Sie erzählte mir, daß sie sich von Ihnen getrennt habe. Ich sah keinen Grund, ihr das auszureden.«
Es übertraf Freds schlimmste Befürchtungen. Wenn sie schon mit ihrem Vater darüber gesprochen hatte, mußte es endgültig für sie sein. Für eine Weile war er vor Wut und Enttäuschung unfähig, einen klaren Gedanken zu fassen.
»Überrascht Sie das?« fragte Heggelbacher.
»Was?«
»Daß sie es mir erzählt hat.«
Fred blickte an ihm vorbei auf die Straße. Sie lag in einer ruhigen Wohngegend, die Häuser waren alt und hatten kleine Vorgärten. Nur hinter dem Bibliotheksgebäude, wo früher der Park gelegen hatte, standen moderne Wohnblocks. Ein paar junge Leute stiegen die breite Freitreppe zur Bibliothek hinauf. »Sie hat Ihnen nicht alles erzählt«, antwortete Fred.
»Das ist möglich, ich habe mich für die Details nicht interessiert. War es das, was Sie mir sagen wollten?«
Sein abfälliger Ton trieb Fred das Blut in den Kopf. Er sagte laut: »Noch nicht ganz. Vielleicht ändern Sie Ihre Meinung, Claire sei alt genug, für sich selbst zu sprechen, wenn ich Ihnen sage, daß sie sich mit einem amerikanischen Soldaten eingelassen hat.«
Heggelbacher starrte ihn ungläubig an. »Claire?«
»Ja.«
»Ich nehme an, Sie sind betrunken«, sagte Heggelbacher. »Claire würde sich nie mit einem amerikanischen Soldaten einlassen.«
»Nehmen Sie an, was Sie wollen. Sie brauchen nur in die Kaserne zu gehen und sich nach Sergeant Baako zu erkundigen.«
»In welcher Kaserne?«
»Wir haben nur eine amerikanische Kaserne in Thüngerstadt.«
Heggelbacher schwieg. Er blieb über eine Minute regungslos stehen und blickte vor sich auf den Boden, dann hob er rasch den Kopf. »Ich glaube Ihnen kein Wort. Selbstverständlich werde ich mit meiner Tochter darüber sprechen.«
»Deshalb bin ich hier«, sagte Fred. »Erzählen Sie ihr aber nicht, daß Sie es von mir erfahren haben.«
»Warum nicht?«
»Ich habe meine Gründe. Sie können ihr sagen, jemand im Haus habe beobachtet, wie sie den Amerikaner am Weihnachtsabend mit hinaufgenommen hat.«
»Wohin hinaufgenommen?«
»Auf ihr Zimmer«, antwortete Fred. »Es handelt sich um einen Neger.«
Es wirkte auf Heggelbacher genauso, als hätte er ihm eine Ohr-

feige versetzt. Sein Gesicht verwandelte sich in eine blutleere Maske, die in der weißen Wintersonne wie getüncht aussah, und einen Moment lang tat er Fred leid. Zum erstenmal, seit er ihn kannte, fühlte er sich ihm überlegen.
»Vielleicht setzen wir uns doch besser in den Wagen«, sagte er ruhig. »Wenn Sie wollen, fahre ich Sie nach Hause.«
Heggelbacher blickte ihn geistesabwesend an. Dann drehte er sich plötzlich um, machte ein paar unsichere Schritte über die Straße, blieb wieder stehen und kam langsam zurück. »Ein Neger?« fragte er.
Fred nickte.
»Und wie, sagten Sie, heißt er?«
Der Ausdruck in seinen Augen ließ Fred frösteln. »Baako, aber ich muß Ihnen das noch erklären...«
»Ich lasse es mir von meiner Tochter erklären«, erwiderte Heggelbacher und wandte sich endgültig der Bibliothek zu.
Fred beobachtete, wie er mühsam die Treppe hinaufstieg und im Gebäude verschwand. Wenn der Zweck des Gespräches allein darin bestanden hätte, sich an ihm für seine anmaßende Art zu revanchieren, so hätte er jetzt allen Grund gehabt, mit sich zufrieden zu sein, aber das Gefühl ließ auf sich warten.
Ich hätte es ihm nicht sagen dürfen, dachte er.

2

Als Claire am Abend nach Hause kam, hatte sie Kopfschmerzen. Wie immer nach einer längeren Pause hatte sie der erste Tag auf der Universität mehr angestrengt als sonst. Sie hatte sechs Vorlesungen hinter sich, die letzten Stunden in der Hautklinik. Sie haßte die Hautklinik. Der Dozent, ein Professor für Dermatologie, hatte eine ebenso einprägsame wie schockierende Art, seine Zuhörer mit praktischen Demonstrationen zu konfrontieren, die Claire jedesmal auf den Magen schlugen. Als sie zum erstenmal einen besonders widerlichen Fall von Lymphogranuloma inguinale vorgeführt bekam, hatte sie für den Rest des Tages keinen Bissen mehr hinuntergebracht. Heute hatte es sich zwar nur um eine einfache Hautverbrennung gehandelt, aber dafür war die Darmoperation in der Chirurgischen Klinik um so strapaziöser gewesen, für die Zuschauer noch mehr als für den narkotisierten Patienten. In normaler Verfassung hätte sie das Erlebnis weniger mitgenommen. Wenn man sich fast sechs Jahre lang mit solchen Dingen beschäftigt hatte, bekam man so etwas wie eine Hornhaut auf die Seele, und sie hatte schlimmere Operationen mit angesehen als diese. Sie hatte schon erlebt, wie ein Patient durch die Unachtsamkeit der Narkoseschwester mitten in der Operation aufwachte und zu brüllen anfing, und ein anderer war dem Chirurgen unter dem Messer gestorben. Es gab noch extremere Fälle, und sie kannte sie fast alle.

Heute kam jedoch noch hinzu, daß sie sich in einer inneren Verfassung befand, die sie überempfindlich gegen alle psychischen Belastungen machte. Sie hatte seit vier Tagen nicht mehr richtig geschlafen, nicht mehr richtig gegessen und keinen Entschluß fassen können. Selten in ihrem Leben war sie so hilflos und unsicher gewesen. Als ob sie von einem seelischen Starrkrampf befallen wäre, fühlte sie sich außerstande, etwas zu unternehmen, obwohl sich ihre Empfindungen für John in den vergangenen Tagen eher noch vertieft hatten. Der innere Zwiespalt zwischen ihrem Bedürfnis, ihn wiederzutreffen, und ihrer von Tag zu Tag wachsenden Einsicht, daß sie im Begriffe stand, sich in ein aussichtsloses Verhältnis zu stürzen, das früher oder später zu einer Katastrophe führen mußte, versetzte sie in einen Zustand hoffnungsloser Apathie, aus der sie keinen Ausweg mehr sah. Weder hatte sie es fertiggebracht, ihren Vater auf die geplante Reise vorzubereiten, noch hatte sie sich dazu aufraffen können, mit John zu telefonieren und ihm die Wahrheit zu sagen. Das eine wie das andere hätte sie mehr Überwindung gekostet, als sie in ihrer augenblicklichen Verfassung aufzubringen vermochte, und das eine wie das andere hätte etwas ausgelöst, was sich vielleicht nicht mehr rückgängig machen ließ.

Sie haßte es, Entscheidungen treffen zu müssen, deren Konsequenzen nicht abzusehen waren. Schon der Bruch mit Fred war eine Entscheidung gewesen, die beinahe über ihre Kraft gegangen wäre, und sie wußte noch nicht, was sich daraus ergeben würde. Sie vermochte auch nichts zu empfinden, keine Erleichterung und kein Bedauern. Vielleicht war es noch zu früh dafür, und vielleicht wäre es besser gewesen, sie hätte sich jetzt einige Wochen Zeit lassen können, bevor sie ihre nächste Entscheidung traf. Aber sie hatte keine Zeit mehr. Die Ereignisse fingen an, ihr davonzulaufen, die Diskrepanz zwischen ihrer Vernunft und ihren Gefühlen wurde immer unüberbrückbarer, je länger sie zögerte. Auf eine einfache Formel gebracht, war es die Diskrepanz zwischen dem, was sie für John empfand, und jenem, was ihre Vernunft dazu sagte, die gleiche Vernunft, die sie jedesmal im Stich ließ, wenn sie mit John zusammen war. Wie anders ließe es sich sonst erklären, daß alles, was sie in seiner Gegenwart tat und sagte, aus

einem Gefühl absoluter Selbstverständlichkeit geschah, während es wenige Stunden später ein ähnlich ungläubiges Verwundern in ihr auslöste, wie es einem mitunter überkommt, wenn man sich nach einer durchzechten Nacht an unangenehme Details erinnert.
Sie wußte auch an diesem Abend noch nicht, was sie tun solle, und als sie die Treppe zu ihrer Wohnung hinaufstieg, nahm sie sich vor, am nächsten Tag John anzurufen. Sie würde ihm sagen, daß er sich noch einige Tage gedulden müsse, und wenn es nicht anders ginge, würde sie sich morgen abend mit ihm treffen. Es war das Äußerste, wozu sie sich im Augenblick aufraffen konnte.
An der Glastür fiel ihr auf, daß in der Wohnung kein Licht brannte. Um diese Zeit war Ruth meistens in der Küche beschäftigt. Ihr Vater hatte in der Regel schon gegessen. Es hatte sich bereits zu Lebzeiten ihrer Mutter als unmöglich erwiesen, das Abendessen gemeinsam einzunehmen, da sie ihr nie genau sagen konnte, wann sie nach Hause kam. Oft hielt sie sich noch in der Klinik auf, und wenn sie ihren Zug verpaßte, mußte sie über eine Stunde auf den nächsten warten.
In der Diele schaltete sie das Licht ein, warf einen Blick in die dunkle Küche und hängte ihre Sachen an die Garderobe. Vielleicht hatte sich Ruth für den Abend wieder einmal freigenommen. Sie ging viel ins Kino, und wenn die Spätvorstellung ausverkauft war, mußte sich Claire selbst um ihr Essen kümmern. Sie hatte sich längst damit abgefunden, und ihr Vater aß ohnedies am Abend kaum etwas. Wahrscheinlich hatte er Ruths Abwesenheit benutzt, um einen Besuch zu machen. Er kannte unzählige Leute in der Stadt. Montags blieb er jedoch fast immer zu Hause, und Claire wunderte sich, daß er nicht hier war.
Sie ging wieder in die Küche, bereitete ihr Essen vor, wusch sich im Bad die Hände und trug dann ihre Handtasche in ihr Zimmer. Als sie das Licht anmachte, sah sie ihren Vater. Er saß in einem Sessel, hatte die Arme vor der Brust verschränkt und blickte sie durch seine starken Brillengläser hindurch regungslos an.
Es war so ungewohnt für sie, daß sie unwillkürlich stehenblieb und keinen Ton herausbrachte. Während sie nach einer Erklärung dafür suchte, fiel ihr Fred ein. Obwohl sie seit ihrer letzten Auseinandersetzung mit ihm ständig damit gerechnet hatte, daß er mit ihrem Vater reden würde, hatte sich etwas in ihr dagegen gesträubt, daran zu glauben. Sie hatte es nicht für möglich gehalten, daß er sich so weit erniedrigte. Aber nun war es gesche-

hen, und sie war sich ihrer Sache absolut sicher. Allein schon der Umstand, daß ihr Vater sich im Dunkeln in ihr Zimmer gesetzt und auf sie gewartet hatte, schloß jede andere Möglichkeit aus. Seit vierzehn Tagen hatte sie vor dem Gedanken gezittert. Immer wieder hatte sie sich vorzustellen versucht, was geschähe, wenn er die Wahrheit erführe, und nun vermochte sie nichts zu empfinden, sie hatte nicht einmal Furcht. Wie immer, wenn psychische Belastungen die Grenze des für sie Zumutbaren überschritten, reagierte sie mit einem inneren Kurzschluß, als ob unter der ständigen Überbelastung ihrer Nerven eine Sicherung durchgebrannt und ihre Fähigkeit, Gefühle zu haben, vorübergehend lahmgelegt worden wäre. Als sie sich zu ihm an den Tisch setzte, war sie völlig ruhig. »Du kommst spät«, sagte Heggelbacher.
Sein Gesicht wirkte wie versteinert, die Augen ausdruckslos. Ähnlich hatte er ausgesehen, als er erfuhr, daß sein Sohn nicht mehr lebte. Sie hatte den Tag bis heute nicht vergessen.
Während sie ihn anschaute, erinnerte sie sich, daß er sein ganzes Leben damit verbracht hatte, Männer wie Goethe, Winckelmann und Albert Schweitzer zu verehren, er hatte Hitler ebenso verurteilt wie die Kolonialpolitik der Engländer und Franzosen, er war ein Mann des Ausgleichs, der Toleranz und ein leidenschaftlicher Gegner aller Versuche, die Integrität der Menschenwürde mit staatlichen Mitteln einzuschränken, aber um sie hatte er sich nie gekümmert.
»Ich komme nicht später als sonst«, erwiderte sie ruhig. »Warum bist du hier?«
»Weißt du es nicht?«
»Ich kann es mir denken.« Sie sah an ihm vorbei zum Fenster hin. Gegen Abend hatte das Wetter umgeschlagen, der Himmel war ohne Sterne. »Du hast mit Fred gesprochen?«
»Ich wollte es nicht glauben«, sagte Heggelbacher. »Seit wann kennst du ihn?«
»Wen?«
»Den Neger.«
Claire schwieg.
»Ich habe dich etwas gefragt!«
Sie drehte ihm langsam das Gesicht zu. »Ich möchte jetzt nicht darüber reden.«
»War was zwischen euch?«
»Ich habe dir gesagt, daß ich jetzt nicht darüber reden möchte.«
»Du wirst darüber reden«, sagte Heggelbacher. Er erhob sich, stellte sich dicht vor sie hin und sah von oben auf sie hinab. »Seit wann kennst du ihn?«

»Seit vierzehn Tagen.«
»Du hast ihn am Weihnachtsabend mit in meine Wohnung genommen?«
Als sie keine Antwort gab, schlug er ihr mit dem Handrücken hart und unvermittelt auf den Mund.
Er hatte sie vorher noch nie geschlagen, und es war ihr, als ob etwas in ihr auseinanderrisse. Sie blieb eine kurze Weile wie betäubt sitzen, dann stand sie geistesabwesend auf, nahm ihre Handtasche und ging zur Tür. Sie wußte noch nicht, was sie tun würde, sie wußte nur, daß sie keinen Augenblick länger hierbleiben konnte. Das Gefühl war so stark in ihr, daß es kein anderes neben sich duldete.
An der Garderobe holte sie ihren Mantel, zog ihre Handschuhe an und drehte sich um. Er war ihr nachgekommen. Das lange weiße Haar hing ihm unordentlich in die Stirn, der dünne Mund war tief in die welke Haut eingeschmolzen und wirkte wie eine gelbliche Narbe, die sein Gesicht in zwei Teile zerschnitt. Es war das Gesicht ihres Vaters, aber sie würde es vergessen haben, sobald sie draußen war, und sie würde sich nicht mehr daran erinnern wollen.
»Vielleicht werde ich ihn jetzt sogar heiraten«, sagte sie, »du wirst mich jedenfalls nicht daran hindern.«
»Ich werde dich nicht daran hindern«, erwiderte Heggelbacher kalt. »Du wirst von alleine zurückkommen, und zwar auf den Knien.«
»Das glaube ich nicht«, sagte Claire, ging hinaus, die Treppe hinunter, und blickte kein einziges Mal zurück.
Auf der Straße war es kalt, ein eisiger Wind blies ihr ins Gesicht. Sie stemmte die Schultern dagegen und schob die Hände tief in die Manteltaschen. Einige Passanten drehten sich nach ihr um, ein junger Mann versuchte, sie anzusprechen; sie ging an ihm vorbei, ohne ihn zu sehen. Sie achtete auch nicht darauf, wohin sie ging. Über eine Stunde lang lief sie ziellos durch die Stadt. Später merkte sie, daß die Straße steil anstieg. Als sie den Kopf hob, sah sie die langen Lichterketten der Kaserne am dunklen Himmel stehen, und es war ihr, als ob sie von einer langen Reise nach Hause käme.
Der Posten am Eingang war jung, groß und hatte einen weißen Helm auf. Er hörte sie mit unbewegtem Gesicht an, ließ sich Johns Namen wiederholen und verschwand dann hinter einer Tür.
Während sie auf seine Rückkehr wartete, kamen immer wieder Soldaten an ihr vorbei, die meisten in Zivil. Sie starrten sie neugierig an, spitzten die Lippen, und zwei blieben stehen.

Claire drehte ihnen den Rücken zu und blickte auf die Stadt hinab, die wie ein Meer von Lichtern zwischen den dunklen Bergen lag. Sie sah die schmalen Gassen der Altstadt, den Dom mit seiner basilikalen Anlage, seinen schrägliegenden Seitendächern und der kühnen Kuppel. Etwas rechts davon, im Licht greller Scheinwerfer, ragte die Fassade des kurfürstlichen Schlosses mit seiner großen Terrasse und den balustradenumsäumten Treppen in die Nacht.
Als Kind war sie immer davon fasziniert gewesen, heute löste der Anblick kein Empfinden mehr in ihr aus. Sie war der Stadt überdrüssig geworden, ihrer provinziellen Atmosphäre, die so alt war wie ihre ältesten Türme und Mauern, ihres widerspruchsvollen Charakters von barockem Stilleben und protzenhafter Modernität, eine Stadt, zu groß, um alle ihre Straßen zu kennen, und doch wiederum nicht groß genug, als daß man nicht jeden Tag den gleichen Leuten begegnet wäre, eine langweilige Mischung von dörflicher Intimität und großstädtischem Fluidum, langweilig wie ihre Menschen, die so eng beisammen wohnten, daß sie sich fast wie eine Familie fühlten. Man hatte die gleiche Zeitung, die gleichen Ansichten, die gleichen Probleme und die gleiche Partei. Seit es in Thüngerstadt ein großes Kaufhaus gab, trug man auch die gleichen Krawatten, die gleichen Kleider und die gleichen Regenschirme. Vor 1945 hatte man die gleichen Uniformen getragen, und im Grunde hatte sich seitdem nicht viel verändert. Die Menschen waren dieselben geblieben, auch wenn sie heute nicht mehr mit dem Gesicht, sondern mit dem Rücken zu einem Stacheldraht standen, gespenstisches Symbol menschlicher Unzulänglichkeit, die immer dort mit primitivsten Mitteln reagierte, wo Gegensätze aufeinanderprallten, ob sie nun ideologischer, wirtschaftlicher oder rassischer Art waren. In diesem Punkt konnte Thüngerstadt jedem internationalen Vergleich standhalten, denn die Chancen, unter seinen achtzigtausend Einwohnern einen einzigen Menschen zu finden, der eine Verbindung zwischen einem Neger und einer deutschen Frau nicht als nationale Schande empfunden hätte, waren hundertmal geringer als jene, die Zonengrenze könnte durch ein mirakulöses Ereignis über Nacht verschwinden.
Hinter ihrem Rücken räusperte sich jemand. Sie drehte sich um und sah, daß der Posten zurückgekommen war. Er nickte ihr zu, grinste ein wenig und blickte sie unverwandt an. Vielleicht kannte er John und machte sich jetzt Gedanken über sie; sie schaute von ihm weg.
John kam im Wagen. Er öffnete von innen die Tür und hielt ein

paar Sekunden ihre Hand fest. »Warum hast du mich nicht angerufen?« fragte er. »Ich hätte dich abgeholt.«

»Ich wußte nicht genau, ob ich kommen würde«, antwortete Claire und setzte sich neben ihn. »Fahr von hier weg!«

Während sie die Straße hinunterfuhren, spürte sie, wie das Eis in ihr auftaute. Sie lehnte den Kopf an Johns Schulter und weinte lautlos. Er merkte es erst etwas später, als er den Wagen in einer Nebenstraße zum Stehen brachte. Trotz der spärlichen Beleuchtung konnte sie sehen, wie sein Gesicht grau wurde. Er zog sie an sich, wischte ihr mit dem Handrücken die Tränen von den Wangen, aber er sagte kein Wort und wartete, bis sie von selbst zu sprechen anfing.

»Es ist gleich vorüber«, sagte sie. »Bekommst du deinen Urlaub?«

»Ich habe ihn schon. Wenn du willst, können wir noch heute nacht fahren.«

Claire schüttelte den Kopf. »Ich habe nichts mitgenommen. Morgen mittag, wenn mein Vater nicht zu Hause ist, werde ich meine Sachen holen.«

»Darf er es nicht sehen?«

»Ich bin ihm davongelaufen«, sagte Claire.

John schwieg. Er hielt wieder ihre Hand fest und streichelte sie. »War es meinetwegen?« fragte er nach einer Weile.

»Er hat mit Fred gesprochen.«

»Wann?«

»Heute. Als ich nach Hause kam, machte er mir eine Szene. Hast du eine Zigarette?«

John griff geistesabwesend in seine Tasche. »Das wollte ich nicht«, murmelte er.

»Es wäre auch ohne dich so weit gekommen«, erwiderte Claire. »Ich habe mich nie mit ihm verstanden.«

»Trotzdem wollte ich es nicht«, murmelte John. Vielleicht würde es ihr eines Tages leid tun, und sie würde dann immer daran denken, weshalb sie es getan hatte.

»Ich wußte nicht, daß du in Marburg warst«, sagte er, »sonst hätte ich nicht bei dir angerufen.«

»Du hast bei mir angerufen?«

»Hat man es dir nicht ausgerichtet?«

»Mit wem hast du gesprochen?«

»Mit eurem Mädchen; sie wollte es dir ausrichten.«

»Sie war nicht da, als ich nach Hause kam. Weshalb hast du angerufen?«

»Ich wollte dir Bescheid sagen. Morgen hättest du mich nicht

mehr in der Kaserne angetroffen. Wenn man seinen Urlaubsschein hat, muß man noch am gleichen Tag wegfahren. Ist es endgültig, daß du nicht mehr zu deinem Vater zurückgehst?«
»Ja.«
Es klang so, daß er es für einen Augenblick vorzog, das Thema fallenzulassen. »Vielleicht könnte ich dich zu Sam bringen«, sagte er nachdenklich. »Oder weißt du eine andere Möglichkeit, wo du übernachten könntest?«
»Höchstens in einem Hotel, aber ohne Gepäck würde ich dort Aufsehen erregen.«
»Dann müssen wir es bei Sam versuchen«, sagte John.
Claire drückte ihre Zigarette aus und blickte von der Seite in sein Gesicht. Er hatte ihre Hand gestreichelt, ihr die Tränen von den Wangen gewischt, aber geküßt hatte er sie nicht. Jede Begegnung mit ihm war wie ein neues Sichkennenlernen, und es nützte ihr auch nichts, daß sie sich das letzte Beisammensein in Erinnerung rief. Was bei jedem anderen Mann in diesem Stadium selbstverständlich gewesen wäre, kostete sie bei ihm immer neue Überwindung. Selbst das Erlebnis vom Silvesterabend war schon wieder in eine unklare Ferne gerückt, die seine Konturen verwischte und ein Gefühl der Unwirklichkeit weckte, und vielleicht würde es nie anders zwischen ihnen werden.
»Hast du etwas von deiner Versetzung gehört?« fragte sie.
John zögerte. Er wollte noch nicht darüber sprechen und antwortete ausweichend: »Es entscheidet sich erst während meines Urlaubs. Sie haben mir sechs Wochen gegeben.«
Claire mußte lächeln. »Dann können wir uns mit dem Wegfahren bis morgen Zeit lassen. Hältst du es für möglich, daß Sam mich für eine Nacht aufnehmen wird?«
»Sam bestimmt.«
»Aber?«
»Er ist verheiratet«, sagte John offen. »Mary hat etwas gegen mich.«
»Wer hat eigentlich nichts gegen dich?«
»Ich glaube, das hast du mich schon einmal gefragt«, antwortete John, und diesmal küßte er sie.
Hinterher ließ sie sich aufatmend mit dem Rücken gegen die Lehne fallen. »Jetzt können wir zu Sam fahren«, sagte sie. »Ich tue es nicht gern, aber ich habe keine andere Wahl. Was für eine Frau ist sie?«
»Mary? Sie sieht nicht schlecht aus, rotblond, mittelgroß, eine typische Amerikanerin.«
»Wie alt?«

»Ich habe sie nie gefragt, vielleicht dreißig.«
»Mehr als hinauswerfen kann sie mich nicht«, sagte Claire. »Versuchen wir es!«
Die amerikanische Siedlung, ein Dutzend langgestreckter Wohnblocks, lag etwas außerhalb von Thüngerstadt auf einem Gelände, das sich nierenförmig zwischen den Bergen und dem Fluß hinzog. Früher war hier Ackerland gewesen. Amerikanische Pioniere hatten eine Straße und eine Brücke über den Fluß gebaut. Von weitem sah die Siedlung wie ein moderner Kasernenkomplex aus, dessen letzte Gebäude sich bis an die Berge heranschoben. Um jedes Haus zog sich ein breiter Rasenstreifen herum, und die Straßen standen voll von amerikanischen Wagen.
John hatte Mühe, einen Parkplatz zu finden. Als er neben Claire auf eine der vielen Türen zuging, lächelte er. »Ganz unerwartet kommen wir nicht. Wenn ich bis neun Uhr nichts von dir gehört hätte, wäre ich zu ihm gegangen. Wir hatten eine kleine Abschiedsparty vor.«
»Warum Abschiedsparty?«
»Das ist immer so, wenn einer in Urlaub fährt«, sagte John rasch.
Sam wohnte im zweiten Stock, sie kamen hinauf, ohne einem Menschen zu begegnen, und Sam öffnete ihnen die Tür. Als er Claire sah, machte er den Mund auf und ließ es dabei bewenden.
»Er ist überrascht«, sagte John. »Normalerweise sieht er etwas intelligenter aus.«
»Ich habe ihn schon einmal gesehen«, sagte Claire und gab Sam die Hand. »Hoffentlich verderbe ich Ihnen Ihre Party nicht!«
Sam murmelte etwas, dann fing er an zu grinsen und zog sie an der Hand in die Diele. »Mary wird umfallen!« meinte er. »Du guter Himmel!«
Er half Claire aus dem Mantel, während er ununterbrochen auf sie einredete, aber er sprach so rasch, daß sie nur die Hälfte verstand. Die Diele gefiel ihr, ebenso das Zimmer, in das sie kam: freundliche Tapeten, eine bequeme Polstergarnitur, eine kleine Bar und leichte Nußbaummöbel.
»Gefällt es Ihnen?« fragte Sam erwartungsvoll.
Claire nickte beifällig. »Sie haben es gemütlich.«
»Meine Frau hat eine Schwäche für europäischen Stil«, erklärte Sam. »Wir haben noch zwei Zimmer, ein Schlafzimmer und das Kinderzimmer. Ich sage Mary, daß Sie hier sind; sie bringt gerade die Kinder ins Bett.«
»Ich komme mit!« sagte John.

Er ging mit ihm auf die Diele hinaus und zog die Tür hinter sich zu. »Kann sie heute nacht bei euch schlafen?«
Sam kniff etwas die Augen zusammen. »Etwas vorgefallen?«
»Ihr Vater hat es erfahren.«
»Ich habe es mir halb gedacht«, murmelte Sam, und sein Gesicht war todernst. »Das ist erst der Anfang, John!«
»Morgen abend sind wir in Frankreich. Erzähle ihr nichts von der Versetzung; ich möchte es ihr erst in Frankreich sagen.«
»Ich rede mit Mary. Sie kann auf jeden Fall hierbleiben.«
»Diese Rechnung kann ich dir nie bezahlen«, sagte John, »und wenn ich hundert Jahre alt werde.«
Sam blickte ihn mit feuchten Augen an. »Wenn ich keine Familie hätte, würde ich mit euch fahren. Ihr werdet verdammt allein sein, wie Adam und Eva.«
»Sie hatten es einfacher«, erwiderte John, »sie wußten nicht, daß sie allein waren.«
Er kehrte zu Claire zurück. Sie hatte sich in einen Sessel gesetzt und blickte ihm fragend entgegen.
»Ich glaube, es geht«, sagte John. »Sam ist einverstanden.«
»Es wird mehr von seiner Frau abhängen.«
»Vielleicht tut sie es gern. Fühlst du dich jetzt besser?«
»Seit ich bei dir bin«, antwortete Claire. Sie trug einen engen grauen Rock und einen gelben Pullover. Ihr Gesicht war noch immer blaß, ihre Augen gerötet.
John faßte nach ihren Händen. »Ich habe mir überlegt, ob ich mit deinem Vater sprechen soll.«
»Er würde dich nicht einmal anhören. Ich möchte es auch nicht.«
»Warum nicht?«
»Du hast es nicht nötig.«
John lächelte. »Ein Mann wie ich kann sich keinen falschen Stolz leisten.«
»Davon habe ich nicht gesprochen«, erwiderte Claire ruhig. »Ich höre es nicht gern, wenn du in diesem Ton von dir sprichst.«
Er verstand sie nicht und blickte sie verwundert an. »In welchem Ton?«
»In diesem«, sagte Claire. »Du machst mir kein Kompliment damit.«
»Ich dir?«
»Ja.«
»Vielleicht bin ich zu dumm«, sagte John und ließ ihre Hände los. »Was mache ich falsch?«
»Viel«, antwortete Claire und schaute zur Tür hin, wo jetzt wieder Sam auftauchte.

»Mary zieht sich noch um«, sagte er grinsend. »Für John allein hätte sie das nicht gemacht. Warum trinkt ihr nichts?«
»Wir wollten auf dich warten«, sagte John. »Ist sie einverstanden?«
Sam tat indigniert. »Wenn ich einverstanden bin, ist Mary auch einverstanden. Wofür hältst du mich?«
Er wandte sich an Claire. »Was trinken Sie? Whisky, Gin, Portwein oder ein Glas Bier?«
»Whisky on the rocks«, antwortete Claire und blickte John an. »Du auch?«
»Ich auch«, antwortete John. »Hast du schon etwas gegessen?«
»Ich habe keinen Hunger.«
»Das wird Mary leid tun«, sagte Sam. »Ihre Sandwiches sind in der ganzen Siedlung bekannt.«
Er trat an die Bar. Sie stand auf kleinen Gummirädern und ließ sich nach zwei Seiten aufklappen. »Mary ist nicht für Whisky zu haben«, sagte Sam. Er verließ für kurze Zeit das Zimmer und brachte eine Schale mit Eiswürfeln herein. »Habt ihr euch schon überlegt, wohin ihr fahren wollt?« fragte er.
»Wir bleiben, wo es uns am besten gefällt«, antwortete Claire.
»Ich würde an eurer Stelle nach Paris fahren. – Da kommt Mary!«
Sie sah genauso aus, wie John sie beschrieben hatte, mittelgroß und rotblond, das schmale, etwas knochige Gesicht war stark geschminkt und nicht unschön, um den Mund herum vielleicht eine Kleinigkeit zu hart.
Sie hinderte Claire am Aufstehen, drückte ihr kräftig die Hand, bedachte John mit einem Kopfnicken und wandte sich wieder an Claire. »Sie sprechen Englisch?«
»Ein wenig. Wie man es in der Schule lernt.«
»Sie müssen eine gute Schülerin gewesen sein«, versicherte Mary und setzte sich zu ihnen. Sie erkundigte sich lebhaft nach Claires Studium, erzählte, daß ein jüngerer Bruder von ihr Jura studiere, kam später auf Thüngerstadt und am Schluß auf ihre Kinder zu sprechen.
»Hoffentlich werden Sie heute nacht nicht gestört«, sagte sie. »Charles ist etwas erkältet und hustet. Wann wollen Sie morgen fahren?«
»Gegen Mittag; ich habe noch einiges zu erledigen.«
»Dann können wir zusammen frühstücken«, sagte Mary. »Sam geht zum Frühstück in die Kaserne. Ich stehe nie vor neun Uhr auf. Ist Ihnen das zu spät?«
»Morgen nicht«, antwortete Claire.

»Wo wollt ihr euch treffen?« fragte Sam. »Hier?«
Claire sah zu John hinüber, der bisher kein Wort gesprochen hatte.
»Vielleicht wieder vor dem Schloßgarten. Ich werde mir für das Gepäck ein Taxi nehmen.«
»Ich hätte dich abholen können«, sagte John.
Sie merkte, daß er enttäuscht war. »Es ist besser so«, sagte sie. »Ich möchte Ruth keine Gelegenheit geben, neugierig zu sein.«
»Ist das Ihr Mädchen?« fragte Mary.
»Ja.«
»Dienstmädchen sind immer neugierig. Wo wollen Sie in Frankreich hinfahren?«
»Ich habe ihnen Paris vorgeschlagen«, sagte Sam.
Mary stimmte ihm zu. »Wenn Sie schon in Frankreich sind, dürfen Sie sich Paris nicht entgehen lassen.«
Sie unterhielten sich eine Weile darüber, bis John unvermittelt aufstand. »Ich muß gehen. Claire wird auch müde sein.«
»Todmüde«, sagte Claire.
Mary legte ihr mitfühlend die Hand auf den Arm. »Ich hätte daran denken müssen. Sie schlafen bei mir; Sam wird heute nacht hier auf der Couch liegen.«
»Das möchte ich nicht«, sagte Claire. »Ich kann genausogut auf der Couch schlafen.«
»Das kommt nicht in Frage«, sagte Mary und ging hinaus.
Sam grinste und trank sein Glas leer. »Das war ein dienstlicher Befehl«, sagte er. »Machen Sie ihr die Freude. Ich gehe schon meine Sachen holen.«
»Ich verstehe immer besser, weshalb er dein Freund ist«, sagte Claire, als Sam das Zimmer verlassen hatte. »Du wirst ihm sicher fehlen!«
»Er mir auch«, sagte John. »Bist du sicher, daß dein Vater morgen mittag nicht daheim ist?«
»Er ist über Mittag nie daheim. Warum fragst du?«
»Vielleicht macht er dir Schwierigkeiten, wenn du deine Sachen holst.«
»Das glaube ich nicht. Er ist davon überzeugt, daß ich eines Tages auf den Knien zu ihm zurückkommen werde.«
»Hat er das gesagt?«
»Ja.«
John trat zu ihr hin und nahm ihr Gesicht zwischen die Hände. »Ich möchte diesmal nichts falsch machen. Was willst du hören?«
»Nichts. Du kannst mir alles morgen abend sagen.«
»Wann soll ich an den Schloßgarten kommen?«

»Um zwölf Uhr.«
Er war tief in Gedanken, als er auf die Diele hinaustrat. Dort begegnete er Sam. »Sobald ich etwas von deiner Versetzung höre«, sagte der, »schreibe ich dir nach Lancaster.«
»Wir sprechen morgen früh noch einmal darüber«, erwiderte John. »Es wird alles von Claire abhängen.«
»Ich denke, ihr seid euch einig?«
»Wieso?«
»Sie ist doch deinetwegen von daheim davongelaufen!«
»Ich weiß nicht, was sie vorhat. Vielleicht hat sie irgendwo Verwandte oder Bekannte, die sie später aufnehmen.«
Sam schüttelte skeptisch den Kopf. »Sie werden genauso reagieren wie ihr Vater. Hat sie dir nichts gesagt?«
»Noch nicht. Morgen abend weiß ich, woran ich mit ihr bin. Es wäre mir lieber, sie hätte nicht davonzulaufen brauchen.«
»Mir auch. Willst du dich noch von Mary verabschieden?«
»Will sie es?«
Sam schwieg.
»Was machst du für ein Gesicht?« fragte John.
»Ich habe ein dummes Gefühl.«
»Claires wegen?«
»Allgemein, John!«
»Ja.«
»Gib gut auf sie acht.«
»Ich habe es mir vorgenommen«, sagte John.
Sam blieb noch eine Weile an der Tür stehen, dann ging er zu Mary ins Schlafzimmer. Er sah zu, wie sie die Kissen frisch überzog. »John ist weg«, sagte er.
»Ich habe es gehört. Warum hat er nicht gewartet, bis ich hier fertig bin?«
»Du hast dich noch nie von ihm verabschiedet. Wie gefällt sie dir?«
»Sie tut mir leid«, sagte Mary und kehrte zu Claire zurück. Sie zeigte ihr zuerst das Bad und dann das Schlafzimmer. Es hatte ein großes Doppelbett, blaue Tapeten und eine rote Lampe.
»Rechts ist Ihr Platz«, sagte Mary. »Ich gebe Ihnen einen Pyjama von mir; wir haben ungefähr die gleiche Größe, einssiebzig?«
»Ich weiß nicht, wie ich Ihnen danken soll«, sagte Claire.
Mary lächelte. »Indem Sie sich bei uns wohl fühlen. Sie können gleich ins Bad gehen. Ich richte noch das Bett für Sam.«
»Wir werden uns morgen früh nicht mehr sehen«, sagte Sam zu Claire. »Werden Sie uns wieder besuchen, wenn Sie mit John zurückkommen?«

»Wenn ich darf.«
Sam hielt ein paar Sekunden ihre Hand fest, dann ging er rasch hinaus.
»Seit acht Tagen spricht er nur von Ihnen«, sagte Mary. »Ich muß Ihnen noch ein frisches Handtuch geben. Den Pyjama lege ich aufs Bett. Mögen Sie das Fenster gern etwas offen?«
»Wenn es Sie nicht stört.«
»Im Gegenteil«, sagte Mary.
Sie war nicht da, als Claire aus dem Bad zurückkehrte. Während sie sich auszog, spürte sie wieder, wie müde sie war. Sie hängte ihre Sachen über eine Stuhllehne, kroch unter die Bettdecke und verschränkte die Hände im Nacken.
Dies war der entscheidendste Tag ihres bisherigen Lebens gewesen, und während sie darüber nachdachte, stellte sie fest, daß er keine Spuren in ihr hinterlassen hatte. Sie war unfähig, etwas anderes zu empfinden als eine große, leere Gleichgültigkeit. Morgen würde sie mit John fortfahren, und es war ihr einziger Gedanke. Sobald sie versuchte, sich mit der späteren Zukunft auseinanderzusetzen, kam sie über einen bestimmten Punkt nicht hinaus. Vielleicht würde sich alles mit der gleichen Selbstverständlichkeit ergeben wie bisher; sie wußte es nicht, sie würde es auf sich zukommen lassen und im entsprechenden Augenblick ihre Entscheidung treffen. Sie hatte jetzt nichts mehr zu verlieren.
Später kam Mary herein. Sie war schon ausgezogen und trug einen bunten Morgenrock über dem Pyjama.
»Charles schläft fest«, sagte sie, »ich glaube, sein Husten ist besser geworden. Liegen Sie gut?«
»Sehr gut«, antwortete Claire.
»Es sind Schaumgummimatratzen«, sagte Mary, »im Sommer etwas zu warm, aber man gewöhnt sich daran.« Sie zog den Morgenrock aus und legte sich neben Claire. »Wollen Sie ihn heiraten?« fragte sie, während sie sich zudeckte.
Ihre Direktheit trieb Claire das Blut ins Gesicht. »Vielleicht.«
»Ich bewundere Ihren Mut«, sagte Mary und machte das Licht aus. »In manchen Ländern denkt sich kein Mensch etwas dabei. Ich weiß nicht, ob Sie meine Meinung interessiert?«
»Ich glaube, man muß es mit sich selbst ausmachen.«
»Ich will Ihnen auch nicht hineinreden. Sie gefallen mir; das ist alles. Hoffentlich sind Sie mir jetzt nicht böse.«
»Nein.«
»Er wird nicht gut über mich gesprochen haben«, sagte Mary nach einer Pause. »Wir wohnen hier in der Siedlung; man kommt

rasch ins Gerede. Ich wollte nicht, daß er zu oft bei uns gesehen wird.«
»Ich verstehe«, sagte Claire.
»Vielleicht nicht ganz. Ich habe einmal Partei für ihn ergriffen.«
»Für John?«
»Als sich einige meiner Freundinnen darüber aufregten, daß Sam sich soviel mit ihm abgibt. Gott, es ist mir herausgerutscht, ich habe gesagt, daß er mir gefällt. Natürlich hat man es sofort falsch ausgelegt.«
Claire schwieg. Sie hörte, wie Mary sich herumdrehte. »Überrascht Sie das?«
»Ein wenig.«
»Warum?«
»Ich dachte, Sie mögen ihn nicht.«
»Hat er Ihnen das gesagt?«
»Ja.«
»Er ist ein dummer Kerl«, sagte Mary. »Schlafen Sie gut, Claire.«
Claire lächelte im Dunkeln. »Gute Nacht, Mary!«
Viel später, sie war schon halb am Einschlafen, vernahm sie noch einmal ihre Stimme: »Sie dürfen es ihm ruhig sagen.«
»Bestimmt!« murmelte Claire.

3

Als sie an die Stelle kamen, wo die Straße nach Giffaumont abzweigt, wußte Claire, daß sie es nicht mehr sehen wollte.
»Ich habe Angst, es könnte mich enttäuschen«, sagte sie zu John. »Kannst du dir vorstellen, daß mich diese Gegend einmal begeistert hat?«
»Vielleicht im Sommer.«
»Auch im Winter. Ich konnte es nie abwarten, nach Giffaumont zu kommen.«
»Wie alt warst du damals?«
»Zehn Jahre, als wir das letztemal hier waren.«
John nickte. »Als ich zehn Jahre alt war, hat mir sogar der Nyazany gefallen. Später merkte ich, daß sein Wasser faulig war und stank. Wohin willst du jetzt?«
Sie wußte es nicht. Er hatte ihr an der Grenze gesagt, daß er mit ihr nach Paris fahren wolle, und sie hatte keine Einwände erhoben. Im Grunde war es ihr egal, wohin er mit ihr fuhr, und sie wäre auch einverstanden gewesen, wenn er Dijon oder Le

Havre vorgeschlagen hätte. Daß sie überhaupt auf den Gedanken gekommen war, wenigstens im Vorbeifahren einen Blick auf Giffaumont zu werfen, war nur dem Umstand zuzuschreiben, daß es ungefähr auf ihrer Route lag.

»Wir müssen auf die N 3 zurück«, sagte John, während er die Autokarte studierte. »Die nächste größere Stadt ist Verdun; kennst du es?«

»Mein Vater hat oft davon gesprochen, er war im ersten Weltkrieg in der Nähe von Verdun. Wie weit ist es noch?«

»Vierzig Kilometer.«

»Dann fahren wir nach Verdun«, sagte Claire. »Sicher bin ich eine dumme Gans, aber wenn Giffaumont nicht anders aussieht als diese Dörfer hier, hätte ich nichts mehr, woran ich mich noch erinnern könnte.«

»Du weißt doch, wie es aussieht!«

»Ich weiß, wie es aussah, als ich zehn Jahre alt war. Ich wünschte, ich hätte meine Mutter so in Erinnerung behalten können, wie sie aussah, als sie noch lebte.«

Die Straße war schmal. Verschneite Felder säumten sie, lange Reihen von Pappeln und einsame Gehöfte. Das hügelige Land lag verlassen unter dem grauen Winterhimmel, leer und öde, ab und zu ein ferner Waldrand am Horizont, halb verdeckt von der frühen Dämmerung, die eisernen Masten einer Hochspannungsleitung, Gruppen schwarzen Gestrüpps hinter zugefrorenen Tümpeln, zwischen zwei Hügelkuppen eine Kirchturmspitze, ein lautloser Schwarm dunkler Krähen, hölzerne Gatter quer über stoppelige Äcker, ein kleiner Friedhof hinter halbzerfallener Mauer und immer wieder Gedenksteine, Soldatengräber und verrosteter Stacheldraht an verfaulenden Pfosten. Die wenigen Ortschaften an der Straße, zwei Reihen häßlicher Backsteinhäuser, wirkten so verlassen wie das Land selbst.

»Früher hat es mir nichts gesagt«, murmelte Claire, »jetzt erinnert es mich an meinen Bruder. Das gehört auch zu unserer westlichen Zivilisation. Wie gefällt es dir?«

»In Rhodesien haben wir jetzt Sommer«, sagte John.

»Ich meine die Gräber.«

Er zuckte nur mit den Schultern.

Sie merkte, daß seine Gedanken woanders waren, vielleicht in einem Hotelzimmer mit einem französischen Doppelbett. Sie erinnerte sich an das verächtliche Gesicht des Taxifahrers, als er John geholfen hatte, ihr Gepäck umzuladen, an das unfreundliche Gesicht des deutschen Grenzbeamten, der ihren Paß länger angeschaut hatte, als erforderlich gewesen war; sie erinnerte sich auch an das kaum versteckte Lächeln der jungen Elsässerin, die ihnen den Kaffee serviert hatte, an das aufdringliche Gaffen der übrigen Gäste und an den französischen Polizisten, der ihr im Vorbeifahren zugeblinzelt hatte, wie man einer Hure zublinzelt.

Vielleicht war es ihr nur deshalb aufgefallen, weil sie sich eingeredet hatte, es würde hinter der Grenze anders werden. Möglich, daß es in Paris anders wurde, aber heute abend würden sie noch nicht in Paris sein. Sie würden in einem Hotel in Verdun absteigen, und bis nach Verdun waren es noch vierzig Kilometer.

Nun, da es schon so nahe war, daß sie es nicht länger aus ihrem Bewußtsein verdrängen konnte, merkte sie, daß es ihr widerstrebte. Vielleicht war es doch etwas anderes, es im Wagen zu tun, und vielleicht war es auch dann etwas anderes, wenn man es schon einmal getan hatte, vielleicht, weil es im Wagen unverbindlicher, weniger endgültig und weniger kompromißlos war als im Hotel, weil man hinterher sein Gesicht im Dunkeln lassen konnte, weil man keinem Menschen dafür in die Augen zu schauen, keinen falschen Namen anzugeben und kein Zimmer zu bezahlen brauchte! Oder gab es eine andere Erklärung für ihr Herzklopfen?

Heute mittag, als sie zu ihm in den Wagen geklettert war, hatte sie kein Herzklopfen gehabt, auch heute früh nicht, als sie sich von Mary verabschiedet, zu Hause ihre Koffer gepackt und das Taxi bestellt hatte. Alles war völlig undramatisch vor sich gegangen. Es war zu keiner neuen Auseinandersetzung mit ihrem Vater gekommen, der die Wohnung wie jeden Tag zur gewohnten Stunde verlassen hatte. Und wäre nicht das verstörte Gesicht des Mädchens gewesen, so hätte sie vergessen können, daß sie diesmal nicht nur für einige Tage oder Wochen fortfahren würde, wie sie es früher getan hatte, wenn sie mit Fred weggefahren war. Nicht einmal der Gedanke an das, was sie zurücklassen mußte, hatte sie unsicher machen können. Es war genauso gewesen, als hätte sie diese Reise seit langem vorbereitet und als gäbe es nichts mehr, worüber nachzudenken sich noch lohnte. Ihre Unsicherheit hatte erst begonnen, nachdem sie vier Stunden lang neben John im Wagen gesessen hatte, ohne daß es zu einem vernünftigen Gespräch zwischen ihnen gekommen war, und es fiel ihr schwer, sich vorzustellen, wie es ihr jetzt noch möglich sein sollte, unbefangen mit ihm in ein Hotel zu gehen. Vielleicht war die düstere Landschaft daran schuld, vielleicht auch der Umstand, daß er kein einziges Mal versucht hatte, sie zu küssen. Obwohl sie so dicht neben ihm saß, daß sich ihre Schultern berührten, fühlte sie sich ihm ferner als je zuvor, und vielleicht war dies der wirkliche Grund, weshalb sie nicht mit ihm nach Giffaumont gefahren war. Sie wußte es nicht genau, sie wußte nur, daß es heute ganz anders war als Silvester und daß sie viel darum gegeben hätte, wenn sie es nur um einen einzigen Tag hätte hinauszögern können.

Es war so absurd, daß sie keine Erklärung dafür fand außer der einen, und während sie darüber nachgrübelte, ertappte sie sich bei dem Gedanken, wie einfach alles wäre, wenn er die gleiche Hautfarbe hätte wie sie.

Später wurde die Landschaft gebirgig, dichtes Buschwerk schob sich auf beiden Seiten an die Straße heran, die jetzt steil in die Höhe kletterte. Gleichzeitig fing es an zu schneien, zuerst in einzelnen Flocken, dann immer heftiger. Es wurde unvermittelt dunkel. John schaltete die Scheinwerfer ein und grinste.

»Worüber freust du dich?« fragte Claire. »Über den Schnee?«

»Das auch«, sagte John. »Ich fürchte, wir haben uns verfahren.«

Sie blickte betroffen auf. »Wirklich?«

»Der Karte nach müßten wir längst wieder auf der N 3 sein. Ich glaube, ich weiß, wo wir falsch gefahren sind.«

»Dann war es meine Schuld«, sagte Claire. »Wir hätten auf der N 3 bleiben sollen. Willst du umkehren?«

»Warum?«

Auch darin unterschied er sich von Fred, der in solchen Situationen regelmäßig fluchte.

Sie lächelte. »Wir werden irgendwo im Schnee steckenbleiben und heute nacht erfrieren. Hast du wenigstens Schneeketten dabei?«

»Ich wußte nicht, daß wir in ein Hochgebirge kommen.«

»Das ist kein Hochgebirge; es müssen die Maashöhen sein.«

»Um so besser«, murmelte John.

Das Schneegestöber war jetzt so dicht geworden, daß die Scheibenwischer es kaum mehr schafften. Noch immer säumte meterhohes Buschwerk die Straße, gelegentlich auch ein verkrüppelter Baum. Im Schneetreiben sah alles etwas gespenstig, etwas unwirklich und wie eine schlechte Theaterkulisse aus. Dann stand auf der rechten Seite ein Wegweiser.

»Douaumont«, sagte John. »Irgendwann habe ich den Namen schon einmal gehört.«

»Ich auch«, sagte Claire. »Es muß schrecklich gewesen sein.«

»Was?«

»Wir werden es gleich sehen.«

Nach weiteren fünfhundert Metern hörte das Buschwerk plötzlich auf. Die Straße stieg wieder an, dann sahen sie die schatten-

haften Umrisse eines riesigen Monuments zum Himmel ragen, und zu seinen Füßen lag ein unübersehbares Gräberfeld.
»Das ist es, was ich meinte«, sagte Claire. »Mein Vater hat oft davon erzählt.«
»Soldatengräber?« fragte John.
»Ja. Ich möchte sie mir anschauen.«
»Es wird zu spät.«
Claire spürte, wie ihre Schläfen heiß wurden. Sie drehte ihm rasch das Gesicht zu. »Wofür zu spät?«
»Ich dachte«, murmelte John und trat auf die Bremse. Er blieb unbeweglich hinter dem Lenkrad sitzen und rührte sich auch nicht, als sie ausstieg und ihren Mantel anzog.
Das Gräberfeld lag auf einer sanft ansteigenden Fläche. Zwischen den langen Reihen der Kreuze, die irgendwo in der Schneenacht aufhörten, waren schmale Pfade angelegt. Am oberen Ende des Feldes stand das Monument, einem riesigen Sarg ähnlich und mit einem fingerförmigen Turm in der Mitte.
Während Claire ihn betrachtete, hörte sie John kommen. Er blieb neben ihr stehen und blickte über das Gräberfeld hinweg.
»Wie viele mögen es sein?« fragte Claire.
»Ich weiß es nicht.« Seine Zähne schlugen beim Sprechen aufeinander. Claire sah, daß er ohne Mantel war. »Du frierst«, sagte sie. »Warum hast du deinen Mantel nicht angezogen?«
»Wir sollten nicht hier bleiben«, murmelte er.
»Warum nicht?«
»Es ist nicht richtig.«
»Du lieber Gott!« Claire trat dicht vor ihn hin und legte ihm die Hände auf die Schultern. »Hast du Angst?«
»Das ist es nicht.«
»Was sonst?«
»Es ist nicht richtig«, sagte er wieder.
Claire blickte ihn eine Weile stumm an.
»Du bist ein großes Kind, John«, sagte sie dann. »Man sollte Kinder nicht in Uniformen stecken, auch dann nicht, wenn sie so groß sind wie du. Was würdest du tun, wenn die Russen wirklich einmal bei Thüngerstadt über die Grenze kämen?«
Er schaute mit gefurchter Stirn auf sie hinab. »Ich würde ihnen entgegenfahren.«
»Mit einem Panzer?«
»Mit meinem Jeep.«
»Nur mit einem Jeep?«
»Natürlich wäre ich nicht allein«, sagte John, der sie immer weniger verstand. »Wir haben viele Jeeps.«

»Und viele große Kinder«, sagte Claire, »viele große Kinder, die mit ihren kleinen Jeeps den bösen Russen entgegenfahren. Ich denke, ihr seid ein Panzerregiment?«
»Die Panzer kommen hinterher«, murmelte John. »Wir sind die Vorhut.«
»Mit euren Jeeps?«
»Ja.«
»Und was werden die bösen Russen tun, wenn sie euch mit euren kleinen Jeeps sehen?«
John schwieg; er hatte nie darüber nachgedacht.
»Bei meinem Bruder waren es auch die Russen«, sagte Claire und nahm die Hände von seinen Schultern.
Als es passierte, bekam sie einen halben Tag schulfrei. Der Lehrer hielt eine kurze Ansprache, er hatte immer den gleichen Text parat, den er von Fall zu Fall etwas abwandelte: »Der Bruder unserer lieben Mitschülerin X, der Vater unserer lieben Mitschülerin Y«, und er schloß regelmäßig mit dem Hinweis, daß sie noch zu jung seien, es zu verstehen, und daß sie stolz sein müßten.
»Es ist unfair, daß man so dumm auf die Welt kommt«, sagte sie laut.
John faßte sie vorsichtig beim Arm. »Du wirst dich erkälten«, sagte er. Der Schnee hatte sich wie eine weiße Mütze auf seinen Kopf gesetzt. Es sah ein wenig komisch aus mit seinem dunklen Gesicht darunter, und sie mußte wieder über ihn lächeln.
»Wir haben noch Zeit«, sagte sie, »ich möchte nicht zu früh ins Hotel kommen.«
»Ich weiß.«
»Manchmal kannst du schrecklich intelligent sein.«
Im Wagen half er ihr aus dem Mantel. »Es war nicht das, was du denkst«, sagte er.
»Was ich denke?«
»Ja.«
»Was denke ich?«
John schwieg. Sie schien es plötzlich darauf abgesehen zu haben, ihn zu demütigen. Schon auf der Fahrt hierher war sie ihm verändert vorgekommen. Die meiste Zeit hatte sie stumm neben ihm gesessen. Vielleicht tat es ihr schon leid, daß sie mit ihm fortgefahren war; er fand keine andere Erklärung dafür.
»Wenn es dir lieber ist«, sagte er, »nehmen wir uns im Hotel zwei Zimmer.«
Claire biß sich auf die Lippen. – Ich sollte zu einem Psychiater gehen, dachte sie. Vorhin, als sie gemerkt hatte, daß er sich beim

Anblick des riesigen Gräberfeldes fürchtete, hätte sie ihn beinahe geküßt, aber es wäre kaum der richtige Ort dafür gewesen.
Der Schnee fiel jetzt nicht mehr so dicht, die Konturen der Landschaft wurden deutlicher. Links ging es steil zu einer tiefen Schlucht hinab, jenseits der Schlucht lag ein kahler Höhenzug; im Schnee sah er wie der gekrümmte Rücken eines Menschen aus.
Etwas später kamen sie an eine Kreuzung mit einem Wegweiser; John fuhr geradeaus weiter.
»Wir hätten die andere Straße fahren sollen«, sagte Claire.
John zuckte mit den Schultern. »Hier geht es nach Douaumont.«
»Wolltest du hin?«
»Ich nicht.«
»Ich auch nicht«, sagte Claire.
Die Straße endete auf einem kleinen, von niedrigem Gesträuch umsäumten Platz vor einem unförmigen Betonklotz, der sich ihr wie eine Mauer quer in den Weg stellte. Er mochte etwa hundert Meter lang und fünf Meter hoch sein. An seiner der Straße zugewandten Seite befanden sich große Fensterbögen, die nachträglich zugemauert worden waren. Das Gelände ringsum glich einer wüsten Mondlandschaft, mit riesigen Trichtern, Geröllhaufen und halbverfallenen Schützengräben.
John schaltete die Scheinwerfer aus und wandte Claire das Gesicht zu. »Was wirst du tun, wenn wir nach Thüngerstadt zurückkommen?«
Manchmal war er genauso sprunghaft wie Fred, aber sie ahnte, weshalb er gerade jetzt danach fragte.
»Ich weiß es noch nicht genau«, antwortete sie gleichgültig. »Wahrscheinlich werde ich mir in Marburg ein Zimmer mieten.«
»Und dann?«
»Dann mache ich mein Examen.«
»Das kostet Geld«, sagte John bedächtig. »Von deinem Vater wirst du keines mehr bekommen.«
»Ich habe Geld.«
»Viel?«
»Es reicht.« Vielleicht hatte ihre Mutter geahnt, daß sie eines Tages davonlaufen würde. Vor zehn Jahren hatte sie ein Bankkonto für sie angelegt und jeden Monat etwas von ihrem Haushaltsgeld eingezahlt. »Sobald ich eine Stellung in einem Krankenhaus habe, verdiene ich selbst«, setzte sie hinzu.
»Ich habe es mir gedacht«, sagte John.

Er betrachtete durch die Windschutzscheibe die dunklen Betonwälle des Forts. »Wenn du kein Geld gehabt hättest, wärst du sicher nicht davongelaufen.«
»Vielleicht«, antwortete Claire gegen ihr besseres Wissen.
»Dann ist es egal.«
Sie blickte verständnislos auf. »Was?«
»Ob ich wieder etwas falsch mache«, sagte John und beugte sich zu ihr hinüber. Den ganzen Mittag hatte sie darauf gewartet, aber als er sie jetzt küssen wollte, drehte sie rasch das Gesicht weg.
»Das kann ich nicht leiden«, sagte er lächelnd, aber er war wütend und enttäuscht. Am Silvesterabend hatte er sich ihrer sicher gefühlt, auch gestern abend noch, und als er sie jetzt in die Arme nahm, geschah es nur aus der Überlegung, daß es ihr hinterher leichter fallen werde, mit ihm in ein Hotel zu gehen. Zudem hatte ihn das vorangegangene Gespräch darin bestärkt, daß sich seine Absicht, mit ihr nach Bulawayo zu fliegen, erst dann verwirklichen lasse, wenn es ihm gelang, sie in ähnlicher Weise gefügig zu machen wie am Silvesterabend. Sie war eine weiße Frau, und weißen Frauen gegenüber fühlte er sich nur unterlegen, solange sie sich unter ihren Kleidern versteckten.
Er versuchte sie zu streicheln, aber sie widersetzte sich. Und als er ein wenig hart zupackte, riß sie sich wütend los.
»Du ekelst mich an«, sagte sie unbeherrscht.
John hörte auf zu lächeln. Von allen Möglichkeiten, ihn an seine Herkunft zu erinnern, war dies die wirksamste, und sie hatte einen ähnlichen Effekt auf ihn wie eine Nadelspitze auf einen luftgefüllten Schlauch. Er fühlte, wie seine ganze Erregung aus ihm heraussickerte, bis er sich selbst wie ein leerer Schlauch fühlte. Dann nahm er seine Hände von ihr, holte seinen Mantel aus dem Fond und öffnete die Tür.
Sie hörte, wie er sie hinter sich zuschlug, dann saß sie allein im Wagen. Von allen Lektionen ihres bisherigen Lebens war dies die eindrucksvollste, aber sie wußte, daß sie sie verdient hatte. Der jahrelange Umgang mit Fred hatte untilgbare Spuren hinterlassen. Bei ihm hatte sie ihre Verstimmungen abreagieren können, ohne Gefahr zu laufen, ein größeres Risiko einzugehen als jenes einer horizontalen Maßregelung, aber John war nicht der Mann, den man ungestraft demütigen konnte. Und solange sie es nicht fertigbrachte, sich mit seiner Hautfarbe abzufinden, würde es immer wieder zu solchen Szenen zwischen ihnen kommen. Sie waren weniger eine Folge der äußeren Begleitumstände ihres Beisammenseins. Überall und zu allen Zeiten hatte es Menschen gegeben, die es einer inneren Überzeugung wegen auf sich nahmen,

die ganze Welt herauszufordern. Und wenn diese Überzeugung so tief in einem steckte, daß man sie nicht aufgeben konnte, ohne sich damit selbst aufzugeben, durfte man getrost auf Kompromisse verzichten.
So weit war sie aber noch nicht, und sie wußte, daß auch diese Reise nichts anderes als ein Kompromiß war, ein Kompromiß zwischen dem, was sie zu John hinzog, und jenem, was sie von ihm trennte.
Solange sie sich damit begnügte, ihr Vorstellungsvermögen nicht weiter in Anspruch zu nehmen als bis dahin, wo es am Silvesterabend zwischen ihnen aufgehört hatte, blieb ihr Verhältnis mit ihm auf die Frage beschränkt, wie weit es sich für eine Frau wie sie moralisch verantworten ließ, und darüber konnte man zur Not ebenso diskutieren wie über die moralische Legitimität der operativen Sterilisation. Aber hinter diesen mehr allgemeinen Gesichtspunkten schob sich in gleichem Maße, wie sie sich mit dem Gedanken an eine Heirat ernsthaft zu befassen begann, ein anderes Problem in den Vordergrund, das so persönlich war, daß sie es bis heute jedesmal aus ihrem Bewußtsein verdrängt hatte, ohne es zu Ende zu denken, und es verhielt sich dabei wie mit einer verschleppten Erkältung, die sich immer fühlbarer auf den Gesamtorganismus auswirkt. So war auch ihr plötzlicher Widerwille gegen das Hotelzimmer nichts anderes als eine Art Lustlosigkeit, ausgelöst durch die immer wieder hinausgeschobene Auseinandersetzung mit der gleichen Frage, die den ganzen Komplex von Demütigungen, Skrupeln und Ressentiments nur noch hoffnungsloser machte und die in der nüchternen Überlegung endete, wie sie es fertigbringen wollte, sich später einmal vor aller Welt zu ihren Kindern zu bekennen, wenn es sie schon Überwindung kostete, es bei ihrem Mann zu tun.
Dieser Frage war nicht mit dialektischen Vergleichen beizukommen, auch nicht mit gefühlsbedingten Argumenten. Man konnte sie vielleicht chirurgisch lösen, aber auch dann blieb es nur ein Kompromiß vor der eigenen Inkonsequenz. Obwohl ihr Wunsch, Kinder zu haben, nie übermäßig groß gewesen war, schien ihr der endgültige und überlegte Verzicht als Preis für eine Zukunft mit John doch unerträglich hoch. Vielleicht deshalb, weil sie fühlte, daß mit dem heutigen Tag ihre Möglichkeiten, einer Entscheidung auszuweichen, zu Ende waren. Ein Zusammenleben mit John schloß viel mehr ein als nur die Problematik all derer, die es wagten, aus der Reihe zu tanzen, es schloß auch ein, daß sie sich über Dinge den Kopf zerbrach, die in einer »normalen« Ehe nie zur Diskussion standen.

An diesem Punkt ihrer Überlegungen gab sie es auf. Sie würde auch heute keine letzte Klarheit darüber gewinnen, aber wenn es überhaupt eine Klarheit gab, würde sie früher oder später von allein darauf stoßen, und es war sinnlos, daß sie jedes neue Beisammensein mit John zu einer neuen Quälerei für ihn und für sich selbst werden ließ; sie hatte es bis obenhin satt.
Der Motor lief noch, es war sehr warm im Wagen. Auf der Windschutzscheibe hatte sich eine dicke Schneedecke festgesetzt. Sie kurbelte das Fenster auf der linken Seite ein kleines Stück herunter und blickte hinaus. Deutlich konnte sie Johns Fußspuren sehen, sie endeten am Fuße einer Treppe, die auf den Oberbau des Forts führte. Es war in der letzten halben Stunde etwas heller geworden. Der Schnee fiel dünn und gleichmäßig auf die tote Landschaft. Sie hörte, wie er in der Stille aufsetzte.
Während sie auf John wartete, merkte sie, daß sie unruhig wurde. Seit er sie verlassen hatte, waren mindestens fünfzehn Minuten vergangen, und sie verstand nicht, weshalb er so lange wegblieb. Als sie das untätige Herumsitzen nicht mehr ertrug, zog sie ihren Mantel an. Es würde genügen, wenn sie einmal die Treppe hinaufstieg und sich dort nach ihm umschaute.
Es war nicht so kalt, wie sie angenommen hatte. Der Schnee fühlte sich pappig an, und sie hatte Mühe, sich mit ihren hohen Absätzen einen Weg zu bahnen.
Die Treppe war steil und glatt. Sie stieg sie vorsichtig hinauf. Oben bot sich ihr das gleiche trostlose Bild: vereinzeltes Gesträuch, hohe Geröllhaufen und metertiefe Granattrichter.
Während sie sich umschaute, überfiel sie ganz plötzlich der schreckliche Gedanke, John könne in der Dunkelheit einen Trichter übersehen haben und abgestürzt sein. Seine Fußspuren verschwanden hinter einem unförmigen Betonklotz, der zur Hälfte über einen Trichter hinausragte. Sie kümmerte sich nicht darum, daß ihre Füße naß wurden, und ging, so schnell der Boden und das Schneetreiben es zuließen, auf seinen Spuren weiter. Nach etwa vierzig Metern verwandelte sich der Oberbau des Forts in ein Labyrinth von übereinandergetürmten Betonbrocken, undurchdringlichem Gesträuch und tückischen Vertiefungen. Hier wurden die Spuren so undeutlich, daß sie sie aus den Augen verlor.
Trotzdem konnte sie sich nicht zur Umkehr entschließen. Ihre Furcht war jetzt so groß, daß sie ihr die Luft wegnahm. Sie machte sie unempfindlich gegen die Kälte und den Schnee, der sich in nassen Flocken auf ihr Haar und ihren Mantel setzte. Sie fing an zu rufen, zuerst noch zaghaft, dann immer lauter, aber in der kalten Schneenacht hörte sich ihre Stimme seltsam

dünn und verloren an. Schließlich drehte sie sich um und lief, halb besinnungslos vor Furcht, zur Treppe zurück. Auf der drittletzten Stufe rutschte sie aus und schlug hart mit dem Rücken auf. Der Schmerz war so heftig, daß sie einen Schrei ausstieß. Aber sie verlor keine Zeit und wandte sich der rechten Flanke des Forts zu. In diese Richtung führten auch die Fußspuren auf dem Oberbau, und vielleicht entdeckte sie sie wieder, wenn sie um das Fort herumging.

Ihre Hoffnung erfüllte sich nicht. Schon nach einigen Dutzend Schritten baute sich ein neuer Geröllhaufen vor ihr auf. Als sie ihm ausweichen wollte, geriet sie in ein Gelände, das nur noch aus Trichtern bestand. Sie blieb verzweifelt stehen, und gerade in diesem Augenblick bemerkte sie John.

Er kam mitten über das verschneite Trichterfeld, und er ging so langsam, daß sie oft den Eindruck hatte, als bewegte er sich nicht mehr von der Stelle. Ab und zu verschwand er bis zu den Hüften in einem Trichter, und sie konnte beobachten, wie er die Hände zu Hilfe nehmen mußte, um weiterzukommen. Dann wirkte er wie ein großes, dunkles Tier, das sich auf dem Bauch über den Boden bewegte.

Während sie ihm entgegenschaute, fühlte sie, wie ihr vor Erleichterung Tränen kamen. Sie faltete die Hände vor der Brust und lächelte. Jetzt mußte er sie auch gesehen haben. Er stutzte ein wenig und setzte seinen Weg beschleunigt fort. Etwas später war er bei ihr.

»Ich habe mich verlaufen«, sagte er und blickte über seine Schulter hinweg auf das Trichterfeld zurück. »Fast wäre ich nicht mehr herausgekommen.«

Seine Stimme klang undeutlich vor Anstrengung, und sie sah, daß sein heller Mantel voll war von dunklen Flecken. Auch seine Schuhe sahen aus, als wäre er bei strömendem Regen über einen Acker gelaufen.

»Hast du mich gesucht?« fragte er.

Claire nickte; sie konnte noch nicht reden.

»Ich sah von oben die Trichter«, erzählte John, »und wollte sie mir aus der Nähe anschauen, aber dann kam ein tiefer Graben, ich habe ihn zu spät bemerkt, und als ich unten lag, kam ich nicht mehr hinauf.«

»Hast du dich verletzt?« fragte Claire rasch.

Er betastete seinen rechten Ellbogen. »Ich glaube nicht. Auf der anderen Seite ging es besser, aber dort fingen die Trichter an. Ich habe es mir nicht so schlimm vorgestellt. Stehst du schon lange hier?«

»Ich habe dich auf dem Fort gesucht. Hast du mich nicht rufen hören?«
»Nein. Hast du gerufen?«
»Ich habe geschrien«, sagte Claire.
»Ich habe es nicht gehört«, sagte John und blickte wieder über seine Schulter hinweg. »Ich mußte ein großes Stück ausholen, sonst wäre ich nicht herausgekommen. Ist das vom letzten Krieg?«
»Vom ersten.«
»Das sind schon über vierzig Jahre her. Sie müssen wahnsinnig gewesen sein.«
Er machte einen geistesabwesenden Eindruck, und als sie nebeneinander zum Wagen gingen, schob Claire die Hand unter seinen Arm.
»Ich hätte es nicht tun sollen«, sagte er.
Claire nickte. »Es war leichtsinnig.«
»Ich spreche von dem, was ich im Wagen getan habe.«
»Es ist vorbei«, murmelte Claire.
»Trotzdem!« sagte John. »Ich verstehe jetzt, weshalb du vorhin an deinen Bruder gedacht hast. Es muß eine dreckige Art zu sterben sein, eine dreckige und einsame Art. Hier sind auf jedem Quadratmeter ein paar Soldaten gestorben.«
Claire schwieg.
»Ich bin eben kein Europäer«, fuhr John fort. »Wenn ich ein Europäer wäre, hätte ich es nicht versucht, nicht hier.«
»Schau es dir zuerst an«, antwortete Claire.
Beim Wagen blieb sie kurz stehen und legte John die Hände auf die Brust.
»Ich habe mir niemals etwas darauf eingebildet, hier noch weniger als sonstwo auf der Welt. Fahren wir jetzt in ein Hotel?«
»Mit zwei Einzelzimmern?«
Sie lächelte ihn mit feuchten Augen an. »Vielleicht haben wir Glück und bekommen keine.«
»Trotzdem war es nicht richtig von mir«, sagte John eigensinnig. »Ich hätte es nicht tun dürfen.«
»Es ist vorbei«, sagte sie wieder.
John schüttelte ungeduldig den Kopf. »Es ist mir lieber, du sagst mir, wenn ich etwas falsch mache. Ich muß noch viel von dir lernen, und das kann ich nur, wenn du mir dabei hilfst.«
»Ich werde es versuchen«, murmelte Claire.
Nun, da sie wieder im Wagen saß, spürte sie, daß sie am ganzen Körper zitterte.
»Ist dir kalt?« fragte John.

»Ein wenig. Heute abend brauche ich ein heißes Bad.«
»Ich auch«, sagte John.
Er wendete den Wagen und fuhr die Straße zurück. Der Schnee lag jetzt so hoch, daß die Räder ein paarmal durchdrehten. Erst als sie an der Kreuzung auf die andere Straße kamen, wurde es besser. Sie war bedeutend breiter und führte in leichtem Gefälle durch eine eintönige Buschlandschaft.
»Jetzt weiß ich auch, weshalb hier keine richtigen Wälder wachsen«, sagte John. »Ich habe mich schon vorhin darüber gewundert. Frierst du noch?«
»Nein. Und du?«
»Ich auch nicht.«
Sie langte zu ihm hinüber. »Aber kalte Hände hast du.«
»Du auch.«
»Ich bin froh, daß dir nichts passiert ist.«
»Hast du Angst gehabt?«
»Sehr.«
»Ich auch.«
»Um mich?«
»Ja.«
»Das ist doch dumm«, murmelte Claire.
John lächelte. »Ich habe immer Angst um dich. Eines Tages werde ich vor lauter Angst sterben.«
»Aber vorher fragst du mich?«
»Wenn du es willst.«
»Bitte, John«, sagte Claire und legte den Kopf auf seinen Schoß. Sie begriff nicht mehr, daß sie auch nur eine Sekunde lang vergessen konnte, wie gern sie ihn hatte.
»Liegst du gut?« fragte John.
»Sehr gut. Stört es dich nicht?«
»Nein.«
Er streichelte mit einer Hand ihr Gesicht, und sie hielt seine Hand fest und küßte sie.
Später sagte er: »Ich glaube, wir sind da.«
»Wo?«
»In Verdun. Willst du es dir nicht anschauen?«
»Wie sieht es aus?«
Er lachte. »Beinahe wie Thüngerstadt. Es liegt in einem engen Tal; man sieht nur die Lichter.«
»Wenn es wie Thüngerstadt aussieht«, murmelte Claire, »interessiert es mich nicht. Warum fährst du so langsam?«
»Zehn Prozent Gefälle«, sagte John.
Er hatte jetzt beide Hände am Lenkrad, und Claire merkte, daß

er viele Kurven zu fahren hatte. Später hörte das Gefälle auf, und es wurde hell im Wagen.
Sie setzte sich aufrecht hin und sah, daß sie bereits durch die Stadt fuhren. Links standen Häuser, auf der anderen Seite befand sich eine verschneite Parkanlage mit alten Kastanien, Pyramidenbäumen und beschnittenen Hecken an den Wegen. Dann kamen sie an einen runden Platz, an dem ein großes Hotel lag.
»Wie gefällt es dir?« fragte John.
»Wir können es einmal versuchen.«
Das Hotel hatte einen Parkplatz. John stellte den Wagen ab und öffnete die Tür. »Kommst du mit?«
»Schau es dir zuerst an«, antwortete Claire.
Während sie auf seine Rückkehr wartete, knöpfte sie ihren Mantel bis zum Hals zu und schlug den Kragen hoch. Sie hatte plötzlich Herzklopfen.
John brachte einen Hoteldiener mit. »Sie haben Platz«, sagte er. »Willst du dir das Zimmer ansehen?«
»Hast du es schon gesehen?«
»Ja. Es gefällt mir.« – »Dann gefällt es mir auch«, sagte Claire.
Am Eingang wurden sie von einer schwarzgekleideten Dame empfangen. Sie hatte etwas Gouvernantenhaftes an sich und sprach ein miserables Englisch. Drei Hotelgäste, eine Dame und zwei Herren, unterhielten sich an der Rezeption. Sie verstummten so auffällig, daß es nach einem Komplott aussah.
Die schwarzgekleidete Dame legte John den Meldeblock hin und beobachtete, wie er ihn ausfüllte. Bei Claires Geburtsdatum zögerte er einen Moment und blickte sie an, aber sie tat, als hätte sie es nicht bemerkt, und sah dem Hoteldiener zu, der ihr Gepäck zum Lift trug. Dort stellte er es ab und kam zu ihnen.
»Ist das alles?« fragte er auf englisch.
»Wir bleiben nur eine Nacht«, antwortete John.
Er war jetzt fertig geworden und wandte sich an Claire. »Ich schließe rasch den Wagen ab.«
Sie fühlte, daß sie von den drei Hotelgästen unverwandt angestarrt wurde. Die Männer trugen dunkle Anzüge, der eine war blond, der andere kahlköpfig. Sie sahen nicht wie Franzosen aus, eher wie Holländer oder Dänen. Die Frau hatte rote Haare, blaue Augen und einen knallrot gefärbten Mund.
Die schwarzgekleidete Dame von der Rezeption hielt einen Kugelschreiber in der Hand und klopfte damit nervös auf den Tisch; es schien das einzige Geräusch im ganzen Hotel zu sein. John brachte seinen Mantel mit. Er hatte ihn über die Schulter gelegt und betrachtete die Hotelgäste.

»Es dauerte etwas länger«, sagte er, »das Schloß an der rechten Tür funktioniert nicht mehr richtig.«
»Ich wunderte mich schon«, sagte Claire.
»War es schlimm?«
»Daß ich auf dich warten mußte?«
»Du hättest auf das Zimmer gehen sollen. Es ist mir erst draußen eingefallen.«
»Warum?«
»Ich bin nicht blind«, sagte er durch die Zähne.
Als Claire in sein Gesicht schaute, setzte ihr Herz einen Moment aus. Sie schob die Hand unter seinen Arm und ging mit ihm zum Lift.
»In welchem Stockwerk wohnen wir?« fragte sie.
»Im zweiten. Was ist los?«
»Nichts. Ich möchte endlich auf unser Zimmer kommen.«
Die Gäste unterhielten sich jetzt mit der schwarzgekleideten Dame, die Männer lächelten abfällig, während die Rothaarige den Kopf schüttelte. Es war das letzte, was Claire sah, ehe der Lift losfuhr. Sie griff nach Johns Hand und streichelte sie.
Das Zimmer hatte eingebaute Schränke, ein breites Bett und eine Diele, von der zwei Türen zum Bad und zur Toilette führten. In einer Ecke stand eine bequeme Polstergarnitur mit einem Rauchtisch.
»Zufrieden?« fragte John.
»Sehr.« Es war mehr, als sie erwartet hatte.
»Es ist lange her, seit ich das letztemal in einem Hotel wohnte«, sagte John. Er ging zum Fenster, zog den Vorhang zurück und blickte hinaus.
Claire trat neben ihn. Das Fenster befand sich direkt über dem Hoteleingang, jenseits der Straße fingen die Parkanlagen an, sie zogen sich am Ufer eines breiten Flusses hin, dessen dunkle Oberfläche auch im Schneetreiben deutlich zu erkennen war. Etwas weiter links führte eine Brücke über den Fluß.
»Es muß die Maas sein«, sagte Claire. »Bei Tag haben wir einen schönen Ausblick von hier. Ich überlege mir, ob wir nicht erst übermorgen weiterfahren sollen. Das Hotel gefällt mir.«
»Mir gefallen die Gäste nicht«, sagte John.
Claire schob wieder die Hand unter seinen Arm. »Was kümmern uns die Gäste? Vielleicht reisen sie morgen ab. Wir werden sie nie wiedersehen.«
»Wenn es nicht diese sind, werden es andere sein. Du wirst mir nicht einreden wollen, daß es dich gleichgültig läßt.«
»Ich werde mich daran gewöhnen.«

»Wie man sich an Krampfadern gewöhnt. Eines Tages hat man sie satt und läßt sich operieren.«

Claire lächelte. »Davon verstehe ich mehr als du. Es hat mir heute abend nichts ausgemacht.«

»Das sagst du zu mir.«

»Ich sage immer nur, was ich denke«, erwiderte Claire. »Vor fünfzehn Jahren wurde bei uns noch jeder angestarrt, der keine Uniform trug; heute will sich niemand mehr daran erinnern. Wenn sich zu viele Menschen in einer Sache einig sind, ist immer etwas falsch dran. Ich möchte keiner von den vielen sein.«

Sie drehte sich um und betrachtete wieder das Zimmer. Das Bett war bereits aufgedeckt, es wirkte sehr sauber und hatte eine grüne Steppdecke.

Während sie es anschaute, fühlte sie Johns Blick auf sich ruhen. Sie wandte ihm langsam das Gesicht zu und wurde ein wenig rot.

»Ich gehe jetzt ins Bad«, sagte sie.

John nickte.

»Du wolltest auch baden?«

Er nickte wieder.

»Wenn es dir lieber ist«, sagte Claire, »kannst du vor mir hineingehen.«

»Das kann ich tun«, sagte John, aber er rührte sich nicht vom Fleck.

Sie standen sich eine Weile unschlüssig gegenüber, dann drehte sich Claire um und setzte sich auf einen Stuhl. Sie hatte plötzlich wieder Herzklopfen.

»Willst du nicht wenigstens den Mantel ausziehen?« fragte John.

Sie schüttelte den Kopf, ohne es zu merken. Ihre Hände waren kalt, sie schob sie in die Manteltaschen.

»Vielleicht tut es dir schon wieder leid«, sagte John.

Claire schwieg. Sie beobachtete, wie er die Lippen zusammenpreßte und rasch ins Bad ging. Sie hörte ihn das Wasser aufdrehen, und sie saß immer noch im Mantel auf dem Stuhl, unfähig, etwas zu tun. Schließlich stand sie auf und folgte ihm ins Bad.

Er war ohne Hemd und kehrte ihr den Rücken zu. Zum erstenmal konnte sie die Muskelstränge an seinen sehnigen Armen sehen. Im Verhältnis zu seinen Schultern hatte er die Taille eines Mädchens. Sie stellte sich hinter ihn, schlang die Arme um ihn und legte das Gesicht auf seinen Rücken.

»Ich kann nichts dafür«, murmelte sie.

Sie hatte die Hände vor seiner Brust verschränkt, auf seiner dunklen Haut sahen sie noch weißer aus. Während er sie anschaute, wurde ihm der Hals eng. Wenn er sie um den Preis bekommen hätte, einen Menschen zu töten, hätte er es vielleicht getan, aber er verstand sie immer weniger. Zum erstenmal wurde ihm mit schmerzhafter Eindringlichkeit bewußt, daß dies immer die einzige Form einer Assimilation zwischen ihnen bleiben würde, solange er es nicht fertigbrachte, ihre Mentalität zu begreifen.
Er machte sich vorsichtig von ihr los und drehte sich nach ihr um. »Vielleicht bin ich doch zu primitiv für dich«, sagte er. »Ich weiß nicht, wie ein Europäer sich benimmt, wenn er bei einer Frau ist.«
Sie blickte ihn mit zuckenden Lippen an, während sie fühlte, wie eine neue Veränderung in ihr vorging. Als sich nichts mehr in ihr dagegen sträubte, faßte sie ihn bei der Hand und führte ihn ins Zimmer zurück.
»Für diese Konsultation brauche ich keine Approbation«, sagte sie.

4

Mitten in der Nacht wachte sie auf. Sie blieb eine Weile mit offenen Augen im Dunkeln liegen und horchte auf Johns Atemzüge. Es war sehr warm im Zimmer, und vielleicht war sie deshalb wach geworden. Daheim hatte sie die Heizung die Nacht über abgedreht. Auch die dicke Steppdecke war ungewohnt für sie, sie schlug einen Zipfel zurück und versuchte erfolglos, etwas vom Leuchtzifferblatt ihrer Uhr zu erkennen. Schließlich schaltete sie die Nachttischlampe ein; es war drei Minuten nach vier.
Keine Zeit für alte Mädchen, dachte sie schläfrig und blickte zu John hin. Er lag dicht neben ihr und drehte ihr das Gesicht zu. Es sah auch im Schlaf unverändert aus, vielleicht ein wenig jünger und gelöster, aber es konnte ebensogut Einbildung von ihr sein. Fred hatte im Schlaf entsetzlich albern ausgesehen. Natürlich war es unfair, einen Mann im Schlaf zu beobachten. Andererseits glaubte sie nicht daran, daß Männer in diesem Fall mehr Skrupel hatten.
Sie legte sich auf die Seite, damit sie ihn besser betrachten konnte, und während sie es tat, wurde sie hellwach. Der Kontrast zwischen seinem dunklen Gesicht und den schneeweißen Kissenbezügen brachte sie zum Lächeln. Sie zog vorsichtig die Decke von seiner Schulter und widmete ihre Aufmerksamkeit eine Zeitlang seinen muskulösen Armen. Später wurde sie dreister

und begnügte sich nicht mehr damit, ihn nur anzuschauen. Es hatte allerdings ein Ergebnis, das nach Lage der Dinge ihr Mißtrauen hervorrufen mußte, und sie sagte laut und deutlich: »Du bist ein großer Schuft, John!«
»Es hat mir den ganzen Spaß verdorben«, antwortete er und schlug die Augen auf. »Hast du das auf der Universität gelernt?«
»Ich verstand vorher schon etwas von Anatomie«, erwiderte Claire. »Seit wann bist du wach?«
»Seit du das Licht eingeschaltet hast. Licht weckt mich sofort auf, ich muß ein Mikroamperemeter im Kopf haben.«
Claire lächelte. »Gut, daß ich das weiß. Künftig werde ich vorher deinen Kopf zudecken.«
»Ich könnte mich zu Tode ärgern«, meinte John und kam zu ihr. »Irgendwie ist es nicht richtig konstruiert.«
»Heimtücke entlarvt sich selbst.«
»Bei euch nicht.«
»Nicht so panoramisch. Das ist doch nicht dein Ernst.«
»Warum nicht?«
»Es ist halb fünf Uhr.«
»Ich möchte wissen«, murmelte John, »was das mit der Uhrzeit zu tun hat.«
Dagegen ließ sich schlecht etwas sagen, und als es vorüber war, küßte sie ihn. »Eigentlich nichts«, sagte sie.
John blickte verwundert. »Was sagst du?«
»Ich meinte, es hat nichts mit der Uhrzeit zu tun«, antwortete Claire und ging ins Bad.
Im Spiegel betrachtete sie ihr Gesicht; es war gerötet, ihre Augen glänzten.
John war nicht im Zimmer, als sie zurückkam. Sie trat ans Fenster und schob den Vorhang auf die Seite.
Es schneite unverändert, sie sah es an den Laternen. Von der Brücke war nichts mehr zu erkennen; die Nacht hatte sie verschluckt.
So einfach ist das alles, dachte sie. Ich werde ihn heiraten. Hinter sich hörte sie seine Schritte. Er schob die Hände unter ihre Arme, legte sie auf ihre Brüste und berührte mit dem Mund ihre Schulter.
»Müde?«
Sie schüttelte den Kopf.
»Durstig?«
»Nicht auf Wein.«
»Auf Whisky?«

Sie rieb ihr Gesicht an seinem Kinn und lächelte. »Woher?«
»Aus meinem Koffer. Ich habe drei Flaschen mitgenommen; im Club bekomme ich sie billiger.«
»Um fünf Uhr früh«, murmelte Claire. »Wo wird das mit uns aufhören?«
»Wo du willst. Vielleicht in Bulawayo.«
»In Bulawayo?«
»Wenn du willst«, sagte John ruhig. »Ich würde gern mit dir hinfliegen.«
»Wann?«
»Wann du Lust hast.«
Ehe sie eingeschlafen waren, hatte er es ein dutzendmal auf der Zunge gehabt, und immer wieder hatte er es auf einen späteren Zeitpunkt verschoben. Jetzt war es ihm ohne Anstrengung über die Lippen gekommen. Claire schwieg. Sie ließ mit geschlossenen Augen den Kopf gegen seine Brust fallen und dachte nach.
»Wenn es dir nicht gefällt«, sagte John, »fliegen wir am nächsten Tag zurück. Von Paris aus gibt es eine direkte Flugverbindung nach Livingstone. Wenn wir um vier Uhr abfliegen, sind wir am nächsten Mittag in Livingstone.«
»Und dann?« fragte Claire mit geschlossenen Augen.
»In Livingstone müssen wir übernachten«, sagte John. »Am nächsten Morgen bekommen wir eine Maschine der CAA nach Bulawayo. In zwei Stunden sind wir dort.«
»Wohnt dein Vater in Bulawayo?«
»Nicht direkt; unsere Farm liegt östlich davon. Die Straße führt über Lancaster; wir nehmen uns ein Taxi.«
»Das ist mir alles ein klein wenig zu perfekt«, sagte Claire und öffnete die Augen. »Seit wann beschäftigst du dich damit?«
John lächelte. »Seit ich dich kenne.«
»Vielleicht hast du früher schon einmal daran gedacht«, sagte Claire. »Vor mir war doch ein anderes Mädchen da.«
Er blieb ein paar Sekunden still. »Sie zählte nicht«, sagte er dann. »Sie brauchte Geld, und als sie es hatte, kam sie nicht mehr.«
»Wofür brauchte sie es?«
»Für ihre kranke Mutter.«
Claire nahm seine Hände von ihrer Brust und drehte sich nach ihm um. »Und auf so etwas bist du hereingefallen?«
»Sie hatte ein Gesicht wie ein Engel«, sagte John und ging zu seinem Gepäck. »Ich habe sie nicht mehr als ein dutzendmal gesehen; sie war nicht aus Thüngerstadt. Angeblich hatte sie Bekannte hier, die sie regelmäßig besuchte. Ich lernte sie in einem Tanzlokal kennen.«

»Woher kam sie?«
»Sie hat mich angelogen«, sagte John kurz.
Während er die Whiskyflasche aus dem Koffer holte, legte sich Claire aufs Bett. Auf dem Tisch standen noch die Gläser und die Weinflasche vom Abendessen, er trug die Gläser ins Bad, spülte sie aus und kehrte ins Zimmer zurück. Seine Bewegungen waren völlig ungezwungen, er schien überhaupt nicht daran zu denken, daß er nichts anhatte. Claire ertappte sich dabei, daß sie ihn fasziniert anschaute.
So muß ich früher meine Puppen angeschaut haben, dachte sie, Spielzeug für große Mädchen!
»Wir haben uns nur abends getroffen«, sagte er. »Sie war zwanzig Jahre alt und neugierig. Jemand muß ihr eine Räubergeschichte über uns erzählt haben.«
Er kam mit den Gläsern ans Bett und setzte sich neben sie.
»Eine anatomische?« fragte Claire.
»Von unserer Seele hatte sie jedenfalls noch nichts gehört. Sie war auch sehr vorsichtig; weiter als bis in den Schloßgarten ist sie nie mit mir gegangen.«
»Ein schlechter Platz für einen Mann. Warum hast du dir Sams Wagen nicht geborgt?«
»Sie konnte das Autofahren nicht vertragen.«
»Natürlich!« sagte Claire, und sie wunderte sich über den Zorn, den sie dabei empfand. Sie legte ihm die Hand auf die Hüfte. »Es tut mir leid, aber du mußt damals sehr dumm gewesen sein.«
»Das auch«, sagte John. Er kippte seinen Whisky hinunter und grinste. »Als ich auf die Universität kam, war ich noch dümmer.«
»Ich weiß immer noch nicht, weshalb du das Studium nun wirklich aufgegeben hast. Sam hat mir eine andere Version erzählt als du.«
»Manchmal könnte ich ihn in eine Mülltonne stecken«, murmelte John. »Habt ihr gestern abend darüber gesprochen?«
Claire schüttelte den Kopf. Der Whisky schmeckte ihr nicht; er war zu warm. Sie stellte das Glas auf den Boden. »Damals, als er mich vor dem Schloßgarten abgeholt hat. Ich kann mir aber nicht vorstellen, daß ein Mann in Amerika die Universität verlassen muß, nur weil es dort Leute gibt, die sein Gesicht nicht mögen.«
»Nicht, wenn er es nicht will.«
»Dann lag es an dir?«
»Es ist die Methode der feinen Nadelstiche«, sagte John. »Wer eine dicke Haut hat, spürt sie nicht. Willst du noch einen Whisky?«

»Nein. Leg dich zu mir!«
Sie machte ihm Platz, und als er neben ihr lag, schaltete sie das Licht aus. Es war auch jetzt nicht ganz dunkel im Zimmer; durchs Fenster leuchtete die helle Schneenacht herein.
»Es begegnete einem auf Schritt und Tritt«, sagte John. »Ich dachte, in Amerika sei es anders.«
»Hast du nie Zeitungen gelesen?«
»In Rhodesien gibt es kein Rassenproblem; auch in den Zeitungen nicht. Was ich über Amerika wußte, habe ich auf dem College gehört; sie haben uns ein Märchen erzählt. – Warum deckst du dich nicht zu?«
»Mir ist nicht kalt.«
»Es waren nicht nur die Dozenten«, sagte John. »Wenn man Glück hatte, erwischte man sogar einen, der sich nicht darum kümmerte, ob man schwarz oder weiß war.«
Claire berührte mit den Fingerspitzen seinen Mund. »Du hast kein Glück gehabt?«
»Wenig. Auch mit meinen Kommilitonen nicht; die meisten kamen aus den Südstaaten.«
Er verstummte einen Augenblick, dann zog er Claire fest an sich.
»Eigentlich war es damals auch ein Mädchen«, murmelte er.
»Die Äthiopierin?«
»Ich wollte sie heiraten, aber ihre Eltern hätten es nicht zugelassen. Sie hatten schon einen Mann für sie aus ihren Kreisen. In Äthiopien ist das besonders ausgeprägt.«
»Es liegt Europa näher als Rhodesien«, sagte Claire. »Warst du in sie verliebt?«
John lachte leise. »Genug, um mich ihretwegen mit einem Professor anzulegen. Er hatte eine besonders abfällige Art, mit ihr zu reden. Vielleicht gefiel es ihm nicht, daß ihr Vater ein hoher Regierungsbeamter war. Als er sie wieder einmal im Hörsaal heruntermachte, mischte ich mich ein; von da an hatte ich keine Chance mehr, in Lansing das Examen zu bestehen.«
»Du bist ein Michael Kohlhaas«, murmelte Claire.
»Wer ist das?«
»Er war es einmal und glaubte an sein Recht; man hat ihn gerädert. Wie ging es weiter?«
»Es hörte auf. Ich hatte übersehen, daß der Professor bei den weißen Kommilitonen sehr beliebt war; nach vierzehn Tagen zog ich es vor, freiwillig zu gehen.«
»Und das Mädchen?«
»Wir waren schon vorher miteinander befreundet. Als ich nicht mehr in die Vorlesungen kam, besuchte sie mich.«

»Und so weiter«, sagte Claire. »Wie lange ging das?«
»Bis zu ihrem Examen.«
Claire sah jetzt klar. »Dann bist du ihretwegen nicht mehr nach Rhodesien zurück. Hättet ihr nicht ohne den Segen ihrer Eltern heiraten können?«
»Sie wollte es nicht.«
»Wenn sie dich liebte ...«
»Sie liebte mich in Lansing«, sagte John dazwischen. »Mit mir konnte sie sich über Äthiopien unterhalten. Als sie das Examen machte, verdiente ich in der Woche zwanzig Dollar; ich war erledigt.«
»Was hast du gearbeitet?«
»Alles«, sagte John.
Er lag ihr so nahe, daß die Wärme seines Körpers sie wie in ein Tuch einhüllte. Unter ihrer Hand fühlte sie sein Herz schlagen.
»Warum nicht?« fragte er.
»Morgen wieder.«
»Es ist schon morgen. Die Massai glauben, daß zwei, die in der Vereinigung einschlafen, immer beisammenbleiben werden; sie tauschen im Schlaf ihre Seelen aus.«
»Das ist paradox«, sagte Claire. »Sie können sich entweder vereinigen oder schlafen, beides zusammen ist psychisch wie physisch unvorstellbar.«
»Manchmal ist man auch im Schlaf physisch beteiligt. Hast du es nie erlebt?«
Claire fühlte, wie sie in der Dunkelheit rot wurde. »So etwas fragt man eine Frau nicht. Was glauben die Massai noch?«
Ihr Ton erregte seine Aufmerksamkeit. »Was weißt du von den Massai?«
»Nur das, was ich über sie gelesen habe. Wenn es stimmt, was der Verfasser schreibt, bist du so etwas wie ein weißer Rabe. Die Bantus sollen naiv, immer zum Lachen aufgelegt und ausnahmslos beschnitten sein. Die Massai gehören doch zu den Bantus?«
Ihre Kenntnisse überraschten ihn, er blieb eine Weile still, dann lachte er verlegen. »Daß sie zu den Bantus gehören, stimmt. Das andere stimmt nicht.«
»Daß sie oft lachen?«
»Das stimmt auch.«
»Naiv bist du ein wenig«, sagte Claire erheitert.
»Davon habe ich nicht gesprochen. Außerdem bin ich kein Bantu.«
»Du hast mir nie gesagt, was du bist.«
»Mein Großvater gehörte noch zu den Aschantis. Er heiratete

eine Ägypterin, mein Vater eine Hamitin; ich bin von allem etwas. Wäre ich in einem Kral oder bei einem Stamm aufgewachsen, wüßte ich wenigstens, was ich bin.«
»Weißt du es nicht?«
»Für das eine zu intelligent und für das andere zu schwarz.«
»Hast du noch Geschwister?«
»Einen Bruder, er ist drei Jahre älter als ich und wird einmal die Farm übernehmen. Wir waren zusammen auf der Missionsschule, aber wenn ihm einmal der Bauch weh tut, besucht er im nächsten Kral einen Fetischpriester.«
»Er glaubt noch daran?« fragte Claire verwundert.
»Ja.«
»Und du?«
»Ich glaube nichts mehr«, sagte John, »weder das eine noch das andere. Die in einem Kral aufgewachsen sind, haben es einfacher; sie wissen es nicht besser.«
»Vielleicht lachen sie deshalb so oft«, sagte Claire.
»Vielleicht. Wir könnten sie einmal fragen.«
»Wir?«
»Wenn wir in Lancaster sind«, sagte John. »Du hast mir noch nicht verraten, ob du mitfliegen willst.«
Claire hatte es in der letzten halben Stunde keine Sekunde lang vergessen, aber sie war noch zu keinem Entschluß gekommen. Es gab einige Gesichtspunkte, die sie für seinen Vorschlag zugänglich machten. Abgesehen davon, daß der Gedanke an die Reise eine starke Suggestion auf sie ausübte, blieb auch die Überlegung, durch eine Begegnung mit seiner Familie und seiner Heimat vieles von dem, was ihr noch unverständlich an ihm war, besser zu begreifen, nicht ohne Einfluß auf sie. Andererseits ließ sie sich nicht gerne überrumpeln, schon gar nicht um fünf Uhr früh. Und wenn sie ehrlich zu sich war, mußte sie sich eingestehen, daß sie ebensoviel Furcht wie Neugierde empfand. Es war doch etwas anderes, mit John in einem französischen Hotel zu wohnen, als ihm, wenn auch nur zu einem kurzen Besuch, in seine Heimat zu folgen. Zwar hatte sie genug Geld bei sich, notfalls den Rückflug aus eigener Tasche zu bezahlen, aber das Gefühl, sich durch eine solche Reise bedingungsloser an ihn auszuliefern, als es beim jetzigen Stand ihrer Beziehungen ohne Risiko möglich war, wurde dadurch nicht völlig beseitigt.
Sie wußte immer noch zuwenig von ihm, und um sich unbefangen mit ihm in ein Flugzeug zu setzen, das sie in ein wildfremdes Land trug, hatte sie schon zu viele Überraschungen mit ihm erlebt. Er steckte, genau wie sie selbst, voller Widersprüche, und

was sie in der letzten Zeit über Rhodesien gelesen hatte, ließ ihr die Entscheidung nicht leichter werden. Zudem waren auch die jüngsten politischen Ereignisse in Afrika wenig dazu angetan, ihre grundsätzlichen Bedenken zu zerstreuen. John hatte zwar nie ein Wort darüber verloren, doch schien es ihr undenkbar, daß sie ihn nicht berührten.

»Ich muß mir das noch überlegen«, sagte sie. »Ich weiß nicht, ob sich die weite Reise lohnt.«

»Für dich?«

Sie schüttelte ungeduldig den Kopf. »Ich meine es anders. Auf keinen Fall kann ich länger als vierzehn Tage von den Vorlesungen wegbleiben. Wenn wir für den Hin- und Rückflug vier Tage brauchen, könnten wir uns höchstens eine Woche dort aufhalten.«

»Sie würde sich sogar lohnen, wenn wir uns nur vier Tage aufhielten«, erwiderte John ruhig. »Ich möchte nur, daß du es einmal siehst.«

»Warum möchtest du das?«

»Vielleicht fällt es dir dann leichter, mich zu heiraten.«

Claire lächelte. »Davon wollen wir es lieber nicht abhängig machen. Ich möchte jetzt schlafen.«

Sie küßte ihn, zog die Decke über die Schultern und drehte ihm den Rücken zu. Aber sie fühlte sich immer noch nicht müde genug, und als er sich sofort wieder an sie preßte und mit dem Mund ihren Nacken berührte, legte sie ihm die Hand auf die Hüfte.

»Wie war das bei den Massai?« fragte sie.

5

Nachdem Dawkins das Zimmer verlassen hatte, machte sich Captain Denson einige Notizen, dann griff er zum Telefon und befahl Sergeant Chumley zu sich.

»Die Ausgangssperre für die Gruppe ist aufgehoben«, sagte er zu ihm. »Einer der Männer war bei mir und hat gestanden, daß Bruce die Mutter herausgeschraubt hat.«

»Ich habe nie daran gezweifelt«, sagte Chumley. »Was werden Sie mit ihm tun, Sir?«

»Ich lasse es mir noch durch den Kopf gehen. Fürs erste wünsche ich, daß Leutnant Horne davon unterrichtet wird, und zwar von Bruce persönlich.«

Chumley grinste. »Jawohl, Sir!«

»Leutnant Horne wird ein Protokoll darüber anfertigen«, sagte

Denson und studierte die Notizen, die er sich gemacht hatte. »Halten Sie Dawkins für fähig, eine Gruppe zu führen?«
»Dawkins?«
»Ja.«
»Wenn Sie es wünschen, Sir«, sagte Chumley zögernd.
Denson blickte ihn kühl an. »Ich habe Sie gefragt, ob Sie ihn für fähig halten.«
»Nein, Sir.«
»Dann kommt er in einen anderen Zug«, entschied Denson. »Geben Sie ihm einen Posten, der keine moralische Qualifikation erfordert. Das ist alles.«
Chumley war schon an der Tür, als Densons Stimme ihn wieder einholte: »Sergeant Baako wird nach seiner Rückkehr nach Eschwege versetzt; das Regiment hat ihn dem dritten Bataillon zugeteilt.«
»Das sind sechzig Meilen«, sagte Chumley.
Denson runzelte die Stirn. »Und?«
»Ich meine, mit seinem Wagen ist das kein Problem für ihn«, sagte Chumley. »Er hat sich vor zwei Wochen einen zugelegt.«
»Einen Wagen?«
»Jawohl, Sir.«
»Drücken Sie sich gefälligst deutlicher aus, Sergeant«, sagte Denson mit leicht erhobener Stimme.
»Jawohl, Sir!« Chumley nahm die Arme eine Kleinigkeit hoch. »Ich wollte sagen, daß es mit einem Wagen für Sergeant Baako kein Problem ist, gelegentlich von Eschwege nach Thüngerstadt zu fahren; er kennt ein Mädchen hier.«
Denson blickte ihn mit schmalen Augen an. »Seit wann?«
»Noch nicht lange, Sir. Tochter aus erstklassiger Familie; sie studiert Medizin.«
»So!« sagte Denson und versank in minutenlanges Schweigen. Schließlich hob er ruckartig den Kopf. »Sonst wissen Sie nichts?«
»Sir?«
Wenn Chumley verständnislos tat, war es aussichtslos, mehr von ihm zu erfahren; Denson kannte ihn. »Es ist gut«, sagte er zerstreut. »Danke, Sergeant.«
In seiner Schreibstube wurde Chumley von Fred erwartet. Er saß auf einem Stuhl neben der Tür, und Chumley bemerkte ihn erst, als Korporal Perkins ihm ein Zeichen gab. »Er will zum Alten«, sagte Perkins. »Spricht kein Wort Englisch.«
»Denson spricht kein Wort Deutsch«, sagte Chumley und musterte Fred über die Schulter hinweg mit der routinierten Gründlichkeit eines alten Hauptfeldwebels.

»Frag ihn, worum es sich handelt!«
»Um Sergeant Baako«, sagte Perkins grinsend. »Er vermißt seit Montag seine Braut.«
»John?«
Perkins grinste verstärkt. »Der junge Mann hier. Er heißt Alfred Fehrenbach.«
Als Fred seinen Namen hörte, stand er auf. »Guten Tag!« sagte er zu Chumley.
»Ich habe den Kerl noch nie gesehen«, knurrte Chumley und behielt Freds Gesicht im Auge. Als sich dort keine Veränderung zeigte, wandte er sich wieder an Perkins. »Hab' kein Fundbüro hier. Was hat seine Braut mit Baako zu tun?«
»Sie ist verschwunden«, sagte Perkins. »Er behauptet, John müßte wissen, wo sie ist.«
»Wieso?«
»Sie heißt Claire Heggelbacher«, sagte Perkins.
Chumley setzte sich langsam hin. »Nein!«
»Doch«, sagte Perkins triumphierend.
»Und sie ist seine Braut?«
»Er behauptet es. Zuerst wollte er mit John sprechen, und als ich ihm sagte, daß das nicht ginge, verlangte er den Kompanieführer.«
»Hast du ihm gesagt, daß John in Urlaub ist?«
»Zivilisten gebe ich keine Auskunft«, antwortete Perkins.
Chumley dachte angestrengt nach.
»Er wollte nicht damit herausrücken«, sagte Perkins. »Als ich ihn fragte, was er von John wünschte, faselte er etwas von einer Adresse, die er von ihm erfahren wolle. War nicht schwer zu erraten, welche Adresse er meinte!«
»Seit wann ist sie verschwunden?«
»Seit Montag abend.«
»Montag abend!« Chumley drehte ihm das Gesicht zu. »Ausgerechnet Montag abend! Komisch, was?«
»Sehr komisch«, bestätigte Perkins. »Ich wette, er hat sie mit nach Lancaster genommen.«
»Der Teufel soll ihn holen!« knurrte Chumley und betrachtete wieder Fred. Während er ihn anschaute, kam ihm ein Einfall. »Frag ihn, ob er auch schon mit dem Regimentskommandeur gesprochen hat!«
Perkins blickte verdutzt. »Mit unserem Regimentskommandeur?«
»Ja.«
»Hat er das?«
»Idiot! Ich möchte es von ihm hören.«

»Okay«, brummte Perkins und richtete das Wort an Fred: »Der Sergeant möchte wissen, ob Sie in dieser Sache schon mit dem Regimentskommandeur gesprochen haben«, sagte er in schlechtem Deutsch.

»Ich nicht«, antwortete Fred, »der Bürgermeister; er ist ein guter Bekannter von mir.«

Es schien keinen Eindruck auf Perkins zu machen. Fred registrierte es mit Enttäuschung. Er setzte sich wieder hin und beobachtete, wie die beiden miteinander redeten.

Gestern mittag hatte er bei Claire angerufen, nachdem ihm die Ungewißheit unerträglich geworden war. Er hatte Ruth nur ein wenig aushorchen wollen, mehr nicht. Aber seitdem wußte er, daß Claire am Montagabend nach einer Auseinandersetzung mit ihrem Vater das Haus verlassen hatte. Nach einer unruhig verbrachten Nacht war er heute vormittag nach Marburg gefahren, hatte Claire jedoch nicht angetroffen. Sie war schon gestern nicht zu den Vorlesungen erschienen. Da die Auseinandersetzung mit ihrem Vater am Abend des gleichen Tages erfolgt war, an dem er die Unterredung mit ihm gehabt hatte, war der Zusammenhang offensichtlich. Auf der Rückfahrt nach Thüngerstadt hatte sich sein Schuldbewußtsein in Furcht und seine Furcht in den Entschluß verwandelt, unter allen Umständen ihren Aufenthaltsort zu erfahren. Und wenn es einen Menschen gab, der ihm sagen konnte, wo sie sich befand, war es John Baako.

Deshalb war er hier, und er war entschlossen, sich nicht damit abfertigen zu lassen, daß der Sergeant nicht zu sprechen sei. Wahrscheinlich ließ er sich verleugnen, und ebenso wahrscheinlich schien es ihm, daß die beiden hier mit ihm unter einer Decke steckten. Dafür sprach auch die Tatsache, daß der Unteroffizier sofort gewußt hatte, welche Adresse er von John erfahren wollte. Vielleicht war es ein Fehler gewesen, ihm mehr zu erzählen, als unbedingt erforderlich gewesen wäre, aber nun ließ es sich nicht mehr ändern. Während er ungeduldig darauf wartete, daß die beiden ihr Gespräch beendeten, nahm er sich vor, nicht eher aus der Kaserne zu gehen, als bis er entweder mit John Baako oder mit dem Kompanieführer gesprochen hatte.

»Wir können Ihnen nicht helfen«, sagte Perkins jetzt. »Der Kompanieführer ist nicht zuständig dafür. Sie müssen warten, bis Sergeant Baako zurückkommt; er ist vorgestern für sechs Wochen in Urlaub gefahren.«

Fred starrte ihn bestürzt an. »In Urlaub?«

»Ja.«

»Wohin?«

»In seine Heimat; er kommt aus Rhodesien.«
Es war neu für Fred, und er brauchte Zeit, sich darauf umzustellen. »Ich dachte, er sei Amerikaner«, sagte er nach einer kleinen Pause.
Perkins grinste. »Das eine schließt das andere nicht aus. Kommen Sie in sechs Wochen wieder vorbei, dann können Sie mit ihm reden. Der Kompanieführer weiß auch nicht mehr als wir.«
Obwohl es sich um einen neuen Trick handeln konnte, klang es diesmal so überzeugend, daß Fred sich damit begnügte. Als er etwas später an Perkins' Seite zum Kasernentor schritt, beschäftigte er sich mit der Frage, ob der Sergeant allein oder in Claires Gesellschaft gefahren sei. Wenngleich die zeitliche Übereinstimmung seines Urlaubs mit ihrem Verschwinden den Verdacht nahelegte, sträubte sich sein Verstand dagegen. Sie konnte es sich nicht leisten, so kurz vor ihrem Examen sechs Wochen lang die Vorlesungen zu versäumen. Und selbst wenn sie sich dazu entschlossen hätte, würde ihr das Leben in einem Buschdorf vielleicht rascher die Augen öffnen, als es in Thüngerstadt möglich gewesen wäre. Aber er glaubte nicht daran, es schien ihm einfach unvorstellbar. Viel wahrscheinlicher war es ihm dagegen, daß es zwischen den beiden zu Differenzen gekommen war und daß sie deshalb darauf verzichtet hatten, seinen Urlaub zusammen irgendwo in Europa zu verbringen. Da sich diese Möglichkeit auch mit seiner unveränderten Überzeugung deckte – die bereits zu einem Komplex geworden war –, daß Claire früher oder später von dem Schwarzen genug kriegen würde, weckte sie auch, je länger er sich mit ihr beschäftigte, neue Zuversicht in ihm. Daß Claire gestern und heute nicht zu den Vorlesungen erschienen war, erklärte er sich mit ihren Schwierigkeiten, ein passendes Zimmer zu finden, und er hielt es nicht für ausgeschlossen, daß sie solange in einem Hotel wohnte. Morgen würde er auf alle Fälle noch einmal nach Marburg fahren, und wenn er sie auch dann nicht antraf, würde er einem ihrer Kommilitonen fünfzig Mark in die Hand drücken und sich von ihm Nachricht geben lassen, sobald sie sich wieder in der Universität sehen ließ. Mehr war im Augenblick nicht zu tun, aber er war nun doch froh, daß er sich zu diesem Besuch in der Kaserne aufgerafft hatte, obgleich er ihm schwer genug gefallen war. Und als Perkins sich am Tor mit einem flüchtigen Kopfnicken verabschieden wollte, holte er rasch eine Zigarettenpackung aus der Tasche und streckte sie ihm hin.
»Ich rauche nicht«, sagte Perkins.
Fred steckte die Packung wieder ein, ohne seinen Ärger zu zeigen. »Man sieht es den Leuten nicht an«, meinte er. »Eine Frage

hätte ich noch. Wissen Sie genau, daß der Sergeant wirklich nach Rhodesien gefahren ist?«

»Wozu hätte er sich sonst seinen Urlaubsschein nach Lancaster ausstellen lassen?« erwiderte Perkins und kehrte zu Chumley zurück. Er traf ihn mit verkniffenem Mund am Fenster stehend und vor sich hin brütend.

»Er wollte noch wissen, ob John tatsächlich nach Rhodesien gefahren ist«, sagte Perkins und hielt die Hände über den Heizkörper. »Verdammt kalt heute, ich glaube, wir kriegen wieder Schnee.«

Als Chumley nicht antwortete, blickte er in sein Gesicht. »Wirst du Denson davon erzählen?«

»Einen Dreck werde ich!« sagte Chumley. »Und du auch! Damit das klar ist zwischen uns.«

Perkins nickte. »Ich weiß nicht soviel wie du, Spieß, aber langsam rieche ich etwas. So schnell ist im Regiment noch keiner in Urlaub gefahren. Hältst du es für möglich, daß er sie mitgenommen hat?«

»In einem Koffer«, sagte Chumley, »klein zusammengehackt.«

Perkins begriff nicht sofort. »Du meinst ...«

»Das tun sie immer«, sagte Chumley, »mit einem Beil.«

Er holte seine Mütze von einem Haken und verließ die Schreibstube. Auf dem Weg zu Sam grinste er vor sich hin.

Die Gruppe war in der Nacht auf Patrouille gewesen. Als Chumley hereinkam, saßen die Männer am großen Tisch der Mannschaftsstube und putzten ihre Gewehre.

Sam grüßte lässig. »Wo brennt's, Spieß?«

»Vielleicht brennt's bei dir«, sagte Chumley und musterte mit scharfem Blick die Männer; sie waren alle da.

»Wieso bei mir?« fragte Sam, der ein gutes Gewissen hatte.

»Vor Ungeduld«, antwortete Chumley. »Hast du nicht eine Neuigkeit für mich?«

»Hab' noch keine Zeitung gelesen«, sagte Sam. »Hast du vielleicht eine Neuigkeit?«

»Nicht direkt. Daß vorsätzliche Beschädigung von militärischem Eigentum streng bestraft wird, ist nichts Neues, Denson will den Vorfall dem Bataillon melden.«

Er hatte so laut gesprochen, daß alle es hörten; sie unterbrachen ihre Beschäftigung.

»Welchen Vorfall?« fragte Sam verständnislos.

Chumley nahm Ingram das Gewehr weg und betrachtete es von allen Seiten. »Abschrauben einer Befestigungsmutter vom Lenkstockhebel eines Jeeps«, sagte er schleppend. »Jemand war vor

'ner halben Stunde bei Captain Denson und hat ausgepackt. Die Ausgangssperre ist aufgehoben.«
Er gab Ingram das Gewehr zurück und heftete den Blick auf Bruce, dessen Gesicht ohne Farbe war. »Sie wissen Bescheid«, sagte er. »Captain Denson wünscht, daß Sie sich bei Leutnant Horne melden und Ihren Mist zu Protokoll geben. Versuchen Sie keinen neuen Trick mehr; wenn Denson eine Karte in der Hand hat, spielt er sie auch aus. Ist das klar?«
»Jawohl, Sergeant«, sagte Bruce.
Seit dem Gespräch mit Captain Denson hatte er keine ruhige Minute mehr gehabt. Nicht etwa, daß die Männer ihm Szenen gemacht hätten. Keiner von ihnen hatte einen Ton gesagt. Aber als er sie in den vergangenen Tagen nach Dienstschluß in den Club einladen wollte, hatte jeder eine andere Ausrede gehabt. Drei Abende lang hatte er ihre mürrischen Gesichter ertragen, ihren einsilbigen Gesprächen zugehört und ihre vorwurfsvollen Blicke auf sich gefühlt. Jetzt war er fast froh, daß es zu Ende war. Es interessierte ihn nicht einmal, wer ihn bei Denson denunziert hatte. Hätte die Ausgangssperre nur noch zwei oder drei Tage gedauert, wäre jeder einzelne von ihnen dazu imstande gewesen. Außer Henry, der aus dem gleichen Milieu kam wie er, gab es keinen, für den er die Hand ins Feuer gelegt hätte, und er hatte es schon lange satt, sich ihr Schweigen dadurch zu erkaufen, daß er freundschaftliche Gefühle für sie heuchelte. Es war zermürbender gewesen als die Furcht, einer von ihnen könnte zu Denson gehen und die Wahrheit erzählen.
Nun, da es geschehen war, hatte er keine Furcht mehr. Im Grunde hatte alles mit dem Sergeant angefangen, und ihn machte er auch für seine Situation verantwortlich, ihn und alle anderen, die von der gleichen Hautfarbe waren wie er. Es hatte mit Logik nichts zu tun, es war nur noch eine Sache seines Empfindens und seiner Abneigung, die stets dagewesen war, seit er denken konnte. Und wenn er seine Militärzeit hinter sich hatte, würde er es ihnen heimzahlen, wo immer sich eine Gelegenheit dafür bot; allen Niggern der Welt!
»Soll ich sofort zu Leutnant Horne?« fragte er laut.
Chumley blickte zuerst ihn, dann Sam an, dessen Gesicht vor Wut genauso blaß war wie das von Bruce. »Wenn ich hier fertig bin«, antwortete er grinsend. »Ich komme mit Ihnen, Dawkins.«
»Jawohl, Sergeant!« Dawkins richtete sich erwartungsvoll auf.
»Packen Sie Ihre Sachen«, sagte Chumley. »In einer halben Stunde melden Sie sich bei mir auf der Schreibstube!«
»Jawohl, Sergeant!« sagte Dawkins erwartungsvoll.

Chumley maß ihn mit einem ausdruckslosen Blick, dann wandte er sich an Sam: »Komm mit!«
Er trat auf den Korridor hinaus, lehnte sich mit dem Rücken an ein Fenster und verschränkte die langen Arme vor der Brust.
»Dieses Schwein!« sagte Sam atemlos. »Ich habe sofort gewußt, daß er es war.«
»Dawkins?«
»Quatsch! Was willst du überhaupt von Dawkins?«
»Nicht das, was er will; er wird versetzt.«
»Warum?«
»Das wird er sich auch fragen«, antwortete Chumley. Er hatte etwas gegen Denunzianten, und dieser Fall war ihm besonders unsympathisch. »Übernimm dich nicht mit Bruce«, sagte er schleppend. »Horne hat 'ne Schwäche für ihn. Er wird in den nächsten Tagen einen brauchen, bei dem er sich abkühlen kann.«
Sam grinste wütend. »War der beste Einfall, den Denson je gehabt hat. Wer hat gepfiffen?«
»Es muß nach dem Essen passiert sein«, sagte Chumley und nickte einem Mann zu, der im Vorbeigehen die Hand an die Mütze hob. »Heute vormittag wußte Denson noch nichts.«
»Hängt es mit Dawkins' Versetzung zusammen?«
»Dienstgeheimnis«, sagte Chumley. »Schon 'ne Ansichtskarte bekommen?«
»Von wem?«
»Jemand hat beobachtet, wie John am Montagabend das Mädchen abgeholt hat.«
Sam wurde um die Nase herum ein wenig blaß. »Und? Er hat sie schon öfter abgeholt.«
»Jemand hat noch mehr beobachtet«, sagte Chumley, die Tür zur Mannschaftsstube betrachtend. »Er ist am Dienstag zusammen mit ihr weggefahren.«
»Dann weiß der Jemand mehr als ich«, erwiderte Sam. Er glaubte es nicht. John hatte sich mit Claire am Schloßgarten getroffen; es war so gut wie ausgeschlossen, daß sie beobachtet worden waren.
»Seinen Wagen hat er jedenfalls mitgenommen«, sagte Chumley.
»Ist das verboten?«
Chumley zuckte mit den Schultern. »Etwas ausgefallen, wenn einer nach Lancaster fliegt.«
»Von Paris aus kriegt er eine direkte Maschine«, sagte Sam. »Er wird den Wagen solange in eine Garage stellen.«
»In Paris?«
»Das ist auch nicht verboten. Was interessiert's dich?«

Chumley betrachtete noch immer die Tür der Mannschaftsstube. Sein hageres Gesicht wirkte angestrengt. »Du weißt also nicht, ob er sie mitgenommen hat?«
»Bedauere«, sagte Sam steif.
»Auch nicht unter Freunden?«
»Unter welchen?«
»Schön!« Chumley stieß sich mit dem Rücken vom Fenster ab, öffnete die Tür und rief Bruce heraus. Bevor er ging, wandte er sich noch einmal an Sam: »Viel wird es ihm nicht nützen«, sagte er mit unterdrücktem Ärger. »Seine Versetzung ist perfekt.«
Es kam nicht überraschend für Sam; er zuckte mit den Schultern. »Bin lange genug in der Armee, und John auch. Ein alter Trick, einen unbequemen Mann in die Staaten abzuschieben.«
»In die Staaten?«
»Wohin sonst? In den Staaten ist er weit genug weg.«
Chumley dachte intensiv nach, dann grinste er. »Korea wäre noch besser.« Diesmal konnte er mit der Wirkung zufrieden sein; Sams Gesicht wurde gelb vor Schreck. »Ist das amtlich?«
»Ich habe nichts gesagt«, antwortete Chumley befriedigt.
Er winkte Bruce, der an der Tür gewartet hatte, mit dem Kopf und setzte sich in Bewegung. Das Grinsen lag noch auf seinem Gesicht, als er die Treppe hinunterstieg; Bruce folgte ihm in kurzem Abstand. Vor Hornes Zimmer blieb Chumley stehen.
»Machen Sie es kurz!« sagte er. »Ich hoffe, Denson brummt Ihnen für Ihren Dilettantismus eine Extrastrafe auf.«
»Ist mir egal«, sagte Bruce.
Chumley nickte. »Mal sehen. Ich schätze, dreißig Tage harte Arbeit. Den Schaden an den beiden Jeeps müssen Sie zusätzlich blechen.«
»Ist mir auch egal«, sagte Bruce verbissen.
»Eines Tages kriegt Sie einer am Arsch«, sagte Chumley und klopfte an die Tür.
Horne empfing sie am Schreibtisch sitzend und fertig angezogen. In fünfundzwanzig Minuten würde sich sein Zug zu einer der üblichen Instruktionsstunden im Unterrichtsraum versammeln, und Horne würde über die militärpolitische Situation in der Welt referieren, eine Aufgabe, die ihm lag und auf die er sich immer mit großer Gewissenhaftigkeit vorbereitete. Als Chumley und Bruce das Zimmer betraten, sah er unwillig auf.
»Befehl von Captain Denson«, sagte Chumley. »Ich hätte Sie sonst nicht gestört, Sir. Bruce hat eine Meldung für Sie.«
»Eine Meldung?« Horne drehte sich auf seinem Stuhl herum und schaute Bruce an.

»Ich habe die Mutter am Jeep von Sergeant Baako herausgeschraubt«, sagte Bruce.
In Hornes Gesicht rührte sich nichts, seine blauen Augen hinter der Brille blieben ohne Ausdruck. Chumley empfand widerwillige Bewunderung. Er ist noch kälter als ein Fisch, dachte er.
»Warum kommen Sie zu mir?« fragte Horne nach einer kleinen Pause.
»Befehl von Captain Denson«, antwortete Chumley für Bruce. »Sie sollen den Tatbericht aufnehmen, Sir.«
»Von wem hat Captain Denson es erfahren?«
»Er hat es mir nicht gesagt, Sir.«
Horne richtete den Blick wieder auf Bruce. »Sie wissen es auch nicht?«
»Nein, Sir.«
»Warten Sie vor der Tür, Sergeant«, sagte Horne.
Chumley glaubte, sich verhört zu haben. »Vor der Tür?«
»Vor der Tür«, bestätigte Horne kühl.
Er beobachtete, wie Chumley hinausging. Dann stand er auf, verschränkte die Hände hinter dem Rücken und nahm die Unterlippe zwischen die Zähne. Als er sie losließ, war sie ganz weiß. Er machte ein paar Schritte zum Fenster, kehrte auf halbem Weg um und baute sich breitbeinig vor Bruce auf.
»Sie haben mich also belogen«, sagte er in unpersönlichem Ton. »Warum haben Sie die Mutter herausgeschraubt?«
Gemessen an dem, was Bruce befürchtet hatte, war es nichts, ein Windhauch an Stelle des erwarteten Orkans. Es machte die Situation aber nur noch peinlicher. Horne hatte sich in dieser Sache sehr kulant benommen und ihm rückhaltlos vertraut.
»Ich bedauere es aufrichtig, Sir«, murmelte er.
»Daß Sie die Mutter herausgeschraubt haben?« fragte Horne.
Bruce hob den Blick in sein Gesicht. »Das bedauere ich nicht, Sir. Ich bedauere, daß ich Sie angelogen habe.«
»Es beantwortet nicht meine Frage«, sagte Horne, und diesmal klang seine Stimme weniger unpersönlich. »Sie müssen doch einen Grund dafür gehabt haben!«
»Der Sergeant hatte eine Antipathie gegen mich.«
»Haben Sie Beweise dafür?«
»Jeder in der Gruppe kann es Ihnen bestätigen.«
»Das genügt mir nicht«, sagte Horne und setzte sich hinter seinen Schreibtisch. »Ich brauche etwas Konkretes.«
»Er hat bei Captain Denson falsche Anschuldigungen gegen mich erhoben«, sagte Bruce.
»Wann?«

»Nach Weihnachten. Er hat erfahren, daß ich einmal den Wunsch äußerte, in eine andere Gruppe versetzt zu werden, und hat es Captain Denson gemeldet.«
»Warum wollten Sie sich versetzen lassen?«
»Das habe ich nicht gesagt, Sir. Der Sergeant muß es erfunden haben.«
»Was?«
»Das, was er Captain Denson darüber erzählt hat. Der Captain ließ mich rufen und sagte mir, daß es in der Armee keine Rassenunterschiede gäbe.«
»Gibt«, korrigierte Horne sanft und machte sich einige Notizen. »Das wissen Sie doch?«
»Jawohl, Sir.«
»Es ist immer noch kein Beweis für Baakos Abneigung gegen Sie«, sagte Horne. »Ich bin verpflichtet, Sie darauf aufmerksam zu machen, daß Sie sich eines unverantwortlichen Verhaltens schuldig gemacht haben. Das ist Ihnen hoffentlich klar?«
»Jawohl, Sir«, sagte Bruce mit Anstrengung. »Aber wenn ich noch etwas sagen darf, Sir?«
»Bitte.«
»Der Sergeant hat mich einmal gefragt, ob wir auf unserer Farm noch Sklaven beschäftigen würden.«
Es war eine Eingebung seines Hasses und seines verzweifelten Bemühens, sich Horne gegenüber zu rechtfertigen, inspiriert durch die instinktive Überlegung, daß ein Mann, der einen sechswöchigen Urlaub in Rhodesien verbrachte und anschließend zu einem anderen Truppenteil kommen würde, sich schlecht verteidigen konnte.
Horne blickte rasch auf. »Haben Sie einen Zeugen dafür?«
»Jawohl, Sir. Henry hat es gehört.«
»Ich möchte das unmißverständlich fragen«, sagte Horne. »Hat der Sergeant von Ihnen wissen wollen, ob Sie heute noch Sklaven auf Ihrer Farm beschäftigen oder ob Sie früher welche beschäftigt haben?«
Bruce zögerte eine Sekunde. Die Bedeutung der Nuancierung war ihm klar, aber er wußte, daß er sich auf Henry verlassen konnte, und notfalls würde Aussage gegen Aussage stehen.
»Er hat gefragt, ob wir noch welche beschäftigen«, wiederholte er ruhig.
»Das dürfte ausreichen.« Horne ließ sich mit dem Rücken gegen die Stuhllehne fallen. »Sie können gehen. Nach dem Unterricht werde ich Sie und Henry zu mir rufen lassen. Schicken Sie Sergeant Chumley herein!«

»Jawohl, Sir«, sagte Bruce.
Chumleys Gesicht war dunkel vor Wut. Nicht einmal Denson hätte die Unverfrorenheit besessen, seinen Hauptfeldwebel wegen eines einfachen Soldaten zehn Minuten lang vor der Tür warten zu lassen; es widersprach jedem militärischen Reglement. Er blieb mitten im Zimmer stehen und starrte Horne mit geröteten Augen an, aber der Leutnant war noch mit seinen Notizen beschäftigt. Er beeilte sich nicht sonderlich damit, und als er schließlich das Wort an Chumley richtete, wirkte er völlig geistesabwesend: »Sie sind schon lange Spieß in der Kompanie?«
Er mußte es genauso wissen wie Denson und alle anderen Offiziere im Bataillon; Chumley grinste verächtlich. »Zehn Jahre, Sir.«
»Captain Denson war mit Ihnen zufrieden«, sagte Horne geistesabwesend. »Ich nehme an, Sie werden für mich nicht weniger zuverlässig arbeiten.«
»Ich kenne meinen Dienst, Sir«, sagte Chumley aufsässig.
Horne schien es nicht zu hören. »Was wissen Sie über Sergeant Baako?« fragte er.
»Sir?«
»Ich meine seine charakterlichen Eigenschaften. Ist Ihnen nie etwas an ihm aufgefallen?«
»Nicht mehr als an jedem anderen Mann«, antwortete Chumley.
Horne nahm den Zettel mit den Notizen in die Hand und betrachtete sie. »Das wundert mich, Sergeant«, sagte er, und seine Stimme klang plötzlich unangenehm kalt. »Ich halte Sie für intelligenter, als Sie mir jetzt glaubhaft machen wollen. Mein persönlicher Eindruck ist der, daß Sergeant Baako noch nicht lange genug amerikanischer Staatsbürger ist, um gewisse Vorurteile und obskure Assoziationen zu neutralisieren. Daß er von einer krankhaften Empfindlichkeit ist und dazu neigt, auch in verdienten Zurechtweisungen eine Bestätigung für seinen Komplex zu sehen, dürfte Ihnen jedenfalls nicht entgangen sein?«
Er wartete einen Augenblick. Als Chumley stumm blieb, runzelte er die Stirn. »Ich würde es bedauern, Sergeant, wenn es sich erweisen sollte, daß sich meine Ansprüche, die ich an einen Hauptfeldwebel stelle, nicht mit denen von Captain Denson decken. Mehr habe ich im Moment nicht für Sie.«
Chumley verließ das Zimmer. Er war sich jetzt nicht mehr ganz sicher, wen er mehr haßte, den Leutnant oder John Baako.

6

Es schneite auch am folgenden Tag. Die Stadt wurde eins mit der Landschaft, mit den Bergen, deren kahle Steilhänge sich an den Fluß drängten, und mit dem Himmel, der tief und grau über den Dächern hing. Sie war lange nicht so groß wie Thüngerstadt. Claire stellte es fest, als sie nach dem Frühstück mit John durch die Straßen schlenderte. Für gehobene Ansprüche des Fremdenverkehrs hatte sie nur wenig Sehenswürdigkeiten aufzuweisen. Sie beschränkten sich auf die alten Befestigungsanlagen und Stadtmauern, auf einige romantische Winkel am Fluß, der sich breit und schmutzig durch das enge Tal zwängte, auf die doppelchorige Kathedrale und auf die überall gegenwärtigen Spuren und Erinnerungen des Krieges. Es gab eine Geschäftsstraße mit kleinen Läden, vielen Restaurants und dem typischen Bild französischen Alltags, der sich vom Thüngerstädter Alltag im wesentlichen dadurch unterschied, daß sich die Menschen bei dem, was sie zu besorgen hatten, mehr Zeit ließen, sich zwangloser unterhielten und nicht ganz so korrekt angezogen waren wie die Einwohner von Thüngerstadt.
Nach zehn Minuten wußte Claire, daß ihr erster Eindruck nicht das Ergebnis einer zufälligen Gleichgültigkeit war: sie erregte an Johns Seite nicht größeres Aufsehen, als ein gut aussehendes Mädchen in jeder Stadt der Welt erregen mußte, wollte sie nicht Zweifel an sich selbst bekommen, und es bestätigte eigentlich nur ihre Erwartungen, die sie trotz der schlechten Erfahrungen des gestrigen Tages noch nicht begraben hatte. Andererseits waren ihre Gedanken viel zu sehr mit wichtigeren Dingen beschäftigt, als daß die aufdringlichen Blicke einiger wildfremder Menschen ihr jetzt noch unter die Haut gegangen wären, und sie ertappte sich einmal dabei, wie sie Johns Arm an sich preßte.
Später kehrten sie an den Fluß zurück und folgten ein Stück seinem diesseitigen Ufer. Hier herrschte kaum Verkehr. Ein breiter, von alten Kastanien gesäumter Gehweg führte am Fluß entlang. Die Häuser auf der anderen Seite hatten spitze Dächer, aus ihren Schornsteinen quoll dunkler Rauch und vermengte sich mit dem Grau des Himmels, aus dem dünn und gleichmäßig der Schnee fiel.
»Eigentlich habe ich ihn satt«, meinte Claire, »ich habe in den letzten Wochen zu viel Schnee gesehen. Kommen wir morgen ohne Schneeketten weiter?«
»Ich kenne die Strecke nicht«, antwortete John, »aber sicher wird sie geräumt. Hast du dich schon entschieden?«

»Wofür, Liebling?« fragte Claire heiter.
»In Paris wirst du auch Schnee sehen.«
»In Bulawayo auch?«
John schluckte vor Erregung. Den ganzen Vormittag hatte er sich mit ihr über die Schlachtfelder, über das Wetter und über alle möglichen Dinge unterhalten, nur nicht über das, wozu es ihn am meisten drängte. Seine Furcht, sie könnte ihm abschlägig antworten, war größer gewesen als seine Ungeduld.
»Kaum«, sagte er gepreßt. »Ich schlage vor, wir fahren morgen nach Paris und setzen uns übermorgen in eine Maschine.«
»Nach Bulawayo?«
»Ja.«
»Schön«, sagte Claire, »setzen wir uns übermorgen in eine Maschine!«
John hatte sich nach dieser Nacht eine echte Chance ausgerechnet, sie dazu zu überreden, aber daß es keiner Überredung mehr bedurfte, hätte er sich nicht träumen lassen.
»Ist es dir unangenehm?« fragte Claire.
Er wandte ihr verständnislos das Gesicht zu. »Was?«
»Daß ich mitfliege?«
»Ich wundere mich nur«, sagte er langsam.
»Ich mich auch.«
Vielleicht war das, was in der vergangenen Nacht ihre letzten Bedenken ausgelöscht hatte, nicht gerade schmeichelhaft für sie, aber sie scherte sich nicht darum. Wahrscheinlich war sie schon zu alt, sich durch andere Argumente überzeugen zu lassen.
Im gleichen Maße, wie ihr Widerstand gegen John sich an ihren eigenen Empfindungen erschöpfte, war auch das Gefühl eines unabdingbaren Zusammengehörens in ihr gewachsen, und wenn sie sich vergegenwärtigte, daß vier Begegnungen mit ihm ausgereicht hatten, sie an einen Punkt zu bringen, wo selbst der Gedanke an eine Heirat nur noch die natürliche Konsequenz einer inneren Verfassung war, die sich mit den Mitteln ihrer Vernunft nicht mehr analysieren ließ, so lag die Erklärung dafür schon im Bereich des Transzendenten, und dagegen war mit konventionellen Erfahrungen nicht mehr anzukommen. Letztlich war alles, was sie bis vor wenigen Wochen getan und empfunden hatte, auf eine geradezu triviale Art konventionell gewesen, und die Erinnerung daran erfüllte sie mit dem gleichen Widerwillen, den man empfindet, wenn man sich ins Gedächtnis ruft, wie entsetzlich albern man sich mit fünfzehn Jahren benommen hat.
Sie zog ihre Hand unter Johns Arm hervor, blieb stehen und beugte sich über das Ufergeländer.

»Ich nehme an, du hast dir alles gut überlegt«, sagte sie. »Braucht man für Rhodesien nicht ein Visum?«
»Ich nicht«, sagte John.
»Und ich?«
»Es dauert im Durchschnitt ein Vierteljahr, bis es genehmigt wird. Bist du gegen Pocken geimpft?«
Claire lächelte. »Das ist schon lange her. Genügt es?«
»Für einen kurzen Aufenthalt, ja. Die Impfung gegen Gelbfieber erledigt der Arzt auf dem Flugplatz von Livingstone.«
»Und das Visum?«
John stützte die Arme auf das Geländer und blickte über den Fluß hinweg zum jenseitigen Ufer, wo sich die Häuser bis dicht ans Wasser heranschoben. »Wenn du einmal in Livingstone bist, müssen sie deine Anwesenheit akzeptieren, mit oder ohne Visum. Sie werden dir ein kurzbefristetes Visum geben. Schlimmstenfalls schicken sie dich mit der nächsten Maschine nach Europa zurück, aber das glaube ich nicht. Du mußt ihnen eine Geschichte erzählen.«
»Eine Geschichte?« fragte Claire mit gerunzelter Stirn.
»Von einem Verwandten, der sich geschäftlich in Rhodesien aufhält. Du hast eine dringende Nachricht für ihn und willst dich mit ihm in Bulawayo treffen. Auf ein Visum zu warten, war deine Reise zu dringend.«
»Das gefällt mir nicht«, sagte Claire.
Er hatte damit gerechnet, und er wußte, daß ihm der schwierigste Teil noch bevorstand. »Ich sage es nur für alle Fälle«, meinte er ruhig. »Es kommt auf den betreffenden Polizisten an. Wenn du Glück hast, wirst du von einem kontrolliert, der keine Ahnung hat, ob du als deutsche Staatsangehörige überhaupt ein Visum brauchst. Sie begnügen sich in der Regel mit der Kontrolle des Passes.«
Etwas an seinen Formulierungen erregte ihre Aufmerksamkeit.
»Warum sprichst du immer nur von mir?«
»Wir müssen getrennt zur Paßabfertigung gehen.«
»Warum?«
»Sobald sie merken, daß wir zusammengehören, giltst du als unerwünscht.«
»Das ist lustig«, sagte Claire. »Wenn du schlau gewesen wärst, hättest du mir das erst verraten, wenn es zu spät gewesen wäre.«
Es waren seine eigenen Gedanken. »Ich glaube, es ist besser so«, antwortete er und nahm etwas Schnee in die Hand. Er preßte ihn zusammen, öffnete die Faust und sah zu, wie der Schnee schmolz. »Mir liegt viel daran, daß du mit mir kommst«, fuhr er fort,

»aber du sollst wissen, was du tust. Man fliegt als Europäerin nicht nach Bulawayo, wie man nach Paris oder nach Frankfurt fliegt; heute noch nicht.«
»Wann sonst?«
»Das kommt darauf an«, sagte John und warf das, was von dem Schnee übriggeblieben war, in den Fluß. »Vielleicht bald.«
Claire merkte, daß er nicht weiter darüber sprechen wollte. Sie drehte sich um, so daß sie mit dem Rücken zum Geländer stand, und schob die Hände in die Manteltaschen. »Was würdest du tun, wenn ich nicht mitfliege?«
Es war eines jener Probleme, auf die er noch keine Antwort gefunden hatte; er zuckte mit den Schultern.
»Natürlich würdest du ohne mich fliegen?«
»Das glaube ich nicht.«
»Warum nicht?«
»Wozu?« fragte John und schaute sie an. Sie trug ein gelbes Kopftuch und hatte den Mantelkragen hochgeschlagen. Während er sie betrachtete, schien es ihm fast unglaubhaft, daß sie mit ihm geschlafen hatte. »Du bist wunderschön«, sagte er ruhig.
»Ich weiß es.«
»Wenn du nach Marburg gehst«, sagte John, »komme ich mit dir. Falls ich kein Zimmer finde, ziehe ich für den Rest meines Urlaubs in ein Hotel.«
»Geht das?«
»Ich sehe keinen Grund, weshalb es nicht gehen sollte.«
»Ich denke, wenn man einen Urlaubsschein hat, muß man sofort an den Urlaubsort fahren?«
»Das war gelogen«, sagte John. »Ich wollte dir keine Zeit lassen, es dir anders zu überlegen.«
»Du lügst oft.«
»Ich habe es mir in Lansing angewöhnt. Es wäre alles viel einfacher, wenn wir verheiratet wären.«
Sie hatte selbst schon daran gedacht. »Wir werden uns darüber unterhalten, wenn ich mein Examen hinter mir habe.«
»Bis dahin ist es vielleicht zu spät.«
»Wieso?«
Wieder kämpfte er mit sich, ob er ihr von der Versetzung erzählen solle, und wieder brachte er es nicht fertig.
»Hängt es mit deiner eventuellen Versetzung zusammen?« fragte Claire, die etwas von seinen Gedanken erriet.
»Nicht direkt«, sagte er ausweichend und beobachtete ein paar Kinder, die ihre Schlitten über die Straße zogen. Dann blickte er Claire voll an. »Willst du mich heiraten?«

Sie hätte nur zu nicken brauchen, aber ihr Hals war seltsam steif. Irgendwo steckte noch ein letzter Zweifel in ihr. Sie fürchtete sich davor, eines Morgens aufzuwachen, wie man aus einem angenehmen Traum aufwacht. »Ich hatte zuwenig Zeit, darüber nachzudenken«, sagte sie. »Heiratet man in Rhodesien, wenn man sich zwei Wochen kennt?«

»Wenn du mich nicht heiratest ...«, sagte John und verstummte. Sie standen nebeneinander am Brückengeländer, und der Schnee fiel dünn aus dem grauen Himmel, der bis auf die Berge herunterhing und die Stadt zudeckte.

»Als meine Mutter heiratete«, sagte Claire, »war ihre ganze Familie dagegen. Sie kam nach Thüngerstadt, ohne ein Wort Deutsch zu sprechen. Wenn sie einkaufen ging, mußte ihr mein Vater einen Zettel schreiben. Seine Familie war gleichfalls gegen die Heirat, meine Mutter kam aus einfachen Verhältnissen.«

»Giffaumont«, sagte John.

Claire nickte. »Ein Bauernmädchen, aber sie brauchte kein halbes Jahr, dann konnte sie meinem Vater aus der Zeitung vorlesen. Dafür lernten wir, mein Bruder und ich, fast ebenso gut Französisch wie Deutsch. Ich habe nie in Erfahrung bringen können, wann die Romanze aufgehört hat, eine zu sein, ob bereits in den ersten Jahren oder erst später.«

»Das ist etwas, was ich nicht verstehe«, sagte John.

»Romanze?«

»Ja.«

»Sie hört meistens dort auf«, sagte Claire, »wo man sich zum erstenmal fragt, ob man den richtigen Mann geheiratet hat. Vielleicht lag es auch an der fremden Umgebung. Meine Mutter hatte zuviel Zeit, darüber nachzudenken.«

»Ich verstehe«, sagte John.

Claire lächelte ihn an.

»Das ist schon viel. Trotzdem ist man bei dir vor Überraschungen nie sicher.«

»Ist es das?«

»Vielleicht.«

»Jemand hat eine Geschichte von Adam und Eva erzählt«, sagte John. »Es muß vor dreitausend Jahren geschehen sein.«

»Und?«

Er grinste. »Man erzählt sie heute noch. Ich glaube nicht, daß Mentalität Bestimmung ist, eher Akklimatisierung. Es wird viel Unsinn darüber geschrieben. Bei Picasso verhält es sich ähnlich.«

»Ich passe«, sagte Claire verwundert.

John besah seine Schuhspitzen. »Die einen bewundern ihn.«

»Picasso?«
»Ich kann mir unter den meisten seiner Bilder nichts vorstellen. Es soll Europäer geben, denen es genauso ergeht. Es ist auch nicht jedermanns Sache, Faulkner zu lesen; es kommt auf die Denkart an.«
»Hast du ihn gelesen?«
»In Lansing gehörte es zum guten Ton, aber Lewis war mir lieber. Ich verstehe nicht viel von Literatur. Manchmal hole ich mir ein Buch aus der Bibliothek und lese es fünfmal hintereinander durch.«
»Dann hast du mehr Geduld als ich«, sagte Claire. »Ich habe weder Faulkner noch Lewis gelesen, und Picasso sagt mir nichts. Wie war das mit Adam und Eva?«
»Einer hat angefangen zu erzählen, daß wir dumm und primitiv seien, und seitdem reden es ihm die anderen nach. Es gibt zu viele Leute, denen es in ihren Kram paßt.«
»Daß ihr primitiv seid?«
»Man kann nicht sein Leben lang in einem Kral wohnen und gleichzeitig Faulkner lesen«, sagte John. »Wäre Gwendolyn Brooks im Busch aufgewachsen, hätte er schwerlich den Pulitzer-Preis bekommen. Bei Wright verhält es sich ähnlich. Er hat die gleiche Hautfarbe wie ich, aber niemand würde auf den Gedanken kommen, ihn deshalb primitiv zu nennen. Wenn ich in Amerika aufgewachsen wäre, hätte ich manches anders angefaßt.«
»Mich auch?« fragte Claire.
John klopfte sich geistesabwesend den Schnee vom Mantel. »Ich habe noch zuwenig Erfahrungen.«
»Diesen Eindruck hatte ich nicht.«
»Ich denke, es war falsch, was ich gestern gemacht habe?«
»Du hast mir noch nicht verraten, weshalb du es gemacht hast.«
»Ich hatte Angst.«
Sie dachte einige Sekunden darüber nach. »Mary meinte auch, daß du ein dummer Kerl bist«, sagte sie dann.
»Mary?«
»Wundert dich das?«
»Sie ist Sams Frau«, sagte John mit erzwungener Gleichgültigkeit. »Es ist mir egal, was sie denkt.«
»Das ist nicht dein einziger Fehler. Gibt es außer dem Visum noch mehr Schwierigkeiten?«
»Wir werden schon im Flugzeug getrennte Plätze nehmen müssen«, sagte John. »Es wäre nicht gut, wenn man sieht, daß wir zusammengehören.«
»Wenn wer uns sieht?«

»Die Fluggäste. Einer könnte Anstoß daran nehmen und den Beamten in Livingstone einen Wink geben.«
»Natürlich!« sagte Claire, und ihre Stimme klang undeutlich vor Zorn. »Sonst noch etwas?«
John schluckte. »Das Übliche. Du kannst dir immer noch überlegen, ob du mitfliegen willst.«
»Den Teufel werde ich tun«, sagte Claire und stieß sich mit dem Rücken vom Geländer ab. »Komm!«
»Wohin?«
»Ins Hotel. Wir fahren heute mittag nach Paris.«
»Heute mittag?«
»Ich kann es nicht mehr abwarten«, sagte Claire, »diese Idioten einmal aus der Nähe zu sehen. Morgen fliegen wir.«
John schwieg.

FÜNFTES KAPITEL

1

Als sie aus dem Waschraum zurückkam, saß ein grauhaariger Mann neben ihrem Platz. Bevor sie hinausgegangen war, hatte er zwei Reihen hinter ihr gesessen, und sie erinnerte sich, daß sie ihn schon auf dem Pariser Flughafen gesehen hatte.
Die Maschine war nur noch schwach besetzt, die meisten Passagiere waren in Brazzaville und Elisabethville ausgestiegen. Bis Elisabethville hatte ein korpulenter Belgier neben ihr gesessen. Er war schweigsam, unfreundlich und die meiste Zeit tief in Gedanken versunken gewesen. In der Nacht hatte er sie durch sein lautes Schnarchen ein paarmal aufgeweckt.
John saß auf der anderen Seite des schmalen Ganges in der gleichen Reihe. Als sie an ihm vorbeikam, wandte er ihr das Gesicht zu und blickte dann zu dem Grauhaarigen hin. Sie sah ihm an, daß er besorgt war.
Der Grauhaarige las in einer Zeitung. Um an ihren Platz zu kommen, mußte sie sich an ihm vorbeizwängen.
Er stand rasch auf und murmelte eine Entschuldigung. Einen Augenblick lang hatte sie sein Gesicht dicht vor sich. Es war von der Sonne verbrannt, sehr schmal, mit auffallend hellen Augen. Wären seine grauen Haare nicht gewesen, hätte sie ihn auf fünfunddreißig Jahre geschätzt.
Er war ihr nicht unsympathisch. Nachdem sie fast vierundzwanzig Stunden lang keinen anderen Gesprächspartner gehabt hatte als die attraktive Stewardeß, wäre sie einer Konversation nicht abgeneigt gewesen, aber die Selbstverständlichkeit, mit der er den leeren Platz eingenommen hatte, war ihr zu impertinent. Sie beschloß, seine Existenz zu ignorieren. Zudem mußte das Flugzeug in einer halben Stunde Livingstone erreichen.
Sie blickte zum Fenster hinaus. Seit der Zwischenlandung in Brazzaville flog die Super-Constellation über eine fast lückenlose Wolkendecke. Vom Land war nur selten etwas zu sehen, ab und zu die grünflächigen Konturen dichter Wälder, der Silberstreifen eines mächtigen Stroms im wechselnden Spiel von Licht und Schatten, hohe Gebirgszüge und tiefeingeschnittene Flußtäler, sekundenlang wie ein Spiegelbild zwischen den Wolken aufleuchtend und rasch wieder verschwindend.

Im Grunde war bis jetzt alles viel weniger überwältigend gewesen, als sie es erwartet hatte. Beim Abflug der Maschine in Paris war es bereits dunkel gewesen, und heute früh beim Aufwachen hatten sie schon über die Hälfte Afrikas überflogen. Auch der Flug selbst war im Verhältnis zu ihren Erwartungen nicht viel aufregender als eine Fahrt mit einer Drahtseilbahn. Man konnte es sich im zwanzigsten Jahrhundert nicht mehr leisten, überwältigende Empfindungen zu haben, wenn andere vor Langeweile gähnten. Snobismus wirkte ansteckend, und sie hatte schon in den ersten Minuten das Gefühl gehabt, sich in einer Gesellschaft ausgesuchter Snobs zu befinden. Den beiden dunkelhäutigen Afrikanern, die in Brazzaville die Maschine bestiegen hatten, schien es ähnlich zu ergehen. Sie saßen auf den vordersten Plätzen, als wären sie dort festgewachsen, steif, unbehaglich und auf eine unübersehbare Weise isoliert. In ihren europäischen Anzügen wirkten sie noch hilfloser.
John hatte Glück gehabt, der Mann neben ihm, ein kleiner, lebhafter Franzose, war in Nizza zugestiegen und unterhielt sich oft mit ihm. Es war Claire nicht entgangen, daß das Gespräch zwischen den beiden von den meisten Passagieren mißbilligt wurde. Einige sahen wie Beamte aus, die ihr Leben hinter Schreibtischen verbracht hatten, andere wie magenkranke Geschäftsleute. Was sie gemeinsam hatten, war ein geradezu lächerliches Gehabe von Wichtigkeit. Man hätte annehmen können, daß jeder einzelne von ihnen im persönlichen Auftrag der Königin von England irgendwo nach dem Rechten schauen sollte.
Wenn sie über ihre eigenen Empfindungen nachdachte, kam sie zu dem Ergebnis einer gelassenen Neugierde. Gestern abend, bevor sie zum erstenmal eingeschlafen war, hatte sie sich etwas verlassen und unsicher gefühlt, geradeso, als ob sie nachträglich über ihre Courage erschrocken wäre, aber sie wußte es besser. Sie hatte sich selten eine Sache gründlicher überlegt als diesen Flug. Der Gedanke, ein riskantes Abenteuer eingegangen zu sein, hatte keinen Platz mehr in ihr, sie empfand ihn höchstens als absurd. Wenn sie es sich nicht in den Kopf gesetzt hätte, Johns Familie kennenzulernen, hätte sie ungeachtet aller damit verbundenen Komplikationen das kindische Versteckspiel beendet. Es widerte sie an, und je länger sie es durchstehen mußte, desto bewußter gelang es ihr, sich in Johns Situation hineinzudenken. Wahrscheinlich würde sie sich, wenn sie lange genug angestarrt und ihres Verhältnisses wegen oft genug provoziert worden war, schon selbst als »Farbige« fühlen.
Aus den Augenwinkeln bemerkte sie, daß John aufstand. Er trat

auf den schmalen Gang zwischen den Sitzreihen, sah einen Moment zu ihr her und ging dann nach hinten, wo die Waschräume lagen.

»Sie kennen sich«, sagte der Grauhaarige neben ihr.

Es kam so überraschend, daß sie ihn wortlos anschaute.

Er lächelte ein wenig und faltete seine Zeitung zusammen. »Als Sie in Paris durch die Paßkontrolle gingen, drückte er Ihnen heimlich die Hand. Außerdem versäumen Sie keine Gelegenheit, Blicke zu wechseln. Es gehört zu meinem Beruf, auf Kleinigkeiten zu achten.«

Etwas an seiner Art hinderte sie daran, ihm zu widersprechen. Sie hatte einen Fehler gemacht, und sie erinnerte sich, daß sie es gewesen war, die John dazu ermuntert hatte, im Gedränge der Paßabfertigung nach ihrer Hand zu greifen, aber sie war nicht geneigt, die Beobachtungen des Mannes zu dramatisieren. Nachdem sie mit ihrer ersten Überraschung fertig geworden war, fand sie wieder ihre Selbstsicherheit zurück. »Sie sind von der Polizei?« fragte sie kühl.

»Nicht direkt.«

Nach dieser unklaren Auskunft schlug er die Beine übereinander und holte ein silbernes Etui aus der Tasche. »Rauchen Sie?«

Claire schüttelte den Kopf. Sicher war er der merkwürdigste Franzose, den sie bisher kennengelernt hatte, und sie ertappte sich dabei, daß sie enttäuscht seine Wildlederschuhe betrachtete. Sie konnte Wildlederschuhe bei Männern auf den Tod nicht ausstehen.

»Es ist Ihr erster Flug«, sagte er, als seine Zigarette brannte. »Auch Ihr erster Besuch in Afrika?«

»Woher wissen Sie, daß es mein erster Flug ist?« fragte Claire. Das Gespräch fing an, sie zu unterhalten.

»Ich beobachtete Sie, als Sie sich anschnallten. Ihr Französisch ist ohne Akzent. Ich wäre nie auf den Gedanken gekommen, daß Sie aus Deutschland kommen. Haben Sie Verwandte in Frankreich?«

»Meine Mutter war Französin«, antwortete Claire überrumpelt.

»Daher Ihr französischer Vorname. Ich habe es mir halb gedacht.«

»Woher wissen Sie ...«

»Ich habe die Passagierliste eingesehen«, sagte der Grauhaarige. »Vermutlich reisen Sie ohne Visum?«

»Vermutlich haben Sie auch meinen Paß eingesehen«, sagte Claire mit einiger Mühe. Niemals war sie in so kurzer Zeit so oft aus der Fassung gebracht worden.

Der Grauhaarige lächelte wieder. »Dazu lag kein Anlaß vor, Mademoiselle. Ich war fünfzehn Jahre lang Capitaine des Sicherheitsdienstes in Tanganjika; man bekommt einen Blick für Fluggäste und ihre Probleme. Hat man Ihnen das Visum verweigert?«
»Ich hatte keine Zeit, einen Antrag zu stellen.«
»In Livingstone wird man Ihnen eine Aufenthaltsgenehmigung geben«, sagte der Grauhaarige. »Wie ich die Verhältnisse in der Föderation kenne, dauert es ungefähr acht Tage.«
»Acht Tage?« vergewisserte sich Claire bestürzt.
»Natürlich können Sie sich während dieser Zeit ungehindert bewegen. Wenn Sie in Livingstone ein Hotel suchen, empfehle ich Ihnen das Victoria-Fall-Hotel.«
»Ich möchte nach Bulawayo.«
»Sobald Sie die Zollabfertigung passiert haben, können Sie gehen oder fliegen, wohin Sie wollen. Innerhalb der Föderation sind Ihren Ausflügen keine Grenzen gesetzt. Ich würde Ihnen aber trotzdem zur Vorsicht raten.«
Es klang aufrichtig, und Claire war nun endgültig davon überzeugt, daß er keine Hintergedanken hatte. »Ich bin nicht allein«, sagte sie.
»Das würde ich gelten lassen, wenn Sie mit einem Europäer reisten. Verlassen Sie sich in diesem Land niemals auf demokratische Gepflogenheiten. Die einzigen Demokraten, die ich in Afrika kennenlernte, wohnen in öffentlichen Häusern; sie machen keinen Unterschied. Wie lange wollen Sie sich aufhalten?«
»Eine Woche.«
»Bis dahin wird Ihre Aufenthaltsgenehmigung unterschrieben sein«, sagte der Grauhaarige lächelnd. »Vermeiden Sie alle Gespräche mit Settlern. Die Föderation ist ein Musterbeispiel für europäischen Illusionismus und kleinbürgerliche Instinkte. Sagt Ihnen der Name Cecil Rhodes etwas?«
»Rhodes?«
»Sie sind auf der richtigen Spur«, sagte der Grauhaarige. »Ein bemerkenswerter englischer Kolonialpolitiker. Von ihm stammt der noch bemerkenswertere Ausspruch vom gleichen Recht für alle zivilisierten Menschen. Seitdem sind die Zivilisierten Rhodesiens bemüht, unter sich zu bleiben.«
»Ich habe schon davon gehört.«
»Von Ihrem Bekannten?«
»Wir sind verlobt«, sagte Claire, und sie wunderte sich, wie leicht es ihr über die Lippen kam.
Der Grauhaarige schwieg. Wenn es ihn überraschte, verstand er es meisterhaft, sich zu beherrschen. Er blickte an ihr vorbei durchs

Fenster. In den letzten Minuten war die Wolkendecke unter ihnen aufgerissen, die Erde wölbte sich wie der ungeheure Rücken eines Berges von Horizont zu Horizont, eine grünbelaubte Einöde, von durchsichtigen Dunstschleiern überzogen, furchteinflößend und faszinierend zugleich.
»Sehen Sie sich das an«, sagte der Grauhaarige, »ein Stück Schöpfungsgeschichte, vom ersten Tag bis ins zwanzigste Jahrhundert! Hier können Sie noch die Jahrtausende aufblättern wie ein Buch. Was hätte man nicht alles aus diesem Land machen können!«
Etwas in seiner Stimme erregte Claires Aufmerksamkeit. Sie blickte rasch in sein Gesicht; es wirkte plötzlich um zwanzig Jahre älter. »Sie waren gern in Tanganjika?« fragte sie.
Er lächelte zerstreut. »Ich war nie in Tanganjika, Mademoiselle, ich bin Franzose. Tanganjika steht unter britischer Verwaltung. Ich war abwechselnd in Kamerun und in Äquatorialafrika.«
»Aber Sie sagten doch ...«
»Ich weiß es, und ich muß Sie um Verzeihung bitten. Aber ein Capitaine des französischen Sicherheitsdienstes in Tanganjika wäre genauso kurios, wie es kurios ist, wenn eine deutsche Frau mit einem schwarzen Amerikaner nach Livingstone fliegt. Darf ich Sie fragen, was Sie nach Bulawayo führt?«
Ehe Claire antworten konnte, kam John zurück. Er blickte unauffällig zu ihr herüber und setzte sich wieder auf seinen Platz. Der Mann aus Nizza begann sofort wieder ein Gespräch mit ihm.
»Er möchte seine Familie besuchen«, sagte Claire. »Sein Vater hat eine Baumwollfarm.«
»In Bulawayo?«
»Östlich davon.«
»Das ist erstaunlich!« sagte der Grauhaarige, und seine Stimme verriet zum erstenmal Überraschung.
Claire bereute nun doch, ihm soviel erzählt zu haben. Seit sie wußte, daß er nicht in Tanganjika gewesen war, zerbrach sie sich den Kopf, weshalb er sie angelogen hatte. »Warum finden Sie es erstaunlich?« fragte sie ruhig.
»In der Passagierliste steht, daß er Amerikaner ist.«
»Das stimmt. Sein Vater schickte ihn nach Lansing, er sollte Jura studieren. Auf der Universität bekam er Schwierigkeiten, er meldete sich zur Armee. Vor drei Jahren wurde er nach Deutschland versetzt. Sein Regiment liegt an der Zonengrenze.«
»Das erklärt alles«, murmelte der Grauhaarige und versank in sekundenlanges Schweigen. Dann zuckte er mit den Schultern.

»Sie beide sind ein Fall, für den ich noch keine Schablone hatte. Können Sie mir genau sagen, wo die Farm liegt?«
»Genau nicht, wir müssen über Lancaster fahren.«
»Das genügt«, sagte der Grauhaarige und wechselte sprunghaft das Thema. »Ich schätze die Amerikaner sehr«, sagte er, »aber Ihr Freund wäre besser beraten gewesen, wenn er sein Studium in Paris absolviert hätte. Man wird, vermute ich, in Amerika noch hundert Jahre brauchen, bis man das Problem bewältigt hat. Es fehlt zwar nicht an Einsicht und gutem Willen, aber das allein wird, fürchte ich, nicht ausreichen. Ich hoffe, ich habe Sie nicht verärgert.«
»Ich verstehe das alles nicht«, sagte Claire offen.
Er nickte. »Wären Sie das gewesen, was ich befürchtete, hätten Sie merken müssen, daß meine Geschichte einen Haken hatte.«
»Wenn ich was gewesen wäre?«
»Es ist ihr neuester Trick, auch Frauen herüberzuschicken. Mir fiel sofort auf, daß Sie in einer Stadt an der Zonengrenze wohnen. Im ersten Moment hielt ich Sie für eine Agentin.«
Claire mußte unwillkürlich lachen. »Eine kommunistische?«
»Die anderen sind uninteressant geworden. Wir wissen, daß der Busch heute von ihnen wimmelt, und wenn ich Glück gehabt hätte, wären Sie sogar auf dem Weg zu meinem Freund gewesen. Natürlich war diese Hypothese sehr gewagt, aber Sie glauben nicht, wie sehr man in diesem Beruf auf glückliche und oft sehr unglaubwürdige Zufälle angewiesen ist.«
Obgleich sein Ton unverändert höflich war, spürte Claire, wie sie ein unangenehmes Gefühl überkam. Es war wie der kurze Blick hinter eine Tür gewesen, von deren Existenz sie bisher nichts gewußt hatte. »Und nun sind Sie davon überzeugt, daß ich keine Agentin bin«, sagte sie etwas gezwungen.
»Es bleibt mir nichts anderes übrig«, antwortete der Grauhaarige bedauernd. »Werden Sie bald heiraten?«
Seine direkte Frage setzte sie in Verlegenheit, aber aus einem ihr unerklärlichen Grund drängte es sie dazu, seine Meinung darüber zu hören.
»Vielleicht«, antwortete sie. »Sie waren nicht erstaunt.«
Als er sie fragend anschaute, wich sie seinem Blick aus. »Daß ich verlobt bin«, sagte sie so unbefangen wie möglich.
Er lächelte. »Ich sagte Ihnen schon, daß ich Franzose bin, Mademoiselle. Gewiß, es gibt in Frankreich ebenso viele Dummköpfe wie anderswo, aber wir sind mit diesem Problem doch etwas früher fertig geworden als unsere Nachbarn. In den meisten Fällen, die mir bekannt sind, hat sich meine persönliche Ansicht bestätigt.«

»Ich kenne Ihre Ansicht nicht«, sagte Claire, und sie ärgerte sich über ihr Herzklopfen.
Der Grauhaarige beobachtete eine Stewardeß, die auf einem Tablett verschiedene Getränke balancierte und sie den Passagieren anbot. »Ich halte es für eine Angelegenheit der Optik. Lieben Sie schwarze Tapeten?«
»Nicht sehr. Ist das Ihre ganze Ansicht?«
»Soweit sie sich auf meine Erfahrungen bezieht. Daß ich unsere europäische Optik als völlig unzureichend betrachte, steht dabei auf einem anderen Blatt. Paradoxerweise sind Verbindungen dieser Art – wenn man einmal von der Südafrikanischen Union absieht – in diesem Land nichts Außergewöhnliches. Es hat seinen guten Grund, weshalb die weißen Frauen in Afrika nichts mehr fürchten und nichts mehr hassen als ihre schwarzen Rivalinnen. Ich kann es nicht beschwören, aber ich möchte behaupten, daß die Apartheid dem Kopf einer Frau entsprungen ist.«
Er machte eine kleine Pause und lächelte wieder. »Was die weißen Frauen hier nicht immer daran hindert, gelegentlich gegen ihre eigenen Prinzipien zu verstoßen. Unter den jungen männlichen Eingeborenen kursieren die pikantesten Geschichten darüber. Oder schauen Sie sich die Passagiere hier an: Importeure, Spekulanten, Industrielle, Pflanzer und Beamte des Colonial Office. Die meisten von ihnen haben eine schwarze Mätresse, aber sie sind, aus ökonomischen Gründen, kompromißlos gegen die Rassengleichheit. Im Vergleich zu ihnen muß man den amerikanischen Südstaatlern glaubwürdigere Motive zubilligen. Bei ihnen handelt es sich um eine echte Abneigung. Sie ist zwar nicht weniger primitiv, aber wenigstens kein billiger Vorwand. Ich kenne kein vielschichtigeres Problem als dieses. Eigentlich gibt es nur einen Weg, es zu lösen.«
»Sie kennen ihn?«
»So gut wie Sie«, sagte der Grauhaarige. »Wir müssen uns eine andere Optik zulegen. Würden Sie mir Ihren Paß geben?«
Claire blickte ihn befremdet an. »Sie trauen mir immer noch nicht?«
»Wenn Sie eine Agentin wären«, sagte er freundlich, »hätten Sie bestimmt ein Visum. Nichts macht Sie unverdächtiger als der Umstand, daß Sie keines haben. Sie würden auch ohne meine Hilfe eine Aufenthaltsgenehmigung bekommen, aber ich fühle mich Ihnen gegenüber für meine bösen Verdächtigungen zu einer kleinen Gefälligkeit verpflichtet. Wenn Sie erlauben, werde ich die Paßformalitäten für Sie erledigen.«
»Können Sie das?«

»Ich habe für meinen Auftrag die volle Unterstützung der hiesigen Behörden.«
Er blätterte ihren Paß sorgfältig durch, nickte und steckte ihn in die Innentasche seines Jacketts. »Noch etwas«, sagte er. »Ich rede mir nicht ein, der einzige Mensch mit einer guten Beobachtungsgabe zu sein. In diesem Land sind die Sitten strenger als die Moral. Geben Sie gut auf Ihre Hände acht.«
Claire wurde ein wenig rot. »Es wird uns nicht mehr passieren. Sie sind sehr freundlich, Monsieur.«
Er betrachtete nachdenklich ihr Gesicht, dann stand er unvermittelt auf. »In fünf Minuten sind wir in Livingstone. Entschuldigen Sie mich solange.«
Sie sah ihm nach, wie er zu seinem Platz ging, und sie erinnerte sich, daß sie noch nicht einmal seinen Namen wußte. Vielleicht gehörte das auch zu seinem seltsamen Auftrag. John blickte unverwandt zu ihr herüber. Sicher hatte er beobachtet, wie sie dem Fremden ihren Paß gab; sie nickte ihm beruhigend zu.
Die Super-Constellation verlor jetzt rasch an Höhe. Da Claires Platz über einer Tragfläche lag, die ihr mit den riesigen Motoren die Sicht in die Tiefe versperrte, sah sie Livingstone erst, als der Lautsprecher die bevorstehende Landung ankündigte. Inmitten der dunkelgrünen Vegetation glich es einem weißen Farbklecks, der auf die Erde gefallen war. Während sie es betrachtete, fühlte sie wieder ihr Herz klopfen. Zum erstenmal, seit sie auf dem Pariser Flughafen in die Maschine gestiegen war, hatte sie Furcht, aber sie hätte nicht zu sagen vermocht, wovor.

2

Sie entdeckte den Grauhaarigen erst wieder, als sie die Treppe hinunterstieg. Er stand etwas abseits und schien auf sie zu warten. In der Sonne wirkte sein Gesicht noch dunkler. Er trug eine Aktentasche, seinen Regenmantel hatte er sich nachlässig über die Schultern gelegt. Als Claire sich ihm nähern wollte, schüttelte er den Kopf und gab ihr ein Zeichen, ihren Weg fortzusetzen. Sie sah sich beunruhigt nach John um. Er kam wenige Schritte hinter ihr her, und sie hörte noch, wie der Grauhaarige ihn ansprach, dann ging sie mit den anderen Passagieren auf das weiße Flughafengebäude am Ende der Rollpiste zu. Ihr Herzklopfen war jetzt noch stärker geworden. Es war unerträglich warm. Der plötzliche Wechsel aus dem angenehm temperierten Flugzeug in die feuchtheiße Luft trieb ihr schon nach einer halben Minute den

Schweiß auf die Stirn. Obwohl sie von John darauf vorbereitet worden war, hatte sie es sich nicht so schlimm vorgestellt. Dabei mußte es vor kurzem erst geregnet haben, auf der Betonpiste der Startbahn standen große Wasserpfützen. Ihr Bewußtsein registrierte es nur am Rande.

Vielleicht lag es an der Vielzahl neuer Eindrücke in den letzten vierundzwanzig Stunden, daß sie zu keiner Empfindung fähig war. Selbst der Gedanke, auf afrikanischem Boden zu stehen, ließ nur ein verwundertes Erinnern an die verschneiten Boulevards von Paris in ihr aufkommen, wo sie noch vor dreißig Stunden zusammen mit John die letzten Einkäufe erledigt hatte: einen leichten Regenmantel, zwei ärmellose weiße Kleider und einen breitrandigen Strohhut, den sie jetzt in der Hand trug; sie hatte sich noch nicht an ihn gewöhnen können.

Vor dem Flughafengebäude standen zwei Polizisten in Shorts, khakifarbenen Hemden und polierten Stiefeln. Ohne ihre großen Pistolenhalfter hätten sie wie Pfadfinder ausgesehen. Ihre Aufmerksamkeit war auf das Flugfeld gerichtet, wo sich eben eine riesige Düsenmaschine mit ohrenbetäubendem Lärm in die Luft hob. Sonst herrschte wenig Betrieb. Im Vergleich zum Pariser Flughafen wirkte dieser hier wie ausgestorben. Die letzten Passagiere der Super-Constellation verschwanden eben hinter einer Tür, die zur Paß- und Zollabfertigung führte.

Claire blieb unschlüssig stehen. Als sie zurückschaute, sah sie John und den Grauhaarigen langsam über das Flugfeld kommen. Sie gingen direkt auf den Eingang zu, und Claire stellte zu ihrer Überraschung fest, daß sie sich in deutscher Sprache unterhielten. An der Tür trennten sie sich. Während John in die Zollabfertigung ging, kam der Grauhaarige rasch zu ihr.

»Wir treffen Ihren Freund vor dem Flughafen«, sagte er. »Ich fürchte, er unterschätzt die Schwierigkeiten.«

Er wirkte ein wenig zerstreut, und Claire musterte ihn beunruhigt.

»Bei der Paßkontrolle?«

»Nein. Ich denke an Ihren Aufenthalt in der Stadt. Zufällig kenne ich die Verhältnisse in der Föderation sehr gut. Wie alt war Ihr Freund, als er in die Staaten kam?«

»Ich weiß es nicht genau, zwanzig Jahre vielleicht. Warum fragen Sie?«

»Mit zwanzig Jahren ist man noch geneigt, die Häßlichkeiten und Absurditäten des Daseins zu ignorieren. Wie mir scheint, hat er zu lange in Europa gelebt. Wie fühlen Sie sich?«

»Etwas müde. Ich habe es mir nicht so heiß vorgestellt.«

»Das machen die Regenzeit und der Monsun. Was Sie als unangenehm empfinden, ist der hohe Feuchtigkeitsgehalt der Luft. Sind Sie geimpft?«

»Gegen Gelbfieber. Wir haben es noch auf dem Pariser Flughafen erledigen lassen.«

»Haben Sie eine Bescheinigung?«

Claire gab sie ihm, und er legte sie in ihren Paß. »Sie sprechen Deutsch?« fragte sie neugierig.

»Ich war nach dem Kriege fünf Jahre in Deutschland.«

Sie sahen John wieder, als sie in die Zollabfertigung kamen, wo die Passagiere ihr Gepäck entgegennahmen. Alles ging rasch und reibungslos vor sich. Claire hatte nur ihre große Reisetasche mitgenommen. Ihre übrigen Sachen lagen bei der Gepäckaufbewahrung des Pariser Flughafens. Der Zollbeamte, ein magerer Mann mit Sommersprossen, warf nur einen flüchtigen Blick in ihre Tasche. Die Paßabfertigung befand sich im gleichen Raum. Sie mußten einige Minuten warten.

»Setzen Sie sich solange dort hinüber«, sagte der Grauhaarige und wies mit dem Kinn auf eine hölzerne Bank an der einen Stirnseite des langen Raums. »Ich glaube nicht, daß der Polizist mit Ihnen sprechen will.«

»Es wäre mir auch lieber«, sagte Claire und schaute sich wieder nach John um, aber der Platz, wo er gestanden hatte, war jetzt leer. Von der Bank aus beobachtete sie, wie der Grauhaarige mit einem Beamten sprach. Sie trugen kurzärmelige Hemden und weiße Hosen, und sie sahen aus wie alle Beamten auf der Welt. Innerhalb des Gebäudes war die Hitze erträglicher, zwei große Ventilatoren sorgten für frische Luft. Von den Passagieren waren nur noch eine ältere Dame und ein junger Mann zurückgeblieben, vielleicht Mutter und Sohn. Der junge Mann hatte einen grauen Flanellanzug an, die Dame ein gelbes Kleid und ellbogenlange weiße Handschuhe. Ihr riesiger Wagenradhut aus geblümtem Chiffon erinnerte Claire an die verblichene Mode der zwanziger Jahre.

Sie betrachtete sie noch, als der Grauhaarige neben ihr auftauchte.

»Voilà!« sagte er zufrieden. »Die Federation of Rhodesia and Nyassaland heißt Sie willkommen, Mademoiselle. Ihrer Weiterreise steht nichts mehr im Wege.«

»Sie haben für mich ein Visum bekommen?«

»Weder ein Visum noch eine Aufenthaltsgenehmigung. Sie sind einfach da, und Sie können wieder wegfliegen, wann Sie wollen.« Er gab ihr ihren Paß zurück und lächelte. »Sie werden ihn vor-

aussichtlich erst wieder brauchen, wenn Sie in Paris das Flugzeug verlassen.«
»Wie haben Sie das so rasch fertiggebracht?« fragte sie verwundert.
»Ich sagte dem Polizisten, daß Sie morgen zusammen mit mir nach Salisbury fliegen, wo Sie vom deutschen Konsul erwartet werden. Vielleicht hatten Sie sich eine originellere Geschichte zurechtgelegt, aber diese hat den Vorteil absoluter Unglaubwürdigkeit, und darauf fallen die Leute immer herein. Und nun wollen wir nach Ihrem Freund schauen!«
Sie trafen ihn außerhalb des Gebäudes vor einem Taxi-Parkplatz, der von hohen Palmen umsäumt war. Dahinter stand dichter Wald. Eine breite Asphaltstraße führte im Bogen um den Platz herum und verschwand zwischen dem dunklen Grün der Bäume.
Die Taxifahrer waren ausnahmslos Schwarze, die ersten, die Claire sah, seit sie das Flugzeug verlassen hatte. Sie waren ärmlich angezogen und trugen trotz der Hitze dicke Wollsachen. Ihre Wagen, meist alte englische Modelle, standen schnurgerade ausgerichtet wie zu einer Parade.
Claire erfaßte alles mit einem Blick; den hellen, blendenden Himmel, die Palmen, den Wald und die Taxifahrer, die auf einem Haufen beisammenstanden und neugierig zu ihr herschauten. Aber ihre ganze Aufmerksamkeit konzentrierte sich auf John, und als sie bei ihm war, lächelte sie ihn an. Sie hatte seit gestern mittag nichts mehr mit ihm gesprochen, und nun wußte sie nicht, was sie ihm sagen sollte.
Der Grauhaarige ließ ihr auch keine Zeit dazu, er richtete das Wort sofort an John: »Haben Sie Erfolg gehabt?«
John schüttelte den Kopf, während er unverwandt Claire anschaute.
»Was ist los?« fragte sie rasch.
Der Grauhaarige lächelte. »Ich habe Ihrem Freund gesagt, daß er hier keinen Taxifahrer finden wird, der es riskiert, Sie zusammen in seinen Wagen zu nehmen. Er würde noch am gleichen Tage seine Konzession verlieren.«
»Davon hatte ich keine Ahnung«, sagte Claire, und ihr Gesicht färbte sich rot vor Ärger. »Dann fahren wir eben getrennt zum Hotel.«
»Sie werden auch kein Hotel finden«, erwiderte der Grauhaarige. »Livingstone ist eine Kleinstadt, und die Sitten sind hier noch strenger als anderswo. Ich habe Ihrem Freund vorgeschlagen, daß Sie für die eine Nacht im Victoria-Fall-Hotel wohnen. Morgen vormittag treffen Sie sich wieder auf dem Flughafen.«

»Wir werden ein Hotel finden!« sagte John rauh. »Und wenn es mich hundert Pfund kostet.«
Der Grauhaarige zuckte mit den Schultern. »Vielleicht haben Sie Glück. Es soll Häuser geben, wo man ein Auge zudrückt, aber Europäer werden Sie dort keine antreffen, auch kein Bad, höchstens eine Gemeinschaftstoilette. Wenn Sie meinen, daß Sie es der Mademoiselle zumuten können ...«
»Wo werden Sie wohnen?« fragte John dazwischen.
Der Grauhaarige erwiderte kühl seinen Blick. »Im Victoria-Fall-Hotel, Monsieur, aber wenn ich Ihnen einen Gefallen damit erweise, ziehe ich in ein anderes.«
»Das ist doch Unsinn!« sagte Claire scharf. Sie wandte sich schnell an John. »Bist du davon überzeugt, daß wir ein Hotel finden werden?«
»Ja.«
»Heute noch?«
John schwieg.
»Warten Sie einen Augenblick!« sagte der Grauhaarige. Er ging zu den Taxifahrern und sprach mit ihnen.
Claire stellte ihre Reisetasche auf den Boden und trocknete sich die Stirn ab. »Ich wundere mich, daß du es nicht gewußt hast«, sagte sie etwas atemlos. »Sicher war es vor neun Jahren nicht viel anders als heute.«
»Vor neun Jahren habe ich noch kein Hotel gebraucht«, erwiderte John. »Irgendwo werden wir unterkommen.«
»Sicher. Ich weiß zwar nicht, wie es in Livingstone aussieht, aber bestimmt gibt es eine Grünanlage dort.«
»Tut es dir schon leid?«
Manchmal machte er es ihr sehr schwer. Sie hatte einen vierundzwanzigstündigen Flug hinter sich, schlecht geschlafen und Kopfschmerzen. Er schien überhaupt nicht auf den Gedanken zu kommen, daß die Reise sie angestrengt hatte und daß sie jetzt froh über ein Bad gewesen wäre. Natürlich würde es auch ohne ein Bad gehen, aber wenn der einzige Grund, weshalb sie darauf verzichten sollte, seine kindische Eifersucht war, brauchte sie keine Rücksicht darauf zu nehmen, und sie war fest entschlossen, ihm beizeiten klarzumachen, daß er nicht uneingeschränkt über sie verfügen konnte.
»Ich verstehe nicht, wovon du sprichst«, erwiderte sie ruhig. »Im Augenblick geht es nur darum, ein Hotel zu finden. Ich habe es satt, hier herumzustehen.«
»Ich möchte nicht, daß du zusammen mit ihm in einem Hotel wohnst«, sagte John. »Er kümmert sich zuviel um dich.«

»Ist das alles?«
Als er keine Antwort gab, legte sie ihm die Hand auf den Arm. »Damit wollen wir gar nicht erst anfangen«, sagte sie unverändert ruhig. »Es ist ein todsicheres Mittel, mich in Opposition zu bringen.«
»Das wollte ich nicht«, murmelte John.
»Eben! Und dabei wollen wir es auch lassen.«
Der Grauhaarige hatte seine Unterhaltung jetzt beendet und kam wieder zu ihnen. »Wie ich es mir gedacht habe«, sagte er gleichgültig. »Sie halten es für ausgeschlossen, daß Sie ein Hotel finden, wo Sie zusammen absteigen können, auch nicht für hundert Pfund. Was werden Sie jetzt tun?«
»Ich komme mit Ihnen«, sagte Claire entschlossen und richtete das Wort an John: »Du wirst mich anrufen, sobald du in einem Hotel bist. Vielleicht können wir uns fürs Abendessen verabreden.«
»Im Hotel?« fragte der Grauhaarige.
Claire schüttelte ungeduldig den Kopf. »Es wird in dieser Stadt doch wenigstens ein Restaurant geben, wo man zusammen essen kann!«
»Nicht einmal eine Bank, auf der Sie nebeneinander sitzen können«, sagte der Grauhaarige. »Es sei denn, Sie riskieren es, vom erstbesten Polizisten nach Ihren Papieren gefragt zu werden. Da Sie kein Visum haben, würde ich es Ihnen nicht empfehlen.«
Er nahm ihre Reisetasche und wandte sich an John: »Ich werde Sie voraussichtlich nicht mehr sehen, Monsieur, meine Maschine fliegt um vier Uhr morgen früh.« Zu Claire sagte er: »Ich warte im Wagen, Mademoiselle.«
Als sie mit John allein war, drehte sie ihm das Gesicht zu. »Du wolltest von Bulawayo aus mit einem Taxi fahren. Wie stellst du dir das vor?«
»Vielleicht fliegen wir morgen nach Paris zurück«, sagte John und betrachtete seine Schuhspitzen. »Ich habe einen Fehler gemacht.«
»Du bist gerade dabei, einen noch größeren zu machen«, sagte Claire. »Gibt es sonst keine andere Möglichkeit, nach Lancaster zu kommen?«
»Wir können uns einen Wagen für Selbstfahrer mieten.«
»Das wird sicher sehr teuer.«
»Es ist mir egal«, sagte John und blickte auf. Sie sah, daß seine Augen naß waren.
»Du bist ein großer Dummkopf, John«, sagte sie zärtlich. »Rufst du mich an?« – »Ja.«

»Wir werden den ganzen Abend telefonieren«, sagte Claire. Sie ging rasch zu dem Grauhaarigen hin, der Fahrer riß ihr die Tür auf und grinste. Als der Wagen anrollte, stand John noch immer auf dem gleichen Fleck und sah ihm nach; Claire biß sich auf die Lippen. Der Grauhaarige rauchte. Er hatte die Beine übereinandergeschlagen und sah durchs Fenster, sein Gesicht war ohne Ausdruck.

»Ich werde noch viel hinzulernen müssen«, sagte Claire. »Im Moment überlege ich mir, wie es einem Mann zumute sein muß, wenn er auf diese Art nach neun Jahren wieder in seine Heimat kommt.«

»Nicht viel anders, als ihm schon vor neun Jahren zumute gewesen war«, sagte der Grauhaarige. »Wenn Sie eines Tages in der Zeitung lesen, daß einigen Weißen in Rhodesien die Hälse durchgeschnitten wurden, wissen Sie, warum. Dabei reden sich die Siedler hier noch ein, ein besonders gutes Verhältnis zu den Eingeborenen zu haben. In Rhodesien gebe ich ihnen höchstens noch fünf Jahre.«

»Schade«, sagte Claire.

Er blickte sie fragend an.

»Daß es noch fünf Jahre dauert«, sagte Claire.

Der Grauhaarige hob etwas die Schultern. »Jedes Ding hat zwei Seiten, auch dieses. Ist Ihnen schon aufgefallen, wie warm sich unser Fahrer angezogen hat? Er will damit den Klassenunterschied zwischen sich und seiner nackten Verwandtschaft hervorheben, etwas, was sie von uns gelernt haben. Wahrscheinlich wird er es damit bezahlen müssen, daß er zehn oder zwanzig Jahre früher stirbt als seine Verwandten, aber er kann es immerhin in dem Bewußtsein tun, der westlichen Zivilisation seine Reverenz erwiesen zu haben. Ihr Freund ist kein Bantu?«

»Nein. Sein Großvater heiratete eine Ägypterin.«

»Haben Sie ihn einmal gefragt, wo sein Großvater die Ägypterin kennengelernt hat?«

»Noch nicht.«

»Es müßte ganz interessant sein«, sagte der Grauhaarige und lächelte. Die Straße führte jetzt aus dem Wald heraus über flaches Land hinweg. Es war mit Reis, Sonnenblumen und Tabak bepflanzt. Im Hintergrund tauchten weiße Hochhäuser aus dem dunstigen Horizont.

»Livingstone«, sagte der Grauhaarige, »ein Stück urbar gemachtes Land im Busch! Schade, daß Sie nur eine Nacht hier sind. Man sollte Livingstone nicht besuchen, ohne die Victoria-Fälle zu sehen.«

»Vielleicht besuche ich sie in fünf Jahren einmal«, sagte Claire.
Später begegneten sie einer Gruppe junger schwarzer Mädchen. Sie trugen ausgeblichene Kattunkleider und schleppten große Holzbündel auf dem Kopf. Trotz ihrer schweren Last gingen sie kerzengerade, die Beine aus den Hüften bewegend, mit einer natürlichen Anmut, die Claires Bewunderung wachrief.
»Gefallen sie Ihnen?« fragte der Grauhaarige.
»Sehr. Ein Star-Mannequin könnte von ihnen lernen. Sind es Massai?«
»Ich glaube nicht, vielleicht Bemba oder Schewa. Sie sehen es an dem wolligen Haar, der platten Nase und den aufgewölbten Lippen. Da vorn laufen noch mehr.«
Die Straße wurde immer belebter, je mehr sie sich der Stadt näherten. Meist waren es Fußgänger, Männer und Frauen, andere saßen auf knarrenden Ochsenkarren, die Männer mit breitkrempigen Hüten, geflickten Kitteln und bunten Tüchern um den Hals, auch viele halbnackte Kinder mit Bäuchen wie schwarze Trommeln.
Claire beobachtete eine Frau, die ihr Baby mit einem Tuch auf den Rücken gebunden hatte und es im Gehen säugte, indem sie ihre etwa dreißig Zentimeter lange schlaffe Brust über die Schulter legte. Eine andere urinierte mit gespreizten Beinen am Straßenrand. Das lange Haar hing ihr zu Schnüren geflochten wie ein Vorhang über dem Gesicht.
»Das könnte eine Massai sein«, sagte der Grauhaarige gelassen. »Sie werden sich an den Anblick rasch gewöhnt haben, es ist für sie nicht anstößiger als essen und trinken.«
»Warum glauben Sie, daß es eine Massai ist?«
»Ich schließe es aus ihrer Haartracht. Sie kommen von der Arbeit zurück. Die meisten von ihnen sind in Fabriken oder bei weißen Siedlern beschäftigt.«
»Ich habe noch keine Weißen gesehen«, sagte Claire. »Wieviel Einwohner hat Livingstone?«
»Ich schätze zwanzigtausend, davon zehn Prozent Weiße. Sie erholen sich jetzt von der Hitze. Kein Europäer wird auf den Gedanken verfallen, zu Fuß die Stadt zu verlassen. Sie werden sie sehen, sobald wir in die City kommen. Hier beginnen die Eingeborenenviertel!«
Claire betrachtete die primitiven Lehmhütten auf beiden Seiten der Straße. Die Dächer bestanden aus Stroh oder Wellblech, überall hockten Menschen vor den Türen, schlampig gekleidete dicke Frauen, halbwüchsige Mädchen und alte Männer. In der Luft roch es stagnierend nach warmem Essen.

»Es ist das, was wir aus Afrika gemacht haben«, sagte der Grauhaarige sarkastisch. »Dem echten Afrika werden Sie wahrscheinlich erst begegnen, wenn Sie von Bulawayo nach Lancaster fahren. Ich nehme an, Sie benutzen eine der üblichen Omnibuslinien?«
»Gibt es das?«
»Nach Lancaster bestimmt. Sie werden allerdings wieder getrennt fahren müssen.«
»John will einen Wagen für Selbstfahrer mieten.«
»Das kann er, er ist amerikanischer Staatsbürger. Bulawayo ist eine Stadt von fast sechzigtausend Einwohnern. Sie werden sicher einen Autoverleih finden. Ich würde Ihnen aber raten, am Flughafen auf Ihren Freund zu warten. Wenn Sie zusammen zum Autoverleih gehen, kann es Ihnen passieren, daß sämtliche Wagen schon vermietet sind.«
»Natürlich!« sagte Claire. »Ich finde das alles ungemein lächerlich.«
Der Grauhaarige blickte dem Rauch seiner Zigarette nach. »Das müssen Sie wohl, Mademoiselle; Sie haben keine andere Wahl.«
Das Stadtbild wurde europäisch, die Eingeborenenslums blieben zurück, große Geschäfts- und Bürohäuser säumten die Straße, an den Kreuzungen stauten sich lange Autoschlangen, meist amerikanische Luxuslimousinen, auch einige Rolls-Royce und Volkswagen, daneben italienische und französische Fabrikate und altmodische Humber. Die Fahrer, fast ausnahmslos Weiße, chauffierten mit betonter Lässigkeit; sie erinnerten Claire an das Gehabe berühmter Filmschauspieler. Gelegentlich entdeckte sie einen Polizisten in weißer Tropenuniform. Ihr Hauptaugenmerk richtete sich jedoch auf die Gehwege, wo reger Betrieb herrschte, ein babylonisches Völkergemisch, sehr viele Inder und Araber, die Mehrzahl jedoch Schwarze, zum Teil gut gekleidet, die Frauen oft in langen Hosen, die Männer in taubengrauen Anzügen und mit Panamahüten, dazwischen welche in blauen Leinenhosen und cremefarbenen Sporthemden. Die wenigen weißen Frauen, die sie bemerkte, waren nur selten allein. Sie trugen flotte, mit Blumen garnierte Hüte, weiße Schuhe und lange Kleider. Ihre Gesichter wirkten kühl und unbeteiligt, die Augen versteckten sie hinter weißgerandeten Brillen mit sehr dunklen Gläsern.
»Sie sind sich ihrer Gottähnlichkeit bewußt«, meinte der Grauhaarige, als Claire eine Bemerkung über sie machte.
Das Hotel war groß und sah vertrauenerweckend aus. Im Vestibül kämpfte ein riesiger Ventilator mit der trägen Luft. Der Empfangschef, ein schlanker lebhafter Mann mit kleinem Spitzbärt-

chen, begrüßte den Grauhaarigen wie einen guten Bekannten. Er sprach fließend Französisch und redete ihn mit Rouault an; Claire wußte nun endlich, wie er hieß. Als sie den Meldezettel ausfüllte, beobachtete er sie über ihre Schulter hinweg.
»Sie haben eine sympathische Handschrift«, sagte er. »Sind Sie irgendwie berufstätig?«
»Nicht direkt; ich studiere.«
»Medizin?«
Sie lächelte überrascht. »Wie haben Sie das erraten?«
»Ich wundere mich selbst«, sagte der Grauhaarige.
Sie wohnten im gleichen Stockwerk. Der Grauhaarige vergewisserte sich, daß Claire mit ihrem Zimmer zufrieden war. Es gefiel ihr. Obwohl sehr klein, war es doch komfortabel eingerichtet.
»Telefon haben Sie auch«, sagte der Grauhaarige und ging zum Fenster. »Was Sie dort hinten sehen, sind die Häuser der Hautevolee.«
Claire trat neben ihn. Nicht weit entfernt hob sich ein bewaldeter Hügel über die Stadt, eingetaucht in den hellen Himmel, der sich nun, da es auf den Abend zuging, gelb tönte. Zwischen Palmen und anderen tropischen Bäumen versteckt, inmitten gepflegter Gärten, blitzte das weiße Gemäuer großer Bungalows.
»Hübsch!« sagte Claire anerkennend. »Man kann über sie denken, wie man will, aber sie verstehen es, zu leben.«
»Das verstanden schon unsere alten Raubritter«, sagte der Grauhaarige. »Die einen nennen es wirtschaftlichen Imperialismus, die anderen Handelspiratentum; es kommt auf eines heraus.«
»Sie lieben sie nicht sehr?«
»Diese nicht, Mademoiselle. Ich unterscheide zwischen Pflanzern und Geschäftemachern. Die Masse der Pflanzer sind kleinbürgerlich, fleißig, gottesfürchtig und etwas beschränkt – eine natürliche Folge geistiger Inzucht. Sie segeln seit zweihundert Jahren im Kielwasser der Geschichte, ohne es zu merken, aber die da oben wissen genau, wo sie segeln und wohin sie segeln. Ein Double ihrer Bungalows steht bezugsfertig irgendwo in Europa. Wenn der ›Tag X‹ kommt, werden sie ebenso geräuschlos verschwinden, wie sie aufgetaucht sind. Den Pflanzern wird es überlassen bleiben, ihre Zeche zu bezahlen.«
»Was sind es für Leute? Industrielle?«
»Selten. Die Industriellen wohnen in Europa, das hier sind ihre Vertreter, Generaldirektoren und Manager. Daneben gibt es noch Großimporteure, die den Markt kontrollieren, Bankdirektoren, Inhaber bekannter Geschäftshäuser, ein paar hundert Leute, die das Heft in der Hand haben, seit einigen Jahren erbitterte Gegner

des Colonial Office, wo man aus politischen Rücksichten bemüht ist, ihnen behutsam das Wasser abzudrehen. Jeder von ihnen hat mindestens ein Dutzend schwarzer Dienstboten, man trifft sie nur in ihren Häusern, in ihren Büros oder in ihren Straßenkreuzern. Wenn Sie einen von ihnen sprechen wollen, müssen Sie sich vier Wochen vorher schriftlich anmelden.«
»Ich habe nicht das Bedürfnis«, sagte Claire und drehte sich halb nach ihm um. »Sie waren sehr hilfsbereit, Monsieur. Wie kann ich Ihnen danken?«
»Ich habe Ihnen zu danken«, antwortete er lächelnd. »Bis vor zwanzig Jahren war meine Hilfsbereitschaft schönen Frauen gegenüber nicht mehr als ein Vorwand. Inzwischen bin ich jedoch Vater von zwei erwachsenen Söhnen und der vielen Komplikationen überdrüssig geworden. Ich hoffe, Sie machen mir das Vergnügen, mit mir zu dinieren?«
»Wenn es Ihnen ein Vergnügen ist«, sagte Claire. »In einer Stunde?«
»Ich werde auf Sie warten«, sagte der Grauhaarige.
Er gehörte zu den wenigen Männern, die ihr Respekt einflößten, ohne daß sie dabei das Gefühl hatte, sich etwas zu vergeben.
Zuerst ging sie ins Bad. Das Wasser war lauwarm und roch nach schlechter Kanalisation. Trotzdem fühlte sie sich hinterher angenehm erfrischt, auch ihre Kopfschmerzen waren weg. Im Spiegel betrachtete sie sich. Die Aufregungen der vergangenen Tage und Wochen waren nicht ohne Spuren geblieben. Sie stellte stirnrunzelnd fest, daß sie wieder abgenommen und einen Punkt erreicht hatte, wo fünfhundert Gramm Gewicht darüber entscheiden konnten, ob man schlank oder mager war.
Das kommt davon, dachte sie erbittert, wenn man sich so problematisch in einen Mann verliebt. Aber ihre Erbitterung war nicht echt, denn unabhängig von dem sachlichen Ergebnis ihrer kritischen Musterung war sie im Grunde nicht unzufrieden. Es war noch genug vorhanden, auch eine anspruchsvolle Männerhand zu beschäftigen, und um Fett anzusetzen, waren fünfundzwanzig Jahre keine hinreichende Begründung.
Schon gar nicht während der Flitterwochen, dachte sie und streckte ihrem Spiegelbild eine wohlgeformte Zunge heraus. Dann zog sie eines der neuen Kleider an. Es hatte einen tiefen Ausschnitt, etwas zu tief, wenn man sich vorbeugte, aber schließlich hatte sie nichts Anstößiges zu verbergen, und sie mußte wieder einräumen, daß sie ganz passabel aussah, ein vorzüglich gebautes Mädchen mit einem regelmäßig geschnittenen Gesicht, ausgeprägtem, aber nicht zu kräftigem Mund, schwarzen, in die Stirn

fallenden Haaren und aufregend großen dunklen Augen. Wenigstens hatte sie den Eindruck, daß sie für einen Mann aufregend sein mußten.

Sie legte noch etwas Puder auf – was ihr in den letzten Tagen wieder zur Gewohnheit geworden war –, entschied sich für das kräftigere Rot ihrer beiden Lippenstifte und trat, als ihr sonst nichts mehr zu tun blieb, wieder ans Fenster. Es beunruhigte sie, daß noch kein Anruf von John gekommen war. Sie hatte noch immer das Bild vor Augen, wie er ihr von seinem Platz vor dem Flughafengebäude aus nachgeschaut hatte, und sie wurde das Gefühl nicht los, als habe sie zu rasch resigniert. Wenigstens hätten sie den Versuch machen können, eine gemeinsame Unterkunft zu finden. Ihr Gewissen wäre jetzt ruhiger gewesen. Andererseits hielt sie es auf Grund ihrer bisherigen Erfahrungen für völlig unwahrscheinlich; es wäre nur Zeitverschwendung gewesen. Morgen abend würden sie bei seinem Vater sein, und sie ertappte sich dabei, wie sie sich ein Bild von ihm zu machen suchte und es im Unterbewußtsein auf John übertrug. Irgendwie erfüllte sie der Gedanke mit Unbehagen, aber dann fiel ihr ein, daß sich ihre eigenen Ansprüche in dreißig Jahren sicherlich auf jenes bescheidene Maß reduziert haben würden, wo die äußere Erscheinung eines Mannes nichts mehr wog und die Falten in seinem Gesicht höchstens noch liebgewordene Spuren gemeinsamer Erinnerungen waren.

Dämmerung sank über die Stadt, der orangefarben gestreifte Himmel verblaßte. Es war immer noch sehr warm im Zimmer, Claire öffnete das Fenster. Obwohl die Sonne schon lange hinter dem Horizont verschwunden war, hatte sich die Luft kaum abgekühlt. Vor dem Hotel standen einige große Limousinen, ein schwarzer Boy plagte sich mit zwei riesigen Koffern ab. Ihr Anblick erinnerte sie daran, daß sie mit nichts anderem als mit einer Reisetasche nach Afrika geflogen war, aber sie gehörte einer Generation an, die mit Raketen zum Mond zielte und aus einem kurzen Abstecher von Paris nach Bulawayo keine Affäre mehr machte.

Nachdem sie noch zehn Minuten vergeblich auf Johns Anruf gewartet hatte, ging sie in den Speisesaal. Es war ein hoher, rechteckiger Raum mit langer Fensterfront, holzgetäfelten Wänden und runden Tischen. In großen Kübeln standen dekorative Palmen und andere tropische Pflanzen herum. Die Tische waren gut besetzt, es mochten etwa fünfzig Gäste anwesend sein. Als Claire durch die Tür trat, blickte sie in ein Spalier neugieriger Gesichter.

Sie war es gewohnt, Aufsehen zu erregen, aber niemals zuvor

war sie mit solch unverhüllter Neugierde angestarrt worden, nicht einmal am Silvesterabend, als sie an Johns Seite jenes Restaurant betreten hatte. Wäre sie im Bikini hereingekommen, hätte die Wirkung nicht viel größer sein können, und sie erinnerte sich, daß es die gleichen Leute waren, derentwegen sie in einem anderen Hotel wohnen mußte als John. Sie hielt unwillkürlich die Luft an und ging, ohne nach links oder rechts zu schauen, zu dem Grauhaarigen hin. Er saß allein an einem Tisch und empfing sie mit einem zufriedenen Lächeln.

»Vielleicht verstehen Sie jetzt, weshalb es mir ein Vergnügen ist, mit Ihnen zu dinieren«, sagte er und rückte ihr den Stuhl zurecht. »In diesem Land sind Frauen wie Sie so etwas wie ein achtes Weltwunder. Hat Ihr Freund schon angerufen?«

»Nein. Es beunruhigt mich.«

»Dafür liegt kein Grund vor. Sicher war es nicht einfach für ihn, ein passendes Hotel zu finden, und er wird sich denken, daß Sie jetzt beim Diner sind. Was wollen Sie essen?«

Claire studierte unschlüssig die Speisekarte, die von einem dunkelhäutigen Kellner in weißer Jacke gebracht wurde. Aus den Augenwinkeln bemerkte sie, daß man am Nachbartisch die Köpfe zusammensteckte und über sie redete.

»Ich würde Ihnen etwas Leichtes empfehlen«, meinte der Grauhaarige. »Ihr Magen könnte es Ihnen nach dem plötzlichen Klimawechsel sonst übelnehmen. Wie wäre es mit Filet de sole?«

Claire stimmte zu. Mit der englisch geschriebenen Speisekarte konnte sie ohnedies nicht viel anfangen. Als Getränk bestellte sie sich einen eisgekühlten Orangensaft. Seit sie aus dem Flugzeug geklettert war, hatte sie ein ständiges Durstgefühl.

Während sie auf das Essen warteten, sah sie sich im Saal um. Sie zählte fast ebenso viele Frauen wie Männer, die Frauen mit strenger Haartracht, stark geschminkten Gesichtern und langen, auffälligen Kleidern. Bei den Männern waren Nylonanzüge dominierend, nur zwei Inder, an einem Tisch in der Nähe der Tür, trugen weiße Tropenanzüge. Aus ihrer laut und zwanglos geführten Unterhaltung hörte Claire, daß es durchweg Engländer waren. Es wurde viel getrunken, auf jedem Tisch standen silberne Weinkühler. Die vier schwarzhäutigen Kellner waren pausenlos beschäftigt, ihre undurchdringlichen Mienen verrieten nichts von ihren Gedanken.

»Servieren dürfen sie«, sagte Claire. »Warum nimmt man keine Weißen?«

Der Grauhaarige zuckte mit den Schultern. »Sie sind billiger. Für die Weißen gibt es lukrativere Möglichkeiten, Geld zu verdienen. Was hier herumsitzt, sind Geschäftsleute mit ihren Frauen und Mätressen, die meisten leben in der Föderation. Fällt Ihnen bei den Frauen etwas auf?«

»Zuviel Schminke«, antwortete Claire sofort. »Es ist mir in der Stadt schon aufgefallen.«

»Daran erkennen Sie die weiße Afrikanerin, ihr Teint ist durch die Hitze verdorben, sie versucht es zu verdecken. Weiß der Vater Ihres Freundes schon, daß Sie kommen?«

»Er möchte ihn überraschen.«

»Es soll eine gute Farm sein«, sagte der Grauhaarige nachdenklich. »Bis vor fünfzig Jahren gehörte sie einem Weißen; sie war damals völlig heruntergewirtschaftet. Er verkaufte sie, weil seine Frau das Klima nicht mehr vertrug.«

Claire blickte ihn verständnislos an. »Reden Sie von der Farm seines Vaters?«

»Ich habe mit Lancaster telefoniert und hoffe, daß Sie mir deswegen nicht böse sind. Offen gestanden habe ich mir etwas Sorgen um Sie gemacht.«

»Ich verstehe Sie nicht«, sagte Claire befremdet.

Der Grauhaarige drehte sein Weinglas zwischen den Händen.

»Mir war an der Geschichte Ihres Freundes einiges nicht ganz klar, ich habe Erkundigungen über seine Familie eingezogen.«

»Über seine ...« Claire verstummte. Als sie wieder sprach, klang ihre Stimme gereizt: »Wie kamen Sie dazu?«

»Ich tat es Ihretwegen«, antwortete der Grauhaarige gelassen. »Ich wollte Sie vor einer unangenehmen Überraschung bewahren und bin jetzt froh, daß ich mich geirrt habe. Übrigens nicht das erstemal«, setzte er mit feinem Lächeln hinzu. »Ich sagte Ihnen schon, daß Sie und Ihr Freund in keine meiner Schablonen hineinpassen. Trotzdem kann ich ihm den Vorwurf nicht ersparen, etwas leichtfertig gehandelt zu haben, als er Sie so unvorbereitet zu dieser Reise überredete.«

»Diesen Eindruck habe ich nicht«, erwiderte Claire. Dann merkte sie, daß ihr Ärger überflüssig und auch lächerlich war. Er kannte die Verhältnisse besser als sie, und wenn er sich Sorgen gemacht hatte, würde er seine Gründe dafür haben. Sie zwang sich zu einem Lächeln. »Wahrscheinlich habe ich Ihnen jetzt Unrecht getan.«

»Es gehört zu meinem Beruf«, sagte der Grauhaarige. »Afrika ist ein Land der Anomalien, Mademoiselle. Wer hier verlorengeht, hat kaum Chancen, noch einmal gefunden zu werden, erst recht nicht, wenn er ohne Visum einreiste.«

Sein ernster Ton verfehlte nicht seine Wirkung auf sie, aber sie stellte keine Frage mehr. Später, als sie gegessen hatten, blickte sie verschiedene Male verstohlen auf ihre Uhr. Seit sie sich von John getrennt hatte, waren über zwei Stunden vergangen. Sicher hatte er in der Zwischenzeit angerufen. Wäre es dem Grauhaarigen gegenüber nicht unhöflich gewesen, wäre sie jetzt so rasch wie möglich auf ihr Zimmer gegangen. Zudem war es trotz der modernen Klimaanlage unangenehm schwül im Speisesaal. Sie spürte, wie ihre Wäsche am Körper klebte.

»In einer Stunde wird es kühl«, sagte der Grauhaarige, als sie sich mit der Speisekarte Luft zufächelte. »Gemessen an Äquatorialafrika ist das Klima hier geradezu europäisch. In Bulawayo werden Sie es erträglicher finden, es liegt fast vierzehnhundert Meter hoch. Haben Sie vor, später einmal für ständig nach Rhodesien zu übersiedeln?«

Es war eine Möglichkeit, mit der sich Claire noch nicht beschäftigt hatte. Sie machte eine abfällige Handbewegung. »Ich fürchte, selbst wenn ich es vorhätte, wäre es mit zu vielen Umständen verbunden.«

»Das gilt heute noch, in fünf Jahren werden Frauen wie Sie ins Parlament gewählt werden. Ich nehme an, Ihr Freund wird, wenn er seine Militärzeit hinter sich hat, sein Studium wiederaufnehmen?«

»Vielleicht.«

»Dann kann er es genausogut in Paris tun«, sagte der Grauhaarige. »Dort haben wir auch ein Tropeninstitut für Sie. In Europa werden wir eines Tages ebenso viele Ärzte wie Patienten haben; Ihr Platz ist in Afrika, Mademoiselle, hier wird in den nächsten hundert Jahren jede Hand gebraucht. Ich müßte mich unverantwortlich irren, wenn Sie nicht die Frau dafür wären.«

»Sie haben sich schon einmal in mir geirrt«, sagte Claire lächelnd. Der Grauhaarige blieb ernst. »In diesem Falle nicht. Ich kenne Afrika zu gut, als daß ich die Schwierigkeiten für eine Frau übersehen würde, aber Sie werden mit ihnen fertig werden. Versäumen Sie es nicht, mich in Paris zu besuchen; hier ist meine Adresse.«

Er schob ihr eine Visitenkarte über den Tisch. »Auf der Rückseite habe ich Ihnen mein Hotel in Salisbury aufgeschrieben. Sollten Sie meine Hilfe brauchen, rufen Sie mich ungeniert an. Jede größere Farm in der Föderation hat Telefonanschluß.«

»Ich hoffe, es wird nicht nötig sein«, sagte Claire und schaute unübersehbar auf ihre Uhr.

Er stand sofort auf. »Sie erwarten Ihren Anruf. Ich begleite Sie noch bis an Ihr Zimmer.«

Beim Verlassen des Saales fühlte sie wieder die Blicke der Gäste auf sich ruhen. Für ein paar Sekunden wurde es so still, daß sie das Geräusch der Ventilatoren hören konnte. Der Grauhaarige lächelte.

Im Lift fiel ihr ein, daß er das Taxi bezahlt hatte. Als sie eine Bemerkung darüber machte, wehrte er entschieden ab. »Es hätte mich das gleiche Geld gekostet, wenn ich allein gefahren wäre, außerdem geht es über mein Spesenkonto. Haben Sie englisches Geld?«

Claire bejahte. John hatte ihr vor ihrem Abflug für alle Fälle fünfzig Pfund gegeben. Vor ihrer Tür blieb sie stehen.

»Ich möchte beinahe schwören, daß ich Sie einmal in Paris besuchen werde«, sagte sie. »Wie lange haben Sie in Rhodesien zu tun?«

»Ich hoffe, nicht länger als vier Wochen. Vorausgesetzt, ich habe etwas Glück.«

»Dann wünsche ich Ihnen viel Glück«, sagte Claire herzlich. »Sie haben mir sehr geholfen, Monsieur.«

Er betrachtete nachdenklich ihr Gesicht. »Lange nicht so sehr, wie ich es gerne möchte, Mademoiselle. Beim schwierigsten Teil werde ich Ihnen nicht helfen können.«

Obwohl sie ahnte, wovon er sprach, stellte sie sich verwundert. »Ich dachte, wir hätten jetzt den schwierigsten Teil hinter uns?«

»Was Ihre Reise betrifft. Obwohl ...« Er verstummte und dachte mit gerunzelter Stirn nach. »Ich möchte Sie nicht noch mehr beunruhigen«, sagte er dann, »aber wenn Sie in Bulawayo einen Wagen mieten, würde ich Ihnen unbedingt empfehlen, allen Polizeistreifen auszuweichen. Es wäre mir lieb, wenn Sie es Ihrem Freund sagten.«

»Ich werde es nicht vergessen«, antwortete Claire.

»Und auch nicht, daß Sie mir geschworen haben, mich in Paris zu besuchen?«

»Ich habe es beinahe geschworen«, sagte Claire lächelnd.

Er öffnete den Mund, als ob er noch etwas sagen wollte, aber dann drehte er sich rasch um und ging zu seinem Zimmer. Claire sah ihm nach. Sie fühlte sich plötzlich sehr allein.

Ihr erster Weg führte sie wieder ins Bad. Sie zog sich aus und stellte sich eine Minute lang unter die lauwarme Dusche. Dann kehrte sie ins Zimmer zurück, holte ihre Zigaretten aus der Handtasche und legte sich im Dunkeln aufs Bett.

Es war sehr still im Hotel, und sie wünschte, daß John bei ihr wäre.

Dieser Tag hatte mehr in ihr verändert als die vergangenen

Wochen. Sie verstand jetzt, wie es in einem Mann aussehen mußte, der diese endlosen Demütigungen achtundzwanzig Jahre lang in sich hineingefressen hatte. Vielleicht lag es daran, daß sie seine Probleme zum erstenmal aus einer Distanz heraus erleben konnte, die es ihr ersparte, sich selbst als Ursache moralischer Empörung zu fühlen, ähnlich einem Kinobesucher, der von der anonymen Geborgenheit seines Platzes aus die Ereignisse auf der Leinwand verfolgt, ohne jedoch unmittelbar daran beteiligt zu sein. Im Grunde war sie ihr ganzes Leben lang immer nur mit sich selbst beschäftigt gewesen und damit ausgefüllt, sich zu bemitleiden. Sie hatte sich nie um fremde Probleme gekümmert, sich nie für einen anderen Menschen verantwortlich gefühlt, sie war, wenn sie es objektiv betrachtete, gleichgültig, egoistisch und immer darauf bedacht gewesen, sämtlichen Komplikationen möglichst aus dem Weg zu gehen. Dies alles hatte sich nun geändert, seit John in ihr Leben getreten war, und während sie jetzt darüber nachdachte, empfand sie es fast wie ein Wunder.
Sie war viel zu skeptisch veranlagt, als daß sie dieses überraschende Ergebnis ihrer Bekanntschaft allein dem Einfluß ihrer Empfindungen für John zugeschrieben hätte. Dies war keine Liebe auf den ersten Blick gewesen, sie hätte sich auch niemals auf den ersten Blick in einen Mann verliebt, sowenig sie sich durch einen vielversprechenden Schutzumschlag zum Kauf eines Buches entschließen würde, ohne nicht wenigstens vorher einen kritischen Blick hineinzuwerfen. Viel wahrscheinlicher dagegen schien es ihr, daß das Zusammentreffen mit John und die anschließenden Auseinandersetzungen mit Fred und seinen Eltern eine Erschütterung in ihr ausgelöst hatten, die einem langwierigen Prozeß innerer Entwicklung zu einem eruptiven Abschluß verhalf und ihr eigentliches Ich, das sie die ganzen Jahre hindurch unter einem Panzer von müder Resignation, ohnmächtiger Gleichgültigkeit und unschlüssigem Abwarten begraben hatte, wieder zum Vorschein brachte. Aber sie würde sich nicht damit begnügen dürfen, und die Erinnerung an die Ungereimtheiten, die sie sich in den vergangenen acht Tagen während ihrer Begegnungen mit John geleistet hatte, trieb ihr nachträglich das Blut ins Gesicht. Es würde auch nicht genügen, seine Familie und seine Heimat kennenzulernen. Sie würde vielmehr bei sich selbst anfangen müssen, bei ihren eigenen Zweifeln und bei dem, was sie noch davor zurückschrecken ließ, auch die letzten Konsequenzen ernsthaft ins Auge zu fassen. Solange der Gedanke an ein Kind jede physische Vereinigung wie mit einer untilgbaren Hypothek belastete, würde sie nie ganz ihre Befangenheit loswerden. Aber

glaubte sie wirklich im Ernst daran, sie könnte sich an den Anblick ihres eigenen Kindes nicht gewöhnen oder ihn gar als unerträglich empfinden? Ging es ihr nicht vielmehr nur darum, unter welchen Bedingungen es aufwachsen, welchen Demütigungen und Benachteiligungen es ausgesetzt und wie es um ihre eigene moralische Position als Mutter bestellt sein würde? Vielleicht auch um ihre gesellschaftliche Position? Solange sie das Bild auf Thüngerstadt übertrug, mochten ihre Befürchtungen zutreffen, aber hatte sie nur einen Augenblick lang daran gedacht, nach Thüngerstadt zurückzukehren? Was hinderte sie überhaupt noch daran, den Vorschlag des Grauhaarigen ernst zu nehmen, was hinderte sie daran, Deutschland zu verlassen?
Sie erinnerte sich, wie es in Paris gewesen war, an die freundliche Hotelbesitzerin, an den abendlichen Spaziergang, an das gemütliche Restaurant und an den gesprächigen Taxifahrer, der einfach nicht glauben wollte, daß sie keine Französin war. Sicher würde es auch in Paris schwierig sein, ein Zimmer zu finden, aber sie würde keine Schwierigkeiten haben, zusammen mit John in einem Zimmer zu wohnen. Und wenn sie ihre klinischen Jahre in einem Pariser Krankenhaus absolvierte, würde sie damit nicht schlechter fahren als in Deutschland. Als etwas später das Telefon anschlug, war sie schon halb entschlossen.
Sie griff so rasch zum Hörer, daß sie beinahe den Apparat auf den Boden geworfen hätte. Es war John, seine Stimme klang wie von sehr weit her, und sie schloß einen Moment die Augen und lächelte. »Ja, ich bin es«, sagte sie ruhig. »Wie geht es dir, John?«

3

Am gleichen Tag wurde Leutnant Horne zum Kompaniegefechtsstand befohlen. Captain Denson saß mit verkniffenem Mund hinter seinem Schreibtisch. Er war nicht allein. Drei Schritte neben ihm, das lange, häßliche Gesicht zu einer undurchsichtigen Maske gefroren, stand Chumley. Als Horne ihn anschaute, zuckte er leicht mit den Schultern.
»Sir?« sagte Horne.
Denson wies auf einen Stuhl. »Nehmen Sie Platz, Leutnant. Ich habe eben Ihr Protokoll gelesen.«
»Ich hoffe, Sie sind zufrieden, Sir«, sagte Horne unpersönlich.
»Sie haben sich außerordentlich viel Mühe gegeben«, antwortete Denson. »Trotzdem muß ich Sie bitten, das Protokoll noch einmal zu schreiben. Es enthält so viel Unsinn, daß ich es nicht ver-

antworten kann, es in seiner jetzigen Form an das Bataillon weiterzureichen. Ich habe Sie bisher für einen ernst zu nehmenden Offizier gehalten, Horne, aber so etwas darf einem ernst zu nehmenden Offizier nicht passieren.«
»Sir!« sagte Horne heiser. »Wenn Sie gestatten, Sir ...«
Denson unterbrach ihn kühl: »Ich gestatte es, Leutnant. Ich gestatte Ihnen, daß Sie in meiner Gegenwart Ihr Protokoll zerreißen, und ich gestatte Ihnen ferner, daß Sie es in meiner Gegenwart in meinen Papierkorb werfen. Sergeant!«
»Sir?« sagte Chumley blaß. Nie, seit er Denson kannte, hatte sich der Captain so weit gehenlassen.
»Geben Sie dem Leutnant das Protokoll!«
»Jawohl, Sir!« sagte Chumley.
Er nahm das Protokoll vom Tisch, zögerte einen Augenblick und ging dann mit eckigen Bewegungen zu Horne hin. »Bitte, Sir!« sagte er undeutlich. Er war schon zu lange bei der Armee, als daß irgend etwas auf der Welt ihn noch beunruhigen konnte, aber als er in Hornes Augen schaute, wünschte er sich weit weg.
»Bringen Sie dem Leutnant noch den Papierkorb«, sagte Denson. »Ich möchte nicht, daß er sich dieses Protokolls wegen bücken muß. Hier ist er!«
Er angelte ihn mit dem Fuß unter dem Schreibtisch hervor und sah zu, wie Chumley ihn zu Horne trug.
»Worauf warten Sie noch, Leutnant?« fragte er.
Horne hob den Kopf. Als er das Protokoll sorgfältig in kleine Stücke zerriß und sie in den Papierkorb fallen ließ, trug sein Gesicht einen geistesabwesenden Ausdruck.
»Und nun wünsche ich von Ihnen einen sachlichen Bericht über den Vorfall«, sagte Denson, »in zehn Schreibmaschinenzeilen; mehr benötigen Sie nicht. Das Motiv, das Bruce zu diesem Delikt getrieben hat, ist höchstens für einen Psychiater interessant; die Armee hat keine Verwendung dafür. Nach Verbüßung seiner Strafe wird er zur A-Kompanie versetzt.«
Er blätterte in einigen Papieren; Chumley beobachtete ihn mit angehaltenem Atem.
»Wie ist das mit Korporal Insogna?« wandte sich Denson an ihn. »Er führt noch die Gruppe?«
»Jawohl, Sir«, antwortete Chumley.
Denson betrachtete mit gerunzelter Stirn ein Blatt Papier, dann sah er Horne an. »Leutnant Peck hat sich gegen seine Beförderung ausgesprochen. Er sagte mir, daß Sie Insogna nicht sehr schätzen.«
»Das ist richtig, Sir«, sagte Horne teilnahmslos.

»Ich teile Ihre Auffassung nicht, Leutnant«, erwiderte Denson und sah auf seine Uhr. »Wenn Sie sich beeilen, können Sie mir das neue Protokoll in einer halben Stunde vorlegen. Sergeant Chumley kann Ihnen dabei helfen.«
»Jawohl, Sir«, sagte Horne und erhob sich.
»Sie können gleich mitgehen, Sergeant«, sagte Denson. »Bereiten Sie bis morgen früh die Beförderungspapiere für Korporal Insogna zum Sergeant vor.«
»Jawohl, Sir!« sagte Chumley. Manchmal hatte er das unangenehme Gefühl, daß der Captain ihn durchschaute. Als er kurz darauf zusammen mit dem Leutnant auf den Korridor hinaustrat, wischte er sich den Schweiß von der Stirn.
»Wünschen Sie, daß ich das Protokoll in der Schreibstube aufnehme, Sir?« fragte er mit belegter Stimme.
Horne schüttelte den Kopf. Dann blieb er unvermittelt stehen und starrte zur Decke hinauf. »Wann kommt Sergeant Baako zurück?«
»Sein Urlaub läuft am ersten März um vierundzwanzig Uhr ab, Sir«, antwortete Chumley, ohne zu überlegen. »Am zweiten März muß er seinen Dienst in Eschwege antreten.«
»Nachdem er sich vorher bei seinem Kompanieführer abgemeldet hat?« fragte Horne mit dem Blick zur Decke.
»Jawohl, Sir, er muß sich vorher bei Ihnen abmelden.«
»Sicher wissen Sie, weshalb er versetzt wird?«
Etwas an seiner Formulierung gefiel Chumley nicht. Der offizielle Grund war Horne genauso bekannt wie ihm, aber Denson würde in acht Tagen Deutschland verlassen, und daß zwischen dem künftigen Kompanieführer und dem Hauptfeldwebel nicht alles zum besten stand, wußten außer Perkins noch andere Leute, obwohl Perkins am gefährlichsten war. Schreibstuben-Unteroffiziere lebten immer in der fixen Idee, eines Tages ihren Hauptfeldwebel ablösen zu können. Chumley hatte einen untrüglichen Instinkt dafür, wieviel er riskieren konnte und wann es für ihn Zeit wurde, Konzessionen zu machen. Er tat es nicht gern, es verstieß gegen seine Prinzipien. Andererseits hing er viel zu sehr an seinem Posten, als daß er ihn eines Prinzips wegen aufs Spiel gesetzt hätte. In vier Wochen würde er für Horne genauso unentbehrlich sein, wie er es für Denson und alle früheren Kompanieführer gewesen war, aber in diesen vier Wochen würde er seine ganze Intelligenz brauchen und auch die unwahrscheinlichsten Möglichkeiten berücksichtigen müssen. Eine davon war, daß Horne über diese Geschichte schon mehr wußte, als er zu erkennen gab.

Wenn ein Mann wie Perkins sich bei einem Kompanieführer beliebt machen wollte, würde er nicht einmal davor zurückschrekken, seine eigene Mutter zu denunzieren.
»Es ist nichts Offizielles, Sir«, sagte er zögernd. »Ich habe es mir selbst zusammengereimt.«
»Kommen Sie mit!« befahl Horne.
Er ging mit ihm in sein Zimmer, machte sorgfältig die Tür hinter sich zu und setzte sich auf die Schreibtischkante. »Also, Sergeant!«
Chumley betrachtete das Bild mit dem jungen hübschen Mädchen auf seinem Schreibtisch. »Angeblich steckt ein Mädchen dahinter, Sir«, sagte er langsam. »Vor zwei Tagen war ein junger Mann bei mir auf der Schreibstube und wollte von Sergeant Baako ihren Aufenthaltsort erfahren. Er erzählte, daß sich bereits der Bürgermeister in dieser Sache mit dem Regiment in Verbindung gesetzt habe.«
»Ist er mit dem Mädchen verwandt?«
»Verlobt, Sir. Sie ist von zu Hause davongelaufen.«
»Wo steckt sie jetzt?«
»Ich vermute, sie ist mit Sergeant Baako nach Rhodesien geflogen.«
Horne spitzte etwas die Lippen. Er nahm seine Brille ab und fuhr sich mit Daumen und Zeigefinger über die Augen. Die Gelegenheiten, sich beim Regimentskommandeur in Erinnerung zu bringen, waren für einen jungen Offizier denkbar selten; hier bot sich vielleicht eine. Als er nach Thüngerstadt versetzt worden war, hatte er gehofft, dem Regimentsstab zugeteilt zu werden, statt dessen hatte man ihn als Zugführer in die B-Kompanie abgeschoben. In acht Tagen würde er Kompanieführer sein, und er wußte ebensogut wie der Bataillonskommandeur, daß er diese rasche Beförderung nicht allein seinen soldatischen Fähigkeiten verdankte. Man hatte sich gefällig erweisen wollen, aber von allen Möglichkeiten, zu avancieren, war es die mühsamste. Die nächste Hürde auf diesem Weg wäre eine Stellung als Bataillonsadjutant, dann Bataillonskommandeur, in zehn Jahren vielleicht, wenn er das erforderliche Alter dafür hatte. Es gab zu viele, die schon länger darauf warteten als er. Anders lagen die Dinge beim Regimentsstab. Dort entschied oft nur das persönliche Wohlwollen des Kommandeurs über die nächste Beförderung, und die Möglichkeiten, die militärische Stufenleiter hinaufzufallen, waren fast unbegrenzt.
Aber dies war nur die eine Seite seiner Überlegungen. Seit er das Zimmer des Captains verlassen hatte, fühlte er sich auf eine nicht

wiedergutzumachende Weise gedemütigt. Er betrachtete sich als Opfer einer Verschwörung, die ebenso illegal wie sittenwidrig war; denn daß sich ein Kompaniechef in der Auseinandersetzung zwischen einem Leutnant und einem schwarzen Gruppenführer auf die Seite des Gruppenführers schlug, war – so schien es ihm wenigstens – in der Geschichte der Armee ohne Beispiel. Im Gegensatz zu Bruce, dessen Abneigung gegen den Sergeant aus mehr oder weniger verschwommenen Ressentiments gespeist wurde, waren Hornes Empfindungen von eindeutiger Natur. Die bloße Anwesenheit eines Schwarzen genügte, einen Abscheu in ihm wachzurufen, wie man ihn sonst nur beim Anblick eines widerlichen Reptils empfindet. In seiner Familie hatte es nie Sklaven gegeben, er hätte, ebenso wie seine Eltern, ihre Gegenwart als unerträglich empfunden. Die Ausdünstung eines schwitzenden Negers konnte ihm den Magen umdrehen, der Umgang mit einem schwarzen Vorgesetzten den Wunsch zur Desertion in ihm wach werden lassen. Er hatte von Anfang an keinen Augenblick lang daran gezweifelt, daß Bruce bei dem Zwischenfall mit der Schraubenmutter die Hände im Spiel gehabt hatte, aber ebensowenig hätte er sich dazu hergegeben, ihn eines Schwarzen wegen in eine unangenehme Situation zu bringen. Zudem war er fest davon überzeugt, daß der Sergeant bei Denson gegen ihn intrigiert hatte, und wenn seine Möglichkeiten, dem Captain die Demütigungen heimzuzahlen, auch so gut wie aussichtslos waren, so gab es andererseits genug Mittel und Wege, seinen aufgestauten Haß an dem Sergeant abzukühlen, den er für alles verantwortlich machte, was ihm in den letzten Tagen widerfahren war.

Er beschäftigte sich noch eine Weile damit, dann wandte er seine Aufmerksamkeit wieder dem Hauptfeldwebel zu, der in lässiger Haltung vor ihm stand und die Hände auf seinem Rücken verschränkt hatte.

»Ich nehme an, Sie haben mit Captain Denson über diese Sache bereits gesprochen?« fragte er beiläufig.

Chumley zog grinsend die Oberlippe von den Zähnen. »Wie ich Captain Denson kenne, Sir, hätte er sich kaum dafür interessiert. Wünschen Sie, daß ich ihn davon unterrichte?«

»Das wünsche ich nicht, Sergeant«, antwortete Horne und setzte seine Brille wieder auf. »Ich wünsche vielmehr, daß Sie über diese Angelegenheit mit keinem anderen Menschen reden. Sollte der junge Mann noch einmal bei Ihnen auftauchen, so bringen Sie ihn unverzüglich zu mir; das ist ein Befehl, Sergeant.«

»Jawohl, Sir!« sagte Chumley. Er war jetzt davon überzeugt,

daß Perkins über diese Sache geschwiegen hatte. Horne war intelligent genug, sich seine eigenen Gedanken über Johns Versetzung zu machen.
Der Leutnant verabschiedete ihn. »Das Protokoll können Sie in fünfzehn Minuten bei mir abholen!«
Obwohl das Gespräch undramatischer verlaufen war, als Chumley befürchtet hatte, war er übler Laune. Nicht etwa, daß er sich Gewissensbisse gemacht hätte! Dazu lag vorläufig auch kein Grund vor; der Leutnant würde mit dem, was er ihm erzählt hatte, im Augenblick nicht viel anfangen können, und seine, Chumleys, Empfindungen für John waren viel zu kompliziert, als daß er sich in diesem Fall zur Diskretion verpflichtet gefühlt hätte. Was ihn erboste, war ganz einfach der Umstand, daß er sich zur Preisgabe einer delikaten Information hatte verleiten lassen, ohne daß es nach Lage der Dinge unbedingt erforderlich gewesen wäre. So versessen er darauf war, persönliche Details über die Männer seiner Kompanie zu sammeln, so eifersüchtig war er auch darauf bedacht, sie für sich zu behalten; und daß John Baako mit der bildhübschen Tochter eines angesehenen Bürgers von Thüngerstadt nach Rhodesien geflogen war, hatte in seinem Arsenal von Intimitäten etwa den gleichen Wert wie die blaue Mauritius in einer Briefmarkensammlung.
Perkins erkannte seine schlechte Laune schon, als er zur Tür hereinkam. Er ließ sich ihm gegenüber am Tisch nieder, stützte die Ellbogen auf und starrte ihn über die Schreibmaschine hinweg unbeweglich an. Es war ein alter Trick von ihm, und trotzdem fiel Perkins jedesmal darauf herein. Nach einer halben Minute wurde er unsicher. Er vertippte sich ein paarmal, setzte ein falsches Wort ein und fing an, zu radieren. Dann hielt er es nicht länger aus. Er stand nervös auf und beschäftigte sich an einem Aktenschrank; Chumley beobachtete ihn grinsend.
»Insogna schon dagewesen?« fragte er.
Perkins drehte ihm das Gesicht zu. »Sollte er kommen?«
»Worauf, glaubst du, warte ich hier?« fragte Chumley.
Perkins ging verärgert hinaus. Seit er mit Chumley zusammen arbeitete, taugten seine Nerven nichts mehr. Fünf Minuten später brachte er Sam herein.
»Schlechte Nachrichten«, sagte Chumley, der unverändert am Tisch saß.
Sam kniff die Augen zusammen, als ob er in ein grelles Licht schaute. »Für mich?«
»Für die Armee«, sagte Chumley. »Denson will dich morgen zum Sergeant befördern.«

»Er war schon immer etwas exzentrisch«, murmelte Sam verwundert und rechnete nach. »Das macht im Monat genau ...«
»Stimmt!« sagte Chumley. »Mary kann dir dein Taschengeld erhöhen. Was Neues von John?«
Sam schüttelte den Kopf. Gestern hatte er ihm einen langen Brief nach Paris geschrieben, postlagernd, wie sie es vereinbart hatten.
»Wird jetzt beschäftigt sein«, sagte Perkins feixend. »Schade, daß man ...« Er brach ab.
»Was ist schade?« erkundigte sich Sam.
Chumley grinste. »Er möchte gerne wissen, wie so etwas aussieht, wenn es zusammen ins Bett geht. Es könnte mich selbst neugierig machen.«
»Ich weiß schon lange, was dich nicht schlafen läßt«, sagte Sam verächtlich. »Daß er hier nicht beliebt war, husten die Hühner. Kann nicht jeder wie 'ne Eule aussehen.«
Chumley betrachtete ihn mit schräggelegtem Kopf. »Horne?«
»Verdreh mir das Wort nicht, Spieß«, erwiderte Sam. »Diese Beförderung hintertreibst du mir nicht mehr.«
»Ich habe mir den Hals trockengeredet, bis ich Denson so weit hatte«, murmelte Chumley vorwurfsvoll. »Ich habe mir auch bei John den Hals trockengeredet. Ohne mich wäre er heute noch Korporal.«
»Bin nie recht dahintergekommen, warum du es gemacht hast«, knurrte Sam.
Chumley wußte es auch nicht. Neben seiner dienstlichen Auffassung, die keine unterschiedliche Behandlung zwischen weißen und schwarzen Soldaten duldete, hatte er, wie alle amerikanischen Staatsbürger, auch eine private Einstellung zur Rassenfrage, die sich von Hornes Einstellung grundsätzlich darin unterschied, daß er sie als gottgewollte Einrichtung betrachtete und als solche akzeptierte, aber in dieser gottgewollten Einrichtung war ihm die Rangordnung zwischen Weißen und Schwarzen im zivilen Leben ebenso selbstverständlich wie die Rangordnung zwischen Offizieren und Mannschaften im militärischen Bereich. Er brauchte sich dabei von keinerlei Ressentiments inspirieren zu lassen, für ihn hatte das Rassenproblem nur eine biologische Seite, und seine Empfindungen Schwarzen gegenüber waren etwa die gleichen, wie sie ein körperlich gesunder Mann einem Verwachsenen oder Blinden entgegenbringt. Sie waren für ihn bedauernswerte Geschöpfe, aber auch nicht mehr. Sich mit einem von ihnen auf die gleiche Stufe zu stellen oder gar Sympathien für ihn zu hegen, kam in seinen Augen nicht nur einem Verstoß gegen die Tabus

menschlicher Gesellschaftsordnung gleich, es war auch eine Versündigung an jenen mirakulösen Gesetzen, die das Universum im Gleichgewicht hielten. So erklärten sich auch seine Empfindungen John gegenüber aus der merkwürdigen Tatsache, daß ausgerechnet ihm eine solche Versündigung unterlaufen war, und sein Haß war im Grunde nichts anderes als ein männlicher Akt der Notwehr und der Selbstverteidigung gegen die widerwillige Bewunderung, die er für ihn empfand, gegen die Sympathie, die er sich nicht eingestehen wollte, und nicht zuletzt gegen das lästige Gefühl geistiger Unterlegenheit, das ihn jedesmal überkam, wenn er sich mit ihm unterhalten hatte. Seit John zur Kompanie gekommen war, hatte Chumley erleben müssen, wie das solide Gebäude seiner Weltanschauung zu knistern begann. Er hatte ihm mehr unruhige Stunden bereitet als jeder andere Mann, und eigentlich hätte er alle Ursache gehabt, über seine Versetzung glücklich zu sein. Daß er sich statt dessen regelmäßig bei dem Wunsch ertappte, den Sergeant wieder in seine Kompanie zu bekommen, war nur einer jener vielen Beweise menschlicher Unzulänglichkeit, und niemand konnte sich mehr darüber entrüsten als er selbst. Aber letztlich war es nicht viel widerspruchsvoller als der Umstand, daß Sergeant Chumley an manchen Sonntagen die Uniform gegen einen Zivilanzug vertauschte und sich in einem Winkel des Doms von Thüngerstadt versteckte, wo er sich mit gottesfürchtiger Miene an der Messe beteiligte und für seine Seele betete. Kein Mensch war so absolut er selbst, daß er immer Herr seiner Empfindungen war; auch Sergeant Chumley nicht.
Er erinnerte sich, daß es Zeit für ihn wurde, das Protokoll abzuholen, und stand auf. »Ich kümmere mich nicht darum, was kleine Leute von mir denken«, sagte er würdevoll. »In dieser Kompanie bekommt jeder, was er verdient.«
»Darauf warte ich schon lange«, sagte Sam. »Man erzählt sich neuerdings Geschichten von einem anderen Spieß.«
Chumley sah mit gerunzelter Stirn in sein verkniffenes Gesicht.
»Diese Geschichten sind fast so alt wie dein Hintern, Sergeant Insogna«, sagte er förmlich und verließ das Zimmer.
Perkins kicherte. »Jetzt hast du ihn erschreckt. Wo hast du es gehört?«
»Auf der Latrine«, antwortete Sam. »Es stimmt doch, daß sie John nach Korea versetzen wollen?«
»Nach Korea?« vergewisserte sich Perkins ungläubig.
»Weißt du nichts davon?«
»Von wem hast du es?«

»Von Chumley.«
»Dann wird es wohl stimmen«, erklärte Perkins, der es sich auf Grund schlechter Erfahrungen schon lange abgewöhnt hatte, anderer Meinung zu sein als sein Hauptfeldwebel.
Sam nickte. »Es paßt zu dieser Armee!«
John fehlte ihm, er hätte keinem Menschen zu sagen vermocht, wie. Daran konnte nicht einmal die Beförderung etwas ändern.

4

Etwa fünf Meilen hinter Lancaster verwandelte sich die Straße in einen unbefestigten, vom Regen aufgeweichten Streifen aus roter Lateriterde, der in vielen Krümmungen eine mit lichtem Gehölz bewachsene Gebirgslandschaft durchquerte. Meterhohe Termitenhügel und rostfarbene Felsklötze säumten sie, von Zeit zu Zeit auch eine Schirmakazie oder der mächtige Stamm eines Affenbrotbaumes. Später wurden die Berge flacher, das Gelände wurde wellig, eine weite, von einzelnen Waldoasen aufgelockerte Grassavanne öffnete sich. Sie reichte bis zu einer purpurnen Hügelkette, die im Osten den Horizont abschloß. Dort war der Himmel noch immer schwarz, das Land von Regenfronten überzogen. Die von silbernen Lichtschächten durchbrochenen Wolken leuchteten im Widerschein ferner Gewitter, deren Windböen die Savanne abkämmten und das hohe Gras in rollende Dünung versetzten. Es sah aus, als ob das Land selbst in Bewegung geriete, einer riesigen Glocke ähnlich, die mit lautloser Gewalt in die brütende Stille des frühen Mittags einschwang.
Es war alles ganz anders, als Claire es erwartet hatte. Schon Bulawayo war eine Überraschung für sie gewesen, eine großzügig und modern angelegte Stadt mit vielen Fabriken und schönen Villen, eingebettet in die dekorative Landschaft der Matoppo-Berge, die mit ihren eigenwillig geformten Gipfeln und Felstürmen unwillkürlich an die Dolomiten erinnerte. Wäre die drückende Hitze nicht gewesen, hätte man sich in eine Hochgebirgslandschaft in Europa versetzt fühlen können.
Die zweimotorige Vickers Viscount hatte die Strecke von Livingstone nach Bulawayo in zwei Stunden bewältigt. Obwohl sie bei der Landung mit keinen Paßschwierigkeiten mehr zu rechnen brauchten, hatte sich John auf Grund ihrer bisherigen schlechten Erfahrungen wieder für getrennte Plätze entschlossen. Seit ihrer Begegnung am Flughafen in Livingstone machte er einen zerstreuten und nachdenklichen Eindruck; vielleicht beschäftigte ihn

das bevorstehende Wiedersehen mit seinem Vater. Über den Grauhaarigen hatte er kein Wort mehr verloren, auch gestern abend nicht, als sie miteinander telefoniert hatten. Die Vermutung des Grauhaarigen, daß er Schwierigkeiten haben werde, ein Hotel zu finden, hatte sich als zutreffend erwiesen. Er hatte über eine Stunde lang suchen müssen. In Bulawayo war er sofort mit einem Taxi in die Stadt gefahren. Da gleichzeitig ein heftiger Gewitterregen niedergegangen war, hatte Claire die Zeit bis zu seiner Rückkehr im Flughafenrestaurant verbracht.
Inzwischen waren über zwei Stunden vergangen. Der Wagen, ein uralter Chrysler, dessen miserable Federung die Fahrt über die schlechten Straßen zu einem mehr strapaziösen als unterhaltsamen Erlebnis werden ließ, hatte entgegen allen Befürchtungen noch keine Panne gehabt. Teilweise hatten sie sogar eine Asphaltstraße benutzen können. Dies hatte sich aber sofort geändert, als die großen Obst- und Tabakplantagen der weißen Pflanzer zurückgeblieben waren. Lancaster war wieder der erste größere Ort auf ihrer Strecke gewesen: einige hundert Häuser, die sich in einer Geländefalte versteckten, dazwischen ein Gewimmel schwarzer Männer und Frauen, die Männer in zerschlissenen Hemden, abgetragenen Hosen und bunten Tüchern, die Frauen in billigen indischen Baumwollkleidern, auch viele nackte Kinder mit monströsen Nabelbrüchen und eitrigen Geschwüren, unzählige Straßenhändler, Bettler mit entzündeten Beinstümpfen, und über alldem der Rauch der Holzkohlenfeuer, der penetrante Gestank der offenen, oft bis zum Rand mit Urin, Exkrementen und Abfällen gefüllten Entwässerungsgräben beiderseits der gepflasterten Straße, und eine Meute johlender Halbwüchsiger, die hinter dem Wagen hergerannt war und um einen Pence bettelte. John hatte kein Wort darüber verloren, aber es war ihr nicht entgangen, daß es ihm peinlich gewesen war.
Ihre eigenen Empfindungen waren noch keinen Augenblick lang zur Ruhe gekommen. Dieses Land flößte ihr ebensosehr Unbehagen ein, wie sie sich von ihm fasziniert fühlte, und sie hätte weder das eine noch das andere zu motivieren vermocht. Was sie jedoch am stärksten beeindruckte, waren die fast erschreckenden Dimensionen, die das Ichbewußtsein bis zur insektenhaften Bedeutungslosigkeit zusammenschrumpfen ließen, und das harte Aufeinanderprallen von Gegensätzen, die ihr mit jedem Kilometer, den sie zurücklegten, deutlicher wurden. Wahrscheinlich würde es unmöglich sein, jemals eine Synthese zu finden, sie zu überbrücken, solange fünfundsiebzig Prozent aller Eingeborenen Analphabeten waren und keine hygienischeren Ansprüche stell-

ten als jene, die sie beobachtet hatte. Es schien ihr unbegreiflich, daß Menschen unter solchen Verhältnissen vegetieren konnten, und sie hatte ein paarmal vergeblich versucht, Johns Meinung darüber zu erfahren; er war ihr mit nichtssagenden Redewendungen ausgewichen. Außerhalb der Ortschaften waren sie kaum einem Eingeborenen begegnet. Die wenigen, die sie gesehen hatten, waren mit schweren Lasten unterwegs gewesen. Beim Annähern des Wagens waren sie auf die Seite getreten und hatten ihn gleichgültig vorbeifahren lassen. Tiere waren noch seltener. Ein einziges Mal hatte in etwa dreihundert Meter Entfernung eine Giraffenherde die Straße überquert. Bis der Wagen jedoch die Stelle erreicht hatte, waren sie in dem hohen Gehölz verschwunden gewesen.

Trotz der offenen Fenster war es unerträglich warm im Wagen. Die Sonne stand jetzt senkrecht am Himmel und trocknete rasch die Straße ab. Claire spürte Müdigkeit in sich aufkommen. In der vergangenen Nacht hatte sie der Schwüle wegen lange nicht einschlafen können, und am Morgen war sie um sechs Uhr von einem Hotelboy geweckt worden, der ihr eine Tasse Tee servieren wollte. Im ersten Moment hatte sie an ein Mißverständnis geglaubt, bis sie darüber aufgeklärt worden war, daß es zu den üblichen Gepflogenheiten gehörte, mit denen man sich in einem englischen Hotel in Rhodesien abfinden mußte.

Eigentlich wäre es nun an der Zeit gewesen, etwas von der Farm zu sehen, aber die Landschaft wirkte, so weit sie schauen konnte, völlig unbewohnt. Hier sollten, nach Johns Worten, die eigentlichen Reservate der Maschonas beginnen. Sie gehörten zu den Südost-Bantu und bewohnten die Reservate zusammen mit einigen tausend Massai, die nach der großen Rinderpest in Kenia das Land verlassen hatten und nach Süden gezogen waren. Wahrscheinlich lagen ihre Dörfer irgendwo am Horizont, wo die Hügel anfingen und die dichte Vegetation auf einen nahen Fluß schließen ließ. Das Wolkengebirge war jetzt flacher geworden, es sah aus, als ob der Regen für heute vorüber sei. Als sie eine Bemerkung darüber machte, zuckte John mit den Schultern. »Vielleicht. Manchmal regnet es nur einmal, manchmal den ganzen Tag.«

»Wie weit ist es noch zur Farm?«

»Dreißig Meilen, vielleicht auch vierzig. Ich habe früher nie darauf geachtet.«

»Ich dachte, sie liegt bei Lancaster?«

»Habe ich das gesagt?«

Sie konnte sich nicht mehr genau entsinnen. »Du hast mir jedenfalls etwas von Lancaster erzählt.«

»Die Post geht über Lancaster. Es hat dich enttäuscht?«
Sie wunderte sich, daß er jetzt von selbst darauf zu sprechen kam, ein Zeichen dafür, daß er sich während der ganzen Zeit damit beschäftigt hatte. »Ich habe es mir etwas anders vorgestellt«, antwortete sie offen.
John nickte. »Sie kennen es nicht besser. Es ist ein Beispiel für die Diskrepanz zwischen dem, was wir sein wollen, und jenem, was wir sind. Wir haben zu viele Leute, die es nicht wissen.«
»Was sie sein wollen?«
»Was sie sind.«
»Das macht es nicht einfacher«, sagte Claire nachdenklich. »Wovon leben sie?«
»Die meisten haben einen Verwandten, der auf einer Farm oder in einer Fabrik arbeitet.«
»Bei den Weißen.«
»Ja.«
»Ich überlege mir«, sagte Claire, »wo sie arbeiten würden, wenn keine Weißen hier wären.«
Es hatte ihr schon lange auf der Zunge gelegen, aber sie hatte befürchtet, es könnte ihn verletzen. Zu ihrer Verwunderung lächelte er.
»Ich mir auch. Solange die Fabriken und sechzig Prozent des besten Bodens den Weißen gehören, läßt sich nichts daran ändern. Nkrumah hat das auch erkannt.«
Sie hatten jetzt den Rand der Savanne erreicht; John blickte auf seine Armbanduhr. »Wenn du willst, machen wir hier eine kurze Rast.«
Claire wollte. Er fuhr den Wagen ein paar Meter von der Straße weg, stieg aus und befühlte den Boden. »Er ist trocken«, sagte er. Dann stapfte er einige Schritte in das Gras hinein. Es war über einen Meter hoch und hart wie Holz. John sah sich sorgfältig um.
»Suchst du etwas?« fragte Claire verwundert.
»Nein, du kannst dich hinsetzen. Willst du eine Orange?«
»Zwei«, antwortete Claire. Sie hatte sie bei einem Straßenhändler vor dem Flughafengebäude von Bulawayo gekauft.
John brachte seine Jacke mit, er legte sie auf den Boden und beobachtete, wie Claire ihre Strümpfe auszog. Sie trug ihr ärmelloses weißes Kleid, und er ließ keinen Blick von ihr.
»Was ist los?« fragte sie.
Er lächelte. »Nichts. Ich überlege mir etwas.«
»Darf man wissen, was es ist?«
»Was ich meinem Vater erzählen soll.«

Die ganze Nacht hatte er darüber nachgedacht, war jedoch zu keinem Ergebnis gekommen. Nur über eines war er sich in den letzten vierundzwanzig Stunden klargeworden, aber er wußte noch nicht, wie er es ihr beibringen sollte.
Der Platz lag etwas im Schatten des Wagens, dessen hohe, altmodische Karosserie Claire jedesmal ein Lächeln entlockte, wenn sie ihn anschaute. Sie ließ sich von John einen Orangenschnitz in den Mund schieben und behielt sein Gesicht im Auge.
»Mußt du ihm etwas erzählen?«
»Wann wir heiraten.«
»Nach meinem Examen«, sagte Claire. Es war für sie eine beschlossene Sache, über die sie jetzt nicht mehr nachzudenken brauchte. »Wir werden uns in Paris eine Wohnung suchen.«
John vergaß das Atmen. »Ich wußte nicht, daß du nach Paris willst«, sagte er schließlich.
Sie lächelte. »Ich wußte es auch nicht. In Paris werden wir weniger Schwierigkeiten haben als in Deutschland. Ich kann meine klinischen Jahre genausogut in einem Pariser Krankenhaus absolvieren. Vielleicht besuche ich noch das Tropeninstitut. Es wird davon abhängen, wie lange ich dort bin.«
»Und ich?«
»Du!« Sie nahm sein Gesicht zwischen die Hände. »Du wirst Französisch lernen und dich auf der Sorbonne immatrikulieren lassen. Bis ich meine klinischen Jahre hinter mir habe, hast du dein Examen.«
Noch vor zwei Wochen wäre es mehr gewesen, als er in seinen verwegensten Hoffnungen für möglich gehalten hatte, aber vor zwei Wochen hatte er noch nichts von seiner Versetzung gewußt. Während er darüber nachdachte, fiel ihm etwas ein. »Wie bist du auf Paris gekommen?« fragte er ruhig.
Es war nicht das, was sie erwartet hatte. Sie legte sich auf den Rücken und betrachtete den hohen leeren Himmel. »Ist es dir zuwenig?«
John schüttelte den Kopf. Die gleiche Furcht, die ihn bisher daran gehindert hatte, ihr von seiner Versetzung zu erzählen, ließ ihn auch diesmal davor zurückschrecken. Er versuchte es auf einem Umweg: »Ich muß damit rechnen, daß sie mich versetzen.«
»Und?«
»Wir würden uns über ein Jahr lang nicht mehr sehen.«
Sie hatte es nicht vergessen gehabt. Während sie am Silvesterabend noch einen Zeitgewinn darin gesehen hatte, war ihr der Gedanke jetzt unangenehm. »Sie können dich nicht versetzen«,

sagte sie ungeduldig. »Erzähl ihnen, daß wir heiraten wollen.«
»Es wäre für sie ein Grund mehr, mich zu versetzen. Wie lange brauchst du noch für das Examen?«
»Vier Monate.«
In vier Monaten konnte sie hundert andere Männer kennenlernen. Er würde es nicht ertragen, daran zu denken. »Ich weiß nicht, wie du dir das gedacht hast«, sagte er zögernd. »Auch wenn sie mich nicht versetzen, dauert es noch ein Jahr, bis ich entlassen werde.«
»Kannst du es nicht beschleunigen?«
»Nein.«
»Dann werde ich solange in Marburg bleiben«, sagte Claire. »Sobald du entlassen wirst, fahren wir zusammen nach Paris.«
»Und wenn sie mich versetzen?«
»Wenn sie dich versetzen, werde ich in Paris auf dich warten.«
Vielleicht hatte sie sich mit diesem Monsieur Rouault verabredet. Gestern abend hatte sie ihm am Telefon erzählt, daß er in Paris wohnte, und er hatte seinetwegen die Nacht kein Auge zugetan.
»Warum heiraten wir nicht sofort?« fragte er. »Sobald du dein Examen hast, könntest du mir nachkommen.«
»Nach Amerika?«
Als er keine Antwort gab, legte sie ihm die Arme um den Hals und zog ihn zu sich herunter. »Hör mir einmal gut zu, John«, sagte sie ruhig. »Erstens brauche ich meinen Kopf jetzt für das Examen, und zweitens würden mindestens fünf Monate vergehen, bis ich dir nachfahren könnte. Selbst wenn ich es wollte, würde es sich nicht lohnen. Wir müßten ein halbes Jahr später wieder nach Paris zurückfahren; so viel Geld haben wir nicht. Außerdem steht deine Versetzung noch nicht fest. Wir werden uns noch einmal darüber unterhalten, sobald du etwas Definitives erfahren hast.«
Es klang endgültig, und er fühlte, daß jedes weitere Wort Zeitverschwendung wäre. Vielleicht würde ihr seine Versetzung sogar willkommen sein, eine günstige Gelegenheit, ihn auf unproblematische Weise loszuwerden.
Keinen Augenblick lang, seit er sie kannte, war er sich ihrer ganz sicher gewesen, und keinen Augenblick lang konnte er sich von der Furcht frei machen, ihr auf die Dauer nicht zu genügen. Jedesmal, wenn er versuchte, sich darüber hinwegzusetzen, blieb er mit einem Bein an den Minderwertigkeitskomplexen einer jahrhundertelangen Deklassierung hängen. So war auch seine Eifersucht nichts anderes als ein ohnmächtiges Aufbegehren gegen die vielen Demütigungen der letzten vierundzwanzig Stunden,

die um so schlimmer gewesen waren, als er sie in ihrer Gegenwart hatte hinnehmen müssen. Kein Mann, gleich welcher Hautfarbe, wird es verwinden, wenn er vor einer Frau gedemütigt wird, für die er notfalls zu sterben bereit wäre, aber er hätte es keinem Menschen erklären können; nicht einmal ihr. Als er sich zu ihr hinüberbeugte und das Gesicht in ihren Schoß preßte, geschah es nur aus einem Reflex seiner Verzweiflung und in einem blinden Atemholen vor der ständigen Furcht, sie zu verlieren.
»Das solltest du jetzt nicht tun«, sagte Claire und schob ihre Hände dazwischen. »Du wirst mir das neue Kleid verderben.«
Trotzdem hätte sie ihm kaum Widerstand entgegengesetzt. Die Hitze lähmte sie, sie lähmte ihren Willen, ihre Vernunft und ihre Fähigkeit, auch dann noch einen winzigen Zipfel ihres Ichs fest in der Hand zu behalten, wenn ihr Bewußtsein es schon nicht mehr wahrnehmen konnte. In diesem Land würde man sich rasch daran gewöhnen, höchstens ein dünnes Kleid auf der Haut zu tragen, was nicht immer ganz unproblematisch sein mußte, besonders dann nicht, wenn ein Dutzend schwarzer Bediensteter die Hausfrau dazu animierten, sich vierundzwanzig Stunden am Tag auf ihren Urtrieb zu konzentrieren. Viel mehr blieb ihr auch nicht zu tun, wenn sie sonst keine Nebenbeschäftigung, einen müden Mann und eine natürliche Veranlagung hatte. Man konnte es fast verstehen, daß manche weiße Frauen mit der Rassentrennung aufhörten, sobald sie anfingen, sich auf ihr Geschlecht zu besinnen.
»Schön«, sagte sie. »Dann laß mich wenigstens das Kleid ausziehen. Ich dachte, du hättest jetzt wichtigere Dinge im Kopf.«
»Das dachte ich auch«, antwortete John und richtete sich auf. »Wahrscheinlich habe ich es mir nur eingeredet. Willst du noch eine Orange?«
»Eine Zigarette«, sagte Claire erleichtert. »Sie liegen im Handschuhkasten.«
Sie beobachtete, wie er zum Wagen ging. Sie liebte seine Art zu gehen, sie anzuschauen, seine Art, sich auszudrücken. Seine Stimme konnte ihr Herz schneller schlagen lassen, seine Augen ihren Blick fesseln wie ein Gemälde von Botticelli. Er war kein Panzerschrank mehr für sie, die meisten seiner Reaktionen und Gedanken waren auch in europäischem Sinn durchaus normal. In Paris hatte sie festgestellt, daß er einen sicheren Instinkt für Kitsch hatte und in vielen Dingen ihren Geschmack teilte. Daß er Gartenzwerge »lustig« fand, würde sie ihm mit der Zeit noch ausreden können.
»Vielleicht hätten wir in Paris bleiben sollen«, sagte er, als er mit

den Zigaretten zurückkam. »Ich weiß nicht mehr, was ich mir von dieser Reise versprochen habe.«
Es war einer jener Widersprüche an ihm, die sie jedesmal in Verwirrung setzten. Wenigstens hatte sie von einem Mann, der nach fast neun Jahren zum erstenmal wieder in seine Heimat kam, eine andere Reaktion erwartet.
»Vielleicht fällt es dir wieder ein«, sagte sie. »Hast du in den neun Jahren nie Heimweh gehabt?«
Er lachte unfroh. »Jeden Tag. Warum hast du nicht mehr nach Giffaumont gewollt?«
»Du warst kein Kind mehr, als du nach Lansing kamst.«
»Für afrikanische Maßstäbe nicht. Die Engländer wissen, weshalb sie unsere Intellektuellen nach Oxford holen. Wenn sie wieder zurückkommen, genieren sie sich, Verwandte zu haben, die noch mit den Fingern essen.«
»Ich kann mir nicht vorstellen, daß dein Vater noch mit den Fingern ißt«, sagte Claire heiter.
John blieb ernst. »Er kommt viel mit weißen Pflanzern zusammen. Sein Vater war vier Jahre lang Steward auf einem Passagierdampfer.«
»Ein interessanter Mann«, sagte Claire und erinnerte sich an das, was der Grauhaarige gesagt hatte. »Wo hat er die Ägypterin kennengelernt?«
John blickte rasch in ihr Gesicht. »Wie kommst du darauf?«
»Ich wundere mich. Er war doch an der Goldküste daheim?«
»Das stimmt«, sagte John und dachte ein paar Sekunden nach. »Du würdest es doch erfahren. Mein Vater ist heute noch so stolz auf ihn, daß er die Geschichte allen Leuten erzählt. Er hat in dieser Beziehung andere Ansichten als ich.«
»Unmoralischere?«
»Das auch«, sagte John und beobachtete einen großen dunklen Raubvogel, der fast unbeweglich im leeren Himmel schwebte. »Wahrscheinlich hat er es von meinem Großvater mitbekommen, der mit siebzehn Jahren aus dem Kral davonlief. Er schlug sich nach Takoradi durch, wurde zuerst Schiffsjunge und später Steward. Er muß ein gutaussehender Mann gewesen sein, ein weißer Passagier erwischte ihn in der Kabine mit seiner Frau. Zum Glück lag das Schiff in einem Hafen. Es gelang meinem Großvater, noch rechtzeitig an Land zu kommen, ehe die alarmierte Schiffsbesatzung Jagd auf ihn machte. Die Frau hat sich ihrem Mann gegenüber bestimmt auf eine Vergewaltigung herausgeredet, und darauf stand damals für einen Eingeborenen mit ziemlicher Sicherheit die Todesstrafe.«

»Wie barbarisch!« sagte Claire.
»Das muß sich mein Großvater auch gedacht haben«, sagte John. »Er gab die Seefahrt auf und bekam eine Stellung in einem Goldbergwerk. Damals lernte er seine Frau kennen, sie war Tänzerin in einem anrüchigen Nachtlokal. Trotzdem müssen sie es sich gegenseitig so angetan haben, daß sie sich sofort ineinander verliebten. Sie hatte noch ein Nebenverhältnis mit einem Aufseher der Bergwerksgesellschaft. Zu dritt knobelten sie einen Plan aus, wie sie etwas von dem Gold in ihre eigene Tasche bringen könnten.«
»Dann hast du mich schon wieder belogen«, sagte Claire. »Du hast mir erzählt, er hätte es auf seinem eigenen Grund und Boden gefunden.«
John grinste. »Vom Standpunkt meines Großvaters aus gesehen war es sein Grund und Boden. Er betrachtete die Weißen immer als ungebetene Gäste, die zu bestehlen eine nationale Aufgabe war. Wie sie es im einzelnen gemacht haben, weiß ich nicht. Der Aufseher wurde plötzlich festgenommen. Als sie dann meinen Großvater holen wollten, war er bereits verschwunden. Seine spätere Frau verkaufte das Gold an einen Hehler. Sie hatten keine Zeit mehr, ein passendes Schiff herauszusuchen, und nahmen das erstbeste. Es war ein portugiesischer Frachter auf dem Weg nach Angola und von dort nach Moçambique. In Moçambique gingen sie an Land. Da mein Großvater nur Englisch sprach, entschloß er sich für Rhodesien. Es war immer sein Wunsch gewesen, eine eigene Farm zu bekommen, aber er hätte sich an das zuständige Land-Apportionment wenden müssen, und das war ihm zu aussichtslos. Durch Zufall hörte er von einem weißen Siedler, der seine Farm aufgeben wollte und keinen Käufer fand. Sie wurden sich einig, und seitdem gehört die Farm unserer Familie.«
»Und die Ägypterin?« fragte Claire. Sie hörte ihm gern zu, wenn er erzählte. Er veränderte sich dabei, der verschlossene Ausdruck, der sonst sein Gesicht beherrschte, verschwand völlig, und seine dunkle, etwas rauhe Stimme wurde lebhaft.
»Sie muß sich unter seinem guten Einfluß so gebessert haben«, antwortete er, »daß sie eine perfekte Farmersfrau wurde. Mit Kindern hatten sie allerdings wenig Glück. Es reichte nur für einen Sohn, und wenn du ihn heute nach ihr fragst, wird er dir erzählen, daß es eine Frau gewesen war, wie man sie in Afrika nur einmal finden konnte.«
»Vielleicht hat er sich deshalb seine Frau von der Goldküste geholt?«

»Möglich. Mein Großvater hatte es sich in den Kopf gesetzt, vor seinem Tod noch einmal in seine Heimat zu kommen. Er fuhr zusammen mit meinem Vater. Sie mußten achttausend Meilen mit dem Schiff und mit der Bahn zurücklegen, und als sie wieder nach Bulawayo kamen, brachten sie meine Mutter mit.«
»Man könnte fast darüber weinen«, sagte Claire und lächelte über ihre eigene Rührung. »Ich glaube, daß dein Vater mir sehr sympathisch sein wird.«
»Ich weiß nicht, ob du das denkst«, sagte John.
»Warum zweifelst du daran?«
Er strich ihr mit den Fingerspitzen über den Mund. »Ich weiß nie, was du denkst. Sie schreiben, daß eine Ehe zwischen einem Schwarzen und einer Weißen nur in ganz seltenen Fällen gut ausgeht.«
»Wer schreibt das?«
»Leute, die es wissen müßten.«
»Leute, die etwas wissen müßten«, sagte Claire, »sind mir ungeheuer gleichgültig, und selbst wenn sie recht hätten, werden wir eben zu diesen ganz seltenen Fällen gehören. Ich hatte schon immer etwas gegen Sachverständige. Es sind fast ausschließlich Leute, die ihre Theorien wie Scheuklappen mit sich herumtragen. Warum hörst du nicht einmal auf mich?«
»Du bist so schwer zu verstehen.«
»Vielleicht liegt es an deinen Ohren. Wenn ich nicht genau wüßte, daß du ...« Sie brach ab. John hatte den Kopf gedreht und schaute in die Richtung, aus der sie gekommen waren. »Was ist los?« fragte sie beunruhigt.
»Ich glaube, es ist ein Motor«, murmelte er.
»Von einem Wagen?«
»Ja.«
»Ich höre nichts.«
Er stand auf und blickte über die Motorhaube des Chryslers hinweg die Straße zurück. Sie führte etwa dreihundert Meter über welliges Gelände, ehe sie in vielen Schleifen die mit dornigem Gesträuch bewachsenen Ausläufer der Matopo-Berge hinaufkletterte und hinter einem flachen Hügelkamm verschwand. Das Gesträuch versperrte den Blick auf die Straße, aber das Motorengeräusch war jetzt so laut geworden, daß auch Claire es hören konnte.
»Vielleicht ist es besser, du versteckst dich solange hinter dem Wagen«, sagte John. »Wenn sie dich sehen, werden sie neugierige Fragen stellen.«
»Ist es eine Polizeistreife?«

»Nein. Es ist kein Jeep. Vielleicht ein Farmer, der aus Bulawayo zurückkommt. Wenn er sieht, daß ich allein bin, wird er weiterfahren.«
Er wartete, bis sie hinter dem Wagen war, dann legte er sich wieder hin, verschränkte die Hände im Nacken und beobachtete aus halbgeschlossenen Augen die Straße. Es dauerte noch eine Minute, bis der Wagen zwischen dem Gesträuch auftauchte. Es war ein hellblauer Lincoln mit offenem Sonnendach. Am Lenkrad saß ein kahlköpfiger Mann, neben ihm eine Frau mit breitrandigem Strohhut und Sonnenbrille.
Jetzt waren sie so nahe, daß sie den Chrysler sehen mußten. John schloß die Augen zu schmalen Schlitzen. Der Wagen verlangsamte seine Geschwindigkeit, blieb stehen, fuhr ein kleines Stück weiter und blieb wieder stehen. John hörte, wie die beiden miteinander sprachen, die Frau rasch und aufgeregt, der Mann brummig. Als er die Wagentür aufstieß und herauskletterte, öffnete John die Augen. Es war ein großer, breithüftiger Mann mit schweren Schultern, kurzem Hals und kleinen rötlichen Augen. Seine Khakihose war an den Knien ausgebeult, sein Hemd unter den Achselhöhlen verschwitzt. John ließ ihn bis auf fünf Schritte herankommen, dann richtete er sich langsam auf.
Der Mann blieb sofort stehen. »Was tust du hier?« fragte er barsch. Es war der vertraute Ton, wie er zwischen Weißen und Eingeborenen üblich war. Als John ihn nach so vielen Jahren wieder hörte, stieg ihm das Blut in den Kopf.
»Ich ruhe mich aus«, sagte er undeutlich.
»Und was ist das für eine Tasche?«
John sah sie erst jetzt. Sie lag einen Meter neben ihm und gehörte Claire. Er wußte jetzt, weshalb der Mann ausgestiegen war. »Sie gehört meiner Frau«, sagte er.
»Wo ist sie?«
John stand auf. Er nahm die Tasche in die Hand und blickte zum Wagen hin. »Haben Sie nicht eine Farm am Mchingwe?«
»Woher weißt du das?« fragte der Mann mißtrauisch.
»Ich habe Sie schon einmal gesehen«, antwortete John. Als er die Tasche in den Wagen legen wollte, packte ihn der Farmer hart am Arm. »Gib sie her!«
John betrachtete seine Hand, die seinen Arm festhielt. Dann hob er den Blick in sein Gesicht. »Laß los!« sagte er ruhig.
Es geschah im gleichen Augenblick, als Claire hinter dem Wagen hervorkam. »Er will deine Tasche haben«, sagte John.
»Ich habe es gehört.« Ihre Backen waren fleckig vor Zorn. Sie wandte sich an den Farmer. »Was wollen Sie damit?«

Der Mann starrte sie fassungslos an. »Sie sind seine Frau?«
»Warum nicht?«
Er musterte abwechselnd sie, dann wieder John. Schließlich drehte er sich um und ging zum Wagen. Sie hörten ihn mit der Frau sprechen.
»Es tut mir leid«, sagte Claire. »Ich habe sie in der Aufregung vergessen.«
»Ich hätte sie selbst sehen müssen«, sagte John. »Sie haben angenommen, ich hätte sie gestohlen.«
»Du kennst ihn?«
»Wenn einer in diese Richtung fährt, liegt seine Farm am Mchingwe. Ich wollte ihn von deiner Handtasche ablenken.«
»Er benimmt sich wie ein Flegel«, sagte Claire und betrachtete die Frau im Wagen. Ihr leichenhaft blaß gepudertes Gesicht war nicht unschön, vielleicht eine Kleinigkeit zu mager, der Mund zu dünn. Das rötliche Haar hatte sie im Nacken zu einem großen Knoten aufgesteckt. Jetzt kam der Farmer wieder zurück.
»Meine Frau möchte wissen, weshalb Sie sich vor uns versteckt haben«, sagte er zu Claire.
»Sie gefielen mir nicht.«
»Wir Ihnen?«
»Ja.«
Es schien ihn zu verblüffen. Er blickte sie von oben bis unten an. »Sie sind keine Engländerin«, sagte er dann. »Eine Französin?«
»Nein.«
»Amerikanerin?«
»Mein Mann ist Amerikaner.«
»So sieht er auch aus. Wohin fahren Sie?«
Sie wandte sich an John. »Wieso muß ich ihm antworten?«
»Du mußt es nicht.«
»Ich weiß auch so, woran ich mit ihr bin«, sagte der Farmer. »Frauen wie sie werden bei uns in einer Kartei geführt.«
Er machte kehrt und ging zum Wagen. Als er die Tür öffnete, stand John neben ihm. »In welcher Kartei?« fragte er.
Claire sah sein wutentstelltes Gesicht und lief rasch zu ihm. »Er kann mich nicht beleidigen«, sagte sie laut.
»Nicht mehr lange«, sagte John. »Eines Tages holen wir ihn.«
Der Farmer kniff etwas die Augen zusammen. »Du bist kein Amerikaner. Woher weißt du, daß ich eine Farm am Mchingwe habe?«
»Jemand hat es mir erzählt.«
»Wer?«
John betrachtete sein dickes, schweißbedecktes Gesicht mit den

wimperlosen rötlichen Augen und der fleischigen Nase. Er stand noch immer neben der offenen Tür, während die Frau mit übereinandergeschlagenen Beinen auf ihrem Platz saß und starr durch die Windschutzscheibe blickte.
»Ein Fetischpriester«, antwortete John.
Der Farmer wechselte die Gesichtsfarbe. »Von den Maschonas?«
»Vielleicht.«
»Ich hätte Lust, dich mit nach Gregstone zu nehmen«, sagte der Farmer langsam.
John grinste. »Ja?«
»Wir finden dich auch so«, sagte der Farmer und setzte sich hinters Lenkrad. Als der Wagen anrollte, bewegte die Frau den Kopf und blickte Claire an. Ihr blasses, hochmütiges Gesicht trug einen Ausdruck unverhüllten Ekels. Sekunden später war der Wagen zwischen dem hohen Savannengras verschwunden.
»Ich glaube, du hast einen Fehler gemacht«, sagte Claire mit blutleeren Lippen.
John nickte. »Ich weiß es, aber er wird künftig keine Nacht mehr ruhig schlafen können. Wir müssen einen anderen Weg fahren.«
»Weshalb?«
»In Gregstone ist eine Polizeistation.«
»Müssen wir hindurch?«
»Der Weg zur Farm zweigt zwei Meilen vorher ab. Er wird mit seinem Wagen eine halbe Stunde früher dort sein als wir. Wenn du ein Visum hättest, wäre es mir egal. Mir können sie nichts anhaben.«
»Du glaubst, daß sie die Polizei auf uns aufmerksam machen?«
»Ich müßte mich sehr irren, wenn sie es nicht täten«, sagte John. »Wir müssen weiter!«
Im Wagen legte Claire ihm die Hand auf den Arm. »Wie hast du das so lange allein ausgehalten?«
»Allein?«
»Ohne mich.«
Er gab keine Antwort.
»Das schlimmste daran ist«, sagte sie, »daß man es ihnen nicht ansieht; sie sehen wie normale Menschen aus.«
»Das ist bei den meisten Psychopathen so«, sagte John.
Er fuhr den Wagen auf die Straße zurück und in der bisherigen Richtung weiter.
»Ich denke, du willst einen anderen Weg fahren«, sagte Claire.
»Wir kommen bald an eine Abzweigung. Er führt durch das Reservat der Massai.«
Noch immer säumte brusthohes Savannengras die Straße; die

Hügel am Horizont rückten nur langsam näher. In der Hitze, die über dem Land lag, wirkten ihre Konturen verschwommen. Claire war schweigsam, ihre Gedanken kamen nicht von dem Zwischenfall mit dem Farmer los. Man hätte das Ganze mit einem Achselzucken abtun können, wenn nicht soviel überzeugte Weltanschauung dahintersteckte. Es war der gleiche Typ von Herrenmenschen, den die Nazis zur Perfektion entwickelt hatten, aber erfunden hatten sie ihn gewiß nicht.

Sie brauchten noch eine halbe Stunde bis zur Abzweigung, dann nahm sie ein holpriger, von tiefen Radspuren ausgefahrener Weg auf. Er wurde oft so schmal, daß das Gras auf beiden Seiten zu den Fenstern hereinpeitschte. Dennoch kamen sie verhältnismäßig gut voran, und nach einer weiteren halben Stunde wurde das Gras niedriger, die Hügel verschwanden vorübergehend hinter einem lichten Wald, der wie eine grüne Mauer die Savanne abschloß. Er war nur einige hundert Meter tief, dann sahen sie die Hügel wieder, und bis zu den Hügeln breitete sich eine mit Gras, Schilf, kleinen Waldstücken und halbhohem Gehölz bewachsene Flußlandschaft aus.

»Der Nyazany!« sagte John. »Hier beginnen die Dörfer der Massai. Wir müssen über den Fluß.«

»Auf einer Brücke?«

»Die Brücke hätten wir benutzen können, wenn wir auf der Straße geblieben wären. Früher gab es hier einmal eine Furt. Ich hoffe, sie existiert noch.«

»Und wenn sie nicht mehr existiert?«

»Dann müssen wir nach Bulawayo zurück und es morgen noch einmal auf der Straße versuchen. Bis dahin werden sie nicht mehr damit rechnen, daß wir noch kommen.«

Claire widersprach entschieden: »Lieber schlafe ich im Wagen.« Die Vorstellung, den gleichen Weg noch zweimal fahren zu müssen, entsetzte sie. »Gibt es sonst keine andere Brücke?«

»Bei Matala.«

»Warum fahren wir nicht hin?«

»Es sind rund hundert Meilen«, antwortete John.

Claire resignierte. Im Grunde war alles unsagbar lächerlich; sie brachte es nicht einmal fertig, sich darüber zu ärgern. Von einem gewissen Punkt an versagte ihre Fähigkeit, sich aufzuregen, und sie hatte diesen Punkt schon erreicht gehabt, als sie gestern abend ins Hotel gekommen war. Vielleicht hätte sich diese Situation vermeiden lassen, wenn sie an ihre Handtasche gedacht hätte, aber es war müßig, sich nachträglich Vorwürfe zu machen. Es lohnte sich nicht, nicht des Farmers wegen und nicht des angewiderten Gesichts seiner Frau wegen. Sie hatte gewußt, worauf sie sich eingelassen hatte, und je mehr sie ihre Erwartungen bestätigt fand, desto unabdingbarer fühlte sie sich mit John verbunden. Sie wäre jetzt sogar imstande gewesen, ihn nur noch aus Trotz zu heiraten.

»Wir werden auf keinen Fall mehr nach Bulawayo zurückfahren«, sagte sie wieder. »Ich möchte nicht das gleiche Theater erleben wie gestern abend. Gibt es sonst keine andere Möglichkeit, zu übernachten?«

John grinste dünn. »Wir könnten uns nach der nächsten Missionsstation erkundigen.«

»Das ist auch nichts«, sagte Claire, nachdem sie eine volle Minute lang darüber nachgedacht hatte. »Die Leute haben so fromme Gesichter, daß ich es nicht fertigbrächte, sie zu belügen. Ist das alles?«

»Wenn du nicht in einem Kral schlafen willst, ja.«

»Bei den Massai?«

»Ich würde es dir nicht empfehlen«, sagte John. »Da vorne steht ihr erstes Dorf!«

Claire hatte es schon selbst gesehen. Halb versteckt in einem lichten Gehölz standen einige Dutzend Hütten. Die Dächer waren aus Schilf und Gras geflochten und sahen wie Bienenkörbe aus. Nicht weit davon entfernt befanden sich die Weideplätze für eine fast unübersehbare Viehherde. Das Motorengeräusch mußte die Bewohner aufmerksam gemacht haben. Sie drängten sich in einem dichten Haufen an den Rand des Gehölzes, hochgewachsene Männer, schlanke Frauen und viele Kinder, einige vom Kopf bis zu den Zehen in Decken gehüllt, die meisten jedoch völlig unbekleidet. Sie taten nichts, sie standen nur da, unbeweglich, neugierig und nackt.

Ihr Anblick löste in Claire ein merkwürdiges Gefühl von Ergriffenheit aus, sie berührte Johns Arm. »Ich möchte sie mir einmal aus der Nähe anschauen.«

»Das kannst du. Ich werde sie nach der Furt fragen. Komm ihnen aber nicht zu nahe, sonst ist dein Kleid erledigt; sie schmieren sich mit Fett und Ocker ein.«

»Sprechen sie Englisch?«

»Die meisten von ihnen waren einmal auf einer Missionsschule, aber sobald sie sie verlassen haben, streifen sie das Erlernte wieder ab wie eine Libelle ihre Haut. Die Verkehrssprache hier ist Nyanja.«

Er fuhr den Wagen vom Weg herunter zu dem Gehölz hin. Als er hielt, wurde er sofort von den Eingeborenen umringt. Mit

ihnen kam eine Wolke von Fliegen. Sie saßen in dicken Klumpen an ihren Augen und auf ihren Rücken; manche sahen aus, als trügen sie einen schwarzen Pelz auf der Haut. Innerhalb weniger Sekunden war auch der Wagen voll Insekten.
»Wie halten sie das nur aus?« fragte Claire.
»Sie spüren sie nicht mehr; die Viehherden locken sie an.«
Er sprach mit einem älteren Mann, dessen runzliges Gesicht mit Tätowierungen bedeckt war, die es wie mit einem feinen Spinnengewebe überzogen. Er gehörte zu den wenigen, die ein Kleidungsstück trugen: eine rostfarbene Decke, die er sich malerisch über die Schultern gehängt hatte. Die übrigen hielten sich in respektvoller Entfernung vom Wagen. Unter den Frauen befanden sich einige außergewöhnlich schöne Mädchen mit feinen Gesichtszügen. Ihr zu Schnüren geflochtenes Haar hatten sie dick mit Ockerstaub eingerieben. Um den Hals und an den Hüften trugen sie Ketten aus bunten Glasperlen, die Männer große Ohrgehänge, Lederriemen mit Pfeilköchern und phantasievollen Kopfschmuck. Ihre Gesichter mit den hohen Backenknochen waren glatt und ohne Falten. Sie hatten kräftige Hälse, breite Schultern, schmale Taillen und Hüften, schlanke magere Schenkel und Knie und lange sehnige Beine. Mit einer Mischung von beruflichem Interesse und privater Neugierde apperzipierte Claire die deformierenden Spuren der Beschneidung. Ihre eigenartig blicklosen und düsteren Augen verrieten nichts von ihren Gedanken. Man hatte das Gefühl, als ob sie durch einen hindurchschauten. Sie schienen sich ihrer Nacktheit ebensowenig bewußt zu sein wie der Fliegenschwärme. Manche hatten bösartige Augeninfektionen, andere eitrige Geschwüre an den Beinen. Ihre Haut war überraschend zart und seidig, besonders die Mädchen erweckten Claires rückhaltlose Bewunderung. Das einzig Häßliche an ihnen waren ihre großen Spreizfüße.
Obwohl sie kein Wort der Unterhaltung zwischen John und dem Tätowierten verstehen konnte, merkte sie an seinem Gesichtsausdruck, daß ihn das Ergebnis enttäuschte. Es fiel ihr auf, daß seine Stimme in der ihr ungewohnten Sprache einen völlig anderen Klang bekam. Jetzt wandte er sich wieder an sie: »Die Furt ist noch da, aber sie glauben nicht, daß wir hinüberkommen. Der Fluß ist durch die Regenfälle angestiegen.«
»Daran hättest du eigentlich denken müssen«, erwiderte Claire. »Was willst du tun?«
»Wir warten, bis es dunkel wird.«
»Hier?«
Er blickte unschlüssig den Tätowierten an. »Er kennt unsere

Farm. Vor Jahren haben sie meinem Vater einige Rinder verkauft. Er fragt, ob wir zum Essen bleiben wollen.«
»Was essen sie?«
»Blut.«
Sie hielt es für einen Scherz und runzelte die Stirn.
»Es ist ihre Hauptmahlzeit«, erklärte John. »Sie machen lebenden Tieren eine Aderpresse, bis die Blutgefäße am Hals anschwellen, und bohren sie dann mit einem Pfeil an. Dem Blut fügen sie den Saft einer wilden Pflanze bei, der es gerinnen läßt. Anschließend kocht es sich wie Leber.«
Claire fühlte, wie etwas in ihrem Magen protestierte. »Ich glaube nicht, daß ich Appetit darauf habe.«
»Ich auch nicht, aber ich möchte sie nicht gern vor den Kopf stoßen. Sie sind stolz, empfindlich und nachtragend. Der Alte hier ist ihr Häuptling.«
»Was trinken sie?«
»Milch.«
»Gegen einen Schluck Milch hätte ich nichts einzuwenden«, sagte Claire. Sie beobachtete das Gesicht des Häuptlings. Er lächelte sie an, legte zwei Finger an die Stirn und sagte etwas.
»Was meint er?«
»Du gefällst ihm«, antwortete John. »Er möchte dich gerne kaufen.«
»Das möchten andere auch. Was bietet er?«
John grinste und sprach mit dem Häuptling. »Vierzig Schafe und zwanzig Rinder«, sagte er dann. »Ich glaube, es ist für hiesige Verhältnisse ein guter Preis.«
»Das glaube ich auch«, sagte Claire. »In Deutschland versuchen sie es schon mit einem Beefsteak und einem billigen Rheinwein. Was hast du ihm von uns erzählt?«
»Daß du bei meinem Vater Baumwolle kaufen möchtest. Wenn ich ihm die Wahrheit gesagt hätte, würde er nichts unversucht lassen, mit mir ein Geschäft zu machen. Er sagt, wir könnten Milch haben; wir sollten mit ihm kommen.«
»Wenn es sein muß«, sagte Claire und holte ihr Sonnenöl aus der Handtasche. Als sie sich Gesicht und Arme einrieb, rückten die Massai etwas näher an den Wagen heran und beobachteten jede ihrer Bewegungen. Ein Mädchen, das ihr ihrer Schönheit wegen schon einige Male aufgefallen war, formte die Hände zu einer Schale und hielt sie ans Fenster.
»Sie möchte wissen, was in der Flasche ist«, sagte John.
Claire ließ etwas von dem Öl auf ihre Handflächen tropfen, sie roch daran und schnitt eine Grimasse.

»Wofür ist es gut?« fragte sie auf Englisch.
Es verschlug Claire die Sprache. Der Häuptling sagte einige Worte und lachte.
»Sie ist seine Tochter«, übersetzte John. »Sie war auf einem Lehrerseminar.«
»Was tut sie dann hier?« fragte Claire noch immer fassungslos.
»Wahrscheinlich hat sie das Examen nicht bestanden.«
»Es hält die Fliegen ab«, sagte Claire zu dem Mädchen. »Du warst auf einem Lehrerseminar?«
Das Mädchen nickte.
»Hast du das Examen nicht gemacht?«
»Nein. Willst du meinen Kral sehen?«
»Sie will mir ihren Kral zeigen«, sagte Claire zu John. »Was soll ich tun?«
»Du kannst es ihr nicht abschlagen. Für eine weiße Frau ist es bei den Massai eine Auszeichnung.«
Claire öffnete die Wagentür. »Ich komme mit dir«, sagte sie.
Die Männer und Frauen machten ihnen Platz. Es waren jetzt so viele geworden, daß Claire John aus den Augen verlor. Sie ging an der Seite des Mädchens auf die Hütten zu. Es waren mehr, als sie ursprünglich angenommen hatte, sie standen unregelmäßig verteilt zwischen dem Gehölz. An offenen Feuerstellen und vor den Hütten saßen alte Männer und Frauen mit ausgemergelten Körpern. Andere wieder kauerten vor großen eisernen Töpfen, in denen eine übelriechende Masse brodelte. Dazwischen liefen Ziegen und Hühner herum. Eine Frau säugte ihr Baby. Das Kind zerrte wie ein junger Hund an ihrer großen Brustwarze.
»Das ist mein Kral!« sagte das Mädchen. Sie blieb vor einer Hütte stehen, die wie alle anderen aussah. Der untere Teil bestand aus getrocknetem Lehm, darüber wölbte sich die grasgeflochtene Kuppel des Dachs. Eine Bastmatte verschloß den niedrigen Eingang. Das Mädchen schob sie auf die Seite und ließ Claire hinein.
Das Innere der Hütte war überraschend geräumig. Auf der einen Seite stand ein Ruhelager aus Stangen und Riemen. Auf den Riemen lagen getrocknetes Schilf und eine Wolldecke. Außerdem standen noch zwei hölzerne Hocker herum. In der Mitte brannte ein Feuer auf dem gestampften Estrich. Der Rauch zog durch eine kleine Öffnung im Dach ab. Trotzdem war die Luft zum Schneiden dick. Schon nach wenigen Sekunden spürte Claire, wie ihr der Schweiß aus allen Poren trat.
Das Mädchen war neben ihr stehengeblieben und beobachtete sie aufmerksam. »Gefällt er dir?«

»Er ist sehr gemütlich«, sagte Claire mühsam. »Wohnst du allein hier?«
»Manchmal«, sagte das Mädchen und lächelte. »Er gefällt dir nicht, aber ich möchte nicht anders wohnen. Auf dem Lehrerseminar hatte ich ein Zimmer wie ihr; nach einem halben Jahr hielt ich es nicht mehr aus. Setz dich hin, ich bringe dir etwas zu trinken.«
Sie verschwand für kurze Zeit und kehrte mit einer tönernen Schale zurück, die bis zum Rand mit Milch gefüllt war. Auf der Milch schwamm ein halbes Dutzend Fliegen. Das Mädchen holte sie mit den Fingern heraus und warf sie auf den Boden.
»Sie ist frisch«, sagte sie. »Wo hast du deinen Mann kennengelernt?«
»Er ist nicht mein Mann.«
»Das hat er meinem Vater erzählt. Ich glaube es nicht.«
»Warum glaubst du es nicht?«
»Ich habe euch beobachtet«, antwortete das Mädchen. Sie hatte sich auf einem Hocker niedergelassen und streckte ungeniert die langen Beine von sich. »Weiße Frauen kaufen keine Baumwolle, und wenn sie kaufen, gehen sie zu einem weißen Pflanzer. Er sagte auch, daß du aus Deutschland kommst. Bist du seine Geliebte?«
Claire mußte lachen. »Man kann dir nichts vormachen.«
»Du gefällst mir«, sagte das Mädchen und berührte den Saum von Claires Kleid. »Wenn du willst, kannst du heute nacht bei mir schlafen.«
»Es geht nicht.«
»Das ist schade«, sagte das Mädchen enttäuscht.
Claire betrachtete sie. Die Vorstellung hatte etwas Unzüchtiges, und es berührte sie seltsam, daß sie nicht den gleichen Widerwillen in ihr auslöste, wie sie ihn bei einer weißen Frau in einer solchen Situation empfunden hätte. Vielleicht deshalb nicht, weil die Unzüchtigkeit zu sehr europäischen Moralbegriffen entsprang, als daß sie sich in dieser primitiven Umgebung und vor dem ruhigen Blick dieser schönen und unergründlichen Mädchenaugen hätte behaupten können.
Sie ertappte sich dabei, wie sie ihre selbstbewußte, fast anmaßende Haltung bewunderte. Sie schien sich ihrer proportionalen Vollkommenheit so sicher zu sein, daß sie nicht einmal den Versuch machte, auch nur einen Zoll ihres schlanken sehnigen Körpers zu verbergen. Wahrscheinlich wurde es ihr keinen Augenblick lang bewußt, aber ebenso wahrscheinlich war, daß sie an ihrer Wirkung auf eine weiße Frau nicht den geringsten

Zweifel hatte. Sie gefiel Claire von Minute zu Minute besser, und als sie den Schatten in ihrem Gesicht sah, legte sie ihr unwillkürlich die Hand auf die Schulter.

»Wir bleiben nur wenige Tage hier«, sagte sie herzlich. »Vielleicht komme ich später einmal für länger zu euch.«

»Wann?«

»Wenn ich mein Studium fertig habe. Ich studiere Medizin.«

»Du willst Ärztin werden?«

»Ja.«

»Wie lange dauert das noch?«

»Zwei Jahre.«

»Ich wußte, daß du nicht gekommen bist, um Baumwolle zu kaufen«, sagte das Mädchen. Sie faßte nach ihrer Hand und betrachtete ihre Armbanduhr.

»Gefällt sie dir?«

»Hast du sie von ihm?«

»Sie ist ein Geschenk meiner Mutter.«

»Lebt sie noch?«

»Nein.«

»Ich habe auch ein Geschenk meiner Mutter«, sagte das Mädchen. Sie ging zu ihrem Lager, kniete nieder und brachte einen kleinen Holzkasten zum Vorschein. Er war bis zum Rand mit goldenen Armreifen gefüllt. Sie nahm ein besonders schönes Stück heraus, klappte den Kasten wieder zu und kehrte zu Claire zurück. »Nimm ihn!«

Claire blickte ungläubig in ihr Gesicht. Wenn der Reif aus massivem Gold war, hatte er einen Wert von annähernd tausend Mark.

»Das kann ich nicht«, sagte sie verlegen.

Das Mädchen schob ihr den Reif über die Hand, er war ein wenig eng, und sie mußte Kraft anwenden. »Du kannst ihn mir zurückgeben«, sagte sie, »in zwei Jahren, wenn du wiederkommst.«

In ihrer Stimme war ein Ton, der Claire daran hinderte, ihr zu widersprechen. »Warum trägst du ihn nicht selbst?«

»Ich darf ihn erst tragen, wenn ich einen Mann habe. Meine Mutter wollte es so.«

»Weshalb?«

»Sie wollte es so«, wiederholte das Mädchen und blickte sie eigenartig an.

»Hast du noch keinen Mann?«

»Ich muß noch darüber nachdenken, welchen ich nehme. Wirst du den Reif behalten?«

Claire nickte. »Bis ich wiederkomme. Warum gibst du ihn mir?«

»Ich weiß es nicht«, sagte das Mädchen. »Wie alt bist du?«
»Fünfundzwanzig.«
»Dann bist du drei Jahre älter als ich. Wie lange wirst du bei uns bleiben, wenn du wiederkommst?«
Ehe Claire antworten konnte, hörte sie Johns Stimme ihren Namen rufen. Sie stand auf. »Vielleicht sehr lange. Wie heißt du?«
»Betusile.«
Claire beugte sich zu ihr nieder und berührte mit den Lippen ihre Stirn. Sie tat es ohne Überlegung, und sie wußte nicht, weshalb sie es tat. Vielleicht waren die Augen des Mädchens daran schuld, sie wirkten wie ein Magnet auf sie.
Das Mädchen blieb ein paar Sekunden regungslos sitzen, dann verschwand es rasch durch die Türöffnung.
Vielleicht hätte ich es nicht tun dürfen, dachte Claire. Ihr Blick fiel wieder auf ihre Armbanduhr. Sie war nur ein Bruchteil des Armreifs wert, aber sie gehörte zu den ganz wenigen Dingen, von denen sie sich nur schwer trennen konnte. Sie streifte sie ab und legte sie gut sichtbar auf einen Hocker.
John und der Häuptling erwarteten sie vor der Hütte. Es hatten sich jetzt noch mehr Dorfbewohner versammelt. Sie standen teils neugierig, teils gleichgültig herum, die Frauen für sich abgesondert. Als Claire aus der Hütte kam, steckten sie die Köpfe zusammen und tuschelten. Von den jungen Männern hatten sich inzwischen viele bewaffnet, sie trugen lange Bambusspeere mit gefährlich aussehenden Spitzen. Ihre Haltung war genauso selbstbewußt wie die des Mädchens. So, wie sie dastanden, nachlässig auf ihre Speere gestützt und mit vorgerecktem Kinn, hätte es Claire nicht überrascht, wenn der eine oder andere von ihnen sie mit einer herrischen Bewegung seines Kopfes in seinen Kral gerufen hätte.
Mit ihrem Gesicht mußte etwas nicht stimmen, sie merkte es an der Art, wie John sie anschaute.
»Ärger gehabt?« fragte er.
»Nein. Wo ist sie hin?«
»Sie rannte zwischen die Bäume.« Sein Blick fiel auf den Armreif. »Woher hast du ihn?«
»Sie hat ihn mir geschenkt.«
Obwohl es ihn überraschen mußte, verlor er kein Wort darüber. Es enttäuschte Claire, daß sich das Mädchen nicht sehen ließ. Während sie zum Wagen zurückkehrte, schaute sie sich immer wieder nach ihm um.
Die Hitze war jetzt nicht mehr so groß, es ging auf den späten Nachmittag zu, die Bäume warfen lange Schatten. Sie hatten

lichtes, zartes Laubwerk, ihre eigenartige Form war Claire schon in Livingstone aufgefallen. Sie bildeten keine Kronen, sondern waagerechte Flächen und Schichten. Zwischen den Blättern leuchtete das bunte Gefieder tropischer Vögel. In der Luft roch es nach Thymian und Schilf, Zikaden wurden laut. Das Geräusch schien das ganze Dorf wie in eine Wolke feinen Lärms einzuhüllen.
Vor einer Hütte entdeckte Claire einen etwa fünfjährigen Jungen, dessen kahlgeschorener Schädel mit einer großen, entzündeten Kruste bedeckt war. Auf der Kruste hatten sich ganze Traubenbündel bläulich schillernder Fliegen festgesetzt.
»Warum bringt man ihn nicht zum Arzt?« fragte sie.
John schaute flüchtig zu ihm hin. »Der nächste Arzt ist in Bulawayo. Er wird von allein gesund werden oder sterben.«
Sein gleichgültiger Ton ärgerte sie. »Du findest das richtig?«
»Ich nicht; die Massai. Als du im Kral warst, habe ich zwei Frauen mit Syphilis gesehen; sie behandeln sich selbst.«
»Womit?«
»Ich möchte es ihnen nicht nachmachen«, sagte John, »nicht für zehntausend Pfund.«
Der Häuptling verabschiedete sich am Wagen von ihnen. Er war ein schmutziger alter Mann, aber er hatte die Haltung eines Monarchen. Seit Claire wußte, daß er der Vater des Mädchens war, empfand sie fast so etwas wie Zuneigung für ihn.
»Das nächste Mal will er uns zu Ehren ein Fest geben«, sagte John. »Er bedauert es, daß er sich mit dir nicht unterhalten konnte.«
Es waren wieder viele Dorfbewohner mit zum Wagen gekommen. Als er sich in Bewegung setzte, winkten die Männer mit ihren Speeren; Claire wunderte sich darüber. »Ich hätte es ihnen nicht zugetraut. Die ganze Zeit über taten sie so, als wären wir ihnen gleichgültig.«
»Es ist nur ihre Art. Wahrscheinlich bist du die erste weiße Frau, die sie zusammen mit einem Neger gesehen haben. Der Häuptling hat mir von meiner Geschichte kein Wort geglaubt.«
»Seine Tochter auch nicht«, sagte Claire. »Hoffentlich habe ich nichts falsch gemacht.«
»Was hast du mit ihr gesprochen?«
Sie erzählte ihm alles.
»Ich glaube nicht, daß es falsch war«, sagte John. »Sie war gerührt und wollte es dir nicht zeigen. Du mußt es ihr sehr angetan haben.«
»Ich war höchstens fünf Minuten mit ihr zusammen.«
»Darauf kommt es bei ihnen nicht an. Sie spüren sofort, ob man

sie als gleichwertig betrachtet. Ich halte sie für intelligenter als alle anderen Stämme. Wenn sie wollten, könnten sie in Afrika eine führende Rolle spielen.«
»Warum wollen sie nicht?«
John lächelte. »Warum will der Löwe nicht in einen Käfig? Sie hängen an ihren Sitten. Untereinander leben sie in völliger Promiskuität. Die Ehe ist für sie nur eine Absprache über die Verteilung der Pflichten; mit ihrem Sexualleben hat sie nichts zu tun. In Bulawayo lebt ein Massai, er gilt sogar bei den Weißen als erstklassiger Chirurg und spricht fünf Sprachen. Dabei gibt es viele ernsthafte Leute, die den Kopf schütteln, wenn man ihnen erzählt, daß die Massai noch nicht am Ende sind.« Claire dachte darüber nach. Wahrscheinlich hätten die römischen Patrizier und griechischen Philosophen auch den Kopf geschüttelt, wenn ihnen erzählt worden wäre, daß sich die Gallier und Angeln eines Tages um den ersten Platz in der zivilisierten Welt streiten würden. –
Sie hatten jetzt wieder die Savanne erreicht. Da sie in die entgegengesetzte Richtung fuhren, sahen sie vor sich die Gipfel und Grate der Matopo-Berge aufragen. Einige von ihnen trugen weiße Wolkenkränze. Ihre Flanken und Steilhänge wirkten wie glasiert, in kräftigen Farben, die sich leuchtend vom hellen Blau des Himmels abhoben.
»Willst du bis zur Straße zurückfahren?« fragte Claire.
»Nein. Wir suchen uns vorher einen Platz und warten, bis es dunkel wird. Vielleicht kämen wir jetzt schon ungehindert zur Farm, aber ich will nichts riskieren. Sicher bist du hungrig?«
»Nicht auf gekochtes Blut. Vielleicht können wir sie noch einmal besuchen, solange wir hier sind?«
Er lächelte. »Deine Freundin?«
»Es ist merkwürdig«, sagte Claire, »ich habe nie eine richtige Freundin gehabt, aber es ist mir auch nie aufgefallen. Verstehst du, weshalb sie die Reifen nicht trägt?«
»Vielleicht liegt ein Zauber darauf; sie sind hoffnungslos abergläubisch.«
»Es waren mindestens zwölf Stück. Woher hat ihre Mutter das Geld dafür genommen?«
»Sie sind nicht arm. Jeder von ihnen besitzt im Durchschnitt fünfzig Rinder, ein Häuptling noch mehr.«
Sie fanden einen schattigen Platz unter einem riesigen Affenbrotbaum, der etwa dreißig Schritte vom Weg entfernt auf einer kleinen Anhöhe stand. John fuhr den Wagen einige Meter weit in das Gras hinein; unter dem Baum war es nur fußhoch. »Hier sind wir vor Besuchern sicher«, sagte er. »Der Weg wird kaum befahren

und auch nur dann, wenn die Furt offen ist. Gefällt dir der Platz?«

Er gefiel ihr. Man konnte über die ganze Savanne hinwegschauen. In der Nähe wuchsen Lilien mit großen, fleischigen Blüten. Ihr schwerer Duft tränkte die Luft wie mit einem exotischen Parfüm.

John ging langsam um den Baum herum und betrachtete wieder sorgfältig den Boden.

»Wonach suchst du eigentlich?« fragte Claire.

»Nach Schlangen.«

Obwohl sie es halb vermutet hatte, erschrak sie. »Giftige?«

»Gelegentlich sind sie auch giftig, sie sind aber nicht so gefährlich wie die Treiberameisen. Sie werden bis zu fünf Zentimeter groß und können einen Menschen töten.«

Er bemerkte ihr besorgtes Gesicht und lachte. »Du kannst dich ruhig hinsetzen.«

»Ich weiß nicht«, murmelte Claire. »Vielleicht offerierst du mir noch einen Löwen.«

»Um Löwen zu sehen, mußt du in einen Nationalpark gehen. Als mein Vater die Farm kaufte, wimmelte es in dieser Gegend von Löwen und Elefanten. Heute findest du höchstens noch einige Giraffen, wenn du Glück hast, auch ein Flußpferd. Willst du dich auf meine Jacke setzen?«

Sie schaute unschlüssig an sich hinunter. Das Kleid hatte schon viele Flecken bekommen. »Am besten ist es, ich ziehe es aus. Wenn du anständig bist.«

Er gab sich Mühe. In der Tüte waren noch drei Orangen, sie teilte sie mit John. Hinterher lagen sie dicht nebeneinander im warmen Gras.

»Du hast mir noch nicht verraten, wie es dir gefällt«, sagte John.

Obgleich sie sofort wußte, wovon er sprach, stellte sie sich verwundert. »Wie mir was gefällt?«

»Rhodesien.«

Claire betrachtete die violetten Hügel am Horizont. Sie erinnerte sich unwillkürlich an den grauen Winterhimmel über Thüngerstadt, an die müden grauen Gesichter der Menschen, wenn sie an einem naßkalten Morgen in die Straßenbahn und in den Zug kletterten. Sie erinnerte sich der ständigen Furcht vor der nahen Zonengrenze, an das stumpfsinnige, entnervende Warten auf irgendein Ereignis, von dem niemand wußte, wie es aussehen und was es bringen würde, und das doch in jeder Sekunde und in jedem Gedanken gegenwärtig war. Und ganz am Schluß erinnerte sie sich auch an ihr Examen, aber sie hatte jetzt keine Furcht mehr

davor. Sie würde es bestehen und einen sicheren Beruf haben. Sie liebte ihn nicht mehr als zuvor, aber sie war jetzt entschlossen, für sich und John das Beste daraus zu machen.
Sie blickte von der Seite in sein Gesicht. Er hatte sein verschwitztes Hemd ausgezogen und rauchte.
»Ich glaube, ich könnte mich daran gewöhnen«, sagte sie nachdenklich.
»Warum zerbrichst du dir den Kopf darüber?«
»Es hängt soviel davon ab.«
»Ob es mir gefällt?«
»Ja.«
»Das glaube ich nicht«, widersprach Claire. »Es wird einzig und allein davon abhängen, welche Möglichkeiten ich als Ärztin habe. Hast du eine Ahnung?«
»Du hast alle Möglichkeiten.«
»Das ist mir zu vage.«
»Du könntest in ein Missionshospital.«
»Das könnte ich, aber ich glaube nicht, daß ich sehr glücklich darüber wäre. Weiter?«
»Wir haben noch andere Krankenhäuser, staatliche und private. Wenn du aber einverstanden wärst, wüßte ich etwas Besseres.«
»Ja?«
»Du machst eine eigene Praxis auf«, sagte John. »Wenn wir uns in der Nähe der Farm ein Haus hinstellen, würdest du mehr Patienten bekommen, als du behandeln kannst.«
»Das kostet viel Geld.«
»Wir haben es. Die Farm ist heute dreißigtausend Pfund wert; ich bekomme meinen Anteil ausbezahlt.«
Claire runzelte die Stirn. »Es erinnert mich an etwas. Ich werde mir das alles noch gut überlegen müssen.«
»Wie du willst«, sagte John ruhig.
Es war sehr still ringsum. Das Violett der Hügel färbte sich jetzt rosa. Einzelne weiße Wolkensegel trieben verloren in den Luftströmungen des hohen leeren Himmels. Hinter einem fernen Waldrand stiegen blaue Rauchsäulen empor und verwehten im Dunst des Horizonts. Aus dem regungslosen Gras der weiten Savanne ragten alte knorrige Dornbäume wie schwarze Schattenrisse. Über alldem lag eine große feierliche Gelassenheit, eine verhaltene Melancholie und noch etwas, was Claire nicht zu ergründen vermochte, aber es war ihr schon in den Augen der Massai begegnet, und während sie darüber nachdachte, schob sich wieder das Bild des Mädchens in ihr Gedächtnis.
Sie hat mich verhext, dachte sie verwundert.

Neben sich vernahm sie wieder Johns Stimme: »Wie lange muß ich noch anständig sein?«
Sie legte das Gesicht auf seine Brust und lächelte. »Ich habe es auch satt, Liebling.«

5

Die Farm lag zwischen hohen Eukalyptusbäumen auf einem grasbewachsenen Platz, ein langgestrecktes niedriges Haus aus groben Feldstämmen, nach altenglischer Manier in Fachwerk gefügt. Es hatte eine große, gedeckte Terrasse, Fenster mit weißgestrichenen Rahmen, ein flaches Ziegeldach und eine breite Treppe, die auf die Terrasse führte.
Es gefiel Claire auf den ersten Blick. Vielleicht deshalb, weil ihre Erwartungen viel bescheidener gewesen waren. Etwas abseits standen noch einige geräumige Schuppen und die Stallungen für das Vieh, dahinter, am Rande eines Palmengehölzes, in der Dunkelheit kaum zu erkennen, die Häuser der Farmarbeiter, ein Dutzend rechteckiger Hütten mit kleinen Fenstern, strohgedeckten Dächern und dicken Lehmwänden. Auf der anderen Seite fingen die Baumwollfelder an, hohe Sträucher, ihre elfenbeinfarbenen Blüten hellten wie milchiger Nebel die Nacht auf.
In der letzten Stunde hatte es sich stark abgekühlt. Hier merkte man die Hochebene und die Nähe der Berge, deren rauher Atem über die Savannen und Felder strich und die Tageshitze aus ihren Schlupfwinkeln aufstöberte. Die Luft war herb und frisch wie Quellwasser. Über das Haus, die Eukalyptusbäume und das Palmengehölz wölbte sich der Sternenhimmel, ein blitzendes Diadem, eingefaßt vom schwarzen Samt des Horizonts, dessen Konturen sich schemenhaft über das dunkle, hügelige Land hoben. Der Geruch der Eukalyptusbäume vermengte sich mit dem Geruch der nahen Stallungen und der abkühlenden Erde, mit dem Zirpen der Zikaden in den Baumwollfeldern und dem okarinaartigen Heulen eines Nachtvogels.
John blieb lange. Er hatte seinen Vater auf ihre Anwesenheit vorbereiten wollen, und es war ihr lieber so. Diesem Wiedersehen sollte nichts von seiner Unbefangenheit genommen werden. Wenn ein Mann nach neun Jahren nach Hause kam, ging es kaum ohne seelische Erschütterung ab, und Männer hatten es nun einmal nicht gern, wenn sie dabei beobachtet wurden, schon gar nicht von einer Frau. Ihre Ankunft war nicht unbemerkt geblieben. Drüben, vor den Hütten der Farmarbeiter, standen einige regungslose Gestalten. In der Dunkelheit war nicht festzustellen,

ob es sich um Männer oder Frauen handelte. Als Claire aus dem Wagen stieg, verschwanden sie.
Im Haus brannte Licht; sie sah es durch die Ritzen der Jalousien. Kerosinlampen! Die Farm war noch nicht an das Stromnetz der Föderation angeschlossen, sie lag am Rande der Eingeborenenreservate und gehörte nur einem Neger. Etwas problematisch für eine Arztpraxis, auf eine Röntgenanlage würde man vorerst verzichten müssen.
Sie lächelte über den Gedanken. Als ob es bereits feststünde, daß sie Johns Angebot akzeptierte! Aber zu dem Massai-Dorf war es von hier aus nur eine knappe Fahrstunde; wenn die Furt offen war, noch weniger. Sie hatte sich eingehend bei John erkundigt, etwas zu eingehend. Seltsam, wie man sich in eine fixe Idee verrennen konnte, oder war es vielleicht mehr? Sie wußte es nicht, sie wußte nur, daß sie die Erinnerung an das Mädchen nicht mehr aus ihrem Kopf brachte.
Jetzt vernahm sie Stimmen. Die Terrassentür wurde aufgestoßen, und John kam die Treppe herunter. Sie blieb neben dem Wagen stehen und hatte Herzklopfen.
»Das Gepäck können wir hierlassen«, sagte er, »es wird geholt.« Seine Stimme klang etwas belegt, und sie fragte sich, ob es ein gutes oder schlechtes Zeichen sei. Als sie vor einer Viertelstunde angekommen waren, hatte sie sich zum erstenmal überlegt, was sein Vater zu einer weißen Schwiegertochter sagen werde. Vorher hatte sie sein Einverständnis als selbstverständlich vorausgesetzt. Warum eigentlich? Sie würde sich davor hüten müssen, es nur von ihrem eigenen Standpunkt aus zu sehen, vom Standpunkt der zivilisierten Europäerin, die sich dazu herabläßt, einen Schwarzen als Schwiegervater zu akzeptieren. Es steckte viel tiefer in einem, als man ahnte.
»Wie war es?« fragte sie.
Er lachte. »Schön! Sie fielen vor Schreck aus dem Bett. Auf der Farm gehen sie mit den Hühnern schlafen.«
»Aus Schreck vor mir?«
»Sie sind neugierig auf dich«, sagte John, und mehr war von ihm nicht zu erfahren.
Auf der Terrasse standen ein Tisch, eine Bank und Stühle aus Bambus. Durch eine dunkle Diele kamen sie in ein Wohnzimmer, einen großen holzgetäfelten Raum mit tiefen Ledersesseln, schweren alten Möbeln und offenem Kamin. Über dem Kamin befand sich ein Mahagonisims mit Messinggefäßen. Die Fenster hatten Moskitogitter und waren mit Musselin verhängt, am Boden lagen reichgemusterte Teppiche. Außer einem Schreibtisch

standen noch zwei kleine Tische, eine Bar, verschiedene Stühle und eine breite, mit Leopardenfell bedeckte Couch im Zimmer. An den Wänden hingen alte englische Stiche. Zwei Kerosinlampen mit roten Schirmen und die knisternden Holzscheite im Kamin sorgten für eine warme, angenehme Beleuchtung.

»Die anderen Zimmer sind ähnlich eingerichtet«, sagte John. »Die meisten Möbel stammen noch von dem Engländer, sie sind nicht kaputtzukriegen. Unsere eigene Wohnung werden wir uns modern einrichten, ähnlich wie dein Zimmer in Thüngerstadt. Willst du etwas trinken?«

Claire setzte sich auf die weiche Couch, befühlte die Leopardenfelle, betrachtete den Kamin, die dunkelgebeizte Dielendecke und schüttelte den Kopf.

»Nichts zu trinken?« vergewisserte sich John.

»Doch. Ich weiß nur nicht, ob ich jetzt noch eine moderne Wohnung haben möchte.«

»Sie gefällt dir?«

»Ich kann dir nicht sagen, wie. Du hast mir nie etwas davon erzählt!«

»Ich wäre auch nie auf den Gedanken gekommen, daß sie dein Geschmack ist«, sagte John.

Er trat an den Kamin und streichelte mit den Fingerspitzen das Mahagonisims. Etwas an seiner Haltung erregte Claires Aufmerksamkeit. Sie stand rasch auf und ging zu ihm hin.

»Was ist los, John?« fragte sie.

»Nichts.« Den ganzen Tag hatte er es vor ihr versteckt, aber nun liefen ihm die Tränen über das Gesicht, und er konnte nichts dagegen tun.

»Ich wußte nicht, daß es dir soviel bedeutet«, murmelte Claire und legte ihm die Arme um den Hals. »Warum hast du es mir nicht gesagt?«

»Ich wußte es selbst nicht.« Er rieb sich ungeduldig das Gesicht ab. »Es ist doch zu lächerlich! Was bin ich eigentlich?«

Sie küßte ihn. »Ein dummer Kerl. Was sagt dein Vater dazu, daß du mich mitgebracht hast?«

»Er soll es dir selbst erzählen. Im Augenblick rasiert er sich und zieht seinen besten Anzug an.«

»Das hätte er nicht zu tun brauchen«, murmelte Claire, aber sie fühlte, wie ihr Herzklopfen plötzlich aufhörte. »Wie heißt dein Bruder?«

»Stephen, mein Vater Kojo.«

»Ist dein Bruder verheiratet?«

»Er war es. Vor zwei Jahren erwischte er sie zusammen mit einem

unserer Arbeiter und jagte sie davon. Im Augenblick hat er es mit einem Massai-Mädchen; es arbeitet bei uns.«
»Will er wieder heiraten?«
»Frag ihn selbst«, antwortete John und blickte zur Tür, wo im gleichen Moment zwei Männer hereinkamen. Claire drehte sich langsam nach ihnen um.
Sie hatte sich keine feste Vorstellung von ihnen gemacht, aber als sie ihnen jetzt gegenüberstand, wußte sie, daß sie in jedem Fall danebengeraten hätte. Ihre Ähnlichkeit war so groß, daß sie fast wie Zwillingsbrüder ausgesehen hätten, wenn der eine von ihnen nicht mindestens doppelt so alt gewesen wäre wie der andere. Mit John hatten sie nur ihre Statur gemeinsam. Sie waren beide hoch gewachsen, breitschultrig, mit kräftigen Hälsen, kurzen krausen Haaren und Gesichtszügen, die unverkennbar arabische Merkmale aufwiesen. Sie waren hellhäutiger als John, das Gesicht des Vaters mehr braun als schwarz, aber auch schärfer in seinen Linien, ebenso das Gesicht des Bruders, der eine Kleinigkeit untersetzter wirkte und gewölbtere Lippen hatte. In ihren europäischen Straßenanzügen sahen sie nicht unvorteilhafter aus als die gutgekleideten Männer, denen Claire in den Straßen von Livingstone begegnet war.
Es entging ihr nicht, daß sie bei ihrem Anblick für den Bruchteil einer Sekunde stutzten, aber es war ebenso unauffällig wie das kaum wahrnehmbare Lächeln in ihren Augen. Noch ehe sie ein Wort mit ihnen gesprochen hatte, war Claire davon überzeugt, daß es sie keine Überwindung kosten würde, sich an ihre Gegenwart zu gewöhnen.
Neben sich vernahm sie Johns Stimme, und sie klang genauso belegt wie vorhin, als er aus dem Haus gekommen war: »Mein Vater.«
»Der Vater eines nichtsnutzigen Sohnes«, sagte Kojo Baako. Er kam mit ausgestreckter Hand auf sie zu, und das Lächeln kroch aus seinen Augen und verteilte sich über sein ganzes Gesicht. »Willkommen auf Lonsdale, Miß. Sie werden müde und hungrig sein. Das hier ist mein ältester Sohn, Stephen. John erzählte mir, daß Sie unterwegs Ärger gehabt haben?«
»Das hat man auf einer Reise immer«, antwortete Claire und wandte sich an Johns Bruder, der etwas linkisch auf sie zutrat und ihr so kräftig die Hand drückte, daß sie beinahe aufgeschrien hätte.
»Daran mußt du dich gewöhnen«, sagte John, »er hat keine Manieren.«
»Ich war auch nicht auf der Universität«, sagte sein Bruder und lachte. »Haben Sie Ihr Gepäck noch im Wagen, Miß?«

»Ja.«
»Ich bringe es Ihnen.« Zu seinem Vater sagte er: »Kümmert sich Ibrahim schon um das Bad?«
»Ich habe es ihm befohlen«, antwortete Kojo Baako und wandte sich an Claire: »Sie werden sich vor dem Essen sicher noch ein wenig frisch machen wollen?«
»Wenn es geht.« Obwohl sie von John darauf vorbereitet worden war, fühlte sie sich von seiner gepflegten Ausdrucksweise und seinem guten Englisch überrumpelt. Sein Auftreten wirkte so stark europäisch, daß es sie fast enttäuschte. Es paßte nicht recht zu diesem dunklen, etwas verschlossenen Gesicht. Aus der Nähe konnte sie feststellen, daß seine Haare stark angegraut waren.
»Bis Sie aus dem Bad kommen, ist das Essen fertig«, sagte er. »Trinken Sie vorher einen Whisky?«
Eigentlich hatte sie keinen Appetit darauf, aber sie befürchtete, eine Ablehnung könnte ihn kränken. »Einen kleinen.«
»John wird ihn uns servieren. Ich muß in die Küche.«
Er verließ mit Stephen das Zimmer.
Claire drehte sich nach John um. Er stand neben der Bar und sah forschend in ihr Gesicht. »War es schlimm?« fragte er.
»Was?«
»Vielleicht hast du es dir anders vorgestellt.«
»Jedenfalls nicht so. Ich werde wohl niemals begreifen, weshalb du nicht schon früher nach Hause gefahren bist. Ist dein Vater immer so konventionell?«
»Er war es schon vor neun Jahren, aber inzwischen hat er noch Fortschritte gemacht. In diesem Punkt werden wir uns nie einigen.«
Sie verstand ihn nicht. »In welchem?«
»Was die Engländer betrifft. Er kopiert sie, wo er kann.«
»Er kopiert sie gut.«
»Für meinen Geschmack zu gut. Wie gefällt dir Stephen?«
Sie lachte. »Rauh, aber herzlich.«
»Er hat sich kaum verändert«, murmelte John. »Wahrscheinlich wird er bei der ersten sich bietenden Gelegenheit versuchen, dir einen Schwagerkuß zu geben. Fang es nicht an, du wirst ihn sonst nicht mehr los. Wenn es nach seiner Weltanschauung ginge, müßte ich dich mit ihm teilen.«
»Das ist wohl nicht dein Ernst!«
»Es ist gelegentlich üblich; der ältere Bruder hat einen gewissen Anspruch auf die Frau des jüngeren. Er wird es bei dir zwar nie ernsthaft probieren, aber du sollst wissen, woran du mit ihm bist.«

Er nahm vier Gläser und eine Flasche aus der Bar und füllte sie. Claire beobachtete ihn. Man mußte in diesem Land auf so viele Überraschungen gefaßt sein, daß es auf diese nicht mehr ankam. Sie wunderte sich auch nicht, als John aus einem Behälter der Bar Eiswürfel zum Vorschein brachte.
»Wir holen es in Lancaster«, sagte er von selbst. »Stephen fährt in der Woche zweimal hin.«
»Habt ihr einen Wagen?«
»Einen?« Er lachte. »Wir haben vier Lastwagen und seit einem Jahr auch einen Jaguar. Wenn wir die Baumwolle direkt an die Fabrik liefern können, erzielen wir höhere Preise. Lonsdale wird von Jahr zu Jahr rentabler.«
Es war das zweite Mal, daß sie den Namen hörte. »Heißt so die Farm?«
»Es ist so Sitte. Lonsdale stammt noch von dem Engländer. Wenn es nach mir ginge, hätten wir ihr schon lange einen anderen Namen gegeben, aber die beiden wollen sich nicht von ihm trennen. Übrigens habe ich ihnen noch nichts Endgültiges über uns erzählt. Ich tat so, als stünde nicht fest, ob wir heiraten.«
»Warum das?«
»Ich wollte nicht, daß sie jetzt schon zu familiär mit dir werden. Du sollst es dir in Ruhe überlegen können.«
»Ob wir heiraten?«
»Wo du arbeiten willst. Er könnte sofort siebentausend Pfund flüssig machen. Ich weiß nicht, was eine Praxis kostet, aber ein Haus wie dieses, komplett eingerichtet, kann man sich schon für vier- bis fünftausend Pfund hinstellen.«
»Das ist so gut wie nichts«, sagte Claire belustigt. »Wie spät ist es?«
»Halb elf.« Er lachte. »Das kommt davon, wenn man seine Armbanduhr verschenkt. Das Mädchen hätte sich schon ein Dutzend Uhren kaufen können, wenn es scharf darauf gewesen wäre. In den Krals schaut kein Mensch auf die Uhr.«
»Das ist etwas, was du nicht begreifst«, erwiderte Claire und setzte sich in einen der tiefen Sessel. »Wer wohnt sonst noch im Haus?«
»Das Massai-Mädchen und drei Boys für den Haushalt.«
»Das Mädchen wohnt hier?«
»Warum nicht, wenn er mit ihm schläft?«
»Das frage ich mich auch«, sagte Claire. »Weshalb hat eigentlich dein Vater nicht mehr geheiratet?«
»Als meine Mutter starb, fühlte er sich schon zu alt. Ich erinnere mich, daß er eine Zeitlang hinter einem jungen Bantu-Mädchen

her war, aber das scheint sich wieder gelegt zu haben. In seinen Jahren ...«
Er brach ab, weil sein Bruder hereinkam. Er schleppte das Gepäck und stellte es auf den Boden. »Nicht viel«, sagte er und lachte. »Ein alter Wagen!«
»Nicht älter als der Ford, mit dem du vor zehn Jahren das Bantu-Dorf demoliert hast«, sagte John.
Stephen tat verwundert. »Ich?«
»Seine Bremsen versagten«, erzählte John, zu Claire gewandt. »Er fuhr eine abschüssige Strecke hinunter und riß vier oder fünf Hütten um. Zum Glück feierten sie gerade ein Fest; die Hütten waren leer.«
»Ich wollte das Fest besuchen«, sagte Stephen und lachte so heftig, daß ihm Tränen in die Augen kamen.
John grinste. »Er hatte sich wie ein Pfau aufgeputzt. Als die Bantus sahen, was er angerichtet hatte, wollten sie ihn lynchen. Er mußte den ganzen Weg zur Farm zurückrennen.«
»Und der Ford?« fragte Claire mühsam.
»Er ließ ihn stehen. Die Bantus behielten ihn als Schadenersatz für ihre Hütten.«
Sie lachten noch, als Kojo Baako auftauchte.
Ich habe die Geschichte von Stephens Amokfahrt erzählt«, sagte John. »Wie weit ist das Bad?«
Kojo Baako lächelte. »Fertig.« Er trat an den Tisch und griff nach einem Glas. »Wie sagt man in Germany? Your health?«
»Das auch«, antwortete Claire. Ihr Blick fiel auf Stephen, und sie mußte wieder lachen. Die Vorstellung, wie der große, schwere Mann mit dem alten Ford die Bantu-Hütten niedergewalzt hatte, war so unsagbar komisch, daß sie sich nicht beruhigen konnte. Die Männer lachten mit, sogar John; sie hatte ihn selten so ungezwungen gesehen.
Hinterher zeigte er ihr das Bad. In der Diele brannten jetzt zwei Lampen. Sie war viel größer, als Claire beim Hereinkommen bemerkt hatte. Auf beiden Seiten befanden sich Türen, von denen eine ins Bad führte. Das war ein weißgetünchter Raum mit einem rostüberzogenen Wasserbehälter unter der Decke, einer alten Emaillewanne, rundem Holzbadeofen und WC. Ein junger Bursche war noch damit beschäftigt, zwei Frotteetücher über eine Bambusstange zu hängen. Sein langes gelbliches Gewand reichte ihm bis zu den Knöcheln. Er hatte einen schlanken, knochigen Körper, dichtes wolliges Haar und verschmitzte Augen, die Claire mit neugieriger Gründlichkeit musterten.
»Bathi tyria, Memsaab«, sagte er grinsend.

»Das ist Ibrahim«, sagte John. »Er ist Bantu und spricht Suaheli, obwohl er ebensogut Nyanja oder Englisch sprechen könnte. Als ich von der Farm wegging, war er fünfzehn Jahre alt. Seit sein Vater nicht mehr lebt, ist er auch für die Küche verantwortlich.«

Er schickte ihn hinaus und zeigte Claire, wie sie die Wassertemperatur regulieren konnte. »Die Anlage ist veraltet, wir müssen jeden Liter mit der Hand in den Tank pumpen. Brauchst du noch etwas?«

»Vielleicht einen Kuß«, sagte Claire.

Als sie eine Viertelstunde später in das Zimmer zurückkam, saßen die Männer am Tisch und rauchten. Sie hatte sich mit ihrem Make-up besondere Mühe gegeben, das andere Kleid angezogen und lächelte über ihre überraschten Blicke. Zwischen John und seinem Vater war noch ein Sessel frei, auf dem Tisch brannten zwei Kerzen; Claire fühlte sich fast wie daheim. »Mein Vater meint, daß wir Mister Lindsay und seiner Frau begegnet sind«, sagte John. »Ihre Farm liegt vierzig Meilen weiter südlich. Sie haben einen hellblauen Lincoln.«

»Dann werden sie es wohl gewesen sein«, sagte Claire. Sie hatte die beiden bereits vergessen gehabt. »Ist es eine große Farm?«

»Sie besitzen zehntausend Morgen, fast doppelt soviel wie wir. Vielleicht besuche ich sie einmal und stelle mich ihnen vor.«

»Du hättest es gleich tun sollen«, sagte sein Vater. »Ich möchte keinen Ärger mit ihnen haben.«

»Ein Sohn von ihnen ist Abgeordneter der Confederated Party«, warf Stephen ein.

John nahm einen Schluck aus seinem Glas. »Das wundert mich nicht, sie macht sich für die Rassentrennung stark.« Zu seinem Vater sagte er: »Warum willst du keinen Ärger mit ihnen haben?«

»Wir brauchen sie.«

»Nicht mehr als sie uns. Ohne uns könnten sie ihre Fabriken schließen und ihre Farmen verkaufen.«

»Ohne sie wären keine Fabriken da, wir müßten unsere Baumwolle nach Europa exportieren und bekämen nur die Hälfte dessen, was uns die Cotton Research and Industry Board dafür bezahlt.«

»Sie hätten die Fabriken nicht bauen können, wenn ihnen die Bantus nicht dabei geholfen hätten.«

»Davon verstehst du nichts«, sagte Kojo Baako. »Du warst neun Jahre nicht hier.«

Das Gespräch war unvermittelt hart geworden. John legte seine

Hände auf den Tisch. Seine Halsmuskeln waren angeschwollen wie der Nacken einer gereizten Kobra. »Das stimmt. Ich hatte Zeit, darüber nachzudenken, warum fünfundneunzig Prozent der Fabrikarbeiter Leute von uns sind und warum kein einziger von ihnen eine Schlüsselposition bekommt. Ich hatte ferner Zeit, mich zu fragen, weshalb ein Europäer für die gleiche Arbeit das Vierzehnfache des Verdienstes von einem Bantu einsteckt.«

»Das war schon immer so«, sagte Kojo Baako. »Wie willst du es ändern?«

»Nkrumah hat es geändert.«

»Er steckt mit den Kommunisten unter einer Decke.«

»Behauptet man. Wir werden uns die Leute, die wir brauchen, aus Frankreich und Amerika holen.«

»Das bestimmt die Regierung.«

»Die Regierung ist illegal«, sagte John laut.

Kojo Baako verfärbte sich ein wenig. Dann stand er auf. »Du hast nichts hinzugelernt«, sagte er gemessen. »Wozu, glaubst du, habe ich dich auf die Universität geschickt?«

John gab keine Antwort.

»Ich möchte nicht von mir reden«, sagte Kojo Baako. »Es war in diesen neun Jahren nicht immer einfach für mich; ich habe mir deinetwegen viele Vorwürfe gemacht. Ich möchte nur davon reden, daß ich dich auf die Universität geschickt habe, und ich konnte es tun, weil mir die Cotton Research and Industry Board meine Baumwolle gut bezahlt.«

Er richtete das Wort an Claire: »Ich bin nicht grundsätzlich gegen eine Autonomie, Miß, aber wir haben noch nicht die Leute, uns selbst zu regieren, wir haben auch nicht das Volk für diese Regierung. Was unsere jungen Männer heute wollen, ist Anarchie. Sie würden uns wieder dahin bringen, wo wir schon einmal vor zweihundert Jahren gestanden haben.«

»Im Nyassaland denkt man anders«, sagte John.

»Ich weiß, wie man im Nyassaland denkt. Sie sehen in der Föderation eine Bevormundung durch Süd-Rhodesien und wollen lieber ihre eigene Suppe kochen. Es ist ihr Magen, den sie sich damit verderben werden.«

»Du hast auch nie etwas anderes als deine eigene Suppe gekocht.«

»Sind wir schlecht damit gefahren?«

»Wenn es dir genügt«, sagte John, »mir genügt es nicht. Vielleicht hast du kein Gefühl mehr dafür.«

»Wofür habe ich kein Gefühl mehr?«

»Daß sie uns wie Dreck behandeln.«

»Diese Rechnung hat noch Zeit«, sagte Kojo Baako und verließ das Zimmer.
»Er ist schon zu alt«, sagte Stephen. »Du wirst ihn nicht mehr ändern.«
John betrachtete geistesabwesend sein Gesicht. »Hast du es versucht?«
»Ich hatte andere Sorgen.«
»Deine Sorgen kenne ich«, sagte John und wandte sich an Claire: »Es tut mir leid; ich habe mich hinreißen lassen.«
»Es war überflüssig«, sagte sie ruhig. »Ich glaube, ihr seid euch mehr einig, als euch klar ist.«
»Natürlich sind wir uns einig«, sagte John, »nur nicht über den Zeitpunkt. Ich weiß so gut wie er, daß wir die Europäer brauchen. Was er nicht einsehen will, ist, daß wir heute schon eine funktionsfähige Regierung haben könnten, wenn uns die Möglichkeit gegeben worden wäre, unsere Intellektuellen und das Volk darauf vorzubereiten. Er ist wie ein Abiturient in seine Cotton Research and Industry Board verliebt.«
»Warum wirst du nicht Politiker?« fragte Stephen. »Wenn die Bantus dich so sprechen hören, werden sie dich zu ihrem Ministerpräsidenten wählen.«
John winkte geringschätzig ab. »Ich weiß, wen die Bantus wählen werden. Einen ihrer Häuptlinge, der dann mit Sonnenschirm und Leopardenfell in das Regierungsgebäude einzieht und dort seinen Hokuspokus weitertreibt. Wir brauchen Politiker, keine Clowns.«
Er ging zum Kamin und legte zwei frische Holzscheite auf.
»Ich kümmere mich nicht um Politik«, sagte Stephen. »In den Krals wird viel gesprochen.«
John drehte sich nach ihm um. »Was?«
»Was man so spricht«, sagte Stephen. »Wenn ich etwas nicht hören will, bin ich taub. Vor einem Vierteljahr haben sie die Polizeistation in Gregstone verstärkt. Erinnerst du dich noch an die Miltons?«
»Was ist mit ihnen?«
»Sie versuchen seit einem Jahr, ihre Farm abzustoßen, und finden keinen Käufer. Vierzigtausend Pfund bar auf den Tisch.«
»Wäre das nichts für uns?« fragte John.
Stephen lachte. »Ich denke, wir kriegen sie eines Tages billiger.«
»Sie grenzt im Osten an unsere Farm«, sagte John zu Claire. »Wir hatten oft Ärger mit ihnen. Ist die Tochter jetzt verheiratet?«
»Mit einem Buren aus Pretoria«, antwortete Stephen. »Er spielt

sich wie ein Vogt auf. Ich kenne ein Dutzend Männer, die sich vorgenommen haben, ihm bei lebendigem Leib das Herz herauszuschneiden.«

Obwohl er wieder dabei lachte, zuckte Claire bei seinen Worten zusammen. Sie war sich über ihn noch nicht ganz klargeworden, seine Lustigkeit wirkte mitunter gekünstelt. Ein paarmal hatte sie ihn dabei ertappt, wie er sie mit einem unangenehm starren Blick anschaute. Möglich auch, daß sie ihn nach Johns Warnung voreingenommen betrachtete. Da er sich während der Auseinandersetzung zwischen John und seinem Vater völlig unbeteiligt verhalten hatte, war es für sie schwierig, sich ein Bild über ihn zu machen. Die meiste Zeit saß er mit übereinandergeschlagenen Beinen tief in seinem Sessel, die langen Arme auf beiden Seiten bis fast auf den Boden herunterhängend und immer eine Zigarette im Mundwinkel. Je länger sie Gelegenheit hatte, ihn zu beobachten, desto mehr festigte sich in ihr die Überzeugung, daß ihr erster Eindruck von ihm zu oberflächlich gewesen war. John behandelte er mit der leichten Überlegenheit des älteren Bruders, etwas ironisch, aber unübersehbar zugetan. Es war offensichtlich, daß sie sich gern hatten.

Sie begann sich Sorgen zu machen, weil Kojo Baako so lange wegblieb, aber ihre Befürchtung, seine Auseinandersetzung mit John könnte das weitere Beisammensein belasten, erwies sich als unbegründet. Er hatte sich in der Küche um das Essen gekümmert. Als es von Ibrahim und einem anderen Jungen aufgetragen wurde, kam er wieder herein und stellte einige Büchsen auf den Tisch.

»Es ist Bier«, sagte er zu Claire. »Stephen und ich trinken keinen Wein. Wir haben zwar heute abend schon einmal gegessen, aber inzwischen sind über vier Stunden vergangen. Ich hoffe, es schmeckt Ihnen, Miß.«

Es schmeckte ihr, die Sardinen und Oliven ebenso wie das Portwein-Steak und die gebackenen Bananen. Sie erkundigte sich bei ihm nach dem Rezept.

»Es war das Leibgericht meiner Frau«, sagte er und erzählte ihr zehn Minuten lang, wie es zubereitet wurde. Hinterher tranken sie aus kleinen, mit Blumenmustern verzierten Tassen Tee. Die Männer rauchten Zigarren und unterhielten sich über die neue Ernte. Es fiel Claire auf, daß sie es sorgsam vermieden, irgendwelche neugierige Fragen an sie zu richten. Überhaupt konnte man den Eindruck gewinnen, als ob sich drei Männer gegenübersäßen, die sich mindestens zweimal in der Woche zu einer gelangweilten Konversation zusammenfanden. Das Gespräch drehte sich fast ausschließlich um Personalsorgen, Wirtschaftsprobleme und Schädlingsbekämpfung; Claire kam sich dabei ein wenig überflüssig vor. Erst als John nebenbei einfließen ließ, daß man in Amerika eine neue Methode zur Schädlingsbekämpfung entwickelt habe, kamen sie anschließend auf seine Staatsangehörigkeit zu sprechen.

»Sie nützt dir in Rhodesien so gut wie nichts«, meinte sein Vater. »Hier fragt niemand danach, welche Staatsangehörigkeit du hast; man ist entweder weiß oder schwarz. In einem Jahr, sagst du, wirst du aus der Armee entlassen?«

»Spätestens in einem Jahr.«

»Wieso spätestens?« erkundigte sich Claire verwundert. »Ich denke, das ist sicher.«

»In der Armee ist nie etwas sicher. Sobald wir zurückkommen, werde ich mit Captain Denson reden.«

»Ist er dein Chef?«

»Ja.«

Bis er zurückkam, würde Captain Denson schon lange in Amerika sein, und er würde nie mehr mit ihm reden können. Aber einmal mußte er damit anfangen, sie auf seine Pläne vorzubereiten, und es kostete ihn jetzt keine Überwindung mehr. Seit er am Silvesterabend zum erstenmal mit ihr über seine Versetzung gesprochen hatte, war der Gedanke zu einem festen Bestandteil seiner Überlegungen geworden. Er war weder das Ergebnis einer dramatischen Auseinandersetzung mit seinem Gewissen noch eine Kurzschlußreaktion auf die letzten ernüchternden Erfahrungen in der Kaserne. Es war ganz einfach die einzig mögliche Konsequenz aus der Alternative, entweder die Armee zu verlassen oder das Risiko auf sich zu nehmen, Claire zu verlieren. Seit er sie kennengelernt hatte, war die Armee unwichtig geworden. Seine Zugehörigkeit zu ihr war die Folge eines freiwilligen Entschlusses. Kein Mensch hatte ihn zu seiner Uniform gezwungen, und kein Mensch würde ihn daran hindern können, sie wieder auszuziehen. Wäre es in diesen vergangenen Jahren zu einem Krieg gekommen, so hätte er nicht gezögert, für die Armee zu sterben, aber nur für sie und nicht für die Vereinigten Staaten von Nordamerika, mit denen ihn nicht mehr verband als eine endlose Kette demütigender Erinnerungen. Er hatte sich immer nur als Soldat und nie als Amerikaner gefühlt. Keinen Augenblick lang, seit er die Uniform trug, war es zwischen diesen beiden Begriffen in seinem Bewußtsein zu einer Identifikation gekommen. Vielleicht wäre ihm sein Entschluß weniger leichtgefallen, wenn es in der Armee nicht zu viele Männer wie Bruce und Horne gegeben hätte.

Er betrachtete seine Versetzung als einen Verstoß der Armee gegen ihre eigenen Prinzipien, als einen Eingriff in seine persönliche Freiheit und als eine flagrante Ungerechtigkeit einem Soldaten gegenüber, der ihr fünf Jahre lang pflichtbewußt gedient hat. Daß er sich durch eine unerlaubte Entfernung von seinem Regiment strafbar machte, war ihm selbstverständlich bekannt, aber es gehörte in seinen Augen zu den vielen abstrakten Ungereimtheiten westlicher Zivilisation, einen Mann, der sich freiwillig zur Armee gemeldet hatte, deshalb bestrafen zu wollen, weil ihn private Umstände dazu zwangen, sie ein Jahr früher zu verlassen, als ursprünglich beabsichtigt gewesen war. Schließlich hätte er sich ebensogut nur für fünf Jahre verpflichten können; es hatte in seinem Ermessen gelegen, und er betrachtete es nach wie vor als eine Angelegenheit seiner persönlichen Zuständigkeit. Zudem würden sie ihn nur dann bestrafen können, wenn sie ihn erwischten, und dazu würde er ihnen keine Gelegenheit geben.
Aus dieser Perspektive gesehen, kam ihm Claires Absicht, nach Paris zu gehen, nicht einmal ungelegen. In Paris konnte ein Mann untertauchen, ohne befürchten zu müssen, daß ihn die Militärpolizei aufstöberte. Er würde dort jedenfalls sicherer sein als in Deutschland. Wenn er dennoch bei alldem ein unbehagliches Gefühl nicht ganz loswerden konnte, so deshalb, weil er nicht wußte, wie Claire darüber urteilen würde. Als Europäerin betrachtete sie eine Desertion sicher mit anderen Augen als er. Auf keinen Fall schien es ihm ratsam, sie jetzt schon in seine Pläne einzuweihen. Er hatte noch fünf Wochen Urlaub, Zeit genug, sich alles gründlich zu überlegen. Vielleicht würde sie bis dahin ihre Meinung auch ändern. Trotz ihrer entschiedenen Stellungnahme heute mittag hatte er die Hoffnung nicht ganz aufgegeben. Wenn sie sich dazu entschließen könnte, ihm nach Amerika zu folgen, würde sich eine Desertion erübrigen. Zwar müßte er sich auch dann vorübergehend von ihr trennen, aber es wären nur wenige Wochen, und damit würde er notfalls fertig werden.
Seine Bereitschaft, der Armee diese Chance noch einzuräumen, entsprang jedoch weniger der Furcht vor unvorhergesehenen Komplikationen. Letztlich war ihm der Gedanke, sich acht Wochen von ihr trennen zu müssen, ebenso unangenehm wie der an ein ganzes Jahr. Aber irgendwo, ihm selbst verborgen, gab es einen winzigen Haken, an dem er sich jedesmal mit einem Zipfel seines Ichs verfing, wenn er sich allzu intensiv mit der moralischen Seite der Sache auseinandersetzte, und es war genau der gleiche Haken, der ihn auch daran hinderte, Claire die Wahrheit zu sagen. Kein Mann konnte neun Jahre lang in einer fremden

Sprache reden, ohne nicht auch etwas von ihren Menschen in sich aufzunehmen.

Er hörte gedankenlos zu, wie Stephen und sein Vater mit Claire redeten. Sie wollten wissen, wie groß die Plantagen in Deutschland seien, wieviel Arbeiter sie beschäftigten und ob es auch Baumwollpflanzungen gäbe. Ihre Antworten schienen sie ebenso zu enttäuschen wie zu belustigen, sie schüttelten immer wieder den Kopf und tauschten abfällige Kommentare aus.

»Davon könnte bei uns kein Farmer existieren«, meinte Kojo Baako. »Warum kaufen sie sich nicht mehr Land?«

»Es gibt nicht mehr. Deutschland ist heute nur noch ein Fünftel so groß wie die Föderation.«

»Ich habe es mir viel größer vorgestellt«, murmelte Kojo Baako verwundert. Sie sprachen noch eine Weile darüber, bis John sah, daß Claire ein Gähnen unterdrückte.

»Wir können uns morgen weiter darüber unterhalten«, sagte er. »Ich bringe dich jetzt in dein Zimmer.«

Sie war froh darüber. Die anstrengende Reise, das heiße Bad und nicht zuletzt das ungewohnte Bier versetzten sie in einen Zustand schläfriger Gleichgültigkeit. Als sie sich von Stephen und seinem Vater verabschiedete, hatte sie Mühe, die Augen offenzuhalten.

»Morgen wird auf Lonsdale nicht gearbeitet«, sagte Kojo Baako. »Schlafen Sie gut, Miß.«

Stephen ging mit ihnen bis auf die Diele. »Eigentlich müßte ich jetzt Claire zu Ihnen sagen«, meinte er.

Sie lächelte. »Wenn Sie wollen, Stephen.«

Er hielt ihre Hand länger fest, als nötig war. »Morgen zeige ich Ihnen die Farm. Vielleicht überlegen Sie sich's noch und bleiben etwas länger hier.«

»Vielleicht.«

Das Zimmer war nur halb so groß wie das andere. Es hatte die gleichen holzgetäfelten Wände, die gleichen Musselin-Vorhänge und die gleichen dunklen schweren Möbel. Neben dem breiten holzgeschnitzten Bett stand ein leerer Bücherschrank.

»Hier habe ich gewohnt«, sagte John. »Es steht noch alles so wie früher.«

»Viel gelesen hast du nicht.«

Er lachte. »Ich habe die Bücher mit nach Lansing genommen. Als ich kein Geld mehr hatte, verkaufte ich sie an einen Trödler. Ich glaube, ich bekam pro Buch zwanzig Cent. Willst du noch ins Bad?«

»Ich will ins Bett«, antwortete Claire. »Wenn ich mich nicht auf der Stelle hinlege, falle ich um.«

»Das kannst du haben!« Er nahm sie auf die Arme, trug sie zum Bett und knöpfte ihr Kleid auf.
»Das tue ich selbst«, murmelte Claire, aber sie ließ es dabei bewenden. »Mein Pyjama steckt in der Reisetasche.«
»Ich halte es für unwahrscheinlich, daß du ihn heute brauchst.« Er deckte sie bis zum Hals mit einer rauhen Wolldecke zu. »Ich komme bald.«
»Was werden sie von uns denken!«
»Sie würden sich wundern, wenn wir ihnen keinen Grund dazu gäben.« Er ging zum Tisch, drehte die Lampe klein und kam wieder zu ihr. »Liegst du gut?«
»Ja.«
»Wenn es dir lieber ist, schlafe ich in einem anderen Zimmer.«
»Das ist es nicht«, sagte Claire. »Ich bin nur schrecklich müde.«
»Ich auch«, sagte John.
Mit geschlossenen Augen hörte sie ihn hinausgehen. Das Bett war hart. Sie befühlte die Matratzen und stellte fest, daß sie mit Seegras gestopft waren. Die Luft im Zimmer war stickig, sicher hatte man es lange nicht mehr gelüftet. Nachdem sie eine Weile mit sich gekämpft hatte, stand sie auf und öffnete das Fenster. Es führte auf die Terrasse. Das Zikadenkonzert war jetzt noch stärker geworden, irgendwo in der Ferne heulte ein Tier. Es klang wie das Heulen eines Hundes und doch wieder anders, unheimlicher und furchteinflößend. Sie spürte, wie sie fröstelte.
Wieder im Bett, fiel ihr ein, daß sie vergessen hatte, ihre Zähne zu putzen, aber nichts auf der Welt hätte sie jetzt dazu bewegen können, noch einmal aufzustehen. Sie versuchte daran zu denken, daß es Johns Zimmer war und daß sie es sich viel einfacher vorgestellt hatte. Aber warum eigentlich? Schließlich hatte sie gewußt, daß er nicht in einem Kral aufgewachsen war. Der rauhe Stoff der Wolldecke kratzte auf ihrer Haut. Da sie ihr ohnedies zu schwer war, schlug sie sie zurück. So wartete sie auf John, aber es dauerte lange, und als sie ihn endlich die Tür öffnen hörte, brachte sie schon nicht mehr die Augen auf. Sie fühlte noch, wie sein großer warmer Körper zu ihr kam, fühlte seine Hände und seinen Atem, und dann mußte sie irgendwann eingeschlafen sein.
Sie erinnerte sich am Morgen nicht mehr genau daran, wie es gewesen war. Es war bereits hell im Zimmer, als sie einmal feststellte, daß er nicht mehr neben ihr lag, aber sie nahm es nur im Unterbewußtsein wahr und fiel wieder in Schlaf. Dann vernahm sie seine Stimme, und diesmal wurde sie sofort hellwach. Er saß fertig angezogen neben ihr, und sein Gesicht sah grau aus.

»Du mußt aufstehen«, sagte er. »Sie wollen dich mit nach Bulawayo nehmen.«
Sie blickte ihn so lange an, bis sie sicher war, daß sie ihn richtig verstanden hatte. Dann setzte sie sich aufrecht hin. »Wer?«
»Die Polizisten. Sie behaupten, ein Inspektor der Alien Immigrants Selection Board wolle mit dir sprechen.«
»Das ist lustig«, sagte Claire und kletterte aus dem Bett. Sie begriff noch nicht ganz, was geschehen war, aber sein Gesicht verriet ihr mehr als seine Worte. Während sie ihre Sachen zusammensuchte, ging John zum Fenster und schob den Vorhang ein kleines Stück zur Seite.
»Sie sitzen auf der Terrasse«, sagte er durch die Zähne. »Ich möchte nur wissen, woher sie erfahren haben, daß wir hier sind.«
Claire schwieg. Sie zog sich bis auf ihr Kleid an, holte ihren Morgenrock aus der Reisetasche und streifte ihn über. Dann trat sie zu John. Auf der Bank, mit dem Rücken zum Fenster, saßen zwei Polizisten. Sie trugen breitkrempige Hüte mit Kinnriemen, Shorts mit Bügelfalten und hohe Buschstiefel. Vor der Terrasse stand ein lehmverkrusteter Jeep mit Plane und Polizeistandarte. Mehr war nicht zu sehen. Ein heftiger Gewitterregen verbarg die Landschaft wie hinter einem grauen Vorhang, der an den Wolken befestigt zu sein schien.
»Sie waren schon einmal vor zwei Stunden hier«, sagte John. »Du hast so fest geschlafen, daß ich dich nicht wecken wollte. Zuerst sah es so aus, als ob sie mit dem, was ich ihnen erzählt habe, zufrieden wären. Sie fuhren wieder fort, ohne etwas zu sagen.«
»Was hast du ihnen erzählt?«
»Nicht viel. Als sie sich davon überzeugt hatten, daß ich tatsächlich Amerikaner bin, erkundigten sie sich nach dir. Sie wollten wissen, ob wir verheiratet sind, aber es war mir zu riskant. Sie mußten an deinem Paß sehen, daß es nicht stimmt.«
»Haben sie ihn gesehen?«
»Ich holte ihn aus deiner Handtasche. Es fiel ihnen sofort auf, daß du kein Visum hast. Ich sagte ihnen, daß uns die Zeit gefehlt hätte, für dich ein Visum zu beantragen. Inzwischen müssen sie mit Bulawayo telefoniert haben. Sie beanstanden jetzt, daß du kein Visum und keine Impfbescheinigung für Pocken, Cholera und Typhus hast.«
»Von Cholera und Typhus hast du mir nichts gesagt.«
Er machte eine ungeduldige Bewegung. »Es ist eine Schikane. In dieser Gegend gab es seit dreißig Jahren keine Cholera mehr. Wenn du Engländerin wärst oder eine Tante in Bulawayo hättest,

wäre kein Mensch auf den Gedanken gekommen, deine Papiere zu beanstanden. Es ist nur, weil sie dich zusammen mit mir erwischt haben.«
»Damit haben wir rechnen müssen«, sagte Claire.
Sie ging zum Tisch, öffnete ihre Handtasche und vergewisserte sich, daß er den Paß wieder hineingesteckt hatte. »Trotzdem verstehe ich nicht, weshalb du mich nicht geweckt hast.«
»Ich wollte dich nicht beunruhigen. Wenn sie nicht zurückgekommen wären, hätte ich dir nichts davon erzählt. Ich nehme an, sie wollen dich in Bulawayo nur ein wenig ausfragen.«
»Und dann?«
Er sah von ihr weg. »Vielleicht geben sie dir eine Aufenthaltsgenehmigung.«
»Daran glaubst du wohl selbst nicht«, sagte Claire und ging ins Bad. Nachdem sie ihren ersten Schock überwunden hatte, vermochte sie wieder klar zu denken. Wahrscheinlich würde man sie ausweisen, eine Möglichkeit, die John bereits in Verdun angedeutet hatte, und nach allem, was sie bisher gesehen und erlebt hatte, war sie durchaus logisch. Logisch und unvermeidlich. Sie würde sich damit abfinden müssen, ob sie wollte oder nicht. Schließlich hatte sie gewußt, welches Risiko sie auf sich nahm. – Und wenn du jetzt anfängst zu heulen, dachte sie, wird die Sache auch nicht besser.
Vor der Tür begegnete sie Stephen. Sein Gesicht sah genauso verstört aus wie das von John. »Ich werde Sie mit unserem Wagen nach Bulawayo fahren«, sagte er düster. »Wir können gegen die Polizei nichts machen.«
Claire zwang sich zu einem Lächeln. »Das sollen Sie auch nicht, Stephen. Es war mein Fehler, ich hätte ohne Visum nicht einreisen dürfen.«
»Eines Tages werden wir bestimmen, wer in unser Land einreist«, sagte er. »Vielleicht früher, als manche Leute glauben.«
Er drehte sich rasch um und verschwand hinter einer Tür.
John hatte sich wieder auf das Bett gesetzt und starrte vor sich auf den Boden. Als sie hereinkam, hob er den Kopf. »Wenn sie dich ausweisen, komme ich selbstverständlich mit.«
»Das wirst du selbstverständlich nicht tun«, erwiderte Claire.
»Wenn sie mich ausweisen, werde ich in Paris auf dich warten. Ich steige wieder im gleichen Hotel ab.«
»Das kommt nicht in Frage!« sagte John.
Claire setzte sich neben ihn und faßte nach seiner Hand. »Das kommt sehr wohl in Frage«, erwiderte sie ruhig. »Denk an deinen Vater. Du hast ihn neun Jahre lang warten lassen. Ich würde es

mir nie verzeihen, wenn du meinetwegen so rasch wieder von ihm weggingst.«
»Ich hätte keine ruhige Minute ohne dich.«
»Das ist Unsinn. Oder hältst du mich nicht für erwachsen genug, mich in ein Flugzeug zu setzen und nach Paris zu fliegen?«
»Was willst du allein in Paris machen?«
»Ich werde an meiner Dissertation arbeiten. Wenn du dann kommst, bleiben wir noch zusammen eine Woche dort.«
»Es gefällt mir nicht«, sagte John.
Claire ließ seine Hand los. »Ich würde es an deiner Stelle nicht darauf ankommen lassen, mich zu verärgern«, sagte sie. »Ich könnte mich sonst entschließen, noch am gleichen Tag nach Marburg weiterzufahren. Du bleibst mindestens fünf Tage hier. Ist das klar zwischen uns?« Sie wartete etwas, dann stand sie auf. »Ich werde mich jetzt fertigmachen.«
John sah ihr vom Bett aus zu. »Natürlich wirst du vorher noch frühstücken«, sagte er. »Wir nehmen den Jaguar. Die beiden werden sich nicht einbilden, daß du dich zu ihnen in den dreckigen Jeep setzt. Ich werde noch einmal mit ihnen reden.«
»Wozu?«
»Vielleicht kriege ich heraus, woher sie ihre Information haben. Die Lindsays können es nicht gewesen sein.«
»Es ist doch egal, woher sie ihre Information haben. Was sagt dein Vater dazu?«
»Nichts.«
Im Kaminzimmer wurden sie von seinem Vater und Stephen erwartet. Auf dem Tisch standen Frühstücksgeschirr, geschnittenes Brot und Corned beef.
Kojo Baako begrüßte Claire mit ernstem Gesicht. »Ich bin sehr unglücklich, Miß. Wenn John uns gesagt hätte, daß Sie kein Visum haben, hätten wir den Wagen in einen Schuppen gestellt und die Polizisten weggeschickt.«
»Du hast es nicht erzählt?« fragte Claire befremdet.
»Ich habe es vergessen. Außerdem glaube ich nicht, daß sie sich hätten fortschicken lassen. Sie wußten genau, weshalb sie hierherkamen, sie hätten nur einen Blick in den Schuppen zu werfen brauchen.«
»Sie sind ungeduldig«, sagte Stephen. »Vor zwei Minuten erkundigte sich einer, wie lange es noch dauere.«
»Was hast du ihm geantwortet?«
»Er ließ mich nicht ausreden. Zehn Männer, die wissen, was sie wollen – und die Polizeistation würde uns keinen Ärger mehr machen!«

Kojo Baako schüttelte verweisend den Kopf.
»So etwas solltest du nicht einmal im Schlaf sagen. Ohne die Polizeistation kämen die Maschonas nur auf dumme Gedanken.«
»Davon spreche ich ja«, sagte Stephen. »Mir gefallen ihre feinen Uniformen nicht. Dir auch nicht, Bruder, was?«
»Ich wüßte eine andere für sie«, antwortete John, und seine Halsmuskeln waren wieder so dick angeschwollen wie gestern abend, als er sich mit seinem Vater gestritten hatte. Er schenkte Claire Kaffee ein und forderte sie auf, von dem Corned beef zu nehmen.
Während sie aßen, wurde kaum gesprochen. Claire hatte wenig Appetit; sie begnügte sich mit einer Scheibe Brot. Von den Männern achtete keiner darauf, sie waren mit ihren eigenen Gedanken beschäftigt.
»Ich zerbreche mir den Kopf, was ich noch tun könnte«, sagte Kojo Baako später. »Vielleicht nützt es etwas, wenn ich eine Kaution stelle.«
John lachte wütend. »Sie würden dir einen Steuerprüfer ins Haus schicken. Bis jetzt steht noch nicht fest, daß sie Claire ausweisen. Ich werde dem Inspektor meine Meinung sagen.«
»Das wirst du sein lassen«, widersprach Claire auf deutsch. »Hast du ihnen schon gesagt, daß du hierbleibst?«
»Nein.«
Sie richtete das Wort an Stephen: »Sie werden John wieder zurückbringen, Stephen. Er bleibt noch einige Tage hier.«
»Hier bei uns?«
»Ja.«
Stephen blickte zu John hinüber. »Dann hast du es dir anders überlegt. Heute früh ...«
»Das ist noch nicht sicher«, sagte John rasch. Er stand auf und ging aus dem Zimmer.
»Ich hoffe, Sie können ihn dazu überreden, Miß«, sagte Kojo Baako mit schwerer Stimme. »Ich habe ihm hundertmal geschrieben, daß er zurückkommen soll.«
Er sah plötzlich sehr alt und müde aus; Claire legte ihm impulsiv die Hand auf den Arm. »Er wird hierbleiben; ich warte in Paris auf ihn.«
»Und wann werden Sie wiederkommen?« fragte Stephen.
»Vielleicht sehr bald, aber ich kann Ihnen noch nichts versprechen.«
»Wir verdanken es Ihnen, daß er überhaupt noch einmal gekommen ist«, sagte Kojo Baako. »Er hat das unruhige Blut seines Großvaters. Ich hatte mich schon damit abgefunden, ihn nicht mehr zu sehen.«

Er wandte sich an Stephen: »Schau, wo er steckt. Wir dürfen die Polizisten nicht länger warten lassen.«
»Sie sind schon da!« knurrte Stephen.
Claire hatte den Polizisten fast gleichzeitig gesehen. Er stand unter der offenen Tür, sein dickes, sommersprossiges Gesicht mit den hellblauen Augen war ungläubig auf sie gerichtet.
»Sie sind das?« sagte er perplex.
Claire musterte ihn kühl. »Haben Sie jemand anders erwartet?« Es schien ihn noch mehr zu verwirren. Er biß sich auf die Lippen, dann warf er ungeduldig den Kopf zurück. »Wir können nicht länger warten.«
»Das brauchen Sie auch nicht«, sagte Claire. »Ich bin jetzt fertig.«
»Ich hole den Wagen«, sagte Stephen. Der Polizist ging mit ihm hinaus.
Kojo Baako räusperte sich. »Ich kann Ihnen nicht sagen, wie sehr ich das alles bedauere, Miß. Es gab noch so vieles, was ich mit Ihnen besprechen wollte. Sehen Sie, ich bin ein alter Mann, ich habe meine Söhne sehr gern.«
Er wandte sich ab und blickte durchs Fenster in den strömenden Regen hinaus. Dann schüttelte er ungeduldig den Kopf. »Ich habe keinen Grund, unzufrieden zu sein, ich möchte Sie auch nicht fragen, ob Sie wiederkommen. Wenn ich aber höre, wie er von Ihnen spricht, bekomme ich Angst. Vielleicht werden Sie es sich eines Tages anders überlegen. Bringen Sie ihn mir vorher zurück, Miß. Ich möchte nicht, daß er dann allein ist.«
Claire blickte mit feuchten Augen in sein Gesicht. »Solange ich lebe, wird er nicht allein sein. Ich glaube, ich habe ihn genauso gern, wie Sie ihn gern haben.«
»Das ist viel«, murmelte Kojo Baako. Er räusperte sich wieder, dann lächelte er. »Ich bin ein alter Esel, Miß. Kommen Sie, ich bringe Sie noch hinaus.«
John und Stephen erwarteten sie auf der Terrasse. Die beiden Polizisten saßen bereits in ihrem Jeep. Daneben stand ein großer dunkler Wagen mit langgezogener Motorhaube. Der Regen schien jetzt noch heftiger geworden zu sein, er verwandelte den grasbewachsenen Platz vor dem Haus in eine einzige große Pfütze. Die hohen Eukalyptusbäume trieften vor Nässe. Drüben, bei den Hütten der Farmarbeiter, drängten sich dunkelhäutige Männer und Frauen an die Türen und Fenster und starrten neugierig herüber.
»Es wäre heute doch kein Wetter gewesen, mir die Farm anzuschauen«, sagte Claire mit einem Versuch zu scherzen. »Wo ist meine Tasche?«

»Im Wagen«, antwortete John. »Hast du dich schon verabschiedet?«
»Nein.« Sie gab seinem Vater die Hand. »Beim nächsten Besuch werde ich mit einem Visum kommen. Ich weiß jetzt nicht einmal, ob ich mich schon bedankt habe.«
»Lonsdale gehört Ihnen, Miß«, sagte Kojo Baako. »Wofür wollen Sie sich bedanken?«
Claire schwieg; sie hatte ihn richtig gern. Ibrahim kam mit einem großen Regenschirm aus dem Haus. Er grinste über das ganze Gesicht; eigentlich bestand kein Grund dafür.
Der Wagen war geräumig und hatte Lederpolster. Claire setzte sich mit John in den Fond. Als er sie etwas fragte, konnte sie vor Haß und Enttäuschung nicht antworten. Sie blickte auch nicht mehr zurück. Der Anblick des traurigen alten Mannes auf der Terrasse hätte alles nur noch schlimmer gemacht.
Nach einer halben Stunde erreichten sie die Straße, der Polizeijeep beschleunigte seine Geschwindigkeit. Es regnete unverändert. Claire war fast froh darüber; es paßte besser zu ihrer inneren Verfassung. Sie überließ John ihre Hand.
»Es war meine Schuld«, sagte er. »Wenn ich gestern meinen Mund gehalten hätte, wäre es nicht soweit gekommen.«
»Das hast du noch nie fertiggebracht«, sagte Stephen.
Er saß breitschultrig hinter dem Lenkrad und beobachtete den Jeep, der etwa fünfzig Meter vor ihnen herfuhr und mit seinen Reifen die Pfützen in den Schlaglöchern wie eine Bugwelle aufsprühen ließ. »Wenn du mich fragst, so haben sie es von den Massai erfahren. Du hättest es ihnen nicht erzählen sollen.«
John hatte schon selbst daran gedacht; es gab keine andere Erklärung. Die Straße führte jetzt wieder durch die Grassavanne. Stephen winkte mit dem Kinn auf einen einzeln stehenden Baum an der rechten Straßenseite.
»Er hat einem Missionslehrer aus Downskop vor einem halben Jahr das Leben gerettet. Er war mit einem anderen Lehrer zu Fuß unterwegs nach Lancaster, als sie mitten auf der Straße von einem Löwen angefallen wurden. Der eine konnte sich noch auf den Baum flüchten.«
»Von einem Löwen?« vergewisserte sich Claire bestürzt.
Stephen lachte. »Im Wagen sind Sie vor ihnen sicher.«
»Ich dachte, hier gäbe es keine Löwen mehr!«
»Nicht mehr viel, aber wenn sie hungrig sind, besuchen sie gelegentlich die Massai und holen sich ein Rind.«
»Davon hast du mir nichts erzählt«, sagte Claire zu John, und ihre Stimme klang verärgert.

»Du hättest dir nur unnötige Sorgen gemacht. Wenn einer in der Nähe gewesen wäre, hätte ich es gemerkt.«
»Es waren weiße Missionslehrer«, sagte Stephen verächtlich. »Einen Löwen riecht man schon auf fünfzig Meter, wenn man eine Nase hat.«
Claire lachte ärgerlich auf. »Ich habe auch eine Nase, Stephen, aber ich hätte ihn nicht gerochen. Wir lagen gestern nachmittag vier Stunden lang im Gras und warteten, bis es dunkel wurde.«
»Ich wollte dich nicht beunruhigen«, sagte John und streichelte ihre Hand. »Wir hätten uns nur in den Wagen zu setzen brauchen; im Wagen ist man absolut sicher vor ihnen.«
»Wenn wir noch Zeit gefunden hätten«, sagte Claire. Sie war wieder um eine Erfahrung reicher geworden.
Die Sicht wurde immer schlechter. Sie hatten das Ende der Savanne erreicht, und die Straße kletterte die Berge hinauf. Manchmal hingen die Wolken so tief herunter, daß sie den Jeep aus den Augen verloren. Es änderte sich erst wieder, als sie nach Lancaster kamen. Der Ort wirkte im Regen wie ausgestorben. Die meisten Häuser waren mit Lehm verputzt und häßlich angemalt. Daneben gab es auch einige europäisch anmutende Gebäude mit Geschäften. Ihre Besitzer, fast ausschließlich Inder, standen gelangweilt in den Türen. Die Polizisten schienen ihnen bekannt zu sein, sie grüßten sie mit erhobenen Händen. Für den Jaguar hatten sie nur einen gleichgültigen Blick. Stephen machte eine abfällige Bemerkung über sie.
»Sie können sie nicht leiden?« fragte Claire.
»Niemand kann sie leiden. An allem, was sie verkaufen, verdienen sie mindestens zweihundert Prozent. Wir haben genug eigene Leute, die Kafferntücher und Seifenkuchen unter das Volk bringen können.«
»Sind sie gleichberechtigt mit den Weißen?«
Stephen grinste. »Farbig bleibt farbig.«
»Im Hotel in Livingstone sah ich zwei sitzen; ich wunderte mich noch darüber.«
»Vielleicht waren es Hotelaktionäre«, meinte John. »Bei manchen drücken sie ein Auge zu.«
Sie brauchten noch eine Dreiviertelstunde, dann kamen sie auf die Asphaltstraße. Das Landschaftsbild veränderte sich, wurde flacher. Auf beiden Seiten schoben sich die großen Plantagen der weißen Farmer bis an die Straße heran.
»Noch fünfzehn Minuten«, sagte Stephen. Er blickte über die Schulter hinweg Claire an. »Haben Sie sich schon überlegt, was Sie ihnen erzählen werden?«

»Ich lasse es mir einfallen, wenn es soweit ist. Schlimmstenfalls stelle ich mich unwissend; John hat schließlich auch kein Visum gebraucht.«
»Und keine Impfbescheinigung für Cholera«, sagte John. »Sie werden dir sicher eine Aufenthaltsgenehmigung geben. Ich möchte fast eine Wette darauf eingehen.«
»Wieviel?« fragte Stephen. »Wenn du dir deiner Sache so sicher wärst, hättest du dein Gepäck daheim gelassen.«
»Du bist noch der gleiche Schwätzer wie früher!« sagte John heftig. – Stephen nickte. »Wir haben uns beide nicht verändert, aber ich habe unserem Vater versprochen, daß ich dich wieder nach Lonsdale zurückbringen werde, und wenn ich dich zusammengeschnürt in den Kofferraum stecken müßte.«
In seiner Stimme war ein Ton, der Claire erschreckte. Sie machte ihre Hand los. »Du hast dein Gepäck mitgenommen?«
»Für alle Fälle.«
»Obwohl ich dir gesagt habe, daß du auf alle Fälle noch einige Tage hierbleiben wirst?«
»Das wird ganz davon abhängen, was der Inspektor von dir will.«
»Und was geschieht mit dem Chrysler?«
»Den kann Stephen abliefern.«
Claire öffnete ihre Handtasche, holte ihre Flugkarte heraus und gab sie ihm.
Er blickte betroffen darauf nieder. »Was soll das?«
»Das wirst du sehen«, antwortete sie auf deutsch. »Ich habe glücklicherweise mehr Geld in der Tasche, als mich der Rückflug und die Bahnfahrt von Paris nach Marburg kosten werden.«
»Die Bahnfahrt?«
»Du hast es nicht anders gewollt«, sagte Claire.
Es war immer das gleiche. Wahrscheinlich würde sie noch einige Jahre brauchen, mit seinem Eigensinn fertig zu werden, aber wenn sie ihm diesmal nachgab, würde er ihre Worte nie mehr ernst nehmen. Sie preßte die Lippen zusammen und schaute durchs Fenster. Die Nähe der Stadt kündigte sich an. Der Verkehr auf der Straße wurde lebhafter, dann tauchten die ersten Häuser auf.
Heute waren keine Berge zu sehen, eine schwarze Rußwolke schien über der Stadt zu hängen. Auf den breiten Gehwegen hasteten Menschen mit Regenschirmen. Hinter den langen Fensterreihen der vielstöckigen Geschäfts- und Bürohäuser brannten Lichter. Im Regen sah Bulawayo genauso grau und nüchtern aus wie jede andere Stadt auf der Welt.
Der Jeep hielt vor einem häßlichen, langgestreckten Gebäude, das

noch an der Peripherie von Bulawayo lag. Neben der Tür war eine Marmortafel mit den Initialen der Alien Immigrants Selection Board angebracht. Einer der beiden Polizisten kletterte aus dem Jeep. Es war derselbe, der vor zwei Stunden in das Zimmer gekommen war. Er rückte sein Koppel mit dem großen Pistolenhalfter zurecht, prüfte den Sitz seines breitkrempigen Hutes und verschwand hinter der Tür.
»Ich glaube nicht, daß sie uns mit hineinlassen«, sagte Stephen. »Es ist die Einwanderungsbehörde für Europäer.«
»Das ist mir egal«, sagte John. Es war das erste Mal, daß er wieder sprach, seit Claire ihm die Flugkarte gegeben hatte; er mußte sie inzwischen in seine Tasche gesteckt haben.
Von den Passanten waren einige auf die beiden Wagen aufmerksam geworden. Claire beobachtete zwei Männer, die plötzlich stehenblieben und zu ihr herschauten. Dann gingen sie zu dem Jeep und sprachen mit dem Polizisten. Etwas später gesellten sich noch zwei Frauen und andere Männer zu ihnen. Sie schickten empörte Blicke herüber, die Frauen schüttelten den Kopf. In ihren geschmacklosen Kleidern sahen sie wie Dienstmädchen aus. Eine von ihnen war dick, die andere groß und mager. Ihre Regenschirme wirkten ebenso antiquiert wie ihre altbackenen Blumenhüte. Die Männer trugen Regenmäntel. Es waren ausschließlich Europäer. Von den schwarzen Fußgängern, die vorbeikamen, nahm kaum einer Notiz von dem Wagen. Claire hatte fast das Gefühl, als ob ihnen die Szene peinlich wäre. Als sie Stephen danach fragte, lachte er abfällig. »Die Stadt verdirbt ihren Charakter. Sie haben Angst, unangenehm aufzufallen und ihre gute Stellung bei den Weißen zu verlieren.«
»Ich weiß noch immer nicht«, sagte Claire, »was geschehen würde, wenn wir zusammen durch die Stadt gingen.«
»Wir drei?« Er grinste. »Das kann ich Ihnen genau sagen: Die Weißen würden Ihnen vor die Füße spucken oder auf die andere Straßenseite hinüberwechseln. Mehr brauchen Sie allerdings kaum zu befürchten.«
»Wie human!« sagte Claire.
Sie schaute zufällig John an. Sein Gesicht trug den gleichen Ausdruck unbändigen Hasses wie damals in Verdun, als er die Hotelgäste betrachtet hatte. Obwohl sie sich vorgenommen hatte, es nicht zu tun, griff sie wieder nach seiner Hand. Es geschah im selben Augenblick, als der Polizist zurückkam. Er öffnete ihr die Tür und gab ihr mit dem Kopf ein Zeichen.
In normaler Verfassung hätte sie sich vielleicht darüber hinweggesetzt, aber sie hatte heute schon zuviel hinuntergeschluckt. Ihre

Stimme klang heiser vor Zorn: »Ich wußte nicht, daß in der Föderation auch die Europäer Buschmanieren haben.«
Er starrte sie konsterniert an, dann wurde sein Blick eisig. »Ich tue nur meine Pflicht.«
»Das kenne ich«, sagte Claire.
Als sie aus dem Wagen stieg, schoben sich die Passanten näher. Ein junger Mann in blauer Hose und Lumberjack rief ihr etwas zu, aber sie verstand ihn nicht. An der Tür des Gebäudes wurden sie von John eingeholt.
»Was willst du?« fragte der Polizist.
»Mit dem Inspektor sprechen.«
»Das geht nicht.«
»Ich werde trotzdem mit ihm sprechen«, sagte John.
Der Polizist legte die Hand auf die Pistole. »Hau ab, Nigger!«
Es waren jetzt noch mehr Passanten zusammengekommen. Die jungen Männer unter ihnen nahmen gegen John eine drohende Haltung ein.
»Hau ab, Nigger!« wiederholte einer von ihnen.
John drehte sich nach ihm um. Dann tauchte Stephen neben ihm auf. Er packte ihn beim Arm und zog ihn gewaltsam zum Wagen. Claire hörte, wie er in einer fremden Sprache auf ihn einschrie; seine Stimme klang heiser vor Furcht.
»Kommen Sie!« sagte der Polizist wieder. Sie gehorchte. Ihre Knie zitterten so heftig, daß sie auf der Treppe fast hingestürzt wäre.
Sie kamen in einen langen Korridor mit vielen Türen. Vor einer blieb der Polizist stehen und klopfte. »Warten Sie hier!« sagte er. Sekunden später wurde sie hineingerufen.
Der Mann hinter dem Schreibtisch mochte etwa vierzig Jahre alt sein. Er war klein, beleibt und nachlässig gekleidet. Seine Jacke hing über der Stuhllehne. Er hatte die Hemdsärmel aufgerollt, seine blondbehaarten Arme waren kurz und dick. Der Krawattenknoten baumelte ihm zwanzig Zentimeter unter dem Hals.
»Ihren Paß!« sagte er.
Sie holte ihn aus ihrer Handtasche und warf ihn auf den Tisch. Der Polizist war hinter ihr stehengeblieben.
»Sie sind Deutsche«, sagte der Inspektor.
Claire nickte.
»Ja oder nein«, sagte der Inspektor.
»Ich dachte, Sie könnten lesen«, sagte Claire.
Er hob etwas den Kopf und blickte gelangweilt in ihr Gesicht. Dann ließ er sich mit dem Rücken gegen die Stuhllehne fallen. »Sie scheinen sich über den Ernst Ihrer Situation nicht ganz im klaren zu sein. Sie haben gegen die Einreise- und Impfbestim-

mungen verstoßen. Nach den Gesetzen der Föderation können wir Sie dafür einige Wochen einsperren.«

Es war offensichtlich, daß er sie einzuschüchtern versuchte. Sie lächelte mitleidig. »Dann fangen Sie zuerst bei Ihren Paßbeamten auf dem Flughafen von Livingstone an. Sie haben mich ohne Visum passieren lassen, obwohl ihnen die Bestimmungen Ihres Landes eigentlich bekannt sein müßten.«

»Haben Sie eine Flugkarte?«

Claire öffnete wieder ihre Handtasche, dann fiel ihr ein, daß John sie hatte. »Sie ist im Wagen.«

»Wirklich?« Er wandte sich gelangweilt an den Polizisten. »Schaffen Sie sie herbei, Sergeant!« Zu Claire sagte er: »Sie wollen die Einreisebestimmungen nicht gekannt haben?«

»Nein.«

»Warum haben Sie sich dann in Paris gegen Gelbfieber impfen lassen?«

»Mein Bekannter riet mir dazu.«

»Ihr Bekannter?«

»Wir sind verlobt«, sagte Claire.

Er beschäftigte sich wieder mit ihrem Paß. »Ich habe schon so etwas gehört. Wollen Sie ihn heiraten?«

»Finden Sie das außergewöhnlich?«

»Es soll vorkommen. Wir haben hier unsere eigene Meinung darüber.«

»Sie leben nicht schlecht davon«, sagte Claire.

Diesmal schien es ihn getroffen zu haben, er runzelte die Stirn. »Ich nehme an, Sie sind Reporterin einer Zeitung.«

Vielleicht war es kein Fehler. Eine Medizinstudentin, die gegen Impfbestimmungen verstieß, war moralisch anfechtbar, eine Journalistin weniger. Sie begnügte sich mit einem Achselzucken.

Der Polizist brachte die Flugkarte. Er gab sie dem Inspektor und nahm wieder seinen Platz hinter Claire ein.

»Sie gilt nur acht Tage«, sagte der Inspektor. »Für welche Zeitung arbeiten Sie?«

Claire verzichtete auf eine Antwort.

»Wir hatten schon einmal einen ähnlichen Fall«, sagte der Inspektor und blätterte in ihrem Paß. »Die Reporterin einer linksorientierten Zeitung reiste zusammen mit einem Kollegen negroider Herkunft illegal bei uns ein, ließ sich verhaften und verfaßte später eine Artikelserie über die Rassentrennung in Süd-Rhodesien. Sie behauptete, nur deshalb verhaftet worden zu sein, weil sie sich in Gesellschaft eines Farbigen befunden habe.«

»Eine intelligente Frau«, sagte Claire.

Der Inspektor ignorierte es. »Wir haben unsere Erfahrungen. Daß Sie als Verlobte eines schwarzen Amerikaners nur deshalb illegal eingereist sein wollen, um seinen alten Vater kennenzulernen, kann kaum Anspruch darauf erheben, ernst genommen zu werden. Völlig unglaubwürdig ist auch die Art, in der Sie sich in Szene gesetzt haben. Die einfältigen Drohungen Ihres Begleiters Mister Lindsay gegenüber können in diesem Land nicht einmal ein Kind erschrecken.«
Er stand auf und verschwand mit ihrem Paß für kurze Zeit hinter einer Nebentür. Als er zurückkam, blickte er auf seine Armbanduhr. »In fünfundvierzig Minuten landet eine Maschine aus Johannesburg. Sie fliegt nach Elisabethville weiter. Von dort aus haben Sie direkten Anschluß nach Paris. Der Sergeant wird Sie jetzt zum Flughafen bringen. Versuchen Sie nicht, in Livingstone auszusteigen; es wäre zwecklos.«
»Ich habe nicht die Absicht«, sagte Claire. Sie steckte ihren Paß und die Flugkarte ein und ging zur Tür. Dort blieb sie noch einmal stehen. »Sie bearbeiten die Anträge für Einwanderungsgesuche?«
»Ja.«
»Auch Visumanträge?«
»Für die Visumanträge haben wir eine Unterabteilung. Wollen Sie ein Visum beantragen?«
»Würde es genehmigt werden?«
»Das weiß ich nicht.«
»Natürlich wissen Sie es«, sagte Claire. »Sie würden es ebensowenig genehmigen wie ein Einwanderungsgesuch. Ich möchte sogar annehmen, daß Sie nicht einmal ein Einwanderungsgesuch meines zukünftigen Mannes genehmigen würden, obwohl er in Rhodesien geboren ist.«
»Für uns ist er amerikanischer Staatsbürger«, sagte der Inspektor gelangweilt. »Wir haben kein Interesse an amerikanischen Einwanderern.«
»Das glaube ich Ihnen aufs Wort«, sagte Claire und trat auf den Korridor hinaus. Der Polizist setzte sich sofort wieder an ihre Seite. Auf der Straße wurde sie von John erwartet. Die Menschenansammlung hatte sich inzwischen aufgelöst. Vielleicht lag es am Regen, der jetzt noch heftiger geworden war. Auch der Jaguar war verschwunden. Als sie den Kopf drehte, sah sie ihn etwa hundert Meter entfernt auf der anderen Straßenseite stehen. »Sie haben uns von hier weggeschickt«, sagte John. »Was war los?«
»In fünfundvierzig Minuten fliegt meine Maschine«, antwortete Claire. »Der Polizist muß mich zum Flughafen bringen.«

»Ich habe es mir gedacht.« Er wirkte jetzt völlig ruhig und wandte sich an den Polizisten, der neben ihnen stehengeblieben war und ihnen zuhörte. »Können wir sie noch zum Flughafen fahren?«
»Mir egal«, sagte der Polizist. Er ging zum Jeep und sprach mit dem Fahrer.
»Du hast es dir überlegt?« fragte Claire.
John gab keine Antwort. Er beobachtete den Jaguar, der eben anrollte und langsam näher kam.
»Du mußt mindestens acht Tage hierbleiben«, sagte Claire. »Ich fürchte, wir werden so rasch nicht wieder nach Bulawayo kommen.«
»Warum nicht?«
»Sie werden uns nicht mehr hereinlassen.«
»Hat er das gesagt?«
»Es war nicht schwer zu erraten. Mit einer Genehmigung für eine Einwanderung brauchen wir auch nicht mehr zu rechnen. Ich nehme an, wir stehen jetzt auf einer roten Liste.«
»Das war zu erwarten«, sagte John.
Er ging mit ihr durch den Regen auf die andere Straßenseite hinüber; Stephen öffnete ihnen die Wagentür.
»Das ging rasch!« sagte er. »Wohin?«
»Zum Flughafen«, sagte Claire.
Er nickte. »Elf Uhr fünfundvierzig, die Maschine aus Johannesburg. Wie ich es mir vorgestellt habe.«
»Dumm warst du nie«, sagte John.
»Nicht außergewöhnlich«, sagte Stephen. Er spuckte zum Fenster hinaus und beobachtete im Rückspiegel, wie der Polizeijeep auf der Straße wendete und sich hinter sie stellte.
»Worauf wartest du noch?« fragte John.
Claire berührte seine Hand. »Acht Tage, John. Tue es für deinen Vater.«
»Vielleicht.«
Seine Halsstarrigkeit enttäuschte sie. Sie drückte sich in ihre Ecke und sah zu, wie Stephen den großen Wagen durch den Verkehr steuerte, der nun, da es auf den Mittag zuging, immer lebhafter wurde.
Sie erinnerte sich, daß Samstag war. Morgen abend würde sie wieder in Paris sein; vielleicht schneite es.
Der Flughafen lag am Stadtrand, sie erreichten ihn auf einer breiten Asphaltstraße, die im Halbkreis um die Stadt herumführte. Auch hier bot sich überall das gleiche Bild: amerikanische Luxuswagen, weiße Bungalows zwischen Palmen und schönen Blumen-

gärten versteckt, und auf der anderen Seite große Plantagen. Claire sah alles wie durch einen milchigen Nebel.
Heute herrschte vor dem Flughafengebäude reger Betrieb. Zwei rotlackierte Stadtomnibusse brachten einen ganzen Touristenschwarm. Daneben standen überall Taxen und Privatwagen herum. Als Stephen auf die Bremse trat, waren es immer noch hundert Meter zum Gebäude.
»Warum hältst du hier?« fragte John.
»Du würdest das gleiche erleben wie vorhin«, antwortete Stephen. »Wenn die Europäer die Polizisten sehen, werden sie auf uns aufmerksam.«
»Ich kann die wenigen Meter zu Fuß gehen«, sagte Claire.
»Im Regen?« fragte John. Er stieg aus und holte ihre Reisetasche aus dem Kofferraum. »Ich komme mit dir.«
Stephen widersprach: »Wenn man beobachtet, wie du dich von ihr verabschiedest, wird sie im Flugzeug Ärger haben.«
»Das ist mir egal«, sagte Claire.
Der Polizeisergeant kam zu ihnen. »Was ist los?«
»Wir haben keinen Sprit mehr«, antwortete Stephen mit unbewegtem Gesicht. Er gab Claire über die Lehne seines Sitzes hinweg die Hand. »Kommen Sie wieder, Claire.«
»Wenn ich kann, Stephen.«
Er betrachtete seine Hand, mit der er sich von ihr verabschiedet hatte, dann steckte er sich eine Zigarette an.
»Sie können sich zu uns in den Jeep setzen«, sagte der Polizeisergeant zu Claire. Er nahm John die Reisetasche ab. »Ist das alles?«
»Sogar das war zuviel«, sagte John. Er hatte sich jetzt entschieden und kehrte in den Wagen zurück. »Was tust du, wenn im Hotel kein Zimmer frei ist?«
»Das halte ich für ausgeschlossen«, antwortete Claire. »In dieser Jahreszeit findet man überall Platz. Ich würde dir an der Rezeption meine neue Adresse hinterlassen.«
»Heute in acht Tagen werde ich von hier wegfliegen«, sagte John. »Ist es dir so recht?«
»Sehr, John.«
Ohne Rücksicht darauf, daß die beiden Polizisten sie durch das Rückfenster beobachten konnten, beugte sie sich zu ihm hinüber und küßte ihn. Dann kletterte sie rasch aus dem Wagen. »Was sie für schöne Hände hat«, sagte Stephen undeutlich.
Sie beobachteten, wie Claire in den Jeep stieg. Als er an ihnen vorbeifuhr, beugte sie sich heraus und blickte John an. Sie winkte nicht, und sie sagte nichts, sie blickte ihn nur an, aber er würde

das Bild niemals vergessen, und wenn er wieder bei ihr in Paris war, würde er sich auch nie mehr von ihr trennen. Keinen einzigen Tag. Sekunden später war der Jeep zwischen den vielen Wagen vor dem Flughafengebäude verschwunden.

»Es ist ja nur für kurze Zeit«, sagte Stephen. »Wenn sie ihr Examen hat, kommt sie wieder.«

»Sie glaubt, daß sie uns nicht mehr einreisen lassen.«

»Wer sagt das?«

»Der Inspektor.«

»Er ist ein einflußreicher Mann«, sagte Stephen und drückte sorgfältig seine Zigarette aus, »aber ich möchte trotzdem nicht mit ihm tauschen. Nicht für zehntausend Morgen Land.«

SECHSTES KAPITEL

1

Freds Absicht, sich von einem Kommilitonen Claires über ihre Rückkehr unterrichten zu lassen, hatte sich als undurchführbar erwiesen. Zwar war er am Tag nach seinem Besuch in der Kaserne, wie vorgesehen, noch einmal nach Marburg gefahren, aber er hatte sich nicht dazu aufraffen können, einen dieser jungen und wildfremden Menschen in einer so persönlichen Sache anzusprechen. Vielleicht auch deshalb nicht, weil er seine eigenen Empfindungen für Claire, nach allem, was geschehen war, falsch eingeschätzt hatte. Er war nicht bereit gewesen, sich einzugestehen, daß das, was er in den vergangenen Wochen geplant und unternommen hatte, nur aus der verletzten Eitelkeit eines Mannes geschehen war, der sich nicht damit abfinden wollte, einem primitiven Schwarzen das Feld räumen zu müssen. Aber nachdem nun die Ereignisse so weit gediehen waren, daß jeder Zweifel an einer intimen Verbindung zwischen den beiden absurd gewesen wäre, hatten sich seine Empfindungen für sie ebenso gründlich gewandelt wie seine ganze Einstellung zu ihr. Eine Frau, die nicht davor zurückschreckte, mit einem Neger ins Bett zu gehen, wäre auch nicht davor zurückgeschreckt, ihren Mann zu betrügen. Eine Ehe mit ihr hätte zwangsläufig mit einem Fiasko enden müssen. In diesem Punkt war er sich heute, vier Wochen nach seinem Besuch in der Kaserne, mit seinen Eltern einig. Während diese jedoch die Angelegenheit als erledigt betrachteten und sich bereits wegen einer anderen Schwiegertochter den Kopf zerbrachen, hatte er sie noch immer nicht aus seinem Bewußtsein verdrängen können. In gleichem Maße, wie ihm die klägliche Rolle, die sie ihm aufgezwungen hatte, deutlicher wurde und die zahllosen Demütigungen und Selbsterniedrigungen durch die wachsende zeitliche und räumliche Distanz in seiner Erinnerung ins Überdimensionale anschwollen, schlugen auch seine Empfindungen für sie in das entgegengesetzte Extrem um. Sein Haß auf sie war so groß, daß er ihm die Luft abschnüren konnte. Und wenn seine Aussichten, ihr die Demütigungen heimzuzahlen, auch so gut wie hoffnungslos waren, so wollte er doch wenigstens mit ansehen, wie ihr an der Seite des Schwarzen jenes Schicksal widerfuhr, das er ihr hundertmal gewünscht und prophezeit hatte. Diese Genugtuung würde er sich nicht entgehen lassen. Er zweifelte jetzt nicht mehr daran, daß die beiden zusammen in Urlaub gefahren waren, ob nach Rhodesien oder in ein anderes Land, war unwichtig geworden. Eines Tages würde sie wieder in Marburg auftauchen, und seine Vermutung, daß er den Zeitpunkt auch ohne sein Zutun erfahren werde, bestätigte sich rascher, als er erwartet hatte.

Nach dem Mittagessen war er wie jeden Tag mit seinem Vater ins Büro zurückgekehrt. Die Arbeitsteilung zwischen ihnen erfolgte in der Weise, daß Fehrenbach sich ausschließlich mit den alten, eingeführten Kunden beschäftigte, während Freds Aufgabe darin bestand, neue Kunden zu gewinnen und durch gelegentliche Vorsprachen bei ihnen einen persönlichen Kontakt herzustellen. Er erfüllte diese Obliegenheit ebenso gewissenhaft wie geschickt, und Fehrenbach wußte sie bei seinem Sohn in den besten Händen.

Auch an diesem Mittag führte ihn sein erster Weg zu einem Kunden, der im Stadtzentrum ein großes Geschäftshaus errichtet hatte. Die Verhandlungen mit ihm verliefen erfolgreich, und als Fred eine Stunde später wieder in seinen Wagen stieg, hatte er Ursache, mit sich zufrieden zu sein. Daran vermochte auch der naßkalte Schneeregen nichts zu ändern, der schon seit den frühen Morgenstunden die Stadt wie mit einem grauen Tuch zudeckte.

Er traf seinen Vater beim Diktat. Das Büro lag im zweiten Stock eines modernen Hochhauses. Es hatte ein repräsentativ eingerichtetes Wartezimmer, einen Raum für drei Stenotypistinnen und je ein Arbeitszimmer für Fred und seinen Vater. Bei der Auswahl der Stenotypistinnen hatte Fehrenbach den Grundsatz beherzigt, daß sie die Visitenkarte eines jeden Büros waren, und es war daher kein Zufall, daß sie neben ihrer beruflichen Qualifikation auch den Vorzug hatten, gut auszusehen. Zu den obligatorischen Instruktionen, die er ihnen für den Umgang mit der Kundschaft zu erteilen pflegte, gehörte auch die Ermahnung, bei privaten Gesprächen keine übertriebene Zurückhaltung zu zeigen. Manche Kunden dankten es durch regelmäßige Besuche, die nicht selten Gelegenheit boten, das bestehende Geschäftsverhältnis noch weiter auszubauen. Für Fred kamen diese psychologischen Gesichtspunkte seines Vaters, die in keinem Fall die Grenze des Schicklichen überschritten, schon deshalb nicht ungelegen, als ihm gutaussehende Stenotypistinnen lieber waren als andere. Eine von ihnen wurde jeden Abend von einem älteren Herrn in einem großen Wagen abgeholt. Auch die anderen waren, soviel er wußte, in festen Händen, und wahrscheinlich hätten sie ihn, wäre er ihnen als Fremder auf der Straße begegnet, keines Blickes gewürdigt. Mädchen wie sie konnten es sich leisten, sich ihren Freund unter einem Dutzend Männern herauszusuchen, und es schmeichelte seinem Selbstbewußtsein, daß sie ihn genauso respektvoll behandelten wie seinen Vater. Er hatte es sich angewöhnt, sie mit wohlwollender Herablassung anzureden, und wenn er außergewöhnlich gut gelaunt war, rief er sie auch beim Vornamen. Zu mehr hätte er sich jedoch in keinem Fall hergegeben. Ein Verhältnis mit einer Angestellten lag unter seinem Niveau. Es untergrub die Autorität und komplizierte den Umgang mit dem übrigen Personal; man durfte nie vergessen, wer man war.

Als er das Büro seines Vaters betrat, unterbrach dieser das Diktat und schickte das Mädchen hinaus. »Es ist gut, daß du kommst«, sagte er und steckte sich eine Zigarre an. »Wie ist es gegangen?«

»Erledigt«, antwortete Fred und holte die Verträge aus seiner Aktentasche. Er legte sie auf den Schreibtisch, zog seinen Mantel aus und setzte sich in einen der tiefen Polstersessel für die Besucher. »Vier Ladenräume mit je sechzig Quadratmeter. Er will sie nicht unter fünfhundert Mark vermieten.«

Fehrenbach spitzte die Lippen. »Etwas viel!«

»Wir kriegen sie los«, sagte Fred. »Die Gegend ist eine Goldgrube. Ich habe schon zwei Interessenten dafür.«

»Kennen sie den Preis?«

»Sie sind darauf angewiesen, einen Laden zu finden«, antwortete Fred gleichgültig. »Ist die Post schon gekommen?«

»Ich habe sie dir auf den Schreibtisch legen lassen. Deine Mutter hat angerufen.« – Es passierte öfter, und Fred wunderte sich, weshalb er es so besonders betonte.

»Sie hat mit Irmgard Neininger gesprochen«, fuhr Fehrenbach nach einer kurzen Pause fort. »Irgendeine Bekannte von ihr hat einen Sohn auf der Universität; er will angeblich Claire gesehen haben.«

Obwohl er seit Wochen darauf gefaßt gewesen war, zuckte Fred wie unter einem elektrischen Schlag zusammen. »Wann?«

»Gestern oder vorgestern; es ist auch unwichtig. Sie ist jedenfalls wieder da.«

Er stand auf und ging einmal um den Schreibtisch herum. Eigentlich hatte er seiner Frau versprochen, Fred nichts davon zu erzählen, aber es war ihm ähnlich ergangen wie ihr; er hatte mit einem Menschen darüber reden müssen. Nicht etwa, daß er heute noch an einer Versöhnung zwischen Claire und Fred interessiert gewesen wäre! Seit einer seiner besten Geschäftsfreunde vor vierzehn Tagen die erste vorsichtige Andeutung gemacht hatte, betrachtete er die Angelegenheit als abgeschlossen. Er war nach ruhigem Nachdenken auch nicht mehr geneigt, das Gerede der Leute allzu tragisch zu nehmen. Schließlich war Claire nicht seine Tochter; ihn traf keine Verantwortung. Neugierigen Fragen begegnete er mit der gleichgültigen Bemerkung, daß sein Sohn schon vor längerer Zeit die Verlobung gelöst habe und über ihr Privatleben nicht mehr unterrichtet sei. Daß er trotz allem immer noch in einem versteckten Winkel seines Herzens einen Rest von Sympathie für sie hegte, war nicht paradoxer als der Umstand, daß ihre Handlungsweise in manchen Augenblicken eine widerwillige Bewunderung und die ferne Erinnerung an verpaßte Gelegenheiten in ihm auslöste. Es hatte Zeiten in seiner Ehe gegeben, wo er imstande gewesen wäre, mit der erstbesten Frau davonzulaufen, aber er hatte sich nie dazu aufraffen können, und inzwischen war er alt und gleichgültig geworden. In seinen Jahren riskierte man keine Abenteuer mehr. Er hatte eine sichere Existenz, ein ansehnliches Vermögen und die beruhigende Gewißheit, den Rest seines Lebens ohne wirtschaftliche Sorgen verbringen zu können. Es war genau das, was sich die meisten Menschen wünschten. Komplikationen im Familienleben waren ihm verhaßt, und daß Claire eine solche Komplikation verursacht hatte, trug er ihr mehr nach als ihr Intermezzo mit dem Neger. In Wirklichkeit war er in diesen Dingen viel liberaler eingestellt, als er sich nach außen hin zu zeigen traute, aber er kannte seine Frau zu gut, um sich auf nutzlose Diskussionen einzulassen. Sie zahlten sich nicht aus; nicht bei ihr.

Er setzte sich wieder hinter seinen Schreibtisch und musterte Fred, der mit gesenktem Kopf an seiner Unterlippe nagte und einen geistesabwesenden Eindruck machte.

»Sonst hat sie nichts erfahren?« fragte er.

Fehrenbach hob die Schultern. »Ich hatte gerade Besuch hier, als sie anrief. Was soll sie noch erfahren haben?«

»Mich würde interessieren, ob Claire noch mit ihm zusammen ist«, sagte Fred.

Es war eine Frage, die Fehrenbach nicht weniger interessierte, aber bei ihm geschah es aus anderen und unkomplizierteren Gründen als bei Fred. Er war neugierig, sonst nichts. Vielleicht hatten die beiden inzwischen sogar geheiratet. Noch vor einem Monat hätte er den Gedanken als absurd von sich gewiesen, aber damals hatte er noch die Hoffnung gehabt, daß das Mädchen wieder zur Vernunft kommen würde; heute hatte er diese Hoffnung nicht mehr.

»Es müßte zu erfahren sein«, sagte er und streifte die Asche von seiner Zigarre. »Vielleicht kann sich der Sohn von Irmgards Bekannten einmal vorsichtig umhören.«

»Damit sie noch mehr zu reden haben!« Fred schüttelte energisch den Kopf; sein Entschluß stand schon halb fest. Mit dem Wagen konnte er in einer Stunde in Marburg sein. »Vielleicht fahre ich selbst hin.«
»Nach Marburg?«
»Ich möchte sehen, wo sie wohnt und ob sie noch mit ihm zusammen ist; mehr nicht.«
»Wie willst du das sehen?«
»Ich warte, bis sie aus der Universität kommt, und gehe ihr nach.«
Fehrenbach legte die Stirn in Falten. Trotz seiner Neugierde konnte er sich nicht dafür begeistern. Immerhin bestand die Möglichkeit, daß Claire sich von dem Schwarzen getrennt hatte, und er traute ihr ohne weiteres zu, daß sie es in diesem Fall fertigbringen würde, sich mit Fred auszusöhnen. Die Folgen wären nicht abzusehen.
»Du willst noch einmal mit ihr reden?« fragte er.
Fred stand auf. »Ich wüßte nicht, was ich noch mit ihr zu bereden hätte. Außerdem bin ich mir noch nicht sicher, ob ich es tun werde.«
Er nahm seinen Mantel und ging in sein Zimmer hinüber. Dort befaßte er sich zehn Minuten lang mit der eingegangenen Post, aber er war nicht bei der Sache. Irgend etwas stimmte nicht. Warum, wenn der Schwarze sechs Wochen Urlaub hatte, war sie jetzt schon zurückgekommen?
Die Frage beschäftigte ihn so stark, daß er unfähig war, sich auf seine Arbeit zu konzentrieren. Schließlich nahm er den Telefonhörer ab und ließ sich mit dem Sekretariat der Universität verbinden. Als er fünf Minuten später fertig angezogen zu seinem Vater kam, hatte er sich entschieden.
»Ich fahre«, sagte er. »Sie hat heute nur bis fünf Uhr ein Kolloquium.«
Fehrenbach hatte es befürchtet. Er hatte es ihm schon angesehen, als er hinausgegangen war. »Du hast mit der Universität telefoniert?«
»Ja. Im Sekretariat wußten sie nicht, ob sie hier ist. Nach dem Vorlesungsverzeichnis müßte sie bis fünf Uhr in der Augenklinik sein. Ich habe sie dort schon einmal abgeholt.«
»Ich weiß nicht, was du dir davon versprichst«, murmelte Fehrenbach. Er machte sich Vorwürfe, ihm von dem Anruf seiner Frau erzählt zu haben.
»Im Augenblick verspreche ich mir gar nichts«, antwortete Fred, »und für das, was ich mir für später verspreche, ist es noch zu

früh. Vielleicht weiß ich heute abend ein wenig mehr. Warte nicht auf mich; es kann spät werden.«
Fehrenbach seufzte. Er hätte noch versuchen können, ihn davon abzubringen, aber er wußte, daß es hoffnungslos war. Zudem war er der vielen Auseinandersetzungen in dieser Sache überdrüssig geworden. Sie standen ihm bis obenhin. »Eigentlich hätte ich den Wagen heute mittag gebraucht«, sagte er mürrisch.
Fred setzte seinen Hut auf. »Nimm dir ein Taxi. Du kannst mir die Kosten dafür vom Gehalt abziehen.«
Er ging so rasch aus dem Zimmer, daß Fehrenbach es erst merkte, als die Tür hinter ihm zuschlug. Angewidert drückte er seine Zigarre aus. Claire war ihm wie eine Tochter gewesen, aber er würde es keinem Menschen mehr sagen dürfen.
Fred brauchte für die Strecke länger, als er vorgesehen hatte. Außerhalb der Stadt verwandelte sich der Regen in Schnee, die Straße wurde glatt, an manchen Stellen kam er nur im Schritttempo voran. Es war schon dunkel, als er das Universitätsviertel von Marburg erreichte. Im ersten Jahr seiner Bekanntschaft mit Claire war er oft hierhergekommen. Er hatte sie nach den Vorlesungen abgeholt und nach Hause gefahren, aber später war es ihm zuviel geworden. Dabei hatte er die Stadt immer gemocht, ihre schönen Kirchen, die hohen Häuser und die engen, steilen Gassen, die mit unzähligen Treppen durch die Altstadt führten. Fast jede von ihnen war mit einer Erinnerung an Claire verknüpft. Oft hatten sie zusammen bis in den späten Abend hinein in einem der kleinen Restaurants gesessen und sich über die Zukunft unterhalten. Jetzt würde sie sich mit dem Schwarzen darüber unterhalten; er durfte nicht daran denken.
Die Augenklinik lag hinter alten Bäumen versteckt in einer ruhigen Straße am Stadtrand. Hier brannten nur wenig Laternen. Die Gefahr, daß Claire ihn entdecken könnte, war also gering. Da er noch eine halbe Stunde Zeit hatte, fuhr er am Portal vorbei und bog in die nächste Querstraße ein. Der Schneefall hielt unvermindert an. Die großen Flocken zergingen beim Aufsetzen auf dem Asphalt wie auf einer heißen Herdplatte. Nur in den Grünanlagen und Gärten sammelten sie sich zu einer dünnen Decke.
Die Querstraße war einseitig bebaut. Links fingen halbverschneite Felder an. Unter einer Laterne stand ein zweifarbiger amerikanischer Wagen. Er fiel Fred erst auf, als er schon auf gleicher Höhe mit ihm war. Aus den Augenwinkeln sah er einen dunkelhäutigen Mann hinter dem Lenkrad sitzen, dann war er an ihm vorbei, und es schien ihm, als ob er bis zum Hals in kochendheißem Wasser steckte.

Ein paar Sekunden lang wußte er nicht, was er tun sollte. Er fuhr einfach weiter, und als auf der rechten Seite wieder eine Straße abzweigte, stieß er den Wagen rückwärts hinein. Dann kletterte er mit steifen Beinen ins Freie und kehrte an die Kreuzung zurück. Obwohl die Entfernung zu dem amerikanischen Wagen mindestens hundert Meter betrug, konnte er ihn unter der Straßenlaterne deutlich erkennen. Er lehnte sich mit dem Rücken gegen einen Gartenzaun, nahm den Hut ab und ließ sich mit geschlossenen Augen den Schnee in das heiße Gesicht fallen.
Er war sich seiner Sache absolut sicher. Zwar hatte er nur das Profil des Mannes gesehen, aber es wäre ihm unter Hunderten aufgefallen. Sein Gesicht hatte sich wie mit einem glühenden Stempel in sein Gedächtnis eingeprägt. Er öffnete die Augen und blickte wieder zu dem Wagen hin. Seine Anwesenheit beseitigte auch die letzten Zweifel, sie schuf eine endgültige und unanfechtbare Klarheit. Schon dieser Klarheit wegen hatte sich die Fahrt hierher gelohnt. In Zukunft würde es müßig sein, Überlegungen darüber anzustellen, ob sie noch mit ihm zusammen war. Es würde auch müßig sein, sich selbst irgendwo ein verstecktes Hintertürchen offenzuhalten, durch das man notfalls seinen eigenen Skrupeln davonlaufen konnte. Es schmerzte noch etwas, aber es war nicht mehr jener scharfe und schneidende Schmerz der vergangenen Wochen. Es war ein Schmerz, der zugleich befreite. Und als etwas später im Lichtkreis der Laterne Claire auftauchte und er sie zum erstenmal nach vier Wochen wieder vor sich sah, schlug sein Herz nicht rascher als sonst. Er beobachtete noch, wie ihr von innen die Tür geöffnet wurde und sie den Schnee von ihrem Schirm schüttelte, dann lief er zu seinem Wagen zurück.
Er hätte jetzt nach Hause fahren können, aber nachdem der erste Teil viel einfacher gewesen war, als er befürchtet hatte, und die Gelegenheit, ihnen zu folgen, sich geradezu anbot, wollte er nicht darauf verzichten. Er wartete mit laufendem Motor, bis der amerikanische Wagen am Ende der Straße vorbeifuhr, dann setzte er sich hinter ihn. Wenn sie die Richtung beibehielten, mußten sie irgendwann auf die Bundesstraße nach Frankfurt stoßen, aber wahrscheinlich würden sie eine der nächsten Querstraßen dazu benutzen, in die Stadt zurückzufahren. Damit sie nicht auf ihn aufmerksam wurden, begnügte er sich mit dem Standlicht.
Viel rascher, als er vermutet hatte, kamen sie auf die Bundesstraße. Hier war der Verkehr so lebhaft, daß er unbesorgt die Scheinwerfer einschalten konnte. Zu seiner Überraschung schlugen sie aber nicht die Richtung zur Stadt ein, sondern blieben auf der Bundesstraße, die in vielen Krümmungen durch das Lahntal

nach Süden führte. Er war die Strecke nur einmal in seinem Leben gefahren und hatte sie kaum mehr in Erinnerung.
Beim Einschleusen in den starken Verkehr hatten sich drei andere Wagen zwischen ihn und den Buick geschoben. Er überholte zwei von ihnen, dann wurde das Tal breiter, die verschneiten Berge auf beiden Seiten traten ein Stück zurück. Er hatte sich gerade entschlossen, auch den dritten Wagen zu überholen, als der Buick sein Tempo drosselte und an einer Kreuzung auf eine schmale Straße einbog. Obwohl er auf etwas Ähnliches gefaßt gewesen war, wurde er durch die Plötzlichkeit des Vorgangs überrumpelt. Er fuhr über die Kreuzung hinweg, brachte den Wagen zum Stehen und blickte zurück.
Soweit er in der Dunkelheit feststellen konnte, mußte die Straße in ein Seitental führen, das sich keilförmig zwischen die Berge schob. Am Taleingang, etwa hundert Meter von der Bundesstraße entfernt und im Scheinwerferlicht des Buicks deutlich zu erkennen, stand ein zweistöckiges Gebäude mit tief heruntergezogenem Dach, großer Terrasse und breiten Fenstern. Es war an den Berg gebaut und sah wie ein Restaurant aus. Hinter dem Gebäude begann der Wald.
Fred wartete noch, bis die Scheinwerfer des Buicks vor dem Gebäude erloschen, dann fuhr er im Rückwärtsgang auf die Nebenstraße und so weit an das Gebäude heran, wie er es gerade noch riskieren konnte. Den Rest legte er zu Fuß zurück. Der Buick war nicht mehr da. Wahrscheinlich stand er in einer der Garagen, die unterhalb der Terrasse angebaut waren. Von außen wirkte das Gebäude etwas verwahrlost, an vielen Stellen war der Verputz abgebröckelt, von den grüngestrichenen Fensterläden hingen einige schief in den Angeln, aber für zwei, die ihre Flitterwochen verbrachten, wogen diese Schönheitsfehler nicht schwer. Wahrscheinlich waren sie die einzigen Gäste im Haus, und wo sonst wären sie ungestörter gewesen! Hinter einem der oberen Fenster brannte jetzt Licht, für einige Sekunden tauchte der Schatten eines Mannes auf, dann wurde die Gardine vorgezogen.
Fred hatte genug gesehen. Ehe er zum Wagen zurückging, prägte er sich noch den Namen des Gasthauses ein; er würde ihn so rasch nicht vergessen. Er war sich auch nicht mehr sicher, ob es richtig gewesen war, ihnen nachzufahren. Vielleicht hätte er sich wenigstens diesen Anblick ersparen sollen. Es saß doch noch tiefer, als er angenommen hatte. Viel tiefer sogar!
Er hielt beim Gehen wieder das Gesicht in den Schnee, seine Beine waren seltsam schwer und gefühllos. Irgendwann würde es einmal aufhören, man konnte fünf Jahre nicht einfach mit einem

Achselzucken auslöschen. Mit dem Geld seines Vaters würde es ihm nicht schwerfallen, ein anderes Mädchen kennenzulernen. Es würde alles wieder von vorne anfangen, aber es würde nicht mehr das gleiche sein wie mit Claire; bei keinem anderen Mädchen!

2

Nach fünf Minuten kam sie wieder herunter. Sie setzte sich neben ihn in den Wagen und blickte durch die Windschutzscheibe.
»Mein Vater ist nicht da. Du kannst jetzt in die Kaserne fahren. Dauert es länger als eine halbe Stunde?«
»Ich glaube nicht. Reicht dir die Zeit?«
»Das Mädchen hilft mir. Er hat in den ganzen Wochen kein einziges Mal von mir gesprochen.«
»Ein konsequenter Mann. Bist du enttäuscht?«
Claire schüttelte den Kopf. »Jetzt nicht mehr. Versuche, rechtzeitig hier zu sein. Ich möchte ihm nicht begegnen, wenn er zurückkommt. Hoffentlich hast du Glück!«
»Ich kann es brauchen«, sagte John.
Er wartete, bis sie wieder im Haus verschwunden war, dann fuhr er zur nächsten Querstraße und von dort zum Stadtrand. In der Nacht hatte es geschneit, die Berge standen weiß vor dem grauen Himmel.
In einer einsamen Gegend hielt er an, holte seine Zigaretten aus der Tasche und betrachtete die verschneiten Felder, aber seine Gedanken waren mit wichtigeren Dingen beschäftigt. In acht Tagen war sein Urlaub zu Ende. Sie waren eine Woche länger in Paris geblieben, als sie ursprünglich beabsichtigt hatten; es war die schönste Zeit ihres Urlaubs gewesen. Claire hatte die Gelegenheit benutzt, bei verschiedenen Kliniken vorzusprechen. Ihre Aussichten, im Sommer eine Stellung zu finden, waren überraschend gut. Der Chefarzt einer Hautklinik war so von ihr angetan gewesen, daß er sie am liebsten gleich dort behalten hätte.
Ungünstiger verhielt es sich bei ihm selbst. Wenn er sich auf der Sorbonne immatrikulieren lassen wollte, würde er ein volles Jahr warten müssen. Aber auch dieses Problem war im Augenblick nur zweitrangig. Sein erster Weg, als er in Paris aus dem Flugzeug geklettert war, hatte ihn zum Postamt geführt, wo er Sams Brief vorfand. Er hatte ihn dreimal lesen müssen, bis ihm sein Inhalt voll zu Bewußtsein gekommen war. Eine Versetzung nach Korea schloß auch die entfernteste Möglichkeit aus, eine Trennung von Claire zu vermeiden. Wenn schon die Chancen, sie doch

noch zu einem vorübergehenden Aufenthalt in den Staaten überreden zu können, wenig aussichtsreich waren, so schuf Sams Brief eine geradezu hoffnungslose Situation. Gleichzeitig beseitigte er jedoch auch den letzten Zweifel an dem, was ihm zu tun blieb. Seine innere Entscheidung war schon gefallen, ehe er den Brief gelesen hatte; sie wurde durch ihn höchstens noch legitimiert. Er brauchte jetzt keine Skrupel mehr zu haben.

Bei der Überlegung, wie er Claire gegenüber vorgehen solle, hatte er sich für einen Kompromiß entschlossen. Vielleicht würde er ihr später, wenn sie in Paris waren, die Wahrheit erzählen; im Augenblick erschien es ihm zu riskant. Es wäre ihm lieber gewesen, er hätte einen anderen Weg gefunden, der es ihm ersparte, sie belügen zu müssen, aber es gab keinen. Er war davon überzeugt, daß sie, wenn er ihr auch nur eine Andeutung darüber machte, nichts unversucht ließe, ihn davon abzubringen. Fünf Wochen lang hatte er es vor sich hergeschoben, fünf Wochen lang hatte er sich den Kopf nach einer glaubhaften Erklärung zerbrochen, und nun wußte er, was er ihr erzählen würde. Als er ihr gestern abend seine Absicht mitgeteilt hatte, am nächsten Tag in der Kaserne die Möglichkeiten einer vorzeitigen Entlassung zu erkunden, hatte sie den Wunsch geäußert, bei dieser Gelegenheit ihre restlichen Sachen aus der Wohnung ihres Vaters zu holen. Sobald sein Urlaub abgelaufen war, würde er sich in Thüngerstadt allerdings nicht mehr sehen lassen dürfen. Die Gefahr, einem Soldaten seiner Kompanie zu begegnen, war zu groß. Er würde nicht einmal Sam von seinen Plänen verständigen dürfen. Es hätte sich in diesem Fall kaum vermeiden lassen, daß auch Mary davon hörte, und dieses Risiko wollte er nicht eingehen.

Ein schwieriges Problem war der Wagen. Solange er ihn fuhr, würde er damit rechnen müssen, von einer Streife der Militärpolizei aufgegriffen zu werden. Andererseits war es unmöglich, ihn heimlich abzustoßen. Wenn er ihn an einen deutschen Händler verkaufte, würde dieser den Vorgang der amerikanischen Zulassungsstelle melden. Der sicherste Weg war der, den Wagen in eine weit entfernte Stadt zu fahren, ihn dort zum Schrottwert abzusetzen und mit der Bahn nach Marburg zurückzukehren. Dadurch würde er verhindern, daß er der amerikanischen Zulassungsstelle seinen Aufenthaltsort verriet. Anschließend mußte er in einer anderen Stadt einen deutschen Gebrauchtwagen kaufen und ihn auf Claires Namen zulassen. Das alles mußte noch in dieser Woche erledigt werden; keinen Tag später.

Außer dem Wagen gab es noch mehr Probleme, die aber vorerst

Zeit hatten. Ernsthafte Sorgen bereitete ihm nur noch die Frage des Grenzübergangs. Zwar hielt er es für wenig wahrscheinlich, daß die Militärpolizei bei der Fahndung nach Deserteuren auch die deutschen Zollbeamten einschaltete, doch war es eine Möglichkeit, die er nicht aus den Augen verlieren durfte.
Was die finanzielle Seite betraf, so brauchte er sich für die nächsten Jahre keine Gedanken zu machen. Sein Vater würde ihn mit allem, was er benötigte, versorgen. Da sie in dem Gasthaus verhältnismäßig billig wohnten, würde er auch mit seinem eigenen Geld noch eine gute Weile hinkommen.
Ein Blick auf die Uhr zeigte ihm, daß die halbe Stunde fast vorüber war. Er fuhr noch ein Stück auf der Straße weiter, bis er einen Platz zum Wenden fand. Trotz der vielen Fragen, die er zu bedenken hatte, war er mit dem bisherigen Ablauf der Ereignisse nicht unzufrieden. Claires Eindruck auf seinen Vater und Stephen war so stark gewesen, daß sie in den acht Tagen von nichts anderem mehr gesprochen hatten. Auch die zwei Wochen in Paris waren in mehrfacher Hinsicht zu einem nützlichen Erlebnis geworden. Er hatte in diesen vierzehn Tagen mehr von ihr erfahren, als er noch vor kurzer Zeit für möglich gehalten hatte. Vor allen Dingen – und dies schien ihm am bedeutungsvollsten – hatte sich zwischen ihnen eine Übereinstimmung ergeben, wie sie nur zwischen Menschen möglich ist, die sich in außergewöhnlichen Situationen zusammenfinden. Je mehr er Gelegenheit hatte, sich mit ihr zu unterhalten und Einblick in ihre Gedanken zu bekommen, desto leichter fiel es ihm, seine eigene Denkweise zu korrigieren. Dies galt besonders für seine Befürchtung, ihre gelegentlichen Launen und Verstimmungen könnten ihre Ursache allein in seiner Hautfarbe haben. Seit er herausgefunden hatte, daß sie sehr sensibel war, rasch deprimiert, aber ebenso rasch wieder ausgelassen sein konnte, fiel es ihm nicht mehr schwer, im Umgang mit ihr den richtigen Ton zu finden. Die besten Erfahrungen hatte er damit gemacht, sich einfach zurückzuhalten. Sie kam dann meistens von selbst wieder zu ihm, setzte sich auf seinen Schoß oder fing unvermittelt ein Gespräch über seinen Vater, über ihr Examen oder über ein kompliziertes Thema an. Wenn er etwas nicht verstand, konnte sie sich halb totlachen. Auch dagegen hatte er inzwischen ein wirksames Mittel gefunden. Nebenbei war sie unermüdlich bemüht, ihm die französische Sprache beizubringen. Da er für Sprachen ein ausgesprochenes Talent hatte, konnte er sich schon verhältnismäßig gut mit ihr unterhalten, und ihre Art, ihn für seine Fortschritte zu belohnen, war ebenso reizvoll wie anspornend. Nur ein einziges Mal hatte es eine ernsthafte Diffe-

renz zwischen ihnen gegeben, als er sie dazu überreden wollte, mit ihm in ein anrüchiges Nachtlokal zu gehen. Er hatte sich in den Gedanken verrannt gehabt, und sie hatte nichts davon wissen wollen, aber das würde ihm nicht mehr passieren, weder in Paris noch sonstwo.

Da er nicht wußte, ob ihr Vater inzwischen in die Wohnung gekommen war, begnügte er sich damit, vor ihrem Haus auszusteigen und zweimal auf den Klingelknopf zu drücken. Anscheinend hatte sie ihn vorfahren sehen, sie kam sofort herunter und brachte einen schweren Koffer mit. Aus einem Fenster des zweiten Stockwerks schaute eine ältere Frau heraus. Als Claire auf die Straße trat, zog sie rasch den Kopf zurück.

»Was hast du erreicht?« fragte sie sofort.

»Ich erzähle es dir später. Ist das alles?«

»Nein. Hilfst du mir?«

»Ich wußte nicht, ob es dir recht ist«, sagte John und blickte wieder zu dem Fenster hinauf. Die Frau stand jetzt hinter der Gardine, wahrscheinlich hielt sie es für ausgeschlossen, daß man sie trotzdem sehen konnte. »Wir werden beobachtet.«

»Ich weiß es«, sagte Claire. »Die gute Frau Nicolay! Seit sie es erfahren hat, muß für sie eine Welt zusammengebrochen sein. Als Mädchen durfte ich ihr immer bei ihrer großen Wäsche helfen. Komm!«

Während sie die Treppe hinaufstiegen, sah sie von der Seite in sein Gesicht. »Du hast keinen Erfolg gehabt?«

»Ich mußte einen Antrag stellen«, antwortete John. »Bis darüber entschieden wird, können vier Wochen vergehen.«

Claire nickte. »Ich habe keinen Augenblick lang damit gerechnet, daß sie dich sofort entlassen würden. Und deine Versetzung?«

»Ist vorerst verschoben. Sie haben mir noch einmal vier Wochen Urlaub gegeben.«

»Nein!« Sie blieb mitten auf der Treppe stehen. »Ist das wahr?«

Er hatte gewußt, daß es ihn Überwindung kosten würde, aber er hatte es sich nicht so schwer vorgestellt. »Ich hätte gleich zehn Wochen haben können«, sagte er mit belegter Stimme. »Seit ich bei der Armee bin, war dies mein erster Urlaub.«

»Warum hast du dir nie Urlaub genommen?«

»Ich wollte warten, bis ich dich kennenlernte«, sagte John, und diesmal brachte er ein Lächeln zustande. »Wohin hätte ich in Urlaub fahren sollen?«

Claire küßte ihn auf den Mund. »Zu deinem Vater. Es war die höchste Zeit, daß ich mich um dich kümmerte. Anscheinend ist

dein neuer Kompanieführer doch nicht so schlecht auf dich zu sprechen, wie du mir einreden wolltest.« Die Vorstellung beschäftigte sie so stark, daß sie für den Augenblick alles andere vergaß. Sie hakte sich bei ihm unter und lachte. »Dann können wir noch fünf Wochen in unserem Zimmer wohnen bleiben. Wird es nicht zu teuer?«
»Nicht teurer, als wenn wir uns in der Stadt zwei möblierte Zimmer mieten«, sagte John.
Auf der Diele begegneten sie dem Mädchen. Es schien, als hätte sie sich von John ein ganz anderes Bild gemacht; sie starrte ihn mit offenem Mund an.
»Das ist Ruth«, sagte Claire. »Sie führt meinem Vater den Haushalt. Die Sachen stehen in meinem Zimmer.«
Es waren zwei Koffer, eine Schreibmaschine, ein kleines Radio und ein schwerer Karton. »Meine Bücher«, sagte Claire. »Ich habe nur die wichtigsten mitgenommen. Kannst du ihn tragen?«
Als er wieder heraufkam, stand sie am Fenster und blickte über den Fluß hinweg. Das Mädchen war verschwunden.
»Sentimental?« fragte John.
»Ein wenig.« Sie drehte sich nach ihm um und lächelte. »Ich hatte schon immer eine Veranlagung dafür. Schade um das viele Geld, das ich in das Zimmer gesteckt habe!«
John betrachtete die Möbel. Er erinnerte sich, wie er am Weihnachtsabend mit ihr an diesem Tisch gesessen hatte. Fast schien es ihm unglaubhaft, daß seitdem so wenig Zeit verstrichen war. »Vielleicht könntest du einen Teil davon mit nach Paris nehmen.«
»Vielleicht«, sagte Claire, »aber ich werde es nicht tun.«
Sie nahm die Reiseschreibmaschine und ging schnell in die Diele hinaus. »Du kannst schon die Koffer hinuntertragen«, sagte sie. »Ich muß noch mit Ruth sprechen.«
Es dauerte lange, und als sie schließlich zu ihm in den Wagen kam, wirkte sie ein wenig bedrückt. »Ich habe ihm ein paar Zeilen hinterlassen«, sagte sie. »Er war wieder vierzehn Tage krank.«
»Etwas Ernstes?«
»Das weiß man in seinem Alter nicht. Ich habe mit Ruth vereinbart, daß ich von Zeit zu Zeit anrufen werde.«
John hatte es befürchtet. »Du hast ihr unsere Adresse gegeben?«
Es klang eine Kleinigkeit zu hastig; Claire sah ihn verwundert an. »Wäre es dir unangenehm gewesen?«
Ihre Fragestellung beruhigte ihn. »Das nicht, aber ich halte es für besser, wenn niemand weiß, wo wir wohnen. Bei der Armee ist man nie ganz davor sicher, daß man nicht aus dem Urlaub

zurückgerufen wird. Solange sie meine Urlaubsadresse nicht kennen, dürfte es ihnen schwerfallen.«
»Du hältst es für möglich, daß sie sich bei meinem Vater danach erkundigen?« fragte Claire ungläubig.
»Außer Sam wissen noch andere Leute, daß wir zusammen weggefahren sind. Mary hat es sicher weitererzählt.«
»Hast du Sam gesprochen?«
»Er war auf Patrouille«, antwortete John und blickte angestrengt durch die Windschutzscheibe.
Claire lächelte. »Wenn sie dich entlassen, werden wir ihn einmal besuchen.«
Es war eine der vielen Möglichkeiten, an die er schon gedacht hatte. Wenn es nicht anders ginge, würde er eine Geschichte erfinden müssen, die einen Besuch bei Sam unmöglich machte.
Während der Fahrt durch die Stadt vermied er alle Straßen, von denen er wußte, daß sie von den Patrouillen benutzt wurden. Um die Mittagszeit war der Verkehr nicht so groß; sie kamen gut voran.
Claire hatte sich eine Zigarette angesteckt und betrachtete die Häuser auf beiden Seiten. Das Wiedersehen mit Thüngerstadt löste keine Empfindungen in ihr aus. Die Stadt und ihre Menschen waren ihr in den vergangenen fünf Wochen noch gleichgültiger geworden, sie hatte sie kein einziges Mal vermißt. Ein paar Sekunden lang beschäftigten sich ihre Gedanken auch mit Fred. Fünf Jahre lang hatte sie ihn fast jeden Tag gesehen, und nun kostete es sie Mühe, sich sein Gesicht in Erinnerung zu rufen. Wahrscheinlich würde er jetzt beim Mittagessen sitzen und sich von seiner Mutter die neuesten Lokalskandälchen berichten lassen. In Thüngerstadt passierte immer etwas, worüber zu berichten sich lohnte. Es passierte auch in Großstädten, aber dort nahm kaum ein Mensch Notiz davon.
Seit sie aus Bulawayo zurück war, erlebte sie die Vorgänge ihrer Umgebung wie in einem Traumzustand, der sie zwar daran teilnehmen ließ, gleichzeitig aber auch ein ständiges Gefühl von Unwirklichkeit in ihr wachhielt. Wie immer, wenn sich zu viele Eindrücke und Erlebnisse in einem kurzen Zeitraum zusammendrängten, fiel es ihr schwer, sie zu verarbeiten, aber sie gewannen, je länger sie sich damit befaßte, eine immer stärkere Intensität.
Sie ertappte sich oft dabei, wie sie sich an die Einzelheiten ihrer Reise erinnerte, die Stimme des Massai-Mädchens zu hören meinte oder den Geruch der Savanne wahrzunehmen glaubte; es wurde schon zu einer fixen Idee.
Es fiel ihr auf, daß John einen Umweg fuhr, aber sie stellte keine

Frage. In Paris hatte er ihr eine goldene Armbanduhr gekauft. Sie kannten sich jetzt schon zu gut, als daß es ihr unangenehm gewesen wäre, auch wenn sie der Meinung war, daß sie sich solche Anschaffungen vorerst nicht leisten konnten. Immerhin hatte er ihren persönlichen Geschmack getroffen und ihr versprochen, vorerst keine kostspieligen Geschenke mehr zu machen.
Sie hatten jetzt die Straße nach Marburg erreicht, die Stadt blieb hinter ihnen zurück. John schaltete das Radio ein.
»Ich weiß nicht, wie ich es dir beibringen soll«, sagte er.
Sie hatte schon die ganze Zeit gemerkt, daß er an einer Sache herumdruckste. »Ist es so schlimm?«
»Das hängt von dir ab. Würdest du dich an einen anderen Wagen gewöhnen können?«
»Er ist viel zu teuer für uns«, antwortete Claire. Sie hatte schon zweimal vorgehabt, mit ihm darüber zu reden. »Willst du ihn verkaufen?«
»Vielleicht fällt es dir schwer, dich von ihm zu trennen.«
Es war nicht ausgeschlossen; sie hatte sich an den Buick gewöhnt, aber darauf kam es nicht an. »Nicht sehr«, sagte sie lächelnd. »Wir kämen sogar ohne Wagen aus.«
»Dann müßten wir unser Zimmer aufgeben«, sagte John. »Ich möchte nicht mehr ohne Wagen sein. Wir werden uns einen gebrauchten deutschen Wagen kaufen und ihn auf deinen Namen zulassen.«
»Wieso auf meinen Namen?«
»Falls ich doch noch versetzt werde. Ich denke mir das so, daß du den Führerschein machst.«
Claire öffnete den Mund und schloß ihn wieder. Seit drei Jahren war es ihr heimlicher Wunsch, aber Fred hatte nie ein Wort darüber verloren. »Den Buick müßte ich so oder so verkaufen«, sagte John, »ob ich versetzt werde oder nicht. Mit einem Wagen sind wir in Paris auch nicht so sehr auf eine Wohnung in der Stadt angewiesen. Ich könnte dich, genau wie hier auch, morgens in die Klinik fahren und abends abholen. Außerhalb der Stadt sind die Möglichkeiten, ein Zimmer zu finden, sicher besser.«
Er sprach ihre eigenen Gedanken aus. Trotzdem raffte sie sich noch zu einem Einwand auf: »Das kommt alles ein bißchen sehr plötzlich.«
John lächelte. »Für mich nicht, ich habe es mir gut überlegt.«
»Hoffentlich hast du dir auch überlegt, was ich als Assistenzärztin in einem Krankenhaus verdienen werde.«
»Das brauchte ich nicht. Ich habe noch dreitausend Dollar, und

mein Vater hat mir einen Scheck über tausend Pfund mitgegeben. Wir werden in den nächsten Tagen zu einer Bank gehen und ein Konto auf deinen Namen eröffnen. Ich habe es mir so gedacht, daß wir den neuen Wagen gleich für zwei Jahre versteuern und versichern.«

»Vorausgesetzt, ich bin damit einverstanden.«

»Bist du es nicht?«

Es hatte, wie alle Dinge auf der Welt, zwei Seiten, und sie zwang sich dazu, auch die andere zu sehen. »Ich kann dir nicht vorschreiben, was du mit deinem Geld...«

»Es ist unser Geld«, fiel ihr John dazwischen. »Man kann in Paris genauso billig leben wie hier, man muß nur wissen, wo.«

Claire resignierte; die Versuchung war zu groß. Sie würden das Geld eben anderweitig einsparen. Wenn sie nicht auf ein Zimmer in der Stadt angewiesen waren, würden sie vielleicht nur die Hälfte zu zahlen brauchen. Zudem hätte die tägliche Fahrt zur Klinik mit einem Omnibus auch Geld gekostet.

»Soll ich dich wieder vor der Universität absetzen?« fragte John.

Eigentlich hatte sie es vorgehabt, aber nun verspürte sie keine Lust mehr. Sie würde heute mittag in Ruhe ihre Sachen auspakken und auf die geschichtliche Medizin und die Kinderklinik verzichten. Der Vormittag in der Chirurgischen Klink mit der anschließenden klinischen Visite war ohnedies anstrengend genug gewesen. Im zwölften Semester konnte man es sich schon einmal leisten, auf die eine oder andere Vorlesung zu verzichten. Zudem war dies ein besonderer Tag heute. Der Gedanke an Johns bevorstehende Versetzung hatte in den letzten Wochen immer größeren Einfluß auf sie bekommen. Sie hatte sich inzwischen so an seine Gegenwart gewöhnt, daß es ihr fast unvorstellbar geworden war, wie es sein würde, wenn er sie nicht mehr von der Universität abholte.

»Wir machen uns einen gemütlichen Nachmittag«, antwortete sie. »Ich bin sehr froh, daß sie deinen Urlaub verlängert haben, John.«

»Ich auch. Ich möchte fast glauben, daß sie auch mein Entlassungsgesuch genehmigen, sie hätten es sonst sicher sofort abgelehnt.«

»Mit wem hast du gesprochen?«

»Mit meinem Kompanieführer.«

»Wenn wir heiraten«, sagte Claire, »schicken wir ihm eine Vermählungsanzeige.«

John grinste. »Aus Paris. Hättest du etwas dagegen, wenn wir uns in Paris trauen lassen?«

Der Gedanke war ihr sofort sympathisch. »Es wäre jedenfalls origineller als in Marburg. Läßt es sich machen?«
Er hatte sich bereits danach erkundigt. Natürlich durfte er nicht seine Militärpapiere vorlegen. Er würde sich mit seinem Reisepaß als amerikanischer Tourist ausgeben. »Warum soll es sich nicht machen lassen?« fragte er.
»Das weiß ich auch nicht, ich habe mich nie damit befaßt. Vielleicht heiraten wir schon vor meinem Examen.«
Es war neu, und er blickte sie überrascht an. »Davon hast du mir noch nichts gesagt.«
»Darum tue ich es jetzt«, antwortete Claire.
Sie erreichten die Bundesstraße nach Frankfurt auf einer Abkürzung, die ihnen die Fahrt durch Marburg ersparte. Von hier aus waren es nur noch wenige Kilometer zu ihrem Quartier. Sie hatten es entdeckt, als sie am späten Nachmittag von Paris zurückgekommen waren. Ursprünglich war es ihre Absicht gewesen, nur zwei oder drei Tage darin zu wohnen, bis sie in Marburg eine passende Unterkunft gefunden hatten, aber inzwischen waren fast zwei Wochen daraus geworden, und sie hatten sich ausgerechnet, daß sie hier billiger lebten als in der Stadt. Das Zimmer kostete achtzehn Mark mit Vollpension. Es war nicht so komfortabel eingerichtet wie die Hotelzimmer in Marburg, und bei den gelegentlichen Gästen handelte es sich oft um obskure junge Pärchen, die am späten Abend eintrafen und am nächsten Morgen wieder verschwunden waren. Aber wenn man von solchen kleinen Schönheitsfehlern absah und dabei noch berücksichtigte, daß sie nicht einmal einen Meldezettel hatten ausfüllen müssen, konnten sie sich kein besseres Quartier wünschen. Zudem lag es an einer direkten Omnibuslinie nach Marburg, was für Claire nicht unwichtig war, falls John doch noch versetzt werden sollte. Unabhängig davon, daß es völlig unwahrscheinlich gewesen wäre, in Marburg ein möbliertes Zimmer zu finden, wo sie zusammen hätten wohnen können, wären die Miete und das zusätzliche Essen in einem Restaurant auf die Dauer nicht billiger gekommen als die Pension, und seit John für zwei Wochen vorausbezahlt hatte, bekamen sie das Essen sogar aufs Zimmer gebracht. Das Gasthaus war ein Familienbetrieb. Der Besitzer sorgte für die Küche, seine Frau und die siebzehnjährige Tochter kümmerten sich um die Zimmer. Im Sommer sollte es oft auf Wochen hinaus besetzt sein, was bei seiner schönen Lage nicht einmal verwunderlich war. Es stand direkt am Waldrand, von wo aus verschiedene Spazierwege in die Berge führten, während die schmale Straße durch ein romantisches Tal zu einem kleinen Höhenkurort hinaufkletterte.

Im Augenblick waren sie die einzigen Gäste. Bis vor zwei Tagen hatte ein älteres Ehepaar mit ihnen im gleichen Stockwerk gewohnt.
Nachdem sie die Sachen auf ihr Zimmer geschafft hatten, ging John in die Gaststube. Tagsüber wurde sie gelegentlich von Gästen und Einwohnern des Höhenkurorts besucht, heute war sie leer. Der Wirt saß auf einer Fensterbank und las in einer Zeitung. Er war ein großer hagerer Mann mit schlaffen Gesichtszügen, buschigen Augenbrauen und sächsischem Dialekt. Er begrüßte John mit einem Händedruck, erkundigte sich, ob das Zimmer warm genug sei, und beantwortete seinen Wunsch nach zwei Tassen Kaffee damit, daß er es laut in die Küche rief. Zu den Eigenschaften, die John an ihm schätzte, gehörte auch, daß er nie neugierig war. Sicher hatte er vom Fenster aus beobachtet, wie sie die Sachen hinauftrugen, aber er machte keine Bemerkung darüber.
»Wir haben vor, noch vier Wochen bei Ihnen zu bleiben«, sagte John. »Vielleicht auch noch länger. Es ist Ihnen doch recht?«
Der Wirt lachte. »Wen fragen Sie das? Ich wünschte, ich hätte lauter solche Gäste wie Sie!«
Er ging in die Küche; John hörte ihn mit seiner Frau sprechen. »Wir werden Ihr Zimmer noch etwas gemütlicher machen«, sagte er, als er zurückkam. »Morgen früh stellen wir Ihnen eine Couch und einen Sessel hinauf. Brauchen Sie sonst noch etwas?«
»Ich werde meine Frau fragen«, antwortete John.
Er traf Claire damit beschäftigt, die Koffer auszupacken. Das Zimmer war einfach möbliert, aber nicht ungemütlich, wozu nicht zuletzt das große Fenster beitrug. Es war doppelt so breit wie hoch und ermöglichte einen ungehinderten Blick auf die gegenüberliegenden Berge.
»Wir bekommen eine Couch und einen Sessel«, sagte John. »Er fragt, ob wir außerdem noch etwas brauchen.«
»Eine Tischlampe«, sagte Claire und sah sich im Zimmer um. »Die Couch stellen wir in die Ecke, den Sessel unter das Fenster.«
John lächelte. »Du bist so ungeheuer praktisch veranlagt.«
»Das habe ich von meiner Mutter. Schließlich verdient er ganz schön Geld an uns. Hast du den Kaffee bestellt?«
»Er bringt ihn herauf.«
Sie setzte sich neben die Koffer auf den Boden und streckte die Beine von sich. »Heute könnte ich etwas anstellen.«
»Warum gerade heute?«
Sie fing an zu lachen. »Wenn du nur nicht so schrecklich dumm wärst, John.«

3

Am dritten Tag kam Horne zu ungewohnter Stunde in die Schreibstube. Er erledigte einige Unterschriften, betrachtete die Liste der Krankmeldungen und trat dann ans Fenster. Es schneite schon den ganzen Vormittag. Auf der Straße vor dem Stabsgebäude waren einige Männer damit beschäftigt, den Schnee von den Gehwegen zu schippen; Horne beobachtete sie gedankenlos.
Seit der letzten Demütigung im Bataillonsgefechtsstand war er innerlich nicht mehr zur Ruhe gekommen. Zwar hatte er nicht unbedingt damit gerechnet, daß Captain Finch ihn mit seiner Neuigkeit sofort zum Regiment schicken würde, aber ebensowenig war er darauf gefaßt gewesen, auf eisige Ablehnung zu stoßen. Der Captain hatte ihm schroff zu verstehen gegeben, daß er seine Vermutung als reines Hirngespinst betrachte. Für die Versetzung von Sergeant Baako sei einzig und allein dessen undiszipliniertes Verhalten ihm, Horne, gegenüber ausschlaggebend gewesen, und weder der Regimentskommandeur noch er selbst wisse etwas von irgendeiner Beschwerde ziviler deutscher Stellen. Zudem interessiere er sich als Bataillonskommandeur nicht für das Privatleben seiner Soldaten, solange sie nicht durch ungebührliches Verhalten in der Öffentlichkeit das Ansehen der Armee schädigten, wovon in diesem Falle nicht die Rede sein könne.
Das war vor zwei Wochen gewesen und genau vier Tage nach Densons Abreise in die Staaten. Natürlich wußte Horne ebensogut wie Captain Finch, daß das undisziplinierte Verhalten des Sergeants niemals allein zu seiner Versetzung geführt hätte, solange Captain Denson Kompanieführer gewesen war. Wenn das Regiment sich trotzdem und über den Kopf des Captains hinweg für eine Versetzung entschlossen hatte, mußten triftigere Gründe vorgelegen haben. Um so mehr brachte es ihn auf, daß Captain Finch ihn seitdem mit kühler Zurückhaltung behandelte, und der Gedanke, der Regimentskommandeur könne seine unfreundlichen Empfindungen teilen, wodurch er genau das Gegenteil dessen erreicht haben würde, was zu erreichen seine Absicht gewesen war, hatte ihn keine Nacht mehr ruhig schlafen lassen. Er zweifelte nach dem Gespräch mit Finch keinen Augenblick daran, daß dieser sofort mit dem Regiment telefoniert hatte, und bis vor drei Tagen hatte er allen Grund gehabt, für seine künftige Karriere das Schlimmste zu befürchten. Dies hatte sich erst geändert, seit die Rückkehr des Sergeants überfällig geworden war.
Davon abgesehen, daß der Vorfall seine eigene Position beim Bataillons- und Regimentsgefechtsstand zwangsläufig wieder auf-

werten mußte und seine Beschwerde über die Disziplinlosigkeit des Sergeants auf eine unerhoffte Weise legitimierte, sah er auch eine verschwommene Möglichkeit, durch eine persönliche Initiative das zu erreichen, was ihm bei seinem ersten Versuch versagt geblieben war. Er hatte in den letzten achtundvierzig Stunden förmlich davor gezittert, der Sergeant könne doch noch überraschend auftauchen und für seine Verspätung eine Entschuldigung vorbringen, die sich weder moralisch noch dienstlich anfechten ließe. Zehnmal am Tag war er unter einem nichtigen Vorwand in die Schreibstube gekommen, und zehnmal hatte er sie ebenso erleichtert wie von neuen Zweifeln geplagt wieder verlassen. Aber nun ertrug er die Ungewißheit nicht länger. Nach sorgfältiger Prüfung aller Möglichkeiten, die ihm zur Verfügung standen, war er entschlossen, sich im Rahmen seiner Kompetenz die größtmögliche Klarheit zu verschaffen, ehe ihm eine andere interessierte Stelle zuvorkam. Er betrachtete diesen Fall als eine Angelegenheit seines persönlichen Prestiges, und daran konnte auch nichts ändern, daß es allein Sache der Militärpolizei gewesen wäre, die notwendigen Ermittlungen einzuleiten. Wenn es sich herausstellen sollte, daß die Verspätung des Sergeants in irgendeiner Weise mit dem Mädchen zusammenhing, würde Captain Finch seine Einstellung revidieren müssen, und eine größere Genugtuung war für Horne im Augenblick nicht denkbar.
Er wandte sich unvermittelt um und blickte Chumley an, der Perkins eine lange Liste von Gegenständen diktierte, die für die Schreibstube benötigt wurden. Eigentlich hatte er diese Arbeit erst heute mittag erledigen wollen, und wäre Horne nicht buchstäblich in letzter Sekunde zur Tür hereingekommen, säße er jetzt schon seit einer Viertelstunde beim Mittagessen. Er war daher denkbar schlechter Laune, und als Horne ihn ansprach, drehte er ihm gereizt das Gesicht zu. »Sir?«
»Rufen Sie den Provost Marshal an und erkundigen Sie sich, ob sie eine Antwort aus Lancaster haben.«
Chumley griff widerwillig zum Telefon, dann fiel ihm etwas ein. »Ich nehme an, er ist jetzt beim Essen, Sir. Vor zwei Uhr werden wir ihn nicht erreichen.«
»Dann versuchen Sie es nach zwei Uhr. Ist Ihnen die Adresse des Mädchens bekannt?«
Obwohl Chumley sofort wußte, von wem er sprach, stellte er sich schwerfällig. »Sie meinen das Mädchen von Sergeant Baako?«
»Ja.«
»Die Adresse steht im Telefonbuch, Sir.«
Horne ließ es sich geben.

»Es ist der Name ihres Vaters, Sir«, sagte Chumley. »Er kann uns sicher auch nichts sagen.«
»Woraus schließen Sie das?«
»Ich denke es mir, Sir. Sie ist von zu Hause davongelaufen. Außerdem wissen wir nicht mit Bestimmheit, ob sie mit Sergeant Baako tatsächlich weggefahren ist. Wenn Sie wünschen, werde ich der MP einen Hinweis geben.«
»Davon war nicht die Rede«, erwiderte Horne. Er nahm den Telefonhörer ab und gab ihn Perkins. »Rufen Sie die Nummer an und fragen Sie, ob sie zu Hause ist!«
»Jawohl, Sir«, sagte Perkins unbehaglich.
Horne sah ihm zu, wie er die Nummer wählte. Als sich die Stimme eines Mädchens meldete, schaute er rasch zu Chumley hinüber, aber der beschäftigte sich bereits wieder mit seiner Liste.
»Sie ist nicht da«, sagte Perkins, während er die Hand auf die Muschel legte. »Es ist das Dienstmädchen.«
»Fragen Sie, ob sie ihre Adresse kennt!«
Er beobachtete mit vorgeschobenem Kopf sein Gesicht. Die Stimme des Mädchens war so deutlich zu hören, daß er jedes Wort verstehen konnte. Sie wollte wissen, mit wem sie sprach.
»Sagen Sie, ein guter Freund von Sergeant Baako«, flüsterte Horne. »Sie hätten eine wichtige Nachricht für ihn.«
Chumley stand angewidert auf und ging zu einem Aktenschrank. Seit drei Tagen hatte er sich den Kopf darüber zerbrochen, weshalb Horne bei seiner Meldung an die MP das Mädchen nicht erwähnt hatte. Jetzt wußte er es. Hinter sich vernahm er Perkins' aufgeregte Stimme und dann die von Horne: »Fragen Sie, wo Sie ihn treffen können!«
»Sie weiß es nicht«, antwortete Perkins und sprach wieder mit dem Mädchen. – Horne hörte noch ein paar Sekunden zu, dann winkte er Chumley zu sich.

»Wie hieß dieser junge Mann, der sich als ihr Verlobter ausgegeben hat?«
»Alfred Fehrenbach, Sir«, antwortete Chumley.
»Sie sagten doch, daß er noch einmal vorbeikommen wollte?«
»Er hatte es vor.«
»Haben Sie seine Adresse?«
»Nein, Sir.«
Horne wandte sich rasch an Perkins, der das Gespräch für einen Augenblick unterbrochen hatte und ihnen zuhörte. »Fragen Sie, wo er wohnt!«

Er blieb neben ihm stehen und beobachtete, wie er die Adresse aufschrieb. Dann nahm er das Papier in die Hand und starrte darauf nieder. »Sie weiß also nicht, wo sich Sergeant Baako aufhält?«
»Nein, Sir, aber vor zehn Tagen war er ...«
»Das habe ich gehört«, sagte Horne. »Legen Sie auf!«
Er blieb eine Weile regungslos stehen. Als er das Wort wieder an Perkins richtete, konnte er vor Genugtuung kaum sprechen. »Sie werden sofort zu diesem jungen Mann fahren. Berufen Sie sich auf seinen Besuch bei uns und fragen Sie ihn, ob er etwas von seiner Verlobten gehört hat.«
»Jawohl, Sir«, sagte Perkins. Er sah eine einmalige Chance, sich bei Horne beliebt zu machen. »Soll ich ihm sagen, daß Sergeant Baako ...«
Horne unterbrach ihn schroff: »Mit keinem Wort. Sie interessieren sich privat dafür.« Er blickte Chumley an. »Stellen Sie für Unteroffizier Perkins einen Fahrbefehl aus; er nimmt einen Jeep.«
»Jawohl, Sir«, sagte Chumley. Er hatte nicht alles verstanden, aber wenn es das war, was er befürchtete, gab es keine Erklärung dafür.
Horne wartete, bis Perkins hinausgegangen war, dann sah er auf seine Armbanduhr. »Sie können jetzt zum Essen gehen, Sergeant. Der Anruf an den Provost Marshal erübrigt sich. Ich wünsche, daß Sie vorerst keinem Menschen von dieser Sache erzählen.«
»Jawohl, Sir«, sagte Chumley, »aber wenn ich mir noch eine Bemerkung erlauben darf, wäre es vielleicht angebracht, sofort die MP zu verständigen.«
Horne erwiderte kühl seinen Blick. »Wenn ich Ihren Rat brauche, werde ich Sie danach fragen. Im Augenblick interessiert es mich, zu erfahren, weshalb der junge Mann nicht mehr bei uns vorbeigekommen ist. Sollte sich meine Vermutung als irrig erweisen, ist es immer noch Zeit, die MP einzuschalten.«
»Wie Sie wünschen, Sir«, sagte Chumley. Er setzte seine Mütze auf und ging zur Tür.
»Sergeant!« sagte Horne.
Chumley drehte sich um. Der Leutnant hatte sich auf die Schreibtischkante gesetzt und betrachtete seine Fingernägel.
»Ich nehme an, Sie wissen, welche Strafe Sergeant Baako zu erwarten hat?«
»Das wird davon abhängen, wann er zurückkommt, Sir.«
Horne betrachtete weiter seine Fingernägel. »Nehmen wir ein-

mal an, wir finden ihn innerhalb der nächsten vierundzwanzig Stunden.«
»Ich schätze, es wird ihn einen Streifen kosten, Sir.«
»Das schätze ich auch. Es ist gut, Sergeant.«
In seinem Gesicht war ein Ausdruck, der Chumley noch beschäftigte, als er sich kurze Zeit später am Kasernentor eine Zigarette ansteckte. Perkins kam rascher, als er erwartet hatte. Er fuhr wegen des dichten Schneetreibens mit eingeschalteten Scheinwerfern und trat so heftig auf die Bremse, daß der Wagen ins Rutschen kam und sich quer zur Straße stellte.
»Das lernst du nie«, sagte Chumley und setzte sich neben ihn. »Was war los?«
Perkins brachte den Wagen wieder in Fahrtrichtung. »Es passiert mir nur, wenn die Straße glatt ist. John war vor zehn Tagen zusammen mit dem Mädchen in ihrer Wohnung.«
»Was taten sie dort?«
»Das hat sie mir nicht erzählt. Fährst du mit?«
»Ich warte in der Kantine auf dich. Bevor du zu Horne gehst, kommst du zu mir.«
»Okay, Spieß.« Perkins grinste. »Ich weiß zwar nicht, was er sich davon verspricht. Wenn sie ihrem Verlobten davongelaufen ist, wird sie kein Interesse gehabt haben, ihm ihre Adresse zu hinterlassen.«
»Sie studiert«, sagte Chumley.
Perkins hörte auf zu grinsen. »Du meinst ...«
»Auf der Universität müssen sie wissen, wo sie wohnt.«
»Warum?«
»Keine Ahnung«, antwortete Chumley, »aber entweder ist er raffinierter als wir alle zusammen oder ein hoffnungsloser Idiot!«
»John?«
»Ich hätte es ihm nicht zugetraut«, murmelte Chumley und kletterte aus dem Jeep.
In der Kantine saßen nur noch wenige Männer. Chumley warf einen Blick in den Unteroffiziersteil, dann rief er einen Soldaten seiner Kompanie zu sich und schickte ihn zu Sam. Er kam, als Chumley mit dem Essen fertig war.
»Ich habe um zwei Uhr Dienst«, sagte er mürrisch. »Ist es wegen John?«
»Das auch«, antwortete Chumley. Er stand auf und holte sich einen Becher Kaffee. »Noch nichts von ihm gehört?«
Sam schüttelte den Kopf. Die halbe Nacht hatte er sich wieder mit Mary darüber unterhalten. »Ich kann es mir nur so erklären, daß er krank geworden ist.«

»Vor zehn Tagen war er noch gesund«, erwiderte Chumley und nahm einen Schluck Kaffee. »Er war in der Wohnung des Mädchens.«
Sam blieb eine volle Minute still, während sein Gesicht zuerst weiß und dann gelb wurde. »Wer sagt das?«
»Das Dienstmädchen. Ich dachte, er hätte dich besucht.«
»Das ist nicht wahr«, sagte Sam.
»Daß er dich besucht hat?«
»Daß er in ihrer Wohnung war. Das kann nicht wahr sein!«
Chumley wurde unsicher. Er verstand etwas von Menschen, und Sergeant Insogna war ein zu schlechter Schauspieler, als daß er ihm etwas hätte vormachen können. »Ich hätte meinen Kopf gewettet, daß er bei dir war. Behalte es für dich, Horne spielt Privatdetektiv. Er hat Perkins in ihrer Wohnung anrufen lassen.«
»Wann?«
»Vor vierzig Minuten. Mir ist es lieber, er hat es heute getan als erst in acht Tagen. Je früher sie ihn erwischen, desto besser ist es für ihn. Hat er dir nie eine Andeutung gemacht?«
»Nein.« Sam hatte es noch immer nicht ganz begriffen. Es war so ungeheuerlich, daß sein Verstand sich sträubte, es aufzunehmen.
»Es ändert nichts dran, daß er so schnell wie möglich herbei muß«, sagte Chumley, »in seinem eigenen Interesse. Mehr als eine einfache Degradierung steckt für ihn nicht drin.«
»Es war wegen seiner Versetzung«, sagte Sam durch die Zähne.
Chumley kniff etwas die Augen zusammen. »Wieso?«
»Ich hätte es ihm nicht schreiben dürfen«, sagte Sam. »Er wollte, daß ich ihm postlagernd nach Paris schreibe, wohin er versetzt wird. Als er gelesen hat, daß er nach Korea kommt, muß er den Kopf ...«
»Moment mal!« Chumley beugte sich mit käsigem Gesicht über den Tisch. »Du hast ihm geschrieben, daß er nach Korea versetzt wird?«
»Warum nicht?« fragte Sam aufsässig. »War doch kein Dienstgeheimnis!«
Chumley schwieg. Er fühlte sich wie ein Mann, der aus Gedankenlosigkeit einen kleinen Stein angestoßen hat und mit ansehen muß, wie eine Lawine daraus wird. Als er den Kopf hob, sah er Perkins an der Tür zur Kantine stehen und zu ihm herschauen.
»Du bist ein dreimal verfluchter Idiot, Sergeant Insogna«, sagte er mit gepreßter Stimme. Ohne sich um sein betroffenes Gesicht zu kümmern, ging er rasch zu Perkins. »Hast du etwas erfahren?«

Perkins grinste. »Wir können ihn abholen, Spieß. Er wohnt in einem Gasthaus bei Marburg.«
Es bestätigte Chumley nur, was er befürchtet hatte. Er hatte es ihm schon angesehen, als er zur Tür hereingekommen war.
»Ich muß sofort zum Leutnant«, sagte Perkins aufgeregt. »Diesmal kann er mit uns zufrieden sein, Spieß.«
Chumley starrte ihn mit ausdruckslosem Gesicht an. »Du meinst mit dir?«
»Ist auch deine Sache, Spieß«, sagte Perkins. »War gar nicht so einfach, dem Burschen den Mund aufzumachen. Zuerst tat er von oben und wollte mir einreden, daß er an der Geschichte nicht mehr interessiert wäre.«
»Komm mit in die Schreibstube!« sagte Chumley.
Auf dem Weg dorthin gab Perkins einen ausführlichen Bericht, wobei er allerdings verschwieg, daß er gegen den ausdrücklichen Befehl Hornes verstoßen hatte. Tatsächlich hatte Fred ihn an der Tür abfertigen wollen. Erst als er durchblicken ließ, daß sich die MP für die Adresse von Sergeant Baako interessiere, war er plötzlich zugänglich geworden. Gemessen an dem Ergebnis seines Besuches, erschien Perkins diese kleine Indiskretion jedoch nicht schwerwiegend genug, sich deshalb Gewissensbisse zu machen. Zudem hatte Alfred Fehrenbach ihm versprochen, die Information vertraulich zu behandeln, und am Schluß waren sie wie zwei Komplicen auseinandergegangen. »Das Gasthaus liegt fünf Kilometer hinter Marburg«, erzählte er eifrig. »Man soll es von der Straße aus sehen können.«
»Wie heißt es?«
»Ich habe es aufgeschrieben«, antwortete Perkins und holte einen Zettel aus der Tasche. »Er hat mir noch eine Skizze gemacht. Auf diesen Platz wäre die MP nie gekommen.«
»Ich auch nicht«, murmelte Chumley. Er wischte sich mit dem Rockärmel ein paar große Schneeflocken aus dem Gesicht und gab Perkins den Zettel zurück. In der Schreibstube setzte er sich auf einen Stuhl und starrte mit verkniffenem Gesicht vor sich hin.
Perkins war neben ihm stehengeblieben und trat unruhig von einem Bein auf das andere. »Schließlich ist es nicht deine Schuld, Spieß. Wenn ich noch länger warte, kommt Horne herein und macht mich fertig, weil ich mich nicht gleich bei ihm gemeldet habe.«
»Ich wundere mich schon die ganze Zeit, weshalb du noch hier bist«, sagte Chumley. Perkins ging wütend hinaus.
Obgleich es immer noch früher Nachmittag war, wurde es bereits dunkel. Chumley stand auf und trat ans Fenster. Es schneite

so heftig, daß er von den gegenüberliegenden Gebäuden nur noch die Umrisse erkennen konnte. Ein Jeep bog langsam in die Straße ein und fuhr am Stabsgebäude vorbei. Er sah ihm gedankenlos nach, bis er im Schneegestöber untertauchte, dann kehrte er zum Schreibtisch zurück und verbrachte die Zeit mit untätigem Warten.

Er war schon zu lange Soldat, als daß er sich jetzt Vorwürfe gemacht hätte. Zudem hielt er es nach einigem Nachdenken für ausgeschlossen, daß seine Bemerkung Sam gegenüber die eigentliche Ursache für das unerklärliche Verhalten von Sergeant Baako sein sollte. Er hatte Sam damit etwas auf den Arm nehmen wollen, mehr nicht, eine kleine Boshaftigkeit, die ein halbwegs intelligenter Mensch sofort durchschauen mußte, wenn er nicht zufällig an krankhaftem Verfolgungswahn litt, und davon konnte bei einem Mann mit dem Selbstbewußtsein von Sergeant Baako keine Rede sein. Seit Chumley Spieß in der Kompanie war, hatte es noch nie eine Versetzung nach Korea gegeben; der Gedanke war völlig absurd. Viel eher war er geneigt, anzunehmen, daß Sergeant Baako in Sams Brief einen willkommenen Vorwand gesehen hatte, seine Flitterwochen für eine unbestimmte Zeit zu verlängern. Sobald ein Mädchen mit im Spiel war, durfte man auf Einsichten der Vernunft nicht mehr hoffen, eine Erfahrung, die Chumley in seiner langen Dienstzeit schon zu oft gemacht hatte, um sich noch darüber zu wundern. Andererseits fühlte er sich als Hauptfeldwebel zu sehr für die Vorgänge in der Kompanie verantwortlich, als daß er sich mit einem Achselzucken darüber hinweggesetzt hätte. Ein Fall von Fahnenflucht war immer eine häßliche Angelegenheit, die auch dem Ansehen des Hauptfeldwebels abträglich sein konnte. Einen Augenblick lang hatte er sich sogar die Möglichkeit überlegt, John zu einer freiwilligen Rückkehr zu bewegen, indem er Sam zu ihm schickte, aber das Risiko war ihm zu groß. Wenn ein Mann schon nicht davor zurückschreckte, einer Frau wegen zu desertieren, würde er auch nicht davor zurückschrecken, sich mit allen Mitteln einer Rückkehr zu widersetzen. Wahrscheinlich hätte er Sams Auftauchen nur dazu benutzt, sich durch eine rasche Flucht der Verhaftung zu entziehen, woran ihm, Chumley, ebensowenig gelegen sein konnte wie dem guten Ruf seiner Kompanie. Zudem hätte die MP bald herausgefunden gehabt, wer in der letzten halben Stunde bei ihm gewesen war.

Von allen menschlichen Eigenschaften lag Sentimentalität Chumley am wenigsten. Er war ein kühler Rechner und noch keinen Tag damit fertig geworden, daß die wenigen Frauen, die in seinem Leben eine Rolle gespielt hatten, im entscheidenden Augenblick davongelaufen waren. Er verhehlte sich auch nicht, daß das Verhältnis zwischen John Baako und der schönen Tochter eines angesehenen Bürgers aus Thüngerstadt seine ohnedies komplizierten Empfindungen für ihn nur noch zusätzlich belastet hatten. Er betrachtete es als eine Ungerechtigkeit des Schicksals, ausgerechnet einem Schwarzen das zu geben, was es ihm selbst bisher immer vorenthalten hatte, und damit würde er sich niemals abfinden können; sein ganzes Leben nicht.

Als Perkins hereinkam, saß er unverändert am Schreibtisch und blätterte in einem dicken Aktenbündel. »Hat lange gedauert«, sagte er.

»Er spinnt«, sagte Perkins und setzte sich auf seinen Platz an der anderen Seite des Tisches. »Weißt du, was er gesagt hat?«

»Nicht wörtlich.«

Perkins lachte verlegen. »War nicht so gemeint, Spieß. Zuerst hörte er sich alles an, dann ließ er mich eine Viertelstunde vor der Tür stehen, und dann rief er mich wieder herein und erklärte mir, daß er noch bis heute abend warten wolle.«

»Vielleicht hast du es nur geträumt«, murmelte Chumley. Er legte das Aktenbündel weg und blickte in sein Gesicht. »Bis heute abend?«

»Ja.«

»Weshalb?«

»Das hat er mir nicht verraten.«

»Er war schon immer ein intelligenter Offizier«, sagte Chumley und grinste. »Wenn Denson noch hier wäre, hätte er bestimmt das gleiche gemacht.«

Perkins starrte ihn verständnislos an. »Warum?«

»Sie tun im Grunde alle das gleiche, die Differenzierung liegt nur in der Absicht. Sehe ich wirklich so dumm aus?«

»Wenn das zu einem Spieß gehört«, sagte Perkins resigniert, »lerne ich es nie.«

Chumley nickte. »Ich weiß genau, warum ich dich nicht schon längst zum Teufel gejagt habe.«

4

Nachdem er das Wichtigste mit ihm besprochen hatte, zeigte er ihm noch die Skizze mit der genauen Lage des Gasthauses. »Was schätzen Sie, wie lange Sie für die Strecke brauchen, Sergeant?«

Der MP dachte ein paar Sekunden nach. »Zwei Stunden, Sir. Wir müssen vorher noch Schneeketten auflegen. Die Straße nach Marburg ist sicher verweht.«

»Dann können Sie gegen elf Uhr dort sein«, sagte Horne befriedigt. »Ich halte es für besser, wenn Sie ihn im Bett überraschen. Wahrscheinlich hat er eine Pistole bei sich.«

»Darauf sind wir immer vorbereitet, Sir«, sagte der MP lächelnd. Er war einen ganzen Kopf größer als Horne, hatte ein junges sympathisches Gesicht mit blauen Augen und kräftigem Kinn. »Wir nehmen noch einen deutschen Polizeimeister mit.«

Horne runzelte die Stirn. »Ist das erforderlich?«

»Unbedingt, Sir! Es handelt sich um ein deutsches Gasthaus. Der Besitzer könnte uns sonst Schwierigkeiten machen. Wohin, wünschen Sie, sollen wir ihn bringen?«

»Hierher«, antwortete Horne. »Sergeant Chumley wird mich benachrichtigen, sobald Sie eintreffen.« – »Es kann spät werden, Sir.«

»Das schadet nichts. Ich möchte morgen früh Meldung an das Bataillon machen und sofort ein Militärgericht beantragen. Habe ich Ihnen schon gesagt, daß er ein Mädchen bei sich hat?«

Der MP blickte überrascht auf. »Im Gasthaus?«

»Die übliche Sorte«, sagte Horne gleichgültig. »Sie brauchen sie nicht mit Handschuhen anzufassen. Bringen Sie sie gleich mit, ich lege Wert auf ihre Zeugenaussage.«

»Wir haben darin Erfahrung, Sir«, sagte der MP lächelnd.

Horne nickte ihm wohlwollend zu. »Vor allen Dingen dürfen Sie die beiden keine Sekunde aus den Augen lassen. Wahrscheinlich wird er versuchen, Sie unter irgendeinem Vorwand aus dem Zimmer zu schicken. Ich könnte mir vorstellen, daß man beim Regiment an einem reibungslosen Ablauf gar nicht so sehr interessiert ist. Sergeant Baako sollte auf persönlichen Befehl von Colonel Horton am Tag seiner Rückkehr aus dem Urlaub strafversetzt werden.«

Der MP hob den Kopf wie ein Hund, wenn er eine frische Fährte wittert. »Natürlich wird es ganz vom Verhalten des Sergeants abhängen«, fuhr Horne mit gleichgültiger Stimme fort, »es würde aber das Verfahren gegen ihn wesentlich vereinfachen, wenn er so reagiert, wie ich es auf Grund seines gewalttätigen Charakters von ihm erwarte.«

»Jawohl, Sir«, sagte der MP. Er war jung, intelligent und ehrgeizig, und Anerkennung für die Arbeit der MP gab es immer nur dann, wenn sie mit Komplikationen verbunden war.

Horne stand auf. »Schön, Sergeant. Sie können jetzt wieder Sergeant Chumley hereinschicken. Ich erwarte Sie zwischen zwei und drei Uhr. Hoffentlich haben Sie Erfolg.«

»Ich denke schon, Sir«, sagte der MP.
Er kehrte auf die Straße zurück, wo ein großer olivgrüner Ford mit Blaulicht und dem weißen Streifen der MP stand. Chumley unterhielt sich mit dem Fahrer.
»Schon erledigt?« fragte er.
Der MP nickte. »Du sollst zu ihm kommen. Woher wißt ihr, daß er eine Hure bei sich hat?«
»Wer? Baako?«
»Ja.«
»Das ist mir neu«, sagte Chumley langsam. »Hat der Leutnant von einer Hure gesprochen?«
»Es hörte sich so an.« Der MP hatte es plötzlich eilig. Er setzte sich neben den Fahrer. »Zur Wache, Jimmy! Wir müssen noch Schneeketten auflegen und den Polizeimeister mitnehmen. Diese Schokoladenmänner machen uns die meiste Arbeit.«
»Man sollte sie kastrieren«, knurrte der Fahrer. Er war Korporal und noch etwas größer als der Sergeant; sein Kopf stieß beinahe gegen das Wagendach.
Chumley blickte ihnen nach, solange er die Schlußlichter des Wagens sehen konnte. Dann ging er in die Schreibstube. Er wußte jetzt, weshalb ihn der Leutnant hinausgeschickt hatte.
»Sie haben mich rufen lassen, Sir«, sagte er mit undurchdringlichem Gesicht.
Horne ignorierte es. Er saß am Tisch und studierte, scheinbar tief in Gedanken versunken, ein Blatt Papier. Schließlich hob er den Kopf. »Das wird auch Sie interessieren«, sagte er. »Sergeant Baako hat vor fünf Tagen seinen Wagen verkauft.«
»In Marburg?« fragte Chumley rasch.
»In Köln. Lesen Sie selbst!« Er gab Chumley das Papier und beobachtete sein Gesicht. »Was halten Sie davon?«
»Es ist eindeutig, Sir«, antwortete Chumley rauh.
Horne lächelte dünn. »Eindeutig dafür, daß Sergeant Baako seine Desertion von langer Hand vorbereitet hat. Sie werden heute nacht wenig zum Schlafen kommen. Sobald die MP eintrifft, schicken Sie den Sergeant zu mir. Es genügt, wenn Sie sich ab ein Uhr in der Schreibstube aufhalten. Korporal Perkins kann Ihnen Gesellschaft leisten.«
»Jawohl, Sir«, sagte Chumley.
Er sah zu, wie Horne das Papier sorgfältig in eine Mappe heftete.
»Ich habe hier noch einiges zu tun«, sagte er. »Sie können gehen, Sergeant!«
Gegen Abend hatte es aufgehört zu schneien. Ein kalter Wind fegte Wolken feinen Schnees über den dunklen Kasernenhof, aber

Chumley spürte ihn nicht. Er blieb eine Weile unschlüssig vor dem Stabsgebäude stehen und betrachtete den Sternenhimmel. Dann ging er Perkins suchen. Er fand ihn im Unteroffiziersclub. Am gleichen Tisch saßen noch vier andere Männer. Ihre Aufmerksamkeit war auf das Podium gerichtet, wo eine deutsche Fünf-Mann-Band amerikanische Schlager spielte.
»Sam gesehen?« fragte Chumley.
Perkins grinste. »Er hockt in einer Bar. Wollte mir schon zweimal die Würmer aus der Nase ziehen.«
»Das kann er jetzt haben«, sagte Chumley. »Komm mit!«
Sie trafen Sam allein an einem Tisch. Er hatte ein Glas Whisky vor sich stehen und machte einen niedergeschlagenen Eindruck.
»Was Neues?« fragte er.
»Horne will Bruce wieder in deine Gruppe versetzen«, antwortete Chumley. »Du hast sowieso einen Mann zuwenig.«
»Darauf warte ich schon lange; der Junge kommt mir wie gerufen.«
»Für Horne auch«, sagte Chumley und setzte sich neben ihn. »Er braucht einen, der ihm einen Vorwand liefert, dir den Sergeant wieder abzukaufen. Wie wär's mit 'ner anderen Kompanie?«
»So weit bringt er mich nicht«, erwiderte Sam. Er beobachtete einen Mann, der mit der Beharrlichkeit eines Betrunkenen Centstücke in einen der vielen Spielautomaten steckte. Außer ihm war noch ein Dutzend anderer Männer in der Bar. Einige pokerten. Ein breitschultriger Sergeant der A-Kompanie poussierte mit den deutschen Serviermädchen, die gelangweilt an der offenen Tür zwischen der Bar und dem Clubraum standen. Chumley winkte eines zu sich.
»Ich könnte diesen Idioten umbringen«, sagte Sam. »Seit einer halben Stunde traktiert er den Spielautomaten.«
»Ist egal, in welchem Schlitz er sein Geld loswird«, sagte Chumley und bestellte sich einen Whisky. Das Mädchen mußte es gehört haben; es wurde rot. Er sah ihr belustigt nach.
»Wie lange will Horne eigentlich noch warten?« fragte Perkins.
»Womit?«
»War nur so ein Einfall«, antwortete Perkins und blickte Sam an. »Du könntest einem alten Freund einen Whisky spendieren.«
»Du könntest dich totsaufen«, erwiderte Sam. »Es würde dich keinen Cent kosten.«
Perkins wandte sich bekümmert an Chumley. »Du hast es gehört, Spieß. Seit einer Stunde versucht er, mich zu korrumpieren. Sag ihm, daß ich nichts weiß, vielleicht glaubt er es dir.«

»In drei Stunden weiß es die ganze Kompanie«, sagte Chumley. »Vor zehn Minuten war die MP hier. Sie legen jetzt noch Schneeketten auf und nehmen einen deutschen Polizisten mit. Ich schätze, daß sie gegen elf Uhr bei John sein werden.«

»Bei John?« fragte Sam.

»Wir warten in der Schreibstube auf sie«, sagte Chumley zu Perkins. »Wenn mich nicht alles täuscht, bringen sie auch das Mädchen mit.«

»Wozu?«

»Sondervergnügen für Horne. Wird nicht einfach sein, in der Dunkelheit das Gasthaus zu finden.«

»Ich würde es mit geschlossenen Augen finden«, sagte Perkins. »Von Marburg fünf Kilometer auf der Straße nach Frankfurt und an der ersten Abzweigung rechts. Es ist weit und breit das einzige Haus.«

»Komischer Name«, murmelte Chumley.

Perkins widersprach: »Den findest du oft. Vielleicht stand einmal eine Mühle in der Nähe.«

»Du solltest besser dein Maul halten«, sagte Chumley und sah zu Sam hinüber, der ihnen mit blutleerem Gesicht zuhörte.

Das Mädchen brachte den Whisky. Sie bedachte Chumley mit einem nachdenklichen Blick aus ihren dunklen Augen und kehrte wieder an ihren Platz zurück.

»Ich habe dich weder gefragt, wo das Gasthaus liegt, noch wie es heißt«, sagte Chumley laut.

Perkins erschrak. »Ich dachte, weil du ...«

»Es kümmert mich einen Dreck, was du denkst«, sagte Chumley. »Ich werde verdammt froh sein, wenn diese Geschichte erledigt ist.«

»Viel können sie ihm nicht anhaben«, meinte Perkins. »Es waren nur drei Tage.«

»Das kommt darauf an«, sagte Chumley. »Wenn er Schwierigkeiten ...«, er brach ab und nahm einen Schluck aus seinem Glas.

Perkins schüttelte den Kopf. »Das muß er selbst wissen, Spieß. Widerstand gegen die MP bringt ihn in die Strafanstalt. Ich halte ihn nicht für so dumm, es darauf ankommen zu lassen.«

»Ich hielt ihn nicht für dumm genug«, sagte Chumley, »sich fünfzig Meilen von seiner Kompanie entfernt in einem Gasthaus zu verstecken. Er hätte in Frankreich bleiben können oder sonstwo auf der Welt, aber nicht in Marburg. Er ist ein dreimal verfluchter Idiot, und wenn die MP von Horne instruiert worden ist, eine Hure abzuholen, werden sie sie auch wie eine Hure behandeln.«

Perkins erschrak zum zweitenmal. »Haben sie das gesagt?«

»Ich überlege mir«, sagte Chumley, »wie so ein dreimal verfluchter Idiot wie Baako darauf reagieren wird, wenn sie sie aus dem Bett herausholen. Kannst du mir das verraten?«
»Daran habe ich noch nicht gedacht«, murmelte Perkins.
Chumley grinste verächtlich. »Wenn ich es mir nicht schon lange angewöhnt hätte, an alles zu denken, müßte ich dir heute die Stiefel putzen. Wo willst du hin?«
Seine letzten Worte waren an Sam gerichtet, der schwerfällig aufstand.
»Muß gehen«, antwortete er heiser. »Will Mary vom Kino abholen.«
»Da hast du noch 'ne Stunde Zeit«, meinte Perkins. »Vor zehn Uhr ist es nicht aus.«
»Bist du seine Gouvernante?« fragte Chumley. »Er muß selbst wissen, was er tut. Schließlich hat er eine Familie.«
Perkins starrte ihn verblüfft an. »Ich kenne mich da nicht aus, Spieß«, sagte er vorsichtig.
»Natürlich kennst du dich nicht aus«, sagte Chumley. »Wenn du keine Familie hast, kannst du dir manches erlauben, was sich ein Mann mit einer Familie nicht erlauben kann. Du kannst dich sogar mitten in der Nacht in deinen Wagen hocken und einen Ausflug machen. Kein Mensch wird dich daran hindern.«
»Wird schon so sein, Spieß«, sagte Perkins vorsichtig.
Chumley grinste. Er sah zu, wie Sam seinen Mantel holte, ihn anzog und wieder an den Tisch zurückkam.
»War ein guter Tip«, sagte er undeutlich. »Vielleicht brauchst du mal einen, der dir hilft, einen Haufen Dreck wegzuräumen.«
»Er muß besoffen sein«, sagte Chumley zu Perkins. »Hast du etwas von einem Tip gehört?«
Perkins blickte zuerst ihn, dann Sam an. Er hatte einen Verdacht. »Wenn ihr mich auf den Arm nehmen wollt...«
»Wer wird schon puren Mist mit der Hand anfassen«, sagte Chumley.
Sam ging hinaus. Sein Wagen stand neben dem Clubgebäude. Er setzte sich ans Steuer und fuhr in die Stadt. Seine Chancen, ohne Schneeketten über die gebirgige Strecke nach Marburg zu kommen, waren gering, und er wußte es. Im Keller seiner Wohnung hatte er eine alte Garnitur liegen, aber er hätte eine halbe Stunde damit verloren. Einen Augenblick lang überlegte er sich, ob er versuchen solle, am Nachtschalter der Post die Telefonnummer des Gasthauses zu erfahren. Da er jedoch nicht wußte, an welches Ortsnetz es angeschlossen war, und seine Möglichkeiten, sich mit dem deutschen Postbeamten zu unterhalten, auf wenige

Worte beschränkt wären, verzichtete er darauf. Auf Mary brauchte er keine Rücksicht zu nehmen; sie hatte heute abend wieder zwei Freundinnen bei sich. Er brauchte auch nicht darüber nachzudenken, ob das, was er vorhatte, richtig war. Unabhängig von dem, was ihn mit John verband, hätte er es allein schon Claires wegen getan. Die bloße Vorstellung dessen, was Chumley angedeutet hatte, trieb ihm den Schweiß auf die Stirn. Er billigte Johns Handlungsweise nicht. Man konnte über seine Desertion reden, und man konnte sich hundertmal wünschen, der Armee davonzulaufen, aber man ließ sich nicht dazu hinreißen. Es war sinnlos, unmoralisch und irgendwie enttäuschend. Auch für ihn, Sam. Er fluchte jeden Tag ein dutzendmal auf die Armee, und es hätte ihm nicht viel ausgemacht, einen Mann wie Horne von hinten umzulegen. Das war aber nur die eine Seite, und er hatte schon oft über dieses Phänomen nachgedacht. Vielleicht lag es daran, daß er stolz darauf war, Amerikaner zu sein. Man konnte jedoch nicht stolz darauf sein und gleichzeitig der Armee davonlaufen. Die Armee war ein wichtiger und wesentlicher Teil der amerikanischen Nation, und ohne die Armee wäre sie niemals das geworden, was sie heute ist. Wer die Armee desavouierte, lehnte auch die amerikanische Nation ab. In diesem Punkt gab es keinen Kompromiß. John hätte wissen müssen, daß man der Armee nicht davonlaufen konnte. Sie erwischte jeden, der es versuchte, den einen früher, den anderen später. Ihre Mittel, einen Mann aufzuspüren, waren unbegrenzt, sie war eine perfekte Einrichtung mit einem perfekten Polizeiapparat, und es gab kaum einen Punkt in der westlichen Welt, wo man vor ihr sicher war. In Marburg ebensowenig wie im afrikanischen Busch. Sie konnte die Interpol einschalten, Scotland Yard und die Sûreté, sie stand mit allen Kolonialbehörden und militärischen Institutionen in Verbindung, und ihre Divisionen waren über den ganzen Erdball verteilt. Es war lächerlich, sie herauszufordern; er hätte John für klüger gehalten. Und trotzdem mußte er zu ihm fahren und ihn warnen. Er würde ihm vernünftig zureden, freiwillig mit ihm zu kommen, und wenn er Schwierigkeiten machte, würde er nicht eher von seiner Seite weichen, als bis er ihn davon überzeugt hatte, daß es seine einzige Chance war. Was er brauchte, waren ein Vorsprung von mindestens zehn Minuten und eine ordentliche Portion Glück; Glück, nach Marburg zu kommen, und Glück, das Gasthaus zu finden. Fast zuviel Glück für einen einzelnen Mann, aber wenn er es nicht wenigstens versuchte, würde er sich immer Vorwürfe machen; er hatte keine andere Wahl.

Die erste große Steigung aus der Stadt schaffte er verhältnismäßig leicht. Die Straße war hier gestreut, der Schnee festgefahren. Es fing erst an, als er weiter in das Gebirge hineinkam und die Straße durch tiefverschneite Wälder führte, vorbei an verschlafenen Ortschaften, die in engen Tälern versteckt lagen, über vereiste Brücken hinweg und dann wieder einen steilen Berg empor, aus den schützenden Wäldern heraus auf eine kahle Hochebene, wo der Wind den Schnee zu Barrikaden türmte und die Straße eins werden ließ mit den Feldern auf beiden Seiten, eine geschlossene weiße Fläche, die irgendwo am Sternenhimmel aufhörte.
Es war noch schlimmer, als Sam befürchtet hatte. Kaum, daß einmal fünf Minuten vergingen, ohne daß der Wagen nicht ins Rutschen kam, mit den Rädern irgendwo hängenblieb oder schräg zur Fahrtrichtung eine Steigung hinaufschlitterte, als hätte sich das Chassis verdreht. Nach einer Stunde hatte er erst knapp die Hälfte der Strecke geschafft und schwitzte am ganzen Körper. Nur ganz selten begegnete ihm ein anderes Fahrzeug, sie hatten ausnahmslos Schneeketten aufgelegt, er hörte es im Vorbeifahren. Es wurde erst wieder besser, als die Straße einem breiten Tal folgte, das sich fast schnurgerade von Osten nach Westen zog. Im Scheinwerferlicht tauchten einzeln stehende dunkle Gehöfte auf, zugefrorene Weiher und verschneites Gehölz, im Hintergrund die Konturen einer kleinen Ortschaft. Der Himmel hatte sich wieder bewölkt, der Wind trieb feine Schneekristalle über die Straße, von einem Kirchturm schlug es zehn Uhr.
Sam beschleunigte das Tempo. Wenn die MP mit Schneeketten fuhr, würde er an jeder Steigung einige Sekunden seines Vorsprungs verlieren, wobei noch hinzukam, daß er nicht einmal genau wußte, wie groß er war. Wenn er voraussetzte, daß Chumleys Zeitangabe gestimmt hatte, waren von ihrer Abfahrt bis zum Augenblick, wo er sich in seinen Wagen gesetzt hatte, mindestens fünfzehn Minuten vergangen. Zur Wache waren es nicht mehr als fünf Minuten, für die Schneeketten würden sie nicht länger als eine Viertelstunde gebraucht haben. Im günstigsten Fall würde er mit einem Vorsprung von zehn Minuten rechnen können; nicht viel bei einer Strecke von fünfzig Meilen!
Das Tal wurde schmaler, eine neue Steigung kündigte sich an. Er ging vom Gas herunter, schnitt vorsichtig eine scharfe Kurve und blickte in die Scheinwerfer eines großen Lastwagens, der im Schneckentempo den Berg herunterkam. Die Straße war hier höchstens fünf Meter breit. In der Mitte war eine festgefahrene Schneedecke, während der Schnee an den Rändern fast einen hal-

ben Meter hoch lag. Der Lastwagen fuhr ziemlich in der Mitte. Sam erkannte schon von weitem, daß der festgefahrene Streifen für beide Wagen zu schmal war. Er steuerte den Cadillac scharf rechts heran, trat auf die Bremse und wartete, bis der Lastwagen vorbei war.
Wie er befürchtet hatte, fanden die Räder beim Anfahren keinen Halt. Er schaltete den Rückwärtsgang ein, ließ den Wagen einige Schritte zurückrollen, bis er wieder auf dem festgefahrenen Streifen stand. Einen Augenblick schien es, als ob die Reifen faßten, aber dann drehten sie durch. Er versuchte es so oft, bis der Geruch verbrannten Gummis ins Wageninnere drang. Schließlich zog er die Handbremse und kletterte hinaus. Die Steigung betrug mindestens sieben Prozent. Er überlegte, ob er den Wagen rückwärts den Berg hinunterrollen lassen solle, aber es waren etwa fünfhundert Meter, und die Straße war abschüssig und kurvig. Wenn er in dem verschneiten Graben auf der rechten Seite landete, würde er mit eigener Kraft nicht mehr herauskommen.
Ein paar Sekunden lang war er vor Wut und Verzweiflung unfähig, etwas zu tun, dann fiel ihm sein Mantel ein. Es war ein neuer Popelinemantel und ein Weihnachtsgeschenk von Mary. Er zog ihn aus und legte ihn unter ein Hinterrad. Im Wagen steckte er sich zuerst eine Zigarette an. Als er langsam die Handbremse löste, stand ihm Schweiß auf der Stirn. Er vernahm wieder das schleifende Geräusch der Hinterreifen, aber dann hörte es plötzlich auf, die Räder faßten, drückten die dreißig Zentner des Wagens in die Höhe und trugen ihn langsam die Straße hinauf.
Sam grinste. Seine Erleichterung war so groß, daß ihm der Mantel erst wieder einfiel, als er die Steigung schon lange hinter sich hatte. Es hätte sich auch nicht mehr gelohnt, ihn noch einmal aufzuheben; der schwere Reifen mußte ihn zerfetzt haben.
Seine Vermutung, daß er nun den schlimmsten Teil geschafft habe, bestätigte sich. Die Straße führte wieder in ein breites Tal, und zehn Minuten später begegnete ihm ein Streuwagen der Stadt Marburg. Er konnte seine Geschwindigkeit verdoppeln, und als die ersten Häuser auftauchten, war es kurz vor elf Uhr.
Obwohl er die Strecke nach Frankfurt schon einige Male gefahren war, verlor er die Orientierung. In der Dunkelheit und dem leichten Schneetreiben, das in den letzten Minuten wieder eingesetzt hatte, wirkte alles verändert, die vielen Kreuzungen und Verbotstafeln irritierten ihn. Er gelangte in einen völlig unbekannten Stadtteil und mußte umkehren, wodurch er wertvolle Minuten verlor. Bis er schließlich die richtige Ausfahrt gefunden hatte, war fast eine Viertelstunde vergangen. Er überfuhr in sei-

ner Nervosität eine rote Ampel, wäre beinahe auf einen PKW aufgefahren, der scharf abbremsen mußte, und jagte dann mit überhöhter Geschwindigkeit dem Stadtrand zu.
Schon nach dem ersten Kilometer zweigte auf der rechten Seite eine Straße ab. Soweit er in der Dunkelheit erkennen konnte, führte sie zu einer kleinen Ortschaft am Fuße der Berge. Er fuhr langsam weiter, während er unausgesetzt den rechten Straßenrand im Auge behielt. Als er zufällig einmal in den Rückspiegel schaute, sah er am Himmel ein blaues Licht aufblitzen.
Zuerst hielt er es für eine Täuschung. Seit er die Stadt verlassen hatte, fuhren zwei deutsche Personenwagen hinter ihm her, ihnen folgte ein schwerer Lastzug mit Anhänger, der die Sicht zurück versperrte. Aber jetzt bemerkte er das Licht wieder, diesmal direkt über dem Motorwagen des Lastzugs. Für einen winzigen Augenblick war die Straße in einen bläulichen Schein getaucht, der bis zu den Bergen hinüberreichte und die Konturen der Schneelandschaft aus der Nacht modellierte. Dann verdoppelten sich die Scheinwerfer des Lastzugs, das Blaulicht sprang hart und unvermittelt hinter dem unförmigen Aufbau des Motorwagens hervor, zog mit klirrenden Schneeketten an den beiden Personenwagen vorbei und erlosch ebenso plötzlich, wie es aufgetaucht war.
Es hatte nur einige Sekunden gedauert, aber lange genug, um Sam Gewißheit darüber zu verschaffen, daß alles, was er in den beiden letzten Stunden getan und gehofft hatte, umsonst gewesen war. Er war genau um jene zehn Minuten zu spät gekommen, die Sergeant Chumley gebraucht hatte, sich über die eisernen Prinzipien seines soldatischen Gewissens hinwegzusetzen, und es blieb ihm jetzt nichts mehr zu tun, als wieder nach Thüngerstadt zurückzufahren. Es nützte auch nichts, daß ihm vor Wut die Tränen kamen, er konnte John nicht mehr helfen.

5

In der Regel gingen sie früh schlafen. So zufriedenstellend das Zimmer tagsüber geheizt war, so empfindlich kalt wurde es, sobald die Heizung nachließ. Der Zeitpunkt hing von der Anzahl der Gäste ab. Waren die Zimmer gut belegt, konnte es geschehen, daß die Nacht über durchgeheizt wurde, aber normalerweise war nach zehn Uhr nicht mehr viel zu erhoffen. Sie lagen dann meistens noch eine Stunde wach, lasen in einem Buch oder hörten Radio, und wenn es ihnen danach zumute war, liebten sie sich.

Im großen und ganzen hatte sich ihr Zusammenleben fast reibungslos eingespielt, sie entdeckten immer mehr gemeinsame Interessen und konnten sich oft die halbe Nacht über Johns Heimat, seinen Vater und Stephen unterhalten. Nach vierzehn Tagen wußte Claire genausoviel von ihnen wie über ihren eigenen Vater.
Da das Mittagessen im Zimmerpreis mit einbegriffen war, holte John sie auch während der Mittagspause ab. Die übrige Zeit verbrachte er damit, sich auf sein künftiges Studium vorzubereiten. Er hatte sich neben einigen französischen Sprachbüchern auch eine ganze Anzahl juristischer Lehrbücher besorgt und beteiligte sich auf Claires Rat hin an einem Fernunterricht über Wirtschaftsrecht. An manchen Abenden gingen sie ins Kino oder fuhren mit dem neuen Wagen spazieren, einem zweifarbigen Coupé, das John bei einem Gebrauchtwagenhändler in Frankfurt entdeckt hatte. Es war erst zwei Jahre alt, fünfzigtausend Kilometer gefahren und hatte viertausend Mark gekostet; Claire war auf den ersten Blick davon angetan gewesen. Mit dem Führerschein wollte sie allerdings noch warten, bis sie ihr Examen hinter sich hatte. Es wäre ihr im Augenblick schwergefallen, sich auf die Fahrprüfung zu konzentrieren.
Bei alldem verlor John keine Sekunde lang das Risiko einer Entdeckung aus den Augen. Er verhehlte sich auch nicht, daß das Zusammenwohnen mit Claire dieses Risiko noch erhöhte. Wenn er trotzdem seine Chancen zuversichtlich beurteilte, so geschah dies aus der nüchternen Überlegung, daß die MP schwerlich auf den Gedanken verfallen werde, einen Soldaten, der aus einem Urlaub in Lancaster überfällig war, ausgerechnet in Marburg zu vermuten. Wahrscheinlich würden sie darauf warten, daß er ihnen bei einer Routinekontrolle in die Hände fiele, und dazu würde er ihnen keine Gelegenheit geben.
Was die moralische Seite betraf, so machte er sich heute, am dritten Tag seiner Desertion, nicht mehr Gedanken darüber als in der Woche zuvor. Es genügte ihm, bei Claire zu sein. Dies war eine konkrete Situation, die keines Nachdenkens mehr bedurfte. Kompliziert wurde es erst, wenn er sich die Absichten des Regiments vergegenwärtigte und die Motive, die den Kommandeur zu der Versetzung bewogen hatten. Seine Versetzung würde Claire nicht veranlassen können, reumütig zu Fred zurückzukehren, noch wäre sonstwie einem Menschen damit geholfen. Demzufolge war sie absolut sinnlos, überflüssig und nur dazu geeignet, Abstraktionen zu schaffen, für die ihm jegliches Verständnis fehlte. Trotzdem hatte er sich den Entschluß zur Desertion nicht leicht gemacht, es

gab vieles, was ihn mit der Armee verband. Sie hatte ihm fünf Jahre lang alles ersetzt, was ein Mann zum Leben braucht, und er würde es nicht vergessen.

Auch an diesem Abend gingen sie früh zu Bett. Claire hatte vorher noch in einer wissenschaftlichen Abhandlung über eine neue Impfmethode gelesen, aber bald das Interesse daran verloren. Es handelte sich um einen jener originellen Einfälle, die einen Tag lang die Zeitungsspalten füllten und am nächsten wieder vergessen waren, weil sie sich in der Praxis nicht bewährten. Zudem war es heute besonders kühl im Zimmer, das große Fenster schloß nicht dicht, und da schon den ganzen Abend über ein eisiger Wind durch das Tal strich, machte sich die Kälte doppelt unangenehm bemerkbar.

Sie mußte schon eine gute Stunde geschlafen haben, als sie durch Johns Stimme geweckt wurde. Im Zimmer brannte Licht. Noch ehe ihr Bewußtsein voll einsetzte, sah sie ihn zum Schrank gehen und seinen Bademantel herausholen. Es geschah oft, daß er in der Nacht noch einmal aufstand, und sie dachte sich zuerst nichts dabei, aber dann erinnerte sie sich, daß sie durch seine Stimme wach geworden war, und sie richtete sich rasch auf. »Was ist los, John?«

Er drehte sich nach ihr um. »Der Wirt hat ein Telegramm für mich.«

»Von deinem Vater?«

»Er ist der einzige, der unsere Adresse kennt. Ich wundere mich nur...« Er brach ab, ging zum Fenster und blickte hinaus, aber draußen schneite es, von der Straße war kaum etwas zu sehen.

»Du hast den Brief doch erst vor acht Tagen weggeschickt«, sagte Claire verwundert.

»Als Luftpostbrief. Er braucht nicht länger als eine Woche.« Er zog den Bademantel vor seiner Brust zusammen und wandte sich der Tür zu. Vielleicht hätte er etwas weniger arglos reagiert, wenn er seit seiner Abreise aus Bulawayo nicht ständig darauf gefaßt gewesen wäre, irgendeine dringende Nachricht seines Vaters zu erhalten. Die Möglichkeit, daß Claires illegale Einreise und die verschiedenen Vorkommnisse für die Farm unangenehme Folgen haben könnten, war nicht ohne weiteres von der Hand zu weisen, und als er die Tür aufschloß, hatte er keinen anderen Gedanken. So erklärte es sich auch, daß er völlig überrumpelt wurde. Er sah noch das lange Bein und die weiße Ledergamasche des MP, ehe die Tür mit der Wucht einer Keule seine Stirn traf und ihn zurücktaumeln ließ. Für einen Augenblick lang erkannte er das verstörte Gesicht des Wirts auf dem dunklen Korridor, dann schob

sich die breite Gestalt des zweiten Polizisten dazwischen, und er blinzelte, halb betäubt vor Schmerz, in die Mündungen ihrer großkalibrigen Pistolen. Aber seine Überraschung währte nur ein paar Sekunden. Auch wenn er nie ernsthaft daran gedacht hatte, war er doch immer darauf vorbereitet gewesen. Er hatte es genauso einkalkulieren müssen wie einen harmlosen Verkehrsunfall, der ihn unweigerlich mit der MP zusammengebracht hätte. Es hatte hundert Möglichkeiten gegeben, erwischt zu werden, und diese hier war nur eine davon. Eine von hundert und nicht einmal die unwahrscheinlichste, sie kam nur viel früher, als er gerechnet hatte; ganze drei Monate zu früh.
Er sah über seine Schulter hinweg zu Claire hin. Sie saß aufrecht im Bett, die Hände in die Decke verkrallt und ohne Farbe. Nichts wäre ihm zuviel gewesen, wenn er ihr diesen Anblick hätte ersparen können. Irgendwann hatte er einen Fehler gemacht; vielleicht, als er sie zu ihrer Wohnung gefahren hatte, vielleicht auch schon früher. Es war müßig, sich den Kopf darüber zu zerbrechen, es konnte nichts mehr daran ändern. »Sie weiß nichts davon«, sagte er, und seine Stimme klang kaum anders als sonst.
Der Sergeant lächelte gelassen. »Das kannst du in der Kaserne erzählen.« Er trat hinter ihn, tastete rasch und geschickt seinen Körper ab und winkte mit dem Kinn zur Wand. »Stell dich dort hinüber. Wo hast du deine Pistole?«
»Ich habe keine.«
»Paß auf ihn auf, Jimmy!« sagte der Sergeant. Er steckte seine Waffe weg und öffnete die Nachttischschubladen. Dann blickte er Claire an. Es war das erste Mal, daß er sie voll anschaute, und sein Gesicht wurde ein wenig nachdenklich. »Ziehen Sie sich an«, sagte er, »wir müssen Sie mitnehmen.«
»Wohin?«
»Das erfahren Sie noch.« Er griff nach Johns Kopfkissen und überzeugte sich, daß keine Waffe darunterlag.
»Vielleicht hat sie sie unter der Bettdecke versteckt«, sagte der Korporal. Er hielt jetzt seinen Gummiknüppel in der Hand und klopfte nervös gegen seine kräftigen Waden.
Der Sergeant wischte sich mit dem Rockärmel die Stirn ab. Etwas gefiel ihm nicht, aber er hätte nicht zu sagen vermocht, was es war. Er musterte wieder Claire. Sie trug ein blaues Nachthemd mit tiefem Ausschnitt. Nach dem Reglement hätte er jetzt den deutschen Polizeimeister heraufrufen müssen, der vor dem Haus stehengeblieben war und das Fenster bewachte. Andererseits erschien es ihm zu riskant, solange die Frage nach der Waffe nicht geklärt war. In Anbetracht dessen, daß sich der Regimentskom-

mandeur persönlich für den Fall interessierte, konnte er sich keine Panne leisten. Er richtete das Wort an den Korporal: »Schau in den Schrank, ich nehme mir die Betten vor. Irgendwo muß er das Ding versteckt haben.«
»Ich wette, sie hat sie unter der Bettdecke«, sagte der Korporal. Er war seit drei Nächten nicht mehr richtig zum Schlafen gekommen und schlecht gelaunt. »Stehen Sie auf!« sagte er zu Claire.
Bis zu diesem Augenblick hatte sie noch immer gehofft, daß John etwas sagen werde, was der gespenstischen Szene ein Ende bereitete, aber nun schlug ihre anfängliche lähmende Fassungslosigkeit in Zorn um. Sie blickte John an. »Willst du mir nicht endlich eine Erklärung geben?« fragte sie auf deutsch.
»Sie haben kein Recht, dich mitzunehmen«, antwortete er mit grauem Gesicht. »Ich habe dich angelogen.«
»Wann?«
»Als ich dir sagte, daß ich meinen Urlaub verlängert bekommen hätte. Ich war nicht in der Kaserne.«
Claire schwieg. Sie dachte ein paar Sekunden darüber nach, dann sah sie wieder in sein Gesicht. »Warum hast du es getan?«
»Sie wollen mich nach Korea versetzen«, antwortete John und wandte sich an den Sergeant: »Ich habe dir gesagt, daß sie von nichts weiß. Laßt sie in Ruhe.«
»Das kannst du alles auf der Wache erzählen«, erwiderte der Sergeant gelangweilt. »Wir haben Befehl, sie mitzubringen.«
»Von wem?«
Der Sergeant drehte ihm den Rücken zu. »Wenn Sie nicht freiwillig aufstehen«, sagte er zu Claire, »holen wir Sie heraus.«
»Ich glaube nicht, daß Sie das tun werden«, sagte sie kalt. »Ich bin deutsche Staatsangehörige.«
»Ruf den Polizeimeister herauf!« sagte der Sergeant.
Der Korporal ging zur Tür. Noch ehe er sie erreicht hatte, stand John vor ihm. Die Vorstellung, daß sie Claire mit zur Wache nehmen würden, legte sich wie ein Nebel über sein Hirn. »Ihr werdet sie hierlassen«, sagte er. »Sie ist nicht das, was ihr denkt.«
Der Korporal musterte ihn kalt. Er war noch etwas größer als John, ein hünenhafter Mann mit einem Kinn wie aus Eisen. »Geh auf deinen Platz zurück!«
Sie standen sich auf einen halben Schritt gegenüber, und John fühlte seinen Atem im Gesicht. »Sie ist nicht das, was ihr denkt«, sagte er wieder.
»Wo hast du sie kennengelernt?«
»In Thüngerstadt.«

»Ich dachte im Puff.«
John schloß eine Sekunde die Augen, dann schlug er unvermittelt zu. Er traf den Korporal mitten ins Gesicht, und so hart, daß er wie ein Stück Holz zu Boden fiel. Als er sich umdrehte, kam der Sergeant zu ihm. Die ersten Schläge seines Knüppels konnte er mit den Armen abfangen, aber dann war auch der Korporal wieder da, und er hatte keine Chancen mehr gegen sie. Sie drängten ihn langsam gegen die Wand, während das Geräusch ihrer Knüppel wie kleine Explosionen in seinen Ohren dröhnte. Einer traf ihn quer über den Schädel, er fühlte den Schmerz bis tief in den Nacken hinab und brach in die Knie. Schon halb betäubt, hörte er Claires Stimme seinen Namen rufen, sah noch das blutverschmierte Gesicht des Korporals über sich, dann kippte er seitlich um und fiel mit der Stirn auf den Boden. Sie ließen erst von ihm ab, als er sich nicht mehr rührte.
Der Lärm hatte den deutschen Polizeimeister alarmiert. Er betrat gleichzeitig mit dem Wirt das Zimmer, warf einen raschen Blick auf den regungslosen Körper Johns und wandte seine Aufmerksamkeit dann Claire zu, die mit maskenhaft starrem Gesicht im Bett saß und die Augen geschlossen hielt.
»Den Rest kannst du erledigen«, sagte der Sergeant und steckte seinen Knüppel weg. Er keuchte, sein Gesicht war gerötet. Der Korporal versuchte am Waschbecken das Blut aus seiner Nase zu stillen.
»Schlimm, Jimmy?« fragte der Sergeant.
Der Korporal schüttelte den Kopf. Er nahm ein Handtuch, trocknete sein Gesicht ab und betastete die Nase. »Schon vorbei«, knurrte er. »Der Bursche hat einen Schlag wie ein Pferd.«
»Er muß verrückt geworden sein«, sagte der Sergeant. Sein Blick fiel auf den Wirt, der verstört neben ihnen stand und John anschaute. »Warten Sie vor der Tür!« sagte er zu ihm.
Der Wirt verstand ihn nicht. »Was sagt er?« fragte er den Polizeimeister.
»Sie sollen vor der Tür warten«, übersetzte der. Er betrachtete wieder Claire. »Was ist mit ihr?«
»Sie macht Schwierigkeiten«, antwortete der Sergeant. »Wenn sie nicht freiwillig mitgeht, mußt du einen Haftbefehl besorgen.«
Der Polizeimeister ging zu Claire hin. »Wir können Sie dazu zwingen, mitzukommen. Es ist für Sie besser, Sie tun es freiwillig.«
»Wozu brauchen Sie mich?« fragte sie mit geschlossenen Augen.
»Für die Zeugenaussage. Haben Sie Papiere?«
Sie nahm ihre Handtasche vom Nachttisch und holte ihren Paß

heraus. Der Polizeimeister blätterte ihn langsam durch. »Sie wohnen in Thüngerstadt?«

Sie nickte.

»Bei wem?«

»Bei meinem Vater.«

»Hat er einen festen Beruf?«

Claire blickte ihn zum erstenmal an. »Er ist pensioniert. Bis vor einigen Jahren war er Direktor der Landesbibliothek.«

»In Thüngerstadt?«

»Ja.«

Der Polizeimeister blätterte wieder im Paß. Seit er mit der MP zusammenarbeitete, hatte er schon alle möglichen Dinge erlebt, aber nun wußte er nicht mehr, woran er war. »Was arbeiten Sie?« fragte er.

»Ich studiere Medizin.«

»Hier in Marburg?«

»Ja.«

»Es macht alles nur noch komplizierter.« Er blickte mit gerunzelter Stirn in den Paß. »Wußten Sie, daß er seinen Urlaub überschritten hat?«

Claire schüttelte den Kopf. »Wir wollten in einigen Wochen heiraten.«

»Das war uns nicht bekannt«, murmelte der Polizeimeister. Er blieb ein paar Sekunden unschlüssig stehen, dann wandte er sich an die beiden MP und sprach mit ihnen.

»Komisch«, sagte der Korporal, »ich hätte sie für eine Hure gehalten. Was meinst du, Jimmy?« – Der Sergeant zuckte mit den Schultern. »Der Leutnant muß sie mit einer anderen verwechselt haben. Ich kann nichts daran ändern.«

»Eines Tages melde ich mich zur Infanterie«, sagte der Korporal düster. Er betrachtete angewidert seine großen Hände, dann hob er ungeduldig den Kopf. »Das muß der Leutnant verantworten. Wir haben jedenfalls Befehl, sie mitzubringen.«

Ein Geräusch lenkte ihre Aufmerksamkeit zum Bett. Claire war aufgestanden. Sie zog ihren Morgenrock an und beugte sich über John. Einer der Schläge hatte seine Stirn getroffen, die Haut war aufgeplatzt, das rechte Auge verschwand unter einer rasch anschwellenden Beule.

Während sie auf ihn hinunterschaute, erinnerte sie sich, wie sie ihn zu Boden geprügelt hatten. Vielleicht hätte sie es verhindern können, wenn sie sich zwischen ihn und die Gummiknüppel gestellt hätte, aber sie war unfähig gewesen, sich zu bewegen, geradeso, als zwänge sie etwas dazu, es bis zum Ende durchzustehen,

damit sie es fortan nicht mehr vergäße. Und nun schien es ihr, als ob alles in ihr zu Eis gefroren wäre.
»Es sieht schlimmer aus, als es ist«, sagte der Polizeimeister. »Haben Sie Heftpflaster hier?«
Es gehörte zu den Requisiten ihrer Handtasche. Sie befeuchtete ein Handtuch und wusch das Blut von Johns Stirn. Als sie ihm das Pflaster auf die Wunde drückte, öffnete er die Augen. Er mußte schon vorher bei Bewußtsein gewesen sein, weil er sie sofort erkannte. »Haben sie dir etwas getan?« fragte er.
»Nein. Kannst du aufstehen?«
»Ich denke.«
Er schaffte es nicht ganz, der Korporal griff ihm unter die Arme. Sie beobachtete, wie er mit unsicheren Schritten zum Waschbecken ging, seinen Bademantel und die Pyjamajacke auszog und sich niederbeugte. Beim Anblick der blutunterlaufenen Striemen auf seiner Haut drehte Claire den Kopf weg.
Der Polizeimeister sprach wieder mit den MP. Dann verschwand er für eine kurze Weile durch die Tür und kehrte mit dem Wirt zurück. »Sie können sich in einem anderen Zimmer anziehen«, sagte er zu Claire. »Es ist auch für Ihren Verlobten besser, wenn Sie mitkommen.«
»Ich komme mit«, sagte Claire.
Der Polizeimeister war erleichtert. »Es handelt sich nur um eine Formalität, Sie können anschließend sofort wieder gehen. Vergessen Sie Ihren Mantel nicht, es ist kalt draußen.«
Im Korridor brannte jetzt Licht, der Wirt führte Claire zu einer Tür.
»Kann ich ein paar Worte mit ihr sprechen?« fragte er den Polizeimeister.
»Ich habe nichts dagegen.«
Im Zimmer machte der Wirt die Tür hinter sich zu. »Sie haben noch ein Guthaben bei mir«, sagte er verlegen. »Wollen Sie das Geld wieder zurückhaben?«
»Es wird das beste sein«, antwortete Claire und legte ihre Kleider auf einen Stuhl. »Ich ziehe morgen in ein anderes Gasthaus.«
»Das tut mir leid«, murmelte der Wirt. Er trug nur eine Weste über seinem Hemd und betrachtete bekümmert seine Schuhspitzen. »Sie werden verstehen, daß ich auf so etwas nicht gefaßt war. Müssen Sie unbedingt in ein anderes Gasthaus?«
Claire trat ans Fenster und preßte die Stirn gegen die kalte Scheibe.
»Ich nehme an, es ist Ihnen lieber so.«
»Ich bin Geschäftsmann«, sagte der Wirt ruhig. »Solange ich

durch diese Sache keinen Schaden habe, kümmere ich mich nicht darum. Ich hätte ein schönes Einzelzimmer für Sie.«
»Sie vergessen, daß ich jeden Morgen auf die Universität muß.«
»Bleibt Ihr Wagen nicht hier?«
»Ich habe noch keinen Führerschein.«
»Sie können den Omnibus nehmen«, sagte der Wirt. »Er ist kurz vor acht Uhr in Marburg.«
Claire schwieg. Nach einer Pause sagte sie: »Ich weiß noch nicht, was ich tun werde.«
»Selbstverständlich«, sagte der Wirt. »Ich wollte Sie nur darauf aufmerksam gemacht haben. Sie können hier wohnen bleiben, solange Sie wollen.«
Er ging wieder auf den Flur hinaus, wo er von dem Polizeimeister erwartet wurde. »Sie haben für einen ganzen Monat vorausbezahlt«, sagte er zu ihm. »Wer hätte schon mit so etwas gerechnet! Mir gegenüber haben sie sich als verheiratet ausgegeben.«
»Auf ihrem Meldezettel auch?«
Der Wirt trocknete sich mit einem Taschentuch den Schweiß von der Stirn. »Sie wohnen noch nicht lange hier, ich habe ihnen den Meldezettel mit aufs Zimmer gegeben und ihnen gesagt, daß sie ihn ausfüllen sollen. Vielleicht haben sie ihn inzwischen meiner Frau abgeliefert.«
»Sie wissen genau, daß er schon am ersten Tag ausgefüllt werden muß«, sagte der Polizeimeister.
»Ich wollte sie nicht drängen. Normalerweise tut man das, aber sie hatten vor, drei Monate bei mir wohnen zu bleiben, da ist man nicht so penibel.«
Der Polizeimeister stutzte. »Drei Monate?«
»Bis sie ihr Examen hat«, sagte der Wirt. »Solche Gäste kriegt man nicht alle Tage. Wer vermutet hinter einem Mädchen, das in einem Vierteljahr seinen Doktor macht, schon etwas Schlimmes! Mir ist egal, wer wen heiratet, solange bei mir einer pünktlich sein Zimmer ...«
Er verstummte und sah zu John hin, der mit den beiden MP aus dem Zimmer kam.
»Wir warten unten«, sagte der Sergeant zum Polizeimeister. »Sie soll sich beeilen.«
Der Polizeimeister nickte. Er beobachtete, wie sie John in ihre Mitte nahmen und die Treppe hinunterstiegen.
»Hat er sich widersetzt?« fragte der Wirt.
»Sie schlagen nur, wenn sie angegriffen werden. Wenn er sich ruhig verhalten hätte, wäre er mit einer einfachen Degradierung davongekommen.«

»Und so?«
Der Polizeimeister zuckte mit den Schultern.
Er war schon halb entschlossen, nach Claire zu schauen, als sie die Tür öffnete. Sie war fertig angezogen und wandte sich sofort an den Wirt: »Sie müssen mir einen Hausschlüssel mitgeben. Ich weiß nicht, wann ich zurückkomme.«
»Ich hole ihn«, sagte der Wirt.
Auf dem Weg zum Wagen schob Claire die Hände in die Manteltaschen. Ein kalter Wind trieb ihr Schnee ins Gesicht, aber sie spürte ihn nicht.
John saß mit dem Sergeant im Fond, der Korporal rauchte eine Zigarette. »Halb eins«, sagte er. »Wird höchste Zeit.«
»Kann ich mich neben ihn setzen?« fragte Claire, während sie John anschaute.
Der Korporal grinste. »Wir sind keine Unmenschen.«
Er holte eine Zigarettenpackung aus der Tasche, hielt sie zuerst dem Polizeimeister, dann dem Sergeant und am Schluß John hin. »Rauchen Sie auch?« fragte er Claire.
Sie gab keine Antwort. Ihr Gesicht war noch genauso starr wie vor einer Viertelstunde.
»Dann eben nicht«, sagte der Korporal. Er hatte ihr gegenüber ein schlechtes Gewissen, aber schließlich war es nicht seine Schuld, wenn er sie für eine Hure gehalten hatte. Ein Mädchen, das etwas auf sich hielt, wohnte nicht mit einem Schwarzen im Hotel.
Der Wirt brachte den Haustürschlüssel. Er gab ihn Claire und blieb neben dem Wagen stehen. »Überlegen Sie sich, was ich Ihnen vorgeschlagen habe«, sagte er. »Ich würde Ihnen das Zimmer genauso gemütlich einrichten wie das andere.«
»Wir reden später darüber«, sagte Claire.
Während sie durch das dichte Schneetreiben zur Stadt fuhren, lehnte sie den Kopf an Johns Schulter. Er saß zwischen ihr und dem Sergeant, und jedesmal, wenn er an seiner Zigarette zog, konnte sie sein verschwollenes Gesicht sehen.
»Was sollst du dir überlegen?« fragte er.
»Er hat mir vorgeschlagen, im Gasthaus zu bleiben und ein Einzelzimmer zu nehmen.«
»Das würde ich dir auch raten«, sagte John. »Ich weiß dann immer, wo du bist.«
»Was werden sie mit dir tun?«
»Wahrscheinlich stecken sie mich in die Militärstrafanstalt nach Mannheim. Bis ich entlassen werde, habe ich meine Militärzeit herum.«
»Kann ich dich besuchen?«

»Sicher. Es ist mir lieber, als wenn sie mich nach Korea versetzen; ich wollte nicht von dir fort.«
Claire tastete im Dunkeln nach seiner Hand und hielt sie fest. Er brauchte ihr jetzt nichts mehr zu erklären.

6

Als Sam in die Schreibstube kam, saßen Chumley und Perkins mit mürrischem Gesicht am Tisch und rauchten. Chumley hatte die Füße auf den Tisch gelegt. Er veränderte seine Haltung auch nicht, als Sam den Schnee von seinem Anzug klopfte und sich zu ihnen setzte.
»Der Mann macht mich noch schwach!« sagte Perkins fassungslos. »Was tust du um diese Zeit hier?«
»Er ist schon zu lange verheiratet«, sagte Chumley und blickte starr in Sams Gesicht. »Hast du Mary abgeholt?«
»Zehn Minuten zu spät«, antwortete Sam, »verdammte zehn Minuten. Habt ihr einen Whisky?«
»Hat's Stunk gegeben?« fragte Perkins erwartungsvoll.
»Wenn du verheiratet bist«, sagte Chumley, »hast du immer Stunk.« Er öffnete, ohne seine Haltung zu verändern, den Schreibtisch und brachte eine Flasche zum Vorschein.
»Bier?« fragte Sam enttäuscht.
Chumley grinste. »Wenn du Ansprüche stellst, mußt du in den Club. Hat sie dich gesehen?«
»Mary?«
»Wer sonst?«
»So dumm bin ich nicht«, sagte Sam und setzte die Flasche an den Mund. Die Rückfahrt durch das dichte Schneetreiben war noch anstrengender gewesen als die Hinfahrt, er würde sie so rasch nicht vergessen.
Chumley blickte auf seine Armbanduhr. Es war fünf Minuten nach halb zwei; lange konnte es nicht mehr dauern. Im Grunde war er froh, daß Sam keinen Erfolg gehabt hatte. So würde alles seinen geordneten Lauf nehmen, und es erübrigte sich, nachträglich Betrachtungen darüber anzustellen, ob man richtig gehandelt habe. Es war eine vorübergehende seelische Migräne gewesen, ein kleiner Ausrutscher auf dem schlüpfrigen Boden der Sentimentalität, und nun war er wieder frei und ohne Skrupel. Er hatte mehr getan, als jeder andere Mann an seiner Stelle getan hätte, und er brauchte sich nichts mehr vorzuwerfen, weder nach der einen noch nach der anderen Seite.

»Brauchen verdammt lange«, sagte er und nahm die Füße vom Tisch. »Sie sind jetzt schon viereinhalb Stunden unterwegs.«
»Du kannst bei diesem Wetter zwei Stunden für eine Fahrt rechnen«, sagte Sam. »Die Straße ist glatt wie ein Rutschbrett.« Er stand nervös auf und ging zum Fenster. »Ich habe mir das überlegt«, sagte er. »Sie haben doch einen deutschen Polizisten mitgenommen?«
Chumley drehte ihm träge das Gesicht zu. »Und?«
»Er wird feststellen, daß sie nicht ein x-beliebiges Mädchen ist«, sagte Sam. »Wenn er den Namen ihres Vaters hört, wird er vorsichtig werden.«
»Das glaubst du?«
»Du nicht?«
Chumley war anderer Meinung, aber er fühlte sich nicht zum Diskutieren aufgelegt.
»Trotzdem verstehe ich nicht, weshalb du zu spät gekommen bist«, sagte Perkins, der noch mit ihrem ersten Thema beschäftigt war. »Du bist doch so früh weggegangen!«
»Hatte vorher noch etwas zu erledigen«, antwortete Sam kurz.
»Und jetzt traust du dich nicht nach Hause?« fragte Perkins grinsend.
»Sie ist mindestens zehn Zentimeter größer als er«, sagte Chumley.
Mary gehörte zu den wenigen Frauen, die ihm Respekt einflößten, weil sie selbstsicher, aus vermögender Familie und in den Jahren war, wo ein Mann ihr nichts mehr vormachen konnte. Zudem hatte sie sich trotz der beiden Kinder eine vorzügliche Figur bewahrt.
Sams Nervosität wirkte ansteckend auf Perkins, er trat zu ihm ans Fenster, aber es dauerte noch eine Viertelstunde, bis der Wagen der MP vorgefahren kam.
»Du kannst noch einmal hereinkommen, wenn alles vorbei ist«, sagte Chumley zu Sam. »Es ist besser, Horne sieht dich nicht.«
Sie gingen zu dritt auf die Straße. An der Tür begegneten sie dem MP-Sergeanten.
»Wohin mit ihnen?« fragte er.
Chumley schaute zum Wagen hin. »In die Schreibstube. Ist alles gut gegangen?«
»Wir sind zufrieden. Ist der Leutnant hier?«
»Perkins bringt dich zu ihm«, sagte Chumley.
Er kehrte in die Schreibstube zurück, stellte die leere Bierflasche weg und räumte ein wenig auf. Als der Korporal mit John und Claire hereinkam, stand er am Fenster und sah ihnen entgegen.

Am Schluß betrat der Polizeimeister die Schreibstube. Er war Chumley bekannt und gab ihm die Hand.
»Immer die B-Kompanie!« sagte er. »Was ist los mit euch?«
Chumley gab keine Antwort. Er starrte mit schmalen Augen Claire an, die sich ohne Aufforderung auf einen Stuhl gesetzt hatte.
John stand einen Schritt neben ihr, sein Gesicht war bis zur Unkenntlichkeit angeschwollen.
»Muß 'ne harte Arbeit gewesen sein«, sagte Chumley langsam.
Der Korporal grinste. »Nur in der ersten Minute.«
»Wie ist es passiert?«
»Wie immer«, antwortete der Korporal gleichgültig. Er steckte sich eine Zigarette an und sah sich gelangweilt in der Schreibstube um.
Sekunden später tauchte Horne auf, mit ihm der MP-Sergeant und Perkins. Er setzte sich sofort an den Tisch, schlug die Beine übereinander und betrachtete zuerst Claire und dann John. Sein schmales Gesicht war ohne Ausdruck.
»Sie sind der vorsätzlichen Fahnenflucht beschuldigt, Sergeant«, sagte er mit leiser Stimme. »Sie sind ferner beschuldigt, die Militärpolizei in der Ausübung ihrer Pflicht aufs schwerste behindert zu haben. Sie haben dem Ansehen der Armee in der Öffentlichkeit geschadet, sich des Widerstands gegen ihre vollziehenden Organe und der schweren Körperverletzung schuldig gemacht. Haben Sie etwas dazu zu sagen?«
John schwieg. Er hatte zwei Stunden lang Zeit gehabt, intensiv nachzudenken, und er hatte Klarheit darüber gewonnen, daß alles, was er zu seiner Verteidigung anführen könnte, in indirekter Weise Claire belasten müßte. Ihretwegen hatte er sich zur Desertion entschlossen, und ihretwegen hatte er den Korporal niedergeschlagen. Wenn er es zur Sprache brachte, würde man sie auch zu der Verhandlung vor dem Militärgericht heranziehen, sie würde peinliche Verhöre über sich ergehen lassen müssen und den ständigen Anfeindungen Hornes ausgesetzt sein. Die Militärstrafanstalt war keine schöne Sache, und er hatte schon zuviel darüber gehört, als daß er sich irgendwelche Illusionen gemacht hätte. Aber sie war gleichzeitig die einzige Möglichkeit, seine Versetzung nach Korea zu verhindern, und wenn er seine Strafe abgesessen hatte, würde er aus der Armee entlassen werden.
Er hatte sich alles gut überlegt, und vielleicht war dies sogar die bessere Lösung. Es war doch etwas anderes, eine Desertion zu planen, als sie in die Tat umzusetzen, und die vergangenen drei Tage waren nur ein kleiner Vorgeschmack dessen gewesen, was in

Zukunft auf ihn gewartet hätte. Er war des dauernden Versteckspiels rascher überdrüssig geworden, als er sich selbst gegenüber hatte eingestehen wollen. Und wenn er es ruhig betrachtete, war er nicht einmal sehr unglücklich über seine Verhaftung, obgleich sie genau das herbeiführen würde, was er unter allen Umständen hatte vermeiden wollen. Aber das Zusammenleben mit Claire in den letzten Wochen war nicht ohne Einfluß auf seine Denkweise geblieben, auch wenn es ihm keinen Augenblick lang bewußt geworden war. In gleichem Maße, wie er Einblick in ihre Mentalität gewonnen hatte, verlor auch seine Furcht, er könnte ihr seiner Hautfarbe wegen eines Tages überdrüssig werden, ihre Berechtigung, wodurch zwangsläufig auch sein Hauptargument gegen eine vorübergehende Trennung unwichtig wurde. Sie hätte sich niemals damit einverstanden erklärt, über sein Geld zu verfügen, wenn sie sich der Beständigkeit ihrer Empfindungen für ihn nicht absolut sicher gewesen wäre. Spätestens in einem Jahr würde er zu ihr nach Paris fahren, sein Studium wiederaufnehmen und sein Examen machen. Bis dahin würden sich auch die Verhältnisse in Rhodesien geändert haben. Die Zeit arbeitete gegen die Settler und ihre Regierung, und er hatte keine Ursache, zu verzweifeln. Er hatte überhaupt keine Ursache, zu verzweifeln, er hatte viel mehr erreicht, als er noch vor einigen Wochen für möglich gehalten hatte, und nun fühlte er sich wie ein Mann, der von einer langen und mühsamen Reise nach Hause kommt. Er war müde, sonst nichts. Wie von sehr weit her vernahm er wieder die Stimme des Kompanieführers, und er schüttelte den Kopf, ohne seine Frage verstanden zu haben. Dann sah er, daß der Leutnant ihn ungläubig anstarrte. Es berührte ihn in dieser Sekunde eigenartig, daß Horne ihm nie unsympathisch gewesen war. Es gab eine ganze Anzahl von Offizieren im Bataillon, die ihm schon rein äußerlich weniger zusagten als er, aber mit ihnen hatte er nie Differenzen gehabt. Auch das gehörte zu jenen Absonderlichkeiten menschlicher Beziehungen, die ihm seit achtundzwanzig Jahren auf Schritt und Tritt begegnet waren, und er würde sie wohl nie ganz begreifen.

Der Leutnant starrte ihn noch immer an. Er war auf alles mögliche gefaßt gewesen, nur nicht auf dies, und obgleich er sich nichts Besseres wünschen konnte, fühlte er sich auf eine hinterhältige Weise düpiert, ähnlich einem Schauspieler, der sich mit viel Sorgfalt auf eine tragende Rolle vorbereitet hat und am Abend der Premiere die eines Statisten übernehmen muß. – »Sie haben nichts zu Ihrer Verteidigung vorzubringen?« wiederholte er ungläubig.

Diesmal hatte John ihn verstanden, er sagte deutlich: »Nein, Sir.«
»Warum sind Sie desertiert?«
»Darüber möchte ich keine Auskunft geben, Sir.«
Horne stand auf. Er hatte alles erreicht, was zu erreichen er sich vorgenommen hatte, aber irgendwo fehlte etwas, und es beunruhigte ihn. Vielleicht, weil es zu glatt gegangen war, zu anspruchslos, um Genugtuung darüber zu empfinden. Vier Stunden lang hatte er sich auf dieses Verhör vorbereitet, vier Stunden lang hatte er sich mit allen Argumenten auseinandergesetzt, die ein Mann wie John Baako zu seiner Verteidigung vorbringen konnte, und nun war alles umsonst gewesen; die Vorbereitungen, die nächtliche Szenerie und der Aufwand an Personal. Er sah sich um seinen Auftritt betrogen, um jene letzte Selbstbestätigung, die ihm jedesmal versagt blieb.
Er wandte sich an den MP-Sergeanten: »Sie haben es gehört. Nehmen Sie es mit ins Protokoll. Sobald es fertig ist, möchte ich es lesen.«
»Jawohl, Sir«, sagte der Sergeant. »Soll das Mädchen auch vernommen werden?«
»Nach allem, was ich gehört habe, erübrigt es sich.«
»Warum haben Sie mich dann hierher bringen lassen?« fragte Claire, die jedes Wort verstanden hatte.
Horne drehte sich rasch nach ihr um. Seltsamerweise hatte er nicht damit gerechnet, daß sie Englisch sprach, aber es war auch unwichtig. Sie hatte die ihr zugedachte Funktion erfüllt und war jetzt überflüssig geworden. Eine Aussage von ihr vor dem Militärgericht hätte höchstens die Richter zugunsten des Sergeanten beeinflussen können, und daran war Horne genausowenig gelegen wie an einer Erörterung der früheren Differenzen zwischen ihm und John Baako. Daß ihre Persönlichkeit seinen Erwartungen völlig widersprach, berührte ihn in der Sache nur wenig. Es war höchstens ein Grund mehr, sie so rasch und so unauffällig wie möglich wieder loszuwerden.
Er erwiderte kühl ihren Blick. »Wenn Sie sich auf solche Situationen einlassen, dürfen Sie sich über Unannehmlichkeiten nicht wundern.«
»Ich verstehe«, sagte Claire und richtete das Wort an John: »Ist das der kleine Offizier, von dem du mir soviel erzählt hast?«
»Ja.«
»Es ist merkwürdig«, sagte sie, »aber ich habe ihn mir kein bißchen anders vorgestellt.«
Sie hatte sehr laut gesprochen, und die Stille hinterher hatte etwas von der tödlichen Ruhe nach einer schweren Explosion. Horne

wurde rot. Es war ihm entsetzlich, aber er konnte es nicht verhindern. Als er die Schreibstube verließ, sah es wie eine Flucht aus.

»Das wär's!« sagte Chumley. Er setzte sich auf den Stuhl, von dem der Leutnant gerade aufgestanden war, und blickte die Männer der Reihe nach an; sie wußten nicht recht, was sie tun sollten.

Der MP-Sergeant schob sich den Helm aus der Stirn. »Du mußt das Mädchen zurückbringen lassen«, sagte er zu Chumley. »Ich fahre heute nacht nicht mehr nach Marburg.«

»Vielleicht will die deutsche Polizei noch etwas von ihr.«

Der Polizeimeister schüttelte den Kopf. Er stimmte mit dem, was Claire gesagt hatte, überein, aber es stand ihm nicht zu, seine private Meinung zu äußern. »Für mich ist diese Sache erledigt.«

»Für mich auch«, sagte der Korporal angewidert.

Perkins grinste. »Es geht mich ja nichts an.«

»Das ist genau das, was ich dir im Moment nahelegen wollte«, knurrte Chumley und betrachtete John. Er hatte ihn nie so bewundert wie gerade jetzt. »Du wirst dich verabschieden müssen.«

John nickte. Als er Claire anschaute, stand sie langsam auf. »Vielleicht hättest du doch etwas sagen sollen«, murmelte sie.

»Es lohnte sich nicht.«

»Ich habe es gemerkt«, sagte Claire und senkte den Kopf. »Wie erfahre ich, wo du bist?«

»Sam kann es dir sagen. Er stand draußen auf der Straße.«

»Als wir kamen?«

»Ja.«

Sie betrachtete mit angestrengtem Gesicht den Fußboden, während die Männer sie alle anstarrten. »Ich möchte nicht, daß sie uns jetzt zusehen, John.«

»Ich werde dir alles schreiben«, sagte er und wandte sich an den MP-Sergeanten: »Ich bin soweit.«

Claire blieb mit gesenktem Kopf stehen, bis die Tür hinter ihnen zuschlug. Als sie aufsah, begegnete sie dem Blick des Hauptfeldwebels, der sie eigenartig anschaute.

»Warten Sie hier«, sagte er, »ich besorge Ihnen einen Wagen.«

Sam stand an der Tür zum Stabsgebäude; die MP war bereits weggefahren.

»Eines Tages laufe ich dieser Armee auch davon«, sagte er düster.

Chumley sah über seinen Kopf hinweg in das dichte Schneetreiben.

»Hast du mit John gesprochen?«

»Mir fiel nichts mehr ein. Was werden sie ihm geben?«

»Unter einem Jahr kommt er nicht weg. Ich brauche einen, der das Mädchen zurückbringt.«
»Deshalb bin ich hier«, sagte Sam. »Ich werde mir ewig Vorwürfe machen, daß ich es ihm geschrieben habe.«
»Mit Korea?«
»Als er es gelesen hat, muß er den Kopf verloren haben.«
»Er hat ihn schon viel früher verloren«, sagte Chumley verächtlich. Er war sich jetzt seiner Sache nicht mehr ganz so sicher wie noch vor einigen Stunden, aber wenn an dieser Geschichte wirklich etwas dran war, hätte er weder Sam noch John damit gedient, daß Mißverständnis aufzuklären.
»Daß er deshalb desertiert ist«, sagte er, »wird ihm kein Militärgericht abnehmen.«
»Was hat er gesagt?«
»Genau das, was ich an seiner Stelle auch gesagt hätte. Wenn er das Mädchen nicht mit hineinziehen will, muß er seine Story für sich behalten. Die Militärstrafanstalt ist für einen Idioten wie ihn der einzige Platz auf der Welt, die Armee zu überleben. Hol deinen Wagen!«
Er kehrte in das Stabsgebäude zurück. Auf dem Korridor begegnete er Perkins.
»Sie spricht nicht mit gewöhnlichen Leuten«, sagte er. »Ich habe sie gefragt, ob sie einen Becher Kaffee will.«
Chumley zog die Oberlippe von den Zähnen. »Eine Lady trinkt nicht aus einem Becher. Ist sie noch drin?«
»Ja. Sie schaute mich an, als ob ich dafür verantwortlich wäre.«
»Das kommt davon, weil du immer ein schlechtes Gewissen hast«, sagte Chumley. Er hatte plötzlich Hemmungen, allein zu Claire in die Schreibstube zu gehen, und blickte von einem Fenster aus auf die verschneite Straße des Kasernenhofs.
»Wenn du mir einen Fahrbefehl gegeben hättest«, sagte Perkins, »hätte ich sie nach Marburg gebracht. Es hätte mir nichts ausgemacht.«
»Ich habe auf den guten Ruf der Armee zu achten«, sagte Chumley.
Sie blieben am Fenster stehen, bis Sam hereinkam. »Sie ist in der Schreibstube«, sagte Chumley.
Er beobachtete, wie er hineinging und die Tür hinter sich zumachte.
»Trotzdem verstehe ich nicht, weshalb John desertiert ist«, meinte Perkins. »Der Mann war mir schon immer ein Rätsel. Es würde mich nur interessieren, was so ein Mädchen wie sie an ihm findet.«

Es war die gleiche Frage, die Chumley beschäftigte, seit er Claire gesehen hatte, aber er wußte keine Antwort darauf.
»Vielleicht hat er etwas an sich, was wir nicht haben«, sagte Perkins grinsend.
»Oder sie.«
Perkins hörte auf zu grinsen. »Das ist mir zu hoch.«
»Mir auch«, knurrte Chumley, und es war so ungewöhnlich bei ihm, daß Perkins vor Verwunderung den Mund offenbehielt. Er machte ihn erst wieder zu, als Sam und Claire aus der Schreibstube kamen.
Chumley ging mit ihnen auf die Straße, wo Sams großer Wagen stand. »Ich würde dir empfehlen, Schneeketten aufzulegen«, sagte er.
Sam blickte eine Sekunde lang in den dunklen Himmel, aus dem dicht und gleichmäßig der Schnee fiel. »Ich habe ihr vorgeschlagen, bei uns zu übernachten.«
»Wie vor sieben Wochen«, sagte Chumley.
Sam drehte ihm schnell das Gesicht zu. »Du hast es gewußt?«
»Habe 'ne direkte Rohrpostleitung zum lieben Gott«, sagte Chumley.
Er sah noch zu, wie Sam die Wagentür öffnete, dann schob er die Hände in die Taschen und ging wieder in das Stabsgebäude hinein. Irgendwo auf der Schreibstube mußte noch eine Flasche Whisky stehen, und er zwang sich, an nichts anderes zu denken.
Sam half Claire beim Einsteigen. Als sie im Wagen saß, kamen ihr Tränen, aber sie wurde rasch damit fertig. Sie war schon damit fertig geworden, als sie während der Fahrt hierher Johns Hand festgehalten hatte. Nach seiner Entlassung würden sie heiraten. Dies war erst der Anfang, aber eines Tages würde sie sich daran gewöhnt haben, auf ihn zu warten. Sie würde auch keine Zeit mehr finden, sich selbst zu bemitleiden. Sie würde ihr Examen machen, in Paris auf das Tropeninstitut gehen und sich künftig nicht mehr damit begnügen müssen, beim Anblick eines todkranken Negerjungen in hilflosem Entsetzen nach einem Arzt zu fragen. Sie war fünfundzwanzig Jahre alt und zum erstenmal in ihrem Leben von einem Gedanken besessen, der sie fortan keinen Augenblick lang mehr losließ.
Als Sam in den Wagen kam, saß sie ruhig auf ihrem Platz und blickte ihm entgegen.
»Es war der Hauptfeldwebel«, sagte er. »Früher dachte ich immer, er hätte etwas gegen John.«
»Jetzt nicht mehr?«

»Ich habe mich in ihm getäuscht. Er ist schwierig, aber man kann sich auf ihn verlassen; er sieht nur so aus.«
»Mir war er sympathisch«, sagte Claire. »John hat mir nie etwas von ihm erzählt.«
Sam nickte. »Das ist oft so.« Er ließ den Motor an und starrte ein paar Sekunden geistesabwesend durch die Windschutzscheibe. »Man hat immer irgendein Brett vor dem Kopf«, sagte er dann.